카라마조프가의 형제들

카라마조프가의 형제들 2

1판 1쇄 펴냄 2020년 8월 17일

원작 표도르 도스토옙스키
번역 이가영
해설 최행규
출간 하진석
출판사 코너스톤
주소 서울시 마포구 독막로3길 51
전화 02-518-3919
ISBN 979-11-90669-26-9 04890

카라마조프가의 형제들 2

표도르 도스토옙스키

코너스톤
Cornerstone

안나 그리고리예브나 도스토옙스카야에게 바친다.

내가 진실로 진실로 너희에게 이르노니

한 알의 밀이 땅에 떨어져 죽지 않으면 한 알 그대로 있고,

죽으면 많은 열매를 맺느니라.

(요한복음 12장 24절)

차례

제3부

제4부

제3부

제7편
알료샤

1. 시신 썩는 냄새

사람들은 정해진 의식에 따라 조시마 장로의 시신을 매장할 준비를 시작했다. 잘 알려져 있듯이 수도사나 고행자의 시신은 씻지 않는다. '수도사 가운데 누군가가 주님에게로 떠나면 (대의례전에 씌어 있다) 지명된 수도사(즉 이 일을 맡은 사람)가 따뜻한 물로 시신을 닦되 먼저 해면(목욕 해면)으로 고인의 이마, 가슴, 손, 발, 무릎에 성호를 그리면서 닦아야 하며 그 밖에는 아무것도 하지 않는다.' 이 일을 맡은 사람은 파이시 신부였다. 그는 시신을 닦은 다음 수도복을 입히고 망토로 감쌌는데, 관례에 따라 십자가 모양으로 감기 위해 그것을 조금 잘라냈다. 머리에는 8단 십자가가 달린 베일을 씌웠다. 베일은 열어두었고, 얼굴은 검은 천으로 덮었다. 손에는 구세주의 성상을 쥐어주었다. 새벽녘에 시신은 이런 모습으로 관

(오래전에 미리 준비해둔 것이었다)에 뉘어졌다. 관은 승방(장로가 수도사들과 속인을 만날 때 쓰던 큰 방)에 하루 동안 안치해둘 예정이었다. 고인은 직급상 수도 사제였으므로 수도 사제와 보제는 시편이 아닌 복음서를 낭독해야 했다. 장례 미사가 끝나자 곧 이오시프 신부가 낭독을 시작했다. 파이시 신부가 그 뒤를 이어 밤낮으로 복음서를 낭독하고자 했으나, 암자를 총괄하는 신부와 함께 정신없이 바쁜 상태였다. 수도사들은 물론 수도원에 딸린 숙소와 시내에서 몰려든 사람들 사이에서 별안간 전대미문의 예사롭지 않은, '부적절'하기까지 한 흥분과 기대가 나타나 시간이 갈수록 더욱 심해졌기 때문이다. 암자 책임자와 파이시 신부는 동요하는 사람들을 진정시키기 위해 안간힘을 쓰고 있었다. 날이 밝자 병든 식구들, 특히 병든 아이들을 대동한 사람들도 시내에서 몰려들기 시작했다. 이들은 속히 치유의 힘이 나타나리라는 믿음을 가지고 그 순간을 기다려온 듯했다. 이 고장 사람들이 장로의 생전에 그를 위대한 성자로 얼마나 굳게 믿고 있었는지 그제야 비로소 드러난 것이다. 찾아온 사람들 가운데는 평민이 아닌 이도 많았다. 신자들의 요구에 가까운 엄청난 기대는 조급하고 노골적이었으며 초조함에 휩싸여 있었다. 파이시 신부가 보기에 그것은 현혹이 분명했다. 오래전부터 이런 일을 예상하기는 했지만, 현실은 예상을 뛰어넘었다. 파이시 신부는 흥분한 수도사를 보면 이렇게 꾸짖기도 했다. "그렇게 당장 무슨 위대한 일이 벌어지리라고 기대하는 건 속세 사람들이나 할 법한 경솔한 행동이니, 우리는 그러면 안 되오." 하지

만 신부의 말에 귀를 기울이는 사람은 거의 없었다. 그것을 깨달은 파이시 신부는 불안한 생각이 들었다. 그러나 사실은 신부도 역시(모든 것을 사실대로 회고하자면) 사람들의 지나치게 성급한 기대에 분개하고 그것을 경망한 행동이라 여기면서도 마음속 깊은 곳에서는 흥분한 군중과 거의 똑같은 기대를 품고 있었다. 그 자신도 이를 인정하지 않을 수 없었다. 그럼에도 어떤 사람들을 보면 직감적으로 큰 의혹이 들며 유난히 불쾌해졌다. 이를테면 암자에 모인 인파 속에서 라키틴이라든가 아직 이 수도원에 머물고 있는 옵도르스크의 수도사를 보자 마음속에 혐오감이 치밀었고(곧바로 그런 자신을 책망하기는 했지만), 어째서인지 그 두 사람이 의심스러워 보였다. 의심할 만한 사람이 두 사람뿐은 아니었는데도 말이다. 옵도르스크의 수도사는 흥분한 사람들 중에서도 가장 수선스러웠다. 어디를 가나 그의 모습이 눈에 띄었다. 수도사는 어디서나 질문을 퍼붓고 어디서나 이야기에 귀를 기울였으며 어디서나 은밀하게 귓속말을 주고받았다. 얼굴에는 초조한 빛이 역력했고 기대하는 일이 빨리 일어나지 않아 부아가 치미는 듯했다. 한편 라키틴은 나중에 밝혀진 바에 의하면 호흘라코바 부인이 특별히 요청해 그 이른 시간에 암자에 온 것이었다. 마음은 착하지만 줏대가 없는 호흘라코바 부인은 자신이 직접 암자에 들어올 수는 없었으므로 아침에 일어나 장로의 부음을 전해 듣자마자 강렬한 호기심에 사로잡혀 즉시 자기 대신 라키틴을 암자로 보내 반 시간마다 그곳에서 일어나는 모든 일을 지켜보고 편지로 알려달라고 했다. 부인은 라키틴이 아주 경건하고 신앙심 깊은 청년이라고 생각했다. 그만큼 라키틴은 사람들의 비위를 잘 맞추고 조금이라도 이익이 되겠다 싶으면 상대가 바라는 모습을 연출할 줄 알았다. 날씨는 청명했다. 신자들은 대부분 암자의 무덤 주위에 모여 있었다. 무덤은 암자 주위에 여기저기 흩어져 있었지만, 성당 주변에 가장 많았다. 파이시 신부는 암자를 빙 돌아가다가 문득 지난밤부터 알료샤를 보지 못했다는 사실을 떠올렸다. 그런데 그 생각을 하자마자 암자에서 가장 외진 담장 옆에 알료샤의 모습이 눈에 띄었다. 알료샤는 오래전 세상을 떠난, 수많은 위업을 세워 명성이 자자했던 한 수도사의 묘석 위에 앉아 있었다. 알료샤는 비석 뒤로 몸을 숨기려는 것처럼 암자를 등지고 담장 쪽을 향해 앉아 있었다. 가까이 다가간 파이시 신부는 알료샤가 두 손으로 얼굴을 감싼 채, 소리는 내지 않았지만 온몸을 떨며 서럽게 울고 있는 것을 보았다. 파이시 신부는 잠시 그 옆에 가만히 서 있었다.

"그만, 알료샤, 이제 그만 울거라." 그가 마침내 일렁이는 목소리로 말했다. "왜 그러느냐? 울지 말고 기뻐해야지. 오늘이 그분의 나날 중 가장 위대한 날이라는 걸 모르느냐? 그분이 이 순간 어디에 계실지만 생각하거라!"

알료샤는 어린아이처럼 퉁퉁 부은 얼굴을 들고 잠시 파이시 신부를 바라보았으나, 이내 아무 말 없이 고개를 돌리고 두 손으로 얼굴을 감쌌다.

"그래, 그것도 괜찮겠지." 파이시 신부가 생각에 잠겨 말했다. "울고 싶으면 울거라. 그 눈물은 그리스도께서 네게 보내주신 것이니.” ‘네 뜨거운 눈물은 네 영혼을 쉬게 하고 사랑스러운 마음을 달래줄 거다.’ 파이시 신부는 알료샤의 곁을 떠나면서 애정 어린 마음으로 생각했다. 파이시 신부가 서둘러 발길을 돌린 것은 알료샤를 보고 있다가는 자기도 눈물이 날 것 같았기 때문이었다. 그러는 동안에도 시간은 흘렀고, 고인을 위한 의식과 장례 미사는 절차대로 진행되고 있었다. 파이시 신부는 관 옆에서 이오시프 신부와 교대하여 복음서를 낭독하기 시작했다. 그러나 오후 3시가 채 지나기 전, 지난 편의 말미에서 언급했던 일이 일어났다. 거듭 말하거니와 이 일은 누구도 예상치 못했고 모든 사람의 기대에 정반대되는 것이었으므로, 우리 도시는 물론 이 근방 사람들은 아직까지도 부산을 떨며 그 일을 세세한 부분까지 실감나게 이야기하곤 한다. 여기서 나는 다시 한번 내 개인적인 생각을 덧붙여두고자 한다. 이 경망스럽고 현혹적인 사건을 떠올리면 나는 혐오에 가까운 감정이 든다. 이 사건은 본질적으로 아무것도 아닌 자연스러운 일일 뿐이었다. 그러니 이 사건이 이 이야기의 미래의 주인공 알료샤의 영혼과 마음에 그토록 강력한 영향을 주지 않았더라면 나는 소설에서 이 이야기를 아예 생략해버렸을 것이다. 그러나 이 사건은 알료샤의 영혼에 하나의 전환점이 되었다. 알료샤를 뒤흔들었지만, 하나의 목적을 추구해 나아가도록 평생 변함이 없게끔 그의 이성을 단련해준 것이다.

그럼 이야기를 시작하겠다. 아직 날이 밝기 전 매장 준비를 마친 장로의 시신을 관에 넣어 응접실로 쓰던 첫 번째 방으로 옮겼을 때, 관 주위에 있던 사람들 사이에서 창문을 열어야 하지 않느냐 하는 의문이 제기되었다. 그러나 누군가 지나가는 말로 슬쩍 던진 이 질문에 대답하는 사람은 아무도 없었고, 들은 척하는 사람도 없었다. 설령 그곳에 있던 사람들 중 몇몇이 그 질문을 들었다 하더라도 내색하지는 않았을 것이다. 그토록 위대한 고인의 시신이 부패해 썩는 냄새가 풍길지도 모른다는 것은, 그런 말을 꺼낸 사람의 부족한 믿음과 경솔함을 측은히 여겨야 마땅한(조롱하지 않으면 다행이었다) 엉터리 같은 생각이었기 때문이었다. 그도 그럴 것이 모두가 그 정반대의 일을 기대하고 있었다. 그런데 정오가 막 지났을 때 이상한 일이 벌어지기 시작했다. 처음에 승방에 드나들던 사람들은 가슴속에 이는 의혹을 남에게 말하기 두려운 듯 그 현상을 느끼면서도 침묵을 지켰다. 그러나 오후 3시가 가까워지자 그 현상은 부정할 수 없을 만큼 확연해졌다. 이 소식은 순식간에 온 암자와 참배객에게 퍼져나갔고, 곧 수도원에까지 전해져 수도사들을 죄다 뒤집어놓은 뒤 눈 깜짝할 새 시내에까지 퍼져 신자와 비신자를 막론하고 모든 사람을 흥분의 도가니로 몰아넣었다. 비신자들은 환호했고, 신자들 중에서는 비신자보다 더 기뻐하는 자들이 나타났다. 세상을 떠난 장로가 가르쳤듯이 '인간은 의인의 추락과 치욕을 좋아하는 법'이기 때문이다. 그 현상이란 다름 아닌, 관에서 시체 썩는 냄새가 조금씩 배어나오더니 시간이 흐를수록 점점 심해져 오후 3시경이 되자 누구나 분명히 그 냄새를 맡을 수 있게 된 것이었다. 그 일이 일어난 직후 수도사들까지 휩싸인 걷잡을 수 없는 동요는 이 수도원의 역사를 통틀어 전례가 없는, 어찌 보면 일어날 수 없는 일이었다. 많은 시간이 흐른 뒤에야 몇몇 분별 있는 수도사는 그날 하루를 꼼꼼히 되돌아보면서 어떻게 동요가 그 지경에 이르렀는지 놀라움과 충격을 금치 못했다. 전에도 누구나 인정할 만큼 의로운 삶을 산 수도사나 독실한 장로가 죽었을 때 그들의 겸허한 관에서 망자에게서 나는 자연스러운 썩는 냄새가 풍기는 일이 있었지만, 그때는 사람들이 현혹되거나 동요하는 일이 조금도 없었기 때문이다. 물론 우리 수도원에서도 먼 옛날 세상을 떠난 수도사들 가운데 시신 썩는 냄새가 나지 않았다고 전해지는 사람들이 있다. 그들에 대한 기억은 아직도 수도원에 생생히 남아 수도사들에게 감동적이고도 신비로운 영향을 미치며 그들의 마음속에 위대한 기적이자 앞으로 하느님의 뜻에 따라 때가 도래하면 그 무덤에서 더욱 위대한 영광이 나타나리라는 약속으로 남아 있다. 그중에서도 특히 많이 회자되는 인물은 105세까지 산 이오프 장로였다. 그는 이름난 고행자이자 단식과 금언을 행한 위대한 수행자로 이미 오래전인 1810년대에 세상을 떠났다. 수도원에서는 처음 수도원을 찾은 신자들에게 특별한 예를 갖춰 이 무덤을 보여주고, 커다란 희망에 대한 은밀한 암시를 비치곤 했다. (이 무덤은 그날 아침 파이시 신부가 알료샤를 발견했을 때 알료샤가 앉아 있던 무덤이었다.) 오래전에 사망한 이오프 장로 외에도, 비교적 최근에 세상을 떠난 위대한 수도 사제인 바르소노피 장로에 대한 기억도 생생히 남아 있었다. 그는 조시마 장로에게 장로직을 인계한 사람이었다. 그의 생전에 수도원을 찾은 신자들은 모두 그를 유로디비로 여겼다. 이 두 사람에 관해서는 관 속에 누워 있을 때도 꼭 살아 있는 것 같았으며, 장례 때도 전혀 부패하지 않았고 심지어 얼굴이 환하게 빛나는 듯했다는 전설이 있다. 심지어 시신에서 향기가 났다고 주장하는 사람도 있었다. 하지만 이렇듯 인상적인 기억들이 전해 내려오고 있다고는 해도, 조시마 장로의 관을 놓고 벌어진 그토록 경솔하고 어리석고 악의에 찬 소동의 직접적인 원인이 무엇인지는 설명하기 어렵다. 내 개인적인 생각으로는, 각기 다른 다양한 원인이 하나로 섞여 영향을 준 것 같다. 그 중 하나는 장로제를 해로운 새 제도로 보는 뿌리 깊은 적의이다. 이러한 생각은 많은 수도사의 의식 속 깊은 곳에 자리하고 있었다. 또 다른 더 중요한 이유는 고인의 신성함에 대한 질투였다. 그 신성함은 고인이 아직 살아 있을 적에 반박도 할 수 없을 만큼 확고히 굳혀져 있었다. 세상을 떠난 장로는 기적보다는 사랑으로 많은 이의 마음을 끌어 주변에 그를 사랑하는 사람들로 이루어진 하나의 세상을 이루었지만, 그럼에도, 아니 오히려 그럴수록 장로를 시기하고, 더 나아가 적대감을 품는 자들이 나타났다. 그런 사람들은 수도사뿐 아니라 세인 중에도 있었으며, 노골적으로 그러는 사람도 있었고, 뒤에서 쑥덕거리는 사람도 있었다. 장로는 아무에게도 해를 끼치지 않았지만, 이를테면 '왜 저 사람을 그렇게 성인으로 떠받드느냐'는 것이었다. 이 한 가지 질문이 끊임없이 되풀이되면서 결국 충족을 모르는 적개심의 심연을 만들어놓았다. 내 생각으로는 그래서 많은 사람이 그렇게 빨리, 즉 장로가 죽은 지 겨우 반나절 만에 장로의 시신에서 썩는 냄새가 난다는 소식을 듣고 기뻐 어쩔 줄 몰랐던 것 같다. 그때까지 장로를 따르고 존경해온 사람들 가운데서도 이 일로 개인적으로 모욕을 받는 사람이 생겼다. 그 일의 자초지종은 이러했다.

시신이 썩고 있다는 사실이 드러나자, 고인의 승방에 들어오는 수도사들의 얼굴만 보아도 그들이 무엇 때문에 오는 것인지 알 수 있었다. 이들은 승방에 들어와서 잠시 서 있다가 밖에서 무리 지어 기다리고 있는 사람들에게 소문이 사실임을 알려주려고 서둘러 나가버리곤 했다. 기다리고 있던 사람들 중 어떤 이는 침통한 표정으로 고개를 저었으나, 어떤 이는 악의에 찬 눈에 선연히 빛나는 기쁨을 감추려 하지 않았다. 그러나 더 이상 아무도 그것을 비난하지 않았고, 장로를 위해 목소리를 높이는 사람도 없었다. 그래도 수도사들 대부분이 세상을 떠난 장로를 따랐던 것을 생각하면 기이하기까지 한 일이었다. 하느님께서 이번만큼은 소수가 잠시 우위를 점하도록 내버려 두신 것이 분명했다. 얼마 지나지 않아 세인들도 상황을 엿보러 승방을 들락거리기 시작했는데, 그중에는 교양 있는 사람이 대부분이었다. 일반 민중은 암자 입구에 잔뜩 모여 있었지만, 안으로 들어오는 사람은 많지 않았다. 3시가 지난 후 암자로 밀려드는 세인이 크게 늘어난 것은 현혹적인 소문 탓이 분명했다. 평소 같으면 그날 오지 않았을 사람들, 그럴 생각조차 안 했을 사람들이 일부러 수도원을 찾아왔다. 그중에는 지위가 높은 사람도 있었다. 그래도 표면상의 예의는 아직 지켜지고 있었다. 파이시 신부는 엄숙한 얼굴로 한 마디 한 마디 힘주어 복음서를 읽어나갔다. 목소리는 태연했으나, 실은 뭔가 심상치 않은 일이 일어나고 있음을 진작부터 느끼고 있었다. 그런데 그때, 처음에는 속닥거림에 불과했던 사람들의 목소리가 점점 커지고 대담해져 그의 귀에까지 들려왔다. "하느님의 심판은 인간의 심판하고는 다른 거야!" 이 말이 파이시 신부의 귀에 꽂혔다. 처음 이 말을 입 밖에 꺼낸 사람은 나이가 지긋한 이 고장의 관리였는데, 신앙심이 깊기로 소문난 사람이었다. 그가 소리 내어 한 말은 진작부터 수도사들이 귓속말로 수군거리던 말을 되풀이한 것에 불과했다. 수도사들은 이미 한참 전부터 이런 암담한 말을 입에 올리고 있었다. 그러나 그보다 나쁜 일은 그렇게 말하는 사람들의 얼굴에 일종의 승리감 같은 것이 나타나 시간이 갈수록 심해졌다는 것이다. 얼마 후 사람들은 그나마 지키고 있던 예의마저 깨트려버렸다. 마치 자기들에게 그럴 권리가 있다고 느끼는 것 같았다. "어째서 이런 일이 일어났을까?" 몇몇 수도사는 처음에는 안타깝다는 듯이렇게 말했다. "뼈와 가죽밖에 없는 그 작고 마른 몸에서 어떻게 그런 냄새가 나는 것일까?" "하느님께서 무언가 일러주시려는 거야!" 누군가 얼른 이렇게 말했다. 수도사들은 아무런 반박도 하지 않고 이 의견에 동의했다. 장로의 시신에서 죄 있는 사람의 시신에서처럼 썩는 냄새가 나는 것이 자연스러운 일이라고 해도, 더 늦게, 적어도 하루는 지나서 나는 것이 정상인데 그 속도가 확연히 빠른 것을 보면 '장로는 자연을 초월'했으며 하느님께서 그 손으로 행하신 일이라고밖에 생각할 수 없다는 것이었다. 시신의 부패가 하느님의 계시라는 이 생각은 사람들의 마음을 완전히 뒤흔들어놓았다. 장로가 사랑하던 온화한 사서 신부 이오시프는 몇몇 독설가에게 "어디에서나 다 그런 것은 아니다"라고 반박했다. 그는 의인의 시체가 부패하지 않는다는 것은 정교의 도그마가 아닌 하나의 견해에 불과하고, 정교가 가장 발달한 나라, 이를테면 아토스산 같은 곳에서도 시신 썩는 냄새에 이렇게 요란을 떨지는 않으며, 그곳에서 구원받은 자의 영광의 징표는 시신이 썩지 않는 것이 아니라 오랫동안 묻어둔 시신이 완전히 부패했을 때 나타나는 뼈의 색깔이라고 말했다. "만약 뼈가 밀랍처럼 노랗게 변해 있으면, 바로 그것이 하느님이 세상을 떠난 의인에게 영광을 주셨다는 가장 큰 징표요. 그리고 뼈가 노랗지 않고 검게 변해 있으면 하느님께서 그런 영광을 허락하지 않으셨다는 뜻이오. 정교를 가장 거룩하고도 순수한 모습으로 굳건히 지키고 있는 아토스산에서는 이렇게 믿고 있소." 이오시프 신부는 이렇게 말을 맺었다. 그러나 겸허한 신부의 말은 누구에게도 일깨움을 주지 못했고, 오히려 냉소적인 반발심만 불러일으켰다. "저건 신제도를 따르려는 자의 현학적인 말일 뿐이니 들을 가치도 없어." 수도사들은 자기들끼리 이렇게 단정했다. "우리는 옛 방식을 따르면 돼. 요즘 세상에 새로 나오는 제도가 어디 한둘인가? 그걸 다 따를 수야 없지 않은가?" 다른 이가 거들었다. "우리 러시아에도 아토스 못지않게 성인이 많았어. 저기 아토스 사람들은 터키인의 지배하에 죄다 깡그리 잊어버리고 말았지. 그곳에서는 이미 정교가 혼탁해진 지 오래야. 그들에게는 종鐘도 없지 않은가." 가장 냉소적인 자들도 합세했다. 이오시프 신부는 착잡한 심정으로 그 자리를 떠났다. 스스로도 자신의 의견에 확신이 없어서인지 그것을 강하게 피력하지 못했다는 생각에 더욱 마음이 무거웠다. 그는 당혹감을 느끼며 무언가 불미스러운 일이 시작되었으며 반동이 고개를 쳐들고 있음을 예감했다. 이오시프 신부의 뒤를 이어 일부 분별 있는 사람들의 목소리도 점차 잦아들었다. 장로를 사랑했고, 감동 어린 순종으로 장로제를 받아들였던 사람들까지 별안간 겁을 집어먹고 서로 마주쳐도 조심스럽게 얼굴만 훔쳐볼 뿐이었다. 장로제를 뿌리 없는 제도라며 반대해온 사람들은 오만하게 고개를 쳐들고 다녔다. "바르소노피 장로의 시신에서는 악취는커녕 향기가 풍겼지." 그들은 악의에 찬 기쁨을 느끼며 이렇게 말했다. "하지만 그건 장로제 덕이 아니라 그분 스스로 올바른 길을 걸었기 때문이야." 뒤이어 고인이 된 장로에 대한 비판과 비난까지 쏟아져 나오기 시작했다. "장로는 잘못된 가르침을 전했어. 인생이 눈물 어린 겸허가 아닌 큰 기쁨이라고 가르쳤지." 그보다 더 분별없는 자는 이렇게 거들었다. "유행에 따른 신앙을 하느라 물질적인 지옥불을 인정하지 않았어." 장로를 시기하는 자는 이런 말을 했다. "단식도 엄격하게 지키지 않고, 달콤한 음식을 먹곤 했지. 차를 마실 때는 버찌 잼을 먹었는데, 그 잼에 사족을 못 써서 부인들이 보내줄 정도였어. 고행하는 수도사가 차라니, 그게 될 법한 일인가?" "거만하게 앉아서는," 어떤 이들은 악의에 찬 희열을 느끼며 무자비하게 말했다. "자기가 무슨 성인이라도 된다는 양 사람들이 자기 앞에 무릎 꿇는 걸 당연하게 여겼어." "장로는 고해 성사를 악용했지." 장로제의 가장 맹렬한 반대자들은 분개한 목소리로 이렇게 수군댔다. 그중에는 수도원에서 나이가 많고 신앙도 매우 엄격해 진정한 단식과 묵언의 수행자라고 할 수 있는 수도사도 여럿 있었다. 이들은 장로가 살아 있을 때는 묵묵히 있다가 별안간 입을 열었다. 그것은 무서운 일이었다. 왜냐하면 그들의 말은 아직 뚜렷한 주관이 없는 젊은 수도사들에게 강한 영향을 미쳤기 때문이다. 옵도르스크에서 온 방문객, 성 실베스트르 수도원에서 온 수도사는 그들의 말에 귀를 기울이며 깊은 한숨을 내쉬고 고개를 저었다. '그래, 어제 페라폰트 신부님이 한 말씀이 옳았던 모양이야.' 그가 속으로 이런 생각을 하고 있는데, 때마침 페라폰트 신부가 그곳에 나타났다. 그는 사람들의 혼란을 가중시키려고 나타난 것만 같았다.

앞서 나는 페라폰트 신부가 양봉장 옆에 있는 목조 승방을 나오는 일이 드물었다고 말했다. 그는 성당에조차 거의 발걸음을 하지 않았다. 그러나 수도원 측에서는 그를 유로디비로 여겨 모든 수도사가 따라야 하는 규율을 그에게는 적용하지 않고 눈감아주었다. 그러나 사실대로 말하자면, 그런 관용은 수도원으로서는 불가피한 것이기도 했다. 밤낮으로 기도를 드리는(그는 잠도 무릎을 꿇은 채 잤다) 위대한 단식과 금언의 수행자가 스스로 따르기를 원하지 않는데 일반 규칙을 강요하는 것은 어찌 보면 부끄러운 일이었기 때문이다. 만약 페라폰트 신부에게 규율을 강요했다면 수도사들은 이렇게 따졌을 것이다. "그분은 우리 중 그 누구보다 고결하시며 규율보다도 훨씬 어려운 것을 행하고 계신다. 그분이 성당에 오지 않는 건 스스로 와야 할 때를 알고 계시기 때문이다. 그분에게는 그분만의 규칙이 있다." 수도원에서는 이러한 불평과 동요를 피하려고 페라폰트 신부를 가만히 내버려 두었던 것이다. 모두가 알다시피 그는 조시마 장로를 무척 싫어했다. 그런데 갑자기 그의 승방으로 '하느님의 심판은 인간의 심판과는 다르다'는 말과 '자연마저 초월했다'는 소식이 전해진 것이다. 이 소식을 전해주러 가장 먼저 달려간 사람들 가운데 어제 페라폰트 신부를 찾아갔다가 충격을 받고 돌아온 옵도르스크에서 온 손님도 있었으리라는 것은 뻔한 일이다. 파이시 신부가 무덤 옆에 꿋꿋이 서서 성서를 읽었다는 이야기도 했을 것이다. 그는 승방 밖에서 무슨 일이 벌어지는지 볼 수도 들을 수도 없었으나, 가슴으로는 소동의 핵심을 정확히 파악하고 있었다. 자기 주위에 있는 사람들의 마음을 훤히 들여다보고 있었기 때문이다. 그는 당황하지 않고 일어날 수 있는 모든 일에 의연하게 마음의 준비를 했다. 그러면서 이미 심안이 감지한 소동의 결과를 향해 사건이 진행되는 양상을 예리한 눈으로 주시했다. 그런데 이때 별안간 입구 쪽에서 고인에 대한 예의를 깨트리는 시끄러운 소리가 귓전을 때렸다. 곧이어 문이 활짝 열리고 페라폰트 신부가 나타났다.

신부를 따라온 수도사와 세인들이 현관 층계 아래로 몰려든 것이 승방 안에서도 분명히 보였다. 그러나 그들은 승방 안으로 들어오거나 현관 위로 올라오지는 않고, 계단 아래에 멈춰 선 채 페라폰트 신부가 무슨 말을 하고 어떤 행동을 할지 기다렸다. 그들은 자신들도 무례한 언동을 저지르고 있었으면서도 신부가 공연히 여기에 오지는 않았으리라는 생각에 약간의 두려움마저 느끼고 있었다. 문턱 위에 멈춰 선 페라폰트 신부는 두 팔을 쳐들었다. 그의 오른팔 아래로 옵도르스크에서 온 수도사의 호기심 가득한 예리한 눈이 승방 안을 들여다보는 것이 보였다. 그는 강렬한 호기심을 참지 못하고 페라폰트 신부의 뒤를 따라 혼자 계단 위로 뛰어 올라온 것이다. 그를 제외한 나머지 사람들은 문이 쾅 하고 열어젖혀지자 겁을 먹고 뒷걸음질쳤다. 페라폰트 신부는 두 손을 높이 치켜들고 이렇게 외쳤다.

"내쫓고 또 내쫓으리라!" 그러고는 곧바로 승방 안을 돌면서 손으로 벽과 네 구석을 향해 성호를 긋기 시작했다. 신부를 따라온 사람들은 그가 무엇을 하는지 곧바로 알아차렸다. 신부가 어디를 가든 그런 식으로 악령을 쫓기 전에는 자리에 앉지도 말을 하지도 않는다는 것을 알고 있었기 때문이다.

"사탄아, 물러가라! 사탄아, 물러가라!" 신부는 성호를 그을 때마다 이렇게 되뇌었다. "내쫓고 또 내쫓으리라!" 그리고 또다시 이렇게 외쳤다. 신부는 여느 때처럼 투박한 수도복을 입고 허리에 새끼줄을 동여매고 있었다. 삼베 윗도리 밑으로 희끄무레한 털이 수북한 맨가슴이 보였다. 발은 아예 맨발이었다. 신부가 팔을 움직이자 수도복 밑에 차고 다니는 쇠사슬이 철컥거렸다. 파이시 신부는 독경을 멈추고 앞으로 나아가 무언가를 기다리듯 페라폰트 신부 앞에 섰다.

"신부님, 왜 오셨습니까? 왜 고인에 대한 예를 저버리는 겁니까? 무엇 때문에 온순한 양떼를 혼란케 하십니까?" 마침내 파이시 신부가 엄중한 눈으로 페라폰트 신부를 바라보며 이렇게 말했다.

"무엇 때문에 왔느냐고 물었나? 무엇을 바라는 건가? 무엇을 믿고 있느냔 말이야!" 페라폰트 신부는 신들린 사람처럼 외쳤다. "여기 있는 네놈들의 손님, 더러운 악마들을 쫓아내려고 왔다. 내가 없는 동안 그놈들이 얼마나 모여들었을까? 자작나무 빗자루로 싸그리 쓸어버릴 테다."

"악마를 쫓아내겠다고 말씀하시지만, 신부님 자신이 악마를 섬기고 있는지도 모릅니다." 파이시 신부가 대담하게 말했다. "스스로 자기는 성인이라고 말할 수 있는 사람이 세상에 어디 있습니까? 신부님은 그럴 수 있습니까?"

"나는 성인이 아니라 더러운 인간이야. 그래서 안락의자에 앉지도 않고 우상처럼 절을 받지도 않지!" 페라폰트 신부는 쩌렁쩌렁하게 고함을 쳤다. "요즘 인간들은 거룩한 신앙을 망치고 있어. 고인이 된 그대들의 성자는," 그는 군중을 향해 돌아서서 손가락으로 관을 가리켰다. "악마를 쫓는답시고 설사약을 나눠주었지. 그래서 놈들이 방구석마다 거미처럼 득실거리게 된 거야. 그러더니 이제는 자기가 직접 악취를 풍기기 시작했어. 이건 하느님의 위대한 계시야."

실제로 조시마 장로의 생전에 이런 일이 있었다. 어떤 수도사가 악령이 나오는 꿈을 꾸기 시작했고, 나중에는 깨어 있을 때조차 악령이 눈앞에 어른거렸다. 수도사가 극심한 공포에 사로잡혀 조시마 장로에게 그 이야기를 털어놓자 장로는 끊임없이 기도하고 단식을 더 엄격히 지키라고 권했다. 하지만 그것도 효과가 없자, 단식과 기도를 계속하면서 어떤 약을 하나 먹어보라고 했다. 당시 많은 사람들이 이 일에 의혹을 품고 고개를 절레절레 저으며 수군댔는데, 그중에서도 유별난 사람은 페라폰트 신부였다. 장로를 비방하던 몇몇 수도사가 페라폰트 신부에게 득달같이 달려가 조시마 장로가 그런 특이한 경우에 내린 '범상찮은 지시'에 대해 전했던 것이다.

"나가십시오, 신부님!" 파이시 신부가 명령하듯 말했다. "심판은 사람이 아니라 하느님께서 하시는 것입니다. 지금 우리가 보는 '계시'는 신부님도, 나도, 어느 누구도 이해할 수 없는 것인지도 모릅니다. 신부님, 나가십시오, 그리고 양떼를 현혹하지 마십시오!" 파이시 신부는 강경한 목소리로 거듭 말했다.

"고행 수도사가 재계를 제대로 지키지 않으니 이런 계시가 내린 거야. 이건 명백한 일이야! 그걸 숨기려 드는 건 죄악이지!" 흥분으로 이성을 잃은 광신자는 좀처럼 진정할 줄 몰랐다. "달콤한 것의 유혹에 빠져 부인들이 주머니 속에 넣어 갖다주게 만들고, 차까지 즐겨 마셨지. 뱃속엔 단것을 잔뜩 밀어넣고, 머릿속엔 오만한 생각이 가득했어…. 그래서 저런 치욕을 당한 거야….”

“신부님, 말씀이 경솔하십니다!” 파이시 신부도 목소리를 높였다. “신부님이 실천하는 재계와 고행은 감탄스럽지만, 지금 그 말씀은 철없고 변덕스러운 속세의 젊은이가 말할 법한 경솔한 것입니다. 어서 나가십시오, 신부님, 명령입니다.” 파이시 신부가 무섭게 호통을 쳤다.

“그럼 가지!” 페라폰트 신부는 조금 당황한 듯했지만, 여전히 적의를 버리지 않은 채 말했다. “학자 놈들 같으니라고! 대단한 지식을 갖추었다고 무식한 내 앞에서 오만을 떠는구나. 나는 이곳에 들어올 때부터 무식했고, 여기서 지내면서 그나마 알던 것도 잊어버렸어. 하느님께서 네놈들의 대단한 지혜로부터 보잘것없는 나를 지켜주신 거야….”

파이시 신부는 페라폰트를 내려다보며 완강한 태도로 기다렸다. 페라폰트 신부는 잠시 입을 다물었다가 별안간 처량한 얼굴로 오른손을 뺨에 대더니 장로의 관을 바라보며 노래하듯 말했다.

“내일 아침 저 사람을 위해 ‘도움을 주시는 수호자’라는 훌륭한 성가를 불러주겠지. 하지만 내가 죽으면 기껏해야 ‘삶의 기쁨’이라는 보잘것없는 성가나 불러줄 거야(수도사와 고행 수도사의 시신을 옮길 때는(승방에서 성당으로 옮길 때와 장례식 이후 성당에서 무덤으로 옮길 때) ‘삶의 기쁨’이라는 성가를 부른다. 고인이 고행 수도 사제면 ‘도움을 주시는 수호자’를 부른다.—저자).” 페라폰트 신부는 안타깝다는 듯 처연하게 말했다. “그렇게 오만을 떨고 거드름을 피우더니만, 다 부질없는 일이로

다!" 그는 별안간 실성한 사람처럼 고함을 지르더니 한 손을 내젓고는 몸을 홱 돌려 빠른 걸음으로 현관 층계를 내려가버렸다. 밑에서 기다리던 군중은 어찌할 바를 몰랐다. 어떤 이는 곧장 신부를 따라나섰으나, 어떤 이는 주춤거렸다. 승방 문이 그대로 열려 있었고, 파이시 신부가 페라폰트 신부를 뒤따라 나와 현관에 서서 지켜보고 있었기 때문이다. 그러나 이성을 잃은 노인은 아직 끝난 것이 아니었다. 스무 걸음쯤 걸어간 그는 갑자기 저물어가는 태양을 향해 돌아서더니 두 팔을 쳐들고 누군가 다리를 걸기라도 한 것처럼 땅에 풀썩 쓰러지며 바락바락 고함을 질렀다.

"나의 주님이 이기셨도다! 그리스도가 저물어가는 태양을 이기셨도다!" 그는 태양을 향해 두 팔을 뻗고 미친 사람처럼 소리치더니, 얼굴을 땅에 묻고는 팔을 바닥에 떨군 채 온몸을 떨며 어린아이처럼 통곡하기 시작했다. 사람들은 그에게 몰려들었고, 그의 울음에 답하는 외침과 울음소리가 터졌다…. 일종의 광분이 모든 사람을 휩쓸었다.

"이분이야말로 성인이시다! 이분이야말로 의인이시다!" 이제는 아무 거리낌도 없이 이런 외침이 터져 나왔다. "장로의 자리에 앉아야 할 사람은 바로 이분이시다." 다른 사람들은 악의에 젖어 이렇게 말했다. "이분은 장로의 자리에 앉지 않으실 거야…. 자기 쪽에서 거부하실 거라고…. 그런 저주스러운 신제도를 위해 힘쓰실 분이 아니야…. 저들의 어리석은 짓을 따라 하실 리가 없어." 또 다른 목소리가 즉각 말을 받았다. 그대로 가다간 어떤 상황으로 치달을지 상상하기조차 어려운 순간이었다. 그런데 때마침 미사를 알리는 종소리가 들려왔다. 사람들은 성호를 그었다. 페라폰트 신부도 바닥에서 일어나 성호를 그으면서 뒤도 돌아보지 않고 자기 승방을 향해 걸어갔다. 여전히 뭐라고 소리치고 있었지만, 그것은 이미 전혀 알아들을 수 없는 말이었다. 몇 안 되는 사람이 신부의 뒤를 따랐으나, 대부분은 미사에 참석하기 위해 흩어졌다. 파이시 신부는 이오시프 신부에게 낭독을 맡기고 밑으로 내려왔다. 광신자의 광적인 외침에 흔들릴 리는 없었지만, 갑자기 마음이 서글프고 괴로워진 것을 느꼈다. 그는 걸음을 멈추고 이렇게 자문해보았다. '무엇 때문에 이렇게 기운이 빠질 만큼 슬픈 것일까?' 그 순간 그는 이 갑작스러운 슬픔이 아주 사소하고 특수한 이유 때문이라는 것을 깨닫고 놀랐다. 조금 전 승방 입구에 몰려 있던 흥분한 군중 속에서 알료샤의 모습을 발견한 순간 갑자기 가슴이 아팠던 것이 떠오른 것이다. '그런 젊은이가 내 마음에 이토록 큰 의미를 지니고 있는 것인가?' 그는 놀라움을 느끼며 이렇게 자문했다. 그런데 그때 마침 알료샤가 신부의 곁을 지나가는 것이 아닌가. 알료샤는 어디론가 서둘러 가고 있었으나 성당 쪽은 아니었다. 두 사람의 시선이 마주쳤다. 그러자 알료샤는 얼른 눈을 피해 바닥을 내려다보았다. 파이시 신부는 그 모습 하나만으로도 이 순간 청년의 마음속에 극심한 변화가 일어나고 있음을 깨달았다.

"너까지 현혹된 것이냐?" 신부가 버럭 외쳤다. "설마 너도 믿음이 부족한 자들과 한패인 것이냐!" 그는 비통한 목소리로 소리쳤다. 알료샤는 걸음을 멈춰 서서 모호한 눈빛으로 파이시 신부를 바라보다가 다시 시선을 돌려 바닥으로 내리깔았다. 그는 한쪽으로 돌아선 채 묻는 사람에게 고개를 돌리지 않았다. 파이시 신부는 그런 알료샤를 주의 깊게 살펴보았다.

"어딜 그렇게 급하게 가는 것이냐? 미사 종이 울리고 있는데." 파이시 신부가 다시 물었으나, 알료샤는 여전히 대답이 없었다.

"혹시 암자를 떠날 생각이냐? 허락도 축복도 받지 않고서?"

알료샤는 갑자기 일그러진 미소를 짓더니 자신의 인도자이자 마음과 머리의 지배자인 사랑하는 장로가 죽어가면서 자신을 맡긴 파이시 신부를 기묘한 눈으로 쳐다보았다. 그리고 여전히 아무 대답도 없이 예의조차 잊은 듯 손을 한 번 휘 내젓고는 빠른 걸음으로 암자 입구 쪽으로 가버렸다.

"다시 돌아오겠지!" 파이시 신부는 슬픔과 놀라움이 뒤섞인 심정으로 알료샤의 뒷모습을 바라보며 중얼거렸다.

2. 기회

자신의 '사랑스러운 소년'이 다시 돌아오리라는 파이시 신부의 생각은 물론 틀리지 않았다. 어쩌면 알료샤의 심적 상태의 진정한 의미를(완전하게는 아니더라도 예리하게) 꿰뚫어본 것인지도 몰랐다. 그러나 솔직히 고백하자면 내가 이토록 사랑하는 젊은 주인공의 삶에서 이 기이하고도 모호한 순간이 가지는 의미를 지금 정확히 전달한다는 것은 내게도 무척 어려운 일이다. 파이시 신부가 알료샤에게 던진 "너도 믿음이 부족한 자들과 한패인 것이냐?"는 서글픈 질문에 대해서라면, 알료샤를 대신해 분명히 대답할 수 있다. "아니다, 그는 신앙이 부족한 사람들과 한패가 아니다"라고. 오히려 그와는 정반대였다. 즉, 알료샤가 겪는 모든 혼란은 그의 믿음이 너무나 깊은 데서 비롯되었던 것이다. 아무튼 알료샤가 혼란을 느낀 것은 사실이었고, 오랜 세월이 흐른 후에 이 힘든 하루를 자신의 인생에서 가장 괴롭고 운명적인 날로 생각할 만큼 고통스러워했다. 만약 단도직입적으로 "알료샤가 그런 슬픔과 불안을 느낀 것은 장로의 시신이 즉각 치유의 기적을 일으키는 대신 오히려 너무 빨리 썩어버렸기 때문이 아닌가?"라고 묻는다면 나는 주저 없이 "그렇다, 정말로 그랬다"라고 대답할 것이다. 다만 독자에게 나의 젊은이의 순수한 마음을 너무 성급히 비웃지는 말아달라고 부탁하고 싶다. 나는 알료샤를 위해 용서를 빌거나, 그의 순진한 신앙이 나이가 어려서라든지, 아니면 예전에 학문을 배울 때 뛰어난 성과를 내지는 못했기 때문이라는 등의 이유를 들어 변명할 생각은 추호도 없다. 반대로 그의 본성에 진심 어린 존경을 느끼고 있다고 분명히 말해두고 싶다. 물론 가슴이 느끼는 인상을 조심스럽게 받아들이고, 뜨거운 사랑이 아닌 미지근한 사랑을 할 줄 알며, 정확하기는 하지만 나이에 비해 지나치게 사리 판단이 뛰어난 지성을 갖춘(그래서 오히려 가치가 떨어지는) 젊은이라면 나의 청년이 겪은 일을 피할 수 있었을 것이다. 그러나 경우에 따라서는 비록 어리석어 보일지라도 위대한 사랑에서 솟아난 감정에 완전히 자신을 내맡기는 것이 그 감정을 아예 외면해버리는 것보다 더 좋은 일일 수 있다. 특히 청년 시절에는 더욱 그렇다. 언제나 지나치리만큼 사리 판단이 정확한 젊은이는 어딘가 의심스럽고 그 가치도 낮다는 것이 나의 의견이다. 그러면 현명한 사람들은 이렇게 따질 것이다. "하지만 모든 청년이 다 그런 편견을 믿어서는 안 되며, 당신의 청년이 다른 청년들의 모범이라고 할 수는 없다." 그러면 나는 역시 이렇게 대답하겠다. "그렇다, 나의 청년은 거룩하고도 흔들리지 않는 신앙을 가졌지만, 그것 때문에 그를 위해 용서를 빌지는 않겠다."

나는(어쩌면 너무 성급하게) 나의 주인공을 위해 해명하거나 용서를 빌거나 변명할 생각이 없다고 선언했다. 그러나 역시 뒷이야기를 이해하려면 한 가지 설명이 필요할 듯하다. 내가 하려는 말은 이렇다. 여기서 중요한 것은 기적이 아니었다. 기적에 대한 초조하고 경솔한 기대가 중요한 것이 아니었다. 그때 알료샤에게는 어떤 신념의 승리를 위해, 자신이 믿고 있는 이념이 다른 이념을 누르고 승리하는 것을 보기 위해 기적이 필요한 것이 아니었다(그것은 절대로 아니었다). 오, 아니다, 전혀 그런 것이 아니었다. 알료샤의 마음을 온통 차지하고 있던 것은 얼굴, 오직 얼굴이었다. 그가 사랑했던 장로의 얼굴, 숭배에 가까울 만큼 존경한 장로의 얼굴이었던 것이다. 알료샤의 젊고 순수한 마음에 깃든 '만인과 만물'에 대한 사랑은 1년 전부터 그 순간까지 비정상적이다 싶을 만큼 줄곧 한 존재, 즉 세상을 떠난 장로에게 집중되고 있었다. 적어도 격정에 휩싸이는 순간에는 그랬다. 사실 장로라는 존재는 알료샤에게는 오랫동안 하나의 이상이었기 때문에 알료샤의 젊은 힘과 열정은 때로는 '만인과 만물'도 잊을 만큼 오로지 그 이상만을 향해 나아갈 수밖에 없었다. (이후에 알료샤는 이 힘든 날, 전날까지만 해도 그토록 걱정하고 안타까워했던 드미트리 형을 까맣게 잊었으며, 그 전날 그렇게 열심히 계획했으면서도 일류샤의 아버지에게 200루블을 가져다주는 것조차 잊어버렸다는 사실을 떠올렸다.) 그러나 거듭 말하지만 알료샤에게 필요했던 것은 기적이 아닌 '최상의 정의'였다. 알료샤는 그것이 무너져버렸다는 생각에 그토록 지독한 마음의 상처를 받은 것이다. 또 이 '정의'가 시간이 지남에 따라 알료샤의 기대 속에서 기적의 형태로 변해, 그것이 자신이 사랑해 마지않았던 스승의 시신에서 즉시 나타나리라고 믿었다고 해서 이상할 것은 무엇인가? 수도원 내의 모든 사람들, 심지어 파이시 신부처럼 알료샤가 그 지성을 존경해 마지않았던 사람들까지도 그렇게 생각하고 믿고 있었다. 그래서 알료샤는 아무런 의혹 없이 다른 사람들과 마찬가지로 자신의 꿈을 기적이라는 형태로 바꾼 것이다. 꼬박 1년을 수도원에서 지내면서 그것은 그의 마음속에 단단히 굳어졌고, 기적에 대한 기대는 습관이 되어버렸다. 그러나 알료샤가 갈구한 것은 정의였지, 단순한 기적이 아니었다! 그런데 이 세상 그 누구보다 더 높은 곳으로 가실 거라고 믿었던 그분이 마땅한 영광을 누리기는커녕 별안간 치욕의 나락으로 떨어지지 않았는가! 무엇 때문인가? 누구의 심판인가? 누가 그런 판단을 내릴 수 있었단 말인가? 이것이 그때 미숙하고 순진한 그의 마음을 괴롭힌 의문이었다. 알료샤는 의인 중의 의인이 자기보다 훨씬 낮은 자리에 있는 경박한 군중으로부터 냉소와 악의에 찬 조롱을 받고 있다는 사실에 모욕과 분노를 느끼지 않을 수 없었다. 기적은 일어나지 않아도 상관없었다. 기적 같은 일은 하나도 일어나지 않고, 기대하는 것이 바로 실현되지 않아도 좋았다. 그러나 이 불명예와 수치는 무엇 때문이란 말인가? 어째서 악의에 찬 수도사들의 말처럼 '자연을 초월한' 때 이른 부패가 일어난 것인가? 저들이 페라폰트 신부와 함께 그토록 의기양양하게 떠들어대는 '계시'는 무엇이며, 어째서 저들은 그렇게 떠들 권리가 있다고 믿고 있는 것인가? 하느님의 계시와 그분의 손가락은 대체 어디에 있는가? 어째서 하느님께서는 마치 눈멀고 말 못하는 무자비한 자연의 법칙에 굴복하신 것처럼 '지금처럼 절실한 순간에'(알료샤는 이렇게 생각했다) 그 손가락을 감추신 것인가?

알료샤의 가슴에서 피가 흐른 것은 이 때문이었다. 이미 말했듯 알료샤의 마음을 온통 차지하고 있던 것은 자신이 이 세상에서 가장 사랑하는 얼굴이었다. 그 얼굴이 '치욕을 당하고' '명예가 더럽혀진' 것이다! 내 청년의 이런 불만이 경솔하고 지각없는 것이었을지는 모른다. 그러나 세 번째로 되풀이하거니와(그리고 나의 생각도 경솔할 수 있다고 미리 인정하겠

다) 나는 내 청년이 그런 순간에 분별 있게 행동하지 못했다는 사실이 기쁘다. 분별력은 어리석은 사람이 아닌 이상 때가 되면 찾아오게 마련이지만, 만약 그런 예외적인 순간에조차 청년의 가슴속에 사랑이 없다면, 그것은 언제 찾아올 수 있겠는가? 하지만 알료샤에게 숙명적인 혼란스러운 그 순간 잠깐이기는 하지만 그의 머릿속에서 벌어진 한 가지 이상한 현상에 대해 입을 다물지는 않겠다. 이 새로 나타나고 번뜩인 무언가는 바로 어제 이반 형과 나눈 대화에서 받은 괴로운 인상이었다. 그것이 하필 지금 끊임없이 알료샤의 머릿속에 떠오르고 있었다. 오, 알료샤의 마음속에서 근본적이고 자연 발생적인 믿음이 흔들린 것은 아니었다. 그는 하느님에게 불만을 토로하기는 했지만 자신의 하느님을 사랑했고 굳건한 믿음을 지니고 있었다. 그럼에도 어제 이반 형과 나눈 대화에서 받은, 모호하지만 괴롭고 불길한 인상이 지금 갑자기 마음속에서 꿈틀거리기 시작하더니 점차 표면으로 떠오르려 하는 것이었다. 땅거미가 내려앉을 무렵, 암자에서 수도원으로 가려고 소나무 숲을 지나가던 라키틴이 문득 나무 밑에서 잠든 사람처럼 미동도 없이 엎드려 있는 알료샤를 발견했다. 라키틴은 다가가 말을 걸었다.

"여기 있었어, 알렉세이? 설마 너도…." 라키틴은 놀라서 이렇게 말하다가 중간에 입을 다물었다. 그는 '설마 너도 그 지경까지 된 거냐?'라고 말하려던 것이었다. 알료샤는 올려다보지 않았지만, 라키틴은 그의 움직임을 보고 자기 말을 듣고 이해하고 있다고 짐작했다.

"왜 그래?" 라키틴은 여전히 놀라움을 느끼고 있었으나, 이미 얼굴에는 미소가 번지기 시작했고, 그 미소에는 점차 조롱의 빛이 역력해졌다.

"이봐, 나는 벌써 2시간이 넘게 널 찾고 있었다고. 네가 갑자기 사라져버려서 말이야. 여기서 뭐 하는 거야? 이게 무슨 바보 같은 짓이야? 나 좀 봐…."

알료샤는 고개를 들고 일어나 나무에 기대앉았다. 울지는 않았지만 고통스러운 표정에 눈에는 신경질적인 기색이 가득했다. 알료샤는 라키틴을 보지 않고 다른 곳을 바라보았다.

"너 말이야, 얼굴이 완전히 딴사람이 됐어. 그 소문난 온화함이 자취도 없이 싹 사라졌군그래. 누구한테 화라도 난 거야? 모욕이라도 당했어?"

"저리 좀 가!" 알료샤가 여전히 라키틴에게 시선을 주지 않은 채 피곤한 듯 손을 내저으며 이렇게 말했다.

"아니, 이게 무슨 일이야! 속세 사람처럼 소리를 지르다니. 그것도 천사라고 불리는 네가! 알료샤, 네게 깜짝 놀랐어. 진심이야. 이곳에 와서는 놀라본 지가 한참인데. 나는 네가 교양 있는 사람인 줄 알았거든…."

알료샤는 마침내 라키틴을 바라보았으나, 무슨 말인지 이해가 안 된다는 듯 어쩐지 멍한 표정이었다.

"설마 그 노인이 악취를 풍겼다고 그러는 거야? 정말 그 노인이 기적을 일으킬 줄 알았어?" 라키틴은 다시금 진심으로 놀라움이 솟는 것을 느끼며 물었다.

"믿었어. 지금도 믿고 있고, 그렇게 믿고 싶고, 또 앞으로도 그럴 거야. 이제 됐어?" 알료샤가 흥분해 소리쳤다.

"그래, 그래. 그만 물을게. 빌어먹을, 그런 건 요새 열세 살짜리 초등학생도 안 믿는다고. 아무튼… 그러니까 넌 지금 하느님께 화가 나서 반항하고 있는 거로군. 직급도 올려주지 않고 기념일에 훈장도 내려주지 않았다고 말이야! 이것 참!"

알료샤는 눈을 가늘게 뜨고 한참 동안 라키틴을 바라보았다. 갑자기 그 눈에서 무언가가 번뜩였다…. 그러나 라키틴에 대한 분노는 아니었다.

"나는 내 하느님에게 반항하는 게 아니야. '하느님의 세상을 받아들이지 않을 뿐'이지." 알료샤는 삐딱하게 웃었다.

"세상을 받아들이지 않는다고?" 라키틴은 그 대답에 잠시 생각에 잠겼다. "그게 무슨 잠꼬대 같은 소리야?"

알료샤는 아무런 대답도 하지 않았다.

"자, 이런 시답잖은 이야기는 그만두고 중요한 이야기로 넘어가지. 오늘 뭐 좀 먹었어?"

"기억이 안 나는데… 아마 그랬겠지."

"얼굴을 보아하니 뭘 좀 먹고 기운을 차려야겠어. 보고 있자니 마음이 짠할 정도야. 암자에서 모임이 있었다니, 밤에 잠도 못 잤을 거 아냐? 그러고 나서는 이런 난리가 벌어졌으니… 성찬빵 조각이나 씹은 게 고작이겠지. 지금 주머니에 소시지가 있어. 아까 시내에서 이리로 올 때 혹시나 싶어 챙겼거든. 하지만 너는 소시지 같은 건…."

"그럼 좀 줘."

"뭐? 네가 그렇게 나오다니! 방어벽까지 세우고 제대로 반역을 하겠다 이거군! 하긴, 이런 일을 무시할 이유는 없지. 내 방으로 가자고… 나도 피곤해 죽을 지경이라 보드카가 생각나던 참이었거든. 넌 보드카는 사양하겠지만… 아니면 한 잔하겠어?"

"보드카도 줘."

"세상에! 믿을 수가 없군!" 라키틴이 황당한 표정으로 알료샤를 바라보았다. "뭐, 보드카든 소시지든, 네가 엄두를 낸 건 용감하고도 좋은 일이니 이런 기회를 놓쳐서야 안 되지. 가자!"

알료샤는 말없이 자리에서 일어나 라키틴을 따라나섰다.

"네 형 바네치카(이반의 애칭—옮긴이)가 보면 얼마나 놀랄까! 그러고 보니, 이반 표도로비치가 오늘 아침에 모스크바로 떠났다는데, 알고 있어?"

"응." 알료샤는 무심하게 대답했다. 그 순간 문득 머릿속에 드미트리 형의 모습이 떠오르며 한시도 미룰 수 없는 급한 일, 어떤 무서운 의무와 책임이 생각났지만, 그 생각도 그의 마음속을 파고들거나 어떤 인상을 남기지는 못한 채 곧 기억에서 사라져 잊히고 말았다. 하지만 알료샤는 이후 오랫동안 그랬다는 사실을 기억했다.

"네 형 바네치카는 언젠가 나보고 '무능한 자유주의자'라고 했어. 너도 한번은 홧김에 나에게 '뻔뻔하다'고 했고…. 상관없어! 너희 형제는 얼마나 재능 있고 정직한지 어디 한번 두고 보자고(이 마지막 말은 입속으로 혼자 중얼거린 것이었다). 아무튼 말이야." 그는 다시 큰 목소리로 말했다. "수도원을 지나 오솔길을 통해 곧장 시내로 가자…. 흐음. 그러고 보니 호홀라코바 부인 집에 들러야겠어. 그 부인에게 오늘 일어난 일을 전부 편지로 알려주었더니, '나는 조시마 장로처럼 훌륭하신 분께서 그런 짓을 할 줄은 꿈에도 몰랐다'고 연필로 답장을 써서 보내왔지 뭐야(그 부인은 편지 쓰는 걸 끔찍이 좋아하지). 정말로 '그런 짓'이라고 썼다니까! 부인도 분통이 터진 거야. 어휴, 다 하나같이! 잠깐만!" 라키틴은 갑자기 이렇게 소리치더니 알료샤의 어깨를 붙잡아 멈춰 세웠다.

"이봐, 알료샤." 라키틴은 번쩍 떠오른 새로운 생각에 완전히 사로잡힌 듯 알료샤의 눈을 살폈다. 겉으로는 웃고 있었지만 이 갑작스러운 발상을 입 밖으로 꺼내기는 두려운 듯했다. 그만큼 지금 알료샤의 예상치 못한 이상한 태도가 믿기 어려웠던 것이다. "알료샤, 지금 우리가 어디로 가는 게 가장 좋은지 알아?" 마침내 라키틴은 알료샤의 눈치를 살피며 조심스럽게 물었다.

"아무 데나 상관없어… 가고 싶은 데로 가."

"그럼 그루셴카한테 갈까? 어때, 갈래?" 조심스러운 기대에 몸까지 떨리는 것을 느끼며 마침내 라키틴이 말을 꺼냈다.

"그래, 그루셴카한테 가자." 알료샤는 곧장 태연하게 대답했다. 라키틴은 알료샤가 그렇게 금방 순순히 동의할 줄은 생각도 못했던 터라 하마터면 크게 뒷걸음질 칠 뻔했다.

"아, 아니…! 이것 참!" 라키틴은 너무 놀라 이렇게 소리치다가, 행여나 알료샤가 마음을 바꿀까봐 그의 팔을 꽉 붙잡고 얼른 오솔길로 데려갔다. 두 사람은 말없이 걸어갔다. 라키틴은 말을 건네는 것도 두려웠다.

"그 여자가 얼마나 좋아할까…." 그는 이렇게 중얼거리다가 다시 입을 다물었다. 사실 그루셴카를 기쁘게 해주려고 알료샤를 데려가는 것은 결코 아니었다. 라키틴은 신중해서 자기에게 이익이 되는 목적이 없으면 절대로 움직이는 법이 없었다. 지금 그의 목적은 두 가지였다. 첫째는 '의인의 치욕'을 보겠다는 복수심으로, 알료샤가 '성인에서 죄인'으로 '타락'하는 모습을 볼 수 있을지도 모른다는 것이었고, 둘째로는 그에게 매우 유리한 어떤 물질적인 목적을 염두에 두고 있었는데, 여기에 대해서는 나중에 설명하도록 하겠다.

'기회가 찾아온 거로군.' 라키틴은 악의적인 기쁨에 젖어 속으로 생각했다. '이런 기회는 그 목덜미를 콱 틀어잡아야지. 굉장히 중요한 기회니까.'

3. 양파 한 뿌리

그루셴카는 소보르나야 광장에서 가까운, 시내에서 가장 번화한 곳에 살고 있었다. 모로조바라는 상인 미망인의 집 마당에 작은 목조 별채가 있는데, 그곳에 세를 들어 살고 있었던 것이다. 모로조바 부인의 집은 크기만 하고 낡고 흉측한 2층짜리 석조 건물이었다. 나이가 많은 부인은 역시 나이가 많은 두 조카딸을 데리고 그곳에서 조용히 살고 있었다. 별채를 굳이 세놓을 필요가 없는 부인이 그루셴카를 집에 들인 것은(그것은 4년 전의 일이었다) 자신의 친척이자 그루센카의 공공연한 후견인인 상인 삼소노프의 비위를 맞추기 위해서라는 것은 누구나 다 아는 사실이었다. 질투심 많은 노인이 모로조바 부인의 집에 자기 '애인'을 맡긴 이유가 부인이 새로 세를 든 여인의 행실을 날카로운 눈으로 감시해줄 것을 염두에 두었기 때문이라는 소문도 있었다. 그러나 그런 예리한 눈이 필요 없다는 것이 곧 밝혀졌다. 결국 부인은 그루셴카와 자주 마주치지도, 감시한다고 귀찮게 굴지도 않게 되었다. 노인이 마르고 가냘픈 체구에 내성적이고 수줍음이 많으며 우울하고 사색적인 열여덟 살 소녀를 현청 소재지에서 이 집으로 데려온 것이 벌써 4년 전이니 그 후로 벌써 오랜 세월이 흐른 셈이다. 그런데 우리 도시에서 이 소녀의 내력에 대해 제대로 아는 사람은 거의 없었다. 그루셴카가 4년 새 '절세 미인'으로 변해 최근 퍽 많은 사람들이 그녀에게 관심을 가졌음에도 그녀의 과거에 대해 밝혀진 것은 없었다. 다만 그루셴카가 열일곱이란 어린 나이에 어떤 장교에게 기만당했다가 곧 버려졌다는 소문만 돌 뿐이었다. 장교는 다른 곳으로 떠나 결혼해버리고, 그루셴카는 치욕과 빈곤 속에 혼자 남게 되었다는 것이다. 그때 그루셴카가 노인 덕분에 가난에서 벗어난 것은 사실이지만, 그녀가 원래 고상한 성직자 집안에서 소속이 없는 보제補祭나 그와 비슷한 사람의 딸로 태어났다는 소문도 있었다. 이 여리고 상처받은 불쌍한 고아 소녀가 4년 만에 풍만한 몸매에 장밋빛 뺨을 가진 러시아 미인으로 변했다. 그루셴카는 대담하고 결단력 있으며 오만하고 뻔뻔한 여자가 되었다. 돈 계산에도 능하고 장삿속에 밝았으며 인색하고 조심스러웠다. 소문에 따르면, 방법이야 어찌 됐든 이미 상당한 재산을 모아두었다고 했다. 모든 사람들이 분명히 알고 있는 사실은 하나였다. 그루셴카에게 접근하기 어렵다는 것, 그리고 지난 4년 동안 후견인 노인 외에 그녀의 사랑을 받았다고 자부할 수 있는 사람은 아무도 없었다는 것이다. 이것은 엄연한 사실이었다. 그루셴카의 사랑을 얻겠다고 달려드는 사람은 적지 않았고, 특히 지난 2년 동안은 더욱 그랬으나, 모든 노력은 수포로 돌아갔으며, 그중에는 기가 센 이 젊은 여인의 조롱 섞인 단호한 거절에 우스꽝스럽고도 창피스러운 꼴로 물러나야 했던 사람들도 있었다. 이 젊은 여인이 특히 1년 전부터 '투기'에 손을 대기 시작했는데, 그쪽에 굉장한 재능을 보여 많은 사람들로부터 유대인이 따로 없다는 말까지 듣게 되었다는 것도 알려져 있었다. 고리대금업을 한 것은 아니었으나, 이를 테면 표도르 파블로비치 카라마조프와 함께 얼마 동안 1루블당 10코페이카라는 헐값에 어음을 사들였다가, 그중 어떤 것으로는 10코페이카당 1루블의 이익을 냈다는 것이다. 1년 전부터 다리가 퉁퉁 부어 못쓰게 된 삼소노프 노인은 장성한 자식들에게는 폭군이나 다름없는 홀아비였다. 그는 백만장자였으나 인색하고 완고했다. 처음에는 그루셴카를 구속해 독설가들로부터 '재계용 음식'만 먹인다는 말까지 들었으나, 지금은 자기가 돌봐주는 이 여자에게 꼼짝 못 하는 처지가 되어 있었다. 그루셴카가 자신의 정절에 대해 무한한 신뢰를 줌으로써 해방을 얻어낸 것이다. 뛰어난 사업가인 이 노인(이제는 고인이 된 지 오래지만) 역시 남다른 성격의 소유자로서, 무엇보다 인색하고 쇠심줄처럼 고집이 센 사람이었다. 그래서 그루셴카 없이는 못 살 만큼 완전히 빠져버렸음에도(특히 지난 2년간은 정말로 그랬다) 거금을 떼어주는 일은 없었다. 설령 그루셴카가 노인을 버리겠다고 협박을 하고 나선다 해도 그는 끝까지 고집을 꺾지 않았을 것이다. 노인이 떼준 돈은 얼마 되지 않았고, 사람들은 그 사실에 깜짝 놀랐다. "너는 어리숙한 여자는 아니니까," 노인은 그루셴카에게 8000루블 정도를 주면서 이렇게 말했다. "네 손으로 한번 잘 관리해보아라. 하지만 지금껏 그래왔듯 매년 주는 생활비 말고는 내가 죽을 때까지 내게서 한 푼도 더 못 받을 것이다. 유언장에도 네 앞으로는 아무것도 남겨주지 않을 생각이다." 그는 정말 그렇게 했다. 죽으면서 전 재산을 평생 하인처럼 부려먹은 자식들과 며느리, 손주들에게 나눠주고, 그루셴카에 대해서는 유언장에 일언반구도 하지 않은 것이다. 이 모든 사실은 나중에 가서야 알려진 것이다. 그는 '자기 자본'을 굴리는 방법에 대해서라면 그루셴카에게 이런저런 조언을 해주며 많은 도움을 주었고, '사업'의 요령을 일러주었다. 처음에 어떤 '투기' 건으로 그루셴카와 알게 된 표도르 파블로비치 카라마조프가 뜻밖에도 거의 이성을 잃을 만큼 그루셴카에게 홀딱 빠져버리고 말았을 때, 이미 임종이 가까웠던 삼소노프 노인은 박장대소를 했다. 한 가지 눈여겨볼 것은 그루셴카가 이 노인에게만큼은 모든 것을 터놓고 진심으로 솔직하게 대했다는 점이다. 그렇게 대하는 사람은 세상에서 그 노인이 유일한 듯했다. 그런데 최근 드미트리 표도로비치가 그루셴카를 사랑한다며 등장하자 노인은 웃음을 거두었다. 오히려 진지하고 엄중한 얼굴로 그루셴카에게 이런 충고를 하기도 했다. "만약 아비와 아들 중 하나를 골라야 한다면 아비를 고르도록 해라. 대신 그 뻔뻔한 늙은이가 반드시 너와 결혼하고, 미리 얼마간의 재산을 네 명의로 해준다는 조건이어야 한다. 그 대위와는 만나지 마라. 그놈하고는 길이 없으니까." 이것이 자신의 죽음이 가까웠다는 것을 느낀 늙은 호색한이 그루셴카에게 한 말이었다. 그는 이런 충고를 한 지 다섯 달 만에 죽었다. 여기서 잠깐 언급해둘 것은 그루셴카를 놓고 카라마조프 부자가 벌이던 어리석고 추악한 경쟁에 대해서는 우리 도시에서 웬만한 사람들은 다 알고 있었지만, 이들 부자에 대한 그루셴카의 태도가 진정 어떤 의미를 지니고 있는지 아는 사람은 거의 없었다는 것이다. 그루셴카의 두 하녀도(뒤에서 이야기할 엄청난 재앙이 벌어진 후에) 법정에서 그루셴카가 드미트리를 상대해준 것은 그가 '죽이겠다고 협박하니' 무서워서 그랬을 뿐이라고 증언했다. 그루셴카의 하녀는 두 명이었다. 한 명은 생가에서부터 데려온 병들고 귀가 어두운 늙은 식모였고, 다른 한 명은 그 손녀로 그루셴카의 잔시중을 드는 스무 살쯤 된 젊고 민첩한 처녀였다. 그루셴카는 매우 검소한 생활을 했기 때문에 세간도 보잘것없었다. 그녀가 세를 들어 사는 별채에는 방이 세 개 있었고, 집주인이 들여놓은 1820년대 풍의 낡은 적갈색 가구들이 딸려 있었다. 라키틴과 알료샤가 그루센카의 집으로 들어갔을 때 밖은 이미 캄캄해져 있었다. 그러나 방 안에는 아직 불이 켜져 있지 않았다. 그루셴카는 거실에 있는 커다란 소파에 누워 있었다. 그 소파는 오래전에 가죽이 해져 구멍투성이가 된 딱딱하고 볼품 없는 것이었다. 머리 밑에는 침대에서 가져온 흰 솜털 베개가 두 개 놓여 있었다. 그루셴카는 두 손을 머리 밑에 넣고 몸을 쭉 편 채 가만히 누워 있었다. 누구를 기다리는 중인지 검은 실크 원피스를 입고 머리에는 무척 잘 어울리는 가벼운 레이스 장식을 하고 있었다. 어깨에는 레이스 숄을 두르고 큼지막한 금 브로치를 달고 있었다. 아닌 게 아니라 그루셴카는 누군가를 기다리던 중이었다. 눈과 입술이 달아오를 만큼 애를 태우며 초조한 듯 약간 창백해진 얼굴을 한 채 오른쪽 발끝으로 소파의 팔걸이를 툭툭 치고 있었다. 라키틴과 알료샤가 도착하자 작은 소란이 벌어졌다. 그루셴카가 후다닥 소파에서 일어나 놀란 듯 "누구지?" 하고 외치는 소리가 현관까지 들렸다. 손님을 맞으러 나온 하녀가 즉시 주인에게 고했다.

"그분이 아니에요. 다른 분들이에요. 아무도 아니에요."

"무슨 일이지?" 라키틴이 알료샤의 팔을 잡고 거실로 데리고 들어가면서 중얼거렸다. 그루셴카는 아직도 놀란 듯 소파 옆에 서 있었다. 풍성한 암갈색 머리가 머리 장식에서 빠져나와 오른쪽 어깨 위로 흘러내렸으나, 그런 줄도 모른 채 손님들의 얼굴을 들여다보고 누구인지 확인할 때까지 머리를 정돈할 생각도 하지 못했다.

"아아, 라키트카(라키틴의 애칭—옮긴이), 너였어? 깜짝 놀랐잖아. 그런데 누구를 데리고 온 거야? 같이 온 사람은 누구야? 세상에, 이게 누구람!" 그녀는 알료샤를 알아보고 소리쳤다.

"촛불이나 좀 가져오라고 해!"

라키틴은 이 집에서 마음대로 명령할 수 있는 아주 편하고 가까운 사이라는 것을 보여주듯 거리낌 없는 태도로 말했다.

"촛불… 물론 촛불을 가져와야지… 페냐, 촛불을 가져와… 그런데 하필 지금 저분을 데리고 오다니!" 그루셴카는 턱 끝으로 알료샤를 가리키며 다시 이렇게 소리치고는 거울 쪽으로 가서 두 손으로 재빨리 머리를 매만지기 시작했다. 뭔가 불만인 모양이었다.

"왜, 싫어?" 라키틴이 금방 기분이 상해 물어보았다.

"사람을 너무 놀라게 하니까 그렇지, 라키트카." 그루셴카가 미소 지으며 알료샤를 돌아보았다. "나를 무서워하지 말아요, 알료샤. 이렇게 뜻밖에 찾아와주다니 얼마나 기쁜지 몰라요. 하지만 라키트카, 너 때문에 정말 놀랐어. 미탸가 들이닥친 줄 알았거든. 아까 그 사람을 속여서 내 말을 믿겠다는 다짐을 받아놓고는 내 쪽에서 거짓말을 했어. 우리 노인 쿠지마 쿠지미치에게 가서 밤이 될 때까지 저녁 내내 돈 계산을 할 거라고 해놨거든. 원래도 일주일에 한 번씩 계산을 하러 그곳에 가서 저녁 내내 있곤 하니까. 자물쇠로 문을 걸어 잠그고, 노인이 계산을 하면 나는 옆에 앉아서 장부에 받아 적는 거지. 노인이 믿는 사람은 나밖에 없거든. 미탸는 내가 거기 가 있는 줄 알고 있을 거야. 하지만 나는 이렇게 집에 틀어박혀 한 가지 소식을 기다리고 있는 중이야. 그런데 페냐가 왜 너희를 들여보냈을까! 페냐, 페냐! 얼른 나가서 문을 열고 대위님이 있지 않나 보고 와. 어쩌면 숨어서 지켜보고 있을지도 모르니까. 정말 무서워 죽겠어!"

"아무도 없어요, 아그라페나 알렉산드로브나. 방금 둘러봤는걸요. 지금도 계속 문틈으로 내다보고 있어요. 저도 무서워서 이렇게 벌벌 떨고 있으니까요."

"페냐, 덧문은 잠겨 있어? 커튼도 치는 게 좋겠다, 이렇게!" 그루셴카는 손수 두터운 커튼을 내렸다. "안 그러면 그 사람이 불빛을 보고 달려들 테니까. 알료샤, 오늘은 당신 형 미탸가 너무 무서워요." 그루셴카는 커다란 목소리로 이렇게 말했다. 불안에 사로잡혀 있으면서도 한편으로는 환희에 가까운 기쁨을 느끼고 있는 것 같았다.

"왜 오늘따라 미텐카가 그렇게 무섭다는 건데?" 라키틴이 물었다. "평소엔 그렇게 무서워하지 않았잖아. 그 사람이 당신 장단에 춤을 췄으면 췄지."

"말했잖아, 소식을, 아주 귀한 소식을 기다리고 있다고. 그러니 지금 미텐카가 나타나선 좋을 게 하나도 없어. 그 사람은 내가 쿠지마 쿠지미치 집에 간다고 한 말도 믿지 않았을 거야. 왠지 그런 느낌이 들거든. 틀림없이 표도르 파블로비치 집 뒤뜰에 숨어서 내가 오나 안 오나 감시하고 있겠지. 하지만 거기 있다면 여기로는 오지 않을 테니, 오히려 잘된 셈이야! 쿠지마 쿠지미치한테 다녀온 건 사실이야. 미탸가 나를 그리로 데려다줬거든. 자정까지 거기에 있을 생각이니까, 그때 꼭 다시 와서 집으로 데려다달라고 했지. 그 사람이 떠나고 10분 정도 영감님네에 있다가 다시 이리로 온 거야. 어휴, 얼마나 무섭던지, 혹시 그 사람을 마주칠까봐 얼른 뛰어왔다니까."

"그런데 어딜 가려고 그렇게 차려입은 거야? 머리엔 그런 우스꽝스러운 머리 장식을 하고?"

"우스꽝스러운 건 너야, 라키틴! 말했잖아, 한 가지 좋은 소식을 기다리고 있다고. 소식이 오면 냉큼 일어나 달려가버릴 거야. 그럼 당신들이 나를 보는 것도 지금이 마지막이겠지. 언제라도 나갈 수 있게 이렇게 차려입은 거라고."

"어디로 달려가겠다는 건데?"

"너무 많은 걸 알면 금방 늙는 법이야."

"뭐가 어떻게 된 건지, 좋아 어쩔 줄을 모르는군…. 당신이 그러는 건 처음 보는데. 무도회라도 가는 사람처럼 차려입고 말이야."

라키틴은 그루셴카를 훑어보았다.

"무도회에 대해 퍽 아는 게 많은 모양이네."

"그럼 당신은 아는 게 많아?"

"나야 무도회를 본 적 있지. 재작년에 쿠지마 쿠지미치의 아들 결혼식 때 합창단석에서 구경했거든. 그런데 라키트카, 내가 왜 지금 너와 이러고 있는 거지? 여기 이런 공작님이 계신데. 진짜 손님은 바로 이분이지! 알료샤, 이렇게 당신을 보고 있으면서도 믿을 수가 없네요. 세상에, 당신이 우리 집에 오다니! 솔직히 말하면 당신이 여기에 오리라곤 꿈에도 생각지 못했어요. 지금이 좋은 때는 아니지만, 그래도 얼마나 기쁜지 몰라요! 여기 소파에 앉아요. 네, 그렇게요. 당신은 내 초승달 같은 분이에요. 정말 난 아직도 어안이 벙벙할 지경이에요…. 라키트카, 어제나 엊그제 이분을 데리고 왔으면 좋았잖아! 하지만 지금 오신 것도 기뻐요. 어쩌면 그제가 아니라 이런 순간에 오신 게 더 잘된 걸지도 모르죠…."

그루셴카는 알료샤 옆에 폴싹 앉아 기뻐 죽겠다는 표정으로 그를 바라보았다. 그녀는 진심으로 기뻐했고, 기쁘다는 말은 거짓이 아니었다. 눈은 뜨겁게 타올랐고 입술은 웃고 있었는데, 그것은 선하고 즐거운 웃음이었다. 알료샤는 그루셴카가 그런 선량한 얼굴을 할 줄은 생각도 하지 못했다…. 어제까지만 해도 그녀와 만난 적이 거의 없었기 때문에 막연하게 그녀가 무섭다는 생각을 하고 있었던 데다가 어제 카테리나 이바노브나에게 표독스럽고 교활하게 구는 것을 보고 무서운 충격을 받았던 터라, 지금 그루셴카를 보고 있자니 꼭 다른 사람을 보는 것 같아 몹시 놀라웠다. 슬픔이 알료샤의 가슴을 무겁게 짓누르고 있었지만, 눈은 자기도 모르게 그루셴카를 주의 깊게 살피고 있었다. 그루셴카의 행동도 어제와는 달리 좋은 쪽으로 바뀌어 있었다. 어제의 그 달착지근한 말투나 꾸며낸 듯한 하늘하늘한 몸짓은 거의 사라지고, 모든 것이 소박하고 진솔했으며, 동작도 빠르고 시원시원하고 신뢰가 느껴졌다. 다만 몹시 흥분해 있을 뿐이었다.

"아아, 왜 오늘 이런 일들이 한꺼번에 일어난 걸까." 그루셴카가 다시 종알거렸다. "알료샤, 당신이 와줘서 왜 이렇게 기쁜지 나도 모르겠어요. 당신이 물어봐도 아마 대답할 수 없을걸요."

"왜 기쁜지 모르겠다고?" 라키틴이 히죽 웃었다. "그럼 전엔 왜 그렇게 데려와달라고 닦달을 했는데? 무슨 목적이 있었을 거 아냐."

"옛날에야 다른 목적이 있었지만, 지금은 다 지난 일이야. 지금은 그런 순간이 아니거든. 이럴 게 아니라, 뭣 좀 대접해야겠는걸! 라키트카, 난 이제 착해졌다고. 너도 앉아, 라키트카, 왜 그렇게 서 있어? 아, 벌써 앉았네? 하긴, 라키투시카가 자기를 챙기는 걸 잊을 사람이 아니지. 알료샤, 저렇게 씩씩거리며 우리 앞에 앉아 있는 것 좀 봐요. 내가 당신보다 먼저 앉으라는 말을 안 해서 저러는 거예요. 정말이지 툭하면 화를 낸다니까!" 그루셴카는 까르르 웃음을 터뜨렸다. "라키트카, 화내지 마. 난 이제 착해졌으니까. 알료샤, 왜 그렇게 울적한 얼굴로 앉아 있어요? 내가 무서워서 그래요?" 그루셴카가 놀림조로 말하며 즐거운 얼굴로 알료샤의 눈을 바라보았다.

"이 친구는 지금 우울할 만해. 그 사람이 승진을 못 했거든."

"승진이라니?"

"이 친구의 장로에게서 악취가 났어."

"악취가 났다고? 그게 무슨 헛소리야, 또 추잡한 말을 하려고 그러는구나. 입 다물어, 멍청이. 알료샤, 당신 무릎 위에 앉게 해줄래요? 이렇게!" 그루셴카는 자리에서 일어나서는 깔깔 웃으며 재롱을 피우는 고양이처럼 오른손으로 부드럽게 알료샤의 목을 감싸고 그 무릎에 앉았다. "신앙심 깊은 도련님, 내가 즐겁게 해줄게요! 그런데 정말 이렇게 무릎에 앉아도 괜찮아요? 화내지 않을 건가요? 내려가라고 하면 얼른 내려갈게요."

알료샤는 아무 말도 하지 않았다. 그는 움직이기도 겁나는 듯 가만히 앉아 있었다. "내려가라고 하면 얼른 내려가겠다"는 말을 알아듣기는 했지만, 얼어붙은 사람처럼 아무 대답도 할 수 없었다. 하지만 그가 느끼고 있는 것은 맞은편에 앉아 탐욕스러운 눈길로 바라보고 있는 라키틴이 기대하거나 상상할 만한 것과는 전혀 달랐다. 거대한 영혼의 슬픔이 그의 가슴속에서 일어날 수 있는 모든 감각을 삼켜버렸으니, 만약 그가 이 순간 자신의 상태를 제대로 인식할 수 있었다면, 그 어떤 유혹이나 시험에도 맞설 수 있는 단단한 갑옷을 두르고 있다는 것을 알았을 것이다. 그러나 뭐라고 딱 잘라 말할 수 없는 모호한 심리 상태와 자신을 짓누르는 슬픔에도, 알료샤는 마음속에 일어난 한 가지 새롭고도 이상한 감정에 놀라지 않을 수 없었다. 이 여자, 이 '무서운 여자'에게는 여자에 대해 생각하면 으레 가슴속에 피어오르던 두려움이 느껴지지 않았던 것이다. 뿐만 아니라 그 누구보다 더 두렵던 이 여자, 지금 자신의 무릎에 앉아 목을 끌어안고 있는 이 여자가 전혀 뜻밖의 특이한 감정을 불러일으켰다. 그것은 그루셴카에 대한 강렬하고도 순수한 호기심이었다. 그 감정에는 전에 느끼던 두려움이나 공포는 티끌만큼도 섞여 있지 않았다. 그것이 중요한 점이었고 그를 놀라게 한 것이었다.

"쓸데없는 소리는 집어치우고," 라키틴이 소리쳤다. "어서 샴페인이나 내와. 그럴 의무가 있다는 걸 알잖아?"

"그렇지. 알료샤, 라키틴이 당신을 데리고 오면 샴페인을 내놓겠다고 약속했거든요. 그래, 샴페인을 마셔요. 나도 마실 테니까! 페냐, 페냐, 샴페인을 가져와. 미탸가 두고 간 그 병 있잖아. 얼른 가서 가져오도록 해. 나는 구두쇠이지만 한 병 내놓을게요. 하지만 라키틴, 널 위해서가 아니야. 너는 버섯이지만, 이분은 공작님이지! 지금 내 마음은 다른 일로 가득 차 있지만, 그냥 이렇게 당신들과 함께 마시면서 한바탕 놀고 싶군요!"

"그런데 그런 순간이라니, 그게 대체 뭐야? 그 '소식'이란 건 또 뭐고? 물어봐도 돼? 아니면 비밀이라도 되나?" 라키틴이 끊임없이 자신을 향해 날아드는 따끔한 조롱에는 태연한 척하려 애쓰며 호기심 어린 표정으로 다시 끼어들었다.

"아니, 비밀은 아니야. 그리고 너도 알고 있는 일이야." 그루셴카는 갑자기 걱정스러운 목소리로 말하며 알료샤에게서 약간 떨어져 라키틴 쪽으로 고개를 돌렸다. 하지만 여전히 알료샤의 무릎 위에 앉아서 팔로 목을 감은 채였다. "장교님이 오실 거야. 라키틴, 나의 장교님이 오실 거라고!"

"온다는 말은 나도 들었지만, 벌써 그렇게 가까이 왔대?"

"지금 모크로예에 계셔. 조금 전 편지를 받았는데, 그곳에서 나한테 사람을 보낼 거래. 그래서 사람이 오기를 기다리고 있는 거야"

"왜 하필 모크로에에 있는 건데?"

"말하자면 길어. 그리고 너하곤 이제 그만 얘기하고 싶어."

"그럼 미텐카는 지금… 이런, 이런! 미탸도 알아?"

"알 리가 있겠어? 전혀 모르지! 만약 안다면 날 죽이려 들 거야. 하지만 난 이제 그런 건 전혀 무섭지 않아. 그 사람이 칼을 휘두르는 것 따위는 무섭지 않다고. 그만해, 라키트카, 드미트리 표도로비치 이야기는 꺼내지 마. 그 사람은 내 가슴을 산산조각 낸 사람이야. 지금 그런 생각은 하고 싶지도 않아. 알료셰치카에 대한 생각이라면 모를까. 알료셰치카를 보고 있으면… 이봐요, 날 보고 웃어줘요. 기분을 풀고 어리석은 나를 보고, 즐거워하는 나를 보고 웃어봐요…. 아, 정말 웃었군요! 어쩜 이렇게 눈빛이 다정할까. 알료샤, 나는 말이에요, 당신이 그저께 일 때문에, 그 아가씨 때문에 나한테 화가 나 있을 거라고 생각했어요. 그때 나는 정말이지 개처럼 굴었으니까…. 그래도 그렇게 하길 잘했어요. 나쁜 일이기는 하지만, 그래도 잘한 일이에요." 그루셴카는 생각에 잠긴 채 미소를 지었다. 순간 잔인한 빛이 그 미소 속에 언뜻 스치고 지나갔다. "미탸가 그러는데 그 아가씨가 날더러 '채찍으로 때려줘야 한다'고 고함을 질러댔다는군요. 나는 그때 정말 심하게 굴었어요. 그 아가씨가 초콜릿으로 꾀어 날 짓눌러버리려고 했으니까요…. 역시 그건 잘된 일이에요." 그루셴카가 다시 미소를 지었다. "나는 다만 당신이 화가 났을까봐, 그게 계속 걱정이었어요…."

"이건 정말이야." 라키틴이 진심으로 놀랍다는 얼굴로 끼어들었다. "알료샤, 그루셴카는 너 같은 햇병아리를 정말로 두려워하고 있어."

"라키트카, 너한테나 이 사람이 햇병아리로 보이겠지…. 네겐 양심이란 게 없으니까! 나는 진심으로 이 사람을 사랑해! 알료샤, 내가 진심으로 당신을 사랑한다는 걸 믿나요?"

"창피한 줄도 모르고! 알렉세이, 그루셴카는 지금 너한테 사랑을 고백하고 있는 거야!"

"그게 뭐 어때서. 아무튼 나는 이 사람이 좋아."

"그럼 그 장교는? 모크로예에서 올 거라는 귀한 소식은?"

"그건 그거고, 이건 다른 문제야."

"정말 여자들이나 할 법한 말이군!"

"라키트카, 화나게 하지 마." 그루셴카가 발끈하며 말을 받아쳤다. "그건 그거고, 이건 별개의 문제야. 알료샤에 대한 사랑은 다른 거야. 알료샤, 전에 내가 당신에게 못된 생각을 품었던 건 사실이에요. 나는 천박하고 제멋대로인 여자이긴 하지만, 가끔은 내 양심을 들여다보듯 당신을 바라볼 때가 있답니다. 나는 줄곧 '이제 나 같은 추악한 여자를 얼마나 경멸하고 있을까'라는 생각만 하고 있었어요. 엊그제 그 아가씨네 집에서 뛰쳐나와 이곳으로 달려올 때도 그런 생각이 들었지요. 나는 오래전부터 당신을 이렇게 생각하고 있었어요. 미탸도 알고 있어요. 그이에게도 말했거든요. 그래서 미탸도 그렇게 알고 있어요. 알료샤, 믿을지 모르겠지만, 나는 당신을 보면 가끔 부끄러워질 때가 있어요. 내 모든 것이 부끄러워 참을 수가 없어요…. 언제부터, 무슨 이유로 당신에 대해 그렇게 생각하게 되었는지는 나도 몰라요. 기억나지도 않아요…."

페냐가 들어와 탁자에 쟁반을 내려놓았다. 그 위에는 마개를 뽑은 병 하나와 술을 가득 따른 잔 세 개가 놓여 있었다.

"샴페인을 가져왔군!" 라키틴이 소리쳤다. "아그라페나 알렉산드로브나, 당신은 지금 흥분해서 제정신이 아니야. 한 잔 마시면 춤이라도 추겠는걸. 에잇, 이런 것도 제대로 못하다니." 그는 술병을 들여다보며 덧붙였다. "할멈이 부엌에서 미리 술을 따라버렸군. 병에는 마개도 없고, 게다가 미지근한 걸 가져오다니. 뭐, 어쩔 수 없지."

그는 탁자로 다가가 잔을 들고 단숨에 들이마시더니 다음 잔을 따랐다.

"샴페인은 쉽게 맛볼 수 있는 게 아니야." 그는 입맛을 다시며 말했다. "자, 알료샤, 잔을 들어. 네 용기를 보여주라고. 무엇을 위해 건배할까? 낙원의 문을 위해? 그루샤, 너도 들어. 함께 낙원의 문을 위해 마시자고."

"낙원의 문이라니?"

그루셴카는 잔을 들었다. 알료샤도 자기 잔을 들고 한 모금 마셨으나 도로 잔을 내려놓았다.

"아냐, 역시 안 마시는 게 좋겠어!" 알료샤가 조용히 미소를 지었다.

"아까는 그렇게 큰소리를 쳤잖아!" 라키틴이 소리쳤다.

"그럼 나도 안 마실래." 그루셴카가 말을 받았다. "별로 생각도 없었어. 라키트카, 너 혼자 다 마셔. 알료샤가 마셔야 나도 마실래."

"그것 참 다정스러워 못 봐주겠군!" 라키틴이 이죽거렸다. "무릎 위에 떡하니 올라앉아서는 말이야! 이 친구야 슬픈 일이 있어서 그런다지만, 넌 왜 그러는데? 이 친구는 자기 하느님한테 반역을 하겠다고 소시지도 집어 삼킬 기세였다고…."

"그게 무슨 말이야?"

"이 친구의 장로가 오늘 죽었거든. 그 성인 조시마 장로 말이야."

"조시마 장로님이 돌아가셨다고!" 그루셴카가 소리쳤다. "세상에, 난 전혀 몰랐어!" 그녀는 경건하게 성호를 그었다. "아아, 이게 무슨 짓이람, 그것도 모르고 이 사람 무릎 위에 올라앉아 있었다니!" 그루셴카는 당황한 얼굴로 이렇게 외치고는 재빨리 무릎에서 일어나 소파로 옮겨 앉았다. 알료샤는 놀라워하며 한참 동안 그루셴카를 바라보았다. 그의 얼굴이 어쩐지 밝아진 듯했다.

"라키틴." 알료샤가 갑자기 힘 있고 단호한 목소리로 입을 열었다. "하느님께 반역한다고 빈정거리지 마. 너한테 나쁜 감정을 품고 싶지는 않으니 너도 좀 더 친절하게 대해줬으면 좋겠어. 나는 네가 한 번도 가진 적 없는 소중한 보물을 잃었으니, 넌 지금 나에 대해 뭐라고 말할 수 있는 상황이 아니야. 이분을 봐. 이분이 나를 동정하는 걸 봤어? 나는 사악한 영혼을 발견할 거라고 생각하고 이곳에 왔어. 그런 생각이 든 건 내 자신이 비열하고 사악한 인간이었기 때문이야. 그런데 나는 여기서 진정한 누이를 발견했어. 사랑이 넘치는 영혼을, 그런 보물을 발견한 거야…. 이분은 나를 가엾게 여겨주었어…. 아그라페나 알렉산드로브나, 나는 당신 얘기를 하고 있는 겁니다. 당신은 지금 내 영혼을 되살려주었습니다."

알료샤는 입술이 떨리고 숨이 가빠왔다. 그는 말을 멈췄다.

"그루셴카가 널 구원해주기라도 한 것처럼 말하는군!" 라키틴이 심술궂게 웃어댔다. "이 여자는 널 잡아먹으려고 했어. 그건 알아?"

"그만해, 라키트카!" 그루셴카가 자리에서 벌떡 일어났다. "둘 다 그만해요. 모든 걸 털어놓을 테니. 알료샤, 당신에게 그만하라고 한 건, 당신에게서 그런 말을 들으니 부끄러워 견딜 수 없었기 때문이에요. 나는 착한 여자가 아니라 나쁜 여자니까요. 그리고 라키트카, 네게 그만하라고 한 건 네가 틀린 말을 하고 있기 때문이야. 이분을 가지려는 추악한 생각을 한 적이 있는 건 사실이지만, 지금 네가 하는 말은 거짓말이야. 왜냐하면 지금은 전혀 그렇지 않으니까…. 라키트카, 이제 네 말은 더 이상 듣고 싶지 않아!" 그루셴카는 몹시 흥분하여 이렇게 말했다.

"둘 다 미쳤군!" 라키틴은 황당하다는 얼굴로 두 사람을 바라보며 이렇게 내뱉었다. "둘 다 미쳤어. 꼭 정신병원에 있는 것 같군. 울상들을 짓고 있는 걸 보니 조금 있으면 울음이 라도 터뜨리겠어!"

"그래, 난 울어버릴 거야, 울어버릴 거라고!" 그루셴카가 말했다. "이분은 나를 누이라고 불러줬어. 나는 그걸 절대로 잊지 않을 거야! 그런데 말이야, 라키트카, 나는 못된 여자이지만, 그래도 다른 사람한테 양파 한 뿌리를 준 적이 있어."

"양파라고? 나 원 참, 정말 미쳐버렸나 보군!"

라키틴은 두 사람이 감격에 찬 모습을 보고 놀라움과 동시에 분노를 느꼈다. 사실 그는 그때 인생에서 몇 번 찾아오지 않는 영혼이 전율하는 순간이 두 사람에게 찾아왔다는 것을 깨달을 수도 있었을 것이다. 그러나 라키틴은 자기 자신에 관해서는 모든 것을 예민하게 인지했지만, 주변 사람들의 감정이나 느낌을 이해하는 데는 서툴렀다. 그것은 아직 젊어서 경험이 없기 때문이기도 했고, 심각한 이기주의 때문이기도 했다.

"있잖아요, 알료셰치카," 그루셴카가 갑자기 알료샤를 보며 초조한 웃음을 터뜨렸다. "라키트카에게는 양파 한 뿌리를 주었다는 말을 자랑 삼아 했지만, 당신에게는 자랑이 아닌 다른 목적으로 이 이야기를 해줄게요. 이건 그냥 우화일 뿐이지만, 그래도 제법 훌륭한 우화랍니다. 어릴 때, 지금 우리 집에서 부엌일을 봐주는 마트료나 할멈에게서 들은 이야기예요. 한번 들어봐요. '옛날 옛날에 아주 심술궂은 할머니가 살다가 그만 세상을 떠났어요. 그 할머니는 살아 있을 때 착한 일이라곤 한 번도 한 적이 없었지요. 그래서 악마들이 그 할머니를 잡아다 불바다에 던져버렸어요. 그 할머니의 수호천사는 하느님께 말씀드릴 만한 착한 일을 할머니가 한 적이 없나 곰곰이 생각에 잠겼지요. 그러다 한 가지가 생각나서 하느님께 말씀드렸어요. '이 할머니는 텃밭에서 양파 한 뿌리를 뽑아다가 거지에게 준 적이 있습니다.' 그러자 하느님께서 대답하셨죠. '그러면 네가 그 양파를 가져다 불바다에 내밀어 그 할머니가 그걸 붙잡고 나오도록 해라. 만약 불바다에서 빠져나오면 낙원에 갈 것이고, 양파 줄기가 끊어지면 지금 있는 곳에 그대로 있게 될 것이다.' 천사는 할머니에게 달려가 양파 줄기를 내밀었어요. '자, 할머니, 이걸 잡고 올라오세요.' 그런 다음 할머니를 조심조심 끌어올리기 시작했지요. 그런데 거의 다 끌어올렸을 때 불바다에 있던 다른 죄인들이 그 모습을 보고 자기들도 밖으로 나오려고 너도 나도 할머니한테 매달리기 시작했어요. 심술궂은 할머니는 그 사람들을 걷어차면서 이렇게 말했어요. '끌어올려 주는 건 나지, 네놈들이 아니야. 이건 내 양파야. 네놈들 게 아니란 말이야.' 그런데 할머니가 그 말을 한 순간 양파 줄기가 툭 끊어져 버리고 말았어요. 할머니는 불바다로 떨어져 지금까지도 그 속에서 타고 있대요. 천사는 울면서 그곳을 떠났답니다.' 알료샤, 이런 이야기예요. 나는 이걸 전부 외우고 있어요. 왜냐하면 내가 바로 그 심술궂은 할머니이기 때문이에요. 라키트카에게는 내가 양파를 주었다고 자랑하듯이 말했지만, 당신에게는 다른 식으로 말할게요. 나는 평생 고작 양파 한 뿌리밖에 준 적이 없어요. 내가 한 착한 일은 그게 다예요. 그러니 알료샤, 나를 칭찬하지도 말고, 착한 사람이라고 생각하지도 말아요. 나는 못된 여자예요. 너무나 못된 여자라서 당신이 칭찬하면 부끄러움을 참을 수가 없을 정도예요. 아아, 이렇게 된 이상 전부 다 털어놓을게요. 이봐요, 알료샤, 나는 당신을 집으로 끌어들이고 싶은 마음에 당신을 데려 오면 25루블을 주겠다고 라키트카에게 약속하기까지 했답니다. 잠깐, 라키트카, 기다려봐!" 그루셴카는 빠른 걸음으로 탁자 앞으로 다가가서는 서랍을 열고 지갑을 꺼내 그 속에서 25루블짜리 지폐를 뽑아들었다.

"그게 무슨 헛소리야!" 라키틴은 몹시 당황하며 소리쳤다.

"받아, 라키트카, 네가 직접 요구한 것이니 거절하지는 않겠지." 그루셴카는 라키틴에게 지폐를 휙 내던졌다.

"그럴 이유야 없지." 라키틴은 분명 당황한 듯했으나 애써 의연한 척하며 낮은 목소리로 이렇게 말했다. "이것 참 큰 도움이 되겠군. 원래 똑똑한 사람은 어리석은 사람 덕에 이득을 보는 법이니까."

"그럼 이제 입 다물어, 라키트카. 지금부터 내가 하는 말은 너 들으라고 하는 말이 아니야. 넌 저쪽 구석에 가서 앉아 있어. 우리를 사랑하지 않으니 그냥 입 다물고 있으란 말이야."

"내가 왜 너흴 사랑해야 하는데?"

라키틴은 더 이상 적개심을 감추지 않고 퉁명스럽게 내뱉었다. 그는 25루블짜리 지폐를 주머니에 넣었으나, 알료샤가 보고 있다는 사실이 너무나 창피했다. 나중에 알료샤 몰래 돈을 받을 생각이었는데, 상황이 이렇게 되자 수치심에 화가 끓어올랐다. 지금까지는 그루셴카가 아무리 쏘아붙여도 맞서지 않는 편이 현명하다고 생각했다. 그루셴카가 자기에 대해 어떤 권력 같은 것을 가지고 있다고 느꼈기 때문이다. 그러나 이제는 그도 폭발하고 말았다.

"사랑하는 데는 이유가 있는 법인데, 두 사람은 내게 뭘 해줬어?"

"이유 없이 사랑해봐. 알료샤처럼 말이야."

"이 친구가 왜 너를 사랑한다는 건데? 이 친구가 뭘 했다고 그렇게 난리를 치는 거야?"

그루셴카는 방 한가운데에 서서 격앙된 목소리로 말했다. 그 목소리에는 신경질적인 톤이 섞여 있었다.

"입 다물어, 라키트카, 넌 조금도 우리를 이해하지 못해! 그리고 앞으로는 내게 너라고 부르지 마. 네게는 허락하지 않을 거니까. 대체 어디서 그런 배짱이 나온 거야? 구석에 틀어박혀서 잠자코 있어, 하인처럼 말이야! 그럼 알료샤, 당신에게 모든 진실을 있는 그대로 털어놓겠어요. 당신이 내가 얼마나 못된 여자인지 알 수 있도록 말이에요! 이건 라키트카가 아니라 당신에게 하는 말이에요. 나는 당신을 파멸시키려 했어요. 알료샤, 이건 분명한 사실이에요. 나는 정말 그러려고 했어요. 라키틴을 돈으로 매수해 당신을 데려오라고 할 정도였어요. 그런데 내가 왜 그런 생각을 했는지 알아요? 알료샤, 당신은 아무것도 모르고 눈을 내리깐 채 나를 외면하며 지나가곤 했지만, 나는 지금까지 백 번도 넘게 당신을 보고 만나는 사람마다 붙들고 당신에 대해 물어보았어요. 당신의 얼굴이 내 가슴속에 남았거든요. 난 이렇게 생각했어요. '그 사람은 나를 경멸하고 있어. 그래서 날 쳐다보기도 싫은 거야.' 나중에는 '내가 왜 저런 애송이를 겁내고 있지?' 싶어 스스로도 놀랍더군요. '저 사람을 완전히 집어삼키고 보란 듯이 웃어줄 테다.' 나는 바짝 약이 올랐어요. 당신이 믿을지는 모르겠지만, 이 동네에서 못된 뜻으로 이 아그라페나 알렉산드로브나를 찾아올 엄두를 내는 사람은 아무도 없어요. 삼소노프 노인은 예외죠. 나는 그 사람에게 매여 있고 팔린 몸이에요. 악마가 우리를 엮어주었죠. 하지만 그 노인 외엔 아무도 없어요. 그런데 당신을 보고서는 저 녀석을 집어삼켜 버리겠다고 결심했어요. 집어삼켜서 마음껏 웃어줘야겠다고 말이에요. 당신이 누이라고 부른 내가 얼마나 못된 암캐 같은 여자인지 이제 알겠나요? 그런데 나를 짓밟았던 사람이 돌아왔어요. 그래서 나는 이렇게 그 사람에게서 소식이 오기를 기다리고 있어요. 그 사람이 나한테 어떤 사람이었는지 아나요? 5년 전 쿠지마 노인이 나를 여기로 데려왔을 때, 약하고 바보 같은 나는 사람들을 피해 아무도 나를 보지도, 내 목소리를 듣지도 못하도록 집 안에 틀어박혀 울기만 했어요. 뜬눈으로 밤을 지새우며 생각했죠. '나를 짓밟은 그 사람은 지금 어디에 있을까? 분명 다른 여자와 함께 나를 비웃고 있을 거야. 언제든 그 사람을 다시 보게 되면 반드시 복수해줄 테다, 꼭 그렇게 하고 말 거야!' 캄캄한 밤에 베개에 얼굴을 파묻고 계속 그 생각을 곱씹으며 흐느껴 울곤 했어요. 일부러 내 가슴을 갈기갈기 찢으며 원한으로 마음을 달랬어요. 때로는 어둠 속에서 '반드시, 반드시 복수를 하고 말 테다!' 하고 외치기도 했죠. 그러다 보면 문득 이런 생각이 드는 거예요. '나는 지금 그 사람에게 아무 짓도 할 수 없어. 하지만 그 사람은 지금 나를 비웃고 있겠지. 아니, 어쩌면 나 같은 건 벌써 까맣게 잊었을지도 몰라.' 그러면 나는 침대에서 바닥으로 몸을 내던지고 하염없이 울면서 날이 밝아올 때까지 몸부림을 치는 거예요. 아침에 일어날 때면 암캐보다도 더 악랄해져서 온 세상을 집어삼키고 싶은 심정이 되었지요. 그래서 어떻게 되었을 것 같아요? 내가 돈을 긁어모으기 시작하고, 인정머리 따위는 내다 버리고, 살이 오르고, 영리해졌을 거라고 생각하나요? 천만에요. 이 세상 그 누구도 보지도 듣지도 못하지만, 밤이 되어 어둠이 찾아오면 나는 여전히 5년 전 그 소녀가 되어 이를 악물고 밤새도록 운답니다. 그러면서 '내가 그놈을, 그놈을!' 하고 부르짖죠. 알료샤, 잘 들었어요? 이젠 내가 어떻게 보여요? 그런데 한 달 전에 갑자기 그 편지가 왔어요. 그 사람이 부인을 잃고는 나를 만나러 오겠다더군요. 세상에, 숨이 턱 막히더니, 문득 이런 생각이 들었어요. '그 사람이 와서 휘파람을 불어 나를 부르면, 나는 잘못을 저질러서 매를 맞은 강아지처럼 그 사람 앞으로 기어 나가겠구나!' 그런 생각을 하는 나도 내 자신을 믿을 수가 없었지요. '나는 비열한 여자일까, 아닐까? 내가 정말 그 사람에게 달려 나갈까?' 이런 생각에 나는 지난 한 달 동안 5년 전보다도 더

한 분노를 느꼈어요. 알료샤, 이젠 알겠어요? 내가 얼마나 사납고 분노에 사로잡힌 사람인지를. 당신에게 있는 그대로 다 털어놓은 거예요! 그 장교에게 달려가지 않으려고 미탸를 가지고 놀았어요. 입 다물어, 라키트카, 넌 나에 대해 아무 말도 할 수 없어. 난 너한테 말한 게 아니니까. 난 당신이 오기 전까지 여기 누워 기다리며 생각했어요. 내 운명을 결정지으려고 했죠. 당신은 내 심정이 어땠는지 절대 모를 거예요. 알료샤, 그 아가씨에게 엊그제 일 때문에 화내지 말아 달라고 전해줘요…! 이 세상에서 내 마음이 어떤지 아는 사람은 아무도 없어요. 알 수 있을 리가 없지요…. 나는 어쩌면 그곳에 갈 때 칼을 가지고 갈지도 몰라요. 아직 결심이 서지는 않았지만….”

그루셴카는 더 이상 참지 못하고 이 '애처로운' 말을 채 마치기도 전에 손으로 얼굴을 감싸고 소파에 놓여 있는 베개 위로 쓰러져 어린아이처럼 목 놓아 울기 시작했다. 알료샤는 자리에서 일어나 라키틴에게 다가갔다.

"미샤." 그가 말했다. "화내지 마. 이분 때문에 기분이 상했겠지만 그래도 화내지 말아줘. 지금 이분의 말을 들었지? 인간의 영혼에 너무 많은 것을 요구할 수는 없는 거야. 그러니 관대해져야 해…."

알료샤는 주체할 수 없는 격정에 휩싸여 이렇게 말했다. 그는 가슴속에 끓어오르는 것을 표출하지 않고는 견딜 수 없었기에 라키틴을 상대로 말한 것이었다. 만약에 라키틴이 없었더라면 혼자서라도 이렇게 외쳤을 것이다. 그러나 라키틴은 냉소적인 눈길로 바라보았고, 알료샤는 그만 입을 다물고 말았다.

"하느님의 사람 알료셴카, 아까 장로라는 총알을 잔뜩 장전해서는 지금 나한테 그걸 쏘아대는군." 라키틴이 증오에 찬 미소를 지으며 말했다.

"웃지 마, 라키틴, 비웃지 말라고. 돌아가신 장로님 얘기는 꺼내지 마. 그분은 이 세상 그 누구보다도 고귀한 분이셨어!" 알료샤가 울음 섞인 목소리로 외쳤다. "나는 심판자로서 네게 이런 말을 하는 게 아니야. 내 자신이 심판받아야 하는 사람 가운데서도 가장 최악인 사람이니까. 이분 앞에서 나는 뭐겠어? 나는 내 자신을 파멸시키려고 '될 대로 되라!'는 심정으로 이곳에 왔어. 내가 너무나 비겁한 사람이었기 때문이야. 그런데 이분은 5년 동안이나 고통을 받고서도 그 사람이 먼저 다가와 진심 어린 말을 건네자 모든 것을 용서하고, 모든 것을 잊고 이렇게 울고 있어! 자기를 모욕한 그 사람이 돌아와 자기를 부르자 모든 것을 용서하고, 기쁨에 겨워 그 사람에게 달려가려 하고 있다고. 칼은 절대, 절대 가져가지 않을 거야! 나는 이분처럼 못해. 미샤, 너는 어떤지 모르겠지만, 나는 그럴 수 있는 사람이 아니야! 나는 오늘, 지금 이 순간 이런 교훈을 얻은 거야…. 사랑에 있어서 이분은 우리보다 훨씬 높은 곳에 있어! 이분이 지금 한 이야기를 전에 들은 적 있어? 아니, 그런 적 없을 거야. 들었다면 너도 진작 모든 것을 깨달았을 테니까…. 엊그제 모욕을 당한 아가씨도 이분을 용서할 거야! 이런 사정을 알게 되면 말이야…. 그리고 꼭 알게 될 거고…. 이분의 영혼은 아직 평안을 찾지 못했으니 너그럽게 용서해야 해…. 이분의 영혼 속에는 보물이 숨어 있을지도 모르니까….”

알료샤는 숨이 차올라 말을 멈췄다. 라키틴은 여전히 분노를 느끼면서도 놀랍다는 눈으로 알료샤를 바라보았다. 얌전한 알료샤가 이런 열변을 토해낼 줄은 생각지 못했기 때문이다.

“여기 변호사가 하나 나셨군! 그루셴카한테 반하기라도 했어? 아그라페나 알렉산드로브나, 우리 고행자 양반께서 당신한테 홀딱 반한 모양입니다! 당신이 이겼어요!” 그가 뻔뻔스러운 웃음을 터트리며 이렇게 외쳤다.

그루셴카는 베개에 묻었던 얼굴을 들고 알료샤를 바라보았다. 방금 흘린 눈물 때문에 부어버린 얼굴에는 감동 어린 따듯한 미소가 떠올라 있었다.

“알료샤, 나의 천사, 저 사람은 신경 쓰지 말아요. 당신에게 그런 말을 하다니, 정말 못된 사람이에요. 난 말이야, 미하일 오시포비치,” 그루셴카가 라키틴을 보며 말했다. “너한테 심한 말을 한 걸 사과할 생각이었는데, 다시 그럴 마음이 없어졌어. 알료샤, 이리 와서 여기 앉아요.” 그녀는 기쁜 미소를 지으며 알료샤에게 손짓했다. “그래요, 이렇게 여기 앉아요. 당신에게 묻고 싶은 게 있어요(그녀는 알료샤의 손을 잡고 미소 띤 얼굴로 그의 얼굴을 바라보았다). 내가 그 사람을 사랑하는 걸까요? 나를 버린 그 사람 말이에요, 어떤 것 같아요? 당신이 오기 전에 어둠 속에 누워서 그 사람을 사랑하는지 아닌지, 내 가슴에 계속 묻고 있었어요. 알료샤, 당신이 결정해줘요. 이미 시간이 다 됐어요. 나는 당신이 결정하는 대로 할게요. 그 사람을 용서할까요, 말까요?"

"이미 용서하셨잖아요." 알료샤가 미소 지으며 이렇게 말했다.

"맞아요, 그럴지도 몰라요." 그루셴카가 생각에 잠겨 말했다. "어쩜 내 마음은 이렇게도 비열할까요! 내 비열한 마음을 위해!" 그녀는 탁자 위에서 술잔을 집어 들고 단숨에 쭉 들이켰다. 그러고는 잔을 높이 들어 올려 바닥에 힘껏 내리쳤다. 술잔은 와장창 깨져버리고 말았다. 그루셴카의 미소에 잔인한 빛이 스치고 지나갔다.

"아니, 어쩌면 아직 용서하지 않았는지도 몰라요." 그녀는 혼잣말을 하듯 눈을 내리깔고 어딘가 음산한 목소리로 말했다. "어쩌면 내 마음은 그저 용서할 준비를 하고 있는 걸지도 몰라요. 좀 더 내 마음과 싸워봐야겠어요. 알료샤, 나는 말이에요, 지난 5년간 흘린 내 눈물을 지독하리만큼 사랑하게 되었어요…. 어쩌면 내가 사랑하는 건 내가 받은 모욕이지, 그 사람이 아닌지도 몰라요!"

"그 사람 신세가 되는 건 피하고 싶군그래!" 라키틴이 말했다.

"라키트카, 네가 그 사람 신세가 되는 일은 절대 없을 거야. 넌 내 신발이나 꿰매면 모를까, 나 같은 여자는 꿈도 못 꿀 테니까…. 그건 그 사람도 마찬가지일지도 모르지만…."

"그 사람도? 그럼 왜 그리 차려입은 건데?" 라키틴이 심술궂게 놀려댔다.

"옷 가지고 빈정거리지 마, 라키트카. 내 마음도 제대로 모르면서! 마음만 먹으면 이런 옷 따윈 지금 당장이라도 찢어버릴 수 있어!" 그루셴카는 날카로운 목소리로 소리쳤다. "라키트카, 넌 내가 왜 이런 옷을 입고 있는지 모를 거야! 그 사람에게 가서 이런 내 모습을 본 적 있냐고 물어보기 위해서인지도 모르지. 그 사람이 나를 버렸을 때 난 깡마르고 병약한 열일곱 살 울보였으니까. 그 사람 옆에 앉아 유혹하고 가슴에 불을 지른 다음에 이렇게 말하는 거야. '이제 내가 어떤 여자로 변했는지 아시겠죠? 하지만 맛있는 음식은 수염을 타고 흘러내릴 뿐, 입에 들어가지는 않을 거예요!' 라키트카, 그러려고 이렇게 차려입고 있는 걸지도 모른다고." 그루셴카는 독기 어린 웃음을 지으며 이렇게 말했다. "알료샤, 난 이렇게 독하고 사나운 여자예요. 이 옷을 갈기갈기 찢어버리고, 얼굴을 불로 지지거나 칼로 베어서 아름다움을 망쳐버리고 병신이 되어 구걸을 하러 나설지도 몰라요. 내가 마음만 먹으면 아무 데도, 아무에게도 안 갈 수도 있어요. 내일 당장 쿠지마 영감에게 영감이 준 물건과 돈을 모두 되돌려주고, 평생 날품팔이를 하러 떠날 수도 있다고요…! 라키트카, 내가 그렇게 못 할 거라 생각해? 그런 용기를 못 낼 것 같아? 할 수 있어, 할 수 있고말고. 지금 당장이라도 그럴 수 있어. 그러니 화나게 하지 마…. 그 장교는 내쫓아버릴 거야! 이루 말할 수 없는 창피를 주고, 내 옆에 얼씬도 못 하게 할 거야!"

그루셴카는 히스테릭하게 마지막 말을 외치고는, 또다

시 견디지 못하고 두 손으로 얼굴을 가리고 베개 위로 쓰러져 온몸을 떨며 흐느껴 울기 시작했다. 라키틴은 자리에서 일어났다.

"가야 할 시간이야." 그가 말했다. "늦었어. 수도원 문이 잠길지도 몰라."

그루셴카는 그 말을 듣자 자리에서 벌떡 일어났다.

"알료샤, 당신도 가버리려는 건 아니겠죠!" 그루셴카는 슬픔과 놀라움이 뒤섞인 얼굴로 소리쳤다. "제게 무슨 짓을 하는 거예요! 사람 마음을 헤집어 갈기갈기 찢어놓고, 다시 밤새 나를 혼자 내버려 두려는 건가요?"

"하지만 이 친구가 여기서 자고 갈 수는 없잖아? 그러고 싶다면 말리진 않겠지만! 나는 혼자 돌아가면 되니까!" 라키틴이 독기 어린 목소리로 빈정거렸다.

"닥쳐, 이 못된 놈 같으니." 그루셴카가 맹렬한 기세로 외쳤다. "넌 저 사람이 해준 것 같은 말을 한 번도 해준 적 없었어."

"저 녀석이 무슨 말을 했다고 그래?" 라키틴은 화가 나서 따졌다.

"나도 몰라, 이분이 무슨 말을 했는지는 아무것도 모르겠지만, 내 가슴에 와 닿았어. 이분이 내 가슴을 뒤엎어놓았다고…. 이분은 나를 처음으로 동정해준 유일한 사람이야! 알료샤, 내 천사, 왜 이제야 내게 와준 거예요?" 그루셴카는 광적인 흥분에 휩싸여 알료샤 앞에 무릎을 꿇었다. "나는 평생 당신 같은 사람을 기다렸어요. 당신 같은 사람이 와서 나를 용서해줄 줄 알고 있었다고요. 누군가는 추악한 목적 없이도 나 같이 더러운 여자를 사랑해주리라고 믿고 있었어요…!"

"내가 당신께 무엇을 했다고 그러시나요?" 알료샤는 그루셴카에게 몸을 굽혀 부드럽게 손을 감싸 쥐면서 따뜻한 미소로 대답했다. "난 당신에게 양파 한 뿌리를 주었을 뿐이에요. 아주 조그마한 양파 한 뿌리를. 단지 그뿐이에요…!"

이렇게 말하는 알료샤의 눈에서도 눈물이 흘러 나왔다. 그때 현관 쪽에서 갑자기 시끄러운 소리가 나더니, 누군가 현관으로 들어왔다. 그루셴카는 소스라치게 놀라 자리에서 벌떡 일어났다. 페냐가 소리를 치면서 요란스럽게 방으로 뛰어 들어왔다.

"아가씨, 아가씨, 사람이 왔어요!" 페냐는 숨을 헐떡이며 기쁜 목소리로 외쳤다. "모크로예에서 아가씨를 모시러 삼두마차가 왔어요. 티모페이라는 마부가 지금 말을 바꿔 매고 있어요. 그리고 편지, 편지요, 아가씨, 여기 편지요!"

편지는 페냐의 손에 들려 있었다. 페냐는 말하는 동안 계속 편지를 흔들어대고 있었다. 그루셴카는 편지를 낚아채 촛불 앞으로 가져갔다. 그것은 몇 줄밖에 안 되는 조그마한 쪽지일 뿐이었다. 그루셴카는 그것을 단숨에 읽어 내려갔다.

"나를 부르는군요!" 그루셴카가 하얗게 질린 얼굴을 병적인 미소로 일그러뜨리고 외쳤다. "휘파람을 불고 있어요! 강아지야, 이리로 기어 와야지, 하고요!"

그루셴카가 망설임에 잠시 그 자리에 서 있던 것은 한순간이었다. 갑자기 피가 머리로 솟구쳐 오른 듯 그녀의 얼굴이 불처럼 새빨개졌다.

"가겠어요!" 그루센카가 외쳤다. "내 지난 5년이여! 안녕! 알료샤, 당신도 잘 있어요. 운명은 결정되었어요…. 가요, 이제 모두 나가줘요. 그리고 다신 내 앞에 나타나지 말아요…! 그루센카는 새로운 삶을 향해 떠날 거예요…. 라키트카, 너도 날 너무 욕하지 마. 난 지금 죽으러 가는 건지도 모르니까! 아아! 꼭 술에 취한 것 같아!"

그루센카는 그들을 내버려 둔 채 별안간 침실로 뛰어 들어갔다.

"저 여잔 지금 우리는 안중에도 없어!" 라키틴이 투덜댔다. "가자고. 안 그러면 그 째지는 고함 소리를 또 들어야 할 테니까. 울며불며 소리를 질러대는 건 이제 진절머리가 날 지경이야…."

알료샤는 순순히 밖으로 끌려 나왔다. 마당에는 삼두마차가 서 있었고, 사람들은 말을 바꿔 매느라 등불을 들고 부산스럽게 오가고 있었다. 열린 대문으로 새로 갈아맬 말 세 마리가 끌려 들어왔다. 알료샤와 라키틴이 현관 층계를 내려갔을 때, 갑자기 그루센카의 침실 창문이 활짝 열리더니, 그루센카가 카랑카랑한 목소리로 알료샤에게 소리쳤다.

"알료셰치카, 미텐카 형님에게 인사 전해줘요. 그 사람에게 못된 짓만 했지만, 나를 너무 나쁘게 생각하지 말아달라고요. '그루센카는 당신 같은 훌륭한 사람이 아닌 비열한 사람에게 몸을 던졌다!'고 말했다고도 전해줘요. 그루센카가 한순간, 꼭 한순간 자기를 정말로 사랑했다고, 그 순간을 평생 잊지 말아달라고 부탁했다고도 전해줘요…!"

그루셴카는 흐느껴 울며 말을 마쳤다. 창문이 쾅 닫혔다.

"흥!" 라키틴이 코웃음을 쳤다. "미텐카의 가슴을 찢어놓는군. 게다가 평생 잊지 말라니. 이렇게 잔인할 수가 있나!"

알료샤는 아무 말도 들리지 않는 듯 대답이 없었다. 그는 라키틴 옆에서 몹시 서두르는 사람처럼 빠르게 걷고 있었다. 마치 넋이 나간 사람처럼 무의식적으로 걸음을 옮기고 있었다. 라키틴은 불현듯 새로 난 상처를 손가락으로 건드린 것처럼 쿡 찌르는 듯한 아픔을 느꼈다. 알료샤를 그루셴카에게 데려갈 때 기대한 건 이게 아니었다. 자신이 고대하던 것과는 전혀 다른 일이 벌어진 것이다.

"그 장교는 폴란드 사람이야." 그는 감정을 억누르며 다시 입을 열었다. "아니, 지금은 장교도 아니라는군. 시베리아에 있는 중국 국경 지대의 세관에서 관리로 일했다니 아마 말라빠진 폴란드 놈이겠지. 사람들 말로는 실직을 했다는군. 그루셴카가 돈깨나 모았다는 소리를 듣고 돌아온 거야. 이게 기적의 실체지."

알료샤는 역시나 전혀 듣지 않은 것 같았다. 라키틴은 더 이상 참을 수가 없었다.

"왜, 죄인을 구원해주기라도 한 것 같아?" 그는 알료샤에게 악랄한 조소를 퍼부었다. "창녀를 진리의 길로 인도했다는 거야? 일곱 악귀를 쫓아버린 거냐고? 아까 우리가 기대한 기적이 여기서 일어난 모양이군!"

"라키틴, 그만해." 가슴이 아파진 알료샤가 대답했다.

"아니면 아까 그 25루블 때문에 나를 '경멸'하는 건가? 진정한 친구를 팔아먹었다 이거야? 넌 그리스도가 아니고, 난 유다가 아니야."

"라키틴, 난 그 일은 아예 잊고 있었어." 알료샤가 소리쳤다. "네가 지금 그걸 생각나게 한 거야…."

라키틴은 화가 머리끝까지 치밀어 올랐다.

"너 같은 놈들은 죄다 악마한테나 끌려가라지!" 그는 대뜸 이렇게 소리쳤다. "제기랄, 내가 왜 너 같은 놈과 엮인 걸까! 이제 너와는 아는 척도 하고 싶지 않아. 너 혼자 가. 네 길은 저쪽이야!"

라키틴은 어둠 속에 알료샤를 혼자 내버려 둔 채 몸을 홱 틀어 다른 길로 가버렸다. 알료샤는 도시에서 벗어나 들판을 가로질러 수도원으로 갔다.

4. 갈릴리의 가나

알료샤가 암자에 도착한 것은 수도원 규정상 매우 늦은 시각이었다. 문지기는 쪽문으로 그를 들여보내주었다. 이미 9시가 되어 있었다. 그토록 혼란스러운 하루를 보낸 후 모든 사람에게 찾아든 휴식과 안정의 시간이었다. 알료샤는 조심스럽게 문을 열고 장로의 관이 안치되어 있는 승방으로 들어갔다. 승방 안에는 관 앞에서 홀로 복음서를 읽고 있는 파이시 신부와 젊은 견습 수도사 포르피리 신부 외에는 아무도 없었다. 포르피리는 지난밤의 담화와 오늘 벌어진 소동 때문에 지칠 대로 지쳐 옆방 바닥에서 젊은이다운 곤한 잠에 빠져 있었다. 파이시 신부는 알료샤가 들어오는 소리를 들었지만, 그쪽은 쳐다보지도 않았다. 알료샤는 문에서 오른쪽 구석으로 가 무릎을 꿇고 기도를 드리기 시작했다. 그의 가슴은 무언가로 가득 차 있었으나, 어떤 감정을 정확히 짚어 말할 수 없는 모호한 느낌이었다. 한 감정이 다른 감정을 대체하면서 고요하고도 규칙적인 순환을 이루고 있었다. 그러나 그의 마음은 감미로운 기분에 젖어 있었다. 알료샤는 그런 자신에 놀라지 않았다. 다시 눈앞에 관과 망토로 덮인 소중한 고인이 보였으나 오늘 아침처럼 서럽고 가슴을 찌르는 듯한 괴롭고도 안타까운 마음은 들지 않았다. 알료샤는 방에 들어와 성물을 마주하듯 관 앞에 무릎을 꿇었지만, 그의 머리와 가슴에는 이루 말할 수 없는 기쁨이 빛나고 있었다. 창문 하나가 열려 있어 방 안 공기는 상쾌하고 서늘했다. '창문을 열어 놓은 걸 보니 냄새가 더 심해진 모양이군.' 그는 생각했다. 그러나 아까는 끔찍하고 수치스럽게 느껴졌던 시신 썩는 냄새도 이제는 그런 슬픔과 분노를 일으키지 않았다. 그는 조용히 기도를 올리기 시작했으나, 곧 자신이 기계적으로 기도를 드리고 있음을 느꼈다. 단편적인 상념이 그의 가슴속에 떠올라 별처럼 타올랐다가 이내 사그라들고, 그 자리에 또 다른 상념이 나타나곤 했다. 그러나 그의 마음에 위안을 주는 무언가 통일되고 확고한 것이 그의 영혼을 지배하고 있었다. 알료샤 자신도 그것을 인식하고 있었다. 이따금 그는 감사하고 싶고 사랑하고 싶은 마음에 휩싸여 열렬한 기도를 드리기도 했다. 그러나 그런 기도를 시작하는 순간 전혀 엉뚱한 생각에 빠져 그 기도도, 그 기도를 끊어놓은 생각도 잊어버리는 것이었다. 알료샤는 파이시 신부의 낭독에 귀를 기울이려고 했으나 몹시 지쳐 있던 터라 조금씩 잠에 빠져들기 시작했다….

"사흘째 되던 날 갈릴리 가나에 혼례가 있어," 파이시 신부가 낭독했다. "예수의 어머니가 거기 계시고, 예수와 그 제자들도 그 혼례에 초대되었다." '혼례? 혼례라니… 이게 무슨 소릴까….' 이런 생각이 알료샤의 머릿속을 바람처럼 스치고 지나갔다. '그 아가씨도 행복할 거야…. 잔치에 갔으니…. 칼은 가져가지 않았을 거야, 그럴 리 없어…. 그건 그냥 '넋두리'였을 뿐이야…. 넋두리는 너그럽게 봐주어야 해. 그건 마음을 달래주니까…. 그런 것도 없으면 사람들은 너무 큰 괴로움을 짊어져야 했을 거야. 라키틴은 뒷길로 가버렸어. 자신의 분노를 생각하는 한 라키틴은 언제나 뒷길로 가버리겠지…. 하지만 큰길은… 큰길은 넓고, 곧고, 밝고, 수정처럼 맑고, 그 끝에는 태양이 빛나고 있어…. 응? …지금은 뭘 읽고 계신 거지?'

"…포도주가 떨어진지라 예수의 어머니가 예수에게 이르되 저들에게 포도주가 없다 하니…." 알료샤의 귀에 이런 말이 들려왔다.

'아아, 그래, 이 부분을 놓칠 뻔했구나. 놓치고 싶지 않은 곳인데. 난 이 부분이 좋아. 갈릴리의 가나, 첫 번째 기적….

아아, 이 기적, 이 얼마나 감동적인 기적인가! 첫 번째 기적을 행하실 때 그리스도께서는 사람들의 슬픔이 아닌 기쁨이 있는 곳을 찾아 사람들을 기쁘게 해주셨어…. '사람을 사랑하는 자는 그들의 기쁨도 사랑하느니라….' 돌아가신 장로님께서도 누누이 이렇게 말씀하셨지. 이것은 그분의 중요한 이념 가운데 하나였어. 기쁨 없이는 살아갈 수 없다고 미탸 형이 말했지…. 그래, 미탸 형이 그랬어…. '참되고 아름다운 것은 모든 것을 용서하는 마음으로 가득 차 있는 법이다.' 이것도 장로님이 하신 말씀이지….'

"…예수께서 이르시되, 여인이여, 나와 무슨 상관이 있나이까, 나의 때가 아직 이르지 아니하였나이다. 그의 어머니가 하인들에게 이르되, 너희에게 무슨 말씀을 하시든지 그대로 하라 하니라."

'그대로 하라…. 가난한 사람들, 가난에 찌든 사람들을 기쁘게 하라…. 혼례에 포도주가 부족하다면 물론 가난한 사람들이겠지…. 역사학자들의 기록에는 게네사렛 호수 일대에는 상상도 못 하게 가난한 사람들이 살고 있다고 했으니…. 그 자리에 있었던 또 다른 위대한 존재, 위대한 마음을 가진 예수의 모친은 예수가 위대하고 무서운 위업만을 위해 내려오신 것이 아니며, 자기들의 초라한 결혼식에 초대한 무지하고 순진한 사람들의 순박한 즐거움을 나눌 수 있다는 것을 알고 계셨어. '나의 때가 아직 이르지 아니하였나이다.' 예수는 조용히 미소를 지으며 말씀하셨지(분명 어머니께 온화한 미소를 지었을 거야)…. 사실 예수께서 가난한 사람들의 혼례

잔치에 포도주를 만들어주려고 지상에 내려오신 것은 아니야. 하지만 어머니가 부탁하신 대로 하신 거지…. 아아, 신부님이 또 읽으시는군.'

"…예수께서 그들에게 이르시되 항아리에 물을 채우라 하신즉 아귀까지 채우니, 이제는 떠서 연회장에게 갖다주라 하시매 갖다주었다. 연회장은 물로 된 포도주를 맛보고도 어디서 났는지 알지 못하되 물 떠온 하인들은 알더라. 연회장이 신랑을 불러 말하되 사람마다 먼저 좋은 포도주를 내고 취한 후에 낮은 것을 내거늘, 그대는 지금까지 좋은 포도주를 두었도다 하니라."

'아니, 왜 이러지? 어째서 방이 넓어지는 거야…? 아아, 그렇다…. 여긴 혼례 잔치, 결혼식이구나…. 그래, 맞다. 저기 손님들이 있고, 신랑 신부도 있고, 즐거워하는 군중들이 있군…. 그 현명한 연회장은 어디 있을까? 그 사람은 누구지? 또 다시 방이 넓어지는군…. 저기 커다란 식탁에서 일어나는 사람은 누구지? 아니… 저분도 여기 계셨단 말이야? 저분은 지금 관에 누워 계실 텐데…. 하지만 분명히 여기 계시는구나…. 일어서서 나를 보고 이쪽으로 오시고 있어…. 세상에…!'

그렇다, 알료샤를 향해 다가온 사람은 얼굴에 잔주름이 가득한 여윈 몸집의 노인이었다. 그는 기쁜 듯 잔잔한 미소를 짓고 있었다. 관 따위는 없었고, 어제 손님들과 있을 때 입고 있던 옷차림 그대로였다. 그의 환한 얼굴에는 눈이 밝게 빛나고 있었다. 이분도 갈릴리 가나의 혼인식에 초대되어 잔치에 참석한 것이란 말인가….

"그래, 얘야, 나도 초대를 받았단다." 알료샤의 귓가에 나지막한 목소리가 울렸다. "어째서 잘 보이지도 않는 이런 곳에 숨어 있느냐? …너도 나와 함께 저기로 가자."

그분의 목소리, 조시마 장로님의 목소리다…. 이렇게 나를 부르신다면, 그분이 아니고 누구겠는가? 장로가 손을 내밀어 알료샤를 일으켰다. 알료샤는 무릎을 펴고 일어섰다.

"함께 즐기자꾸나." 여윈 노인이 말을 이었다. "새 포도주, 새롭고 위대한 기쁨의 포도주를 마시는 거야. 이 수많은 손님이 보이느냐? 저기 신랑 신부가 있고, 저쪽에선 지혜로운 연회장이 새 포도주를 맛보고 있구나. 왜 그렇게 놀란 얼굴로 나를 보는 거냐? 나는 양파 한 뿌리를 주어서 여기 있는 거란다. 여기 있는 많은 사람들도 양파 한 뿌리를, 그저 자그마한 양파 한 뿌리를 주었을 뿐이지…. 우리의 과업은 어떻게 되어가고 있지? 얌전하고 온순한 내 아이야, 너도 오늘 구원을 갈구하는 여인에게 양파 한 뿌리를 주었더구나. 시작하거라, 내 사랑스럽고 온화한 아이야, 너의 과업을 시작하는 거다…! 우리의 태양이 보이느냐? 그분이 보이느냐?"

"두려워서… 감히 쳐다볼 수가 없습니다…." 알료샤가 속삭이듯 말했다.

"두려워 말거라. 그분은 우리에 비해 너무나 위대하시고 드높으시기 때문에 두렵게 느껴지지만, 한없이 자비로운 분이시란다. 우리를 사랑하는 마음에서 우리와 함께 즐거움을 나누시며, 손님들의 기쁨이 마르지 않도록 물을 포도주로 변하게 하시고 새로운 손님을 기다리고 계시지. 영원토록 끊임없이 새 손님을 부르고 계신 거야. 저기 봐라, 새 포도주와 그릇을 날라 오고 있지 않느냐…."

무언가 알료샤의 가슴속에서 타올라 아프도록 가슴을 꽉 채웠다. 그의 영혼으로부터 환희의 눈물이 쏟아져 나왔다…. 알료샤는 두 팔을 뻗고 소리를 지르며 잠에서 깨어났다….

다시금 관과 열린 창문이 보이고, 엄숙하고 나직하면서도 또박또박한 복음서 낭독 소리가 들려왔다. 하지만 알료샤는 이미 낭독에는 귀를 기울이지 않았다. 이상하게도 그는 무릎을 꿇은 채 잠이 들었는데, 지금은 서 있었다. 알료샤는 갑자기 그 자리에서 떠밀리기라도 한 듯 빠르고 힘 있게 세 발짝 앞으로 나아가 관 옆으로 다가섰다. 파이시 신부의 어깨를 스치고 지나갔지만 그것조차 깨닫지 못했다. 파이시 신부는 잠깐 성경에서 눈을 떼 알료샤를 바라보았으나, 이 젊은이에게 무언가 심상치 않은 일이 벌어졌다는 것을 알고 다시 눈길을 돌렸다. 알료샤는 30초 정도 관 속을 들여다보았다. 고인은 가슴에 성상을 얹고 머리에 8단 십자가가 달린 두건을 쓴 채 망토에 감싸여 가만히 관 속에 누워 있었다. 알료샤는 방금 전 장로의 목소리를 들었다. 아직도 그 목소리가 귓가에서 생생하게 울렸다. 알료샤는 또 다른 음성이 들리지 않을까 귀를 기울였다… 그러다 갑자기 몸을 홱 돌려 승방을 나갔다.

알료샤는 현관 층계에서도 발걸음을 멈추지 않고, 빠른 속도로 아래로 내려왔다. 환희에 벅찬 그의 영혼은 자유와 공간과 광활함을 갈망했다. 소리 없이 빛나는 별들로 가득한 밤하늘이 헤아릴 수 없을 만큼 드넓게 그의 머리 위에 펼쳐져 있었다. 아직은 희미한 은하수 두 줄기가 천정에서 지평선으로 이어져 내려왔다. 싱그럽고 아무런 움직임이 없는 고요한 밤이 대지를 뒤덮고 있었다. 하얀 탑과 성당의 황금빛 지붕이 짙푸른 하늘 속에 빛나고 있었다. 집 주위의 화단에서 피어난 화려한 가을꽃들은 아침이 올 때까지 잠들어 있을 터였다. 지상의 고요가 천상의 고요와 섞여들고, 지상의 신비가 별의 신비와 만나는 듯했다…. 알료샤는 멈춰 서서 이 광경을 바라보다가 풀썩 땅 위로 몸을 던졌다.

알료샤는 자기가 왜 대지를 끌어안았는지 스스로도 몰랐다. 어째서 그렇게 온 대지에 입을 맞추고 싶은 것인지 스스로도 이유를 모른 채 울면서, 흐느끼고 눈물로 땅을 적시면서 대지에 입을 맞추었다. 그리고 대지를 사랑하겠노라고, 영원토록 사랑하겠노라고 광기에 휩싸여 맹세했다. "네 기쁨의 눈물로 대지를 적시고 그 눈물을 사랑하라…." 그의 영혼에서 이런 말이 울려 퍼졌다. 그는 무엇 때문에 운 것인가? 그는 무한한 공간 속에서 그에게 빛을 비추는 별들 때문에 환희에 벅차 울었으며, '그런 감격을 부끄러워하지 않았다'. 하느님의 무한한 세계로부터 흘러나온 실들이 일순간 그의 영혼 속에서 하나 된 듯 그의 영혼은 '다른 세계와의 접촉'에 전율하고 있었다. 알료샤는 만인과 만물을 용서하고 자기도 용서를 빌고 싶었다. 오! 자기 자신이 아닌 만인과 만물에 대한 용서를 구하고 싶었던 것이다. '다른 이들도 나를 위해 용서를 구할 것이다.' 그의 영혼에 또다시 이런 말이 울려 퍼졌다. 그는 광활한 하늘처럼 확고부동한 무언가가 영혼 속에 시시각각 차오르고 있는 것을 뚜렷이 인지했다. 하나의 이상 같은 것이 그의 머릿속에 자리 잡았다. 그것은 평생 영원히 변하지 않을 것이었다. 땅으로 몸을 던질 때 그는 나약한 청년이었지만, 일어설 때는 일생 동안 흔들리지 않을 강인한 투사가 되어 있었다. 그는 환희를 느낀 순간 이것을 자각하고 느꼈다. 알료샤는 평생 이 순간을 결코 잊지 못했다. '그때 누군가 나의 영혼을 찾아왔다.' 후에 그는 확고한 믿음을 가지고 이렇게 말했다….

그로부터 사흘 후, 알료샤는 '속세로 나가라'는 장로의 뜻을 받들어 수도원을 나왔다.

제8편
미탸

1. 쿠지마 삼소노프

그루셴카가 새로운 삶을 향해 떠나면서 마지막 안부를 전해달라고 '명령'하고 자신이 사랑했던 짧은 순간을 영원히 기억해달라고 부탁한 드미트리 표도로비치는 그때 그녀에게 무슨 일이 벌어지고 있는지 전혀 모른 채 엄청난 혼란과 동요에 빠져 있었다. 지난 이틀간 그는 훗날 자신의 입으로 뇌막염에라도 걸릴 것처럼 상상할 수 없을 만큼 괴로운 상태에 놓여 있었다. 알료샤는 그 전날 아침 드미트리를 찾지 못했고, 이반도 그날 술집에서 그와 만나지 못했다. 드미트리가 세 들어 사는 집의 집주인들은 그의 부탁에 따라 그의 행방을 알려주지 않았다. 그의 표현을 빌자면 그는 이 이틀간 말 그대로 '자신의 운명에 맞서 싸우고 자신을 구원하기 위해' 동분서주하고 있었으며, 그루셴카를 잠시라도 감시하지 않고 내버려 두는 것이 몹시 두려웠지만 한 가지 급한 일 때문에 몇 시간 동안 시내를 벗어나 있기도 했다. 이런 모든 사정은 나중에 서류 형태로 상세히 밝혀졌지만, 지금은 그의 운명에 갑자기 무서운 참극이 벌어지기에 앞서 그의 인생에서 이 끔찍한 이틀간 무슨 일이 있었는지 꼭 필요한 사실만 살펴보기로 하자.

그루셴카가 잠깐 동안 드미트리를 진심으로 사랑한 것은 사실이었지만, 잔인하고 무자비하게 괴롭힐 때도 있었다. 무엇보다 드미트리는 그루셴카가 무슨 생각을 하고 있는지 전혀 짐작할 수가 없었다. 그렇다고 달래거나 강제로 속마음을 알아낼 수도 없는 노릇이었다. 그루셴카가 결코 넘어오지 않을 뿐더러, 오히려 화를 내고 자신에게서 완전히 돌아서버릴 것을 분명히 알고 있었기 때문이다. 그루셴카 자신도 갈팡질팡하며 내적 갈등을 겪고 있는 것이 아닐까, 결정을 내리려 애쓰면서도 그러지 못하고 있는 것이 아닐까 하는 그의 의혹은 지극히 정당한 것이었다. 그리고 그런 상태에 있는 그녀가 이따금 그와 그의 열정에 증오를 느낄 것이라고 생각하며 가슴을 졸인 것도 근거 없는 일은 아니었다. 이는 사실이었을지도 모른다. 그러나 미탸는 그루셴카가 정확히 무엇 때문에 괴로워하는지 알 수가 없었다. 미탸로서는 자신을 괴롭히는 모든 문제를 이렇게 정리할 수 있었다. '나 미탸냐, 아니면 표도르 파블로비치냐.' 여기서 한 가지 분명한 사실을 짚고 넘어가야겠다. 그는 표도르 파블로비치가 그루셴카에게 정식으로 청혼할 것이라고(이미 청혼해버리지 않았다면) 확신하고 있었으며, 늙은 호색한이 고작 3000루블로 원하는 것을 차지할 기대를 하고 있다고는 한순간도 생각하지 않았다. 미탸는 그루셴카라는 여자와 그 성품을 알기 때문에 이런 결론을 내린 것이었다. 그래서 그루셴카의 고뇌와 망설임이 그저 누구를 택할 것인가, 누구를 택하는 것이 이익이 될 것인가 하는 문제에서 왔을지도 모른다는 생각이 들곤 했다. 그루셴카의 인생에서 운명적인 인물이자, 그녀가 그토록 흥분과 공포 속에서 오기만을 기다리던 '장교'가 곧 돌아올지도 모른다는 생각은 이상하게도 그 당시엔 전혀 떠오르지 않았다. 그루셴카가 최근 그 앞에서 장교의 이야기를 거의 꺼내지 않은 것은 사실이었다. 하지만 미탸는 그루셴카가 한 달 전 옛 애인에게서 편지를 받은 것을 잘 알고 있었고, 부분적으로는 그 내용도 알고 있었다. 그루셴카는 그때 짓궂은 마음에 미탸에게 이 편지를 보여주었지만, 놀랍게도 그는 이 편지를 대수롭게 여기지 않았다. 그 이유를 설명하기란 매우 어려운 일이다. 어쩌면 그저 여자를 두고 친아버지와 벌이던 추악하고 무서운 싸움에 압도된 나머지 그 순간에는 자신에게 그보다 더 무섭고 위험한 일은 일어날 수 없다고 생각했기 때문인지도 모른다. 미탸는 5년 동안 종적을 감추었다가 갑자기 어디선가 튀어나온 애인의 존재 자체를 믿지 않았고, 그가 곧 돌아온다는 사실은 더욱 그랬다. 더욱이 미탸가 본 '장교'의 첫 번째 편지에는 새로운 경쟁자가 찾아온다는 이야기가 매우 애매하게 씌어져 있었다. 편지가 매우 모호하고 과장스러운 데다 감상적인 구절로 가득 차 있었기 때문이다. 그루셴카가 그때 장교의 귀환에 대해 좀 더 구체적인 내용이 언급된 마지막 몇 줄을 미탸에게 보여주지 않았다는 점은 밝혀두어야겠다. 더군다나 미텐카는 그때 그루셴카의 얼굴에 시베리아에서 온 이 편지에 대한 자존심과 경멸의 빛이 떠오른 것을 포착했다. 이후 그루셴카는 이 새로운 경쟁자와의 관계가 어떻게 진전되고 있는지 미텐카에게 전혀 말해주지 않았다. 그래서 미탸는 점차 장교의 존재를 까맣게 잊게 된 것이다. 그는 어떤 사태가 벌어지든, 일이 어떻게 전개되든 간에 표도르 파블로비치와의 최후의 충돌이 임박했으니 이 문제를 그 무엇보다 먼저 해결해야 한다는 생각뿐이었다. 그는 그루셴카가 결정을 내리기만을 초조하게 기다렸으며, 그 결정이 급작스럽게 충동적으로 이루어질 것이라고 생각했다. 갑자기 그루셴카가 그에게 '나를 데려가세요. 나는 영원히 당신 것이에요'라고 말하면 다 끝나는 것이다. 그러면 그는 당장 그녀의 손을 잡고 세상 끝으로 데려갈 것이다. 오, 당장 최대한, 최대한 멀리, 세상의 끝이 아니라면 러시아의 끝이라도 데려가 그곳에서 그녀와 결혼해 비밀리에, 이 고장 사람이든 그 고장 사람이든 그 누구도 모르게 정착할 것이다. 그러면, 오오, 그러면 전혀 새로운 삶이 시작될 것이다! 이 또 다른 새롭고도 선한 삶(분명히, 분명히 선한 삶일 것이다)을 그는 끊임없이 미친 듯이 열망하고 있었다. 그러한 부활과 갱생을 갈구했던 것이다. 자기 스스로 빠져들었던 더러운 시궁창이 이제는 너무나 괴로워졌기 때문에, 이런 상황에 놓인 많은 사람들과 마찬가지로 장소의 변화에 희망을 걸

게 되었다. 이 사람들만 아니면, 이 환경만 아니면, 이 저주스러운 장소에서 벗어날 수만 있다면 새로 태어나 새로운 길을 갈 수 있으리라! 이것이 그의 믿음이고 염원이었다.

그러나 이는 첫 번째 경우, 문제가 행복한 방향으로 풀릴 때의 일이었다. 다른 식의 전개도 가능했다. 그와는 다른 무서운 결과도 생각해볼 수 있었던 것이다. 그루셴카가 갑자기 그에게 '가세요. 지금 표도르 파블로비치와 결정을 내렸어요. 이분과 결혼할 테니 당신 따윈 필요없어요'라고 말한다면, 그때는… 그때는… 사실 미탸는 그때 어떻게 될지 알 수가 없었다. 마지막 순간까지도 몰랐던 것이다. 이 점에 있어서는 그를 변호해줄 필요가 있다. 미탸에게는 구체적인 계획이 없었고, 범행에 대해 생각한 것도 아니었다. 그저 그루셴카를 감시하고 미행하며 괴로워했을 뿐이었다. 그러면서도 첫 번째 경우가 실현되어 자신의 운명이 행복한 결말을 맺기만을 바라고 있었다. 다른 생각이 들면 일부러 머릿속에서 쫓아버렸다. 그러나 그 무렵 이미 전혀 다른 고민이 시작되고 있었다. 전혀 새롭고 동떨어진 것이지만, 역시나 숙명적이고 해결할 수 없는 문제가 떠오른 것이다.

그것은 만약 그루셴카가 '나는 당신 것이니 나를 데려가세요'라고 말한다면, 그녀를 어떻게 데리고 갈 것이며, 그 돈은 어디서 구하는가 하는 문제였다. 표도르 파블로비치에게서 그렇게 오랫동안 계속 받아왔던 돈도 그 무렵엔 완전히 바닥나 있었다. 물론 그루셴카에게는 돈이 있었지만, 미탸는 이 점에 있어서는 무섭도록 자존심을 내세웠다. 자기 힘으로 그루셴카를 데려가 그녀 돈이 아닌 자기 돈으로 새 삶을 시작하고 싶었던 것이다. 그루셴카의 돈에 손을 댄다는 것은 그로서는 상상할 수 없는 일이었고, 그런 생각만 해도 괴로울 만큼 혐오감이 들었다. 이 사실을 자세하게 파고들거나 분석하지는 않고, 그때 미탸의 마음이 그랬다는 것만 말해두겠다. 어쩌면 카테리나 이바노브나의 돈을 가로챈 데 대한 은밀한 양심의 가책이 간접적이고 무의식적으로 그런 감정을 불러일으켰을 수도 있다. '이미 한 여자 앞에 비열한 인간이 되어버렸는데, 또 다른 여자에게도 비열한 인간이 된다.' 나중에 직접 고백했듯, 미탸는 그때 이렇게 생각하고 있었다. '만약 그루셴카가 그 사실을 알게 되면 이런 비열한 놈은 거부할 것이다.' 그렇다면 어떻게 그 자금을 구할 것인가? 어떻게 그 운명적인 돈을 마련해야 한단 말인가? 돈을 구하지 못하면 모든 것이 끝장이다. '그것도 그저 돈이 없는 탓에 그렇게 된다니, 이 얼마나 수치스러운 일인가!'

미리 말해두자면, 어쩌면 그는 어디서 돈을 구할 수 있는지, 돈이 어디에 놓여 있는지 알고 있었는지도 모른다. 이 문제는 나중에 상세히 밝혀질 것이므로 지금은 자세히 설명하지 않겠다. 그러나 그의 가장 큰 불행이 바로 여기에 깃들어 있었으므로, 모호하긴 하지만 이런 말을 해두려 한다. 어딘가에 놓여 있을 그 돈을 가져가려면, 그 돈을 가져갈 권리를 갖기 위해서는 우선 카테리나 이바노브나에게 3000루블을 돌려주어야 했다. 그렇지 않으면 '나는 좀도둑, 비열한 인간이 되어버린다. 나는 비열한 놈으로 새 삶을 시작하고 싶지 않다.' 미탸는 이렇게 생각했다. 그래서 온 세상을 뒤집어엎는 한이 있더라도, 무슨 수를 써서든 가장 먼저 카테리나 이바노브나에게 그 3000루블을 갚아야겠다고 결심했다. 그러한 결심이 확고부동하게 굳어진 것은 인생에서의 마지막 시간, 즉 이틀 전 그루셴카가 카테리나 이바노브나에게 모욕을 준 일이 있고 나서 저녁에 길 위에서 마지막으로 알료샤와 만난 후였다. 미탸는 알료샤에게서 그 이야기를 전해 듣고 자기가 비열한 인간이라는 것을 깨달았다. 그래서 '만약 카테리나의 마음에 조금이나마 위로가 될 수 있다면' 자신이 비열한 인간임을 인정했다는 것을 카테리나에게 전해달라고 부탁했던 것이다. 그는 그날 밤 동생과 헤어진 후 격정에 휩싸여 '사람을 죽이고 강도짓을 해서라도 카탸의 돈은 갚아야 한다'고 생각했다. "카탸에게서 저 남자는 자기를 배반하고, 돈을 훔쳤으며 그 돈으로 그루셴카와 선한 삶을 시작하겠다고 도망갔다는 말을 들을 바에야 차라리 모든 사람 앞에 살인자와 강도가 되어 시베리아로 유형을 가는 게 낫다! 그것만큼은 절대로 참을 수 없다!" 미탸는 바득바득 이를 갈며 이렇게 말했다. 때로는 정말 뇌막염이라도 걸려 죽어버릴 것 같다는 생각이 들었다. 그러나 아직은 투쟁하고 있었다….

하지만 이상한 일이다. 미탸에게 그런 결심이 섰다면 절망 외엔 아무것도 남지 않았으리라는 생각이 들 것이다. 빈털터리인 그가 어디서 그런 돈을 구한단 말인가? 그러나 그는 저절로 굴러들든 하늘에서 떨어지든 간에 어떻게 해서든 그 3000루블을 구할 수 있을 거라고 끝까지 믿고 있었다. 드미트리처럼 공으로 들어온 유산을 쓸 줄만 알지 돈을 어떻게 버는가에 대해선 아무 개념이 없는 사람들에게서는 이런 일이 일어날 수 있다. 이틀 전 알료샤와 헤어진 직후 그의 머릿속에 그런 터무니없는 망상의 회오리가 일어 모든 생각이 뒤엉켜버린 것이다. 그리하여 그는 황당한 일을 벌이게 되었다. 어쩌면 이런 상황에 놓인 미탸 같은 사람들에게는 가장 현실성 없고 터무니없는 일이 가장 가능성이 높은 것처럼 보이는지도 모르겠다. 그는 그루셴카의 후견인인 상인 삼소노프를 찾아가 한 가지 계획을 제안하고, 그 계획을 전제로 필요한 액수를 한 번에 얻어내기로 결심했다. 그는 이 계획의 영리적인 측면에 대해서는 티끌만큼의 의혹도 없었다. 다만 삼소노프 노인이 영리적인 면만 보려 하지 않을 때 자신의 이런 돌발적인 행동을 어떻게 받아들일지 그것이 염려될 뿐이었다. 미탸는 그 상인의 얼굴은 알았지만, 친분이 있다거나 대화를 나눠본 것은 아니었다. 그런데도 어째서인지, 그것도 심지어 오래전부터, 그루셴카가 '믿음직한 사람'과 결혼해 자기 삶을 정직하게 꾸려나가겠다고 하면, 이제는 죽음을 목전에 둔 이 늙은 호색가가 반대하지 않을 거라는 믿음을 가지고 있었다. 반대하기는커녕 자기 쪽에서 그것을 원하고 있으며, 기회가 오면 직접 나서서 도움을 줄지도 모른다고 생각했다. 미탸는 이런저런 소문이나 그루셴카가 했던 말로 미루어볼 때 노인이 그루셴카의 짝으로 아버지보다는 자기를 더 눈여겨보고 있다고 생각하고 있었다. 어쩌면 많은 독자들은 그런 도움에 대한 기대와 자기가 좋아하는 여자를 이른바 후견인의 손에서 데려오겠다는 계획이 너무 무모하고 염치없는 것이라고 생각할지도 모르겠다. 내가 말할 수 있는 것은 미탸가 그루셴카의 과거를 다 지나간 일로 생각했다는 것뿐이다. 그는 한없는 동정으로 그루셴카의 과거를 바라보았고, 자신을 사랑하고 따르겠다고 말하는 순간 그녀가 완전히 새로운 사람으로 변하고 자기도 아무런 허물이 없는 선한 사람으로 새롭게 태어나 서로를 용서하고 새 삶을 시작할 것이라고 뜨거운 열정으로 굳게 믿었다. 쿠지마 삼소노프에 대해서는 그루셴카의 암울한 과거 속에서 운명적인 인물이기는 하나, 그녀가 결코 사랑한 적 없으며 무엇보다 '지나간', 이미 존재하지 않는 것이나 다름없는 다 끝난 사람이라고 생각했다. 뿐만 아니라 미탸는 그를 인간이라고 여길 수도 없었다. 그도 그럴 것이 노인이 그루셴카와는 그저 아버지 같은 관계를 유지하고 있는 병든 폐인일 뿐이며, 예전 같은 관계는 벌써 1년 전에 끝났다는 사실을 시내 사람 모두가 알고 있었기 때문이다. 미탸의 이러한 생각에는 순진한 구석이 많았다. 그는 많은 악행을 저지르기는 했지만 그래도 아주 순진한 사람이었다. 그런 순진함 때문에 쿠지마 영감이 다른 세상으로 떠날 준비를 하면서 그루셴카와의 과거를 진심으로 후회하고 있으며, 지금 그녀 옆에는 더 이상 아무런 해를 주지 않는 이 노인보다 더 충실한 보호자이자 친구는 없다고 믿었던 것이다. 알료샤와 들판에서 대화를 나누고 나서 미탸는 그날 밤 거의 잠을 이루지 못했다. 다음 날 그는 아침 10시쯤에 삼소노프의 집에 나타나 자신이 왔다고 전해달라고 했다. 노인의 집은 낡고 음침한 커다란 2층 건물이었고, 뜰에는 작은 건물들과 별채가 딸려 있었다. 아래층에는 이미 가정을 꾸린 두 아들과 나이 많은 누이, 아직 출가하지 않은 딸이 살고 있었다. 별채에는 관리인이 두 명 살고 있었고, 그중 한 사람도 대가족을 거느리고 있었다. 자식들과 관리인들은 비좁은 공간에서 북적대며 살았으나, 노인은 혼자서 2층을 차지하고 자신을 돌봐주는 딸도 그곳에서 지내지 못하게 했다. 그래서 딸은 오랜 천식으로 고생하면서도 정해진 시간은 물론 아버지가 자기를 부를 때마다 매번 위층으로 뛰어 올라가야 했다. 이 '위층'에는 상인의 오랜 풍습대로 세간을 갖춰놓은 커다란 방이 여러 개 있었다. 볼썽사나운 안락의자와 적갈색 의자들이 벽을 따라 단조롭게 늘어서 있었고, 천장에는 갓을 씌운 유리 샹들리에가 달려 있었으며, 창문 사이의 벽에는 음산한 느낌이 드는 거울이 걸려 있었다. 병든 노인은 한쪽 구석에 있는 자그마한 침실만 썼기 때문에, 나머지 방들은 사는 사람 없이 텅 비어 있었다. 노인은 침실에서 머리에 수건을 두른 노파와 옆방의 긴 의자에 앉아 대기하곤 하는 '어린 녀석'의 시중을 받았다. 노인은 다리가 심하게 부어 거의 걷지 못했으며 어쩌다 한 번씩 가죽 안락의자에서 일어나 노파의 부축을 받아 방 안을 한두 번 돌아다닐 뿐이었다. 그는 이 노파에게도 엄격하게 대했고 말도 별로 하지 않았다. '대위'가 만나러 왔다는 보고를 받았을 때, 그는 곧바로 거절하라고 지시했다. 그러나 미탸는 다시 한번 전해달라고 끈질기게 부탁했다. 그러자 쿠지마 쿠지미치는 어린 하인에게 미탸의 꼬락

서니가 어떤지, 술에 취하진 않았는지, 난동을 부리지는 않는지 자세히 캐물었고, '술에 취하진 않았지만 돌아가려 하지를 않는다'는 대답을 들었다. 노인은 다시 거절하라고 명했다. 그러자 이런 상황을 예상하고 일부러 종이와 연필을 챙겨 온 미탸는 쪽지에 또박또박 '아그라페나 알렉산드로브나와 밀접한 관련이 있는 매우 중요한 일로 왔습니다'라고 써서 노인에게 보냈다. 노인은 잠시 생각에 잠겼다가 하인에게 손님을 응접실로 들이라고 한 후, 아래층에 있는 작은 아들에게 노파를 보내 당장 위층으로 올라오라고 전했다. 작은 아들은 키가 2미터 가까이 되는 장사로 수염을 기르지 않고 독일식 옷차림을 하고 다녔다(삼소노프 자신은 카프탄을 입고 턱수염을 길렀다). 그는 군말 없이 즉각 2층으로 올라왔다. 식구들 모두가 아버지 앞에서는 벌벌 떨었기 때문이다. 노인이 이 장사를 부른 이유는 대위가 무서워서가 아니었다. 그는 그렇게 소심한 사람이 아니었다. 그저 만일을 대비해 증인을 옆에 두기 위함이었다. 노인은 아들과 어린 하인의 부축을 받으며 마침내 응접실로 나왔다. 그는 상당히 강렬한 호기심을 느끼고 있었다. 미탸가 기다리고 있던 방은 기분이 가라앉을 만큼 거대하고 음침한 방이었다. 아래 위 두 단으로 창문이 나 있고, 벽은 '대리석'으로 꾸며져 있었으며 갓을 씌운 큼지막한 유리 샹들리에가 세 개 달려 있었다. 미탸는 입구 옆에 놓인 의자에 앉아 초조하게 자신의 운명을 기다리고 있었다. 미탸가 앉아 있는 의자로부터 20미터쯤 떨어진 반대편 입구에서 노인이 나타나자 그는 벌떡 일어나 절도 있는 걸음으로 성큼성큼 노인에게로 다가갔다. 미탸는 단추를 채운 프록코트에 손에는 둥그런 모자를 들고 검은 장갑을 낀 훌륭한 옷차림을 하고 있었는데, 사흘 전 장로의 암자에서 표도르 파블로비치와 동생들이 참석한 가족 모임에서 입었던 옷 그대로였다. 노인은 위엄 있고 엄숙한 태도로 그 자리에 서서 미탸가 다가오기를 기다렸다. 미탸는 노인에게 걸어가는 동안 그가 자신을 샅샅이 살펴보았다는 것을 느꼈다. 최근 지독하게 부어버린 쿠지마 쿠지미치의 얼굴도 충격적으로 느껴졌다. 원래 두툼하던 노인의 아랫입술은 이제는 축 처진 둥근 빵처럼 보였다. 노인은 위엄 있는 태도로 말없이 손님에게 허리 굽혀 인사하고는 소파 옆에 있는 안락의자를 가리켰고, 자신은 아들의 팔에 기대 고통스럽게 신음하며 맞은편에 있는 소파에 천천히 앉았다. 미탸는 병든 노인이 고생하는 것을 보자 곧 후회하기 시작했다. 그리고 자신이 폐를 끼친 사람의 위엄 있는 모습에 자기 자신이 보잘것없게 느껴져 수치심이 일었다.

"그래, 무슨 일로 나를 찾아오셨소?" 마침내 자리에 앉은 노인이 엄격하지만 정중한 어조로 한 마디 한 마디 천천히 말했다.

미탸는 온몸을 부르르 떨며 벌떡 일어났다가 다시 자리에 앉았다. 그러고는 곧 몹시 흥분하여 초조함이 느껴지는 커다란 목소리로 손짓을 섞어가며 정신없이 말을 쏟아놓기 시작했다. 벼랑 끝에 선 채 목숨을 내놓고 최후의 출구를 찾고 있으나, 출구를 찾지 못하면 당장 물에 뛰어들 사람의 모습이었다. 삼소노프 노인은 대번에 그것을 꿰뚫어본 듯했지만 그의 얼굴은 조각상처럼 차갑기만 했다.

"고귀하신 쿠지마 쿠지미치, 어머니가 돌아가신 후 제 유산을 가로채버린 제 아버지 표도르 파블로비치 카라마조프와 저와의 갈등에 대해 아마 여러 번 들어보셨을 거라고 생각합니다…. 지금 시내 전체가 이 이야기로 시끄러우니까요…. 이곳 사람들은 쓸데없는 이야기 가지고 법석을 떨곤 하거든요…. 그리고 아마 그루셴카를 통해서도… 아니, 실례했습니다, 아그라페나 알렉산드로브나를 통해서도… 제가 지극히 존경하는 아그라페나 알렉산드로브나를 통해서도…." 미탸는 이렇게 말을 꺼냈으나 첫마디부터 헤매기 시작했다. 하지만 그의 말을 그대로 옮기지는 않고 요점만 소개하도록 하겠다. 그는 석 달 전에 특별히(그는 '일부러'라는 말 대신 '특별히'라고 말했다) 현청 소재지에서 어떤 변호사와 상담을 했다고 했다. "파벨 파블로비치 코르네플로도프라는 유명한 변호사인데, 쿠지마 쿠지미치, 당신도 아마 들어보셨을 겁니다. 참으로 박식하신, 거의 국가적인 지성을 지닌 분이지요…. 그분은 당신에 대해서도 알고 있었습니다…. 굉장히 칭찬을 많이 하시더군요…." 미탸는 여기서 또 말문이 막혔다. 그러나 그는 굴하지 않고, 막히는 곳은 건너뛰며 계속 앞으로 나아갔다. 그 코르네플로도프라는 변호사는 미탸가 제시할 수 있다는 서류를(미탸는 이 부분에서 특히 서둘렀고, 서류에 대한 설명은 무척이나 모호했다) 검토하고 이것저것 자세히 물어본 후, 체르마시냐 마을은 어머니의 유산으로 원래 미탸의 소유가 되었어야 했으므로, 실제로 소송을 제기해 그 파렴치한 노인에게 본때를 보여줄 수 있다고 했다…. "왜냐하면 모든 문이 다 닫혀버린 건 아니고, 법률가는 어디로 빠져나가야 할지 알고 있으니까요." 간단히 말하면, 표도르 파블로비치에게서 6000루블, 아니 7000루블은 더 받을 수 있다는 것이었다. 체르마시냐 마을의 가치가 적어도 2만 5000루블, 정확하게는 2만 8000루블은 되기 때문이다. "아니, 3만 루블, 3만 루블은 될 겁니다, 쿠지마 쿠지미치, 그런데 저는 그 잔악한 사람에게서 1만 7000루블도 못 받았습니다…!" 그때 자기는 법률에 대해서는 문외한이어서 그 문제를 그냥 내버려 두었지만, 이 고장에 온 후 오히려 아버지 쪽에서 소송을 걸고 나오니 너무나 기가 막히다는 것이었다(여기서 미탸는 또 말이 엉켜 또다시 앞으로 훌쩍 건너뛰었다). "그러니 고귀하신 쿠지마 쿠지미치, 그 불한당에 대한 제 권리를 전부 양도받을 생각이 없으십니까? 제게는 3000루블만 주시면 됩니다…. 절대 소송에서 지는 일은 없을 겁니다. 그 점에 대해서는 제 명예를, 명예를 걸고 맹세하겠습니다. 오히려 3000루블로 6000루블이나 7000루블의 이익을 보시게 될 겁니다…." 그런데 무엇보다 중요한 것은 이 일을 '오늘 당장' 해결 봐야 한다는 것이었다. "그 공증인인가 하는 사람한테 가도 좋고… 무엇이든 다 하겠습니다. 필요하시다면 무슨 서류든 다 내놓고, 서명도 하겠습니다…. 그러니 지금 당장 서류를 작성하고, 가능하다면, 가능하기만 하다면 오늘 오전에 바로… 제게 그 3000루블을 주실 수는 없는지요…. 이 고장에서 당신에게 맞설 자본가가 어디에 있겠습니까…. 그렇게 해주시면 당신은 저를… 그러니까 불쌍한 제 생명을 고결하고도 숭고한 일을 위해 구원해주시는 게 됩니다…. 왜냐하면 당신이 너무나 잘 알고 계실 뿐 아니라 아버지의 마음으로 돌봐주고 있는 그 여인에게 제가 고결한 감정을 품고 있기 때문입니다…. 아버지의 마음이 아니었다면, 저는 이곳에 오지 않았을 겁니다. 사실 이건 우리 세 사람이 이마를 맞부딪친 거라고 할 수 있습니다. 운명이란 괴물 같은 것이니까요, 쿠지마 쿠지미치! 리얼리즘, 쿠지마 쿠지미치, 리얼리즘입니다! 하지만 당신은 오래전에 제외되셨어야 하니, 두 사람의 이마가 남게 되는 겁니다. 어쩌면 제 표현이 좀 서툴었는지도 모르겠습니다. 저는 문학가가 아니니까요. 하나는 제 이마고, 다른 하나는 그 불한당의 이마이지요. 그러니 선택해주십시오. 접니까, 아니면 그 불한당입니까? 이제는 모든 것이 당신 손 안에 들어 있습니다. 세 사람의 운명과 두 개의 제비가… 죄송합니다, 말이 그만 엉뚱한 데로 빠지고 말았군요. 하지만 당신은 이해해주실 거라 믿습니다…. 당신의 고결한 눈빛을 보면 이해해주시고 있다는 걸 알 수 있습니다…. 만약 그렇지 않다면 저는 오늘 당장 물에 뛰어들 겁니다, 암요!"

미탸는 '암요'라는 말로 이 황당무계한 연설을 마쳤다. 그러고는 자리에서 벌떡 일어나 자신의 어리석은 제안에 대한 대답을 기다렸다. 그는 마지막 한마디를 내뱉는 순간 모든 것이 수포로 돌아갔으며, 무엇보다 자신이 말도 안 되는 헛소리를 늘어놓았다는 사실을 절감했다.

'이상한 일이다. 여기로 올 때까지만 해도 그럴듯해 보였는데, 지금 보니 순 엉터리 제안이 아닌가!' 이런 생각이 절망에 빠진 그의 머릿속을 스치고 지나갔다. 그가 말하는 동안 노인은 줄곧 꼼짝 않고 앉아서 얼음장 같은 눈빛으로 그를 지켜보고 있었다. 쿠지마 쿠지미치는 잠시 미탸를 기다리게 한 후, 마침내 아주 단호하고 냉정한 어조로 입을 열었다.

"미안하지만 우리는 그런 일은 하지 않습니다."

미탸는 다리에 힘이 탁 풀리는 것을 느꼈다.

"그럼 저는 어쩌면 좋습니까, 쿠지마 쿠지미치," 그는 창백한 미소를 지으며 중얼거렸다. "저는 이제 끝장인 겁니까?"

"미안합니다…."

미탸는 계속 그 자리에 선 채 꼼짝 않고 노인을 바라보았다. 그러다 노인의 얼굴이 꿈틀하고 움직이자 흠칫 몸을 떨었다.

"그런 일은 곤란합니다." 노인은 천천히 말을 이었다. "재판이니, 변호사니 하는 건 생각만 해도 골치가 아프니까! 하지만 정 그러시면 적당한 사람이 있으니 그 사람을 찾아가보시죠…."

"아아, 그게 누굽니까…! 저는 지금 죽었다가 다시 살아나는 기분입니다, 쿠지마 쿠지미치!" 미탸는 더듬거리며 말했다.

"그 사람은 이 고장 출신이 아니고, 지금도 여기서 살지는 않습니다. 농민 출신 목재상인데, 랴가비라고 합니다. 표도르 파블로비치와 벌써 1년째 그 체르마시냐에 있는 숲을 놓고 흥정을 하고 있는데, 가격 때문에 의견이 엇갈리는 모양이더군요. 당신도 그 일에 대해서는 들어봤을 겁니다. 마침 그 사람이 이 고장에 와서 일린스키 신부 집에 머물고 있다고 하더군요. 볼로비야 역에서 12킬로미터쯤 떨어진 일린스코에 마을입니다. 내게도 그 일로, 그러니까 그 숲을 매매하는 일로 편지를 보내 조언을 구해왔습니다. 표도르 파블로비치는 그 사람에게 직접 가보려는 것 같더군요. 그러니 당신이 표도르 파블로비치보다 먼저 가서 지금 내게 말한 대로 랴가비에게 제안하면, 어쩌면 그 사람이…."

"정말 훌륭한 생각입니다!" 미탸가 기쁨에 벅차 말을 가로챘다. "정말 그 사람이 제격이군요! 값이 너무 비싸다고 생각하는 흥정꾼한테 떡하니 소유권 증서를 내민다라, 하하하!" 미탸는 별안간 투박하고 짤막한 웃음소리를 냈다. 그것은 너무나 뜻밖의 웃음이어서 삼소노프는 깜짝 놀랐다.

"쿠지마 쿠지미치, 뭐라고 감사의 말씀을 드려야 할지 모르겠습니다." 미탸는 호들갑스럽게 말했다.

"아닙니다." 삼소노프는 고개를 숙였다.

"당신은 모르시겠지만, 당신은 저를 구해주신 겁니다. 오, 그렇지 않아도 저는 당신께 와야 한다는 예감이 들어서 이리로 온 겁니다…. 그럼, 그 신부에게 가보겠습니다!"

"그렇게 감사를 받을 일은 아닙니다."

"서둘러 가봐야겠습니다. 건강도 안 좋으신데 폐를 끼쳤습니다. 이 은혜는 평생 잊지 않겠습니다. 이건 러시아 사람으로서 말씀드리는 겁니다, 쿠지마 쿠지미치, 러시아 사람으로서 말입니다!"

"그렇소이까."

미탸는 악수를 하려고 노인의 손을 붙잡으려다가, 노인의 눈에 적의가 스치는 것을 보았다. 그는 손을 거두었으나, 곧 그런 의심을 한 자신을 책망했다. '피곤해서 그럴 거야….' 언뜻 이런 생각이 들었다.

"그 여인을 위해섭니다! 그 여인을 위해서예요, 쿠지마 쿠지미치! 그 여인을 위한 일이라는 걸 알고 계시겠지요!" 미탸는 온 응접실이 떠나가도록 소리치고는, 꾸벅 허리 숙여 절하고 홱 돌아서서 아까처럼 성큼성큼 뒤도 돌아보지 않고 문 쪽으로 걸어갔다. 벅찬 기쁨에 온몸이 떨려왔다. '다 끝장날 뻔했는데 수호천사가 나를 구해줬구나.' 머릿속에 이런 생각이 스쳤다. '게다가 그런 뛰어난 사업가가(정말 훌륭하고 위엄 있는 분이다!) 일러준 방법이니… 분명히 성공할 것이다. 지금 당장 떠나서 밤이 되기 전까지 돌아오자. 이 일은 다 된 거나 다름없다. 그 노인이 나를 골탕 먹일 리는 없지 않은가?' 미탸는 집으로 걸어가면서 속으로 이렇게 외쳤다. 다른 생각은 할 수 없었다. 랴가비(참으로 희한한 이름이다!)라는 사람을 잘 아는 수완가의 실질적인 조언(대단한 사업가로부터의)이지, 노인의 조롱일 리는 없다고 생각한 것이다. 그러나 안타깝게도 후자가 정확한 생각이었다! 나중에 오랜 시간이 흘러 모든 참극이 벌어진 후에 삼소노프 노인은 껄껄 웃으며 그때 '대위'를 골탕 먹였다고 시인했다. 그는 심술궂고 차갑고 냉소적인 데다가 타인에게 병적인 반감을 가진 사람이었다. 무엇이 노인의 마음속에 그런 충동을 일으켰는지, 대위의 기쁨에 겨운 얼굴 때문인지, 자신이 그런 '계획'에 넘어갈 것이라 생각하는 이 '낭비가'의 어처구니없는 확신 때문인지, 아니면 이 '무뢰한'이 돈을 구하러 말도 안 되는 계획을 들고 찾아온 이유인 그루셴카에 대한 질투 때문인지는 알 수 없었다. 그러나 미탸가 다리에 힘이 풀리는 것을 느끼며 노인 앞에서 자기는 끝장이냐는 무의미한 말을 외칠 때, 바로 그 순간 노인은 한없는 적의를 품은 채 그를 바라보며 골탕 먹일 작정을 했다. 미탸가 나가자 쿠지마 쿠지미치는 분노로 시퍼렇게 질린 채 아들에게 명령했다.

"앞으로 저 건달 같은 놈이 집에 얼씬도 못 하게 해라. 마당에도 들여보내지 말아라. 안 그러면…."

노인은 협박의 말을 끝맺지 않았지만, 아버지가 분노한 모습을 자주 봐온 아들조차 두려움에 소름이 돋을 정도였다. 1시간이 지난 후에도 노인은 분노에 치를 떨었으며, 저녁 무렵에는 병세가 심해져 '의원'을 부르러 사람을 보냈다.

2. 랴가비

미탸는 당장 그곳으로 '내달려야' 했지만, 마차 삯이 한 푼도 없었다. 아니, 사실은 20코페이카짜리 은화가 두 닢 있었다. 그토록 오랫동안 부유한 생활을 했지만 이제 남은 돈이라고는 그것이 전부였다! 그러나 미탸의 집에는 멈춘 지 이미 오래인 낡은 은시계가 하나 있었다. 그는 그것을 집어다 시장에서 가게를 운영하고 있는 유대인 시계상에게 가져갔다. 유대인은 시계 값으로 6루블을 쳐주었다. "이만하면 감지덕지지!" 미탸는 기뻐하며 이렇게 소리치고는(그는 계속 들떠 있었다) 6루블을 들고 집으로 달려갔다. 그러고는 집주인에게서 3루블을 빌려 부족한 액수를 채웠다. 주인집 사람들은 미탸를 굉장히 좋아했기 때문에 그것이 마지막 남은 돈이었음에도 불구하고 흔쾌히 내주었다. 기쁨에 들뜬 미탸는 그들에게 자신의 운명이 곧 결정될 것이라고 말하며, 몹시 서두르면서도 조금 전 삼소노프에게 말한 자신의 '계획'을 죄다 설명하고, 삼소노프가 어떤 제안을 했고 자신이 어떤 희망을 가지고 있는가 등을 늘어놓았다. 그들은 전부터 미탸의 비밀을 많이 알고 있었기 때문에 그를 거만한 나리가 아닌 자기 집 식구로 여겼다. 이렇게 9루블을 마련한 미탸는 볼로비야 역까지 갈 역마차를 부르러 사람을 보냈다. 그러나 이런 식으로 '사건 전날 정오에 미탸에게는 돈이 한 푼도 없었고, 돈을 구하기 위해 은시계를 팔고 집주인에게서 3루블을 빌렸으며, 이 모든 일은 증인이 보는 앞에서 이루어졌다'는 사실이 사람들의 기억 속에 남고 확인되었다.

이 사실을 미리 언급해두도록 하겠다. 그 이유는 나중에 밝혀질 것이다.

볼로비야 역까지 단숨에 달려간 미탸는 마침내 '이 모든 일'을 매듭지을 수 있을 것이라는 행복한 예감에 얼굴이 환하게 빛났지만, 그럼에도 자기가 없는 사이 그루셴카가 무엇을 하고 있을까 하는 두려움에 가슴이 떨려왔다. 하필 오늘 표도르 파블로비치에게 가기로 마음을 먹으면 어쩔 것인가? 그래서 그는 그루셴카에게 아무 말도 하지 않고, 집주인에게도 누군가 자기에 대해 묻더라도 어디로 갔는지 알려주지 말라고 당부하고 떠난 것이다. '반드시, 반드시 오늘 저녁까지는 돌아와야 한다.' 그는 흔들리는 마차 안에서 이렇게 생각했다. '그리고 그 랴가비라는 사람도 이리로 데리고 와서 계약을 마무리해야겠다….' 미탸는 가슴을 졸이며 이렇게 꿈꿨으나, 안타깝게도 그의 꿈은 '계획'대로 이루어질 운명이 아니었다.

첫째, 볼로비야 역에서 시골길로 가다가 시간이 많이 지체되고 말았다. 시골길은 12베르스타가 아닌 18베르스타는 되었다. 둘째, 미탸가 갔을 때 일린스키 신부는 옆 마을에 가고 없었다. 미탸가 지칠 대로 지친 말을 몰아 옆 마을에 가서 신부를 찾는 동안 이미 날이 저물고 말았다. 조심스럽고 상냥해 보이는 일린스키 신부는 랴가비가 처음에는 자기 집에 머물렀으나 지금은 수호이 포숄로크라는 마을에 있다고 곧 설명해주었다. 그곳에서도 숲을 거래할 일이 있어 오늘 밤은 산지기의 오두막에서 보낸다는 것이었다. '사람 하나 살리는 셈 치고' 지금 즉시 랴가비에게 데려가달라는 미탸의 간청에 신부는 잠시 망설였으나, 호기심이 동했는지 결국 수호이 포숄로크에 데려다주겠다고 했다. 그러나 안타깝게도 신부는 여기서 '1킬로미터 남짓한 곳'이니 '걸어가자'고 했다. 물론 미탸는 그러자고 하고는 성큼성큼 걷기 시작했기 때문에 가엾은 신부는 뛰다시피 그 뒤를 쫓아가야 했다. 신부는 그다지 나이가 많지 않고 몹시 조심성이 많은 사람이었다. 미탸는 곧 신부에게도 자신의 계획을 늘어놓기 시작했고, 흥분한 목소리로 초조하게 랴가비에 대한 조언을 구하면서 줄곧 입을 다물지 않았다. 신부는 주의 깊게 그의 이야기에 귀를 기울였지만, 조언은 별로 해주지 않았다. 미탸의 질문에도 "모르겠군요, 제가 그걸 어떻게 알겠습니까"라는 식으로 대답을 피했다. 미탸가 유산 때문에 아버지와 갈등을 빚고 있다는 이야기를 꺼내자, 사정이 있어 표도르에게 의존하는 처지에 있던 신부는 겁을 먹기까지 했다. 그러는 와중에도 미탸에게 왜 그 농부 출신의 목재상 고르스트킨을 랴가비라고 부르는지 물어보았고, 그 사람이 랴가비인 것은 맞지만 한편으로는 아니기도 하다, 그렇게 부르면 몹시 화를 내기 때문이다, 그러니 반드시 고르스트킨이라고 불러야 한다고 설명해주었다. "안 그러면 그 사람하고는 아무 일도 못 할 겁니다. 이야기를 들어보려고도 하지 않을 거예요." 미탸는 의아해하며 삼소노프 노인도 그 사람을 그렇게 불렀다고 해명했다. 신부는 그 말을 듣고는 곧바로 화제를 돌려버렸다. 만약 삼소노프가 이 농부를 랴가비라고 소개하면서 미탸에게 가보라고 했다면, 어쩌면 미탸를 골탕 먹일 생각이거나 다른 속셈이 있을지도 모른다는 추측을 그때 신부가 미탸에게 말해주었다면 좋았을 것이다. 그러나 미탸는 '그런 사소한 것'에 신경 쓸 겨를이 없었다. 그는 바삐 걸음을 옮겼고, 수호이 포숄로크에 다다른 후에야 자신들이 걸어온 거리가 1킬로미터나 1.5킬로미터는커녕 3킬로미터는 된다는 것을 깨달았다. 그는 몹시 속이 상했지만 꾹 참았다. 두 사람은 오두막으로 들어갔다. 신부와 아는 사이인 산지기는 오두막의 반쪽을 쓰고 있었고, 현관을 사이에 둔 깨끗한 방은 고르스트킨이 차지하고 있었다. 그들은 이 깨끗한 방으로 들어가 동물 기름으로 만든 양초를 켰다. 오두막 안은 난롯불이 활활 타고 있어 후텁지근했다. 소나무로 만든 식탁 위에는 불 꺼진 사모바르와 찻잔이 놓인 쟁반, 다 마신 럼주 병, 마시다 만 보드카 병, 먹다 남은 빵조각 따위가 놓여 있었다. 손님으로 온 고르스트킨은 베개 대신 윗옷을 말아 머리 밑에 베고는 긴 의자 위에 드러누워 묵직하게 코를 골고 있었다. 미탸는 망설여졌다. '물론 깨워야겠지. 내 용건은 너무나 중요하니까. 이렇게 서둘러 왔고, 또 오늘 내로 급하게 돌아가야 하잖아.' 미탸는 초조해졌다. 그러나 신부와 산지기는 아무런 의견도 말하지 않고 가만히 서 있을 뿐이었다. 미탸는 가까이 다가가 직접 깨우기 시작했다. 그러나 아무리 열심히 깨워도 잠든 사람은 일어날 줄 몰랐다. '취했군.' 미탸는 생각했다. '어쩌면 좋을까, 아아, 어떻게 해야 한단 말인가!' 몹시 다급해진 미탸는 잠든 이의 팔다리를 잡아당기고, 머리를 이리저리 흔들고 몸을 일으켜 의자에 앉혀보기도 했다. 그러나 그렇게 한참을 애써서 돌아온 것은 상대의 알아들을 수 없는 웅얼거림과 분명치 않은 발음으로 내뱉는 걸쭉한 욕설뿐이었다.

"그러지 말고 잠깐 기다리시는 게 좋겠습니다." 마침내 신부가 입을 열었다. "깨울 만한 상태가 아닌 것 같으니까요."

"오늘 하루 종일 마셨지요." 산지기도 거들었다.

"아아!" 미탸가 외쳤다. "내가 얼마나 절박한지, 얼마나 절망적인 심정인지 여러분은 모를 겁니다!"

"그래도 아침까지 기다리는 편이 좋겠습니다." 신부가 다시 말했다.

"아침까지라고요? 세상에, 그럴 수는 없습니다!" 미탸는 절망적으로 다시 고주망태에게 달려들어 깨워보았으나, 아무리 그래 봐야 소용없다는 것을 깨닫고 곧 그만두었다. 신부는 말이 없었고, 아직 잠이 덜 깬 산지기는 침울한 얼굴을 하고 있었다.

"현실은 인간에게 이토록 무서운 비극을 안겨주는구나!" 미탸는 완전히 절망에 빠져 이렇게 말했다. 그의 얼굴에서는 땀방울이 흘러내렸다. 그 틈을 타 신부는 잠든 사람을 깨운다고 해도 저렇게 취한 사람과는 대화를 할 수 없을 것이라며 "당신의 용무는 중요한 것이니 아침까지 기다리는 것이 좋겠습니다…"라는 지극히 합당한 말을 했다. 미탸는 두 손을 들어 올리고 그 말에 동의했다.

"신부님, 저는 초를 켜놓고 이곳에 남아 기회를 잡겠습니다. 잠이 깨면 이야기를 나눠보도록 하지요…. 촛값은 드리겠습니다." 그는 산지기에게 말했다. "숙박료도 내고요. 드미트리 카라마조프라는 이름을 기억하시게 될 겁니다. 다만 신부님이 어디서 주무셔야 할지 모르겠군요."

"아닙니다, 저는 돌아가겠습니다. 이 사람 말을 빌려 타고 가면 되니까요." 신부는 산지기를 가리켰다. "그럼 가보지요. 부디 만족스러운 결과를 얻길 빌겠습니다."

우선은 그렇게 결정이 났다. 신부는 말을 타고 떠났다. 그는 마침내 이 일에서 손을 뗀 것이 기뻤으나, 한편으로는 내일 이 흥미로운 사건을 은인인 표도르 파블로비치에게 미리 알려야 하지 않을까 고민하며 복잡한 마음에 고개를 흔들었다. '그러지 않았다가 표도르 파블로비치가 혹시라도 이 일을 알아버리면 화가 나서 더 이상 나를 도와주지 않을지도 몰라.' 한편 산지기는 머리를 긁적거리고는 말없이 자기 방으로 들어가버렸다. 미탸는 자기 말처럼 '기회를 잡기 위해' 긴 의자에 앉았다. 깊은 애수가 짙은 안개처럼 그의 마음을 뒤덮었다. 그것은 깊고도 무서운 애수였다! 그는 가만히 앉아 생각에 잠겼지만, 이렇다 할 묘안은 떠오르지 않았다. 촛불이 타올랐고, 귀뚜라미 우는 소리가 들렸다. 난로를 너무 세게 지핀 탓에 방은 참을 수 없이 갑갑했다. 갑자기 그의 눈앞에 정원과 정원에 난 뒷길이 떠올랐다. 아버지의 집 문이 살그머니 열리더니, 그루셴카가 그 안으로 뛰어든다…. 미탸는 의자에서 벌떡 일어섰다.

"비극이다!" 그는 이를 바득거리며 이렇게 말하고는, 무의식중에 잠든 이에게 다가가 그 얼굴을 들여다보았다. 아직 늙었다고는 할 수 없는 마른 사내였다. 얼굴이 몹시 길쭉했고, 아마빛 머리는 곱슬거렸으며 붉은빛이 도는 턱수염은 가늘고 길었다. 무명 루바시카에 검은 조끼를 걸치고 있었고, 주머니에는 은시곗줄이 살짝 튀어나와 있었다. 미탸는 무시무시한 증오를 느끼며 그 얼굴을 쳐다보았다. 왠지 그 곱슬

머리가 특히나 혐오스러웠다. 무엇보다 견딜 수 없을 만큼 부아가 치미는 것은 미탸 자신은 한시도 미룰 수 없는 급한 일 때문에 많은 것을 희생하고 버려둔 채 지칠 대로 지친 몸으로 이렇게 사내를 내려다보며 서 있는데, '자신의 운명을 거머쥔 이 놈팡이 같은 놈은 다른 별에서 온 것마냥 태연히 코를 골아대고 있다'는 사실이었다. "아아, 이게 무슨 운명의 장난인가!" 미탸는 이렇게 소리치고는 술 취한 사내를 깨우기 위해 이성을 잃은 사람처럼 다시 달려들었다. 상대를 잡아당기고 흔들고 심지어 때리기까지 하면서 미친 듯이 깨우려 했으나, 그렇게 5분 정도 애써도 아무 소용이 없자 온몸에 힘이 쫙 빠지는 듯한 절망을 느끼며 의자로 돌아와 앉았다.

"참으로 어리석은 일이다!" 미탸는 외쳤다. "그리고… 이 얼마나 떳떳치 못한 짓인가!" 그는 어째서인지 이렇게 덧붙였다. 깨질 듯이 머리가 아파오기 시작했다. '그만둘까? 차라리 그냥 돌아가 버릴까?' 문득 이런 생각이 스쳤다. '아니다, 아침까지는 기다려보자. 오기로라도 남아 있는 거다, 오기로라도! 내가 무엇 때문에 여기까지 왔는가? 게다가 돌아갈 돈도 없는데 여기서 어떻게 떠난단 말인가? 아아, 말도 안 되는 생각을 했구나!'

그러나 시간이 지날수록 두통은 점점 심해졌다. 꼼짝 않고 앉아 있던 미탸는 자기도 모르는 사이 꾸벅꾸벅 졸다가 앉은 채로 잠이 들고 말았다. 아마 2시간이 넘게 잔 듯했다. 그는 비명이 튀어나올 정도로 견딜 수 없이 심한 두통에 잠이 깼다. 관자놀이가 지끈거리고 정수리가 아팠다. 잠이 깨고 나서도 그는 한참 동안 정신을 차릴 수 없었고, 자신에게 무슨 일이 일어났는지 가늠할 수 없었다. 마침내 그는 난로를 너무 세게 지핀 탓에 방 안에 가스가 가득 차 하마터면 죽을 뻔했다는 사실을 깨달았다. 술 취한 사내는 여전히 자리에 누워 코를 골고 있었다. 양초는 다 타들어가 금방이라도 꺼질 것처럼 보였다. 미탸는 소리를 지르고 비틀거리며 현관을 지나 산지기의 방으로 갔다. 금방 잠에서 깬 산지기는 얼른 조치를 취하러 나오기는 했으나, 다른 방에 가스가 찼다는 말을 듣고도 이상하리만큼 태연한 태도에 미탸는 놀라움과 분노를 금치 못했다.

"만약 저자가 죽어버리기라도 했으면, 그랬으면… 그랬으면 어쩔 거요?" 미탸는 격분하여 산지기에게 소리쳤다.

그들은 방문과 창문을 활짝 열고 굴뚝 덮개도 열었다. 미탸는 현관에서 물통을 가져다가 우선 자기 머리를 적시고 헝겊을 찾아내 물에 담갔다가 랴가비의 머리에 얹어주었다. 산지기는 여전히 무심한 태도로 창문을 열고는 "이 정도면 됐습니다"라고 퉁명스럽게 말한 뒤 불이 켜진 철등잔을 미탸에게 남겨둔 채 다시 자러 들어가버렸다. 미탸는 가스를 들이마신 주정뱅이의 이마를 계속 물로 적셔주느라 30분 동안 부산을 떨었다. 그리고 이제 밤새도록 잠들지 않겠다고 단단히 결심했지만, 너무나 지쳐 있었기 때문에 숨을 돌리려고 잠깐 앉은 순간 스르르 눈이 감겨 자기도 모르게 의자에 드러누워 송장처럼 잠들고 말았다.

그는 몹시 늦게 잠에서 깼다. 이미 아침 9시가 다 되어 있었다. 오두막에 난 두 개의 창문으로 밝은 햇살이 비쳐 들었다. 어제의 그 곱슬머리 사내는 이미 외투까지 꿰어 입고 의자에 앉아 있었다. 그 앞에는 새로 꺼낸 사모바르와 새 술병이 놓여 있었다. 어제 남아 있던 술은 이미 깨끗이 비워져 있었고, 새 술병도 이미 반 이상 마셔버린 듯했다. 미탸는 벌떡 일어났다. 그는 이 저주스러운 사내가 또다시 돌이킬 수 없을 만큼 만취해버렸다는 사실을 금방 깨달았다. 미탸는 눈을 부릅뜨고 잠시 동안 사내를 노려보았다. 사내는 사내대로 말없이 교활한 눈으로 미탸를 바라보았다. 비위가 상할 만큼 태연스러운 얼굴에는 상대를 경멸하는 듯한 오만함마저 느껴졌다. 미탸는 사내에게 다가갔다.

"실례합니다만… 나는… 저쪽 방에 있는 이곳 산지기에게 이미 들으셨겠지만… 나는 육군 중위 드미트리 카라마조프라고 합니다. 당신이 숲을 흥정하고 있는 카라마조프 노인의 아들입니다…."

"거짓말!" 사내가 태연하고도 단호한 목소리로 잘라 말했다.

"거짓말이라니요? 표도르 파블로비치를 모르십니까?"

"네놈이 말하는 표도르 파블로비치 같은 작자는 난 몰라!" 사내가 혀 꼬부라진 소리로 이렇게 말했다.

"숲을, 아버지와 숲을 놓고 흥정하고 있지 않습니까. 정신 차리고 잘 생각해보십시오. 파벨 일린스키 신부가 저를 여기에 데려다줬습니다…. 삼소노프 노인에게 편지를 보내지 않았습니까? 그분이 저를 여기로 보낸 겁니다…." 미탸는 숨을 헐떡이며 말했다.

“거짓말!” 랴가비가 또다시 잘라 말했다.

미탸는 다리가 얼어붙는 느낌이 들었다.

“이보시오, 이건 농담이 아닙니다! 아마 술이 덜 깬 모양입니다. 그래도 말을 하고, 또 제 말을 이해할 수는 있지 않습니까…. 그게 아니면… 저는 어떻게 해야 할지 모르겠습니다!”

“네놈은 도색공이지!”

“그게 무슨 소립니까, 저는 카라마조프, 드미트리 카라마조프입니다. 당신에게 제안할 것이 있어서 왔습니다…. 좋은 제안이… 당신에게 짭짤한 이익을 안겨줄 제안이 있단 말입니다…. 숲에 관해서 말이에요.”

사내는 거만하게 수염을 쓰다듬었다.

“아니야, 네놈은 일을 받아가서는 악당 짓을 했어! 이 악당 같으니!”

“다시 말씀드리지만, 당신은 착각을 하고 있어요!” 미탸는 절망감에 빠져 어찌할 줄을 몰랐다. 사내는 계속 수염을 쓰다듬다가 갑자기 교활하게 눈을 흘겨 떴다.

“남한테 이런 추잡한 짓을 해도 된다는 법이 어디에 있나! 네놈은 악당이야, 알아듣겠어?”

미탸는 암담한 심정으로 물러섰다. 그 순간, 그의 표현을 빌리면 ‘이마를 한 대 얻어맞은’ 기분이 들었다. 순식간에 머릿속이 밝아지고, ‘한 줄기 빛이 비치면서 모든 것을 깨달은’ 것이다. 미탸는 그래도 영리한 편에 속하는 자신이 어떻게 이런 어리석은 수작에 넘어가 하루 종일 이따위 모험에 휘말릴 수 있었는지, 또 라가비의 이마를 적셔준답시고 애를 쓴 것인지 황당한 기분에 그 자리에 굳어버리고 말았다…. '이 사내는 고주망태가 되어 있다. 앞으로도 일주일은 줄창 술을 들이붓겠지. 이런 상황에서 무엇을 기대한단 말인가? 혹시 삼소노프가 일부러 나를 이곳에 보냈다면? 혹시라도 그루셴카가…. 아아, 내가 무슨 짓을 저지른 것인가…!'

사내는 앉은 채로 미탸를 바라보며 히죽히죽 웃고 있었다. 미탸는 다른 때 같았으면 홧김에 이 멍청한 남자를 절단 내버렸을지도 몰랐다. 그러나 그때 미탸는 어린아이만큼 아무 힘도 없었다. 미탸는 조용히 의자로 가 외투를 집어 묵묵히 걸쳐 입고는 방을 나왔다. 다른 방에 가보니 산지기는 어디론가 가버리고 텅 비어 있었다. 미탸는 호주머니에서 잔돈 50코페이카를 꺼내 숙박료와 양초 값과 신세를 진 대가로 탁자 위에 올려놓았다. 밖으로 나와보니 주위에는 숲 말고는 아무것도 없었다. 미탸는 무작정 걸었다. 오두막에서 왼쪽으로 가야 할지, 오른쪽으로 가야 할지도 기억나지 않았다. 어젯밤 신부와 이곳으로 서둘러 올 때 길을 눈여겨보지 않았기 때문이다. 그는 누구에게도, 심지어 삼소노프에게도 원한을 느끼지 않았다. 그저 아무 생각 없이 '이상을 잃어버린 채' 발이 닿는 대로 좁다란 숲길을 따라 걸음을 옮길 뿐이었다. 길에서 마주친 어린아이도 미탸를 때려눕힐 수 있을 만큼 그는 몸과 마음이 약해져 있었다. 하지만 어떻게든 숲을 빠져나온 모양이었다. 별안간 추수를 끝낸 벌거벗은 들판이 눈앞에 한

없이 펼쳐졌다. '어딜 봐도 온통 절망과 죽음뿐이구나!' 미탸는 계속 앞으로 나아가면서 속으로 이렇게 되뇌었다.

길을 지나던 사람들이 그를 구해주었다. 마부가 시골길을 따라 늙은 상인을 태우고 가던 중이었다. 마차와 가까워지자 미탸는 길을 물었다. 그들도 마침 볼로비야에 가는 참이었다. 그들은 자기들끼리 몇 마디 주고받더니 미탸를 마차에 태워주었다. 3시간쯤 지나 목적지에 도착했다. 미탸는 볼로비야 역에서 즉시 시내로 가는 역마차를 주문했다. 그러다 문득 참을 수 없는 허기를 느꼈다. 마차에 말을 매는 동안 미탸가 주문한 계란 프라이가 준비되었다. 그는 눈 깜짝할 새 계란 프라이를 해치우고, 커다란 빵 한 덩어리와 소시지도 먹어치운 뒤 보드카를 석 잔 들이마셨다. 뱃속을 채우고 나니 힘이 솟고 기분도 나아졌다. 미탸는 마부를 재촉해 길을 달리던 중에 '그 저주스러운 돈'을 그날 저녁 내로 구할 '확실한' 계획을 생각해냈다. "그깟 3000루블이라는 하찮은 돈 때문에 한 인간의 운명이 끝장나다니!" 그는 치를 떨며 이렇게 외쳤다. "오늘 중으로 꼭 해결을 볼 테다!" 그루셴카에 대한 생각과 그 여자에게 무슨 일이 일어나지 않았을까 하는 걱정이 끊임없이 떠오르지만 않았어도 그는 완전히 즐거워졌을지도 모른다. 그러나 그루셴카에 대한 생각은 날카로운 칼처럼 끊임없이 그의 가슴을 찔러댔다. 마침내 시내에 도착하자, 미탸는 곧장 그루셴카의 집으로 달려갔다.

3. 금광

이것이 그루센카가 그토록 호들갑을 떨며 라키틴에게 말했던 미탸의 방문이었다. 그루센카는 당시 '소식'이 오기를 기다리고 있었기 때문에 이틀 동안 미탸가 보이지 않자 무척 다행이라고 여기며 자신이 떠날 때까지 그가 오지 않기를 바라고 있었다. 그런데 그때 그가 들이닥친 것이다. 그다음에 어떻게 되었는지는 우리도 이미 알고 있다. 그루센카는 미탸를 따돌리려고 '돈 계산'을 꼭 해야 하니 삼소노프의 집에 데려다달라고 부탁했다. 미탸는 즉시 그 말에 따랐고, 그루센카는 삼소노프의 집 앞에서 헤어지면서 미탸에게 12시에 다시 데리러 오겠다는 약속을 받았다. 미탸도 그 부탁을 기쁘게 생각했다. '삼소노프의 집에 있으면 아버지한테 가지는 않겠지…' 언뜻 이런 생각도 들었다. '거짓말을 하는 게 아니라면 말이야.' 하지만 미탸가 보기에 그루센카가 거짓말을 하고 있는 것 같지는 않았다. 미탸는 질투가 많은 사람들 중에서도 사랑하는 여자와 떨어져 있을 때면 곧 여자에게 무슨 일이 생기지는 않을까, 여자가 자기를 '배반'하지는 않을까 온갖 끔찍한 상상을 하는 유형이었다. 그러나 자신을 배반했을 것이 틀림없다고 단정하고 충격과 절망에 빠진 채 여자에게 달려갔을 때, 환하게 웃는 여자의 다정한 얼굴을 보는 순간 다시금 기운이 샘솟고 모든 의혹을 떨쳐버리며 기쁘기도 하고 부끄럽기도 한 마음으로 자신의 질투심을 책망하는 것이었다. 미탸는 그루센카를 데려다준 다음 자기 집으로 달려갔다. 그에게는 오늘 중으로 해야 할 일들이 너무나 많았다! 그래도 마음만은 한결 가벼워졌다. '어서 스메르댜코프에게 어젯밤에 아무 일 없었는지 알아봐야겠다. 혹시라도 그루셴카가 아버지에게 다녀갔다면, 아아!' 이런 생각이 머릿속에 스쳤다. 집에 도착하기도 전에 진정되지 않는 그의 가슴속에서는 다시금 질투심이 꿈틀거렸다.

질투! "오셀로는 질투가 심했던 것이 아니라, 타인을 쉽게 믿었던 것이다." 푸시킨은 이렇게 말했다. 이 한마디만 보아도 우리의 위대한 시인이 얼마나 깊은 통찰력을 가지고 있는지 알 수 있다. 오셀로는 자신의 이상이 무너진 탓에 가슴이 산산이 부서지고 세상을 보는 눈이 흐려진 것이었다. 그러나 오셀로는 숨어서 감시하거나 엿보는 짓은 하지 않았다. 타인을 쉽게 믿었기 때문이다. 그래서 그에게 아내가 부정을 저지르고 있다는 생각을 주입시키기 위해서는 갖은 노력을 다해 암시를 주고, 등을 떠밀고, 불을 붙여야 했다. 정말로 질투가 심한 사람은 그렇지 않다. 질투가 심한 사람이 아무런 양심의 가책 없이 얼마나 엄청난 모욕과 정신적인 타락을 태연히 받아들일 수 있는지는 상상할 수 없을 정도이다. 그렇다고 그들의 영혼이 하나같이 저속하고 추악한 것은 아니다. 오히려 고결한 마음과 희생정신으로 가득한 순수한 사랑을 지닌 사람이 탁자 밑에 숨거나, 악당을 매수하여 감시하고 엿듣는 등 추잡한 짓을 저지를 수 있는 것이다. 오셀로의 영혼은 어린아이처럼 온화하고 순수했지만, 배반만은 무슨 일이 있어도 용납할 수 없었다. 용서할 수 없었던 것이 아니라 용납할 수 없었던 것이다. 정말로 질투가 심한 사람은 그렇지 않다. 질투가 심한 사람이 어디까지 용납하고 용서할 수 있는지는 상상하기 어려울 정도이다! 질투가 심한 사람은 그 누구보다 용서가 빠르다. 이것은 모든 여자가 다 알고 있는 사실이다. 그런 사람은 부정의 증거가 확실하거나, 자신이 직접 포옹이나 입맞춤을 목격했다고 해도 그것이 '마지막'이고 자기 연적이 세상의 끝으로 사라져버린다거나, 아니면 자신이 여자를 데리고 무서운 연적이 따라올 수 없는 곳으로 떠날 수 있다는 확신만 있으면 너무나 쉽게 용서해버린다(물론 무시무시한 소동을 벌이고 난 후의 일이지만). 물론 이런 타협은 일시적인 것이다. 연적이 정말로 사라져도 다음 날이면 또 다른 새 연적을 찾아내 그를 질투할 것이기 때문이다. 어떤 사람들은 그렇게 감시를 하고 애를 써서 지켜야 하는 사랑이 무슨 가치가 있느냐고 생각할지도 모르겠다. 그러나 정말로 질투가 심한 사람은 결코 그 점을 깨닫지 못한다. 그리고 그런 사람들 가운데는 고결한 마음을 지닌 사람들도 있다. 또 한 가지 주목해야 할 사실은 그런 고결한 마음을 지닌 사람들이 골방 같은 데 들어가 감시하고 엿들을 때, 그 '고결한 마음' 때문에 자신이 어떤 치욕에 발을 들여놓은 것인지 분명히 이해하면서도, 적어도 골방에 있는 그 순간만큼은 절대로 양심의 가책을 느끼지 않는다는 점이다. 미탸는 그루셴카를 본 순간 질투가 눈 녹듯 사라지고, 한순간에 타인에 대한 신뢰가 넘치는 고결한 사람으로 변해 자신이 품었던 추한 감정을 경멸하기까지 했다. 이것은 이 여자에 대한 그의 사랑에 단순한 정욕이나, 알료샤에게 말한 '몸의 곡선'뿐 아닌, 자신이 생각하는 것보다 더 고결한 그 무엇이 깃들어 있음을 의미했다. 대신 그루셴카가 눈앞에서 사라지면 미탸는 그녀가 비열하고 교활한 방법으로 자신을 배신하고 있는 것은 아닐까 곧바로 의심에 빠져들었다. 그때 양심의 가책 따위는 조금도 느끼지 않았다.

그리하여 그의 가슴속에서 다시금 질투가 타오르기 시작했다. 아무튼 서둘러야 했다. 우선 급하게 쓸 푼돈이라도 구해야 했다. 어제 마련했던 9루블은 여비로 거의 다 써버렸고, 돈 한 푼 없이는 아무 데도 다닐 수 없었기 때문이다. 그러나 미탸는 조금 전 마차를 타고 오면서 새로운 계획과 함께 급한 돈을 어디서 구할지도 생각해놓았다. 미탸에게는 총알이 든 좋은 결투용 권총이 두 자루 있었다. 이것을 아직 저당 잡히지 않은 건 자기 물건들 가운데 이 권총을 가장 아꼈기 때문이었다. 그는 예전에 '수도'라는 술집에서 어떤 젊은 관리와 조금 알고 지내는 사이가 되었으며, 독신인 이 부유한 관리가 무기라면 환장을 해서 권총, 연발총, 단도 등을 사다가 자기 집 벽에 걸어놓고 지인들에게 자랑하며 연발총을 어떻게 장전하고 발사하는지 그 구조를 전문가처럼 설명한다는 소문을 그 술집에서 들은 적이 있었다. 미탸는 오래 생각할 것 없이 그 관리를 찾아가 권총을 담보로 10루블을 빌려달라고 부탁했다. 관리는 매우 기뻐하며 자기에게 아주 팔라고 권했지만 미탸는 거절했다. 그러자 관리는 이자는 절대로 받지 않겠다며 10루블을 내주었다. 두 사람은 친구가 되어 헤어졌다. 미탸는 한시라도 빨리 스메르댜코프를 불러내려고 아버지 집 뒤쪽에 있는 정자로 바삐 걸음을 옮겼다. 그러나 이런 식으로 또다시 뒤에서 이야기할 모종의 사건이 일어나기 3~4시간 전에 미탸의 수중에 한 푼도 없었으며, 10루블에 자기가 아끼던 물건까지 저당 잡혔는데 3시간 후에는 갑자기 수천 루블을 가지고 있었다는 사실이 확인되었다….
하지만 우선은 다음 이야기로 넘어가기로 하겠다.

마리야 콘드라티예브나(표도르 파블로비치의 이웃)의 집에서 미탸를 기다린 것은 스메르댜코프가 발작을 일으켰다는 소식이었다. 미탸는 그 소식에 심한 충격과 혼란에 빠졌다. 그는 스메르댜코프가 지하실로 굴러 떨어졌고 발작을 일으켰으며, 의사가 다녀갔고 표도르 파블로비치가 각별히 보살펴주었다는 이야기를 주의 깊게 들었다. 동생 이반이 그날 아침에 이미 모스크바로 떠났다는 소식도 호기심을 느끼며 들었다. '그러면 나보다 먼저 볼로비야 역을 지나갔겠군.' 잠깐 이런 생각이 스쳤으나, 그보다는 스메르댜코프의 일 때문에 몹시 걱정이 되었다. '이제 어쩌나? 누가 망을 보고 내게 소식을 알려준단 말인가?' 그는 그 집 모녀를 붙들고 어젯밤에 아무 일도 없었는지 캐묻기 시작했다. 모녀는 미탸가 무엇을 알고 싶어 하는지 잘 알고 있었으므로 이반이 그 집에 들어와 잤을 뿐 아무도 다녀가지 않았고 '아무 일도 없었다'며 그를 안심시켰다. 미탸는 생각에 잠겼다. 오늘도 망을 봐야 하는 것은 분명했으나, 어디서 봐야 할까? 여기서, 아니면 삼소노프의 집 대문 앞에서? 그는 상황을 봐가면서 두 곳 다

망을 보기로 했다. 하지만 우선, 우선… 아까 마차를 타고 오면서 세운 새롭고도 확실한 계획이 미탸의 마음속을 차지하고 있었다. 그 이행을 미루는 것은 이미 불가능했다. 미탸는 그 일에 1시간을 희생하기로 했다. '1시간 안에 모든 것을 해결하고, 전부 알아봐야겠다. 그다음에는 먼저 삼소노프의 집으로 가서 그곳에 그루셴카가 있는지 알아보고, 얼른 이리로 돌아와서 11시까지 이곳에 있자. 그다음에 다시 삼소노프의 집에 그루셴카를 데리러 가는 거다.' 미탸는 결심했다.

미탸는 집으로 달려가 세수하고 머리를 빗고 옷을 손질해 입은 다음 호흘라코바 부인의 집으로 향했다. 안타깝게도 그의 '계획'은 바로 이것이었다. 이 부인에게서 3000루블을 꾸기로 결심한 것이다. 미탸는 별안간 부인이 거절할 리가 없다는 강한 확신이 들었다. 그런 확신이 있었으면 어째서 아는 사이인 호흘라코바 부인을 먼저 찾아가지 않고, 어떻게 말을 이어가야 할지도 모를 만큼 생판 남이나 다름없는 삼소노프를 찾아간 것인지 의아해하는 사람도 있을지 모르겠다. 그것은 지난 한 달간 미탸가 호흘라코바 부인과 거의 만나지 않았을 뿐 아니라, 그 전에도 그다지 가까운 사이가 아니었기 때문이다. 게다가 미탸는 부인이 자신을 못 견디게 싫어한다는 것을 잘 알고 있었다. 호흘라코바 부인은 미탸가 카테리나의 약혼자라는 사실 하나로 처음부터 그를 미워했다. 영문은 모르겠지만 카테리나가 미탸를 버리고 '기사처럼 교양 있고 몸가짐도 세련된 사랑스러운 이반 표도로비치'와 결혼하기를 바랐기 때문이었다. 부인은 미탸의 말투나 행동을 몹시 싫어했다. 미탸도 부인을 비웃으며 한번은 그녀에 대해 "활달하고 다른 사람에게 허물없이 대하는 만큼 교양도 없다"고 말하기도 했다. 그런데 그날 아침 마차를 타고 오다가 번뜩 이런 생각이 든 것이다. '내가 카테리나 이바노브나와 결혼하는 게 그렇게 싫다면(미탸는 경기를 일으킬 만큼 싫어한다는 것을 알고 있었다) 왜 내게 3000루블을 주지 않겠는가? 그 돈만 있으면 나는 카탸를 내버려 두고 영원히 여기서 떠나버릴 테니까. 원하는 것은 무엇이든 손에 넣으며 살아온 상류층 부인들은 변덕이 일어 무언가를 원하면, 자기 뜻을 이루기 위해 아무것도 아끼지 않는 법이다. 게다가 그 부인은 엄청난 부자가 아닌가.' 미탸는 이렇게 생각했다. '계획'은 전과 마찬가지로 체르마시냐에 대한 권리를 양도하겠다고 제안하는 것이었다. 그러나 영리적인 면은 제외했다. 어제 삼소노프에게 그랬던 것처럼 3000루블로 그 곱절인 6000루블이나 7000루블을 벌 수 있다는 말로 부인을 유혹하는 것이 아니라, 빚에 대한 고상한 담보로 그 권리를 제안할 생각이었다. 새로운 일을 시작하거나 갑자기 어떤 결심을 할 때면 늘 그렇듯, 미탸는 이 새로운 생각을 전개시켜나갈수록 기쁨이 솟았다. 그는 새로운 생각이 떠오르면 그것에 열정적으로 몰입했다. 그러나 호흘라코바 부인의 집 현관에 발을 내딛는 순간 등골에 냉기가 도는 듯한 공포를 느꼈다. 이것이 마지막 희망이며, 이 일이 틀어지면 이 세상에 더는 아무것도 남지 않는다는 것, '3000루블을 얻으려면 사람을 칼로 찔러 강도짓을 하는 수밖에 없다…'는 것을 그 순간 너무나 분명하게 깨달았기 때문이다. 그가 초인종을 울린 시간은 7시 반쯤이었다.

처음에는 모든 것이 그에게 미소 짓는 것 같았다. 자신의 방문을 알리자마자 그는 곧장 안으로 안내되었다. '꼭 나를 기다리기라도 한 것 같군.' 미탸의 머릿속에 이런 생각이 스쳤다. 이어서 응접실로 안내되어 들어가자 부인이 뛰어 들어오더니 아닌 게 아니라 그를 기다리고 있었다고 말하는 것이었다….

"맞아요, 기다리고 있었어요! 아시다시피 당신이 찾아오리라는 건 나로서는 생각하기 어려운 일이지만, 그래도 당신을 기다리고 있었답니다. 드미트리 표도로비치, 제 직감이 놀랍지 않으신가요? 나는 오늘 아침 내내 당신이 찾아올 거라고 확신하고 있었거든요."

"정말 놀랍군요, 부인." 미탸가 어색하게 자리를 잡고 앉으며 말했다. "그런데… 저는 아주 중요한 용건이 있어 찾아왔습니다…. 중요한 일 가운데에서도 가장 중요한 일입니다. 물론 제게만 그렇기는 하지만요. 그래서 몹시 서두르고 있습니다…."

"그렇겠죠, 드미트리 표도로비치, 아주 중요한 용건 때문에 찾아오셨다는 건 알고 있어요. 이건 예감이니 뭐니 하는 게 아니고, 구시대적으로 어설프게 기적을 바란 것도 아니에요(조시마 장로의 이야기는 들으셨나요?). 이건 수학이에요. 카테리나 이바노브나와 그런 일이 있었으니 당신이 안 올 리가 없죠. 그래요, 그렇고말고요. 이건 수학이나 다름없어요."

"실제 삶의 현실이지요, 부인! 그런데 제가 드리고 싶은 말은….”

“바로 그거예요, 드미트리 표도로비치. 나는 이제 완전히 현실주의의 편에 섰답니다. 기적 때문에 따끔한 맛을 봤거든요. 조시마 장로님이 돌아가셨다는 소식은 들으셨나요?”

“아니오, 부인, 처음 듣습니다.” 미탸는 조금 놀랐다. 머릿속에 문득 알료샤의 모습이 떠올랐다.

“어젯밤에 돌아가셨어요. 그런데 말이에요….”

“부인,” 미탸가 말을 가로챘다. “지금 저는 제가 절망적인 상황에 빠져 있으며 부인이 도와주지 않으면 모든 것이, 가장 먼저 저부터 끝장날 거라는 사실 말고는 생각할 수가 없습니다. 이런 진부한 표현을 써서 죄송합니다만, 저는 지금 열에 들떠 있습니다. 열병에 걸렸단 말입니다….”

“알아요, 당신이 그런 상태라는 건 나도 다 알고 있어요. 그럴 수밖에 없겠지요. 당신이 무슨 말을 하건, 나는 당신이 무슨 말을 할지 다 알고 있어요. 드미트리 표도로비치, 오래전부터 당신의 운명에 대해 생각해왔어요. 당신의 운명을 지켜보며 연구하고 있지요…. 오, 저는 노련한 정신과 의사랍니다, 드미트리 표도로비치.”

“부인, 부인이 노련한 정신과 의사라면, 저는 노련한 환자겠군요.” 미탸가 애써 예의를 갖추며 맞장구를 쳤다. “부인이 제 운명을 그렇게 지켜보고 계셨다면, 파멸에 직면한 제 운명을 구해주실 거라고 생각합니다. 그러니 우선 제가 감히 부인께 말씀드리고자 하는 계획을 먼저 들어주십시오…. 제가 부인께 무엇을 바라고 있는지도요…. 부인, 제가 온 건….”

"그러실 필요 없어요. 그건 부차적인 문제니까요. 그리고 드미트리 표도로비치, 도움이란 말이 나왔으니 말인데, 제가 다른 사람을 돕는 건 당신이 처음은 아니랍니다. 아마 제 사촌 벨메소바에 대해 들어보신 적이 있을 거예요. 그 애 남편이 파멸해가고 있을 때, 드미트리 표도로비치, 당신이 방금 적절하게 표현하신 것처럼 끝장날 위기에 처했을 때 나는 그 사람에게 말을 사육해보라고 권했답니다. 지금은 사업이 아주 번창하고 있어요. 말 사육에 대해서는 좀 알고 계신가요, 드미트리 표도로비치?"

"전혀 모릅니다, 부인, 아아, 전혀 몰라요!" 미탸는 초조함에 사로잡혀 이렇게 외치고는 심지어 자리에서 몸을 일으켰다. "부인, 제발 부탁이니 먼저 제 얘기를 들어주십시오. 2분만 자유롭게 말할 수 있게 해주시면 제 계획을 전부 다 말씀드리겠습니다. 제게는 시간이 없습니다. 너무나 급하단 말입니다…!" 부인이 또 입을 열려는 낌새를 느낀 미탸는 그것을 막으려 히스테릭하게 외쳤다. "저는 절망적인 심정으로 이곳에 왔습니다…. 절망의 끝에 부딪혀 부인께 3000루블을 빌리려고 온 겁니다. 하지만 확실한, 아주 확실한 담보가 있습니다. 아주 믿을 만한 보증이 있단 말입니다! 그러니 제 얘기를 좀 들어보십시오…."

"그런 이야기는 나중에 하세요!" 부인은 부인대로 미탸를 향해 손을 내저었다. "이미 말했듯이 나는 당신이 무슨 말을 할지 다 알고 있어요. 돈을 빌려 달라고 하셨지요. 3000루블이 필요하다고 하시는데 저는 그보다 훨씬 많은 돈을 드릴 수 있어요. 헤아릴 수 없을 만큼 많은 돈을 말이에요. 제가 당신을 구해드릴게요. 드미트리 표도로비치, 하지만 우선 제 말을 잘 들으셔야 해요!"

미탸는 다시 자리에서 벌떡 일어났다.

"부인, 어떻게 이렇게 친절하실 수가…!" 미탸가 격정에 휩싸여 소리쳤다. "아아, 부인은 저를 구해주셨습니다. 지금 한 사람을 강압적인 죽음으로부터, 권총으로부터 구해주신 겁니다…. 이 은혜는 영원히 잊지 않겠습니다…."

"3000루블보다 훨씬 많은 돈을 드리지요!" 호흘라코바 부인이 감격해하는 미탸를 바라보며 환한 미소를 지은 채 이렇게 외쳤다.

"훨씬 많이요? 하지만 그렇게 많이는 필요 없어요. 제게 필요한 돈은 제 운명을 좌우할 3000루블뿐이니까요. 저도 무한한 감사를 담아 그 돈을 보증할 생각으로 이곳에 왔습니다. 그래서 부인께 계획을 하나 제안하고 싶은데, 그건 다름이 아니라…."

"그만두세요, 드미트리 표도로비치. 제 입으로 말한 이상 반드시 지킬 테니까요." 호흘라코바 부인은 자선을 베풀었다는 순수한 기쁨을 느끼며 말을 가로챘다. "구해드리겠다고 약속한 이상 반드시 구해드릴게요. 벨메소바를 구했듯이 당신도 구해드리겠어요. 드미트리 표도로비치, 금광에 대해 어떻게 생각하세요?"

"금광이라고요! 금광에 대해서라면 생각해본 적이 없습니다."

"저는 당신 대신 생각해보았답니다! 생각하고 또 생각했지요! 벌써 한 달 전부터 그런 목적을 가지고 당신을 지켜봤어요. 당신이 지나갈 때마다 당신을 바라보며 이분이야말로 금광에 가야 할 정열적인 사람이라고 수없이 생각했지요. 저는 당신의 걸음걸이까지도 연구했답니다. 그리고 이분이라면 수많은 금광을 발견할 거라는 결론을 내렸지요."

"걸음걸이를 보고서요?" 미탸가 미소를 지었다.

"그럼요, 걸음걸이를 보고서도 알 수 있어요. 드미트리 표도로비치, 걸음걸이로 사람의 성격을 알 수 있다는 말을 믿지 않으시나요? 그건 자연과학적으로도 증명된 사실이에요. 오, 드미트리 표도로비치, 나는 이제 현실주의자예요. 오늘 나를 그토록 실망시킨 수도원에서의 그 사건이 있은 이후로 나는 완전히 현실주의자가 되었어요. 앞으로는 현실적인 일에 뛰어들려고요. 이제 정신을 차렸어요. 투르게네프가 말했듯이 '이젠 됐어요!'"

"하지만 부인, 조금 전에 그토록 너그럽게 빌려주기로 하신 그 3000루블은…."

"그건 걱정 마세요, 드미트리 표도로비치." 호흘라코바 부인이 곧바로 말을 가로챘다. "그 3000루블은 이미 당신 주머니 속에 있는 거나 마찬가지니까요. 3000루블이 문제가 아니라 300만 루블이 눈 깜짝할 사이에 당신 것이 될 거예요! 당신이 할 일을 말씀드리지요. 금광을 찾아 수백만 루블을 벌어 이곳으로 돌아오세요. 사업가가 되어서 우리를 선행으로 이끄시는 거예요. 유대인들이 죄다 쓸어가게 놔둬서야 될 말인가요? 건물을 세우고 여러 가지 사업을 시작하세요. 당신은 가난한 사람들을 도울 것이고, 그들은 당신을 축복할 거예요. 드미트리 표도로비치, 지금은 철도의 시대예요. 당신은 유명해질 거고 재무부에 꼭 필요한 인물이 될 거예요. 저는 우리 루블화의 가치가 떨어지는 것 때문에 밤에 잠도 제대로 이루지 못하고 있답니다. 제게 이런 면이 있다는 걸 아는 사람은 별로 없지만…."

"부인, 부인!" 드미트리 표도로비치는 어쩐지 불길한 예감이 들어 다시 말을 끊었다. "물론, 물론 저는 부인의 현명한 조언에 따라 그곳에… 금광에 가겠습니다…. 이 일을 논의하러 다시 한번 찾아뵙지요…. 아니, 여러 번이라도 찾아오겠습니다…. 하지만 지금은 부인께서 그토록 관대하게 약속하신 그 3000루블을… 아아, 그 돈은 저를 해방해줄 겁니다. 그러니 가능하다면 오늘 중으로 그 돈을 받을 수 있겠습니까…. 저는 지금 한시도, 한시도 헛되이 쓸 수가 없습니다…."

"그만하세요, 드미트리 표도로비치, 그만 됐어요!" 호흘라코바 부인이 단호하게 말을 끊었다. "질문을 드리죠. 금광에 가실 건가요, 안 가실 건가요? 완전히 결심을 굳히셨나요? 수학적으로 분명하게 대답해주세요."

"가겠습니다, 부인, 나중에… 부인이 원하는 곳이라면 어디든지 가겠습니다…. 하지만 지금은…."

"잠깐 기다리세요!" 호흘라코바 부인은 이렇게 외치더니 벌떡 일어나 서랍이 수없이 달린 고급스러운 책상 앞으로 달려갔다. 그러고는 몹시 부산스럽게 서랍을 하나씩 열며 무언가를 찾기 시작했다.

'3000루블이다!' 미탸는 가슴이 죄어드는 것을 느끼며 생각했다. '게다가 지금 당장, 아무런 서류나 증서도 없이… 아아, 참으로 신사적인 일이다! 수다스럽기는 해도 얼마나 훌륭한 부인인가….'

"여기 있군요!" 호흘라코바 부인이 탄성을 지르며 미탸에게 돌아왔다. "이걸 찾고 있었어요!"

그것은 십자가와 함께 몸에 지니고 다니는 끈이 달린 조그마한 은제 성상이었다.

"드미트리 표도로비치, 이건 키예프에서 온 거예요." 부인은 경건한 목소리로 말을 이었다. "위대한 순교자 바르바라의 유품이지요. 당신의 새 삶과 새 위업을 축복하는 뜻으로 제가 직접 목에 걸어드릴게요."

부인은 정말로 미탸의 목에 성상을 걸어주고 그것을 바로잡기 시작했다. 미탸는 무척 당혹스러웠지만 허리를 숙이고 부인을 도와주었다. 마침내 성상은 넥타이와 셔츠 옷깃을 지나 가슴팍 위에 자리 잡았다.

"자, 이제는 떠나셔도 돼요!" 호흘라코바 부인은 의기양양한 얼굴로 다시 자리에 앉으며 말했다.

"부인, 정말 감동입니다…. 이런 친절에 뭐라 감사를 드려야 할지 모르겠습니다. 하지만… 제게 지금 시간이 얼마나 귀한지 아실 수만 있다면…! 너그러운 부인께 제가 바라고 있는 그 돈은… 오오, 부인, 제게 이토록 친절을 베풀어주시고 감동적일 만큼 너그러이 대해주시니," 미탸는 별안간 감정이 고양되는 것을 느끼며 이렇게 소리쳤다. "저도 부인께 고백하지요…. 부인도 이미 옛날부터 알고 계신 일입니다만…. 저는 이곳에 사는 한 여인을 사랑하고 있습니다…. 저는 카탸를, 카테리나 이바노브나를 배신했습니다…. 아아, 저는 그 아가씨에게 무자비하고 부정직한 짓을 저질렀습니다만, 이곳에서 다른 여인을 사랑하게 되었습니다…. 부인은 그 여인을 경멸하고 있을지도 모르지만 저는 절대로 그 여인을 버릴 수가 없습니다. 그래서 지금 그 3000 루블을…."

"다 버리세요, 드미트리 표도로비치!" 호흘라코바 부인이 단호하게 말을 잘랐다. "버리세요, 특히 여자를 버리셔야 해요. 당신의 목표는 금광이에요. 그런 곳에 여자들을 데리고 갈 필요는 없어요. 나중에 부와 명예를 얻어 돌아오시면 최고의 상류 사회에서 마음의 벗을 찾게 될 거예요. 지적이고 편견이 없는 현대적인 아가씨를요. 이제 막 등장한 여성 문제도 그때쯤이면 무르익어 신여성이 나타날 거예요…."

"부인, 그게 아닙니다, 그게 아니라…." 드미트리는 애원하며 두 손을 그러모았다.

"그게 아니긴요, 드미트리 표도로비치, 당신에게 필요한 건 바로 그거고, 당신이 무의식적으로 갈망하는 것도 그거예요. 드미트리 표도로비치, 나는 요즘 여성 문제에도 관심이 많답니다. 여성이 성장하여 가까운 미래에 정치적 역할을 담당하는 것, 이것이 제 이상이에요. 드미트리 표도로비치, 제게도 딸이 있으니까요. 사람들은 제게 이런 면이 있다는 걸 잘 몰라요. 저는 이 문제에 관해 셰드린(러시아의 소설가—옮긴이)에게 편지를 쓰기도 했어요. 그분은 여성의 사명에 대해 제게 굉장히 많은 것을 알려주셨어요. 그래서 저는 작년에 그분께 익명으로 두 줄짜리 편지를 보냈답니다. '나의 작가님, 현대 여성을 대신하여 당신께 포옹과 키스를 보냅니다. 앞으로도 힘써주세요'라고요. 서명은 '어머니'라고 했어요. '현대의 어머니'라고 쓸까도 망설였지만, 그냥 어머니라고 했지요. 그러는 편이 감정적으로 더 아름답게 느껴지고, 또 '현대의'라는 말은 〈현대인〉이라는 잡지를 연상시키거든요. 요즘 검열 때문에 씁쓸한 기억이 떠오를 거 아니에요…. 아니, 세상에, 왜 그러세요?"

"부인," 마침내 미탸는 자리에서 일어나 힘없이 애원하며 두 손을 모았다. "부인이 너그러이 약속해주신 것을 이렇게 자꾸 미루시면 저는 울어버리고 말 겁니다…."

"우세요, 드미트리 표도로비치, 우셔도 괜찮아요! 그건 아름다운 감정이니까요…. 당신은 그런 길을 가셔야 해요! 눈물은 마음의 짐을 덜어줄 것이고, 나중에 돌아오신 후에는 기쁨을 누리게 될 거예요. 저와 기쁨을 나누려고 시베리아에서라도 일부러 달려오실걸요…."

"제발 제 말도 좀 들어주십시오." 미탸는 버럭 소리쳤다. "마지막으로 부탁합니다. 제발 말씀해주십시오. 약속하신 돈을 오늘 중으로 받을 수 있겠습니까? 만약 안 된다면, 제가 언제 받으러 오면 좋겠습니까?"

"드미트리 표도로비치, 돈이라니요?"

"부인이 약속하신 3000 말입니다…. 부인께서 그토록 너

그러이….”

“3000이요? 3000루블 말인가요? 아아, 무슨 말씀이세요, 제겐 그런 돈이 없어요.” 호흘라코바 부인은 사뭇 놀란 얼굴로 이렇게 말했다. 미탸는 기가 막혔다….

“그게 무슨… 지금… 부인께서 말씀하시지 않았습니까…. 심지어 그 돈이 제 주머니에 있는 거나 마찬가지라고 하셨잖습니까….”

“아휴, 아니에요. 드미트리 표도로비치, 제 말을 잘못 이해하셨군요. 그렇게 생각하셨다면 오해예요. 저는 금광 이야기를 한 거예요…. 하긴, 당신에게 3000루블보다 훨씬 많은 돈을 드리겠다고 약속하긴 했지요. 이제 다 생각이 나는군요. 하지만 그건 모두 금광을 생각하고 한 말이었어요.”

“그럼 돈은? 3000루블은요?” 드미트리는 얼빠진 사람처럼 이렇게 외쳤다.

“오, 돈을 말씀하셨던 거라면, 제게는 돈이 없어요. 드미트리 표도로비치, 제겐 지금 한 푼도 없어요. 안 그래도 돈 문제 때문에 관리인과 다투는 중인 데다 얼마 전에는 미우소프에게 500루블을 빌리기까지 한 걸요. 정말 돈이라고는 한 푼도 없어요. 그리고 말이에요, 드미트리 표도로비치, 만약 제게 돈이 있었다고 해도 당신께 빌려드리지는 않았을 거예요. 첫째, 나는 누구에게도 돈을 빌려주지 않아요. 돈을 빌려준다는 건 곧 그 사람과 싸우게 된다는 걸 뜻하거든요. 그리고 당신에게는 더더욱 빌려주지 않을 거예요. 그건 당신을 사랑하고 구하고 싶기 때문이에요. 당신에게 필요한 건 오직 금광,

금광, 금광뿐이니까요…!"

"빌어먹을…!" 미탸는 거칠게 소리치며 있는 힘껏 주먹으로 탁자를 내리쳤다.

"어머나!" 호흘라코바 부인은 깜짝 놀라 비명을 지르고 저쪽 구석으로 달아났다.

미탸는 침을 탁 뱉고는 빠른 걸음으로 그 방과 그 집을 빠져나와 암흑이 깔린 거리로 나왔다. 그는 가슴을 치면서 미친 사람처럼 걸음을 옮겼다. 이틀 전 밤 어두운 길 위에서 알료샤와 마지막으로 만났을 때 동생 앞에서 두드렸던 바로 그 자리였다. 가슴의 그 자리를 치는 것이 무엇을 의미하는지, 무엇을 뜻하는지는 이 세상 그 누구도 모르는 비밀이었다. 미탸는 그날 알료샤에게도 그것을 말해주지 않았다. 그러나 그 비밀 안에는 그저 치욕만이 아닌 파멸과 자살이 담겨 있었다. 미탸는 카테리나에게 줄 그 3000루블을 구해 가슴에서, 가슴의 그 자리에서 치욕을 걷어내지 못하면 목숨을 끊겠다고 다짐했다. 그 수치심은 가슴 한켠에 들어앉아 그의 양심을 무겁게 짓누르고 있었다. 이 모든 것은 뒤에서 독자들에게 자세히 설명할 것이다. 마지막 희망이 사라져버린 지금, 그토록 강인한 육체를 지닌 이 사내는 호흘라코바 부인의 집에서 몇 발짝 떼놓자마자 어린아이처럼 눈물을 쏟고 말았다. 그는 걸음을 옮기며 무의식적으로 주먹으로 눈물을 훔쳐냈다. 그렇게 광장으로 나온 그는 온몸으로 무언가에 부딪힌 것을 느꼈다. 그가 넘어뜨릴 뻔한 어떤 노파가 귀청이 떨어지도록 고함을 질렀다.

"아이고, 사람 죽네! 망나니 녀석, 어딜 보고 걷는 거야!"

"아니, 할멈 아니오?" 미탸가 어둠 속에서 노파를 알아보고 소리쳤다. 이 노파는 어제 유달리 미탸의 기억 속에 남은, 삼소노프의 집에서 시중을 드는 늙은 하녀였다.

"뉘신지요?" 노파는 방금 전과는 전혀 다른 목소리로 이렇게 말했다. "어두워서 알아볼 수가 없군요."

"쿠지마 쿠지미치 댁에서 시중을 들지 않소?"

"맞아요, 나리. 지금 프로호리치 댁에 다녀오는 길이지요…. 그런데 아직도 나리가 누군지 통 모르겠어요."

"할멈, 뭐 하나 물어봅시다. 아그라페나 알렉산드로브나가 그 집에 있소?" 미탸는 초조함에 이성을 잃고 이렇게 말했다. "아까 내가 그리로 데려다줬는데."

"왔지요, 나리. 와서 잠깐 있다가 돌아갔어요."

"돌아갔다고?" 미탸가 소리쳤다. "언제 돌아갔소?"

"온 지 얼마 안 돼서 곧 돌아갔어요. 쿠지마 쿠지미치에게 무슨 이야기를 하나 들려줘서 실컷 웃게 하고는 곧 돌아가버렸지요."

"거짓말, 이 빌어먹을 노인네!" 미탸가 커다랗게 고함을 질렀다.

"아이고!" 할멈은 비명을 질렀지만, 미탸는 이미 사라지고 없었다. 미탸는 전속력으로 모로조바의 집으로 달려갔다. 그루셴카가 모크로예로 떠난 지 아직 15분이 채 지나지 않았을 때였다. '대위'가 들이닥쳤을 때 페냐는 자기 할머니인 식모 마트료나와 함께 부엌에 앉아 있었다. 미탸를 본 페냐는 기겁을 하고 비명을 질렀다.

"비명은 왜 질러?" 미탸는 고함을 쳤다. "그루셴카는 어디 있지?" 그러나 겁에 질린 페냐가 뭐라고 대답도 하기 전에 미탸는 페냐의 발치에 몸을 던졌다.

"페냐, 제발 부탁이니 가르쳐줘. 그루셴카는 어디 있지?"

"나리, 저는 아무것도 몰라요. 저를 죽이겠다고 하셔도 정말 몰라요." 페냐는 맹세했다. "아까 나리와 함께 나가셨잖아요…."

"다시 돌아왔잖아…!"

"안 오셨어요, 하느님께 맹세코 절대 돌아오지 않으셨어요!"

"거짓말!" 미탸는 고함을 질렀다. "네가 그렇게 겁에 질린 걸 보면 어디로 갔는지 뻔해…!"

미탸는 밖으로 뛰쳐나갔다. 겁에 질린 페냐는 쉽사리 위기에서 벗어난 것이 기뻤으나, 미탸에게 시간이 없었으니 망정이지 안 그랬으면 무사하지 못했으리라는 것을 잘 알고 있었다. 그런데 미탸는 달려 나가면서 전혀 뜻밖의 행동으로 페냐와 마트료나 할멈을 놀라게 했다. 탁자 위에는 놋쇠 절구가 올려져 있었고, 그 안에는 길이가 20센티미터쯤 되는 놋쇠 절굿공이가 들어 있었다. 미탸는 밖으로 달려 나가면서 한 손으로 문을 열고 다른 한 손으로는 절굿공이를 낚아채 주머니에서 집어넣고 사라져버렸다.

"아아 세상에, 사람을 죽일 작정인가봐!" 페냐는 손바닥을 탁 쳤다.

4. 어둠 속에서

미탸는 어디로 달려갔을까? 그것은 뻔한 일이었다. '아버지 집이 아니면 어디로 가겠어? 삼소노프한테 있다가 곧바로 아버지한테 달려간 게 분명해. 모든 계략과 속임수가 이제 훤히 보이는구나….' 이런 생각이 그의 머릿속에서 회오리쳤다. 마리야 콘드라티예브나의 정원에는 들르지 않았다. '거긴 갈 필요가 없다. 전혀 그럴 필요가 없지…. 조금이라도 소란을 피워선 안 돼…. 그러면 당장 나를 배신하고 고자질을 할 테니까…. 마리야 콘드라티예브나는 아버지와 한패고, 스메르댜코프도 마찬가지야. 모두 매수당한 거야!' 그 대신 다른 생각이 떠올랐다. 그는 골목을 지나 표도르 파블로비치의 집을 커다랗게 우회해 드미트롭스카야 거리로 간 뒤 작은 다리를 지나 집 뒤쪽에 있는 외진 골목에 들어섰다. 그곳은 인적이 없는 텅 빈 골목으로, 한쪽에는 옆집 텃밭 울타리가 쳐져 있고, 다른 쪽에는 표도르의 정원을 둘러싼 높고 튼튼한 담장이 있었다. 미탸는 이곳에서 한 지점을 골랐다. 옛날에 리자베타 스메르댜샤야가 담장을 넘어갔다고 전해 들은 바로 그 장소였다. 그 여자도 뛰어넘었는데 자기라고 못 할 게 없다고 생각한 것이다. 과연 그는 훌쩍 뛰어올라 담장 윗부분을 붙잡았다. 그런 다음 힘껏 몸을 끌어올려 담장 위에 올라앉았다. 정원 안쪽으로 가까이에는 목욕탕이 있었고, 불 켜진 안채의 창문도 담장 위에서는 잘 보였다. '늙은이의 침실에 불이 켜진 걸 보니 그루셴카는 저기에 있구나!' 미탸는 담장에서 정원으로 뛰어내렸다. 그리고리는 몸져누웠고 스메르댜코프 역시 정말로 발작을 일으켰을지도 모르니 인기척을 들을 만한 사람은 아무도 없다는 것을 알고 있었지만, 그래도 본능적으로 몸을 숨기고 그 자리에서 꼼짝 않고 선 채 가만히 귀를 기울였다. 그러나 사방은 쥐 죽은 듯 고요했고 일부러 그러기라도 한 듯 바람 한 점 불지 않았다.

'정적만이 속삭이네.' 문득 이런 시구가 떠올랐다. '담장을 넘는 소리를 들은 사람이 없어야 할 텐데. 하긴 그런 것 같기는 하다만.' 미탸는 잠깐 그 자리에 서 있다가 살금살금 정원 풀밭을 걷기 시작했다. 자기 발소리에 귀를 기울인 채 한 발짝 한 발짝 조심스럽게 내딛으면서 나무와 덤불을 피해 한참을 걸었다. 5분쯤 지나 불 켜진 창문에 다다랐다. 그는 창문 바로 밑에 커다랗고 잎이 무성한 딱총나무와 까마귀밥나무가 몇 그루 있던 것을 기억하고 있었다. 안채 왼편에 있는 정원으로 통하는 문은 닫혀 있었다. 미탸는 그 옆을 지나갈 때 일부러 그 문을 유심히 봐두었다. 이윽고 덤불이 있는 곳에 다다르자 그는 그 뒤로 몸을 숨겼다. 그리고 숨을 죽였다. '이제 기다려야겠다.' 그는 생각했다. '그들이 내 발소리를 듣고 귀를 기울이고 있다면 잘못 들은 걸로 알도록…. 기침이나 재채기가 안 나와야 할 텐데….'

그는 2분 정도 기다렸다. 심장이 몹시 두근거렸고 때로는 숨까지 막혀왔다. '가슴이 진정될 것 같지 않군.' 그는 생각했다. '더 이상 기다릴 수가 없겠어.' 그는 덤불 그늘 아래 숨어 있었다. 덤불의 반쪽은 창문에서 나오는 불빛을 받아 빛나고 있었다. "까마귀밥나무 열매로구나, 어쩜 이렇게도 붉을까!" 그는 어째서인지 이렇게 중얼거렸다. 그는 소리 없이 한 발짝 한 발짝 창문으로 다가가 발돋움을 했다. 표도르 파블로비치의 침실이 훤히 들여다보였다. 붉은 병풍이 방 전체를 가로지르고 있는 크지 않은 방이었다. 표도르는 그 병풍을 '중국식'이라고 불렀다. 그 '중국식'이라는 말이 미탸의 머릿속에 언뜻 떠올랐다. '저 병풍 뒤에 그루셴카가 있다.' 그는 표도르의 모습을 살펴보았다. 표도르는 이제껏 미탸가 한 번도 본 적 없는 줄무늬가 들어간 새 비단 가운을 걸치고 술이 달린 비단 허리끈을 두르고 있었다. 가운 옷자락 사이로는 깨끗하고 고급스러운 내의가 들여다보였다. 금빛 단추가 달린 얇은 네덜란드제 루바시카였다. 머리에는 알료샤가 보았던 것과 똑같은 붉은 붕대를 감고 있었다. '잘도 차려입었군.' 미탸는 생각했다. 표도르는 생각에 잠긴 듯 창문 근처에 서 있다가 고개를 홱 쳐들고 귀를 기울였다. 그러나 아무 소리도 들리지 않자 탁자 쪽으로 다가가더니 술병을 들고 코냑을 반 잔 정도 따라 들이켰다. 그러고는 온 가슴으로 한숨을 깊이 내쉬고, 잠깐 그 자리에 서 있더니, 멍하니 창문 사이의 벽에 걸려 있는 거울 앞으로 다가가 오른손으로 이마에 두른 붉은 붕대를 살짝 들어 올리고 아직 낫지 않은 멍과 상처를 들여다보기 시작했다. '혼자인 것 같군.' 미탸는 생각했다. '아무래도 혼자인 모양이야.' 표도르는 거울에서 물러서더니 갑자기 창문 쪽으로 몸을 돌리고 밖을 내다보았다. 미탸는 잽싸게 그늘로 몸을 숨겼다.

'어쩌면 저 병풍 뒤에 있을지도 몰라. 벌써 자고 있는지도 모르지.' 이런 생각이 그의 가슴을 따끔하게 찔러왔다. 표도르는 창가에서 물러섰다. '아니야, 창문을 내다본 건 그루셴카가 왔나 보기 위해서야. 여기엔 없다는 얘기군. 안 그러면 뭐 하러 캄캄한 바깥을 내다봤겠어…? 틀림없이 안달이 나서 그런 거야….' 미탸는 벌떡 일어서서 다시 창문 안을 들여다보기 시작했다. 노인은 상심한 듯 탁자 앞에 앉아 있었다. 이윽고 오른손으로 턱을 괴었다. 미탸는 열심히 그 모습을 지켜보았다.

'혼자다, 혼자야!' 그는 다시금 이렇게 확신했다. '그루셴카가 여기 있다면 저런 표정을 짓지는 않겠지.' 그런데 이상한 일이었다. 그루셴카가 이곳에 없다고 생각하자 그의 가슴속에서는 이유 없는 기이한 분노가 솟구쳤다. '그루셴카가 여기 없어서가 아니야.' 미탸는 잠시 생각에 잠겼다가 이런 결론을 내렸다. '그루셴카가 여기에 와 있는지 아닌지 확실치가 않아서야.' 미탸는 그때 머릿속이 유난히 맑아서 아주 세세한 것까지 모두 감지하고 헤아렸던 것을 시간이 지난 후에도 떠올리곤 했다. 그러나 무지와 망설임에서 오는 괴로움이 그의 가슴속에서 무서운 속도로 자라나고 있었다. '대체 여기에 있는 것인가, 없는 것인가?' 가슴속에서 이런 의혹이 거세게 들끓었다. 그는 갑자기 결심이 섰는지 손을 뻗어 조심스럽게 창틀을 두드렸다. 노인과 스메르댜코프가 알고 있는 암호대로 처음 두 번은 약하게, 다음 세 번은 좀 더 빠르게 똑똑똑. 그것은 '그루셴카가 왔다'는 신호였다. 노인은 흠칫 몸을 떨고 고개를 들더니 벌떡 일어나 창문으로 달려왔다. 미탸는 얼른 그늘로 몸을 숨겼다. 표도르는 창문을 열고 고개를 내밀었다.

"그루셴카, 너니? 네가 온 거니?" 그는 떨리는 목소리로 반쯤 속삭이듯이 말했다. "어디에 있니? 우리 귀여운 천사, 어디에 있는 게야?" 그는 무척 흥분하여 숨을 몰아쉬었다.

'혼자다!' 미탸는 확신했다.

"어디니?" 노인은 다시 이렇게 소리치고는 고개를 더욱 바깥으로 내밀었다. 어깨까지 내밀고는 좌우로 사방을 살피는 것이었다. "이리 온, 선물도 준비해놓았단다. 어서 오렴, 보여줄 테니!"

'3000루블이 든 봉투 얘기구나.' 미탸의 머릿속에 이런 생각이 떠올랐다.

"대체 어디에 있는 게냐…? 혹시 문 앞에 있니? 내가 당장 열어주마…."

노인은 창문 밖으로 몸을 거의 다 내놓고는 정원 문이 있는 오른쪽으로 고개를 돌리고 어둠 속을 살피려 애썼다. 잠시 후면 그루셴카의 대답을 듣기도 전에 문을 열러 달려갈 것이 분명했다. 미탸는 꼼짝 않고 옆쪽에서 노인을 바라보았다. 역겨운 노인의 옆얼굴이 눈에 들어왔다. 축 늘어진 목울대, 매부리코, 달콤한 기대에 젖어 미소 짓고 있는 입술, 이 모든 것이 왼쪽에서 비치는 방 안 램프의 불빛을 받고 있었다. 미탸의 가슴속에서 무시무시한 증오가 흉포하게 끓어올랐다. '이놈이 나의 연적이다. 나와 내 인생을 고통으로 몰아

넣는 놈이다!' 이것은 나흘 전 알료샤와 정자에서 대화를 나눌 때 "아버지를 죽이다니, 형, 어떻게 그런 말을 할 수가 있어!"라는 동생의 물음에 대답하면서 어떤 예감이라도 든 것처럼 말했던 급작스럽고 복수심에 가득 찬 광포한 증오였다.

"모르겠다, 나도 모르겠어." 그때 미탸는 이렇게 말했다. "안 죽일 수도 있고, 죽일 수도 있겠지. 그 순간 아버지의 얼굴 때문에 증오심이 치밀까봐 그게 두렵구나. 아버지의 그 목, 코, 눈, 그 능글맞은 웃음이 역겨워 견딜 수가 없어. 혐오스러워 죽을 것 같거든. 그게 무서워. 내가 자제하지 못하고…."

그 혐오스러워 죽을 것 같은 느낌은 참을 수 없을 만큼 커졌다. 미탸는 이성을 잃고 별안간 주머니에서 놋쇠 절굿공이를 꺼내 들었다….

* * *

"그때 하느님께서 나를 지켜주셨어." 훗날 미탸는 이렇게 말했다. 그 순간 병상에 누워 있던 그리고리 바실리예비치가 눈을 떴다. 그날 저녁 그리고리는 스메르댜코프가 이반에게 말했던 치료법을 실행에 옮겼다. 아내의 도움을 받아 강력한 비약을 섞은 보드카를 온몸에 바른 후, 아내가 '어떤 주문'을 외우는 앞에서 나머지를 마시고 잠자리에 든 것이다. 원래 술을 안 하는 마르파 이그나티예브나도 그것을 조금 마시고는 남편 옆에서 죽은 듯이 잠들었다. 그런데 그리고리는 너무나 뜻밖에도 한밤중에 잠에서 깨어났다. 그는 잠깐 생각에 잠겼다가 허리에 타는 듯한 통증을 느끼면서도 침대에 일어나 앉았다. 그러고는 다시 무엇인가를 생각하더니 일어서서 서둘러 옷을 걸쳐 입었다. 어쩌면 '그런 위험한 때에' 지키는 사람도 없이 집을 내버려 둔 채 잠을 자고 있었다는 사실에 양심의 가책을 느낀 것인지도 모른다. 발작으로 나가떨어진 스메르쟈코프는 다른 방에 미동도 없이 누워 있었다. 마르파는 꿈쩍도 하지 않았다. '여편네도 많이 허약해졌군.' 그리고리는 아내를 보며 이렇게 생각하고는 앓는 소리를 내며 현관으로 나갔다. 그는 현관에서 주위를 살필 생각이었다. 허리와 오른쪽 다리가 참을 수 없이 아파 돌아다닐 수가 없었기 때문이었다. 그런데 그때 정원으로 통하는 쪽문에 자물쇠를 채우지 않았다는 사실이 떠올랐다. 그는 정해진 규칙과 오랫동안 쌓아온 습관을 지키는 무척 꼼꼼하고 정확한 사람이었다. 그는 몸을 비틀고 다리를 절면서 현관에서 내려와 정원으로 갔다. 아니나 다를까 쪽문은 활짝 열려 있었다. 그는 반사적으로 정원으로 들어갔다. 무언가가 얼핏 눈에 띄었는지, 아니면 무슨 소리가 들린 것인지 그는 왼쪽으로 고개를 돌렸다. 주인 방 창문이 열려 있는 것이 보였다. 아무도 내다보는 사람 없이 텅 빈 채였다. '여름도 아닌데 어째서 열려 있을까?' 그리고리는 이렇게 생각했다. 바로 그때 정원에서 무언가 이상한 것이 눈에 들어왔다. 마흔 걸음쯤 떨어진 곳에서 사람 같은 것이 어둠 속을 달리고 있었다. 어떤 그림자가 굉장히 빠른 속도로 움직이고 있었던 것이다. "이럴 수가!" 그리고리는 이렇게 말하고는 허리가 아픈 것도 잊고 괴한을 막아서기 위해 뛰어나갔다. 그리고리는 지름길을 택했다. 괴한보다는 그리고리가 정원 지리를 더 잘 알고 있는 모양이었다. 괴한은 목욕탕 쪽으로 가더니 그 뒤를 지나 담장으로 달려갔다…. 그리고리는 괴한에게서 눈을 떼지 않고 정신없이 그 뒤를 쫓았다. 그리고리가 담장 밑으로 달려갔을 때 도망자는 담장을 넘고 있었다. 그리고리는 소리를 지르며 그에게 달려들어 두 손으로 다리를 붙들었다.

아니나 다를까, 그의 예감은 적중했다. 그리고리는 괴한을 알아보았다. 그는 다름 아닌 '아비를 죽인 천하의 악당'이었다!

"아비를 죽인 놈!" 노인은 온 동네가 떠나가도록 고함을 질렀지만, 더는 아무 말도 하지 못했다. 벼락이라도 맞은 것처럼 그 자리에 고꾸라졌기 때문이다. 미탸는 다시 정원으로 뛰어내린 뒤 쓰러진 하인 위로 몸을 굽혔다. 미탸의 손에는 놋쇠 절굿공이가 들려 있었다. 그는 그것을 반사적으로 풀밭에 던져버렸다. 절굿공이는 그리고리에게서 두 걸음쯤 되는 곳에 떨어졌는데, 그곳은 풀밭이 아니라 오솔길 위 가장 눈에 잘 띄는 곳이었다. 드미트리는 몇 초간 눈앞에 쓰러져 있는 하인을 살펴보았다. 늙은 하인의 머리는 온통 피투성이가 되어 있었다. 미탸는 손을 뻗어 그 머리를 더듬어보기 시작했다. 노인의 두개골을 박살 낸 것인지 아니면 절굿공이로 정수리를 때려 '기절시킨' 것뿐인지 그 순간 '확실하게 확인하고' 싶은 마음이 간절했다는 것을 그는 나중에도 생생하게 기억했다. 피는 지독하게 솟아나와 덜덜 떨리는 미탸의 손가락을 뜨겁게 적셨다. 그는 호홀라코바 부인의 집에 가면서 챙겼던 하얀 새 손수건을 꺼내 노인의 머리에 갖다 대고 이마와 얼굴에 흐르는 피를 닦아내려고 부질없이 애를 썼던 것도 나중에 기억했다. 그러나 손수건도 순식간에 피범벅이 되고 말았다. '맙소사, 내가 왜 이러고 있지?' 그는 문득 정신을 차렸다. '두개골이 깨졌다면, 지금으로서는 확인할 수가 없지 않은가…. 그리고 이제는 어차피 마찬가지다!' 그는 절망에 빠져 이렇게 생각했다. "죽인 것은 죽인 것이다… 영감이 끼어든 것이니 그냥 누워 있으라고 할 수밖에!" 미탸는 큰 소리로 이렇게 말한 뒤 담장을 넘어 골목으로 뛰어내린 후 달음박질치기 시작했다. 피가 흥건한 손수건은 오른손에 욱여넣어 쥐고 있었다. 그는 달려가면서 그것을 프록코트 뒷주머니에 쑤셔 넣었다. 그는 정신없이 달렸고, 어둠 속 길거리에서 그와 마주친 몇몇 사람들은 나중에 그날 밤 정신이 나간 것처럼 뛰어가는 사람을 마주쳤다는 사실을 기억해냈다. 그는 다시 모로조바의 집으로 달렸다. 아까 페냐는 미탸가 떠난 후에 수위 나자르 이바노비치에게 달려가 '오늘도, 내일도, 앞으로는 절대 대위를 들여보내지 말라고' 간청했다. 나자르는 그러겠다고 했으나, 하필 2층에 있는 주인마님이 갑자기 부르는 바람에 자리를 비우게 되었다. 가는 길에 얼마 전 시골에서 올라온 스무 살쯤 된 조카를 마주쳐 대문을 지키라고 했지만, 대위에 대해 주의를 주는 것은 잊어버리고 말았다. 대문 앞에 다다른 미탸는 문을 두드렸다. 청년은 미탸에게서 여러 차례 용돈을 받은 적이 있었던 터라 금방 그를 알아보았다. 청년은 곧바로 문을 열어 미탸를 안으로 들인 다음 쾌활하게 웃으면서 얼른 '그런데 아그라페나 알렉산드로브나는 지금 집에 안 계십니다'라고 알려주었다.

"그럼 어디 있지, 프로호르?" 미탸는 우뚝 걸음을 멈추었다.

"아까 2시간쯤 전에 티모페이와 함께 모크로예로 떠나셨습니다."

"뭣 때문에?" 미탸는 소리쳤다.

"그건 모르겠습니다. 무슨 장교한테 간다고 하던데요. 누가 거기서 아씨를 부르면서 말까지 보냈거든요…."

미탸는 청년을 내버려 두고 반쯤 정신이 나간 사람처럼 페냐가 있는 곳으로 뛰어들었다.

5. 갑작스러운 결심

페냐는 할머니와 함께 부엌에 있었다. 두 사람은 잠자리에 들려던 참이었다. 그들은 나자르를 믿고 이번에도 안에서는 문을 잠그지 않았다. 미탸는 안으로 뛰어든 뒤 페냐에게 달려들어 목을 단단히 움켜잡았다.

"당장 말해, 그루셴카는 어디 있지? 누구랑 모크로예에 있는 거야?" 그는 광분하여 소리쳤다.

두 여자는 비명을 질렀다.

"말할게요, 드미트리 표도로비치, 아무것도 숨기지 않고 전부 다 말할게요!" 죽도록 겁을 먹은 페냐가 다급하게 외쳤다. "아씨는 장교님을 만나러 모크로예에 가셨어요."

"무슨 장교?" 미탸가 소리쳤다.

"그 옛 장교님이요, 5년 전에 아씨를 버리고 떠난 그 장교님 말이에요!" 페냐는 여전히 빠른 속도로 정신없이 말을 내뱉었다.

미탸는 페냐의 목을 조르고 있던 두 손을 풀었다. 그는 죽은 사람처럼 하얗게 질린 얼굴로 말없이 페냐 앞에 서 있었지만, 그의 눈을 보면 페냐가 말을 꺼내자마자 모든 것을 하나도 남김없이 깨달았다는 것을 알 수 있었다. 물론 가엾은 페냐는 그 순간 드미트리가 이해했는지 어떤지를 살필 정신이 없었다. 페냐는 미탸가 뛰어들었을 때와 마찬가지로 궤짝 위에 앉아 벌벌 떨며 자기 몸을 지키려는 듯 두 손을 앞으로 내민 채 굳어버렸다. 그러면서 공포에 질려 휘둥그레진 두 눈으로 꼼짝도 않고 미탸를 바라보았다. 게다가 미탸의 두 손은 피투성이였다. 달려오는 길에 땀을 닦느라 이마에 손을 갖다 댔는지 이마와 오른쪽 뺨에도 붉은 핏자국이 얼룩져 있었다. 페냐는 금방이라도 히스테리를 일으킬 듯했고, 식모 할멈은 자리에서 벌떡 일어나 의식을 잃기 전 제정신이 아닌 사람처럼 미탸를 바라보았다. 드미트리는 잠시 그 자리에 서 있다가 페냐 옆에 있던 의자에 털썩 주저앉았다.

그는 생각에 잠겼다기보다는 겁에 질려 아연해진 듯한 모습으로 앉아 있었다. 그러나 모든 것이 대낮처럼 명백했다. 미탸는 그 장교를 알고 있었다. 그루셴카의 입으로 직접 들어 모든 것을 너무나 잘 알고 있었으며, 한 달 전 편지를 보내왔다는 사실도 알고 있었다. 그러니까 지금 이 새로운 사람이 찾아오기까지 꼬박 한 달간 자신은 까맣게 모르도록 이 모든 일이 진행되는 사이, 그는 그동안 장교에 대해 생각도 해보지 않았던 것이다! 하지만 대체 어째서 장교 생각을 하지 못했을까? 어떻게 장교에 대한 이야기를 듣고서도 그 자리에서 바로 잊어버릴 수가 있었단 말인가? 이것이 마치 무슨 괴물처럼 그의 눈앞에 떠오른 의문이었다. 그는 겁에 질려 온몸이 차갑게 식는 것을 느끼며 그 괴물을 바라보았다.

그런데 그는 갑자기 얌전하고 상냥한 어린아이처럼 온화한 목소리로 페냐에게 말을 걸었다. 조금 전 페냐를 혼비백산하게 만들고 모욕을 주고 괴롭힌 것은 까맣게 잊은 듯한 태도였다. 그는 그런 상황에 처한 사람이라고는 보기 어려울 만큼 냉철하게 페냐에게 이것저것 물어보기 시작했다. 페냐는 기겁한 얼굴로 피투성이가 된 미탸의 손을 바라보기는 했으나, 역시나 놀라우리만큼 기꺼이 미탸의 물음에 하나하나 빠르게 대답했다. 꼭 '진실된 진실'을 모두 털어놓고 싶어 조바심이 난 사람 같았다. 페냐는 점차 알 수 없는 기쁨까지 느끼며 모든 것을 자세하게 설명했다. 미탸가 고통받기를 바라기는커녕 진심으로 온 힘을 다해 그를 돕고 싶은 마음에서였다. 페냐는 라키틴과 알료샤가 찾아왔던 일, 자기, 즉 페냐가 망을 본 일, 그루셴카가 어떻게 떠나게 되었는지와 창문 밖으로 알료샤에게 '한순간이기는 하지만 미텐카를 진심으로 사랑했다는 것을 영원히 기억해달라'는 말과 함께 인사를 전해달라고 한 일 등 그날 하루 무슨 일이 있었는지 하나도 빠짐없이 자세히 들려주었다. 미탸는 인사를 전하더라는 말을 듣더니 느닷없이 미소를 지었다. 창백한 얼굴이 갑자기 붉게 상기되었다. 페냐는 이제는 호기심을 보이는 것이 조금도 두렵지 않은 듯 이렇게 말했다.

"드미트리 표도로비치, 손이 온통 피투성이군요!"

"맞아." 미탸는 무의식적으로 이렇게 대답하고는 멍하니 자기 손을 바라보았으나 그 즉시 그 손도, 페냐의 질문도 잊어버리고 말았다. 그는 다시 침묵으로 빠져들었다. 이곳으로 뛰어든 지도 벌써 20분이 흘러 있었다. 조금 전까지 느끼던 두려움은 사라지고, 어떤 새롭고 확고한 결심이 마음을 사로잡은 듯했다. 그는 벌떡 자리에서 일어나 생각에 잠긴 얼굴로 미소를 지었다.

"나리, 무슨 일이 있었던 거예요?" 페냐가 다시 미탸의 손을 가리키며 물었다. 괴로움에 빠진 미탸에게 지금 자신이 가장 가까운 존재라도 되는 듯 동정이 가득한 목소리였다.

미탸는 다시 자기 손을 쳐다보았다.

"이건 피야, 페냐." 미탸는 기묘한 표정으로 페냐를 바라보며 이렇게 말했다. "사람의 피라고. 아아, 무엇 때문에 흐른 피일까! 그런데 말이야… 페냐… 여기 담장이 하나 있어(그는 수수께끼를 내는 듯한 표정으로 페냐를 바라보았다)…. 무시무시해 보일 만큼 높은 담장이지. 하지만… 내일 새벽 '태양이 솟아오를' 때 미텐카는 그 담장을 뛰어넘을 거야…. 페냐, 너는 그게 어떤 담장인지 모르겠지, 하지만 상관없어…. 어차피 내일이면 소문을 듣고 다 알게 될 테니까…. 그럼 잘 있으라고! 더 이상 방해 않고 물러가주지. 나도 물러날 줄은 아는 놈이니까…. 잘 살기를, 나의 기쁨이여…. 한때나마 나를 사랑했다면, 미텐카 카라마조프를 영원히 기억해주길…. 그루셴카는 언제나 나를 미텐카라고 불렀어, 너도 기억하지?"

미탸는 이렇게 말하고는 돌연 부엌을 나가버렸다. 페냐는 그가 뛰어들어 자기에게 덤벼들었을 때보다 지금 이렇게 나가버린 것에 더 놀랐다.

정확히 10분 뒤에 드미트리는 아까 권총을 저당 잡힌 젊은 관리 표트르 일리치 페르호틴의 집에 들어섰다. 시간은 이미 8시 반이었다. 표트르 일리치는 집에서 차를 마신 후 당구를 치러 선술집 '수도'에 가려고 다시 프록코트를 걸쳐 입은 참이었다. 미탸는 외출하려는 그를 붙들었다. 관리는 미탸와 피로 얼룩진 그 얼굴을 보고 소리쳤다.

"세상에! 이게 무슨 일입니까?"

"다름이 아니라," 미탸가 얼른 말했다. "내 권총을 찾으러 왔습니다. 돈을 가지고 왔어요. 정말 감사했습니다. 표트르 일리치, 시간이 없으니 빨리 좀 부탁합니다."

표트르 일리치는 갈수록 놀라움을 금치 못했다. 미탸의 손에 돈다발이 들려 있는 것을 발견한 것이다. 무엇보다 놀라운 것은 미탸가 그런 돈다발을 들고 있지 않은 사람처럼 아무렇지 않게 집 안으로 들어왔다는 사실이었다. 그는 지폐뭉치를 오른손에 쥐고 보란 듯이 앞쪽으로 내밀고 있었다. 미탸를 현관에서 맞이한, 관리의 어린 하인도 그가 돈을 손에 든 채 현관으로 들어왔다고 했으니, 길에서도 그렇게 오른손에 쥔 채 앞쪽으로 내밀고 왔을 것이다. 지폐는 모두 무지갯빛 100루블짜리였다. 미탸는 그것을 피 묻은 손가락으로 잡고 있었다. 나중에 이 일에 관심을 가진 사람들이 돈이 얼마쯤 되어 보였냐고 물었을 때, 표트르 일리치는 눈대중만으로 짐작하기는 어려웠지만 2000루블이나 3000루블은 되어 보였으며, 아무튼 커다랗고 '두툼한' 돈다발이었다고 대답했다. 드미트리도 훗날 이렇게 증언했다. '그때는 제정신이 아닌 것 같았다. 그렇다고 취한 것은 아니었다. 마치 환희에 들뜬 것처럼 정신이 없으면서도, 무엇인가를 생각하고 추구하면서도 해답을 찾지 못하는 사람처럼 집중하고 있기도 했다. 몹시 조급했고, 다른 사람의 말에는 거칠고 이상한 태도로 대꾸했으며, 때로는 괴롭기는커녕 즐겁기까지 했다.'

"대체 무슨 일이 있었던 겁니까?" 표트르 일리치는 놀란 눈으로 손님을 훑어보며 다시 소리쳤다. "어쩌다 그렇게 피투성이가 됐습니까? 넘어지기라도 했어요? 당신 꼴이 어떤지 좀 보십시오!"

그는 미탸의 팔꿈치를 붙잡고 거울 앞에 데려다놓았다. 미탸는 피로 얼룩진 자기 얼굴을 보고는 몸을 흠칫 떨더니 무섭게 인상을 찌푸렸다.

"빌어먹을, 이게 다 뭐람?" 그는 험악한 목소리로 중얼거리고는, 오른손에 들고 있던 돈을 재빨리 왼손에 옮겨 쥐고 덜덜 떨면서 주머니에서 손수건을 꺼내 들었다. 그러나 손수건 역시 피투성이였다(그것은 그리고리의 머리와 얼굴을 닦아준 손수건이었다). 하얀 곳이라고는 한 군데도 없었고, 마른 정도가 아니라 아예 덩어리째 굳어버려서 도무지 펴지지를 않았다. 미탸는 거칠게 손수건을 바닥에 던져버렸다.

"제길! 혹시 헝겊 같은 것 좀 있습니까…. 얼굴을 닦아야겠는데…."

"다친 게 아니라 피가 묻은 것뿐입니까? 그럼 차라리 씻어버리는 게 나을 겁니다." 표트르 일리치가 대답했다. "저기 세숫대야가 있습니다. 제가 물을 따라드리지요."

"세숫대야라고요? 그게 좋겠군요…. 그런데 이건 어디에 둘까요?" 미탸는 이상하리만큼 어쩔 줄 몰라 하는 얼굴로 표트르 일리치가 자기 돈을 두어야 할 곳을 정해주어야 하기라도 하듯 질문하는 듯한 눈으로 상대를 바라보며 100루블짜리 지폐 다발을 가리켰다.

"주머니에 넣거나 여기 탁자 위에 올려두십시오. 없어지지는 않을 테니까요."

"주머니요? 그래, 주머니가 좋겠군요…. 아니지, 지금 그런 게 중요한 게 아닙니다!" 그가 문득 정신을 차린 듯 이렇게 외쳤다. "그 권총 문제부터 끝냅시다. 권총을 돌려주시오, 여기 돈이 있으니…. 그게 꼭 필요해서 그럽니다…. 게다가 시간이, 시간이 조금도 없어요…."

그러고는 돈다발에서 맨 위에 있던 100루블짜리 지폐를 끄집어내 관리 앞에 내밀었다.

"거스름돈이 없는데요." 관리가 말했다. "잔돈은 없습니까?"

"없습니다." 미탸는 이렇게 말했지만 자기 말에 확신이 없었는지 다시 돈뭉치를 들여다보며 위에 있던 두세 장을 확인해보았다. "없어요, 다 똑같은 것뿐이군요." 그는 이렇게 말하고는 다시 질문하는 듯한 얼굴로 표트르 일리치를 바라보았다.

"그런데 그런 큰돈은 어디서 난 거요?" 상대는 물었다. "잠깐 기다려보십시오, 하인 녀석을 플로트니코프 상점에 보내보지요. 늦게까지 문을 여니 잔돈을 바꿀 수 있을지도 모릅니다. 이봐, 미샤!" 그가 현관에 대고 소리쳤다.

"플로트니코프 상점이라, 정말 좋은 생각이군요!" 미탸도 다른 생각이 떠오른 듯 이렇게 외쳤다. "미샤," 그는 방으로 들어온 소년을 돌아보았다. "플로트니코프 상점으로 달려가서 드미트리 표도로비치가 안부를 전하더라고 하고 조금 있다 직접 그리로 가겠다고 해라…. 그리고 내가 갈 때까지 샴페인을 세 상자쯤 준비해서 전에 모크로예에 갔을 때처럼 마차에 실어놓으라고 하고…. 그땐 그 상점에서 네 상자를 가져갔었지요." 그는 갑자기 표트르 일리치를 보며 이렇게 말했다. "그 집에서 다 알아서 해줄 테니 걱정할 것 없다, 미샤." 그는 다시 소년 쪽으로 고개를 돌렸다. "그리고 치즈, 스트라스부르 파이, 훈제 연어, 햄, 생선알, 아무튼 그 집에 있는 건 죄다 쓸어 모아서 전처럼 100루블이나 120루블어치쯤 준비해놓으라고 해…. 토산품도 잊지 말고. 사탕이랑 배, 수박 두어 통, 아니면 네 통, 아니, 수박은 한 통이면 충분하겠군. 초콜릿, 막대사탕, 과일사탕, 캐러멜… 아무튼 그때 모크로예로 갈 때 사 갔던 건 죄다 준비해놓으라고 해라. 샴페인이랑 다 해서 300루블 정도 되도록 말이야…. 이번에도 그때와 똑같이 하면 돼. 잘 기억해라, 미샤. 이름이 미샤라고 했지…? 이 애 이름이 미샤라고 했지요?" 그가 다시 표트르 일리치에게 말했다.

"잠깐." 불안한 얼굴로 미탸의 말을 들으며 상황을 지켜보고 있던 표트르 일리치가 말을 가로막았다. "직접 가서 주문하는 편이 좋겠습니다. 이 아이가 주문을 잘못할지도 모르니까요."

"주문을 잘못한다고요, 그래, 그럴 수도 있겠군! 미샤, 심부름 값으로 네게 입맞춤을 해주려 했는데…. 제대로 주문을 하면 10루블을 줄 테니 어서 가보거라…. 샴페인, 중요한 건 샴페인이고, 코냑과 적포도주, 백포도주도 전부 그때처럼 준비하라고 해…. 그때 뭘 사 갔는지 그 가게 사람들이 다 알 거야."

"이보시오!" 표트르 일리치가 더 이상 참지 못하고 말을 가로챘다. "이 녀석에게는 잔돈을 바꾸고 문을 닫지 말라는 말만 전하라고 합시다. 그런 다음에 당신이 직접 가서 주문하면 되잖습니까…. 지폐를 이리 주시죠. 가봐, 미샤, 잽싸게 다녀와!" 표트르 일리치는 일부러 미샤를 서둘러 내보낸 눈치였다. 손님 앞에 섰을 때부터 눈을 휘둥그렇게 뜨고 피 묻은 얼굴과 부들부들 떨며 돈을 움켜쥐고 있는 피범벅이 된 손을 보고 있던 소년이 여전히 놀라움과 두려움에 입을 떡 벌린 채 서 있었기 때문이다. 미탸가 무엇을 지시하는지는 거의 알아듣지 못한 듯했다.

"자, 그럼 씻으러 갑시다." 표트르 일리치가 엄격한 목소리로 말했다. "돈은 탁자 위에 올려두거나 주머니에 넣으십시오…. 네, 그렇게요. 그 프록코트는 벗으시고."

그는 미탸가 프록코트 벗는 것을 도와주다가 다시 소리를 질렀다.

"아니, 프록코트에도 피가 묻어 있군요!"

"아니… 프록코트 전체에 묻은 건 아닙니다. 그냥 여기 소매에 조금… 손수건을 넣어 두었던 자리에만 조금 묻었군요. 주머니에서 배어나왔나 봅니다. 페냐의 집에서 손수건을 깔고 앉았더니 피가 배어나온 겁니다." 미탸는 상대에 대한 신뢰가 가득한 태도로 즉시 해명했다. 표트르 일리치는 인상을 쓴 채 듣고 있었다.

"무슨 일이 있었군요. 싸움이라도 한 모양입니다." 그가 중얼거렸다.

미탸는 씻기 시작했다. 표트르 일리치는 주전자를 들고 물을 부어주었다. 미탸는 급한 마음에 손에 비누칠도 대충 하려 했다. (표트르 일리치는 그의 손이 떨리고 있던 것을 기억했다.) 표트르 일리치는 즉시 비누칠을 더 하고 꼼꼼하게 문지르라고 했다. 그는 이때 미탸보다 우위에 있는 것처럼 행동했고, 그런 태도는 시간이 갈수록 더욱 더해졌다. 아닌 게 아니라, 이 젊은이는 꽤나 거침없는 성격의 소유자였다.

"보세요, 손톱 밑이 아직 씻기지 않았군요. 자, 이젠 얼굴을 문지르십시오. 여기 관자놀이와 귀 옆도… 그런데 이 루바시카를 그냥 입고 갈 생각인가요? 어딜 가려는 겁니까? 봐요, 오른쪽 소매 끝이 온통 피투성이잖습니까."

"그렇군요." 미탸가 소매 끝을 들여다보며 말했다.

"셔츠를 갈아입으시죠."

"그럴 시간이 없습니다. 저는, 그러니까…." 미탸는 벌써 수건으로 얼굴과 손을 닦고 프록코트를 걸치며 여전히 신뢰감 넘치는 태도로 말을 이었다. "이렇게 소매 끝을 접어 넣으면 프록코트에 가려 보이지 않을 겁니다…. 자, 그렇죠?"

"그럼 이제 어디에서 무슨 일이 있었던 건지 말씀 좀 해주시죠. 누구와 싸우기라도 했습니까? 그때처럼 또 선술집에서 그랬습니까? 그때처럼 대위를 두들겨 패고 끌고 다닌 건 아닌가요?" 표트르 일리치는 책망하는 듯한 목소리로 지난 일을 상기시켰다. "이번엔 또 누구를 때린 겁니까…. 혹시 죽이기라도 한 건 아닙니까?"

"터무니없는 소리!" 미탸가 말했다.

"터무니없다고요?"

"그만 됐습니다." 미탸는 이렇게 말하고는 갑자기 씩 웃었다. "조금 전 광장에서 할멈을 하나 깔아뭉갰지요."

"깔아뭉갰다고요? 할멈을?"

"할아범을!" 미탸가 표트르 일리치의 얼굴을 똑바로 보고 웃으며 귀머거리라도 상대하듯 소리를 질렀다.

"거참, 할멈이라고 했다가, 할아범이랬다가… 그래, 정말 누굴 죽이기라도 했어요?"

"화해했습니다. 맞붙어 싸웠지만 화해했어요. 그 자리에서. 다정한 친구가 되어 헤어졌지요. 얼빠진 작자였는데… 저를 용서했어요…. 지금은 분명히 용서했을 겁니다…. 정신을 차렸다면 아마 용서하지 않았을 테지만요." 미타는 갑자기 한쪽 눈을 찡긋해 보였다. "하지만 그런 놈은 될 대로 되라지요, 표트르 일리치, 다 부질없으니 이 얘긴 그만합시다! 지금은 말하고 싶지 않군요!" 미탸가 단호하게 말했다.

"당신이 걸핏하면 아무하고나 싸움을 벌이니 하는 말입니다…. 그때도 대위와 하찮은 일로 싸웠잖습니까…. 한바탕 싸움을 벌인 후에 이제는 술판을 벌이러 달려가겠다니, 정말이지 당신답군요. 샴페인 세 상자는 다 어디에 쓰려고 그럽니까?"

"브라보! 이제 권총을 주시죠. 정말로 시간이 없습니다. 당신하고 좀 더 얘기하고 싶지만 시간이 없어요. 하긴 그럴 필요도 없겠죠. 얘기하기엔 시간이 너무 늦었으니까. 아! 돈은 어디 있지? 어디다 뒀더라?" 미탸는 이렇게 소리치고 주머니를 뒤졌다.

"탁자에 놓아두었잖습니까…. 당신이 직접… 저기 있잖아요. 잊은 겁니까? 당신에겐 돈이 먼지나 물하고 똑같은 모양이군요. 자, 여기 권총입니다. 그런데 이상하군요. 아까 5시에는 10루블 때문에 이것을 맡겼으면서, 지금은 수천 루블을 가지고 있다니요. 2000, 3000루블은 돼 보이는데요?"

"3000루블쯤 됩니다." 미탸가 바지 주머니에 돈을 집어넣으며 웃었다.

"그런 데 넣었다간 잃어버려요. 혹시 금광이라도 찾은

겁니까?"

"금광? 금광이라!" 미탸는 목청껏 외치고는 배꼽을 잡고 웃어댔다. "페르호틴, 금광에 가보렵니까? 이 동네엔 금광에 가겠다고만 하면 당장에 3000루블을 뿌려줄 부인이 있습니다. 제게도 뿌려줬지요. 그 부인은 금광이라면 사족을 못 쓰거든요! 호흘라코바 부인이라고 아십니까?"

"친분이 있는 건 아니지만, 얘기를 듣거나 본 적은 있습니다. 그럼 그 부인이 3000루블을 준 겁니까? 그 돈을 뿌려주었단 말입니까?" 표트르 일리치는 미심쩍다는 눈으로 쳐다보았다.

"그럼 내일 태양이 솟아오르면, 영원히 늙지 않는 아폴로가 신을 찬양하면서 솟아오르면 호흘라코바 부인에게 가서 내게 3000루블을 뿌려줬는지 아닌지 직접 물어보십시오. 물어보면 되잖습니까."

"나는 당신이 그 부인과 어떤 사이인지는 모르지만… 그렇게 자신 있게 말하는 걸 보니 정말로 줬나 보군요…. 그런데 당신은 그 돈을 손에 쥐고 용감하게 시베리아에 가려는 게 아니라, 어디 다른 곳에 가려는 것 같은데… 대체 지금 어디를 가려는 겁니까"

"모크로예로요."

"모크로예요? 이 밤중에 말입니까!"

"옛날엔 모든 것을 가졌던 마스트류크가 이젠 빈털터리가 되었네!" 미탸는 갑자기 이런 말을 내뱉었다.

"빈털터리라니요? 수천 루블을 가지고 있으면서 그게

무슨 말입니까"

"수천 루블을 놓고 한 말이 아닙니다. 이까짓 돈 따위! 나는 여자의 마음에 대해 말한 겁니다.

여자의 마음은 경솔하며
변덕스럽고 부덕하도다.

저도 율리시스와 같은 생각입니다. 이건 율리시스가 한 말이지요."

"무슨 말인지 통 모르겠군요!"

"제가 취하기라도 했다는 겁니까?"

"취한 게 아니라, 그보다 더한 상태인 것 같소."

"저는 마음이 취해 있습니다, 표트르 일리치, 마음이 취했단 말입니다. 하지만 이제 그만합시다…."

"지금 뭐 하는 겁니까? 권총을 장전하는 겁니까?"

"그래요, 권총을 장전하는 겁니다."

미탸는 정말로 권총이 든 상자를 열고 화약통의 뚜껑을 열더니 꼼꼼하게 화약을 채워 넣었다. 그리고 총알을 집어 들더니 장전하기에 앞서 두 손가락으로 들어 촛불에 비춰 보았다.

"왜 총알을 그렇게 들여다봅니까?" 표트르 일리치는 불안한 호기심을 느끼며 미탸의 행동을 지켜보았다.

"그냥, 상상해보고 있습니다. 당신이 이 총알을 자기 머리통에 박아 넣을 생각이라면, 장전할 때 그것을 살펴보겠습니까, 안 보겠습니까?"

"뭐 하러 살펴봅니까?"

"내 머릿속으로 들어갈 텐데, 어떻게 생겼나 들여다보는 것도 재미있지 않습니까…. 뭐, 쓸데없는 소립니다. 잠깐 헛소리를 한 거지요. 다 됐습니다." 그는 총알을 장전한 다음 삼베 조각으로 틀어막고는 이렇게 덧붙였다. "표트르 일리치, 다 쓸데없는 소립니다. 얼마나 쓸데없는 말인지 당신은 아마 모를 겁니다! 그건 그렇고, 종이쪽 좀 주십시오."

"여기요."

"아니, 글을 쓸 만한 매끄럽고 깨끗한 것으로요. 그래, 그거면 되겠군요." 미탸는 탁자에서 펜을 집어 들고는 재빨리 종이 위에 두어 줄 적더니, 그것을 네 번 접어 조끼 주머니에 집어넣었다. 권총은 상자에 넣고 열쇠로 잠근 다음 품에 안았다. 그러고는 표트르 일리치를 바라보며 곰곰이 생각에 잠긴 얼굴로 느릿한 미소를 지어 보였다.

"그럼 가지요." 그가 말했다.

"어디로요? 아니, 잠깐만… 설마 그 총알을 머리에 박아 넣을 생각인 겁니까…." 표트르 일리치가 불안한 얼굴로 물었다.

"총알이라니, 쓸데없는 말씀을! 나는 살고 싶고, 삶을 사랑합니다! 그걸 알아두십시오. 금발의 아폴로와 그 뜨거운 빛을 사랑한단 말입니다…. 그런데 표트르 일리치, 당신은 물러설 줄 압니까?"

"물러서다니요?"

"길을 비켜주는 것 말입니다. 사랑하는 존재와 미워하는 존재에게 길을 비켜주는 것이지요. 미운 존재도 사랑스러워질 수 있도록 길을 비켜주는 겁니다! 그리고 그들에게 말하는 겁니다. '당신들에게 하느님이 함께하시길. 가십시오. 나를 스쳐 지나가십시오, 나는….'"

"나는?"

"그만 됐습니다. 가지요."

"정말이지, 누구한테라도 말해서," 표트르 일리치는 미탸를 보며 말했다. "당신을 그곳에 못 가게 막아야겠군요. 대체 이 시간에 모크로예에는 왜 갑니까?"

"거기 여자가 있어요, 여자가. 표트르 일리치, 당신과 이런 이야기는 이제 그만하고 싶군요!"

"잠깐 내 말 좀 들어봐요. 당신은 야만스러운 면이 있긴 하지만, 난 언제나 당신을 좋게 생각하고 있었단 말입니다…. 그래서 이렇게 걱정이 되는 겁니다."

"고맙군요. 내가 야만스러운 사람이라고 했지요. 야만인, 야만인! 그 야만인이라는 말은 인정하지요! 그렇지, 미샤가 왔군. 깜빡하고 있었군요."

미샤는 잔돈으로 바꾼 돈다발을 들고 허겁지겁 뛰어 들어와서는 플로트니코프 상점에서 술병이니 생선이니 차 따위를 옮기며 '법석을 떨고 있으니' 곧 준비가 끝날 것이라고 보고했다. 미탸는 10루블짜리 지폐를 받아 한 장은 표트르 일리치에게, 다른 한 장은 미샤에게 주었다.

"그러지 마십시오!" 표트르 일리치가 소리쳤다. "우리 집에서는 안 됩니다. 버릇만 나빠질 테니까요. 돈은 여기 이렇게 잘 넣어두세요. 왜 함부로 써버리려고 합니까? 내일 당장 돈이 급해져서 또 10루블을 빌려달라고 저를 찾아오게 될지 누가 압니까. 왜 자꾸 그렇게 옆주머니에 구겨 넣는 거예요? 그러다가 잃어버린다니까요!"

"이봐요, 함께 모크로예에 가지 않겠습니까?"

"내가 거길 왜 갑니까?"

"그럼 지금 병을 하나 따서 인생을 위해 마시는 건 어떻습니까? 술 한잔하고 싶군요. 무엇보다 당신과 함께 마시고 싶어요. 우린 아직 같이 한잔한 적이 없죠?"

"그럼 술집에 가서 한잔합시다. 안 그래도 그리로 가려던 참이었으니."

"술집 같은 데 갈 시간은 없어요. 플로트니코프 상점 뒷방에서 마십시다. 그런데, 내가 수수께끼 하나 내볼까요?"

"그러시죠."

미탸는 조끼에서 종이를 꺼내서 펼쳐 보여주었다. 거기에는 커다랗고 분명한 글씨로 이렇게 씌어 있었다.

"내가 살아온 평생에 대해 나 자신을 벌하리라, 내 모든 삶을 벌하리라!"

"정말 누구한테든 말해야겠습니다. 당장 가서 말해야겠어요." 표트르 일리치는 쪽지를 읽고 이렇게 말했다.

"그럴 틈은 없을 겁니다. 자, 가서 마십시다, 가시죠!"

플로트니코프 상점은 표트르 일리치의 집에서 한 집 건너 길 모퉁이에 있었다. 그곳은 부유한 상인들이 운영하는 우리 고장에서 가장 큰 식료품점이었으며, 상당히 훌륭한 곳이었다. '옐리세예프 형제 상회' 포도주를 비롯해 과일, 담배, 차, 설탕, 커피 등 수도의 상점에 있는 물건은 없는 것이 없었다. 점원 세 사람이 상주했고, 배달하는 소년 두 명이 부지런히 뛰어다녔다. 우리 고장은 경기가 나빠져 지주들이 떠나고 상업도 침체했지만, 이 식료품점은 여전히 성업했을 뿐 아니라 해가 갈수록 번창했다. 이런 종류의 물건을 찾는 손님은 끊이지 않았기 때문이다. 상점에서는 애타게 미탸가 오기를 기다리고 있었다. 3~4주쯤 전에 미탸가 이번처럼 한꺼번에 온갖 식품과 술을 수백 루블어치나 현금으로(물론 외상으로는 아무것도 주지 않았을 것이다) 사 갔던 일을 너무나 잘 기억하고 있었다. 그때도 미탸는 무지갯빛 지폐 다발을 손에 쥔 채 그 많은 식품과 포도주를 어디에 쓸지 생각하지 않고, 생각하려고도 하지 않은 채 흥정도 하지 않고 돈을 마구 뿌려댔다. 이후 그가 그루셴카와 함께 모크로예에 가서 '그날 밤부터 다음 날 낮까지 3000루블을 몽땅 써버리고 갓 태어났을 때와 마찬가지로 땡전 한 푼 없이 돌아왔다'는 소문이 온 동네에 퍼졌다. 미탸는 그때 집시 한 패를 모두 데리고 갔는데(그 집시 패는 그때쯤에 우리 고장에 머물고 있었다), 그들은 이틀 동안 만취한 미탸에게서 돈을 마구 뜯어내고 비싼 포도주를 퍼마셨다. 사람들은 미탸가 모크로예에서 무식한 농부들에게 샴페인을 대접하고, 시골 처녀와 아낙들에게 과자와 스트라스부르 파이를 나눠줬다며 비웃고 수군댔다. 그런 '터무니없는 짓'으로 그루셴카에게서 얻은 것은 '발에 입맞춤을 해도 좋다는 허락'뿐이었다는 미탸의 공공연하고도 솔직한 고백도 시내에서, 특히 술집에서 웃음거리가 되었다(물론 미탸의 면전에서 비웃는 사람은 없었다. 그것은 꽤나 위험한 일이었기 때문이다).

미탸가 표트르 일리치와 함께 상점에 도착했을 때, 양탄자를 깔고 종과 방울을 매단 삼두마차가 이미 입구에 대기해 있었고 마부 안드레이가 미탸를 기다리고 있었다. 상점에서는 물건을 상자 하나에 '빼곡히 담아' 미탸가 오면 못질을 해 마차에 실으려고 기다리고 있었다. 표트르 일리치는 놀라워했다.

"삼두마차는 어느 틈에 준비한 겁니까?" 그가 미탸에게 물었다.

"당신에게 달려오는 길에 안드레이를 만나 상점에 가 있으라고 해놨지요. 시간을 낭비할 필요가 없으니까요! 지난번에는 티모페이의 마차로 다녀왔지만, 지금 티모페이는 마법을 부리는 여자를 하나 태우고 앞서 가버렸어요! 안드레이, 우리가 많이 늦을까?"

"우리보다 1시간 일찍 도착했으면 했지 그 이상은 아닐 겁니다. 그 정도도 아닐지도 모르고요. 아무튼 먼저 도착해봐야 1시간이 고작일걸요!" 안드레이가 얼른 대답했다. "제가 티모페이의 마차도 준비해줬기 때문에 그쪽 상황을 잘 알고 있어요. 드미트리 표도로비치, 그쪽은 우리를 따라오지 못할 겁니다. 어림없는 일이지요. 1시간이 고작일 거예요!" 아직 젊은 마부 안드레이가 열을 올리며 말했다. 그는 머리가 불그스름하고 마른 청년이었다. 단추가 없는 코트를 입고 팔에는 두툼한 겉옷을 걸치고 있었다.

"1시간밖에 늦지 않는다면 보드카 값으로 50루블을 주지."

"드미트리 표도로비치, 1시간 차이라면 장담하지요. 아니, 1시간은커녕 반 시간도 차이 나지 않을 겁니다!"

미탸는 이것저것 지시를 내리며 부산스럽게 움직였지만, 그가 하는 말이나 지시는 어딘가 이상하고 뒤죽박죽이었다. 어떤 말을 시작했다가도 끝맺는 것을 잊곤 했다. 표트르 일리치는 자신이 나서야 한다는 것을 깨달았다.

"400루블어치야. 전처럼 400루블어치는 돼야 해." 미탸가 지시했다. "샴페인은 네 상자, 한 병도 모자라면 안 돼."

"그 많은 걸 다 어디다 쓰게요? 잠깐!" 표트르 일리치가 소리쳤다. "이 상자는 뭐지? 뭐가 들었나? 설마 이게 400루블어치는 아니겠지?" 분주히 돌아다니던 점원들은 즉시 아첨하는 듯한 말투로 이 첫 상자에는 샴페인 반 상자와 안주거리, 과자, 과일사탕 등 '우선 필요한 물건들'만 들어 있다고 설명했다. 본 '물건'은 따로, 그러니까 그때처럼 별도의 삼두마차에 실어서 지금 곧 보낼 참이니 '드미트리 표도로비치가 도착하고 1시간 후면 도착할 것'이라고 했다.

"1시간 안에는 와야 해, 꼭 1시간 안에는 올 수 있도록 해! 과일사탕과 캐러멜은 되도록 많이 넣고. 거기 여자들이 좋아하니까." 미탸는 흥분해서 이렇게 지시했다.

"캐러멜은 그렇다 치고, 샴페인은 뭐 하러 네 상자나 삽니까? 한 상자면 충분해요." 표트르 일리치는 거의 화까지 치밀었다. 그는 물건 값을 깎고, 계산서를 요구하는 등 잠자코 있지를 않았다. 하지만 그렇게 해서 절약한 돈은 고작 100루블뿐이었다. 결국 총 300루블어치의 물건을 보내기로 타협을 봤다.

"젠장!" 표트르 일리치가 문득 생각이 바뀐 듯 이렇게 외쳤다. "내가 무슨 상관이람! 공짜로 생긴 돈이면 당신 마음대로 뿌려버려요!"

"이리 와요, 경제학자 선생, 화내지 말고 이쪽으로 오시죠." 미탸는 그를 상점 뒷방으로 끌고 갔다. "곧 술병을 내올 테니 한잔합시다. 표트르 일리치, 그러지 말고 같이 가시죠. 당신이 좋은 사람이라 그래요. 나는 당신 같은 사람이 좋거든."

미탸는 지저분한 천이 덮인 작은 테이블 앞 등나무 의자에 앉았다. 표트르 일리치가 맞은편에 앉자 곧 샴페인이 나왔다. 점원이 '이제 막 들어온 최상품 굴'이 있다며 굴을 권했다.

"굴은 무슨 굴! 나는 됐소. 아무것도 필요 없어요." 표트르 일리치가 험악한 얼굴로 내뱉었다.

"굴을 먹고 있을 시간은 없지." 미탸가 말했다. "생각도 없고. 이봐요, 친구." 그가 갑자기 감정 어린 목소리로 말했다. "난 원래 이런 무질서한 일은 좋아하지 않아요."

"그걸 좋아하는 사람이 어디 있습니까! 농부들한테 준다고 샴페인을 세 상자나 가져간다니, 누가 들어도 어처구니가 없는 일입니다!"

"그 얘기가 아니에요. 나는 숭고한 질서에 대해 말하는 겁니다. 내게는 질서가 없어요, 숭고한 질서가… 하지만… 다 끝난 일이니 이젠 괴로워할 것도 없죠. 이미 늦었으니까. 뭐 될 대로 되라지! 내 인생은 무질서 그 자체였답니다. 이제는 질서를 바로잡아야 해요. 내가 농담을 하고 있는 것 같습니까?"

"농담이 아니라 잠꼬대 같군요."

"세상의 숭고함에 영광을,

내 안의 숭고함에 영광을!

언젠가 내 가슴속에서 터져 나온 시구입니다. 아니, 시구가 아니라 눈물이지요…. 내가 직접 지은 겁니다…. 2등 대위의 턱수염을 붙잡고 끌고 다닐 때 지은 건 아닙니다만…."

"갑자기 그 사람 얘기는 왜 꺼냅니까?"

"갑자기 그 사람 얘기는 왜 꺼내느냐고요? 다 부질없는 일입니다! 모든 것이 끝나고, 평준화되고 있어요…. 이제 선 하나면 끝이죠."

"실은 당신의 그 권총이 계속 눈앞에 떠오르는군요."

"권총도 다 부질없습니다! 한잔하시고, 과한 상상은 그만두시죠. 나는 삶을 사랑합니다. 너무 사랑해서 진저리가 날 정도죠. 이런 얘기는 그만둡시다. 자, 삶을 위해 듭시다, 삶을 위해 건배를 드는 겁니다! 왜 나는 내 자신이 만족스러울까요? 나는 비열한 놈이지만, 그래도 내 자신이 만족스러워요. 내가 비열하다는 사실 때문에 괴롭지만, 그래도 내 자신이 만족스럽단 말이죠. 나는 창조물을 축복합니다. 지금 당장이라도 하느님과 하느님의 창조물을 축복하고 싶지만… 악취 나는 벌레 하나가 스멀스멀 기어다니며 다른 사람의 삶을 망쳐놓지 않도록 우선 그놈을 없애버려야 해요…. 사랑하는 형제여, 삶을 위해 잔을 듭시다! 삶보다 귀한 게 어디 있겠습니까! 그런 건 없습니다! 삶을 위해, 그리고 여왕 중의 여왕을 위해!"

"삶을 위해, 그리고 당신의 여왕을 위해."

두 사람은 한 잔씩 잔을 비웠다. 미탸는 기쁨에 벅차 들떠 있으면서도 한편으로는 어딘가 울적해 보였다. 극복할 수 없는 무거운 근심거리를 마주하고 있는 듯했다.

"미샤… 저기 들어온 건 당신네 미샤가 아닙니까? 미샤, 우리 미샤, 이리 와라. 나를 위해 이 잔을 마시렴. 금발머리를 한 내일의 아폴로를 위해…."

"저 애한테는 왜 줍니까!" 표트르 일리치는 화난 목소리로 소리쳤다.

"한 잔만 줍시다. 그러고 싶어요."

"거참!"

미샤는 한 잔 쭉 들이마시고는 꾸벅 인사를 하더니 뛰어나갔다.

"나를 더 오래 기억하겠죠." 미탸가 말했다. "나는 여자를 사랑해요, 여자를! 여자란 뭡니까? 이 땅의 여왕입니다! 표트르 일리치, 나는 가슴이 아파요. 햄릿을 기억합니까? '호레이쇼, 너무나 슬프구나… 아아, 불쌍한 요리크!' 어쩌면 내가 그 요리크인지도 모릅니다. 그래, 지금 나는 요리크예요. 해골이 되는 건 그다음 일이고."

표트르 일리치는 말없이 듣고만 있었다. 미탸도 잠시 침묵했다.

"저건 웬 개지?" 미탸는 한쪽 구석에서 눈동자가 새까만 작고 귀여운 강아지를 발견하고 무심히 점원에게 물어보았다.

"주인마님이신 바르바라 알렉세예브나의 강아집니다." 점원이 대답했다. "좀 전에 데리고 나오셨다가 두고 가셨지요. 다시 데려다줘야겠습니다."

"연대에 있을 때 저렇게 생긴 개를 본 적 있었지…." 미탸가 생각에 잠긴 얼굴로 말했다. "그놈은 뒷다리가 부러져 있었지만… 그러고 보니 표트르 일리치, 당신한테 한 가지 물어보고 싶은 게 있어요. 살면서 도둑질을 해본 적이 있습니까?"

"무슨 질문이 그렇습니까?"

"아니, 그냥 물어보는 겁니다. 호주머니에서 남의 것을 슬쩍해본 적이 없나요? 공금 얘기가 아닙니다. 공금이라면 누구나 다 손을 대니까. 물론 당신도 마찬가지일 테고…."

"허튼소리 말아요."

"남의 물건 말입니다. 호주머니나 지갑에 손을 댄 적 있습니까?"

"아홉 살 때 탁자에서 어머니 돈 20코페이카를 훔친 적이 있었어요. 살그머니 가져가서 손에 쥐고 있었지요."

"그래서 어떻게 됐습니까?"

"아무 일 없었습니다. 사흘 동안 가지고 있다가 창피한 마음에 이실직고하고 돌려드렸지요."

"그래서요?"

"당연히 매를 맞았지요. 그러는 당신은요? 당신은 훔쳐본 적 없습니까?"

"있습니다." 미탸가 교활한 얼굴로 한쪽 눈을 찡긋하며 말했다.

"뭘 훔쳤는데요?" 표트르 일리치는 호기심이 들었다.

"아홉 살 때 탁자에서 어머니 돈 20코페이카를 훔쳤다가 사흘 뒤에 돌려드렸지요." 미탸는 이렇게 말하고 갑자기 자리에서 일어섰다.

"드미트리 표도로비치, 서둘러야 하지 않을까요?" 입구 쪽에서 안드레이가 외쳤다.

"준비됐나? 그럼 가세!" 미탸는 서두르기 시작했다. "마지막으로 하나만 더… 길을 떠나는 안드레이에게도 보드카를 한 잔 주게! 코냑도 주고! 그리고 이 상자(권총이 담긴 상자였다)를 내 자리 밑에 놔두게. 잘 있어요, 표트르 일리치. 나를 너무 나쁘게 생각하지는 말아요."

"하지만 내일 돌아오려는 거 아닙니까?"

"물론 그래야지요."

"계산은 지금 끝내주실 수 있을까요?" 점원이 달려나왔다.

"아, 그렇지, 계산! 물론이네."

그는 다시 주머니에서 돈다발을 꺼내 무지갯빛 지폐 석 장을 뽑아 계산대 위에 던지고는 서둘러 상점을 나왔다. 모두들 뒤따라 나와 덕담을 늘어놓으며 배웅했다. 방금 코냑을 들이킨 안드레이는 트림을 꺽 하고는 마부석으로 뛰어올랐다. 그런데 미탸가 자리를 잡고 앉으려는 순간 뜻밖에도 페냐가 나타났다. 페냐는 숨이 턱에 차도록 뛰어와 소리를 지르며 두 손을 모으고 미탸의 발밑에 풀썩 엎드렸다.

"드미트리 나리, 제발 아씨를 해치지 마세요! 제가 그런 말을 지껄이는 바람에…! 그분도 해치지 마세요, 아씨가 예전에 사랑하던 분이잖아요! 그분은 아씨와 결혼하려고 시베리아에서 돌아오신 거예요…. 드미트리 나리, 다른 사람의 목숨을 해치시면 안 돼요!"

"쯧쯧쯧, 그렇게 된 거였군! 거기서 한바탕 일을 저지를 참이었어!" 표트르 일리치는 혼잣말로 중얼거렸다. "이제 다 이해가 가는군. 안 되려야 안 될 수가 없지. 드미트리 표도로비치, 인간이기를 바란다면 권총을 이리 줘요." 그는 커다란 목소리로 미탸에게 소리쳤다. "드미트리, 내 말 안 들립니까!"

"권총? 진정해요, 친구, 그건 가는 길에 웅덩이에 던져버릴 테니." 미탸가 대답했다. "페냐, 일어나. 내 앞에서 이렇게 무릎 꿇지 말고. 이 미탸는 사람을 해치지 않아. 나는 어리석은 놈이지만 앞으로는 그 누구도 해치지 않을 거야. 그리고 말이야, 페냐." 그는 자리에 앉아 페냐에게 외쳤다. "아까 너를 괴롭힌 것 부디 용서해다오. 비열한 나를 불쌍히 여기고 용서해줘…. 뭐 용서하지 못하겠다고 해도 상관은 없어! 어차피 이젠 다 마찬가지니까! 가세, 안드레이, 냉큼 달려가자고!"

안드레이는 마차를 움직였다. 방울이 울리기 시작했다.

"잘 계시오, 표트르 일리치! 당신에게 내 마지막 눈물을 바칩니다…!"

'취한 것도 아닌데, 왜 저런 허튼소리를 해대는 걸까!' 표트르 일리치는 미탸의 뒷모습을 바라보며 생각했다. 그는 점원들이 미탸를 속이고 바가지를 씌울 것 같다는 생각에 나머지 식료품과 술을 마차에(그것도 삼두마차였다) 신는 것을 지켜보려다가 그런 자신에게 벌컥 화가 나서는 침을 뱉고 원래 가려던 선술집으로 당구를 치러 갔다.

"좋은 사람이긴 하지만 바보야…." 그는 발걸음을 옮기며 혼자 중얼거렸다. "그루셴카의 '옛 애인'이라는 그 장교라면 들어본 적 있지. 그자가 이곳에 찾아왔다면…. 아아, 그 권총이 걱정이군! 제기랄, 내가 그 친구의 삼촌이라도 되냔 말이야? 멋대로 하라지! 아무 일 없을 거야. 그냥 말만 요란하게 하는 것뿐이야. 술을 진탕 퍼마신 다음 한바탕 싸움을 벌이고, 또 화해하겠지. 정말로 일을 칠 위인들이겠어? '물러나겠다'느니 '자기 자신을 벌하겠다'느니 해도 아무 일 없을 거야! 술집에서도 잔뜩 취해서는 수없이 그렇게 외쳐댔지. 지금은 취하지도 않았잖아. '마음이 취했다'는 말은 악당들이나 좋아하는 말이지. 정말이지 내가 그 사람 삼촌도 아니고! 누구와 싸운 건 틀림없어. 얼굴이 피투성이였으니까. 누구와 싸웠을까? 술집에서 알아봐야겠군. 손수건도 피투성이였지….
젠장, 그걸 우리 집 바닥에 두고 왔군…. 될 대로 되라지!"

그는 불쾌하기 짝이 없는 기분으로 술집에 도착해 곧바로 당구를 치기 시작했다. 한 판 치고 나니 기분이 훨씬 유쾌해졌다. 두 번째 판이 끝난 후 그는 불쑥 상대 중 한 사람에게 드미트리 카라마조프에게 갑자기 또 돈이 생겼는데 3000루블쯤 되는 것을 자기가 직접 보았으며, 그루셴카와 흥청망청 놀려고 또다시 모크로예로 달려갔다는 말을 꺼냈다. 그 자리에 있던 사람들은 그 이야기에 뜻밖일 정도로 강한 호기심을 보였다. 그들은 웃지도 않고 이상하리만큼 심각한 태도로 대화에 끼어들었다. 당구판도 중단할 정도였다.

"3000루블? 3000루블이란 돈이 어디서 난 거요?"

질문 공세가 이어졌다. 호흘라코바 부인에 대한 이야기에는 의혹이 일었다.

"늙은 아버지한테서 뺏은 거 아냐?"

"3000루블이라니! 뭔가 심상치 않군."

"아버지를 죽이겠다고 큰소리치고 다녔잖아. 여기 있는 사람들은 다 들었어. 그러면서 다름 아닌 3000루블 얘기를 했지…."

이런 말들을 듣고 있던 표트르 일리치는 갑자기 쏟아지는 질문에 무뚝뚝하게 건성건성 대꾸하기 시작했다. 이리로 올 때까지는 말하려고 생각했던 미탸의 얼굴과 손에 묻어 있던 피에 대해서는 한마디도 하지 않았다. 세 번째 판이 시작되자 미탸에 관한 대화는 점차 시들해졌다. 그 판이 끝나자 표트르 일리치는 더 치고 싶은 생각이 없어 당구채를 내려놓고 계획했던 저녁도 들지 않은 채 술집을 나왔다. 광장으로 나온 그는 당혹감과 자기 자신에 대한 놀라움을 느꼈다. 자신이 지금 표도르 파블로비치의 집에 가서 무슨 일이 없는지 알아보려 했다는 사실을 깨달은 것이다. '별것 아닌 게 뻔한 일로 남의 집 사람들을 깨워 소동을 일으키려 하다니. 젠장, 내가 삼촌이기라도 하나?'

그는 기분이 바닥으로 떨어져 집으로 발걸음을 옮기다가 문득 페냐를 떠올렸다. '제길, 아까 페냐에게 물어봤어야 했어.' 그는 안타까웠다. '그러면 전부 알아낼 수 있었을 텐데.' 그러자 페냐를 붙잡고 이야기를 해서 사정을 알아보고 싶다는 초조하고도 참을 수 없는 욕망이 불타올랐다. 그는 도중에 방향을 홱 틀어 그루셴카가 살고 있는 모로조바의 집으로 향했다. 대문으로 다가가 노크했다. 그러나 밤의 정적 속에서 울려 퍼지는 노크 소리를 듣자 문득 정신이 들고 화가 치밀었다. 게다가 집안사람들은 모두 잠든 듯 아무런 대답이 없었다. '여기서도 소동을 벌이고 있군!' 이런 생각이 들자 이제는 마음속에 고통 같은 것이 느껴졌지만, 단념하고 발길을 돌리는 대신 다시 있는 힘껏 문을 두드리기 시작했다. 쾅쾅거리는 소리가 온 거리에 울렸다. "이대로 돌아갈 수는 없지, 끝까지 두드릴 테다, 끝까지!" 그는 이렇게 중얼거렸다. 두드릴 때마다 자기 자신에게 미치도록 화가 났지만, 그럴수록 더욱 세차게 문을 두드렸다.

6. 내가 간다!

드미트리 표도로비치는 날 듯이 길을 달렸다. 모크로예까지의 거리는 20킬로미터가 조금 넘었으나, 안드레이의 삼두마차는 1시간 15분 만에 그 거리를 돌파할 기세로 질주했다. 빠른 속도감에 미탸는 갑자기 생기를 얻은 듯했다. 공기는 청량했고 맑은 하늘에는 커다란 별들이 빛나고 있었다. 그것은 알료샤가 땅에 엎드려 '영원히 대지를 사랑하겠노라고 미친 듯이 맹세한' 바로 그날 밤의 일이었다. 어쩌면 정확히 그 시간인지도 몰랐다. 그러나 미탸의 마음속은 지독히 흐려 있었다. 수많은 것들이 그의 마음을 괴롭혔지만, 이 순간 그의 존재는 오직 그루셴카에게로, 마지막으로 보기 위해 달려가고 있는 자신의 여왕에게로 향하고 있었다. 한 가지만 말해두자면, 미탸의 가슴속에는 일말의 갈등도 없었다. 질투심 강한 미탸가 이 새로운 인물, 땅에서 불쑥 솟아난 새로운 경쟁자인 '장교'에게 조금도 질투를 느끼지 않았다면 독자 여러분은 아마 믿지 않을 것이다. 만약 다른 사람이었다면 미탸는 즉시 질투를 느끼고 그 무서운 손을 또다시 피로 물들였을지도 모른다. 그러나 삼두마차를 타고 달려가고 있는 지금 '그녀의 첫사랑'이라는 사내에게는 질투 어린 증오는 물론 적대감도 일지 않았다. 물론 아직 그자를 만나본 것은 아니었지만. '이건 분명히 그 여자와 그자의 권리다. 그 여자가 5년 동안 잊지 못한 첫사랑이 아닌가. 지난 5년간 그자만을 사랑해왔다는 것인데, 나란 놈이 어쩌자고 여기에 끼어들었을까? 내가 뭐라고 이 일에 개입한단 말인가? 물러서라, 미탸, 그리고 길을 내줘라! 지금 나는 대체 뭐란 말인가? 그 장교가 아니더라도 이제는 다 끝장이다. 그자가 나타나지 않았더라도 어차피 다 끝났을 일이다….'

미탸가 제대로 생각할 수 있는 여력이 있었다면, 대략 이런 말로 자신의 감정을 표현했을 것이다. 그러나 그때 그는 아무 생각도 할 수 없었다. 지금 그의 결심도 아무런 생각을 거치지 않고 한순간에 생겨난 것이었으며, 아까 페냐가 입을 열기 무섭게 마음속에 떠올라 그로 인해 뒤따를 모든 결과와 함께 받아들여진 것이었다. 그러나 그런 결심에도 불구하고 미탸의 가슴속은 괴로울 만큼 흐려 있었다. 그러한 결심도 마음에 안정을 주지는 못했다. 너무나 많은 것들이 그의 뒤에 남아 괴롭혔다. 그것이 이상하게 느껴질 때도 있었다. 이미 자기 손으로 '나 자신을 벌하리라'는 선고문을 써서 주머니에 넣어두지 않았는가. 권총도 장전되어 있고, 내일 '금발머리 아폴로'의 뜨거운 첫 빛을 어떻게 맞을지도 정해져 있다. 그럼에도 불구하고 그의 뒤에서 괴롭히는 것들을 완전히 청산할 수 없었다. 그는 그 사실을 고통스럽게 느끼고 있었다. 그리고 그런 생각은 절망이 되어 그의 가슴을 파고들었다. 안드레이에게 말을 멈추라고 한 뒤 마차에서 뛰어내려 장전한 권총을 꺼내 새벽까지 기다릴 것도 없이 모든 것을 끝내버리고 싶은 순간도 있었다. 그러나 그런 순간은 불꽃처럼 지나가 버렸다. 삼두마차는 '공간을 집어삼키며' 질주했고, 목적지가 가까워올수록 그 여자에 대한 생각만이 그의 영혼을 사로잡아 다른 무서운 환영들을 마음속에서 몰아냈다. 미탸는 멀리서라도 좋으니 잠깐이나마 그녀를 보고 싶은 마음이 간절했다! '그 여자는 지금 그자와 함께 있다. 그자와 함께, 자신의 옛 연인과 함께 있는 모습을 잠깐만 지켜보는 거다. 그거면 충분하다.' 그의 가슴속에서 자신의 운명을 뒤흔든 이 여자에 대한 사랑이 그토록 강렬하게 밀려온 적은 지금껏 한 번도 없었다. 그것은 한 번도 느껴본 적 없는 새로운 감정이었으며, 자신도 예기치 못한, 그녀 앞에서 사라져도 좋을 만큼 기도와도 같은 부드러운 감정이었다. "그래, 사라져주자!" 그는 히스테릭한 환희에 휩싸여 이렇게 외쳤다.

벌써 1시간 정도 달리고 있었다. 미탸는 입을 다물고 있었고, 원래 말수가 많은 안드레이도 말을 걸기가 조심스러운 듯 묵묵히 여위긴 했어도 날쌘 세 마리의 밤색 말을 몰아댈 뿐이었다. 별안간 미탸가 무서운 불안에 휩싸여 소리쳤다.

"안드레이, 혹시 자고 있으면 어쩌지?"

그의 머릿속에 갑자기 그런 생각이 떠올랐다. 지금까지는 한 번도 생각하지 않았던 일이었다.

"드리트리 표도로비치, 지금쯤이면 잘 거라고 생각해야겠지요."

미탸는 고통스럽게 얼굴을 찌푸렸다. 자신이 이런 감정으로 달려갔는데… 그들이 자고 있다면… 그 여자도 같은 자리에서 자고 있다면… 그의 가슴속에서 분노가 끓어올랐다.

"어서 말을 몰아, 안드레이! 더 빨리 몰라고!" 미탸가 몹시 흥분하여 외쳤다.

"아니, 어쩌면 자고 있지 않을지도 모르겠군요!" 안드레이는 잠시 입을 다물었다가 이런 의견을 내놓았다. "아까 티모페이가 그곳에 여러 사람이 모여 있다고 했거든요…."

"역참에?"

"역참이 아니라 플라스투노프 여관에요. 사설 역참이라고 할 수 있습죠."

"그건 나도 알아. 그런데 여럿이 모였다니, 누가? 어디서 그렇게 모인 거지? 뭐 하는 사람들이야?" 미탸는 뜻밖의 소식에 강한 불안을 느끼며 외쳤다.

"티모페이 말로는 모두 신사분들이라고 하더군요. 두 분은 우리 도시 사람이라는데 누군지는 모르겠습니다. 두 분은 이곳 출신이고, 두 분은 타지에서 오셨고, 그리고 또 다른 사람이 있다는 얘기만 들었는데 자세히 물어보지는 않았지요. 카드놀이를 시작했다던데요."

"카드놀이?"

"그러니 아직 자고 있지 않을 수도 있겠지요. 아직 시간도 11시밖에 되지 않았을 테니까요."

"어서 가세, 안드레이, 어서!" 미탸가 다시 신경질적으로 외쳤다.

"그런데 나리, 한 가지 여쭤보고 싶은 게 있습니다." 안드레이가 잠깐 뜸을 들였다가 다시 입을 열었다. "나리가 화내실까봐 걱정입니다만."

"뭐지?"

"아까 페도시야 마르코브나(페냐의 이름과 부칭—옮긴이)

가 나리 발밑에 엎드려 다른 사람을 해치지 말아달라고 빌었잖습니까…. 그런데 제가 나리를 그리로 모시고 가고 있으니…. 아니, 죄송합니다, 나리, 어쩐지 양심에 걸려서 어리석은 소리를 한 것 같군요."

미탸는 갑자기 뒤에서 안드레이의 어깨를 움켜잡았다.

"자넨 마부지? 응?" 그가 미친 사람처럼 흥분하여 말했다.

"예, 그렇지요…."

"그럼 사람들에게 길을 내주어야 한다는 걸 알고 있겠지. 나는 마부다, 그러니 아무에게도 길을 비켜주지 않고 사람이 치이든 말든 내 갈 길 가겠다, 그래서는 안 되는 거야! 사람을 들이받으면 안 돼. 사람의 목숨을 해쳐선 안 되고말고. 만약 목숨을 해쳤다면 자기 자신을 벌해야 해…. 다른 사람의 목숨을 해치고 인생을 망쳐놓았다면 자기 자신을 벌하고 떠나야 하는 거야."

미탸는 완전히 히스테리를 일으킨 사람처럼 이런 말을 내뱉었다. 안드레이는 그의 말에 놀라면서도 대화를 이어갔다.

"맞습니다, 드미트리 표도로비치 나리, 사람을 들이받거나 괴롭혀서는 안 된다는 건 지당한 말씀이지요. 그건 생물도 마찬가지예요. 생물은 무엇이나 다 하느님이 지으신 거니까요. 말만 하더라도 그렇지요. 우리 마부들 중에서도 공연히 말을 두들겨 패는 사람들이 있거든요…. 그런 자는 억제할 줄을 모르고 마구잡이로 사람들을 밀어붙이죠."

"지옥으로?" 미타가 불쑥 끼어들더니 예의 그 급작스럽고도 짤막한 웃음을 터뜨렸다. "안드레이, 자넨 참 순박한 사람이야." 미탸는 다시 마부의 어깨를 꽉 움켜쥐었다. "말해보게, 드미트리 표도로비치 카라마조프는 지옥에 떨어질 것 같나? 자네 생각엔 어때?"

"모르겠습니다, 나리. 그건 나리께 달려 있겠죠. 왜냐하면 나리는… 나리, 하느님의 아들은 십자가에 못 박혀 돌아가시자 십자가에서 곧장 지옥으로 내려가 고통받고 있던 죄인들을 모두 풀어주셨습니다. 지옥은 이제 자신을 찾아올 죄인은 아무도 없을 거라며 탄식했지요. 그러자 주님은 지옥에게 이렇게 말씀하셨답니다. '지옥이여, 탄식하지 말거라. 이제 온갖 고관들과 관리들과 재판관들과 부자들이 너를 찾아와, 내가 다시 올 때까지 지금까지 그랬듯 너를 가득 채울 것이다.' 이건 정말이에요. 정말 그렇게 말씀하셨지요…."

"민간 전설이군, 훌륭한 얘기야! 안드레이, 왼쪽 말에 채찍질을 하게!"

"그러니까 나리, 지옥은 그런 사람들을 위해 있는 겁니다." 안드레이가 왼쪽 말에 채찍질을 하며 말했다. "그런데 나리는 꼭 어린아이 같으시거든요…. 우리가 보기엔 그래요…. 나리께서 성미가 급하신 건 사실입니다만 하느님께서는 나리의 순수한 마음을 봐서 용서해주실 겁니다."

"그럼 자네는? 자네도 나를 용서하겠나?"

"제가 용서할 게 뭐가 있습니까? 제게 아무 짓도 하지 않으셨는데."

"그게 아니라 모든 사람들, 모든 사람들을 대신해서 자네가 지금 이 자리에서, 바로 이 길 위에서 나를 용서해줄 수 있나? 자네는 순박한 사람이니 말해보게!"

"나리! 나리를 모시고 가는 게 무서워집니다. 그런 이상한 말씀만 하시니…."

그러나 미탸는 마부의 말을 듣지 못했다. 그는 혼자서 미친 듯이 기도를 읊조리고 있었다.

"주여, 온갖 악행을 저지른 저를 품어주시고, 심판하지 말아주십시오. 당신의 심판을 피하게 해주십시오…. 제가 이미 제 자신을 심판하였으니, 심판하지 말아주십시오. 주여, 당신을 사랑하오니 심판하지 말아주십시오! 저는 비열한 놈이지만, 주님을 사랑합니다. 지옥으로 보내신다고 해도 사랑할 것이며, 그곳에서도 영원히 주님을 사랑한다고 외칠 겁니다…. 그러니 제가 사랑을 끝맺게 해주십시오…. 지금 여기서, 당신의 뜨거운 빛이 비추기 전까지 5시간 동안만이라도 좋으니 마저 사랑하게 해주십시오…. 제 영혼의 여왕을 사랑합니다. 사랑하고, 또 사랑하지 않을 수가 없습니다. 주님께서는 이미 제 모든 것을 보고 계십니다. 그곳에 달려가면 '나를 그냥 지나친 당신이 옳았다… 당신의 희생자를 용서하고 잊어달라, 그리고 다시는 불안에 떨지 말라'며 그 여자 앞에 엎드리겠습니다!"

"모크로예입니다!" 안드레이가 채찍으로 앞쪽을 가리키며 소리쳤다.

창백한 밤의 어둠 사이로 광활한 공간 속에 여기저기 흩어진 육중한 건물들의 윤곽이 나타나기 시작했다. 모크로예 마을의 인구는 2000명쯤 되었으나, 지금은 마을 전체가 잠들어 어둠 속에서 드문드문 희미한 불빛이 깜빡일 뿐이었다.

"어서 달려, 안드레이, 내가 간다!" 미탸가 열병에 걸린 사람처럼 소리쳤다.

"아직 안 자는 모양입니다!" 안드레이가 채찍으로 마을 어귀에 있는 플라스투노프 여관을 가리키며 말했다. 거리 쪽으로 난 여섯 개의 창문은 모두 불이 환하게 밝혀져 있었다.

"안 자는군!" 미탸가 기뻐하며 말을 받았다. "안드레이, 땅이 울리도록 달려! 전속력으로 달려서 방울을 울리며 우당탕거리고 들이닥치는 거야. 누가 왔는지 죄다 알도록! 내가 간다! 내가 간다!" 미탸는 광분하여 소리쳤다.

안드레이는 녹초가 된 말들을 전속력으로 몰아 정말로 요란한 소리를 내며 높은 현관 층계 앞까지 달려간 다음 김이 모락모락 나는 반죽음이 된 말들의 고삐를 잡아당겼다. 미탸는 마차에서 뛰어내렸다. 때마침 자러 가던 여관 주인이 누가 그렇게 요란하게 마차를 몰고 왔나 하고 현관에서 내다보았다.

"트리폰 보리시치, 자네가 아닌가?"

주인은 허리를 숙여 상대를 자세히 살펴보더니 부리나케 현관에서 뛰어내려와 비굴한 웃음을 지으며 손님에게로 달려들었다.

"드미트리 나리! 나리가 아니십니까?"

트리폰 보리시치는 중간 정도의 키에 체격이 다부진 건

강한 사내였다. 약간 살집이 있는 얼굴은 엄격하고 단호한 인상이었다. 모크로예의 농부에게는 특히 그렇게 대했으나, 자기에게 이익이 되겠다 싶으면 비굴하기 짝이 없게 얼굴을 싹 바꾸는 재주가 있었다. 그는 러시아식으로 옷깃이 한쪽으로 치우쳐진 루바시카와 단추 없는 외투를 입고 다녔다. 돈깨나 모아둔 편이었지만 끊임없이 더 큰 재산을 모으기만을 꿈꿨다. 이 마을 농부의 절반 이상이 그의 마수에 빠져 있었고, 주변 사람들은 너나 할 것 없이 그에게 빚을 지고 있었다. 그는 지주에게서 땅을 사거나 임대해 농부들에게 결코 갚아낼 수 없는 빚 대신 그 땅을 경작하게 했다. 그는 홀아비였고, 다 자란 딸이 넷 있었다. 첫째는 과부가 되어 그에게 외손자가 되는 어린 두 자식들을 데리고 아버지의 집에서 살면서 날품팔이를 하듯 일을 해주고 있었다. 시골 아낙처럼 생긴 둘째는 필사 일을 하는 관리와 결혼했다. 여관의 한쪽 방 벽에는 조그마한 가족사진이 몇 장 걸려 있는데, 그중에는 견장이 달린 제복을 입은 그 관리의 사진도 볼 수 있었다. 그보다 어린 두 딸은 교회 축일이나 남의 집을 방문할 때는 유행에 맞게 허리가 꽉 끼고 치맛자락을 길게 늘어뜨린 하늘색이나 초록색 원피스를 입었으나, 다음 날이면 여느 때와 마찬가지로 해 뜨기 전부터 일어나 자작나무 빗자루를 들고 객실을 청소하고 구정물을 내다버리고 손님들이 버리고 간 쓰레기를 치웠다. 트리폰 보리시치는 수천 루블이나 가지고 있었지만 술판을 벌이는 손님들의 돈을 뜯어먹기를 무척 좋아했다. 아직 한 달도 채 지나기 전 드미트리 표도로비치가 그루셴카와 흥청망청 놀고 마실 때 하루 만에 300루블까지는 아니더라도 200루블 넘게 재미를 봤던 것을 잘 기억하고 있던 그는 미탸가 현관으로 마차를 몰고 오자 먹잇감 냄새를 맡고서 반색하며 달려들었다.

"드미트리 나리, 나리를 다시 뵙게 되다니요!"

"잠깐, 트리폰 보리시치." 미탸가 입을 열었다. "가장 중요한 것부터 묻지. 그 여잔 어디 있지?"

"아그라페나 알렉산드로브나 말씀이십니까?" 주인은 예리한 눈으로 미탸의 얼굴을 살펴보고는 바로 짐작했다. "그 분도… 여기 계십니다만…."

"누구하고? 누구하고 말인가?"

"지나가는 손님들입지요…. 한 분은 관리인데 말씀하시는 걸로 봐서는 폴란드인 같더군요. 그분이 여기서 아가씨를 모셔오라고 말을 보냈지요. 다른 분은 친구분인지 그냥 동행인지 모르겠습니다. 두 분 다 평복을 입고 계셨지요…."

"그래, 흥청망청 놀고 있나? 돈 깨나 있던가?"

"흥청망청 놀기는요! 별 볼일 없습니다, 드미트리 표도로비치."

"별 볼일 없다고? 그럼, 다른 사람들은?"

"두 분은 시내에서 오셨는데… 쵸르니에서 돌아오는 길에 여기서 머물고 계시죠. 그중 젊은 분은 미우소프 씨의 친척인데, 그만 이름을 잊어버렸군요…. 다른 분은 아마 나리도 아실 겁니다. 막시모프라는 지주인데, 순례 중에 나리가 계신 도시에 있는 수도원에 들렀다가 미우소프 씨 친척인 그 청년과 동행하고 있다고 하더군요….”

“그 사람들이 다인가?”

“예.”

“잠깐, 트리폰 보리시치, 이제 가장 중요한 얘길 해주게. 그 여자는 어떻지? 뭘 하고 있나?”

“좀 전에 오셔서 그분들과 함께 계십니다.”

“즐거워 보이나? 웃던가?”

“아니요, 별로 웃지는 않으시는 것 같던데요…. 오히려 따분한 얼굴로 청년의 머리를 빗겨주고 있었지요.”

“그 폴란드인 장교 말인가?”

“그분은 청년이라고는 할 수 없지요. 장교도 아니고요. 나리, 그분이 아니라, 그 미우소프 씨 조카라는 그 청년… 이름이 도무지 생각나지가 않는군요.”

“칼가노프?”

“그렇지, 칼가노프요.”

“좋아, 내가 알아서 하지. 카드놀이 중인가?”

“하다가 그만뒀습니다. 차를 드시고 그 관리가 과일주를 달라고 하신 참이지요.”

“잠깐, 트리폰 보리시치, 잠깐 기다려, 내가 알아서 할 테니까. 이제 가장 중요한 걸 대답해보게. 집시들은 없나?”

“나리, 요새 집시들은 통 보이지 않습니다. 당국에서 다 내쫓아버렸지요. 하지만 유대인들이 있답니다. 침발리(채로 현을 두드려서 연주하는 악기—옮긴이)도 치고 바이올린도 켜지요. 로시데스트벤스카야에 있으니 당장에라도 불러 올 수 있습니다."

"불러 오게, 꼭 불러 와야 해!" 미탸가 소리쳤다. "그리고 그때처럼 마을 처녀들을 모아주게. 특히 마리야는 꼭 데려와야 해. 스테파니다와 아리나도. 합창 값으로 200루블을 주지!"

"그만한 돈이면 이미 잠들었더라도 온 동네 사람들을 깨워서 모아다 드리지요. 그런데 나리, 이곳 농부나 처녀에게 그리 잘 해주실 필요가 있습니까? 그런 천박하고 무식한 사람들한테 그렇게 많은 돈을 쓰시다니요! 농부들에게 시가가 웬 말입니까? 하지만 나리는 그놈들에게 그걸 나누어주셨지요. 그 도둑놈들에게서는 고약한 냄새가 폴폴 풍기지 않습니까. 처녀들은 죄다 이가 득실거리고요. 차라리 제가 제 딸년들을 공짜로 동원하겠습니다. 그만한 돈도 필요 없습니다. 방금 자려고 누웠지만, 등짝을 걷어차서라도 나리 앞에서 노래를 부르게 하지요. 요전에는 농부들에게 샴페인을 대접하시더니, 아휴!"

트리폰 보리시치는 안타깝다는 듯 이렇게 말했지만, 그것은 마음에도 없는 소리였다. 지난번에 샴페인 반 상자를 빼돌린 사람은 다름 아닌 그였고, 탁자 밑에서 100루블짜리 지폐를 줍자 슬쩍 하기도 했다. 지폐는 그대로 그의 차지가 되었다.

"트리폰 보리시치, 지난번에 내가 여기서 뿌린 돈은 1000루블 정도가 아니었네. 기억하나?"

"그럼요, 나리. 어찌 기억하지 않을 수 있겠습니까. 3000루블은 쓰고 가셨을 겁니다."

"이번에도 그러려고 왔지. 보이나?"

미탸는 이렇게 말하고는 주인의 코앞에 돈다발을 들이밀었다.

"그럼 내 말을 잘 듣게. 1시간 후에 포도주며 안주, 파이, 사탕 따위가 올 거야. 그걸 받으면 당장 위로 올려 보내줘. 안드레이의 마차에 있는 상자도 지금 바로 위로 보내서 뚜껑을 열어 샴페인을 내오고…. 중요한 건 처녀들, 처녀들이야. 특히 마리야를 꼭 불러와야 해…."

그는 마차를 향해 돌아서더니 좌석 밑에서 권총이 든 상자를 꺼냈다.

"안드레이, 계산을 하지! 15루블은 삼두마차 삯이고, 50루블은 술값이네…. 자네의 열의와 애정에 대한 대가야…. 카라마조프 나리를 기억해주게!"

"걱정스럽습니다, 나리…." 안드레이가 머뭇거리며 말했다. "술값으로 5루블이라면 모를까, 그 이상은 받지 않겠습니다. 트리폰 보리시치가 증인입니다. 제 어리석은 말을 용서하십시오…."

"뭐가 걱정스럽다는 건가?" 미탸는 마부를 관찰하듯이 살펴보았다. "정 그러면 마음대로 하게!" 미탸는 그에게 5루블을 던져주며 소리쳤다. "그럼 트리폰 보리시치, 내가 그 사람들을 먼저 살펴볼 수 있도록 그들 몰래 나를 조용히 안내해주게. 어디 있지? 파란 방인가?"

트리폰 보리시치는 걱정스러운 눈길로 미탸를 바라보았

으나, 곧 순순히 시키는 대로 따랐다. 그는 조심스럽게 미탸를 현관으로 데리고 간 다음 손님들이 있는 방과 붙어 있는 커다란 방으로 들어가 촛불을 들고 나왔다. 그러고는 어두컴컴한 구석으로 미탸를 안내했다. 그곳에서는 사람들 모르게 마음대로 그들을 관찰할 수 있었다. 그러나 미탸는 오래 지켜보지 않았고, 자세히 들여다볼 수도 없었다. 그루센카를 보자 심장이 쿵쾅대고 눈앞이 흐려졌기 때문이다. 그루센카는 식탁 옆 안락의자에 앉아 있었다. 그 옆 소파에는 젊고 잘생긴 칼가노프가 있었다. 그루센카는 칼가노프의 손을 잡고 웃고 있는 듯했고, 칼가노프는 여자를 외면한 채 탁자를 사이에 두고 그루센카의 맞은편에 앉은 막시모프에게 짐짓 화를 내며 뭐라고 큰 소리로 지껄이고 있었다. 막시모프는 뭐가 그렇게 우스운지 배꼽을 잡고 웃어댔다. 소파에는 그가 앉아 있었고, 소파 옆 벽 쪽에 있는 의자에는 또 다른 낯선 사내가 앉아 있었다. 소파에 몸을 늘어뜨리고 앉아 있는 그자는 파이프를 피우고 있었다. 미탸의 눈에 들어온 것은 그 사내가 통통하고 얼굴도 넓적한 데다 일어서봤자 키도 작을 것이 분명하며 무언가 심통이 나 있다는 것뿐이었다. 그의 친구인 낯선 사내는 지나치게 키가 큰 것 같았다. 그러나 그 이상은 보이지 않았다. 미탸는 숨이 막혀왔다. 더는 조금도 그곳에서 있을 수가 없었다. 그는 상자를 장롱 위에 올려둔 후 등골이 서늘해지고 심장이 조여드는 기분으로 사람들이 있는 파란 방으로 갔다.

"어머나!" 제일 먼저 미탸를 본 그루센카가 깜짝 놀라 소리를 질렀다.

7. 틀림없는 옛 애인

미탸는 성큼성큼 탁자 바로 앞까지 갔다.

"여러분," 그는 소리치듯 큰 소리로 운을 뗐으나, 한 마디 한 마디마다 말을 더듬었다. "나는… 나는 그냥 온 겁니다! 걱정하지 마십시오." 그가 외쳤다. "정말 아무 뜻 없이 그냥 왔으니까요!" 그러고는 그루셴카에게로 홱 돌아섰다. 그루셴카는 안락의자에 앉아 칼가노프에게 달라붙어 그의 손을 꽉 쥐고 있었다. "나… 나도 여행 중입니다. 아침까지만 여기 있을 생각입니다. 여러분, 지나가는 여행객이… 아침까지 여러분과 같이 있으면 안 되겠습니까? 아침까지만, 마지막으로 이 방에 함께 있으면 안 될까요?"

말을 끝낼 때는 파이프를 물고 소파에 앉은 통통한 사내를 보고 있었다. 사내는 거만한 얼굴로 입술에서 파이프를 빼더니 단호하게 말했다.

"파네(폴란드어를 비롯한 일부 슬라브어에서 '신사'라는 의미로 쓰이는 말—옮긴이), 우리는 사적으로 여기에 모여 있습니다. 다른 방도 있을 텐데요."

"아니, 당신은 드미트리 표도로비치가 아닙니까? 이게 웬일입니까?" 불쑥 칼가노프가 소리쳤다. "물론 함께 계셔야지요. 안녕하셨습니까?"

"안녕하시오, 친절한 분! 항상 당신을 존경해왔소…." 미탸는 즉시 탁자 너머로 손을 내밀며 기쁜 얼굴로 대답했다.

"어이쿠, 너무 꽉 잡으셔서 손가락이 부러지겠는데요!" 칼가노프는 웃었다.

"저분은 언제나 저렇게 세게 쥔다니까요!" 그루셴카가 아직은 조심스러운 미소를 띠고 밝은 목소리로 말했다. 미탸의 태도로 보아 난동을 부리지는 않겠다고 확신한 듯했으나, 여전히 일말의 불안을 느끼며 강렬한 호기심을 가지고 그를 관찰하고 있었다. 미탸의 행동에는 그녀에게 충격으로 다가오는 무언가가 있었다. 더군다나 이런 순간에 그가 들어와 이런 말을 하리라고는 생각도 하지 못했다.

"안녕하시오." 지주 막시모프도 왼쪽에서 달큰한 목소리로 말했다. 미탸는 그에게도 반갑게 인사했다.

"안녕하시오, 당신도 여기 있군요. 당신도 여기 있다니 정말 반갑소! 여러분, 여러분, 나는…." 미탸는 파이프를 문 신사가 이 자리에서 가장 중요한 사람이라 생각했는지 다시 그를 바라보았다. "내가 달려온 것은… 내 인생의 마지막 날, 마지막 시간을 이 방에서, 내 여왕을 떠받들었던 바로 이 방에서 보내고 싶었기 때문입니다…! 파네, 용서하십시오!" 그는 몹시 흥분해 소리쳤다. "이리로 달려오면서 맹세했습니다…. 오, 두려워하지 마십시오. 이건 내 마지막 밤이니까요! 함께 평화의 잔을 듭시다! 지금 곧 술을 내올 겁니다…. 내가 뭘 가져왔는지 보시죠." 그는 무슨 생각이 들었는지 돈다발을 꺼내 들었다. "자, 파네! 나는 음악이 듣고 싶어요! 노래를 들으며 시끌벅적하게 한바탕 놀고 싶어요…. 이 벌레는, 아무짝에도 쓸모없는 벌레는 잠깐 땅바닥을 기다가 곧 사라질 겁니다! 내 인생 마지막 밤에 기쁨의 날을 기리려는 겁니다…!”

그는 숨이 차올랐다. 하고 싶은 말이 너무나 많았으나 입 밖으로 나오는 것은 이런 이상한 외침뿐이었다. 신사는 잠자코 앉아서 황당하다는 얼굴로 미탸와 그의 손에 들린 돈다발과 그루셴카를 바라보았다.

“나의 여앙이 허락한다면….” 그가 말했다.

“여앙이라니요? 여왕 말인가요?” 그루셴카가 말을 가로챘다. “당신들이 하는 말을 들으니 우스워 죽겠어요. 미탸, 앉으세요. 대체 무슨 말을 하는 거예요? 사람 겁주지 말아요. 그러지 않으실 거죠, 네? 그러지만 않으신다면, 나도 당신이 온 게 기뻐요….”

“내가 겁을 준다고? 내가?” 미탸는 두 손을 위로 쳐들며 갑자기 이렇게 외쳤다. “오오, 나를 지나치시오, 그냥 가시오, 방해하지 않을 테니…!” 그러고는 의자 위로 몸을 던지더니 반대편 벽 쪽으로 머리를 돌리고 의자 등받이를 끌어안듯이 꽉 붙잡고는 울기 시작했다. 미탸 자신은 물론 다른 누구도 전혀 예상치 못한 행동이었다.

“이거 봐, 이거 봐, 당신은 그렇다니까!” 그루셴카가 타박하듯 소리쳤다. “우리 집에 올 때도 항상 저렇다니까요. 갑자기 뭐라고 말을 늘어놓기 시작하는데, 무슨 말인지 통 알아들을 수가 있어야지요. 전에도 한 번 저렇게 울음을 터뜨린 적이 있으니, 이번이 두 번째군요. 어휴, 창피해라! 대체 왜 울어요? 다른 사정이 있었어요?" 그루셴카는 화난 목소리로 한 마디 한 마디 힘주어 말하며 이런 수수께끼 같은 말을 덧붙였다.

"나… 나는 우는 게 아니오…. 자, 봐요!" 그는 의자에서 홱 몸을 돌리며 별안간 웃음을 터뜨렸지만, 평소처럼 거칠게 툭툭 끊어지는 웃음이 아니라, 소리 없이 몸을 떠는 초조한 웃음이었다.

"저런, 이번엔 또… 그만 기분 좀 풀어요, 네?" 그루셴카가 설득했다. "미탸, 나는 당신이 와서 정말 기뻐요. 정말 기쁘다는 말 듣고 있어요? 이분이 우리와 함께 계셨으면 좋겠어요." 그녀는 사람들을 향해 명령조로 이렇게 말했지만, 사실은 소파에 앉아 있는 사내에게 하는 말인 듯했다. "꼭 그랬으면 좋겠어요! 이분이 가면 나도 같이 가버릴 거예요!" 그루셴카는 눈에 불을 켜고 이렇게 말했다.

"나의 여왕이 하는 말은 곧 법이지!" 신사는 정중하게 그루셴카의 손에 입을 맞추면서 이렇게 말했다. "당신도 함께 하시지요!" 그는 공손한 태도로 미탸에게 말했다. 미탸는 다시 한번 장광설을 늘어놓을 기세로 벌떡 일어섰으나, 입에서 나온 말은 전혀 다른 것이었다.

"여러분, 마십시다!" 그는 일장 연설 대신 이렇게 내뱉었다. 모두들 한바탕 웃어댔다.

"아이 참, 나는 또 저분이 한마디 하려는 줄 알았잖아요!" 그루셴카가 신경질적인 목소리로 소리쳤다. "이봐요, 미탸. 이제는 그렇게 벌떡 일어나거나 하지 말아요. 하지만 샴페인을 가져온 건 정말 잘했어요. 나도 마실래요. 과일주 따위는 딱 질색이거든요. 하지만 무엇보다 좋은 건 당신이 왔다는 거예요. 안 그랬으면 무척 따분했을 텐데…. 또 술판을 벌이러 왔나요? 그 돈은 주머니에 넣어둬요! 그런 돈은 대체 어디서 난 거예요?"

여태 미탸의 손에 들려 있던 돈다발은 모두의, 특히 두 폴란드 신사들의 뇌리에 똑똑히 남았다. 미탸는 황급히 그것을 주머니에 집어넣었다. 그의 얼굴이 벌겋게 물들었다. 그때 여관 주인이 쟁반에 마개를 딴 샴페인과 술잔을 받쳐서 들고 왔다. 미탸는 샴페인 병을 집어 들었으나, 너무 당황한 나머지 그것을 어찌할 줄 모르는 듯했다. 그러자 칼가노프가 병을 가져가 미탸 대신 술을 따랐다.

"한 병 더, 한 병 더 가져오게!" 미탸는 주인에게 소리치고는 조금 전 그렇게 비장하게 평화의 잔을 들자고 청했던 폴란드 신사와 건배하는 것도 잊고 다른 사람들이 잔을 들기도 전에 혼자서 잔을 비워버렸다. 그러자 그의 얼굴이 확 바뀌었다. 들어올 때의 그 엄숙하고 비극적인 표정은 사라지고 천진난만한 표정이 떠올랐다. 그는 갑자기 얌전해지고 온순해진 듯했다. 잘못을 저지른 강아지를 방 안으로 들여보내 얼러줬을 때처럼, 조심스러우면서도 감개무량한 얼굴로 사람들을 둘러보며 자꾸만 초조한 웃음을 터뜨렸다. 그는 모든 것을 잊은 듯 천진한 미소를 짓고 기쁨이 넘치는 눈으로 사람들을 바라보았다. 입이 귀에 걸려서는 그루셴카를 바라보다가 자기 의자를 그루셴카가 있는 안락의자 곁에 바싹 붙여

다놓았다. 가끔 두 폴란드 신사도 살펴보았으나, 아직 그들이 어떤 사람들인지는 제대로 파악할 수 없었다. 소파에 앉은 신사는 당당한 태도와 폴란드식 억양, 무엇보다도 파이프가 인상적이었다. '아무튼 파이프를 피우는 모습 하나는 참 멋지군.' 미탸는 생각했다. 마흔은 되어 보이는 약간 처진 얼굴과 몹시 작은 코, 그 밑으로 보이는 뻰뻰스러운 느낌의 가늘고 뾰족한 염색한 콧수염은 아무런 문제가 되지 않았다. 관자놀이를 보기 싫게 앞쪽으로 빗어놓은, 시베리아에서 맞춘 볼썽사나운 가발을 봐도 별 감흥이 없었다. '가발은 원래 저렇지 뭐.' 그는 즐거운 기분으로 관찰을 계속했다. 벽 쪽에 앉은 다른 신사는 소파에 앉은 사내보다 젊어 보였다. 그는 오만불손한 눈으로 사람들을 바라보고 경멸스럽다는 듯 말없이 대화를 듣고 있었으나, 미탸가 이 사내를 보고 느낀 것은 옆에 앉아 있는 신사와는 판이하게 몹시 키가 크다는 것뿐이었다. '일어서면 키가 2미터는 되겠는걸.' 미탸의 머릿속에 이런 생각이 스쳤다. 키 큰 신사는 소파에 앉은 신사의 친구이자 부하, '경호원'이 분명하며 파이프를 문 키 작은 신사의 지시에 따르는 관계일 것이라는 생각도 들었다. 미탸에게는 그런 것도 전혀 이상해 보이지 않았다. 작은 강아지의 마음속에 경쟁심은 이미 사라져버리고 없었다. 그루셴카가 무슨 생각을 하는지나 수수께끼처럼 던진 몇 마디 말의 의미는 아직 전혀 짐작할 수가 없었다. 그저 그루셴카가 자기에게 다정히 대해주고, 자기를 '용서해' 옆에 앉도록 해주었다는 사실만 온 심장이 떨리는 기분으로 인지하고 있었을 뿐이었다. 그루셴카가 술을 마시는 것을 보자 미탸는 뛸 듯이 기뻤다. 그러나 문득 좌중의 침묵을 느끼고 의아했는지, 기대하는 듯한 눈으로 사람들을 둘러보았다. '왜 우리는 그냥 이렇게 앉아 있기만 하지요? 어째서 아무것도 시작하지 않습니까?' 미소 띤 그의 눈빛은 이렇게 말하고 있는 듯했다.

"저 사람이 자꾸 허튼소리를 해서 계속 웃고 있었지 뭡니까." 칼가노프가 미탸의 생각을 읽기라도 한 듯 막시모프를 가리키며 불쑥 이렇게 말했다.

미탸는 칼가노프를 열심히 쳐다보다가 곧바로 막시모프에게로 시선을 돌렸다.

"허튼소리라고요?" 미탸는 뭐가 우스웠는지 툭툭 끊어지는 특유의 웃음을 지었다. "하, 하!"

"글쎄, 1820년대에 러시아 기병들이 죄다 폴란드 여자하고 결혼했다지 뭡니까. 정말 말도 안 되는 헛소리 아닙니까?"

"폴란드 여자하고요?" 미탸는 즐거워 죽겠다는 얼굴로 대꾸했다.

칼가노프는 미탸와 그루셴카의 관계를 잘 알고 있었고, 신사에 대해서도 대강 눈치를 채고 있었지만 그런 문제에는 그다지, 아니 전혀 관심이 없었다. 누구보다 그의 관심을 끄는 사람은 바로 막시모프였다. 그는 막시모프와 함께 우연히 이 여관에 들러 이곳에서 처음으로 폴란드 신사들을 만났다. 그루셴카라면 전부터 알고 있었고, 누군가와 함께 그녀의 집을 방문한 적도 있었으나, 당시 그루셴카는 그를 별로 마음에 들어 하지 않았다. 그러나 지금 그루셴카는 그를 무척 다정한 눈으로 바라보며, 미탸가 오기 전까지는 부드럽게 어루만지기도 했다. 하지만 그는 무감각하기만 했다. 칼가노프는 스무 살이 채 안된 젊은이였다. 세련된 옷차림을 하고 있었고, 귀엽고 하얀 얼굴에 아마빛 머리는 숱이 많고 아름다웠다. 그의 하얀 얼굴에는 아름다운 하늘색 눈이 지혜롭고, 때로는 나이에 걸맞지 않을 만큼 깊은 표정을 담은 채 빛나고 있었다. 그러면서도 청년은 때때로 어린아이 같은 말이나 눈빛을 하곤 했는데, 자기도 그 사실을 알면서도 조금도 창피하게 생각하지 않았다. 그는 언제나 상냥한 편이었지만, 꽤나 특이하고 변덕스럽기도 했다. 가끔 그의 얼굴에는 확고하고 고집스러운 표정이 떠올랐다. 상대를 바라보며 이야기를 들으면서도, 자기만의 공상에 골몰하고 있는 듯했다. 맥 빠진 얼굴로 게으름을 피울 때가 있는가 하면, 때로는 대수롭지 않아 보이는 일에 흥분하기도 했다.

"글쎄, 저는 벌써 나흘째 이분과 함께 다니고 있답니다." 그가 느릿하게 약간 말꼬리를 끌면서 말을 이었다. 하지만 거만한 기색이라고는 조금도 없는 자연스러운 말투였다. "당신 동생이 이분을 마차에서 밀어서 이분이 나가 떨어졌던 것 기억하시지요? 그때부터였지요. 그때 저는 이분이 참 재미있는 사람이라고 생각해 함께 시골에 가자고 했답니다. 그런데 입만 열면 이렇게 말도 안 되는 소리를 하니 같이 있기가 창피하지 뭡니까. 그래서 도로 데려다드리는 중이지요…."

"당신은 폴란드 여자를 본 적이 없어서 그런 터무니없는 이야기를 하는 거요." 파이프를 문 신사가 막시모프에게 말했다.

그의 러시아어는 상당히 유창했다. 적어도 생각보다는 훨씬 나았다. 러시아어 단어를 폴란드식으로 바꿔 말하기는 했지만 말이다.

"제가 직접 폴란드 여자와 결혼한 적이 있는걸요." 막시모프가 이렇게 대답하며 킬킬댔다.

"그럼 기병대에 근무한 적이 있다는 겁니까? 아까 기병대라고 했잖아요. 설마 기병인 겁니까?" 칼가노프가 곧바로 끼어들었다.

"그럴 리가요, 설마 저분이 기병이겠습니까? 하, 하!" 미탸가 외쳤다. 그는 탐욕스럽게 이야기에 귀를 기울이며, 누가 입을 열기만 하면 무슨 말이 듣고 싶은 건지 얼른 그쪽으로 호기심 어린 시선을 던졌다.

"아니, 그게 아니라," 막시모프가 미탸를 돌아보았다. "제 말은 그러니까, 그곳 여자들이… 그 예쁘장한 여자들이… 우리나라 경기병하고 마주르카를 추면… 마주르카만 췄다 하면 당장에 새하얀 암고양이처럼 그 무릎에 뛰어오른다는 거지요…. 여자 쪽 부모는 그걸 보고도 눈감아준답니다…. 허락해주는 거예요…. 그러면 경기병은 다음 날 그 집을 찾아가 청혼을 하지요…. 이렇게… 청혼을 하는 겁니다!" 막시모프는 말을 마치고는 킬킬대고 웃었다.

"사기꾼!" 의자에 앉아 있던 키 큰 신사가 다리를 바꿔 꼬며 툭 내뱉었다. 미탸의 눈에 들어온 것은 구두약을 칠한 거대한 부츠와 두껍고 지저분한 밑창뿐이었다. 대체로 두 신사의 차림은 꽤나 지저분한 편이었다.

"사기꾼이라니! 왜 욕을 하고 그래요?" 그루셴카가 벌컥 화를 냈다.

"파니 아그라피나, 저 사람은 폴란드에서 시골 아가씨들만 봤지, 귀족 여자들을 본 게 아니오." 파이프를 문 신사가 그루셴카에게 말했다.

"분명 그랬겠지!" 의자에 앉은 키 큰 신사도 경멸스럽다는 투로 잘라 말했다.

"또, 또! 저분이 이야기하게 그냥 둬요! 다른 사람이 말하는데 왜 방해하는 거예요?" 그루셴카가 쏘아붙였다.

"파니, 난 방해하는 게 아니오." 가발을 쓴 신사가 그루셴카를 바라보며 의미심장한 투로 이렇게 말하고는 근엄한 얼굴로 잠시 침묵했다가 다시 파이프를 빨았다.

"맞아요, 지금 저 폴란드 신사분 말씀이 옳습니다." 칼가노프가 무슨 생각을 했는지 또 열을 올렸다. "폴란드에 가본 적도 없는 사람이 어떻게 폴란드에 대해 이러쿵저러쿵 말할 수 있겠습니까? 당신은 폴란드에서 결혼한 게 아니잖아요, 그렇죠?"

"맞습니다, 스몰렌스크 현에서 결혼했지요. 하지만 그 전에 경기병이 내 아내 될 사람과 그 어머니와 이모, 또 다 자란 아들이 있는 친척 아주머니를 다름 아닌 바로 그 폴란드에서 데리고 왔답니다…. 그리고 내게 양보했지요. 그 경기병은 러시아 중위였는데, 아주 괜찮은 청년이었어요. 원래는 자기가 결혼하려고 했는데, 그 여자가 절름발이라는 걸 알고 관둔 거지요….”

“그럼 당신은 절름발이와 결혼한 겁니까?” 칼가노프가 큰 소리로 물었다.

“맞아요. 그때 두 사람이 나를 살짝 속이고 그 사실을 숨겼거든요. 나는 그 여자가 폴짝폴짝 뛰는 줄로만 알았지 뭡니까…. 계속 폴짝거리고 뛰기에, 즐거워서 그러는 줄 알았지요….”

“당신한테 시집가는 게 즐거워서요?” 칼가노프가 어린아이처럼 카랑카랑한 목소리로 말했다.

“네, 즐거워서 그러는 줄 알았지요. 그런데 알고 보니 전혀 다른 이유 때문이었어요. 나중에 우리가 결혼했을 때, 식을 올린 그날 밤 아내가 모든 걸 털어놓고 절절하게 용서를 빌더군요. 어렸을 때 물웅덩이를 뛰어넘다가 그만 다리를 다쳤다고요, 히히!”

칼가노프는 어린아이처럼 박장대소하면서 소파에 쓰러졌다. 그루셴카도 웃음을 터뜨렸다. 미탸의 행복은 최고조에 달했다.

“지금 저 얘긴 진짜예요, 저건 거짓말이 아니랍니다!” 칼가노프가 미탸를 보며 소리쳤다. “저분이 두 번 결혼했다는 거 아세요? 지금은 첫 번째 부인 얘기예요. 두 번째 부인은 집을 버리고 도망쳐서 아직도 잘 살아 있답니다. 알고 계셨나요?”

“정말입니까?” 미탸가 무척 놀랍다는 얼굴로 얼른 막시모프를 돌아보았다.

"맞습니다, 집을 나갔지요. 그런 씁쓸한 일이 있었답니다." 막시모프가 겸허히 인정했다. "어떤 무슈와 함께 도망쳐버렸지요. 그런데 문제는 제 마을을 그 여자가 미리 자기 명의로 돌려버렸다는 겁니다. 당신은 배운 사람이니, 스스로 먹고 살 길은 찾을 수 있지 않느냐는 거예요. 그러고는 휑하니 달아나버렸지요. 한번은 어떤 존경받는 주교님이 그러더군요. 자네 아내는 하나는 발을 절어서 탈이고, 다른 하나는 발이 너무 가벼워서 탈이라고! 히히!"

"제 말 좀 들어보세요!" 칼가노프가 몹시 흥분하며 말했다. "저분은 밥 먹듯이 거짓말을 하긴 하지만, 그건 그저 우리를 즐겁게 하기 위해서랍니다. 그게 나쁘다고는 할 수 없지요, 그렇지 않나요? 나는 가끔 저분이 너무 좋을 때가 있어요. 터무니없이 뻔뻔한 사람이지만, 가식이 없으니까요. 그렇지 않나요? 어떻게 생각하세요? 다른 사람은 이득을 보려고 뻔뻔한 짓을 하지만, 저분은 그냥 천성이거든요…. 예를 들면, 고골이《죽은 혼》에서 자기 이야기를 썼다는 거예요(어제 오는 길 내내 논쟁을 벌였지요). 그 소설에 막시모프라는 지주가 나오는데, 노즈드료프가 그자를 흠씬 두들겨 팼다가 재판에 회부되지요. '술에 취해 지주 막시모프에게 채찍으로 개인적인 모욕을 준 죄'로 말입니다. 기억나시나요? 그런데 이 사람이 그 막시모프가 자기였고 자기가 얻어맞은 거라고 우기는 게 아닙니까! 그게 가당키나 한 일입니까? 치치코프가 여행을 다닌 건 아무리 늦게 잡아도 20년대 초반이니, 전혀 연도가 맞지 않거든요. 그때 흠씬 두들겨 맞았다는 건 말이 안 돼요. 그렇잖아요?"

칼가노프가 무엇 때문에 그렇게 열을 올리는지는 알 수 없었지만, 그는 정말로 흥분했다. 미탸도 진심으로 그의 이야기에 동참했다.

"그렇지요, 그것도 흠씬 두들겨 맞았다면야!" 그는 껄껄 웃으면서 이렇게 외쳤다.

"흠씬 맞은 것까진 아니고, 그냥…." 막시모프가 끼어들었다.

"그냥이라니요? 두들겨 맞은 거요, 아니오?"

"크투라 고드지나(지금 몇 시죠), 파네?"(원문에 러시아어로 표기된 폴란드어는 한국어 발음으로 표기했고, 도스토옙스키가 직접 병기한 러시아어 번역을 그대로 옮겼다—옮긴이) 파이프를 문 신사가 의자에 앉아 있는 키 큰 신사에게 따분한 얼굴로 물었다. 상대는 대답 대신 어깨를 으쓱했다. 둘 다 시계가 없었다.

"얘기 좀 하면 안 되나요? 다른 사람도 말하게 내버려 둬요. 자기가 지루하니까 남들도 얘기하지 말라, 이거예요?" 그루셴카가 다시 목청을 높였다. 일부러 트집을 잡으려는 기색이었다. 미탸는 그 순간 처음으로 머릿속에 무언가 스쳐 지나가는 것 같았다. 이번에는 폴란드 신사도 노골적으로 짜증을 내며 대꾸했다.

"파니, 야 니츠 네 무벤 프로티브, 니츠 네 포베드잘렘(나는 반대하지 않았소, 아무 말도 안 했단 말이오)."

"그렇다면 됐어요. 그럼 당신은 얘기를 계속하세요." 그루셴카가 막시모프에게 외쳤다. "왜 다들 입을 다물어버린 거예요?"

"딱히 얘기할 게 있어야지요. 다 어리석은 얘기들 뿐이라서요." 막시모프가 만족스러운 얼굴로 약간 거들먹거리며 바로 말을 받았다. "그리고 고골의 작품에서는 모든 게 비유의 형태를 취하고 있어요. 등장인물의 이름도 전부 비유적이지요. 노즈드료프도 사실은 노즈드료프(콧구멍)가 아니라 노소프(코)이고, 쿱신니코프는 아예 다른 이름이에요. 원래는 시크보르네프였거든요. 페나르디는 실제로도 페나르디였지만, 이탈리아인이 아니라 페트로프라는 러시아 사람이었죠. 페나르디 아가씨는 아주 미인인데, 예쁜 다리에 스타킹을 신고, 금박으로 장식된 짧은 치마를 입고 춤을 추었죠. 다만 4시간이 아니라 4분쯤 췄을 뿐이에요…. 그런데도 사람들의 넋을 빼놓은 거죠…."

"그럼 당신은 무엇 때문에 두들겨 맞았는데요?" 칼가노프가 물었다.

"피롱 때문이었지요." 막시모프가 대답했다.

"피롱이라니요?" 미탸가 말했다.

"유명한 프랑스 작가 피롱 말입니다. 그때 우리는 여러 사람이 모여서 바로 그 장터에 있는 술집에서 술을 마시고 있었지요. 그 사람들이 권해서 내가 가장 먼저 풍자시를 읊기 시작했답니다. '자넨가, 부알로, 참으로 우스꽝스러운 차림을 하고 있구나.' 부알로는 가장무도회에 가는 길이라고 대답했지만 실은 목욕탕에 가는 길이었죠, 히히. 그 사람들은 모두들 제가 자기 이야기를 하고 있다고 생각했어요. 그래서 나는 얼른 풍자시를 읊었는데, 교양 있는 사람들이라면 누구나 잘 알고 있는 신랄한 시였죠.

그대는 사포, 나는 파온, 그건 이론의 여지가 없네.
그러나 슬프게도
그대는 바다로 가는 길을 모르는구나.

그랬더니 더욱 화가 나서 제게 마구 욕을 해대기 시작하더군요. 그래서 나는 그 상황을 수습해보겠다고 그만 피롱에 대한 일화를 얘기하고 말았지 뭡니까. 피롱이 프랑스 아카데미에 들어가지 못한 것에 대한 분풀이로 자기 묘비명을 이렇게 썼다는 이야기지요.

Ci-gît Piron qui ne fut rien
Pas même académicien.
아카데미 회원도 아무것도 아니었던
피롱이 여기 잠들다.

그랬더니 나를 붙잡고 두들겨 패더군요."
"아니, 무엇 때문에요?"
"유식하다고요. 사람이 사람을 두들겨 패는 이유가 어디 한둘입니까." 막시모프는 겸손하게 교훈을 주듯 말을 맺었다.

"아아, 그만하세요. 순 엉터리야. 더는 듣고 싶지 않아요. 난 또 재미있는 이야기를 할 줄 알았더니." 그루셴카가 불쑥 이렇게 말했다. 미탸는 놀라 즉시 웃음을 거두었다. 키 큰 신사는 자리에서 일어나 자기와 맞지 않는 일행과 함께 있느라 따분하다는 듯한 거만한 표정으로 뒷짐을 진 채 방 안을 서성이기 시작했다.

"이젠 저렇게 서성이는 것 좀 봐!" 그루셴카가 경멸스럽다는 눈으로 그를 쳐다보았다. 미탸는 불안해졌다. 더군다나 소파에 앉은 신사가 이따금씩 짜증스러운 얼굴로 자신을 쳐다본다는 것을 깨달았다.

"신사 양반," 미탸가 소리쳤다. "한잔합시다! 저 신사분도 같이. 여러분, 듭시다!" 그는 재빨리 유리잔 세 개를 모아 놓고 샴페인을 따랐다.

"폴란드를 위해, 여러분, 여러분의 폴란드를 위해, 폴란드 지방을 위해 건배합시다!" 미탸가 외쳤다.

"바르드조 미 토 밀로, 파네, 비피욤(그것 참 감사한 말씀이군요. 여러분, 듭시다)." 소파의 신사가 근엄하고도 호의적인 태도로 이렇게 말하고는 잔을 집어 들었다.

"다른 신사분도, 성함이 뭐더라. 이봐요, 신사 양반, 잔을 드십시오!" 미탸가 부산을 떨었다.

"저 사람은 브루블렙스키요." 소파에 앉은 신사가 알려 주었다.

브루블렙스키는 고개를 절레절레 흔들며 테이블로 다가와 선 채로 잔을 받았다.

"여러분, 폴란드를 위해, 만세!" 미탸가 잔을 들고 외쳤다.

세 사람 모두 잔을 비웠다. 미탸는 술병을 잡아채곤 다시 세 잔을 따랐다.

"여러분, 이번에는 러시아를 위해! 형제처럼 지내도록 합시다!"

"우리 것도 따라줘요." 그루셴카가 말했다. "러시아를 위해서라면 나도 마실래요."

"나도요." 칼가노프도 말했다.

"그렇다면 나도… 늙은 할망구 같은 우리 러시아를 위해." 막시모프가 낄낄거렸다.

"다 같이 듭시다, 다 같이!" 미탸가 소리쳤다. "주인장, 술을 더 내오게!"

미탸가 가져온 술 중 남아 있던 세 병이 모두 나왔다. 미탸는 술을 따랐다.

"러시아를 위해, 만세!" 그가 다시 외쳤다. 신사들을 제외한 나머지 사람들은 모두 잔을 비웠고, 그루셴카도 단숨에 잔을 끝까지 들이켰다. 그러나 신사들은 잔에 손도 대지 않았다.

"아니, 왜 그러십니까?" 미탸가 외쳤다. "안 드십니까?"

그러자 브루블렙스키가 잔을 들더니 쩌렁쩌렁하게 외쳤다.

"1772년(러시아, 오스트리아, 프로이센이 폴란드를 분할한 해—옮긴이) 이전의 러시아를 위해!"

"오토 바르드조 펜크네(그거 좋군)!" 다른 신사가 이렇게 외쳤고, 두 사람은 단숨에 잔을 비웠다.

"참 어리석은 분들이로군!" 미탸의 입에서 불쑥 이런 말이 튀어나왔다.

"이보시오!" 두 신사는 수탉처럼 미탸에게 다가서며 위협적으로 외쳤다. 특히 브루블렙스키는 몹시 성을 냈다.

"알레 네 모즈노 네 메치 슬라보시치 도 스보예보 크라유(자기 조국을 사랑하면 안 된다는 말입니까)?" 그는 언성을 높였다.

"시끄러워요! 싸우지 말아요! 싸움은 용납 안 해요!" 그루셴카가 명령조로 외치며 쾅 하고 발로 바닥을 굴렀다. 얼굴은 붉게 타올랐고, 눈은 번뜩였다. 방금 마신 잔에 취기가 오른 것이다. 미탸는 몹시 놀랐다.

"여러분, 용서하십시오! 제 잘못입니다. 이젠 그러지 않겠습니다. 브루블렙스키, 판 브루블렙스키, 이젠 그러지 않겠습니다…!"

"당신이라도 입 다물고 있어요. 앉아요. 멍청한 사람 같으니!" 그루셴카는 잔뜩 화가 난 얼굴로 미탸를 쏘아붙였다.

모두 자리에 앉아 입을 다문 채 서로의 얼굴만 바라보았다.

"여러분, 다 제 탓입니다!" 그루셴카의 말뜻을 하나도 알아듣지 못한 모양인지 미탸가 또다시 입을 열었다. "이렇게 앉아 있으면 뭐합니까? 뭘 하면 다시 즐거워질까요?"

"아아, 아닌 게 아니라 정말 재미없어 죽겠군." 칼가노프가 느릿하게 중얼거렸다.

"아까처럼 은행(19세기 러시아 귀족들 사이에서 널리 유행했던 카드놀이—옮긴이) 게임을 하면 어떨까요…." 막시모프가 갑자기 낄낄거렸다.

"은행이요? 그거 좋군!" 미탸가 말을 받았다. "신사분들만 좋으시다면…."

"푸지노(늦었소), 파네!" 소파에 앉은 신사가 내키지 않는다는 듯이 대꾸했다.

"맞는 말입니다." 브루블렙스키도 맞장구를 쳤다.

"푸지노? 푸지노가 무슨 말이에요?" 그루셴카가 물었다.

"늦었다는 뜻입니다. 시간이 늦었다는 말이지요." 소파에 앉은 신사가 설명했다.

"이 사람들은 늦었다, 안 된다는 말밖에는 모른다니까!" 그루셴카는 분한 나머지 비명을 지르듯 외쳤다. "자기들이 지루하니 다른 사람도 지루해야 한다, 이런 심보죠. 미탸, 당신이 오기 전에도 이 사람들은 이렇게 입을 꾹 다물고는 내게 성질을 내고 있었어요…."

"나의 여신이여!" 소파의 신사가 소리쳤다. "초 무비쉬, 토 세니 스타네(당신 말대로 하지요). 비드젠 넬라스켄, 이 에스템 스무트니(당신이 퉁명스럽게 대해 우울했던 거요). 에스템 고투프(나는 준비됐소), 파네." 그는 미탸를 바라보며 말을 마쳤다.

"그럼 시작하지요!" 미탸는 이렇게 말하고는 주머니에서 돈다발을 꺼내 100루블짜리 지폐 두 장을 탁자 위에 올려놓았다.

"잔뜩 잃어드리고 싶군요. 카드를 가져가시고 돈을 거십시오!"

"카드는 여관 주인에게 달라고 합시다." 키 작은 신사가 강경한 어조로 진지하게 말했다.

"토 나일렙시 스포수프(그게 가장 좋은 방법이군)." 브루블렙스키가 맞장구를 쳤다.

"여관 주인에게요? 좋아요, 알겠습니다. 주인에게 가져오라고 하지요. 그거 좋은 생각이군요. 카드를 가져오게!" 미탸가 주인에게 명령했다.

주인은 포장도 안 뜯은 새 카드를 가져왔다. 그는 마을 처녀들이 모여들고 있고 침발리를 칠 유대인들도 곧 도착할 예정이나, 식료품을 실은 삼두마차는 아직 오지 않았다고 말했다. 미탸는 벌떡 일어나 이런저런 지시를 내릴 생각으로 옆방으로 달려갔다. 하지만 모인 처녀는 셋뿐이었고, 마리야도 아직 없었다. 사실 미탸 자신도 무슨 지시를 내려야 할지, 자신이 왜 달려 나온 건지 알 수 없었다. 그래서 상자에서 사탕과 캐러멜을 꺼내 처녀들에게 나누어주라는 말만 했다. "그렇지, 안드레이한테도 보드카를 주게!" 그가 얼른 말했다. "아까 내가 모욕을 줬거든!" 그때 그를 뒤따라 나온 막시모프가 그의 어깨를 건드렸다.

"5루블만 빌려주시겠습니까." 그가 미탸에게 속삭였다. "나도 은행에다가 걸어볼까 해서요. 히히!"

"그거 좋지요! 10루블을 가져가요, 자!" 그는 다시 주머니에서 돈다발을 몽땅 꺼내 들고 10루블을 찾았다. "잃으면 얼마든지 또 오시고…."

"그렇지요." 막시모프는 기뻐하며 이렇게 속삭이고는 방으로 뛰어갔다.

미탸도 곧 돌아가 기다리게 해서 미안하다고 사과했다. 신사들은 이미 자리를 잡고 앉아 카드의 포장을 뜯어놓았다. 그들의 눈빛은 다정하다는 느낌이 들 만큼 훨씬 상냥해져 있었다. 소파에 앉은 신사가 담배를 새로 담은 파이프를 피우면서 패를 돌릴 준비를 했다. 그 얼굴은 엄숙하기까지 했다.

"나 메이스트사, 파노베(여러분, 자리에 앉으시지요)!" 브루블렙스키가 말했다.

"나는 그만 치겠습니다." 칼가노프가 말했다. "아까 이분들에게 벌써 50루블이나 잃었거든요."

"운이 나빴던 겁니다. 이번에는 운이 따를지도 모르지요." 소파에 앉은 신사가 칼가노프에게 말했다.

"판돈은 얼마로 할까요? 제한이 있습니까?" 미탸는 흥분했다.

"100루블이든 200루블이든 원하는 만큼 거십시오."

"그럼 100만 루블!" 미탸는 껄껄 웃었다.

"대위님, 혹시 포드비소츠키라는 사람에 대해 들어본 적 있습니까?"

"포드비소츠키가 누굽니까?"

"바르샤바에서 누구나 무제한으로 돈을 걸 수 있는 은행 게임이 열렸지요. 포드비소츠키라는 사람이 와서는 금화

1000루블을 보고 가진 돈을 모두 걸었습니다. 물주가 물었습니다. '포드비소츠키 씨, 금화를 거시겠습니까, 명예를 거시겠습니까?' 포드비소츠키는 '명예를 걸겠다'고 대답했지요. '좋습니다.' 물주가 패를 뒤집었고, 포드비소츠키가 1000루블을 땄습니다. 그러자 물주가 말했습니다. '잠깐 기다리십시오.' 그러고는 상자를 꺼내 100만 루블을 주는 게 아닙니까. '가져가십시오, 오토 예스티 트보이 라후넥(당신 몫입니다)!' 판돈은 100만 루블이었던 겁니다. '나는 그런 줄 몰랐습니다.' 포드비소츠키가 말했습니다. 그러자 물주는 이렇게 말했지요. '포드비소츠키 씨, 당신이 명예를 걸었으니 나도 명예를 걸었을 뿐입니다.' 그래서 포드비소츠키는 100만 루블을 가져갔답니다."

"거짓말을 하시는군요." 칼가노프가 말했다.

"파네 칼가노프, 브 실랴헤트노이 콤파니이 탁 무비치네 프르지스토이(칼가노프 씨, 점잖은 사람들이 모인 자리에서는 그런 말을 하는 게 아닙니다)."

"그래, 폴란드 도박꾼이 당신에게 100만 루블을 내준다고 칩시다!" 미탸는 소리쳤으나, 곧바로 정신을 차렸다. "미안합니다, 내가 또 실수를 했군요. 100만 루블을 줄 겁니다. 주고말고요. 호노르(명예)를, 폴란드의 명예를 걸고! 어때, 나도 폴란드어가 제법이지 않습니까, 하하! 자, 10루블을 걸지요. 나는 잭."

"나는 요 1루블을 퀸에, 빨갛고 예쁜 아가씨한테 걸지요, 히히!" 막시모프가 킬킬거리며 퀸을 앞으로 내밀고는 다른 사람에게 그것을 보이고 싶지 않은지 탁자에 몸을 바짝 갖다 붙이고 탁자 아래로 재빨리 성호를 그었다. 미탸는 이겼다. 1루블짜리도 이겼다.

"코너!" 미탸가 외쳤다.

"나는 이번에도 1루블을 걸겠습니다. 같은 액수로 조금씩만 걸겠어요." 막시모프는 1루블을 딴 것이 기뻐 어쩔 줄 모르겠다는 듯 이렇게 중얼거렸다.

"졌군!" 미탸가 소리쳤다. "7에다 두 배!"

두 배를 건 것도 졌다.

"그만하세요." 칼가노프가 불쑥 이렇게 말했다.

"두 배, 두 배." 미탸는 판돈을 계속 두 배로 올렸으나, 어디에 걸어도 지기만 했다. 하지만 1루블짜리는 계속 이겼다.

"두 배!" 미탸는 격분해서 외쳤다.

"200루블을 잃으셨군요. 다시 200루블을 거실 겁니까?" 소파에 앉은 신사가 물었다.

"벌써 200루블을 잃었습니까? 그렇다면 다시 200루블! 전부 두 배로!" 미탸는 주머니에서 돈을 꺼내 200루블을 퀸에 던지려 했으나, 별안간 칼가노프가 그 카드를 손으로 덮었다.

"그만하세요!" 칼가노프가 카랑카랑한 목소리로 외쳤다.

"왜 이러시오?" 미탸가 그의 얼굴을 쳐다보았다.

"보고 싶지 않으니 이제 그만하세요! 이제 더는 못 치십니다."

"어째서요?"

"보기 싫으니까요. 침이나 탁 뱉고 돌아가세요. 더는 못 치게 할 겁니다!"

미탸는 황당한 얼굴로 칼가노프를 쳐다보았다.

"그만해요, 미탸. 이 사람 말이 맞을지도 몰라요. 그렇잖아도 많이 잃었잖아요." 그루셴카도 묘한 톤의 목소리로 말했다. 두 신사는 화가 머리끝까지 난 듯 자리를 박차고 일어났다.

"좌르투예쉬(농담하십니까), 파네?" 키 작은 신사가 엄한 눈으로 칼가노프를 노려보며 말했다.

"약 센 포바좌쉬 토 로비치(어떻게 그런 말을 할 수 있습니까), 파네!" 브루블렙스키도 칼가노프에게 호통을 쳤다.

"어디서 감히 언성을 높여요!" 그루셴카가 소리쳤다. "칠면조들 같으니라고!"

미탸는 그들 모두를 번갈아 쳐다보았다. 그루셴카의 표정에서 무엇인가가 충격으로 다가왔다. 그 순간 전혀 새로운 것이 머릿속에 스쳤다. 그것은 이상하고도 새로운 생각이었다!

"파니 아그리피나!" 키 작은 신사가 분노로 얼굴이 시뻘겋게 달아올라 입을 연 순간, 미탸가 그에게로 다가가 어깨를 툭 쳤다.

"신사 양반, 잠깐 드릴 말씀이 있습니다."

"체고 흐체쉬(무슨 일입니까), 파네?"

"저쪽 방으로 갑시다. 좋은 얘기를, 아주 좋은 얘기를 해드리지요. 당신도 만족할 겁니다."

키 작은 신사는 어리둥절하여 의심스럽다는 눈으로 미탸를 쳐다보았으나 이내 동의했다. 단 브루블렙스키가 반드시 함께 가야 한다는 조건을 달았다.

"당신 경호원 말입니까? 그럽시다, 마침 저분도 들어야 하니까! 오히려 꼭 같이 가셔야 하지요!" 미탸가 소리쳤다. "갑시다, 신사분들!"

"어디 가는 거예요?" 그루셴카가 불안해하며 물었다.

"금방 돌아오겠소." 미탸가 대답했다. 그의 얼굴에는 어떤 용기가, 예기치 못한 배짱 같은 것이 떠올랐다. 1시간 전에 이 방에 들어올 때와는 전혀 다른 얼굴이었다. 그는 처녀들이 합창 준비를 하고 식탁을 차리고 있는 큰 방이 아닌 오른쪽에 있는 침실로 신사들을 데리고 갔다. 그 방에는 궤짝과 상자들, 무명 베개가 산처럼 쌓인 커다란 침대 두 개가 놓여 있었다. 한쪽 구석에서는 널빤지로 만든 작은 탁자 위에 촛불이 타고 있었다. 키 작은 신사와 미탸는 탁자를 사이에 두고 마주앉았고, 키 큰 브루블렙스키는 뒷짐을 지고 옆쪽에 섰다. 신사들은 엄격한 눈초리를 하고 있었으나, 호기심을 느끼는 기색이 역력했다.

"용건이 뭡니까?" 키 작은 신사가 말했다.

"다름이 아니라, 긴 말은 않겠소. 돈을 드릴 테니," 그는 돈다발을 꺼내 들었다. "이 3000루블을 가지고 어디로든 떠나주시오."

신사는 의혹스럽다는 듯이 눈을 커다랗게 뜨고 미탸의 얼굴을 뚫어지게 바라보았다.

"3000루블이라고요?" 그는 브루블렙스키와 시선을 교환했다.

"그렇소, 3000루블이오! 당신은 현명한 사람인 것 같으니, 이 3000루블을 가지고 아무 데로나 떠나달란 말이오. 브루블렙스키도 함께. 지금 당장 저 문으로 나가서 영원히, 영원히 사라져버리는 거요. 저 방에 두고 온 게 있소? 외투, 모피? 내가 갖다드리지요. 지금 당장 삼두마차를 준비해줄 테니 서로 작별 인사를 하는 거요! 어떻소?"

미탸는 확신에 차서 대답을 기다렸다. 그는 일말의 의혹도 없었다. 어떤 비장한 기색이 신사의 얼굴에 스쳤다.

"파네, 그럼 돈은?"

"돈은 이렇게 하지요. 지금 당장 마차 삯과 선금으로 500루블을 드리고, 나머지 2500루블은 내일 시내에서 드리겠소. 내 명예를 걸고 맹세하지요. 땅을 파서라도 꼭 갖다 드리겠소!" 미탸는 외쳤다.

두 폴란드인은 다시 눈빛을 교환했다. 키 작은 신사의 표정이 굳어지기 시작했다.

"700루블, 500루블 말고 700루블을 드리지요. 지금 당장 당신 손에 건네 드리겠소!" 불길한 느낌이 든 미탸가 액수를 올렸다. "왜, 못 믿겠소? 3000루블을 한 번에 드릴 수는 없는 일 아니오. 그랬다가 당신이 내일 당장 그 여자에게 돌아오기라도 하면…. 게다가 지금 3000루블을 전부 다 가지고 있는 것도 아니오. 시내에 있는 집에 있단 말이오." 미탸는 말을 하면 할수록 의기소침해졌다. "하지만 정말로 감춰놓은 게 있소…."

그 순간 키 작은 신사의 얼굴에 강렬한 자존심이 드러났다.

"더 할 말이 있소?" 그가 비꼬듯이 물었다. "프페! 아 프페(더럽고 창피해서)!" 그는 침을 탁 뱉었다. 브루블렙스키도 침을 뱉었다.

"당신이 침을 뱉는 건," 미탸는 모든 것이 끝장이라는 것을 깨닫고 절망에 빠져 말했다. "그루셴카에게서 돈을 더 뜯어낼 생각을 하고 있기 때문이오. 당신들은 둘 다 거세한 수탉들이야!"

"에스템 도 쥐베고 도트크넨트님(지독한 모욕이군)!" 키 작은 신사는 바닷가재처럼 얼굴이 시뻘게져서는 더는 아무것도 듣고 싶지 않다는 듯 무섭게 화를 내며 방을 나가버렸다. 브루블렙스키도 고개를 절레절레 흔들며 뒤따라나갔고, 미탸도 혼란에 빠져 망연한 얼굴로 그 뒤를 따랐다. 미탸는 그루셴카가 걱정이었다. 키 작은 신사가 고래고래 고함을 지를 것이라는 예감이 들었기 때문이다. 아니나 다를까, 방으로 들어온 신사는 연극배우처럼 그루셴카 앞에 섰다.

"파니 아그리피나, 에스템 도 쥐베고 도트크넨트님(파니 아그리피나, 나는 지독한 모욕을 당했소!)" 그는 이렇게 소리쳤으나, 그루셴카는 갑자기 가장 아픈 곳을 찔리기라도 한 듯 인내심을 잃어버렸다.

"러시아어로 해요, 러시아어로! 폴란드어는 한마디도 하지 말아요!" 그루셴카는 그에게 소리쳤다. "예전에는 러시아어로 잘만 말하더니 5년 만에 잊어버리기라도 한 거예요, 뭐예요!"

그루셴카는 분노로 얼굴이 새빨개졌다.

"파니 아그리피나…."

"나는 아그라페나예요, 그루셴카라고요. 러시아어로 해요, 안 그러면 듣기도 싫으니!" 신사는 자존심이 상해 씩씩거리면서, 야단스럽게 엉터리 러시아어를 늘어놓기 시작했다.

"파니 아그라페나, 나는 옛 일을 잊고 용서하려고 왔소. 오늘까지 있었던 일을 잊으려고 왔단 말이오…."

"용서하다니요? 지금 나를 용서하러 왔다는 말인가요?" 그루셴카가 말을 가로채며 자리를 박차고 일어섰다.

"탁 예스티, 파니(그래요, 파니), 나는 속 좁은 사람이 아니오, 관대한 사람이오. 하지만 당신의 애인들을 보고는 빌렘즈드지베니(놀라고 말았소). 판 미탸는 저 방에서 3000루블을 주면서 나보고 떠나버리라고 하더군. 나는 그 얼굴에 침을 뱉어주었소."

"뭐라고요? 나 때문에 돈을 주려고 했다고요?" 그루셴카가 히스테릭하게 소리쳤다. "미탸, 정말이에요? 어떻게 그럴 수가 있어요! 내가 사고파는 물건이에요?"

"파네, 파네!" 미탸가 외쳤다. "나는 순결하고 빛나는 이 여자의 애인이 아니오! 당신이 헛소리를 한 거요…."

"당신이 뭔데 이 사람 앞에서 내 편을 들어요?" 그루셴카가 바락바락 소리쳤다. "내가 순결을 지킨 건 미덕을 생각해서도 아니고 쿠지마 노인이 무서워서도 아니에요. 이 사람

앞에 당당하려고, 이 사람을 만나면 비열한 놈이라고 말할 자격을 가지려고 그랬던 거예요. 저 사람이 당신한테서 돈을 받던가요?"

"그래, 받으려고 했소!" 미탸가 외쳤다. "3000루블을 한꺼번에 받으려다가 내가 700루블만 먼저 주겠다고 하니까 틀어져버렸지."

"그럼 뻔하군요. 내게 돈이 있다는 소문을 듣고 결혼하려고 찾아온 거예요!"

"파니 아그라피나!" 신사가 외쳤다. "나는 기사고 귀족이지 놈팡이가 아니오! 당신을 아내로 맞으려고 왔는데, 와서 보니 예전의 당신은 사라지고 보이는 건 우파르트투 이 베즈브스티두(변덕스럽고 수치를 모르는 여자뿐이군)!"

"그럼 당신이 있던 곳으로 썩 꺼져버려요! 내가 내쫓으라고 한마디만 하면 당장에라도 당신을 쫓아낼 테니까!" 그루셴카는 바락바락 악을 썼다. "5년 동안이나 괴로워하다니 내가 정말 바보지! 저 사람 때문에 괴로웠던 건 아니야, 그저 분노를 삭일 수 없어 그랬던 거지! 게다가 이 사람은 옛날 그이가 아니야! 그이가 정말 이랬다고? 이자는 그이의 아버지나 되겠지! 그 가발은 대체 어디서 맞춘 거예요? 그이가 매라면, 이 사람은 오리야. 그이는 환하게 웃으며 내게 노래를 불러주곤 했는데…. 5년 동안이나 눈물을 흘리다니, 나는 빌어먹을 멍청이였어! 천박하고 수치를 모르는 계집이었어!"

그루셴카는 소파에 몸을 던지고 두 손으로 얼굴을 감쌌다. 그때 마침내 모크로예 처녀들이 다 모인 모양인지 별안간 옆방에서 합창 소리가 울려 퍼졌다. 활기찬 춤곡이었다.

"소돔이 따로 없군!" 브루블렙스키가 으르렁거렸다. "주인장, 저 창피한 줄 모르는 계집들을 쫓아내시오!"

주인은 고함 소리에 손님들이 다투고 있다는 것을 눈치채고 아까부터 호기심 어린 눈으로 방 안을 엿보고 있던 터라 즉시 방에 나타났다.

"왜 그렇게 목구멍이 찢어져라 소리를 지릅니까?" 주인이 이해할 수 없는 무례한 태도로 브루블렙스키에게 말했다.

"이 짐승 같은 놈이!" 브루블렙스키가 호통을 쳤다.

"짐승이라고? 그러는 당신은 어떤 카드로 노름을 했지? 내가 준 카드는 감추고, 위조된 카드를 썼잖소! 카드를 위조한 죄로 당신을 시베리아에 보낼 수도 있어요. 카드 위조는 지폐 위조나 마찬가지니까…." 여관 주인은 소파로 다가가 등받이와 베개 사이에 손가락을 집어넣더니 포장을 뜯지 않은 새 카드를 끄집어냈다.

"자, 이게 내가 준 카드지. 포장도 뜯지 않았군!" 그는 카드를 쳐들어 모두에게 보여주었다. "이자가 내가 준 카드를 저 틈으로 집어넣고 자기 걸로 바꾸는 걸 저기서 다 봤어요. 사기꾼 같으니, 그러고도 신사라고!"

"나는 저 사람이 두 번이나 속임수를 쓰는 걸 봤어요!" 칼가노프도 외쳤다.

"어휴, 창피해라, 이게 웬 망신이람!" 그루셴카는 창피함에 정말로 얼굴이 빨개져 손뼉을 탁 치면서 이렇게 외쳤다. "세상에, 어쩌다 저런 인간이 돼버렸을까!"

"나도 그럴 줄 알았소." 미탸도 소리쳤다. 그 말이 채 끝나기도 전에, 당혹감과 분노에 휩싸인 브루블렙스키가 그루셴카에게 주먹을 휘둘러 보이며 소리쳤다.

"이 걸레가!" 그러나 그 말이 떨어지기 무섭게 미탸가 그에게 달려들어 두 팔로 감아 안고 번쩍 들어 올려 방금 전 두 사람을 데리고 갔던 옆방에 밀어 넣었다.

"바닥에 패대기를 쳐주었소!" 미탸는 금방 되돌아와 흥분으로 숨을 몰아쉬면서 이렇게 말했다. "악당 같은 놈, 반항을 해댔지만 저기서 나오진 못할 겁니다!" 그는 문 한쪽을 닫고, 다른 쪽은 열어둔 채 키 작은 신사에게 소리쳤다.

"신사 양반, 당신도 저리 가시는 게 어떻소? 프스헤프라스함(제발 부탁이니)!"

"드미트리 나리," 트리폰 보리시치가 큰 소리로 외쳤다. "저놈들에게 잃은 돈을 돌려받으십시오! 나리에게 도둑질을 한 거나 마찬가지가 아닙니까."

"나는 내 50루블을 돌려받고 싶지 않습니다." 칼가노프가 불쑥 이렇게 대꾸했다.

"나도 내 200루블을 돌려받기 싫습니다!" 미탸도 외쳤다. "절대 돌려받지 않을 겁니다. 위안 삼아 가지라죠."

"멋져요, 미탸! 정말 잘했어요!" 그루셴카가 외쳤다. 그 외침에는 무서운 증오심이 배어나왔다. 키 작은 신사는 화가 머리끝까지 나서 얼굴이 시뻘게졌으면서도 여전히 근엄한 태도를 잃지 않고 문 쪽으로 걸어가다가, 갑자기 우뚝 멈춰 서서는 그루셴카에게 말했다.

"파니, 에젤리 흐체시 이시치 자 므노유, 이드지미, 에슬리 네-비바이 즈드로바(나를 따라오려거든 같이 갑시다. 아니라면 작별이오)!"

그러고는 분노와 야심에 숨이 가빠오는 것을 느끼면서도 근엄하게 문으로 갔다. 그는 고집이 센 사람이었다. 그 모든 일이 벌어진 후에도 그루셴카가 자기를 따라올지도 모른다는 희망을 잃지 않을 만큼 자긍심이 높았다. 미탸는 그가 나가자 문을 쾅 닫았다.

"열쇠로 잠가 가둬버려요." 칼가노프가 말했다. 하지만 저쪽에서 자물쇠 잠기는 소리가 났다. 그들 스스로 안쪽에서 문을 잠근 것이다.

"잘됐어!" 그루셴카가 표독스러운 목소리로 무자비하게 외쳤다. "잘됐고말고! 저기가 딱이지!"

8. 헛소리

온 세상을 뒤흔드는 떠들썩한 술판이 벌어졌다. 술을 달라고 맨 먼저 소리친 사람은 그루셴카였다. "술을 마시고 싶어요. 저번처럼 코가 비뚤어지도록. 미탸, 그때 우리가 여기서 서로 친해졌던 것 기억해요?" 미탸는 꿈꾸는 듯한 기분으로 '자신의 행복'을 예감하고 있었다. 그러나 그루셴카는 자꾸만 그를 밀어내려고 했다. "당신도 가서 즐겨요. 다른 사람들도 모두 춤추고 즐기라고 해요. 그때처럼 '집도 들썩이고 벽난로도 들썩이도록' 말이에요!" 그루셴카는 계속 떠들어댔다. 그녀는 몹시 흥분해 있었다. 미탸는 지시를 내리러 달려갔다. 합창대는 옆방에 모여 있었다. 지금까지 있던 방은 안 그래도 좁은 데다 무명 커튼으로 칸막이를 해놓고 그 안쪽에는 폭신한 깃털 이불과 무명 베개들이 산처럼 쌓인 커다란 침대가 있었다. 이 여관에 있는 네 개의 '깨끗한' 방에는 모두 침대가 놓여 있었다. 그루셴카는 문 바로 옆에 자리 잡았다. 미탸가 그곳에 안락의자를 가져다준 것이다. 처음 그들이 여기서 술판을 벌였던 그날, '그때'에도 그루셴카는 그 자리에 앉아 합창과 춤을 구경했다. 모여든 처녀들도 그때와 똑같았다. 바이올린과 치터를 든 유대인들도 오고, 마침내 그토록 기다리던 술과 음식을 실은 삼두마차도 당도했다. 미탸는 분주히 돌아다녔다. 이미 자려고 누웠던 아무 상관없는 농부와 아낙들도 한 달 전처럼 엄청난 잔치가 벌어질 것을 알고 구경하러 몰려들었다. 미탸는 낯익은 사람들과 인사를 나누며 부둥켜안고, 낯선 사람은 기억을 더듬어 떠올리고, 술병을 따서 닥치는 대로 술을 부어주었다. 샴페인에 사족을 못 쓰는 건 처녀들이었고, 남자들은 럼주와 코냑, 특히 독한 펀치를 좋아했다. 미탸는 처녀들 모두에게 나눠줄 초콜릿을 끓이고, 찾아오는 모든 사람들이 차와 펀치를 마실 수 있도록 밤새도록 사모바르 세 개에 물을 끓이라고 지시했다. 한마디로 무질서하고 터무니없는 일이 벌어졌다. 그러나 미탸는 물 만난 고기처럼 일이 터무니없어지면 그럴수록 더욱 신이 났다. 만약 그때 어떤 농부가 미탸에게 돈을 달라고 했다면, 미탸는 당장 자기 돈다발을 몽땅 꺼내 오른쪽 왼쪽으로 마구 돈을 뿌려주었을 것이다. 주인장 트리폰 보리시치가 미탸의 곁을 한시도 떠나지 않고 주위를 맴돈 것은 아마 그런 이유 때문에 그를 감시하기 위해서인 듯했다. 그는 그날 밤 자는 것은 아예 포기한 눈치였으나, 술도 거의 마시지 않고(펀치 한 잔을 마셨을 뿐이었다) 자기 나름대로 미탸가 손해를 보지는 않나 주시하고 있었다. 그는 필요한 순간이면 다정한 목소리로 아첨을 떨면서 '그때'처럼 농부들에게 '시가와 라인산 포도주'는 물론 돈을 퍼주는 일은 하지 말라고 말리고 설득했으며, 처녀들이 리큐어를 마시고 과자를 먹는 데 분통을 터뜨렸다. "드미트리 나리, 저것들은 하나같이 이가 득실거리는 계집일 뿐입니다." 그가 말했다. "저 같으면 무릎으로 하나씩 걷어차 주고, 그것도 영광으로 생각하라고 하겠습니다. 그래야 마땅한 계집들이니까요!" 미탸는 다시 안드레이를 떠올리고 그에게 펀치를 갖다주라고 했다. "아까 내가 안드레이에게 모욕을 줬어." 그는 부드럽고 온화한 목소리로 이렇게 되풀이해 말하곤 했다. 칼가노프는 별로 술 생각이 없었고, 처녀들의 합창도 처음에는 영 마음에 들지 않았지만, 샴페인 두어 잔 들이키고 나자 무척 신이 나 싱글벙글 웃으며 방 안을 이리저리 돌아다녔고, 노래도 좋고 음악도 좋고 모두 다 좋다고 칭찬했다. 얼큰하게 술이 올라 행복에 겨운 막시모프가 그 곁을 떠나지 않았다. 그루셴카도 취기가 도는지 칼가노프를 가리키며 미탸에게 말했다. "정말 귀엽고 멋진 청년이에요!" 그러자 미탸는 말할 수 없는 기쁨을 느끼며 칼가노프와 막시모프에게 키스를 하러 달려갔다. 오, 그는 많은 것을 예감하고 있었다. 그루셴카는 아직 그에게 이렇다 할 말은 아무것도 하지 않았고, 오히려 일부러 말하기를 미루고 있는 듯했다. 그저 때때로 다정하면서도 뜨거운 눈길로 그를 바라볼 뿐이었다. 마침내 그녀는 미탸의 손을 꼭 잡고 자기 쪽으로 힘껏 끌어당겼다. 그때 그녀는 문 옆에 있는 안락의자에 앉아 있었다.

"아까 당신이 들어왔을 때 어땠는 줄 알아요? 그 모습이란… 정말 깜짝 놀랐어요. 어떻게 날 그 사람에게 양보하려 할 수가 있어요? 정말 그러려고 했어요?"

"당신의 행복을 망치고 싶지 않았소!" 미탸는 행복에 젖어 중얼거렸다. 하지만 그루셴카는 그의 대답이 듣고 싶었던 것이 아니었다.

"자, 가서… 즐기세요." 그루셴카가 다시 그를 밀어냈다. "그렇다고 울상 짓지 말고요. 다시 부를 테니까."

미탸가 달려가면, 그녀는 다시 노래를 듣고 춤을 구경하면서도 그가 어디에 있든 눈으로 그 모습을 좇았다. 그러다 15분쯤 지나 다시 부르면, 그는 또 냉큼 달려오는 것이었다.

"자, 이제 내 옆에 앉아서 말해봐요. 어제 내가 여기 왔다는 걸 어떻게 알았어요? 누구한테 처음으로 들은 거죠?"

그러자 미탸는 자초지종을 두서없이 열심히 털어놓기 시작했다. 그러나 그 모습은 어딘가 이상했고, 자꾸만 눈썹을 찌푸리고 말문을 잇지 못하기도 했다.

"왜 그렇게 인상을 써요?" 그루셴카가 물었다.

"아무것도 아니오…. 거기에 환자 하나를 두고 왔거든. 그자가 회복된다면, 회복되리란 것을 알 수만 있다면 당장 내 수명을 10년쯤 떼어줘도 좋은데!"

"환자가 있다니, 하느님께서 그 사람과 함께하시길. 그런데 정말 내일 자살할 생각이었어요? 바보같이, 대체 뭣 때문에요? 하지만 난 당신처럼 막무가내인 사람이 좋아요." 그루셴카는 약간 혀 꼬부라진 소리로 이렇게 속삭였다. "당신은 나를 위해서라면 뭐든지 다 할 건가요? 그래서 정말로 내일 자살을 하려고 했어요? 안 돼요, 조금만 기다려요. 내일 당신에게 한 가지 얘길 해줄지도 모르니까…. 오늘 말고, 내일 말해줄게요. 오늘 듣고 싶나요? 하지만 안 돼요…. 그럼 가요. 가서 즐겨요."

하지만 한번은 당혹스럽고 걱정스러운 얼굴로 그를 부르기도 했다.

"왜 그렇게 우울해하는 거예요? 난 당신이 우울해하고 있다는 걸 알아요…. 훤히 들여다보인다고요." 그녀는 미탸의 눈을 가만히 들여다보며 이렇게 덧붙였다. "당신이 농부들에게 키스를 퍼붓고 큰 소리로 떠들어도 난 알 수 있어요. 그러지 말고 즐겨요. 나는 즐거우니, 당신도 즐기란 말이에요…. 이 자리엔 내가 사랑하는 사람이 있답니다. 누군지 맞춰볼래요? …어머나, 봐요, 우리 다정한 도련님이 취해서 잠들어버렸네요."

그것은 칼가노프를 보고 한 말이었다. 아닌 게 아니라 그는 술에 취해 소파에 앉자 곧 잠들어버렸다. 하지만 그저 술

기운 때문만은 아니었다. 어째서인지 갑자기 울적해졌기 때문에, 그의 말대로 하자면 '따분해졌기' 때문이었다. 술판이 계속될수록 점점 외설스러워지는 처녀들의 노래가 결국 그의 기분을 완전히 망쳐놓았다. 춤도 마찬가지였다. 두 처녀가 곰 분장을 하고, 스테파니다라는 날랜 처녀가 곰 조련사를 맡아 손에 몽둥이를 들고 곰의 '재주를 선보였다'. "더 재밌게 해봐, 마리야." 그녀가 외쳤다. "안 그러면 몽둥이로 때려줄 테니까!" 곰들은 마침내 몹시 볼썽사나운 자세로 바닥을 뒹굴었고, 발 디딜 틈 없이 가득 모인 아낙네들과 농부들은 배꼽을 잡고 웃어댔다. "그냥 둬요, 그냥 둬." 그루셴카가 행복한 얼굴로 타이르듯 말했다. "어쩌다 하루 노는 건데 마음껏 즐겨야지요." 칼가노프는 더러운 것이라도 묻은 듯한 얼굴로 그들을 바라보았다. "이놈의 민족성은 추잡하기 짝이 없군요." 그는 자리를 뜨면서 이렇게 말했다. "저건 여름 밤 내내 태양을 소중히 한다는 내용의 봄놀이에요." 그러나 특히 거슬린 것은 신나는 춤곡에 맞춘 '새로운' 노래였는데, 귀족이 지나가다가 처녀들을 희롱한다는 내용이었다.

귀족 나리가 처녀들을 희롱했다네.
처녀들은 마음을 주었을까?

하지만 처녀들은 귀족 나리를 사랑하면 안 될 것 같았다.

귀족 나리는 나를 두들겨 팰 테니

그분을 사랑해선 안 된답니다.

그다음엔 집시가 지나가다가 마찬가지로 처녀들을 희롱했다.

집시가 처녀들을 희롱했다네.
처녀들은 마음을 주었을까?

하지만 집시도 사랑하면 안 될 것 같았다.

집시는 도둑질을 할 테고
나는 눈물을 흘리겠지요.

그렇게 많은 사람들이 지나가면서 처녀들을 희롱했는데, 그중에는 심지어 군인도 있었다.

군인이 처녀들을 희롱했다네.
처녀들은 마음을 주었을까?

그러나 군인은 멸시와 함께 거절당했다.

군인은 배낭을 메고 다니고
나는 그 뒤를 따르겠지요….

뒤이어 상스럽기 그지없는 구절을 아무렇지도 않게 불러대자 청중들 사이에서는 환호가 터졌다. 이야기는 결국 상인이 나오면서 끝을 맺었다.

상인이 처녀들을 희롱했다네.
처녀들은 마음을 주었을까?

처녀들은 환장을 하고 좋아했다는 사실이 밝혀졌다. 그 이유는 이러했다.

상인은 장사를 할 테고
나는 호강을 하겠지요.

칼가노프는 화가 치밀 정도였다.

"정말 구시대적인 노래군." 칼가노프가 큰 소리로 지적했다. "누가 저들에게 이따위 노래를 지어주는 거야! 철도원이나 유대인이 지나가다가 처녀들을 희롱한다는 내용은 왜 없담. 처녀란 처녀는 죄다 넘어갔을 텐데." 그러고는 기분이 상해 그 자리에서 따분하다고 선언하고는, 소파에 앉아 곧바로 잠이 들었던 것이다. 그의 반듯한 얼굴은 약간 창백해진 채 소파의 쿠션에 기대어졌다.

"보세요, 정말 잘생겼지요?" 그루셴카가 미탸를 그에게 이끌며 말했다. "아까 내가 머리를 빗겨주었답니다. 머리도 아마처럼 어찌나 탐스러운지…."

그러고는 감동 어린 얼굴로 허리를 굽혀 칼가노프의 이마에 입을 맞췄다. 칼가노프는 번쩍 눈을 뜨고는 그녀를 바라보다가, 몸을 일으켜 몹시 걱정스러운 얼굴로 막시모프는 어디 있느냐고 물었다.

"그 사람만 찾네요." 그루셴카는 웃음을 터뜨렸다. "잠깐만 나랑 같이 앉아 있어요. 미탸, 얼른 가서 막시모프를 데려오세요."

막시모프는 리큐어를 따르러 달려갈 때가 아니면 처녀들 옆을 떠나지 않았다. 초콜릿도 벌써 두 잔이나 마셨다. 얼굴은 시뻘게졌고, 코는 검붉게 변했으며, 눈빛은 촉촉하고 음탕해졌다. 그는 이쪽으로 달려오더니 '한 가지 짤막한 곡'에 맞춰 사보티에(나막신을 신고 추는 프랑스 민속춤—옮긴이)를 출 생각이라고 말했다.

"어릴 때 사교계에서 추는 고상한 춤들을 배웠습죠…."

"미탸, 저 사람하고 같이 가보세요. 나는 여기서 춤추는 걸 볼게요."

"그럼 나도, 나도 구경하러 갈래요." 잠깐 자기와 함께 있어 달라는 그루셴카의 청을 순진무구하게 거절하며 칼가노프가 외쳤다. 그래서 그들은 다 함께 구경하러 갔다. 막시모프는 정말로 사보티에를 췄지만, 미탸를 제외하고 크게 감동한 사람은 없었다. 춤이라 봐야 발바닥이 위를 보게끔 발을 들어 올리며 팔짝팔짝 뛰는 것에 지나지 않았기 때문이다. 막시모프는 뛸 때마다 손바닥으로 발바닥을 쳤다. 칼가노프는 전혀 마음에 들지 않은 모양이었지만, 미탸는 춤을 춘 이에게 입맞춤까지 해주었다.

"수고했어요. 이쪽을 보는 걸 보니 피곤한 모양인데 사탕이라도 드시겠소? 아니면 시가라도?"

"그럼 궐련 한 대만 피우지요."

"술은 안 드시겠소?"

"방금 리큐어를 마셔서… 초콜릿 과자는 없나요?"

"여기 탁자 위에 잔뜩 있으니 아무거나 골라 먹어요, 당신은 참 호감 가는 사람이야!"

"그럼 바닐라가 든 거 있나요…? 노인네들이 좋아하는… 히히!"

"없소. 그런 특별한 건 없어요."

"그런데 말입니다!" 노인이 갑자기 미탸의 귀에 몸을 바싹 굽혔다. "저 마리야라는 계집 말인데요, 히히, 어떻게 저 애와 좀 친해지도록 도와주실 수 없을지…."

"그런 생각을 하다니! 안 돼요, 말도 안 되는 소리요."

"내가 누구한테 해를 끼치는 건 아니잖습니까요." 막시모프는 풀이 죽어서 중얼거렸다.

"알았소, 알았소. 그냥 노래하고 춤추러 온 거지만, 제길, 뭐 어때! 잠깐… 일단은 그냥 먹고 마시고 즐겨요. 돈은 됐소?"

"나중에 주신다면야…." 막시모프가 빙긋이 웃었다.

"그래, 그럽시다…."

미탸는 머릿속이 불타는 것 같았다. 그는 현관을 지나 2층에 있는 목조 발코니로 갔다. 발코니는 정원을 마주하고 건물을 둘러싸고 있었다. 신선한 공기를 쐬니 기운이 났다. 그는 캄캄한 한구석에 홀로 서 있다가 별안간 두 손으로 머리를 움켜잡았다. 뿔뿔이 흩어져 있던 생각들이 하나 되고, 온갖 감각이 하나로 합쳐지면서 모든 것이 환하게 빛을 발하기 시작했다. 그것은 무시무시하고도 끔찍한 빛이었다! '자살을 하려면 지금이 바로 그때가 아닌가?' 그의 머릿속에 이런 생각이 스쳤다. '권총을 가지러 내려가서 이리로 들고 온 다음 이 자리에서, 이 가장 더럽고 어두운 구석에서 끝을 보는 거다.' 그는 1분 정도 망설이며 그 자리에 서 있었다. 아까 전 이리로 내달릴 때 그는 등 뒤로 치욕과 자신이 저지른 도둑질과 피, 그 피를 느끼고 있었다…! 그러나 그때가 오히려 마음이 편했다! 그때는 모든 것이 끝장이었기 때문이다. 그는 여자를 잃었고, 양보했으며, 그에게 여자는 죽거나 사라진 것이나 마찬가지였다. 오, 그때는 선고를 내리기가 더 쉬웠다. 적어도 피할 수 없는 필연적인 것으로 느껴졌다. 이 세상에 남아 있어야 할 이유가 없었기 때문이다! 그러나 지금은? 지금이 그때와 같다고 할 수 있는가? 적어도 무시무시한 환영 하나는 끝장이 났다. 여자의 틀림없는 '옛 애인', 그 운명적 인물이 흔적도 없이 사라진 것이다. 무서운 환영은 한순간에 작고 우스꽝스러운 존재로 변해버렸다. 두 팔로 침실에 옮겨 열쇠로 잠가버리지 않았던가. 이제 다시는 돌아오지 않을 것이다. 여자는 수치를 느끼고 있었고, 그 눈만 보아도 이제는 누구를 사랑하는지 분명히 알 수 있었다. 이제야 살고 싶은 마음이 드는데…. 그런데 살 수 없다니, 그럴 수 없다니 이 얼마나 저주스러운 일인가! '하느님, 담장 옆에 상처입고 쓰러진 사람을 살려주십시오! 이 무서운 잔을 피하게 해주십시오! 당신은 저 같은 죄인을 위해서도 기적을 베풀어주시지 않습니까! 아아, 만약 노인이 살아 있다면? 그렇다면 남은 치욕의 오물을 깨끗이 씻어내겠습니다. 훔친 돈도 돌려주겠습니다. 무슨 수를 써서라도 돌려주겠습니다…. 내 가슴속에 영원히 남을 치욕 외에는 흔적도 없도록 하겠습니다! 하지만 틀렸다, 틀렸어, 이건 도저히 이루어질 수 없는 비겁한 꿈일 뿐이다! 아아, 너무나 저주스럽구나!'

그럼에도 밝은 희망의 빛 한 자락이 어둠 속에서 그를 비추는 듯했다. 그는 그 자리를 떠나 방으로 달려갔다. 또다시 그 여자에게, 그의 영원한 여왕에게로!

'그 여자의 사랑을 받는 1시간, 한순간은 남은 생애 전체와 맞바꿀 만한 가치가 있지 않은가? 비록 치욕의 고통 속에 허덕이더라도 말이다.' 이런 야만적인 질문이 그의 가슴을 사로잡았다. '그 여자에게, 오직 그 여자에게로 가자. 그 얼굴을 보고, 목소리를 듣고 아무 생각도 하지 말고 다 잊어버리자. 오늘 밤만이라도, 1시간, 한 순간만이라도!' 현관으로 통하는 입구 앞에서 그는 여관 주인 트리폰 보리시치와 부딪혔다. 주인은 안색이 어둡고 불안해 보였으며, 그를 찾으러 다니던 중인 듯했다.

"보리시치, 왜 그러지? 나를 찾고 있었나?"

"아닙니다요. 나리를 찾고 있던 게 아닙니다." 주인은 당혹스러운 눈치였다. "제가 왜 나리를 찾겠습니까? 그런데 나리는… 어디에 계셨던 겁니까?"

"왜 그리 심심한 얼굴을 하고 있나? 화라도 난 건가? 잠깐만 기다리게, 곧 자러 가게 해줄 테니… 지금 몇 시지?"

"곧 3시가 될 겁니다. 어쩌면 4시일지도 모르고요."

"그럼 이만 끝내도록 하지."

"아닙니다, 괜찮습니다요. 원하시는 대로 얼마든지…."

'무슨 일이지?' 미탸는 언뜻 이렇게 생각하고는 처녀들이 춤추고 있는 방으로 뛰어 들어갔다. 하지만 그루셴카는 그곳에 없었다. 파란 방에도 역시 없었다. 칼가노프만 소파에서 졸고 있을 뿐이었다. 미탸는 커튼을 걷어 그 안을 살펴보았다. 그루셴카는 거기에 있었다. 한쪽 구석 궤짝 위에 앉아 옆에 놓인 침대에 두 손과 머리를 묻고 남이 들을까 애써 소리 죽여 서글프게 울고 있었다. 미탸를 본 그루셴카는 그에게 가까이 오라고 손짓했고, 그가 달려가자 그 손을 꽉 잡았다.

"미탸, 미탸, 나는 그 사람을 사랑했어요!" 그녀는 속삭이듯 입을 열었다. "지난 5년 내내 얼마나 사랑했는지 몰라요! 그 사람을 사랑한 걸까요, 아니면 그저 내 원한을 사랑한 걸까요? 아니, 내가 사랑한 건 그 사람이에요! 아아, 그 사람을 사랑한 거예요! 그 사람이 아니라 그저 내 원한을 사랑한 것뿐이라는 말은 거짓말이에요! 미탸, 그때 나는 겨우 열일곱 살이었고, 그 사람은 얼마나 다정하고 유쾌했는지 몰라요. 내게 노래를 불러주곤 했죠…. 어쩌면 내가 멍청한 계집애라서 그렇게 보였는지도 모르지만요…. 아아, 그런데 지금 그 사람은 완전히 다른 사람이 되어버렸어요. 얼굴도 완전히 바뀌어버렸어요. 나는 그 사람 얼굴도 알아볼 수 없었어요. 티모페이의 마차를 타고 이리로 오는 내내 생각했어요. '그 사람을 어떻게 마주해야 할까? 무슨 말을 해야 할까? 우리는 어떤 눈으로 서로를 보게 될까…?' 온 가슴이 죄어드는 심정으로 갔는데, 그 사람에게서 구정물을 뒤집어쓴 듯한 느낌이었죠. 어찌나 박식하고 근엄한 척을 하는지 무슨 선생님이 말하는 것 같았어요. 나를 맞는 태도도 얼마나 근엄한지 어안이 벙벙할 정도였어요. 아무 말도 나오지 않았죠. 처음엔 그 사람이 그 키 큰 폴란드인 앞이라 부끄러워서 그러는 줄 알았어요. 그 사람들을 보면서 생각했죠. 왜 나는 저 사람에게 한마디도 못 하고 있을까? 그거 아세요? 그 사람의 아내가 버려놓은 거예요. 그 사람이 나를 버리고 결혼한 그 아내가… 그 여자가 그 사람을 딴사람으로 바꿔버린 거예요. 미탸, 이렇게 수치스러울 데가 또 있을까요! 아아, 나는 수치스러워요, 미탸, 내 지나온 삶 전체가 수치스러워요! 지난 5년이 저주스러워요, 너무나 저주스러워요!" 그루셴카는 다시 눈물을 흘렸으나, 미탸의 손은 꼭 붙들고 놓으려 하지 않았다.

"미탸, 가지 말고 잠깐만 있어요. 당신에게 한 가지 하고 싶은 말이 있어요." 그루셴카는 이렇게 속삭이더니 갑자기 그에게로 고개를 들어올렸다. "내가 누구를 사랑하는 것 같아요? 나는 여기 있는 사람 중에 한 사람을 사랑하고 있어요. 그게 누굴까요? 당신이 말해봐요." 눈물로 퉁퉁 부어버린 그녀의 얼굴에 미소가 빛났고, 어둠 속에서 눈이 반짝였다. "아까 매가 한 마리 들어온 순간 나는 심장이 내려앉는 것 같았어요. '바보 같으니. 네가 사랑하는 건 저 사람이야.' 가슴이 즉시 그렇게 속삭였죠. 당신이 들어오자 모든 것이 환해졌어요. 그런데 '저 사람은 뭘 저렇게 두려워하는 걸까?' 싶었어요. 당신은 잔뜩 겁을 집어먹고 말도 제대로 못 했잖아요. 그 폴란드인들을 두려워하는 건 아니라고 생각했죠. 당신이 어디 누굴 두려워할 사람인가요? 저 사람은 내가, 오직 나 하나가 두려운 거야, 하는 생각이 들었어요. 내가 창문 너머로 알료샤에게 한순간 미텐카를 사랑했지만, 이제는 다른 사람을 사랑하러 간다고 외쳤다는 얘길 페냐가 바보 같은 당신에게 해주었을 테니까요…. 미탸, 미탸, 어떻게 나는 바보처럼 당신이 있는데 다른 사람을 사랑한다고 생각할 수 있었을까요! 미탸, 용서해줄래요? 용서해줄 수 있어요? 나를 사랑하나요? 사랑해요?"

그루셴카는 자리에서 벌떡 일어나 두 손으로 미탸의 어깨를 붙잡았다. 미탸는 감격에 겨워 말을 잃은 채 그녀의 눈과 얼굴과 미소를 바라보다가 그녀를 와락 끌어안고 입을 맞췄다.

"내가 괴롭힌 것 용서해주겠어요? 나는 분한 마음에 당신들을 괴롭혔어요. 그 영감님도 그래서 일부러 미쳐버리게 만든 거예요…. 언젠가 당신이 우리 집에서 술을 마시다가 술잔을 깨부순 것 기억해요? 나도 그게 생각나서 오늘 '내 추악한 마음'을 위해 마시고 잔을 깨부숴버렸어요. 미탸, 매 같은 분, 왜 키스를 해주지 않나요? 한 번 입을 맞추고는 떨어져서 이렇게 바라보며 내 얘기만 듣고 있으니…. 내 얘기는 들어서 뭐해요! 키스해줘요, 더 뜨겁게, 그래요, 이렇게. 사랑을 한다면 제대로 해야죠. 나는 이제 당신의 노예예요. 평생 당신의 노예가 될 거예요! 그건 달콤한 일이니까요…! 키스해줘요! 나를 때리든 괴롭히든 마음대로 해요…. 아아, 나 같은 여자는 정말 괴롭힘을 당해 마땅해요…. 잠깐! 기다려요, 나중에 해요, 이렇게는 싫어요….” 그루셴카는 갑자기 미탸를 밀어냈다. “가요, 미티카, 나도 술을 마시러 갈래요. 취하고 싶어요. 잔뜩 취해서 춤을 출래요. 그러고 싶어요, 그러고 싶어요!”

그루셴카는 미탸의 품에서 빠져나와 커튼 밖으로 나갔다. 미탸는 술 취한 사람처럼 그 뒤를 따라 나갔다. ‘아무래도 상관없다. 앞으로 무슨 일이 생기든 이 한순간을 위해서라면 온 세상을 다 바쳐도 좋아.’ 그의 머릿속에 이런 생각이 스쳤다. 그루셴카는 정말로 샴페인을 한 잔 더 단숨에 비우고는 확 취해버렸다. 그녀는 행복한 미소를 띤 채 아까 앉았던 안락의자에 앉았다. 두 볼은 붉게 물들었고 입술은 불탔으며 빛나던 두 눈은 탁하게 흐려졌다. 눈빛은 열정적이고 유혹적이었다. 심지어 칼가노프까지도 무언가가 가슴을 콱 문 듯한 느낌을 받고 그녀에게 다가갔다.

“아까 당신이 자고 있을 때 내가 키스했다는 얘기를 들었나요?” 그루셴카가 그에게 분명치 않은 발음으로 말했다. “난 지금 완전히 취했어요… 당신은 취하지 않았나요? 그런데 미탸는 왜 안 마시는 거지? 미탸, 왜 마시지 않아요? 나는 마셨는데, 당신은 안 마시기예요…?"

"나도 취했소! 안 그래도 취해 있지…. 당신에게 말이오. 하지만 이번엔 술에 취하고 싶군." 그는 한 잔 더 마셨다. 그러고는 그 마지막 잔에 갑자기 취해버리고 말았다. 그것은 미탸가 보기에도 이상한 일이었다. 그때까지는 전혀 취기가 오르지 않았던 것을 그도 잘 기억하고 있었다. 그런데 그 잔을 들이킨 순간 꿈속을 헤매듯 갑자기 주위의 모든 것이 핑핑 돌기 시작했다. 그는 방 안을 서성이고 헤프게 웃어대고 아무나 붙잡고 말을 걸었지만, 이미 제정신에 그러는 것이 아니었다. 한 가지 불타는 듯한 확고한 감정만이 끊임없이 속삭일 뿐이었다. 훗날 그는 그때 '가슴속에 불타는 숯덩이가 들어 있는 것 같았다'고 말했다. 그는 그루셴카에게 다가가 옆에 앉아 바라보기도 하고, 목소리를 듣기도 했다…. 그루셴카는 몹시 수다스러워져서 아무나 자기 쪽으로 불러들였다. 합창대의 처녀도 손짓해 불러서는 처녀가 다가오면 키스를 하고 놓아주거나 성호를 그어주었다. 그루셴카는 금방이라도 울 것 같은 얼굴이었다. 그루셴카가 '영감님'이라고 부르는 막시모프도 그녀를 몹시 즐겁게 해주었다. 시시때때로 그루셴카에게 달려와 그 손과 '손가락 하나하나'에 입을 맞추고, 나중에는 직접 옛 노래를 부르며 춤을 한 곡 더 춰 보이기도 했다. 특히 이런 후렴을 부를 때는 더욱 열정적으로 춤을 췄다.

새끼돼지는 꿀꿀, 꿀꿀,

송아지는 음매, 음매,
새끼오리는 꽥꽥, 꽥꽥,
새끼거위는 꽉꽉, 꽉꽉
암탉은 헛간을 돌아다니며
꼬꼬댁 꼬꼬댁 말을 하지요.
꼬꼬댁 꼬꼬댁 말을 하지요!

"미탸, 저 사람에게 뭘 좀 줘요." 그루셴카가 말했다. "뭐라도 좀 선물해주세요. 가난한 사람이잖아요. 아아, 가난하고 모욕받은 사람들…! 있잖아요, 미탸, 나는 수도원에 들어갈 거예요. 정말 언젠가는 들어갈 거예요. 오늘 알료샤가 평생 잊지 못할 말을 해줬거든요…. 그래요… 하지만 오늘은 그냥 춤을 춰요. 내일은 수도원에 들어가더라도, 오늘은 춤추고 즐겨요. 나는 말괄량이처럼 놀고 싶어요. 뭐, 하느님께서도 용서해주실 거예요. 내가 만약 하느님이었다면 모든 사람들을 용서했을 거예요. '사랑하는 나의 죄인들이여, 오늘부터 그대들 모두를 용서하노라' 하고 말이에요. 하지만 나는 하느님이 아니니, 사람들에게 용서를 구할 거예요. '선량한 여러분, 이 어리석은 여인네를 용서해주세요' 하고요. 나는 짐승이나 다름없는 여자예요. 하지만 기도하고 싶을 때가 있답니다. 나도 양파 한 뿌리를 준 적이 있거든요. 나 같은 못돼먹은 여자도 기도하고 싶을 때가 있어요! 미탸, 저 사람들이 춤추게 내버려둬요. 이 세상 모든 사람들은 전부 다 좋은 사람들이에요. 세상은 좋은 곳이에요. 우리는 추악하지만, 세상은 좋은 곳이에요. 우리는 추악하면서도, 또 좋은 사람들이니까요…. 여러분, 물어볼 게 있으니 이리 가까이 와보세요. 다들 말해봐요. 나는 왜 이렇게 좋은 여자일까요? 나는 좋은 여자잖아요, 아주 좋은 여자…. 그러니까 묻는 거예요. 나는 왜 이렇게 좋은 여자일까요?" 그루셴카는 점점 더 술기운이 올라 혀 꼬인 소리로 이렇게 말하더니, 마침내 자기도 춤을 추겠다고 선언했다. 그녀는 안락의자에서 일어나 비틀거렸다. "미탸, 이젠 내게 술을 주지 마세요. 이렇게 부탁할 테니 주지 말아요. 술을 마시니 안정이 안 되잖아요. 모든 게 핑핑 도는군요. 벽난로도 그렇고 모든 게 핑핑 돌아요. 춤추고 싶어요. 내가 어떻게 춤을 추는지 다 보여줄 거예요…. 얼마나 멋지게 잘 추는지…."

그루셴카는 진심이었다. 그녀는 주머니에서 하얀 무명 손수건을 꺼내 춤출 때 흔들기 위해 오른손으로 끄트머리를 잡았다. 미탸는 수선을 피웠고, 처녀들은 손짓이 떨어지기 무섭게 춤곡을 부를 준비를 하며 숨을 죽였다. 막시모프는 그루셴카가 직접 춤을 추려 한다는 것을 알고 환호성을 지르고는 노래를 부르며 그녀 앞에서 폴짝폴짝 뛰었다.

가느다란 다리에 통통한 허리
꼬리는 살짝 말려 올라갔다네.

하지만 그루셴카는 손수건을 내저어 그를 쫓아버렸다.

"쉬잇! 미탸, 왜 다들 오지 않는 거예요? 모두들 와서…

구경하라고 해요. 저기 갇혀 있는 사람들도 불러요…. 그 사람들은 왜 가둬놓은 거예요? 가서 내가 춤을 출 거라고 해줘요. 그 사람들에게도 춤추는 걸 보여줄래요."

미탸는 취해서 휘청거리며 잠긴 문으로 다가가 주먹으로 문을 쾅쾅 두드리기 시작했다.

"이봐… 포드비소츠키 형씨들! 나와, 그루셴카가 춤을 출 거라고 불러 오라고 하니까."

"불한당 같은 놈!" 신사 중 하나가 대답 대신 이렇게 고함쳤다.

"그럼 네놈은 불한당의 하수꾼이야! 하찮은 악당 놈 같으니!"

"폴란드를 조롱하는 건 이제 그만두세요." 역시나 몸을 가눌 수 없을 만큼 취해버린 칼가노프가 훈계하듯 이렇게 말했다.

"시끄러워, 애송이! 내가 저놈한테 악당이라 했다고 폴란드를 싸잡아 악당이라 욕하는 건 아냐. 저 불한당 하나가 폴란드 전체를 대표하는 것도 아니고. 착한 도련님은 입 다물고 가서 과자나 먹고 있으라고."

"어휴, 어쩜! 도무지 사람답지가 않군. 왜 화해하려 하지 않는 거야?" 그루셴카는 이렇게 말하고 춤을 추러 앞으로 나섰다. 합창대는 우렁차게 '아, 현관, 나의 현관'을 불렀다. 그루셴카는 고개를 뒤로 젖히고 입술을 살짝 벌려 미소 지으며 손수건을 흔드는가 싶더니 그 자리에서 몸을 휘청거리고는 당황한 얼굴로 방 한가운데 멈춰 섰다.

"힘이 없어요…." 그녀가 기진맥진한 목소리로 말했다. "미안해요, 힘이 없어서 못 추겠어요… 미안해요…."

그루셴카는 합창대에게 고개를 숙인 다음 사방에 대고 고개를 숙이기 시작했다.

"미안해요… 용서하세요…."

"아가씨가 취했군, 예쁜 아가씨가 취했어." 여기저기서 이런 목소리가 들려왔다.

"너무 과음하신 모양이야." 막시모프가 킬킬거리고 웃으며 처녀들에게 말했다.

"미탸, 나를 데려가줘요… 나 좀 부축해줘요, 미탸…." 그루셴카가 힘없이 말했다. 미탸는 그루셴카에게 달려가 품에 안아 들고는 그 소중한 포획물을 데리고 커튼 뒤로 달려갔다. '이제 가봐야겠군.' 이렇게 생각한 칼가노프는 양쪽 문을 닫고 파란 방을 나왔다. 하지만 홀에서는 시끌벅적한 술판이 계속되었고, 오히려 한층 더 떠들썩해졌다. 미탸는 그루셴카를 침대 위에 뉘이고 입술에 입을 맞췄다.

"손대지 말아요…." 그녀가 애원하는 듯한 목소리로 말했다. "손대지 말아요. 난 아직 당신 것이 아니니까…. 아까 당신 것이라고 말하긴 했지만, 그래도 손대지 말아요…. 용서해요…. 저 사람들이 있는 데서는 안 돼요. 그 사람이 여기 있잖아요. 여긴 더러워요…."

"그러겠소! 생각도 하지 않으리다…. 난 당신을 우러러보고 있으니까…!" 미탸가 중얼거렸다. "그래, 이곳은 더럽고 혐오스러워." 그러고는 그루셴카를 품에서 놓지 않은 채 침대 옆 바닥에 무릎을 꿇었다.

"나는 당신이 짐승이기는 하지만, 그래도 고결한 사람이라는 걸 알고 있어요." 그루셴카가 힘겹게 말을 내뱉었다. "떳떳해야 해요…. 앞으로는 떳떳해야 해요…. 우리도 떳떳해지고, 착해져야 해요. 짐승이 아니라, 착한 사람들이 되어야 해요…. 나를 데려가줘요, 멀리 데려가줘요…. 나는 여기 있기 싫어요. 그러니 멀리, 멀리로 데려가줘요…."

"그래, 그럽시다, 꼭 그렇게 하겠소!" 미탸는 그루셴카를 힘껏 끌어안았다. "당신을 데리고 멀리 떠나리다…. 아아, 그 피가 어떻게 되었는지 알 수만 있다면 당장 내 일생을 1년과 맞바꿔도 좋으련만!"

"피라뇨?" 그루셴카가 영문을 모르겠다는 듯 되물었다.

"아무것도 아니오!" 미탸는 빠드득 이를 갈았다. "그루샤, 당신은 떳떳하게 살자고 하지만, 나는 도둑놈이오. 나는 카티카(카탸의 애칭—옮긴이)에게서 돈을 훔쳤소…. 아아, 이건 치욕이오, 치욕!"

"카티카요? 그 아가씨 말인가요? 아니, 당신은 훔친 게 아니에요. 돌려주면 되잖아요…. 내 돈을 가져다가…. 소리 지를 일이 뭐가 있어요? 이제 내 것은 전부 당신 거예요. 우리한테 돈이 무슨 소용이에요? 어차피 흥청망청 써버리고 말 텐데…. 우린 그러지 않고는 못 배기는 사람들이잖아요. 차라리 어디 농사를 지으러 가요. 내 손으로 땅을 갈고 싶어요. 우린 일을 해야 해요. 알료샤가 그러라고 했거든요. 나는 당신의 정부가 아닌 정숙한 여자가 될 거예요. 당신의 노예가 되어서 당신을 위해 일할 거예요. 함께 그 아가씨를 찾아가 머리 숙여 용서를 구하고 떠나요. 혹시 용서해주지 않더라도 떠나는 거예요. 당신은 그 아가씨에게 돈을 갖다주고, 나를 사랑해줘요…. 그 아가씨는 사랑하지 말아요. 이제 더는 사랑하면 안 돼요. 당신이 사랑하면, 나는 그 아가씨를 목 졸라 죽일 거예요…. 두 눈을 바늘로 찔러버릴 거라고요…."

"내가 사랑하는 건 당신이오. 시베리아에서 당신 하나만 사랑할 거요…."

"시베리아는 왜요? 뭐, 당신이 원한다면 시베리아도 상관없어요…. 함께 일하는 거예요…. 시베리아에는 눈이 많이 와요…. 나는 눈 위로 마차를 타고 달리는 게 좋아요…. 방울도 꼭 달아야 해요…. 이 방울 소리가 들려요…? 어디서 나는 거지? 누가 마차를 타고 오나 봐요…. 이젠 멎었네요."

그루셴카는 힘없이 눈을 감더니 잠깐 잠이 든 모양이었다. 방울 소리는 정말로 먼 곳에서 들려오다가 뚝 멎었다. 미탸는 그루셴카의 가슴 쪽으로 머리를 숙였다. 그는 방울 소리가 멎는 것도, 노랫소리와 왁자지껄한 취객들의 소음이 뚝 그치고 여관 전체가 죽음 같은 정적에 휩싸인 것도 알아채지 못했다. 그루셴카는 눈을 떴다.

"어머, 내가 잠이 들었었나 보군요. 그렇지… 방울… 잠든 사이에 꿈을 꿨어요. 마차를 타고 눈밭을 달리고 있었어요…. 방울 소리가 울리고, 나는 꾸벅꾸벅 졸고 있었어요. 사랑하는 사람과, 당신과 함께 가고 있었던 것 같아요. 아주 먼 곳으로…. 나는 당신을 끌어안고 입 맞추고, 추웠는지 당신

품에 파고들었어요. 눈이 반짝반짝 빛나고 있었죠…. 눈이 빛나고, 달빛이 비추면 꼭 다른 세상에 있는 것 같은 느낌이 드는 거 알아요…? 잠에서 깨니, 사랑하는 사람이 옆에 있네요. 정말 행복해요….”

“나는 당신 옆에 있소.” 미타는 중얼거리며 그루셴카의 옷과 가슴과 손에 입을 맞췄다. 그러다 미탸는 문득 이상한 것을 느꼈다. 그루셴카가 똑바로 앞을 보고 있기는 하나 자신을, 자신의 얼굴을 보는 것이 아니라, 기묘하리만큼 미동도 없이 뚫어지게 그의 머리 위 허공을 바라보고 있다는 것을 느낀 것이다. 그루셴카의 얼굴에 별안간 공포에 가까운 놀라움이 떠올랐다.

“미탸, 저기서 우리를 보고 있는 게 누구죠?” 그루셴카가 속삭였다. 고개를 돌린 미탸는 정말로 누군가 커튼을 들추고 자신들을 지켜보고 있는 것을 알았다. 더구나 한 사람이 아닌 듯했다. 미탸는 벌떡 일어나 성큼성큼 그들에게 다가갔다.

“이쪽으로 오시오.” 나직하지만 단호하고 강경한 누군가의 목소리가 이렇게 말했다.

커튼 밖으로 나온 미탸는 그 자리에 굳어버리고 말았다. 온 방에 사람들이 가득 차 있었다. 그러나 아까 보았던 사람들이 아닌 전혀 새로운 사람들이었다. 미탸는 순간 등에 오싹한 한기를 느끼고 몸을 부르르 떨었다. 그는 그들이 누군지 대번에 알아보았다. 외투를 입고 모표가 달린 모자를 쓴, 키가 크고 뚱뚱한 노인은 경찰서장 미하일 마카리치였다. ‘언제나 광나는 부츠를 신고 다니는’ ‘폐병 환자’인 단정한 멋쟁이는 검사보였다. '저 사람은 400루블짜리 크로노미터를 가지고 있지. 예전에 보여준 적이 있어.' 키가 작고 안경을 쓴 젊은이는… 미탸는 그 사람의 이름은 기억나지 않았지만 본 적이 있어 누군지 알고 있었다. 그는 '법률학교를 졸업하고' 얼마 전 이 고장에 온 예심판사였다. 또 다른 사람은 미탸와 아는 사이인 지서장 마브리키 마브리키치였다. 배지를 단 이런 사람들이 무슨 일로 찾아왔을까? 그 외에도 두 사람이 더 있었는데, 아마 농부들 같았다…. 저쪽 문가에는 칼가노프와 트리폰 보리시치가 서 있었다….

"여러분… 여러분, 무슨 일입니까?" 미탸는 이렇게 말하다가 별안간 제정신이 아닌 사람처럼 목청껏 고함을 질렀다.

"다 알겠소!"

안경을 쓴 젊은이가 앞으로 나와 미탸 쪽으로 다가오더니 근엄하지만 약간 서두르는 듯한 태도로 입을 열었다.

"우리는 당신에게… 아무튼 여기, 이쪽 소파에 좀 앉으십시오. 당신의 설명을 꼭 들어야 할 일이 있습니다."

"노인 때문이군!" 미탸가 몹시 흥분하여 소리쳤다. "노인과 그 피 때문이겠지…! 다 알겠소!"

미탸는 그렇게 외치고는 옆에 있던 의자에 쓰러지듯 풀썩 앉았다.

"다 알겠다고? 오호라! 아비를 살해한 망나니 같으니, 늙은 아비의 피가 네 등 뒤에서 비명을 지르고 있지 않나!" 경찰서장이 미탸에게 다가서면서 버럭 호통을 쳤다. 그는 이성을 잃은 듯 얼굴이 시뻘게져 온몸을 부들부들 떨고 있었다.

"이러지 마십시오!" 키 작은 젊은이가 외쳤다. "미하일 마카리치, 미하일 마카리치! 이러시면 안 됩니다…! 저 혼자 말하게 해주십시오…. 당신이 이러실 줄은 생각도 못했습니다…."

"하지만 이게 어디 말이나 되는 일입니까!" 경찰서장이 외쳤다. "저놈을 보시오. 제 아비의 피를 뒤집어쓴 채 한밤중에 술에 취해 방탕한 계집과 함께…. 이게 대체 있을 수 있는 일입니까!"

"미하일 마카리치, 제발 부탁이니 이번에는 감정을 자제해주십시오." 검사보가 낮은 목소리로 빠르게 말했다. "그러지 않으면 나도 어쩔 수 없이…."

그러나 키 작은 예심판사는 그 말이 채 끝나기도 전에 미탸를 향해 단호하고도 엄숙하게 소리 높여 말했다.

"퇴역 중위 카라마조프 씨, 당신은 지난 밤 당신의 아버지 표도르 파블로비치 카라마조프를 살해한 혐의로 기소되었음을 통보하는 바입니다…."

예심판사가 뭐라고 더 말하는 것 같았고, 검사보도 무슨 말인가 하는 것 같았으나, 미탸는 그들의 말을 들으면서도 아무것도 이해할 수 없었다. 그저 놀란 눈으로 모두를 쳐다볼 뿐이었다….

제9편
예심

1. 관리 페르호틴의 출세의 시작

상인의 미망인 모로조바 집의 굳게 닫힌 대문을 있는 힘껏 두드렸다는 대목까지 이야기했던 표트르 일리치 페르호틴은 결국 뜻을 이루어냈다. 2시간 전 너무 놀라 흥분과 '상념'으로 엄두를 잘 못 내고 있던 페냐는 대문을 마구 두드리는 소리가 나자 경기를 일으킬 만큼 겁을 먹고 말았다. 페냐는 또다시 드미트리 표도로비치가(그가 마차를 타고 떠나는 것을 직접 보았음에도) 문을 두드리는 것이라고 생각했다. 그토록 '끔찍하게' 문을 두드릴 수 있는 사람은 그 외에는 아무도 없었기 때문이다. 문지기가 잠이 깨 두드리는 소리가 나는 대문으로 다가가자 페냐는 그에게 달려가 문을 열어주지 말라고 애원했다. 그러나 문지기는 문을 두드린 사람에게 물어 그가 누구라는 것과 매우 중요한 용건으로 페도시야 마르코브나를 만나려 한다는 것을 알고 결국 문을 열어주기로 했다. 미탸와 마찬가지로 부엌으로 안내받은 표트르 일리치는(페냐는 '만일을 대비해' 문지기도 같이 들어올 수 있게 해달라고 그에게 부탁했다) 페냐에게 이것저것 물어보기 시작했고, 곧 가장 중요한 이야기를 듣게 되었다. 즉, 드미트리 표도로비치가 그루셴카를 찾으러 달려 나갈 때 절구에서 절굿공이를 집어 갔는데, 돌아왔을 때 보니 절굿공이는 사라지고 손은 피투성이더라는 이야기였다. "그때까지도 피가 뚝뚝 떨어지고 있었어요. 두 손에서 계속 떨어지고 있더라니까요!" 페냐는 이렇게 외쳤는데, 필경 뒤죽박죽이 된 머릿속에서 이 끔찍한 사실을 상상해낸 듯했다. 피가 뚝뚝 떨어지는 정도는 아니었지만, 표트르 일리치도 피투성이가 된 손을 직접 목격했고 씻는 것을 도와주었다. 그러나 문제는 피가 빨리 말랐는지 여부가 아니라, 드미트리가 절굿공이를 들고 달려간 곳이 어디인가, 표도르 파블로비치에게 달려간 것이 확실한가, 무슨 근거로 그렇게 단정할 수 있는가 하는 것이었다. 표트르 일리치는 그 점을 자세히 캐물었으나 확실한 것은 아무것도 알아내지 못했다. 그러나 드미트리가 아버지의 집 말고는 달리 갈 곳이 없으며, 그곳에서 무슨 일이 일어난 것이 분명하다는 것을 거의 확신하게 되었다. "그분이 돌아오셨을 때," 페냐가 떨리는 목소리로 말을 이었다. "나는 그분께 모든 이야기를 털어놓은 다음, '드미트리 나리, 왜 두 손에 그렇게 피가 묻은 건가요?' 하고 물었어요." 그러자 미탸는 그것이 사람의 피이며 조금 전 자신이 사람을 죽였다고 대답했다는 것이다. "그렇게 고백하고, 모든 것이 후회스럽다고 말씀하시더니, 갑자기 제정신이 아닌 사람처럼 뛰쳐나갔어요. 나는 털썩 주저앉아 생각했어요. '저렇게 미친 사람처럼 어디로 달려간 걸까?' 그러자 모크로예로 가서 아씨를 죽일 거라는 생각이 들었지요. 저는 아씨를 죽이지 말아달라고 빌려고 그분 집으로 달려갔어요. 그런데 플로트니코프 상점 앞을 지나가다 보니 그분이 막 마차를 타고 떠나려는 참인 거예요. 손에 묻어 있던 피는 이미 지워져 있었어요(페냐는 그것을 눈여겨보고 기억해두었다)." 페냐의 할머니도 할 수 있는 한 손녀의 증언을 뒷받침해 주었다. 그 밖에도 몇 가지 더 물어본 후에, 표트르 일리치는 들어갈 때보다 더 큰 걱정과 불안을 느끼며 그 집을 나왔다.

표트르 일리치는 지금 당장 표도르 파블로비치의 집으로 가서 변고가 없는지 알아보고, 변고가 있다면 정확히 무슨 일인지 알아본 다음 충분한 확신이 서면 경찰서장을 찾아가는 것이 가장 합당한 일이라는 생각이 들었다. 그는 그러기로 마음먹었다. 그러나 밤은 어두웠고, 표도르 파블로비치의 집 대문은 굳게 닫혀 있을 터였다. 그는 또다시 문을 두드려야 할 것이었다. 게다가 표도르 파블로비치와는 거의 모르는 사이나 다름없었다. 문을 두드려 사람을 불러냈는데 그 집에 아무 일도 없다면 어떻게 될 것인가. 짓궂은 표도르 파블로비치는 내일 당장 온 동네를 돌아다니며 페르호틴이라는 안면도 없는 관리가, 자기가 누구에게 죽임을 당하지 않았나 알아보려고 한밤중에 자기 집에 들이닥쳤다는 이야기를 퍼뜨릴 것이다. 그런 추문이 어디 있는가! 표트르 일리치는 세상에서 추문이 가장 무서웠다. 그러나 그를 사로잡고 있던 감정이 너무나 강렬했던 나머지, 그는 사납게 발로 바닥을 한 번 구르고서는 곧장 새로운 길로, 즉 표도르 파블로비치의 집이 아닌 호흘라코바 부인의 집으로 내달렸다. 그 부인에게 이러이러한 시간에 드미트리 표도로비치에게 3000루블을 주었냐고 물어서 부정적인 대답이 나오면 표도르 파블로비치의 집에 들르지 않고 곧장 경찰서장을 찾아가고, 그렇지 않으면 모든 것을 내일로 미루고 집으로 돌아가기로 마음먹었던 것이다. 물론 11시가 다 되어가는 밤중에 전혀 안면이 없는 상류층 부인을 찾아가 이미 잠자리에 들었을지도 모르는 부인을 깨워 상황에 전혀 어울리지 않는 황당한 질문을 던지겠다는 젊은이의 결심이 표도르 파블로비치를 찾아가는 것보다 추문을 불러일으킬 확률이 훨씬 높다는 것은 뻔한 일이었다. 그러나 가끔은, 특히 지금과 같은 경우에는 정확하고 냉철하기 그지없는 사람도 그런 결정을 내릴 수가 있는 법이다. 더욱이 표트르 일리치는 그 순간 전혀 냉철할 수가 없었다! 차츰 그를 사로잡은 억누를 수 없는 불안이 마침내 고통스러운 지경에까지 이르러 자신의 의지와 무관하게 자신을 이끌었던 것을 그는 평생을 두고 떠올리곤 했다. 물론 그는 가는 길 내내 그 부인을 찾아가는 자기 자신을 욕했다. 그러나 부득부득 이를 갈며 '끝까지 가보리라!' 하고 수없이 되뇌었고, 결국 자신의 뜻을 이루어냈다.

그가 호흘라코바 부인의 집에 들어선 시간은 정각 11시였다. 그는 꽤나 빨리 뜰 안으로 안내되었으나, 부인이 잠자리에 들었냐는 물음에 문지기는 이 시간에는 보통 주무신다는 말 외에는 정확한 대답을 들려주지 못했다. "저기 2층에 가서 여쭤보십시오. 마님께서 만나보실 생각이 있으면 나리를 들이실 테고, 그럴 생각이 없으면 들이지 않으시겠지요." 표트르 일리치는 2층으로 올라갔으나, 그곳에서부터는 일이 어려워졌다. 하인은 부인에게 보고하기를 꺼리다가 결국 하녀 하나를 불러냈다. 표트르 일리치는 정중하지만 강경한 태도로, 부인에게 이 도시에 사는 페르호틴이라는 관리가 특별한 용건이 있어 찾아왔으며, 이토록 중요한 일이 아니었다면 감히 이 시간에 찾아오지 못했을 것이라고 부인에게 전해달라고 말했다. "꼭 그대로 전해주시오." 그는 하녀에게 이렇게 부탁했다. 하녀는 물러갔다. 표트르 일리치는 현관에 남아 기다렸다. 호흘라코바 부인은 아직 잠든 것은 아니었으나, 이미 침실에 가 있었다. 부인은 아까 미탸가 다녀간 후 몹시 기분이 상해 있었고, 그런 때면 으레 찾아오곤 하는 편두통으로 그날 밤 고생하리란 것을 예감하고 있었다. 하녀의 보고를 들은 부인은 몹시 놀랐다. 이 시간에 친분도 없는 '이 도시에 사는 관리'가 찾아왔다는 사실이 여자로서의 호기심을 몹시 자극하기는 했지만, 그녀는 짜증을 내며 거절하라고 했다. 그러나 표트르 일리치는 이번에는 노새처럼 고집을 부렸다. 그는 부인이 거절했다는 말을 듣자, '무척 중요한 용건으로 왔으며, 지금 자기를 만나주지 않으면 나중에 후회하게 될 수도 있다'는 말을 다시 한번 '그 말 그대로' 전해달라고 끈질기게 부탁했다. "그때 나는 산에서 뛰어내린 것 같은 심정이었다." 훗날 그는 이렇게 말했다. 하녀는 놀란 얼굴로 그를 쳐다보더니 다시 보고하러 갔다. 호흘라코바 부인은 아연해서 잠깐 생각에 잠겼다가 그 사람이 어때 보이더냐고 캐물었고, '옷차림이 훌륭하고 아주 예의가 바른 젊은 사람'이라는 대답을 들었다. 여기서 잠깐 지적하고 넘어가자면, 표트르 일리치는 상당히 잘생긴 젊은이였고, 자기 자신도 그것을 알고 있었다. 호흘라코바 부인은 나가보기로 했다. 이미 가운 차림에 슬리퍼를 신고 있었지만, 어깨에 검은 숄만 하나 걸쳤다. '관리'는 아까 미탸가 다녀갔던 응접실로 안내받았다. 여주인은 따지는 듯한 엄격한 얼굴로 손님 앞으로 나아가 앉으라는 말도 없이 대뜸 물었다. "용건이 뭔가요?"

"부인, 제가 이렇게 실례를 무릅쓰고 찾아온 것은 부인께서도 알고 계시는 드미트리 표도로비치 카라마조프에 관한 일 때문입니다." 페르호틴은 이렇게 운을 뗐으나, 그 이름을 말한 순간 여주인의 얼굴에는 이루 말할 수 없는 분노가 떠올랐다. 비명을 내지를 뻔한 부인은 표독스럽게 그의 말을 가로막았다.

"그 끔찍한 사람 때문에 내가 얼마나 더 고통받아야 하죠?" 부인은 미친 듯이 소리쳤다. "이봐요, 이 시간에 안면도 없는 부인의 집을 찾아올 생각을 하다니 어떻게 그럴 수가 있나요…. 그것도 겨우 3시간 전에 나를 죽이러 와서 바로 여기, 이 응접실에서 발을 쾅쾅 굴러대고, 다른 사람이라면 생각도 못 할 무례한 태도로 점잖은 사람의 집을 나가버린 사람 얘기를 하러 왔다니요. 이봐요, 난 당신을 고소할 거예요. 이 일을 그냥 넘어가지 않을 거예요. 지금 당장 나가주세요…. 난 자식을 둔 어머니예요. 난 지금 당장… 난… 난….”

“죽이러 왔다니요! 그 사람이 부인도 죽이려 했다는 겁니까?”

“그럼 벌써 누구를 죽였다는 건가요?” 호흘라코바 부인이 다급히 물었다.

“부인, 30초만 제 얘기를 들어주시면 모든 사정을 간략하게 말씀드리겠습니다.” 페르호틴은 힘 있는 어조로 대답했다. “오늘 오후 5시에 카라마조프 씨는 제게서 10루블을 빌렸습니다. 그러니 저는 그 사람에게 돈이 없었다는 것을 분명히 알고 있습니다. 그런데 9시에 다시 저를 찾아왔을 때는 손에 100루블짜리 지폐 다발을 훤히 보이도록 들고 있더군요. 2000루블이나 3000루블은 되어 보였습니다. 손과 얼굴은 피범벅이었고, 마치 제정신이 아닌 사람 같았습니다. 어디서 그런 돈이 났냐고 물었더니, 조금 전에 부인께 얻었다고, 금광에 가도록 부인이 3000루블을 빌려주었다고 분명히 대답했습니다….”

호흘라코바 부인의 얼굴에 별안간 강렬하고 병적인 불안의 빛이 떠올랐다.

“세상에! 그 사람은 자기 늙은 아버지를 죽인 거예요!” 부인은 손바닥을 탁 치며 이렇게 외쳤다. “나는 그 사람에게 한 푼도 준 적 없어요, 단 한 푼도! 아아, 어서, 어서 가보세요…! 더는 한마디도 하지 말고 그 사람 아버지에게 달려가서 노인을 구해주세요, 어서요!”

"부인, 그럼 부인은 그 사람에게 돈을 주지 않았다는 겁니까? 한 푼도 주지 않았다고 확실히 기억하시는 겁니까?"

"안 줬어요, 안 줬고말고요! 그 사람은 돈의 가치를 모르는 사람이라 거절해버렸어요. 그랬더니 발을 쾅쾅 굴러대고 미친 사람처럼 나가버리더라니까요. 내게 달려들기까지 하기에, 깜짝 놀라 뒤로 피했지 뭐예요…. 당신께 더는 아무것도 숨길 생각이 없으니 말씀드리는데, 그 사람은 내게 침까지 뱉었답니다. 상상이 되나요? 그런데 우리가 왜 이렇게 서 있죠? 이리 앉으세요…. 미안해요, 내가… 아니, 이럴 게 아니라 빨리 가보세요. 어서 달려가서 가엾은 노인을 끔찍한 죽음으로부터 구해주세요!"

"그런데 벌써 살해했으면 어쩌죠?"

"아아, 하느님, 정말 그렇네요! 그럼 우리는 지금 뭘 해야 할까요? 지금 뭘 해야 한다고 생각하세요?"

그렇게 말하면서 호흘라코바 부인은 표트르 일리치를 자리에 앉히고 자기도 마주앉았다. 표트르 일리치는 간단명료하게 사건의 전말을, 적어도 자신이 직접 목격한 것을 부인에게 이야기하고, 방금 전 페냐에게 다녀온 일과 절굿공이에 대해서도 말해주었다. 이 자세한 이야기는 가뜩이나 흥분해 있던 부인의 마음을 온통 뒤흔들어놓았다. 부인은 비명을 지르기도 하고, 손으로 눈을 가리기도 했다….

"나는 이럴 줄 다 예감하고 있었어요! 내겐 그런 재능이 있거든요. 내 예감은 전부 현실이 돼요. 그 끔찍한 사람을 볼 때마다 저 사람은 결국 나를 죽이고 말 거라고 수없이 생각했어요. 그런데 정말 그렇게 되고 말았군요…. 그 사람이 내가 아니라 자기 아버지를 죽인 건, 분명 하느님의 손이 나를 보호해주셨기 때문이에요. 그 사람도 날 죽이기는 부끄러웠겠지요. 내가 여기, 바로 이 자리에서 그 사람 목에 위대한 순교자 바르바라의 유품인 성상을 걸어주었으니까요…. 나는 그때 정말이지 죽음을 코앞에 두고 있었군요. 그 사람한테 바싹 붙어 서 있었거든요. 그 사람은 목을 내 쪽으로 쭉 빼고 있었고요! 이봐요, 표트르 일리치… (실례지만, 성함이 표트르 일리치라고 하셨죠?) 나는 기적을 믿지 않지만, 그 성상과 지금 내게 일어난 이 분명한 기적은 정말 놀랍군요. 다시 무엇이든 다 믿을 수 있을 것만 같아요. 조시마 장로의 이야기는 들으셨나요…? 아니, 내가 지금 무슨 말을 하고 있담…. 글쎄, 그 사람은 목에 성상을 건 채로 내게 침을 뱉었다니까요…. 물론 침만 뱉었을 뿐, 죽이진 않았지만요…. 그러고는 그리로 달려간 거예요! 그런데 우리는 이제 어디로 가야 할까요? 어떻게 생각하세요?"

표트르 일리치는 자리에서 일어서서, 지금 곧장 경찰서장을 찾아가 모든 것을 알릴 생각이며, 나머지는 그가 알아서 할 것이라고 말했다.

"아아, 미하일 마카로비치와는 친분이 있는데, 정말 좋은 분이세요. 그래, 그분이 제격이네요. 표트르 일리치, 당신은 정말 기지가 넘치는 분이시군요. 어떻게 그런 좋은 생각을 하셨어요? 나라면 절대 그런 생각은 못 했을 거예요!"

"저도 서장님과 잘 아는 사이니까요." 표트르 일리치는 여전히 선 채로 이렇게 말했다. 도무지 작별 인사를 하고 떠날 틈을 안 주는 이 성화스러운 부인에게서 어떻게 해서든 빨리 벗어나고 싶어 하는 눈치였다.

"그리고 말이에요." 부인이 웅얼거리듯 말했다. "거기서 보고 알게 된 것을 제게 와서 말씀해주세요…. 무엇이 밝혀졌는지… 그 사람이 어떤 선고를 받고 어디로 가게 되는지 말이에요. 우리나라엔 사형 제도가 없잖아요? 아무튼 꼭 와주세요. 새벽 3시, 4시, 아니 4시 반이라도 좋으니… 내가 못 일어나면 마구 흔들어 깨우라고 하세요…. 아아, 오늘은 잠이 올 것 같지도 않아요. 나도 당신과 같이 가면 어떨까요…?"

"아, 아닙니다. 그보다 만약을 대비해 드미트리 표도로비치에게 한 푼도 준 적이 없다고 석 줄 정도만 직접 써주시면 필요할 데가 있을지도 모르겠습니다…. 혹시 모르니까요…."

"물론이지요!" 호흘라코바 부인은 반색하며 책상 앞으로 뛰어갔다. "이런 일을 이렇게 능숙하게 다루시다니 정말 감탄했어요…. 이 고장에서 근무하신다고요? 당신 같은 분이 이 고장에서 근무하신다니, 정말 반가운 일이군요…."

부인은 이렇게 말하면서 반쪽짜리 편지지에 커다란 글씨로 재빨리 이렇게 썼다.

나는 오늘 불행한 드미트리 표도로비치 카라마조프(어쨌든 지금 그 사람이 불행한 건 사실이니까요)에게 3000루블이든 얼마가 됐든 절대로, 절대로 빌려준 적이 없습니

다. 세상의 모든 성스러운 것에 걸고 맹세합니다.

호흘라코바

"자, 여기요." 부인은 표트르 일리치 쪽으로 얼른 몸을 돌렸다.

"어서 가서 그 사람을 구해주세요. 당신의 위대한 업적이 될 거예요."

부인은 표트르 일리치에게 세 번 성호를 그어주었다. 그러고는 그를 배웅하러 현관까지 따라 나왔다.

"얼마나 고마운지! 당신이 가장 먼저 나를 찾아와줘서 내가 얼마나 감사한지 당신은 상상도 못 할 거예요. 왜 지금껏 당신을 만나지 못했을까요? 앞으로도 우리 집에 와준다면 정말 기쁠 거예요. 당신처럼 일처리가 확실하고 기지가 넘치는 분이 이 고장에서 근무하신다니, 이렇게 반가울 데가 또 있을까요…. 다른 사람들도 당신을 인정하고, 이해해주어야 해요. 내가 당신을 위해 할 수 있는 건 뭐든지 다 하겠어요…. 아아, 나는 젊은 분들이 참 좋아요! 나는 젊은 분들에게 사랑에 빠졌어요. 젊은이들은 고통받고 있는 우리 러시아의 기반이자, 러시아의 모든 희망이거든요…. 오, 가세요, 어서 가보세요!"

그러나 표트르 일리치는 이미 달려가고 있었다. 그렇지 않았으면 부인이 그를 그렇게 일찍 놓아주지 않았을 것이다. 하지만 그는 호흘라코바 부인에게서 상당히 좋은 인상을 받았다. 이런 추악한 사건에 휘말린 데 대한 불안까지 약간 덜어질 정도였다. 잘 알려져 있듯, 사람의 취향은 그야말로 제각각이다. '그렇게 나이가 많아 보이지도 않았지.' 그는 유쾌한 기분으로 이렇게 생각했다. '그 집 딸이래도 믿겠던걸.'

호흘라코바 부인은 부인대로 젊은이에게 완전히 매료되어버렸다. '요즘 젊은이가 어쩜 그렇게 일도 잘하고 신중할까! 게다가 품행도 단정하고 외모까지 출중하니. 요즘 젊은 사람들은 아무것도 할 줄 모른다는 사람들에게 한번 보여주고 싶군그래.' 그리하여 부인은 '끔찍한 사건'에 대해서는 잊고 있다가, 잠자리에 들어서야 문득 '죽음을 코앞에 두었던 것'이 떠올라 "아아, 끔찍하다, 끔찍해!" 하고 외쳤다. 하지만 곧 깊고 달콤한 잠에 빠져들었다. 만약 지금 여기에 쓴 이 젊은 관리와 결코 늙었다고 할 수 없는 미망인의 기묘한 만남이 정확하고 신중한 젊은이의 출세에 밑거름이 되지 않았더라면, 나는 이런 사소하고 단편적인 이야기를 장황하게 늘어놓지 않았을 것이다. 지금도 시내 사람들은 이 일을 회자하며 놀라워한다. 카라마조프 형제에 관한 기나긴 이야기를 끝낼 때쯤에 이 일에 대해 따로 간단히 이야기하게 될지도 모르겠다.

2. 동요

우리 도시의 경찰서장 미하일 마카로비치 마카로프는 7등 문관으로 옮겨온 퇴역 중령으로, 마음씨 좋은 홀아비였다. 우리 고장에 부임해온 지는 3년밖에 안 되었으나, '사교계를 하나로 만드는 능력' 덕분에 모든 사람의 호감을 샀다. 그의 집에는 손님이 끊이지 않았고, 그 역시 손님 없이는 못 사는 것 같았다. 매일 그의 집에서는 누군가가 꼭 식사를 했고, 한 명이 되었든 두 명이 되었든 손님이 없으면 그는 식탁에 앉지 않았다. 사람들을 제대로 식사에 초대할 때도 있었는데, 그럴 때면 온갖 구실이 붙었고, 때로는 전혀 뜻밖의 구실이 붙기도 했다. 음식은 세련되지는 않아도 푸짐했다. 특히 고기 파이가 일품이었고, 술은 질이 좋지는 않아도 양이 풍족했다. 현관과 맞닿은 방에는 꽤 좋은 환경에 당구대가 놓여 있었다. 즉, 잘 알려졌다시피 홀아비의 당구실에 필수적인 장식인 영국산 준마 그림이 검은 액자에 끼워져 벽마다 걸려 있었다. 매일 저녁 한 테이블에서라도 반드시 카드놀이가 벌어졌다. 그런가 하면 우리 도시의 상류층 사람들 전체가 부인과 딸을 데리고 춤을 추러 모여드는 일도 꽤 잦았다. 미하일 마카로비치는 홀아비였으나, 가족이 없는 것은 아니었다. 오래전 과부가 된 딸이 그에게는 외손녀가 되는 두 딸을 데리고 들어와 살고 있었기 때문이다. 이미 학업을 마친 다 큰 손녀들은 외모도 괜찮고 성격도 명랑해, 지참금은 없으리라는 것을 누구나 알고 있었음에도 사교계 청년들의 발길을 이 집으로 이끌곤 했다. 미하일 마카로비치는 업무에 탁월한 재능이 있는 것은 아니었으나, 자신의 책임은 남들 못지않게 수행해냈다. 직설적으로 말하면, 그는 학식이 부족하고 자신의 행정적 권한을 명확히 이해하는 데 별 관심이 없는 태평한 사람이었다. 현 통치 체제의 몇몇 개혁에 대해서는 아예 이해하지 못하는 것은 아니었으나, 일부 잘못된 인식을 가지고 있었고, 그중에는 심각한 것도 있었다. 그것은 딱히 능력이 부족해서가 아니라, 그저 태평한 성격 탓에 그런 문제를 붙잡고 고민해볼 틈이 없었기 때문이었다. "여러분, 나는 문관보다는 무관이 체질이랍니다." 그는 자신에 대해 이렇게 말하곤 했다. 그는 지주이면서도, 농노 개혁의 근거에 대해서조차 아직 확실하고 분명한 개념이 없는 듯했다. 그저 한 해 두 해 실제로 부딪히면서 자연스럽게 지식을 쌓아갈 뿐이었다. 표트르 일리치는 그날 저녁 미하일 마카로비치의 집에서 손님을 만나게 되리라는 것은 분명히 알고 있었으나, 누구를 만나게 될지는 몰랐다. 그런데 마침 그 집에는 검사와 이 고장의 공의公醫인 바르빈스키가 카드놀이를 하고 있었다. 의사는 페테르부르크 의학 학교를 눈부신 성적으로 졸업하고 얼마 전 우리 고장으로 온 젊은이였다. 검사, 원래는 검사보이지만 이 고장 사람들은 모두 검사라고 부르는 이폴리트 키릴로비치는 꽤 특이한 사람이었다. 이제 겨우 서른다섯 살로 나이가 많은 편은 아니었으나 심한 폐병을 앓고 있었고, 아이를 낳지 못하는 아내는 오히려 몹시 뚱뚱한 편이었다. 그는 자존심이 강하고 신경질적이었으나, 머리가 좋고 마음씨도 착했다. 그의 모든 성격적 문제는 자신이 가진 능력보다 스스로를 조금 더 높이 평가한다는 데 있는 듯했다. 이 때문에 그는 항상 불안해 보였다. 게다가 그는 고상하고 예술적이라고도 할 수 있는 은밀한 욕망을 품고 있었다. 예를 들면 심리적

특성, 인간의 심리에 대한 특별한 지식이라든가 범죄자와 그 범죄를 간파해내는 특별한 재능을 가지고 싶어 했다. 이러한 의미에서 그는 자신이 직장에서 괄시받고 있다고 생각했으며, 윗사람들이 자신의 진가를 제대로 알아주지 않고 곳곳에 자신의 적이 있다고 믿었다. 우울할 때면 형사 전문 변호사로 전향하겠다고 으름장을 놓기도 했다. 카라마조프가에서 일어난 뜻하지 않은 부친 살해 사건은 그를 완전히 뒤흔들어 놓았다. '이것은 러시아 전역에 알려질 만한 사건이다'라고 그는 생각했다. 하지만 이것은 앞서가는 이야기다.

옆방에는 아가씨들과 함께 겨우 두 달 전 페테르부르크에서 우리 고장으로 온 젊은 예심판사 니콜라이 파르표노비치 넬류도프도 있었다. 훗날 고장 사람들은 이런 인물들이 일부러 그러기라도 한 듯 '범죄'가 일어난 날 저녁에 경찰서장의 집에 모여 있었다는 사실을 거론하며 놀라움을 감추지 못했다. 그러나 사실 이것은 아주 단순하고 자연스럽게 이루어진 일이었다. 검사인 이폴리트 키릴로비치는 아내가 이틀째 치통을 앓는 바람에 신음 소리를 피해 어디로든 도망쳐 나와야 했다. 의사인 바르빈스키는 원래 저녁에 카드놀이판이 아니면 있을 곳이 없는 사람이었다. 예심판사 니콜라이 파르표노비치 넬류도프는 사흘 전부터 이날 저녁 우연인 것처럼 경찰서장의 집에 찾아와 큰외손녀 올가 미하일로브나에게 '나는 당신의 비밀을 알고 있다, 오늘이 당신의 생일이지 않느냐, 시내 사람들을 무도회에 초대하기 싫어서 일부러 사람들에게 그 사실을 숨긴 것을 누가 모를 줄 아느냐'고 말해 골려주려고 작정하고 있었다. '나이가 알려질까봐 걱정하는 모양인데, 비밀을 알고 있는 자신이 내일 당장 사람들에게 폭로해버리겠다'는 등의 말로 그녀의 나이를 암시하며 잔뜩 놀려줄 생각이었던 것이다. 이 귀여운 젊은이는 이런 면에 있어서는 못 말리는 장난꾸러기였다. 이 고장 부인들도 그를 장난꾸러기라고 불렀는데, 그는 그 별명이 몹시 마음에 드는 눈치였다. 그러나 그는 훌륭한 집안 출신에 좋은 교육을 받은 마음이 착한 사람이었다. 향락주의적인 구석이 있기는 했지만, 순수하고 언제나 예의 바르게 행동했다. 외모는 키가 작고 가냘펐다. 가느다랗고 창백한 손가락에는 늘 큼지막한 반지 여러 개가 번쩍이고 있었다. 직무를 수행할 때면 자신의 역할과 의무에 거룩함을 느끼는 듯 몹시 근엄한 표정을 지었다. 특히 평민 출신의 살인범이나 다른 악인들을 심문할 때면 교묘한 질문으로 혼을 쏙 빼놓아, 그들에게 존경심까지는 아니더라도 일종의 경이로움을 불러일으키곤 했다.

경찰서장의 집에 들어선 표트르 일리치는 어안이 벙벙해졌다. 그곳에 있는 사람들이 이미 모든 것을 알고 있다는 사실을 깨달았기 때문이다. 실제로 그들은 카드를 그만두고 모두 일어선 채로 의논하고 있었다. 예심판사 니콜라이 파르표노비치도 아가씨들을 내버려 두고 달려와서는 전투적이고 열성적인 얼굴로 서 있었다. 표트르 일리치를 맞이한 것은 표도르 파블로비치가 정말로 그날 밤 자신의 집에서 살해되고 돈을 도둑맞았다는 놀라운 소식이었다. 이 사실은 페르호틴이 그곳에 오기 직전에 다음과 같은 방식으로 알려지게 되었다.

담장 옆에 상처를 입고 쓰러진 그리고리의 아내 마르파 이그나티예브나는 자기 침대에서 깊이 잠들어 그대로 아침까지 잘 뻔했으나, 문득 잠에서 깼다. 그것은 옆방에서 인사불성이 된 채 누워 있던 스메르댜코프의 무시무시한 비명 소리 때문이었다. 그런 비명을 지른 후엔 언제나 간질 발작이 시작되었으므로, 마르파는 평생 그 소리에 병적인 두려움을 느끼곤 했다. 그 소리에는 도저히 익숙해질 수가 없었던 것이다. 마르파는 비몽사몽간에 자리에서 일어나 거의 제정신이 아닌 상태로 스메르댜코프가 있는 방으로 달려갔다. 그러나 그곳은 캄캄해, 환자가 무섭게 신음하며 몸부림치는 소리만 들릴 뿐이었다. 마르파는 그 자신도 비명을 지르며 남편을 부르려다가, 문득 아까 침대에서 일어났을 때 그가 옆에 없었다는 사실을 떠올렸다. 마르파는 침대로 달려가 손으로 더듬어보았으나, 과연 침대는 비어 있었다. 어디론가 나갔다는 말인데, 대체 어디로 간 것일까? 마르파는 현관으로 뛰어나가 조심스럽게 남편을 불러보았다. 물론 대답은 들려오지 않았다. 대신 밤의 정적을 뚫고 저 멀리 정원 쪽에서 신음 소리 같은 것이 들렸다. 그녀는 귀를 기울였다. 신음 소리는 다시 들려왔고, 분명히 정원 쪽에서 나고 있었다. '아이구 원, 리자베타 스메르다샤야 때와 똑같잖아!' 혼란스러운 머릿속으로 언뜻 이런 생각이 스쳤다. 겁에 질려 조심스럽게 현관 층계를 내려온 마르파는 정원 쪽문이 열린 것을 보았다. '영감이 저기 있는가 보군.' 그녀는 이렇게 생각하고 쪽문 쪽으로 다가갔다. 그때 갑자기 "마르파, 마르파!" 하고 희미하게 자기를 부르는 그리고리의 신음이 섞인 무서운 목소리가 들려왔다. "하느님, 저희를 재앙으로부터 지켜주소서." 마르파는 이렇게 중얼거리고는 부르는 소리가 나는 곳으로 달려가 그리고리를 찾아냈다. 그리고리를 찾아낸 곳은 그가 상처입고 쓰러진 담장 옆이 아니라, 담장에서 스무 걸음쯤 떨어진 곳이었다. 나중에 밝혀진 바에 따르면, 그리고리는 정신이 들자 그리로 기어간 것이었다. 필경 몇 번씩 의식을 잃으며 오랫동안 그렇게 기어갔을 것이다. 마르파는 즉시 그가 피범벅이 된 것을 알아보고 비명을 질렀다. 그리고리는 희미한 목소리로 두서없이 중얼거렸다. "죽였어… 아버지를 죽였어…. 바보처럼 왜 소리를 지르는 거야…. 어서 가서 사람들을 불러와…." 그러나 마르파는 진정하지 못하고 계속 비명을 지르다가 문득 주인 방 창문이 열려 있고 거기서 불빛이 흘러나오는 것을 보고는, 그리로 달려가 표도르 파블로비치를 부르기 시작했다. 그러나 창문을 들여다본 순간 무서운 광경을 목격하고 말았다. 주인은 미동도 없이 바닥에 누워 있었다. 밝은색 가운과 하얀 루바시카는 피에 물들어 있었다. 탁자 위에 놓인 촛불이 피와 꼼짝도 않는 표도르의 죽은 얼굴을 훤히 비추고 있었다. 마르파는 극도의 공포에 휩싸여 창문에서 물러나 정원 밖으로 달려 나와서는, 대문 빗장을 열고 뒷길을 통해 이웃인 마리야 콘드라티예브나에게로 정신없이 달려갔다. 이웃집 모녀는 이미 잠들어 있었으나, 마르파가 비명을 지르며 마구 문을 두드려대자 잠에서 깨 창문 쪽으로 달려 나왔다. 마르파는 비명을 지르며 횡설수설했으나, 그래도 요점을 전달하고 도움을 청했다. 마침 그날 밤 모녀의 집에는 떠돌이 포마가 머물고 있었다. 모녀는 얼른 그를 깨워 함께 범죄 현장으로 달려갔다. 도중에 마리야는 아까 8시쯤에 정원 쪽에서 온 동네가 떠나가도록 무섭고도 날카로운 고함 소리가 들렸던 것을 떠올렸다. 그것은 그리고리가 담장 위에 걸터앉은 드미트리의 다리를 붙들고 "아비를 죽인 놈!"이라고 내질렀던 소리가 분명했다. "누가 비명을 지르는 소리가 나더니 갑자기 뚝 멎었어." 마리야는 달려가면서 이렇게 말했다. 그리고리가 쓰러져 있는 곳에 이르자 두 여인은 포마의 도움을 받아 그리고리를 행랑채로 옮겼다. 불을 켜보니, 스메르댜코프는 아직도 발작이 멎지 않아 눈을 뒤집고 입에 거품을 문 채 방에서 몸부림을 치고 있었다. 그리고리의 머리를 식초 탄 물로 닦아주자, 그는 곧 정신을 차리고 곧바로 "주인 나리는 살아 계신가?" 하고 물었다. 그 말에 두 여인과 포마는 안채로 가보았다. 그런데 정원에 들어서면서 이번에는 창문뿐 아니라 정원으로 통하는 문도 활짝 열려 있는 것을 발견했다. 표도르는 벌써 일주일째 저녁마다 이 문을 단단히 걸어잠그고, 그리고리조차도 무슨 이유에서건 절대 노크하지 못하게 했다. 그 문이 열려 있는 것을 보자, 두 여인과 포마는 '혹시 나중에 무슨 곤란한 일이 생길까봐' 안채로 들어가기가 두려워졌다. 그들이 돌아오자 그리고리는 당장 경찰서장에게 가보라고 했다. 그래서 마리야가 달려가 경찰서장의 집에 모여 있던 사람들을 충격에 빠뜨린 것이다. 그것은 표트르 일리치가 오기 불과 5분 전의 일이었다. 이렇게 해서 표트르 일리치는 그저 혼자만의 추측이나 결론을 가지고 그 집에 나타난 것이 아니라, 자신의 이야기를 들려줌으로써 범인이 누구일 것이라는(하지만 그는 마음속 깊은 곳에서는 마지막 순간까지도 그 사실을 믿으려 하지 않았다) 사람들의 추측을 굳혀준 확실한 증인이 되게 되었다.

사람들은 적극적으로 행동에 나서기로 했다. 경찰 부서장에게 즉시 네 명의 증인에게서 증거를 수집하라고 한 후, 이들은 모든 절차를 거쳐(굳이 여기에 적지는 않겠다) 표도르 파블로비치의 집에 들어가 수사를 벌였다. 열정이 넘치는 신참 공의는 경찰서장과 검사보, 예심판사를 따라가겠다고 조르다시피 하여 허락을 얻어냈다. 간단하게만 설명하겠다. 표도르 파블로비치는 두개골이 박살 나 완전히 목숨이 끊어져 있었다. 그렇다면 흉기는 무엇이었을까? 그것은 나중에 그리고리가 얻어맞은 것과 동일한 흉기일 가능성이 컸다. 그들은 응급처치를 받은 그리고리로부터 그가 어떻게 상처를 입게 되었는지 희미한 목소리에 드문드문 끊어지기는 하나 제법 일관성 있는 경위를 듣고 흉기를 찾아냈다. 등불을 들고 담장 주변을 수색해 정원 오솔길에 떡하니 버려진 놋쇠 절굿공이를 발견한 것이다. 표도르 파블로비치가 쓰러져 있는 방은 크게 어질러져 있지는 않았으나, 병풍 뒤 침대 옆에 두꺼운 종이로 된 관청에서 주로 쓰이는 크기의 봉투가 떨어져 있는 것이 발견되었다. 겉면에는 '나의 천사 그루셴카에게 선물로 줄 3000루블, 만약 와준다면'이라고 적혀 있었고, 아래쪽에는 '나의 예쁜 병아리에게'라고 씌어져 있었는데, 그것은 표도르 파블로비치가 나중에 덧쓴 것인 듯했다. 봉투는 붉은 봉납으로 커다란 봉인이 세 개 찍혀 있었으나, 봉투는 이미 찢겨져 있었고 돈은 누군가 가져간 듯 안은 비어 있었다. 바닥에서는 봉투를 묶었던 가느다란 분홍색 리본도 발견되었다. 표트르 일리치의 증언 가운데 검사와 예심판사에게 몹시 강렬한 인상을 준 것이 있었다. 그것은 드미트리 표도로비치가 동틀 무렵에 권총으로 자살할 것이 틀림없다는 추측이었다. 미탸가 직접 그렇게 결심하고 표트르 일리치에게 그러겠다고 말했으며, 그가 보는 앞에서 권총을 장전하고, 짤막한 유서를 써서 주머니에 넣었다는 이야기였다. 자신이 그 말을 믿으려 하지 않고, 자살하지 못하도록 누구한테 가서 말하겠다고 하자, 미탸는 이를 드러내고 웃으며 '그럴 틈이 없을 거요'라고 대답했다는 것이다. 그렇다면 빨리 모크로예로 가서 범죄자가 정말로 자살해버리기 전에 붙잡아야 했다. "뻔하군, 뻔해!" 검사는 몹시 흥분하여 거듭 외쳤다. "그런 망나니들은 꼭 그렇게 행동합니다. 어차피 내일 자살할 테니 죽기 전에 한바탕 놀아보자는 거지요." 미탸가 상점에서 술과 음식을 사 갔다는 이야기를 들은 검사는 더더욱 흥분했다. "여러분, 올수피예프라는 상인을 죽인 청년을 기억하십니까? 1500루블을 강도질해서는 곧장 이발소에 가서 머리를 곱슬곱슬하게 볶은 다음 돈은 제대로 감추지도 않고 그냥 손에 든 채로 계집들을 찾아갔지요." 그러나 표도르의 집을 수색하고 형식적인 절차를 밟다 보니 시간이 자꾸 지체되었다. 그런 일을 처리하는 데는 시간이 꽤 걸렸으므로, 그들은 지서장인 마브리키 마브리키예비치 시메르초프를 2시간쯤 먼저 모크로예에 보내기로 했다. 그는 마침 그 전날 아침 봉급을 타려고 우리 도시에 와 있었다. 마브리키 마브리키예비치는 지시를 받았다. 모크로예에 도착하면 절대로 소란을 일으키지 말고 당국이 도착할 때까지 '범인'을 계속 감시하고, 증인과 그 마을의 촌장을 소집해놓으라는 것 등이었다. 마브리키 마브리키예비치는 그 말에 따라 비밀을 지키고, 오랜 지인인 트리폰 보리소비치에게만 사건의 비밀을 일부 알려주었다. 미탸가 캄캄한 발코니에서 자신을 찾고 있던 여관 주인을 마주쳤을 때, 그 표정과 말투가 어딘가 변했다고 느낀 것이 바로 이 무렵이었다. 이렇게 해서, 미탸는 물론 그 누구도 자신들이 감시받고 있다는 것을 알지 못했다. 권총이 든 상자는 트리폰 보리소비치가 훔쳐내 조용한 곳에 숨겨둔 지 오래였다. 동틀 무렵인 새벽 4시가 되어서야 경찰서장, 검찰, 예심판사 등이 두 대의 삼두마차에 나눠 타고 모크로예에 도착했다. 공의는 아침 일찍 피살자의 시신을 해부하려고 표도르 파블로비치의 집에 남았으나, 실은 발작을 일으킨 스메르댜코프의 상태에 더 관심이 많았다. "저렇게 심하고 지속적인 발작이 이틀 내내 반복해서 일어나는 건 보기 드문 일이니 연구해볼 필요가 있습니다." 그는 떠날 채비를 하는 동료들에게 흥분에 휩싸여 이렇게 말했고, 그들은 웃으면서 그의 발견을 축하해주었다. 이때 공의가 스메르댜코프는 오늘 밤을 넘기지 못할 것이라고 단언한 것을 검사와 예심판사는 똑똑히 기억했다.

이제 길지만 꼭 필요하다고 생각되는 설명이 끝났으니 전편에서 이야기하다 만 대목으로 돌아가도록 하자.

3. 영혼의 수난

미탸는 자기에게 무슨 말을 하는 건지 이해할 수 없어 놀란 눈으로 방 안에 있는 사람들을 쳐다보았다. 별안간 그는 벌떡 일어나, 두 팔을 치켜들고 큰 소리로 외쳤다.

"나는 죄가 없습니다! 그 피에 대해서라면 죄가 없습니다! 아버지의 피에 대해서는 죄가 없단 말입니다…. 죽이고 싶다는 생각은 했지만, 죄를 짓지는 않았습니다! 내가 아닙니다!"

그가 이렇게 소리치기 무섭게 커튼 뒤에서 그루셴카가 뛰어나와 경찰서장의 발밑에 몸을 던졌다.

"내 잘못이에요, 내 탓이에요!" 그루셴카는 모두를 향해 손을 뻗고 눈물을 흘리며 가슴을 찢어놓는 듯한 소리로 외쳤다. "저 사람은 나 때문에 죽인 거예요! 내가 저 사람을 괴롭혀 저 지경에 몰아넣었어요! 죽은 그 불쌍한 영감님도 내가 심술을 부려 괴롭힌 탓에 그렇게 된 거예요! 내 잘못이에요, 내가 주범이고 장본인이에요, 다 내 잘못이에요!"

"그래, 네 잘못이야! 네가 주범이야! 사납고 음탕한 계집 같으니, 네가 바로 장본인이야!" 경찰서장이 그루셴카를 손으로 위협하며 고함쳤지만, 즉각 제지당했다. 검사는 그를 양팔로 붙들어 안기까지 했다.

"미하일 마카로비치, 이러다가는 완전히 엉망이 되고 맙니다." 검사가 외쳤다. "당신은 지금 분명히 수사를 방해하고 있어요…. 일을 망치고 있단 말입니다…." 그는 숨을 헐떡였다.

"조치를 취해야 합니다, 조치를, 조치를 취해야 한단 말입니다!" 니콜라이 파르표노비치도 몹시 흥분했다. "그러지 않으면 안 됩니다!"

"나도 같이 심판하세요!" 그루셴카는 여전히 무릎을 꿇은 채 정신없이 외쳤다. "우리를 함께 처벌하세요, 저 사람과 함께라면 사형이라도 기꺼이 받겠어요!"

"그루샤, 나의 생명, 나의 피, 나의 보배!" 미탸도 그루셴카 옆에 무릎을 꿇고 그녀를 꽉 끌어안았다. "이 여자가 하는 말을 믿지 마십시오!" 그는 외쳤다. "이 여자는 아무 잘못 없습니다. 그 어떤 피에 대해서도, 아무 잘못도 없어요!"

그는 몇 사람이 자신을 그루셴카에게서 강제로 떼어내 그녀를 어디론가 데리고 갔으며, 정신이 들었을 때는 이미 탁자 앞에 앉아 있었던 것을 나중에 기억했다. 그의 옆과 뒤에는 배지를 단 사람들이 서 있었다. 탁자를 사이에 두고 맞은편 소파에는 예심판사 니콜라이 파르표노비치가 앉아 자꾸만 미탸에게 탁자에 있는 물을 좀 마셔보라고 권하고 있었다. "물을 마시면 정신도 들고, 마음도 안정될 겁니다. 겁내거나 불안해하지 마십시오." 그는 몹시 정중한 태도로 이렇게 말했다. 미탸는 나중에 갑자기 예심판사가 낀 굵직한 반지에 무척 관심이 갔던 것을 기억했다. 하나는 자수정이었고, 다른 하나는 영롱한 광채를 내는 투명한 노란 보석이었다. 그는 이후에도 오랫동안, 그 무서운 심문이 진행되는 내내 그 반지들이 자신의 눈길을 끌었다는 것, 그래서 어째서인지 자신이 처한 상황과는 전혀 어울리지 않는 그 물건들에게서 눈을 떼거나 관심을 끊을 수 없었다는 것을 떠올리며 의아해하곤 했다. 어제 파티가 시작될 무렵 막시모프가 앉아 있었던 미탸의 왼쪽 옆자리에는 검사가 자리를 잡았고, 그루셴카가 앉아 있던 미탸의 오른쪽에는 볼이 발그레하고 낡아빠진 사냥용 재킷 같은 것을 입은 젊은이가 잉크와 종이를 앞에 두고 앉았다. 그는 예심판사가 데려온 서기였다. 경찰서장은 맞은편 구석, 그때와 마찬가지로 창가 쪽 의자에 앉은 칼가노프 옆에 서 있었다.

"물 좀 드시지요!" 예심판사가 부드러운 목소리로 열 번째 그 말을 되풀이했다.

"마셨습니다, 여러분, 마셨어요…. 자… 그럼 여러분, 나를 짓밟으십시오. 사형을 시키고, 운명을 결정지으십시오!" 미탸는 무섭게 부릅뜬 눈을 예심판사에게 고정한 채 외쳤다.

"그럼, 당신은 당신 아버지 표도르 파블로비치의 사망에 대해 무죄라고 분명히 주장하는 겁니까?" 부드러우면서도 집요한 어조로 예심판사가 물었다.

"무죄입니다! 다른 피, 다른 노인의 피에 대해서라면 죄가 있지만, 아버지의 피는 아닙니다. 나도 정말 마음이 아픕니다! 노인을 죽인 건 사실입니다, 죽여서 쓰러뜨렸지요…. 하지만 그 피 대신 다른 피에, 내 죄가 아닌 무서운 피에 책임을 질 수는 없습니다…. 여러분, 그런 무서운 혐의라니, 머리통을 세게 얻어맞은 기분입니다! 누가 아버지를 죽였을까요, 대체 누가요? 내가 아니면, 대체 누가 죽였을까요? 이건 황당하고 말도 안 되는, 있을 수 없는 일입니다…!"

"그래요, 누가 죽일 수 있었겠…." 예심판사는 이렇게 말하려다가 검사 이폴리트 키릴로비치(검사보이지만, 간단히 검사라고 부르기로 하겠다)와 눈짓을 주고받고는 미탸를 보며 말했다.

"하인 그리고리 바실리예프에 대해서라면 괜한 걱정을 하는 겁니다. 그 노인은 살아 있고, 의식도 회복했습니다. 그 노인과 지금 당신이 한 진술로 볼 때 당신에게 입은 중상에도 불구하고, 적어도 의사의 말에 따르면 목숨에는 지장이 없을 거라고 합니다."

"살아 있다고요? 살아 있다는 말씀이시지요!" 미탸는 손바닥을 탁 치며 소리쳤다. 그의 온 얼굴이 환하게 빛났다. "주여, 제 기도를 들어주셔서 저 같은 죄인이자 악당에게 위대한 기적을 행해주심에 감사드립니다…! 그렇습니다, 제 기도를 들어주신 겁니다, 제가 밤새 기도를 드렸으니까요…!" 그는 이렇게 말하고 세 번 성호를 그었다. 그는 숨까지 헐떡이고 있었다.

"그래서 우리는 바로 그 그리고리에게서 당신에 관한 아주 중요한 진술을 들었습니다. 그건….” 검사가 말을 계속하려 했으나, 미탸는 별안간 자리에서 벌떡 일어났다.

“여러분, 잠깐만 기다려주십시오, 꼭 1분이면 됩니다. 얼른 그 여자에게 다녀오겠습니다….”

“이보시오! 지금은 절대 안 됩니다!” 니콜라이 파르표노비치도 버럭 호통을 치며 일어섰다. 가슴에 배지를 단 사람들이 미탸를 붙들었지만, 미탸도 스스로 의자에 앉았다….

“여러분, 이것 참 안타깝군요! 나는 정말 잠깐만 그 여자를 만나서… 밤새 내 심장을 빨아먹던 그 피가 지워지고 사라졌으니 내가 더 이상 살인자가 아니라는 말을 해주려 했을 뿐입니다! 여러분, 그 여자는 내 약혼녀이거든요” 미탸는 환희로 가득 찬 경건한 얼굴로 사람들을 둘러보며 갑자기 이렇게 말했다. “오, 여러분, 감사합니다! 오, 여러분은 한순간에 나를 갱생시키고, 부활시켜주었습니다…! 여러분, 그 노인은 나를 품에 안고 다니고, 세 살 때 모든 사람에게서 버려진 나를 씻겨주고 키워준 친아버지 같은 사람입니다…!”

“그럼, 당신은….” 예심판사가 말하려 했다.

“여러분, 부탁이니 내게 잠깐만 더 시간을 주십시오!” 미탸가 탁자에 팔꿈치를 대고 손으로 얼굴을 감싸며 말을 가로막았다. “잠깐 머릿속을 정리하고, 숨 좀 돌리게 해주십시오. 모든 게 너무 충격적이고 무섭습니다. 사람이 무슨 북 가죽은 아니잖습니까!”

“물을 좀 더 드셔보시지요….” 니콜라이 파르표노비치가 중얼거렸다.

미탸는 얼굴에서 손을 떼어내고 웃음을 터뜨렸다. 그의 눈빛에는 생기가 돌았고, 순식간에 다른 사람이 된 것 같았다. 어조도 완전히 바뀌어버렸다. 어제, 아직 아무 일도 일어나지 않았을 때 사교 모임 같은 곳에서 만난 것처럼, 예전부터 알고 있던 이 모든 사람들과 대등한 모습이 되어 있었다. 그러나 말이 나온 김에 언급해두자면, 미탸가 처음 이 고장에 왔을 때는 경찰서장의 집에서도 그를 환대해주었지만, 그 이후, 특히 지난 한 달간 미탸는 그 집을 거의 찾아가지 않았으며, 경찰서장도 거리에서 미탸를 마주치면 인상을 찌푸리며 예의상 고개만 까딱한다는 것을 미탸도 잘 알고 있었다. 검사와는 더 거리가 있는 사이였다. 신경질적이고 공상하기를 좋아하는 검사의 부인에게는 잔뜩 격식을 차려 가끔 방문할 때가 있었는데, 자신이 왜 그녀를 찾아가는지는 미탸 자신도 몰랐다. 그래도 부인은 언제나 친절하게 그를 맞아주었고, 어째서인지 최근까지도 그에게 흥미를 보였다. 예심판사와는 아직 친분을 맺은 것은 아니었으나, 서로 마주친 적은 있었고 한두 번 대화를 나누기도 했는데, 두 번 다 여자에 관한 이야기였다.

"니콜라이 파르표노비치, 당신은 정말 유능한 예심판사인 것 같군요." 미탸가 유쾌하게 웃으며 말했다. "하지만 이제 내가 직접 당신을 도와드리도록 하지요. 오, 여러분, 나는 되살아났습니다…. 내가 이렇게 허물없이 허심탄회하게 말한다고 해서 나쁘게 생각하지는 마십시오. 게다가 솔직히 말씀드리면 나는 조금 취해 있기도 하니까요. 니콜라이 파르표노비치, 아마 제 친척인 미우소프의 집에서 당신을 만나는 영광을… 영광과 기쁨을 가졌던 것 같은데요…. 여러분, 여러분, 내가 여러분과 대등한 입장이라고 생각하는 건 아닙니다. 내가 지금 어떤 입장으로 여러분 앞에 앉아 있는지 잘 알고 있으니까요. 지금 나는… 만약 그리고리가 나에 대해서 증언을 했다면… 나는 물론 무서운 혐의를 받고 있겠지요! 끔찍한 일입니다, 끔찍한 일이에요. 나도 잘 알고 있습니다! 하지만 여러분, 나는 조사를 받을 준비가 되어 있습니다. 그러니 순식간에 끝내버립시다. 왜냐하면, 여러분, 들어보십시오. 내가 무죄라는 것을 알고 있으니 순식간에 끝내버리자는 겁니다. 그렇지요? 그렇지 않습니까?"

미탸는 자신의 말을 듣고 있는 사람들이 가장 가까운 친구들이기라도 한 듯, 다급하고도 격정적인 태도로 빠르게 지껄여댔다.

"그럼, 우선 당신이 혐의를 철저히 부인하고 있다고 기록하겠습니다." 니콜라이 파르표노비치가 엄숙하게 말하고는, 서기에게 돌아서서 낮은 목소리로 적을 말을 불러주었다.

"기록한다고요? 그 말을 기록하려는 겁니까? 그럼 하십시오. 나는 동의합니다. 전적으로 동의하는 바입니다, 여러분… 다만… 잠깐, 잠깐만요. 이렇게 써주십시오. '난동을 부린 것은 유죄이다, 불쌍한 노인에게 중상을 입힌 것은 유죄이다.' 또 가슴속 깊은 곳에서는 유죄임을 느끼고 있다고…. 아니, 그 말은 쓸 필요가 없겠군요." 그는 갑자기 서기를 돌아보았다. "그건 내 사생활이고, 여러분과는 상관없는 내 마음속 깊은 곳의 일이니까요…. 하지만 늙은 아버지의 죽음에 대해서라면 죄가 없습니다! 그건 말도 안 되는 생각입니다! 정말이지 얼토당토않은 생각이란 말입니다…! 내가 증거를 댈 테니, 여러분은 곧 확신하게 될 겁니다. 그러고는 껄껄 웃게 될걸요. 어떻게 그런 혐의를 두었나 하고 웃음이 나올 거란 말입니다….”

“드미트리 표도로비치, 진정하세요.” 예심판사가 침착한 태도로 몹시 흥분한 미탸를 압도하려는 듯 주의를 주었다. “심문을 계속하기 전에, 만약 동의하신다면 당신이 고인이 된 표도르 파블로비치를 좋아하지 않았으며, 그와 계속 갈등을 겪고 있었다는 사실을 확인해주었으면 합니다…. 적어도 15분 전 바로 이 자리에서는 부친을 죽이고 싶다고 했던 것 같은데요. ‘죽이지는 않았지만, 죽이고 싶다는 생각은 했다’고 소리쳤지요?”

“내가 그렇게 소리쳤다고요? 아아, 여러분, 그럴지도 모릅니다! 맞습니다, 불행하게도, 나는 아버지를 죽이고 싶었습니다. 몇 번이나 그러고 싶었지요…. 불행하게도, 불행하게도요!”

“그러고 싶었다. 그럼 어떤 이유에서 아버지에게 그런 증오를 품게 되었는지 설명해주실 수 있겠습니까?”

“여러분, 설명할 게 뭐가 있겠습니까!” 미탸는 시선을 아래로 떨구며 침울하게 어깨를 으쓱해 보였다. “나는 내 감정을 숨긴 적이 없으니 내 감정에 대해서라면 술집에서도 그렇고 온 동네가 다 압니다. 얼마 전 조시마 장로의 암자에서도 대놓고 말했습니다…. 그날 밤엔 아버지를 죽도록 때리고, 꼭 다시 와서 숨통을 끊어놓겠다고 사람들이 보는 앞에서 맹세했지요…. 증인이라면 수없이 많습니다! 한 달 내내 소리치고 다녔으니, 모두가 다 증인이지요…! 그건 엄연한 사실입니다. 그 사실이 말하고, 또 외치고 있지만 여러분, 감정은 또 다른 문제입니다. 여러분," 미탸는 얼굴을 찌푸렸다. "내 생각에 여러분이 내 감정에 대해서 물어볼 권리는 없는 것 같습니다. 그게 여러분의 의무란 건 알고 있지만, 이건 내 자신의 문제입니다. 내적이고 사적인 문제란 말입니다. 하지만… 나는 원래 내 감정을 숨긴 적이 없으니…. 이를테면, 술집 같은 데서는 아무에게나 다 지껄이곤 했으니… 지금도 굳이 그걸 비밀로 하지는 않겠습니다. 여러분, 이 경우에 내게 불리한 무서운 증거들이 있다는 건 나도 압니다. 아버지를 죽이겠다고 아무한테나 떠들고 다녔는데, 갑자기 아버지가 살해되었으니, 내가 아니면 대체 누구란 말입니까? 하하! 나는 여러분을 이해합니다. 여러분을 충분히 이해합니다. 왜냐하면 나도 소름이 끼칠 정도니까요. 이런 경우에 내가 아니면 대체 누가 죽였단 말입니까? 그렇지 않습니까? 내가 아니면 대체 누구겠습니까? 여러분," 그는 갑자기 목소리를 높였다. "나는 알고 싶은 게 있습니다. 여러분에게 대답을 요구하는 바입니다. 아버지는 어디서 죽은 겁니까? 무엇으로 어떻게 살해된 겁니까? 말씀해주십시오." 그가 검사와 예심판사를 번갈아 쳐다보며 빠르게 물었다.

"우리가 발견했을 때, 그는 두개골이 깨진 채 서재 바닥에 쓰러져 있었습니다." 검사가 말했다.

"정말 무서운 일이군요, 여러분!" 미탸는 몸을 부르르 떨더니 탁자에 팔꿈치를 올리고 오른손으로 얼굴을 감쌌다.

"계속하도록 하지요." 니콜라이 파르표노비치가 말을 가로챘다. "당시 증오의 감정을 품게 된 이유는 뭡니까? 질투 때문이라고 공공연하게 말하고 다녔다고 알고 있는데요."

"그래요, 질투 때문입니다. 하지만 꼭 그것 때문만은 아닙니다."

"그럼 돈을 놓고 벌인 다툼 때문입니까?"

"그래요, 돈 때문이기도 했지요."

"다툼의 원인은 당신이 아직 받지 못한 3000루블의 유산 때문이라고 들었는데요."

"3000루블이라니요! 그보다 훨씬 더 많습니다." 미탸가 외쳤다. "6000루블 이상입니다. 아니, 1만 루블 이상일지도 모릅니다. 나는 누구한테나 다 그렇게 말했습니다, 누구한테나 다 외치고 다녔단 말입니다! 그렇지만 그냥 3000루블에 타협하기로 한 겁니다…. 그 3000루블이라는 돈이 너무나도 필요했으니까요…. 나는 아버지가 그루셴카에게 주려고 마련해서 베개 밑에 넣어둔 3000루블이 든 봉투가 내게서 훔친 거나 다름없다고 생각했습니다. 그 돈이 내 것이고 내 재산이나 마찬가지라고 생각했지요…."

검사는 예심판사와 시선을 교환하고 미탸 모르게 한쪽 눈을 찡긋해 보였다.

"그 얘기는 나중에 다시 하도록 합시다." 예심판사가 바로 말을 받았다. "당신이 그 봉투에 든 돈을 당신의 것으로 생각했다는 사실을 기록해도 되겠습니까?"

"그러십시오, 여러분, 그것 역시 내게 불리한 증거가 되리라는 것은 잘 알지만, 증거 따위는 겁나지 않으니 내 스스로 불리한 증언을 하는 겁니다. 내 스스로 말입니다! 여러분, 여러분은 나를 실제와는 전혀 다른 사람으로 보고 있는 것 같습니다." 미탸는 별안간 울적하고 슬픈 얼굴로 이렇게 덧붙였다. "여러분, 지금 여러분과 얘기하고 있는 사람은 고결한 사람입니다. 정말로 고결한 사람이란 말입니다. 무엇보다 중요한 건, 끝없이 비열한 짓을 저지르기는 했지만, 언제나 고결했고 지금도 고결한 사람이라는 점입니다. 그걸 잊지 마십시오. 마음으로는, 가슴속 깊은 곳에선, 그러니까, 한마디로 말하면… 뭐라고 표현해야 할지 모르겠군요…. 고결함을 갈망했기 때문에 평생 괴로워한 겁니다. 고결함의 수난자이자 등불을, 디오게네스의 등불을 든 고결함의 구도자였다고 할까요. 그러면서도 추악한 짓만 해왔습니다. 여러분, 우리 모두가 그렇듯이 말입니다…. 아니, 나 혼자 그랬습니다, 여러분, 누구나 다 그런 것이 아니라 나 혼자 그랬다는 말입니다. 내가 말실수를 했군요. 나 혼자, 나 혼자 그랬습니다! 여러분, 머리가 아프군요…." 그는 고통스러운 듯 인상을 찌푸렸다. "여러분, 나는 아버지의 외모가 싫었습니다. 어딘가 뻔뻔하고, 오만한 데다 모든 성스러운 것을 모독하고 비웃고 불신하는 태도도 정말 역겨웠지요! 하지만 아버지가 죽은 지금은 생각이 달라지는군요."

"달라지다니요?"

"달라졌다고는 할 수 없겠지만, 아버지를 그토록 증오한 것이 안타깝습니다."

"후회한다는 말씀입니까?"

"아니, 후회하는 게 아닙니다. 그 말은 쓰지 마십시오. 나부터가 못난 놈이다, 내 얼굴도 썩 잘난 게 아니니 아버지가 혐오스럽다고 생각할 권리가 없었다, 그 말입니다! 그렇게 써주십시오."

이렇게 말한 미탸는 갑자기 몹시 우울해졌다. 아까부터 예심판사의 질문에 대답하다 보니 자꾸만 기분이 울적해지고 있었다. 그런데 그때 또 하나의 예상치 못한 장면이 연출되었다. 아까 그루셴카를 끌고 갔을 때 그리 먼 곳이 아니라, 지금 심문이 벌어지고 있는 파란 방에서 고작 세 칸 떨어진 방으로 끌고 간 것이 원인이었다. 그곳은 간밤에 떠들썩한 술판을 벌이고 춤을 췄던 커다란 방 바로 뒤, 창문이 하나 달린 조그마한 방이었다. 그루셴카는 거기에 앉아 있었고, 그 옆에 있는 사람은 막시모프뿐이었다. 그는 몹시 충격을 받고 겁을 집어먹은 채 그루셴카 옆에서 구원을 얻으려는 것처럼 그녀에게 꼭 달라붙어 있었다. 문가에는 가슴에 배지를 단 남자가 서 있었다. 그루셴카는 흐느껴 울다가 별안간 커다란 슬픔이 북받쳐 올랐는지 벌떡 일어나 손바닥을 탁 마주치고는, "아아, 이렇게 슬플 수가!"라고 외치며 그에게, 자신의 미탸에게로 뛰쳐나가 버렸다. 그것은 너무나 뜻밖의 일이어서 누구도 그녀를 제지하지 못했다. 미탸도 그루셴카의 외침을 듣자 몸을 부르르 떨고는 자리에서 벌떡 일어나더니 고함을 지르며 제정신이 아닌 사람처럼 그녀를 향해 맹렬히 달려갔다. 두 사람은 서로 마주보았으나, 이번에도 부둥켜안을 수 없었다. 미탸는 두 팔을 단단히 붙들렸다. 그가 벗어나려고 몸부림을 치는 통에 그를 붙잡는 데 서너 사람이 매달려야 했다. 그루셴카도 붙잡혔다. 미탸는 그녀가 끌려가면서 뭐라고 소리를 지르며 자신에게 손을 뻗는 것을 지켜보아야 했다. 한바탕 소동이 끝나고 그가 정신을 차렸을 때, 그는 아까처럼 탁자를 사이에 두고 예심판사와 마주앉아 있었다. 그는 예심판사에게 고래고래 소리를 질렀다.

"저 여자는 왜요? 저 여자는 왜 괴롭히는 겁니까? 저 여자는 잘못이 없어요, 아무 잘못도 없단 말입니다…."

검사와 예심판사가 그를 달랬다. 그렇게 10분 정도가 흘렀다. 마침내 자리를 비웠던 경찰서장 미하일 마카로비치가 서둘러 방으로 들어와 잔뜩 흥분한 채 커다란 목소리로 검사에게 말했다.

"그 여자를 멀리 아래층에 데려다놨습니다. 그런데 여러분, 이 불행한 청년에게 한마디만 해도 되겠습니까? 여러분이 보는 앞에서 말입니다!"

"그러십시오, 미하일 마카로비치." 예심판사가 대답했다. "지금 같은 경우라면 반대할 이유가 없으니까요."

"드미트리 표도로비치, 내 말 잘 듣게." 미하일 마카로비치가 미탸를 향해 말하기 시작했다. 그 흥분한 얼굴에는 불행한 사내에 대한 아버지와도 같은 뜨거운 동정의 빛이 가득했다. "나는 자네의 아그라페나 알렉산드로브나를 직접 아래층으로 데려가 주인집 딸들에게 맡겨놓았네. 그 옆에는 막시모프 노인이 한시도 떨어지지 않고 붙어 있지. 그리고 나도 그 여자를 설득했다네. 자네는 지금 자신이 무죄임을 잘 설명해야 하는 처지인데, 자네를 방해하거나 슬프게 하면 자네가 혼란스러운 나머지 불리한 증언을 하게 될 수도 있다고 설득하고 진정시키고 타일렀단 말일세. 알아듣겠나? 아무튼 그렇게 말했더니 그 여자도 잘 이해했지. 참 똑똑하고 착한 여자더군. 나 같은 노인네의 손에 입을 맞추면서 자네를 부탁하지 뭔가. 그 여자가 직접 내게 자기 걱정은 하지 말라고 전해달라고 한 거야. 그러니 나도 그 여자에게 가서 자네가 진정했고, 그 여자에 대해 안심하고 있다고 전해주어야 하지 않겠나. 그러니 자네도 그만 진정하게. 나는 그 여자를 잘못 보고 있었네. 그 여자는 기독교적인 영혼을 지닌 여자야. 그렇소, 여러분, 그 여자는 아무 잘못도 없는 참으로 순수한 여자요. 자, 드미트리 표도로비치, 그 여자에게 뭐라고 전해줄까? 얌전히 있겠나?"

정이 많은 노인은 쓸데없는 말을 많이 늘어놓았으나, 그루셴카의 슬픔, 한 인간의 슬픔이 그의 선량한 마음을 파고들었는지 그의 눈에는 눈물까지 글썽거렸다. 미탸는 자리에서 벌떡 일어나 그에게 달려들었다.

"여러분, 용서하세요, 부디 용서해주십시오!" 그는 외쳤다. "미하일 마카로비치, 당신은 정말 천사 같은 마음을 지닌 분입니다. 그루셴카의 일은 정말 감사드립니다! 진정하겠습니다, 그러고말고요. 즐거운 마음으로 있도록 하겠습니다. 당신 같은 수호천사가 그루셴카의 옆에 있으니 나는 너무나 기쁘고 지금 당장 웃음을 터뜨릴 정도라고 한없이 선량한 당신께서 그 여자에게 전해주십시오. 금방 모든 일을 끝내고 자유로워지는 대로 당장 달려가 곧 만나게 될 테니 기다려달라고 전해주십시오! 여러분," 그는 갑자기 검사와 예심판사를 향해 말했다. "여러분께 제 마음속을 죄다 열어놓고, 털어놓을 테니 얼른 끝내버립시다. 유쾌하게 끝내버리는 겁니다. 끝날 때쯤에 우리는 웃고 있을 테니까요. 그렇지 않습니까? 하지만 여러분, 그 여자는 내 영혼의 여왕이랍니다! 오, 이 말씀을 드릴 수 있게 해주십시오. 여러분께 그 사실을 고백하고 싶습니다…. 내가 고상한 분들과 함께 있다는 것을 알고 있으니까요. 그 여자가 내게 얼마나 소중한 빛이고, 보배인지 여러분은 모르실 겁니다! '당신과 함께라면 사형이라도 기꺼이 받겠다'고 그 여자가 외치는 것을 들으셨습니까? 빈털터리이자 알거지인 내가 무엇을 주었다고 그렇게 나를 사랑해주는 걸까요? 나처럼 치욕적인 얼굴을 한 수치스럽고 흉한 짐승이 유형지라도 따라나서겠다는 사랑을 받을 자격이 있을까요? 아까 아무 잘못도 없는 그 자존심 강한 여자가 나를 위해 여러분의 발아래에 무릎을 꿇었습니다! 그러니 어떻게 그 여자를 사랑하지 않을 수 있겠습니까? 어떻게 지금처럼 울부짖으며 그 여자에게 달려가지 않을 수 있겠습니까? 오 여러분, 용서해주십시오! 하지만 이제는 마음이 놓입니다!"

미탸는 의자 위에 털썩 주저앉아 두 손으로 얼굴을 가리고 흐느껴 울기 시작했다. 그러나 그것은 이미 행복한 눈물이었다. 그는 곧 정신을 차렸다. 경찰서장은 몹시 흡족해했고, 법률가들도 마찬가지인 듯했다. 그들은 심문이 새로운 국면을 맞을 것임을 느꼈다. 경찰서장을 보낸 미탸는 마냥 유쾌한 듯했다.

"자, 여러분, 이제 여러분의 뜻에 전적으로 따르겠습니다. 쓸데없는 소리만 하지 않았더라면 지금 당장이라도 일을 끝낼 수 있었겠지요. 이런, 내가 또 쓸데없는 소리를 하고 있군요. 나를 여러분 마음대로 하셔도 좋지만, 분명한 건 서로간에 신뢰가 필요하다는 겁니다. 여러분도 나를 신뢰해야 하고, 나도 여러분을 신뢰해야 하지요. 그러지 않으면 절대로 이 일을 끝낼 수 없을 겁니다. 이건 여러분을 위해 말씀드리는 겁니다. 여러분, 그럼 본론으로 들어갑시다. 하지만 내 마음을 파고들지는 말아주십시오. 하찮은 일로 내 마음을 아프게 하지 마시고, 사건과 사실에 관한 것만 물어주십시오. 그러면 바로 만족할 만한 대답을 해드릴 테니까요. 하찮은 이야기 따위는 집어치웁시다!"

미탸는 이렇게 외쳤다. 심문은 재개되었다.

4. 두 번째 수난

"드미트리 표도로비치, 심문에 적극적으로 응해주겠다고 하니 우리도 얼마나 힘이 나는지 모릅니다." 니콜라이 파르표노비치가 활기찬 얼굴로 말했다. 조금 전 안경을 벗은 근시가 심하고 툭 튀어나온 커다란 연회색 눈에는 만족의 빛이 역력했다. "우리가 서로 신뢰해야 한다고 말하셨는데 정말로 옳은 지적입니다. 서로 간의 신뢰는 이런 중요한 일에 있어서는 필수적인 것이기도 합니다. 용의자가 정말로 자신의 무죄를 입증하기를 원하고 희망하고 또 실제로 그럴 수 있는 경우일 때는 더욱 그렇지요. 우리로서는 우리가 해야 할 모든 조치를 취할 생각입니다. 당신도 우리가 이 일을 어떻게 다루고 있는지 보고 알았을 거라고 생각합니다…. 이폴리트 키릴로비치, 당신도 동의합니까?" 그는 갑자기 검사를 보며 말했다.

"오, 물론이지요." 예심판사의 흥분에 비하면 약간 건조한 태도이기는 하나 검사도 동의했다

여기서 확실히 언급해둘 것이 있다. 이 고장에 새로 부임해온 니콜라이 파르표노비치는 처음 일을 시작했을 때부터 검사 이폴리트 키릴로비치에게 각별한 존경을 느꼈으며, 그와 마음이 통하는 사이가 되었다. 예심판사는 '직장에서 괄시받는' 이폴리트 키릴로비치에게 남다른 심리학적 재능과 말재주가 있으며, 그가 정말로 괄시를 받고 있다고 무조건적으로 믿는 유일한 사람이나 다름없었다. 니콜라이 파르표노비치는 페테르부르크에 있을 때부터 검사에 대한 소문을 들었다. 젊은 니콜라이 파르표노비치 역시 온 세상을 통틀어 우리의 '괄시받는' 검사가 진정으로 사랑하는 유일한 사람이었다. 이리로 오는 길에 그들은 이번 사건과 관련하여 미리 약

속하고 말을 맞춰두었으므로, 지금 탁자 앞에 앉아 있으면서도 니콜라이 파르표노비치의 기민한 두뇌는 연장자인 동료의 얼굴에 나타나는 움직임 하나하나를 읽었고, 그가 하다 만 말이며 눈빛이며 눈짓이 무엇을 뜻하는지 대번에 알아챘다.

"여러분, 사소한 이야기로 제 말을 끊지 마시고 저 혼자 말할 수 있게 해주십시오. 그러면 얼른 모든 것을 진술하겠습니다." 미탸가 열을 올리며 말했다.

"좋습니다. 참으로 감사한 말씀입니다. 하지만 당신의 진술을 듣기 전에, 우리에게는 매우 흥미로운 사실 하나를 확인해줬으면 합니다. 어제 5시경에 당신이 지인인 표트르 일리치 페르호틴에게서 권총을 저당 잡히고 10루블을 빌렸다는 사실 말이지요."

"맞습니다, 여러분, 10루블에 저당 잡혔지요. 그래서요? 시내로 돌아오자마자 곧바로 저당 잡혔습니다."

"시내로 돌아왔다고요? 시외에 다녀온 겁니까?"

"그렇습니다. 40킬로미터쯤 되는 길을 다녀왔는데, 모르셨습니까?"

검사와 예심판사는 시선을 주고받았다.

"그렇다면 어제 아침부터 무슨 일이 있었는지 차근차근 말해줄 수 있을까요? 예를 들면 어째서 도시 밖으로 나갔는지, 언제 출발했으며 언제 돌아왔는지… 이런 모든 사실들을 말입니다…."

"처음부터 그렇게 물어보시지 그랬습니까." 미탸는 큰

소리로 웃었다. "그렇다면 어제가 아니라 엊그제 아침부터 말씀드려야 할 겁니다. 그래야 내가 어디에 어떻게 무엇을 하러 갔는지 이해할 수 있을 테니까요. 여러분, 나는 엊그제 아침에 이 고장의 상인인 삼소노프를 찾아갔습니다. 확실한 담보를 맡기고 3000루블을 빌릴 생각이었지요. 갑자기 꼭 필요한 데가 생겼거든요…."

"말씀 중에 죄송합니다만," 검사가 정중하게 말을 끊었다. "갑자기 왜 하필 3000루블이라는 돈이 필요해진 겁니까?"

"에이, 여러분, 그런 사소한 이야기는 그만둡시다. 언제, 어떻게, 왜, 그리고 왜 하필 이러이러한 금액이 아니라 저러저러한 돈이 필요했느냐 하는 건 죄다 쓸데없는 얘기일 뿐입니다. 그런 얘기를 다 하자면 책 세 권을 써도 모자라 에필로그까지 붙여야 할걸요!"

미탸는 선의로 가득 차 모든 진실을 털어놓으려 안달 난 사람의 호의적이고도 허물없는 태도로 이렇게 말했다.

"여러분," 그는 갑자기 무슨 생각이 떠오른 듯 이렇게 말했다. "다시 한번 부탁하지만, 내가 이렇게 고집을 피운다고 너무 나무라지는 마십시오. 내가 여러분을 존경하고 있다는 것과, 지금 내 처지를 잘 이해하고 있다는 것을 다시 한번 믿어주셨으면 합니다. 내가 취했다고 생각하지도 마십시오. 지금은 술이 다 깼으니까요. 하긴 취했다고 해도 아무 상관도 없었겠지요. 나는 이런 사람이거든요.

술이 깨서 현명해지니 바보가 되고

잔뜩 취해 바보가 되니 현명해졌네.

하하! 그렇지만 여러분, 아직, 그러니까 우리가 이 일을 해결할 때까지 이런 농담을 지껄이는 건 실례겠군요. 나도 품위를 지켜야 하니까요. 나는 지금 우리의 위치가 얼마나 다른지 잘 알고 있습니다. 나는 지금 범죄자로서 여러분 앞에 앉아 있으니, 여러분과의 입장은 천지 차이겠지요. 여러분은 나를 감시할 임무를 맡고 있습니다. 그리고리에게 저지른 일로 내 머리를 쓰다듬어줄 리는 없고, 노인의 머리를 깨놓고도 처벌을 피할 수는 없는 일이니 여러분은 나를 재판에 회부해 반년이나 1년 정도 판결에 따라 감옥에 집어넣겠지요. 권리 박탈까지는 가지 않더라도 말입니다. 검사님, 그렇지요? 권리 박탈까지는 가지 않지요? 아무튼 여러분, 나는 그런 차이를 잘 알고 있다는 겁니다…. 하지만 어디에 갔느냐, 어떻게 갔느냐, 언제 갔느냐, 어디로 갔느냐 하고 질문을 퍼부어대면 하느님이라도 혼란에 빠지고 말 겁니다. 여러분이 그런 질문을 던지면 나도 정신을 못 차릴 텐데, 그런 사소한 얘기들을 일일이 기록해서는 뭐가 되겠습니까? 아무것도 되지 않습니다! 어차피 시작한 헛소리니 끝까지 하도록 하지요. 여러분은 고등교육을 받은 고상한 분들이니 용서해주십시오. 마지막으로 부탁 하나만 드리겠습니다. 그 틀에 박힌 심문은 잊어주십시오. 그러니까 어떻게 일어났는가, 무엇을 먹었는가, 어떻게 침을 뱉었는가 따위의 하찮고 시답잖은 질문으로 시작해 '범인의 주의를 흩트려놓은 다음' 대뜸 '누구를 죽였지? 누구에게 강도짓을 했지?' 하고 물어서 혼을 쏙 빼놓는 것 말입니다. 하하! 이게 여러분이 쓰는 뻔한 수법이고, 여러분의 규칙이 아닙니까. 여러분이 쓰는 약은 수법이 바로 이것이지요! 그런 수법으로 농부들의 혼을 빼놓을 수 있을지는 몰라도, 나는 아닙니다. 나는 그런 걸 훤히 알고 있고, 내가 직접 써보기도 했으니까요, 하하하! 여러분, 화내지 마십시오. 내 무례를 용서해주시겠습니까?" 미탸는 놀라울 만큼 선량한 얼굴로 그들을 바라보며 외쳤다. "미티카 카라마조프가 한 말이니, 용서해주실 수 있을 겁니다. 똑똑한 사람이 그랬다면 몰라도, 미티카는 용서받을 만하니까요! 하하!"

그 말에 니콜라이 파르표노비치도 웃음을 터뜨렸다. 검사는 웃지는 않았지만, 미탸의 사소한 말 한마디, 작은 몸짓 하나, 얼굴의 미미한 떨림 하나까지 놓치지 않으려는 듯 잠시도 눈을 떼지 않고 예리한 시선으로 그를 주시하고 있었다.

"하지만 우리는 그런 식으로 심문을 시작하지 않았습니다." 여전히 웃음을 멈추지 못한 채 니콜라이 파르표노비치가 말했다. "아침에 어떻게 일어났느냐, 무엇을 먹었느냐 하는 질문으로 당신의 정신을 빼놓지 않고, 지나치리만큼 핵심적인 것부터 물어보지 않았습니까."

"압니다. 그 점은 잘 알고 있고 높이 사고 있습니다. 당신의 진정 어린 호의, 고상한 사람만이 가질 수 있는 한없는 호의는 더욱더 높이 사고 있고요. 여기에 모인 우리 세 사람은 모두 고상한 사람들이니, 귀족과 명예라는 공통점을 지닌 교양 있는 상류사회 사람들로서 서로 간의 신뢰가 바탕이 되도록 합시다. 어찌 됐건 내 인생의 이 순간, 내 명예가 짓밟혀진 이 순간에 여러분을 가장 좋은 친구로 생각하도록 허락해주십시오! 여러분, 그런다고 못마땅하게 여기지는 않으시겠지요? 그렇지요?"

"그럴 리가요, 드미트리 표도로비치, 오히려 너무나 훌륭한 말입니다." 니콜라이 파르표노비치가 엄숙한 얼굴로 수긍했다.

"여러분, 미끼를 던지는 것이나 다름없는 시답잖은 이야기는 집어치웁시다." 미탸가 고양된 얼굴로 외쳤다. "안 그러면 일이 어떻게 될지는 악마나 알 일이니까요. 그렇지 않습니까?"

"당신의 현명한 조언은 십분 받아들이도록 하지요." 검사가 미탸를 보며 불쑥 끼어들었다. "하지만 내가 드린 질문은 물릴 생각이 없습니다. 왜 하필 3000루블이라는 액수가 필요했는지는 꼭 알아야 하니까요."

"왜 필요했냐고요? 그건 그러니까… 빚을 갚기 위해서였습니다."

"누구에게요?"

"여러분, 그건 말하기를 거부합니다! 말할 수가 없다거나, 그럴 용기가 안 난다거나, 마음에 걸리는 게 있어서가 아닙니다. 그건 전부 쓸데없는, 그야말로 하찮은 일이기 때문입니다. 내가 말씀드리지 않는 건 내 나름의 원칙이 있기 때문입니다. 이건 내 사생활이고, 나는 내 사생활을 침해받을 생각이 없습니다. 이것이 내 원칙입니다. 당신의 질문은 사건과는 무관하고, 사건과 무관한 것은 모두 내 사생활입니다! 명예롭게 빚을 갚으려고 했지만, 상대가 누구인지는 말하지 않겠습니다."

"그 점을 기록해두겠습니다." 검사가 말했다.

"그러시지요. 절대 말하지 않겠다고 쓰십시오. 아니, 오히려 말하는 것을 수치로 생각한다고 쓰십시오. 여러분은 기록하는 데 쓸 시간이 넘치나 봅니다!"

"드미트리 씨, 당신이 혹시 모르고 있을 것 같아 주의를 주고 한 번 더 상기시킬 것이 있습니다." 검사가 유난히 엄격한 목소리로 훈계하듯 말했다. "당신은 우리가 하는 질문에 대답하지 않을 충분한 권리가 있고, 우리도 당신이 특정한 이유로 대답을 거부할 경우 대답을 강요할 권리가 없습니다. 그건 당신의 판단에 달려 있습니다. 하지만 이런 경우 당신이 특정 진술을 거부함으로써 어떤 불이익을 당할 수 있는지 분명히 말하는 것도 우리가 해야 할 일입니다. 그럼 계속하시지요."

"여러분, 나는 화를 낸 것이 아닙니다…. 나는…." 검사의 말에 조금 당황한 미탸가 중얼거렸다. "그러니까 여러분, 내가 찾아간 삼소노프라는 사람이…."

물론 나는 독자가 이미 알고 있는 그의 이야기를 자세히 옮기지는 않을 것이다. 미탸는 아주 사소한 것까지 이야기하려 하면서도 어서 심문을 끝내고 싶어 안달이 나 있었다. 하지만 그가 진술하는 동안 기록이 이루어졌으므로, 가끔 그의 말을 제지하는 것은 불가피했다. 드미트리는 그것을 못마땅하게 생각하면서도 그들의 말에 따랐고, 화를 내기는 했지만 그래도 아직은 호의적인 태도를 유지했다. 물론 가끔씩 "여러분, 그러다가는 하느님도 머리꼭지가 돌아버리고 말 겁니다"라든가 "여러분, 지금 공연히 내 신경을 긁고 있다는 걸 알고 있습니까?" 하고 소리치기는 했지만, 그러면서도 여전히 적극적이고 우호적인 태도는 잃지 않았다. 그렇게 미탸는 삼소노프가 엊그제 자신을 어떻게 '골탕 먹였는지' 이야기했다. (그때 그는 자신이 삼소노프에게 속았다는 사실을 분명히 깨닫고 있었다.) 예심판사와 검사가 모르고 있던, 여비를 마련하기 위해 6루블에 시계를 팔았다는 이야기가 그들의 비상한 관심을 끌자 미탸는 몹시 분노하고 말았다. 그들은 전날 미탸에게 돈이 한 푼도 없었다는 두 번째 증거로 그 사실을 자세히 기록해둘 필요를 느꼈던 것이다. 미탸는 점점 기분이 가라앉았다. 이어서 랴가비를 찾아갔다가 가스가 가득 찬 오두막에서 하룻밤을 보낸 일을 설명하고, 시내로 돌아왔다는 데까지 이야기를 끌고 간 그는 딱히 부탁도 없었는데 그루셴카에 대한 질투 때문에 느낀 고통에 대해 자세히 이야기하기 시작했다. 검사 측에서는 묵묵히 그의 말에 귀를 기울였고, 특히 미탸가 진작부터 아버지의 집에서 가까운 마리야 콘드라티예브나의 집 뒤뜰에 그루셴카를 감시할 초소를 마련해두었다는 사실과 스메르댜코프가 그에게 정보를 전달했다는 사실에 특히 주의를 기울였다. 그들은 그것을 특히 중요하게 여기며 잘 기록해두었다. 미탸는 자신이 느낀 질투에 대해 열정적인 장광설을 펼쳐놓았다. 자신의 은밀한 감정이 '공공연한 치욕거리'가 되도록 공개한다는 데 속으로는 수치심을 느꼈으나, 진실성을 위해 그런 마음을 억누르고 있는 듯했다. 이야기를 하는 동안 자신을 응시하는 예심판사와 검사의 냉담하고 엄격한 시선, 특히 검사의 그런 눈빛에 마침내 미탸는 몹시 속이 상하고 말았다. '바로 며칠 전까지만 해도 함께 실없이 여자 얘기나 떠들어댔던 애송이 니콜라이 파르표노비치와 저 병든 검사에게 이런 이야기를 해야 하다니, 수치다!' 그의 머릿속에 이런 우울한 생각이 스쳤다. '인내하라, 수긍하라, 그리고 침묵하라.' 그는 이 시구를 떠올리며 그런 생각을 접고는, 이야기를 계속하기 위해 다시 힘을 냈다. 호흘라코바의 이야기로 넘어가자 다시 마음이 들떠서 사건과는 관계없는 이 부인에 관한 최근의 일화까지 늘어놓으려고 했으나, 예심판사가 그를 제지하고 정중하게 '보다 본질적인 이야기'로 넘어가자고 권했다. 미탸가 마침내 자신이 어떤 절망을 느꼈으며, 호흘라코바 부인의 집에서 나올 때는 '사람을 찔러 죽이는 한이 있더라도 3000루블을 구해야겠다'는 생각까지 들었다는 이야기를 하자, 검사측은 다시 그를 제지하고 '죽이고 싶었다'는 말을 기록했다. 미탸는 말없이 그러도록 내버려 두었다. 마침내 이야기는 그루셴카가 자정까지 삼소노프의 집에 있겠다고 속이고, 자신이 데려다준 뒤 얼마 되지 않아 그 집에서 나왔다는 것을 갑자기 알게 되었다는 대목에 이르렀다. "여러분, 내가 페냐를 죽이지 않은 건 그저 그럴 겨를이 없었기 때문입니다." 그의 입에서 불쑥 이런 말이 튀어나왔다. 그 말도 자세히 기록되었다. 미탸는 어두운 얼굴로 잠시 기다린 후, 아버지 집 정원으로 뛰어든 이야기를 하려 했다. 그런데 갑자기 예심판사가 그를 제지하더니 자기 옆 소파 위에 놓아두었던 커다란 서류가방을 열고 놋쇠 절굿공이를 꺼냈다.

"이 물건을 알고 있습니까?" 그는 미탸에게 절굿공이를 보여주었다.

"그럼요!" 미탸는 씁쓸한 얼굴로 미소 지었다. "어떻게 모를 수가 있겠습니까! 잠깐 보여주시지요…. 아니, 젠장, 됐습니다!"

"이 물건에 대한 이야기는 잊으셨군요." 예심판사가 지적했다.

"제길! 숨기려고 했던 건 아닙니다. 어차피 안 하고 넘어갈 수는 없는 이야기 아닙니까? 그저 깜빡했던 것뿐입니다."

"이 물건을 어떻게 손에 넣게 되었는지 말해주시지요."

"그러지요."

미탸는 자신이 달려 나가면서 절굿공이를 집어 들었다는 이야기를 해주었다.

"그런데 무슨 목적으로 이런 흉기를 챙긴 겁니까?"

"무슨 목적이라니요? 아무 목적도 없었습니다! 그냥 집어 들고 달려 나갔을 뿐입니다."

"목적이 없다면 대체 왜요?"

미탸는 분노가 끓어올랐다. 그는 '애송이'를 쏘아보다가 적개심 가득한 음침한 웃음을 지었다. '이런 인간들'에게 진정으로 자신의 질투에 대한 이야기를 자세히 털어놓았다는

데에 점차 수치심이 밀려왔기 때문이었다.

"절굿공이 따위는 아무 상관도 없습니다!" 미탸는 버럭 외쳤다.

"그렇지만…."

"개가 덤벼들까봐 가져갔습니다. 어두웠으니까요…. 만일을 대비해 가져간 겁니다."

"그렇게 어두운 걸 두려워한다면, 전에도 마당 밖으로 나올 때 이런 흉기를 챙겼습니까?"

"에잇, 제기랄! 여러분, 여러분과는 정말이지 말이 안 통하는군요!" 미탸는 화가 머리끝까지 솟아 서기를 돌아보고는 분노로 얼굴이 시뻘게진 채 미친 사람처럼 쏘아붙였다.

"당장 이렇게 쓰시지요…. '내 아버지 표도르 파블로비치에게 달려가서 머리를 박살 내 죽일 생각으로 절굿공이를 집어 들었다!' 자, 여러분, 이제 됐습니까? 만족하십니까?" 미탸는 도전적인 얼굴로 예심판사와 검사를 바라보며 이렇게 말했다.

"당신이 지금 그런 진술을 하는 건 우리에게 화가 났기 때문이라는 것, 또 실제로는 무척 중요하지만 당신은 하찮다고 생각하는 우리의 질문에 대한 분노 때문이라는 걸 잘 압니다." 검사가 차갑게 대꾸했다.

"이보시오들! 그래요, 절굿공이를 챙겼습니다…. 그런 상황에서 무언가를 챙겨 드는 건 무엇 때문이랍니까? 나는 무엇 때문인지 모릅니다. 그냥 집어 들고 달린 것뿐입니다. 여러분, 정말 창피하군요! passons(그만해둡시다), 그렇지 않으면 맹세컨대 입을 다물어버릴 겁니다!"

미탸는 탁자에 대고 턱받침을 했다. 그리고 그들에게서 옆으로 돌아앉아 벽을 쳐다보며 불쾌한 감정을 억누르려 애썼다. 그는 정말로 자리에서 일어나 '사형을 시키는 한이 있어도' 더는 한마디도 하지 않겠다고 선언하고 싶은 마음이 간절했다.

"여러분," 그가 애써 자신을 억누르며 불쑥 입을 열었다. "여러분이 하는 말을 듣고 있자니 떠오르는 게 있습니다…. 나는 가끔 무서운 꿈을 꿉니다…. 한 가지 무서운 꿈을 자꾸 되풀이해서 꾸곤 하지요. 캄캄한 밤중에 내가 끔찍이 두려워하는 사람으로부터 쫓기는 꿈입니다. 그놈이 나를 찾으면, 나는 비참한 꼴로 문이나 장롱 뒤에 숨지요. 무엇보다 끔찍한 건 그놈은 내가 어디에 숨었는지 훤히 알고 있으면서도 모르는 척한다는 겁니다. 나를 더 오래 괴롭히고, 내 공포를 즐기려고 말이지요…. 지금 당신들이 하는 짓도 똑같습니다! 똑같은 짓을 하고 있다는 말입니다!"

"그런 꿈을 꾸는 겁니까?" 검사가 물었다.

"그래요, 그런 꿈을 꿉니다…. 그 말은 안 씁니까?" 미탸가 삐딱한 미소를 지었다.

"네, 기록하지 않을 겁니다. 하지만 흥미로운 꿈이군요."

"이제는 꿈이 아닙니다! 현실입니다, 여러분, 실제 삶의 현실이란 말입니다! 나는 늑대고, 당신들은 사냥꾼입니다. 여러분은 지금 늑대 몰이를 하는 겁니다."

"그건 잘못된 비유입니다…." 니콜라이 파르표노비치가

무척 부드러운 어조로 이렇게 말했다.

"잘못되었다니요, 여러분, 잘못되었다니요!" 미탸가 다시 분통을 터뜨렸으나, 벌컥 화를 내고 나자 마음이 조금 가벼워진 듯, 말을 하면서 점차 태도가 누그러졌다. "여러분이 들들 볶는 범죄자나 용의자를 믿지 않는 건 상관없지만, 고결한 사람의 말은, 영혼에서 우러나오는 고결한 격정은 그래선 안 됩니다(감히 이렇게 외치지요)! 그건 믿지 않으면 안 됩니다…. 여러분에게는 그럴 권리가 없으니까요…. 하지만

가슴아, 침묵하라.
인내하라, 수긍하라, 그리고 침묵하라!

자, 그럼 어떻게 할까요? 계속할까요?" 그는 우울한 얼굴로 하던 말을 멈췄다.

"그렇게 해주시죠." 니콜라이 파르표노비치가 대답했다.

5. 세 번째 수난

미탸는 무뚝뚝하게 말을 시작했지만, 자신이 하려는 말에서 사소한 것 하나라도 잊어버리거나 빠뜨리지 않으려고 더욱 애쓰는 모습이 역력했다. 그는 어떻게 담장을 뛰어넘어 아버지 집 정원으로 들어갔고, 어떻게 창문까지 걸어갔으며, 마침내는 창문 밑에 무엇이 있었는지까지도 죄다 이야기했다.

그는 그루셴카가 아버지에게 와 있는지 아닌지 알고 싶어 미칠 듯한 심정으로 정원에 있었을 때 느꼈던 초조한 감정을 금속에 글자를 새겨 넣듯 생생하고 분명하게 전달했다. 그런데 이상하게도 검사와 예심판사는 이번에는 몹시 절제된 태도로 그의 이야기를 들었다. 그를 바라보는 눈빛은 냉정했고, 질문은 훨씬 줄어들었다. 미탸는 그들의 표정을 보아서는 그들이 무슨 생각을 하고 있는지 도통 알 수가 없었다. '모욕을 느끼고 화가 났나 보군.' 그는 생각했다. '될 대로 되라지!' 아버지가 창문을 열도록 그루셴카가 왔다는 신호를 하기로 작정했다는 이야기를 했을 때, 검사와 예심판사는 여기서 '신호'가 어떤 의미를 갖는지 전혀 모르는 듯, 미탸도 느낄 만큼 그 말에 아무런 주의도 기울이지 않았다. 마침내 창문 밖으로 고개를 내민 아버지를 보고 증오심이 끓어올라 주머니에서 절굿공이를 꺼내 들었다는 대목에 이르자, 미탸는 일부러 그러는 것처럼 말을 뚝 멈췄다. 그는 그들이 자신을 뚫어질 듯 쳐다보고 있다는 것을 느끼며 벽을 보고 앉아 있었다.

"자, 그래서," 예심판사가 말했다. "흉기를 꺼내 들고… 그다음엔 어떻게 됐습니까?"

"그 다음이요? 그 다음엔 죽였습니다…. 정수리를 내리쳐서 두개골을 박살 냈지요…. 이게 당신들이 생각하는 것 아닙니까!" 그는 눈을 번뜩였다. 잠잠해졌던 분노가 별안간 가슴속에서 격렬하게 치솟아 올랐다.

"우리 생각으로는 그렇습니다만," 니콜라이 파르표노비치가 말했다. "당신 생각으로는 어떻게 됩니까?"

미탸는 시선을 떨구고 한참 동안 침묵했다.

"여러분, 내 생각으로는 이렇게 되었습니다." 그는 조용히 입을 열었다. "누군가의 눈물 덕분인지, 우리 어머니가 하느님께 애원한 것인지, 그 순간 성스러운 영이 내게 입맞춤을 한 것인지는 모르지만 악마가 졌습니다. 나는 창문에서 물러나 담장 쪽으로 달려갔습니다…. 깜짝 놀란 아버지가 그때 처음 나를 보고, 비명을 지르며 창가에서 물러났던 것을 분명히 기억하고 있습니다. 나는 정원을 가로질러 담장으로 달려갔습니다…. 그런데 담장 위에 올라앉은 순간 그리고리가 나를 붙잡은 겁니다…."

여기서 미탸는 드디어 고개를 들어 사람들을 바라보았다. 그들은 전혀 동요하지 않는 듯한 얼굴로 그를 들여다보고 있었다. 분노로 인한 전율 같은 것이 미탸의 마음을 휩쓸었다.

"여러분은 지금 나를 비웃고 있군요!" 미탸는 갑자기 하던 말을 멈추었다.

"어째서 그렇게 생각합니까?" 니콜라이 파르표노비치가 말했다.

"내 말은 한마디도 믿지 않고 있으니까요! 나는 중요한 대목까지 왔다는 걸 압니다. 노인은 지금 머리가 깨진 채로 쓰러져 있는데, 나는 비극의 한 장면처럼 그 노인을 죽이려고 절굿공이를 꺼내 들었다고 얘기해놓고는 별안간 창문에서 달음박질쳤다니…. 이게 서사시가 아니고 뭡니까! 시에서나 있을 법한 일이지요! 용사가 하는 말을 곧이곧대로 믿을 수가 있겠습니까? 하하! 여러분은 냉소적인 사람들입니다!"

그러고는 의자에서 삐걱대는 소리가 날 만큼 온몸을 홱 돌려버렸다. "그럼 혹시," 미탸의 흥분에는 개의치 않는다는 듯 검사가 물었다. "창문에서 달려 나갈 때 정원으로 통하는 문이 열려 있었는지 닫혀 있었는지 보았습니까?"

"열려 있지 않았습니다."

"열려 있지 않았다고요?"

"열려 있긴요, 닫혀 있었지요. 누가 그걸 열었겠습니까? 아니, 문이라니, 잠깐!" 미탸는 별안간 정신이 든 듯 전율했다. "그럼 당신들이 봤을 때는 문이 열려 있었다는 겁니까?"

"그렇습니다."

"당신들이 연 게 아니면 누가 그 문을 열었을까요?" 미탸는 무척 놀랐다.

"문은 열려 있었습니다. 당신의 부친을 살해한 범인은 그 문으로 들어가 살인을 저지른 다음 다시 그 문으로 나온 게 분명합니다." 검사는 천천히 또박또박 힘을 주어 말했다. "그건 틀림없는 사실입니다. 현장 검증이나 시신의 위치 등 모든 면에서 봤을 때 살인은 창문 너머로가 아니라 방 안에서 일어난 것이 분명합니다. 여기에는 그 어떤 의심의 여지도 없습니다."

미탸는 몹시 충격을 받았다.

"하지만 여러분, 그건 있을 수 없는 일입니다!" 미탸는 당혹감에 휩싸여 외쳤다. "나… 나는 들어가지 않았습니다…. 결단코, 분명히 말씀드리는데 내가 정원에 있을 때나 거기서 달려 나올 때 문은 계속 닫혀 있었습니다. 나는 그저 창문 아래에 서서 창문 너머로 아버지를 보았을 뿐입니다. 단지 그뿐입니다…. 마지막 순간까지 전부 기억하고 있습니다. 기억하지 못한다고 해도 그렇다는 걸 잘 알고 있습니다. 왜냐하면, 신호를 아는 사람은 나와 스메르댜코프와 죽은 아버지뿐이고, 아버지는 신호 없이는 세상 그 누구에게도 문을 열어주지 않았을 테니까요!"

"신호라고요? 그건 어떤 겁니까?" 검사는 순간 절제되고 위엄 있는 태도를 잃어버리고 히스테리에 가까운 탐욕스러운 호기심을 보이며 말했다. 그는 조심스럽게 기어서 접근하는 듯한 태도로 물었다. 그는 자신이 아직 모르는 중요한 사실이 있음을 느끼고, 미탸가 그것을 제대로 밝히려 하지 않을까봐 커다란 공포를 느꼈다.

"모르고 계셨군요!" 미탸가 비아냥거리는 듯한 심술궂은 미소를 지으며 검사에게 눈을 찡긋해 보였다. "내가 말하지 않으면 어쩔 겁니까? 누구한테서 알아내려고요? 신호에 대해 알고 있는 건 죽은 아버지와 나, 스메르댜코프가 전부인데 말입니다. 하늘도 알고 있겠지만 하늘은 아무 말도 해주지 않겠지요. 그런데 이 사실은 참 흥미로운 것이라, 그 위에다 무엇을 지을 수 있을지는 아무도 모른단 말이지요, 하하! 안심하십시오, 여러분, 말할 테니까요. 어리석은 생각은 그만두십시오. 여러분은 지금 누구를 상대하고 있는지 모르고 있는 것 같습니다! 여러분이 상대하는 용의자는 자기에게 불리한 진술을 하는, 자기에게 해가 되는 진술을 하는 그런 사람이란 말입니다! 그렇습니다, 왜냐하면 나는 명예의 기사이고, 여러분은 그렇지 않으니까요!"

검사는 미탸가 지껄이는 고약한 소리를 꾹 참고 듣고 있었다. 그저 새로운 사실을 알고 싶다는 조바심에 몸이 떨려올 뿐이었다. 미탸는 정확하고 세세하게 표도르 파블로비치가 스메르댜코프를 위해 지어낸 신호에 관해 모든 것을 말해주었다. 각각의 두드림이 무엇을 뜻하는지 설명하고, 직접 탁자에 대고 두드려 보이기까지 했다. 그럼 그는, 즉 미탸는 '그루셴카가 왔다'는 신호대로 노인의 방 창문을 두드린 것이냐는 니콜라이 파르표노비치의 물음에는 틀림없이 '그루셴카가 왔다'는 신호대로 두드렸다고 분명히 대답했다.

"자, 그럼 이 위에다 탑을 쌓아보시지요!" 미탸는 하던 말을 멈추고 다시금 경멸하는 듯한 태도로 그들에게서 돌아앉았다.

"그럼 이 신호를 아는 건 돌아가신 당신의 부친과 당신, 하인 스메르댜코프밖에 없었습니까? 그 외에는 아무도 없었고요?" 니콜라이 파르표노비치가 다시 한번 물었다.

"그렇습니다. 하인 스메르댜코프, 그리고 하늘이 알고 있었지요. 하늘에 대해서도 기록하십시오. 그것도 쓸데없는 일은 아닐 겁니다. 여러분한테도 하느님은 필요할 테니까요."

물론 미탸의 말은 기록되고 있었다. 그런데 기록하는 도중에 검사는 불현듯 전혀 새로운 생각이 떠올랐는지 이렇게 말했다.

"스메르댜코프도 이 신호를 알고 있고, 당신은 부친을 살해하지 않았다고 강력히 부인한다면 그 하인이 약속된 신호대로 문을 두드려 부친이 문을 열도록 한 다음… 범행을 저지른 게 아닐까요?"

미탸는 차디찬 냉소와 지독한 증오가 어린 눈으로 검사를 바라보았다. 그는 한참 동안 말없이 검사를 노려보았고, 검사는 눈을 깜빡였다.

"또 여우를 한 마리 잡으셨군!" 마침내 미탸가 입을 열었다. "악당의 꼬리를 붙드셨군요, 헤헤! 검사님, 나는 당신 속이 훤히 들여다보입니다! 내가 지금 자리에서 벌떡 일어나 당신이 넌지시 던져준 말에 매달려 '스메르댜코프가 한 짓입니다, 그놈이 범인입니다!' 하고 목청이 터져라 외칠 줄 알았겠지요. 그렇게 생각했다고 인정하십시오. 그래야 말을 계속할 겁니다."

그러나 검사는 인정하지 않았다. 검사는 말없이 기다렸다.

"오산입니다. 나는 스메르댜코프가 범인이라고 소리치지 않을 겁니다!" 미탸가 말했다.

"조금도 의심하지 않습니까?"

"그럼 검사님은 의심하고 있습니까?"

"혐의는 두고 있습니다."

미탸는 뚫어져라 바닥만 내려다보았다.

"농담은 그만두고," 미탸가 어두운 얼굴로 말했다. "들어보세요. 처음부터, 아까 저 커튼 뒤에서 여러분에게 뛰어나올 때부터 내 머릿속에는 '스메르댜코프다!'라는 생각이 스쳤습니다. 여기 탁자 앞에 앉아서 그 피는 내 죄가 아니라고 외칠 때도 속으로는 계속 '스메르댜코프다!'라고 생각하고 있었지요. 스메르댜코프가 줄곧 내 머릿속에서 떠나지를 않았어요. 지금도 문득 '스메르댜코프다'라는 생각이 들었지만, 그건 순간일 뿐이었습니다. 그와 동시에 '아니다, 스메르댜코프가 한 짓이 아니다!'라는 생각이 들었으니까요. 여러분, 이건 그 하인의 짓이 아닙니다!"

"그럼 따로 의심하고 있는 인물이 있습니까?" 니콜라이 파르표노비치가 조심스럽게 물었다.

"어떤 사람인지, 어떤 인물인지, 하느님의 손인지 사탄의 손인지 나는 모릅니다…. 하지만 스메르댜코프는 아닙니다!" 미탸는 단호하게 딱 잘라 말했다.

"그런데 어째서 스메르댜코프는 범인이 아니라고 그렇게 단언하는 겁니까?"

"그런 확신이 들기 때문입니다. 인상 때문이지요. 스메르댜코프는 천성이 천하고 겁이 많은 놈입니다. 그것도 그냥 겁이 많은 게 아니라, 온 세상의 겁이란 겁을 하나로 뭉쳐 놓은 두 발로 걸어 다니는 겁의 집합체이지요. 그놈은 암탉한테서나 태어났을 겁니다. 나와 말을 할 때도, 나는 손 한 번 쳐들지 않는데 내가 자기를 죽이지는 않을까 언제나 벌벌 떨었습니다. 내 발 밑에 엎드려 눈물을 뚝뚝 흘리면서, 자기를 '겁주지 말라고' 말 그대로 이 신발에 입을 맞추던 놈입니다. '겁주지 말라'니, 그게 대체 무슨 말입니까? 그래도 나는 그놈에게 선물을 하기도 했습니다. 그놈은 머리가 뒤떨어지는 데다 간질에 걸린 병든 암탉입니다. 여덟 살짜리 꼬맹이라도 그놈쯤은 거뜬히 때려눕힐 겁니다. 그게 제대로 된 사람이라고 할 수 있습니까? 여러분, 스메르댜코프는 아닙니다. 게다가 그놈은 돈도 좋아하지 않아요. 내가 선물을 줘도 한 번도 받은 적이 없었으니까요…. 그놈이 왜 아버지를 죽이겠습니까? 게다가 어쩌면 아버지의 아들, 사생아일지도 모르는데. 알고 계셨습니까?"

"그 소문은 우리도 들은 적이 있습니다. 하지만 당신도 아들이면서 대놓고 아버지를 죽이고 싶었다고 말하지 않았습니까?"

"내게 돌을 던지는군요! 그것도 저열하고 추잡한 돌을! 나는 무섭지 않습니다! 아아, 여러분, 내 얼굴을 똑바로 보면서 그런 말을 하기가 역겨운 건 아닌가 모르겠군요! 내가 내 입으로 여러분에게 그런 말을 했으니까요. 죽이고 싶었을 뿐 아니라, 죽일 수도 있었다, 심지어 거의 죽일 뻔했다고 내가 먼저 나서서 털어놓았지요! 하지만 죽이지 않았습니다. 내 수호천사가 나를 구해주었단 말입니다. 하지만 여러분은 그건 염두에 둘 생각도 하지 않고 있습니다…. 그러니 역겨울 수밖에요! 나는 죽이지 않았습니다, 절대로 죽이지 않았습니다! 검사님, 듣고 있습니까? 죽이지 않았단 말입니다!"

그는 숨이 막힐 지경이었다. 심문을 받는 내내 그토록 흥분한 적은 한 번도 없었다.

"스메르댜코프는 여러분에게 뭐라고 했습니까?" 그는

잠시 침묵했다가 툭 내뱉었다. "이런 질문을 해도 됩니까?"

"무엇이든 물어보시오." 검사가 냉정하고 엄격한 얼굴로 대답했다. "사건의 실질적인 부분에 대해서라면 무엇이든 물어도 괜찮습니다. 거듭 말하지만, 우리는 당신의 모든 질문에 대답할 의무가 있습니다. 지금 질문한 스메르댜코프는 우리가 발견했을 때 수차례나 연이어 반복된 지독한 간질 발작으로 의식을 잃고 자기 침상에 쓰러져 있었습니다. 우리와 함께 있던 의사는 환자를 진찰하고 나서 아침을 넘기지 못할 수도 있다고 하더군요."

"그럼 악마가 아버지를 죽였나 보군!" 미탸의 입에서 이런 말이 튀어나왔다. 그는 그 순간까지도 '스메르댜코프인가, 아닌가?'를 끊임없이 자문하고 있던 듯했다.

"그 이야기는 나중에 다시 하기로 합시다." 니콜라이 파르표노비치가 결정을 내렸다. "일단 진술을 계속해주겠습니까?"

미탸는 잠시 쉬게 해달라고 부탁했다. 그의 요청은 정중하게 받아들여졌다. 그는 잠깐 쉬고 나서 진술을 계속했다. 그러나 힘겨워하는 기색이 역력했다. 미탸는 지칠 대로 지치고 모욕감을 느끼고 있는 데다가 정신적으로 충격에 빠진 상태였다. 게다가 검사는 이번에는 고의적으로 매 순간 '사소한 것'을 물고 늘어지며 미탸의 신경을 긁어댔다. 미탸가 담장 위에 올라앉아서 절굿공이로 그의 왼쪽 다리를 붙잡은 그리고리의 머리를 때린 다음 곧바로 쓰러진 노인에게 뛰어내렸다고 이야기하자, 검사는 그의 말을 멈추고 어떤 식으로 담장 위에 앉아 있었는지 더 자세히 설명해달라고 요청했다. 미탸는 기가 막혔다.

"그냥 이런 식으로, 말을 탈 때처럼 한쪽 다리는 이쪽에, 한쪽 다리는 저쪽에 두고 앉아 있었지요…."

"절굿공이는요?"

"그건 손에 들고 있었습니다."

"주머니에 있었던 건 아니고요? 그걸 정확하게 기억하고 있습니까? 그래서, 세게 휘둘렀나요?"

"아마 그랬을 겁니다. 그런데 그건 왜 묻습니까?"

"그때 담장 위에 있었을 때처럼 의자에 앉아 어떻게, 어느 쪽으로 절굿공이를 휘둘렀는지 이해하기 쉽게 보여줄 수 있습니까?"

"지금 나를 놀립니까?" 미탸가 위압적인 얼굴로 심문자를 바라보며 물었으나, 상대는 눈 하나 깜짝하지 않았다. 미탸는 치를 떨며 돌아서서는 의자에 걸터앉아 팔을 휘둘렀다.

"이렇게 때렸습니다! 이렇게 죽였어요! 또 뭐가 필요합니까?"

"고맙습니다. 그럼 무엇 때문에 담장에서 뛰어내렸는지 설명해줄 수 있습니까? 무엇을 염두에 두고, 어떤 목적으로 그런 겁니까?"

"제기랄… 그냥 쓰러진 사람한테 뛰어내린 겁니다. 이유는 나도 몰라요!"

"그런 불안감을 느끼면서도요? 그것도 도망가던 와중에 말입니까?"

"그래요. 불안감을 느끼며 도망가는 와중에 그랬습니다."

"도와주려 했던 겁니까?"

"도와주다니요…. 뭐, 그랬을지도 모르겠군요. 기억이 안 납니다."

"기억이 안 납니까? 그럼 일종의 무의식 상태였던 겁니까?"

"아닙니다, 무의식 상태 같은 건 전혀 아니었습니다. 실오라기 하나까지도 전부 기억하니까요. 그냥 살펴보려고 뛰어내려서 손수건으로 피를 닦아준 겁니다."

"당신의 손수건은 우리도 보았습니다. 당신에게 맞아 쓰러진 사람을 되살리려는 생각이었습니까?"

"그럴 생각이었는지 어땠는지는 모르겠습니다. 그저 살아 있는지 아닌지 확인하고 싶었을 뿐입니다."

"아, 확인을 하고 싶었다고요? 그래, 살펴보니까 어땠습니까?"

"나는 의사가 아니라 판단을 내릴 수가 없었습니다. 죽었다고 생각하고 도망쳤지요. 그런데 의식을 차린 거고요."

"좋습니다." 검사가 일단락을 지었다. "감사합니다. 내가 알고 싶었던 부분이었습니다. 그럼 계속하시죠."

안타까운 일이었다. 미탸는 동정심에 담장에서 뛰어내려 죽은 사람을 내려다보며 '노인이 끼어들었으니 어쩔 수 없지, 그냥 누워 있으라고 할 수밖에'라고 연민의 말을 한 것을 기억하고 있었으나, 그 얘기는 꺼낼 생각도 들지 않았다.

그래서 검사는 '그런 순간에, 그런 불안감을 느끼면서도' 미탸가 담장에서 뛰어내린 이유는 오직 자기가 저지른 범행의 유일한 목격자가 살았는지 아닌지를 확인하기 위해서였다고 단정해버렸다. 그런 순간에서조차 이 사내가 얼마나 여유롭고 결단력 있고 냉정하고 계산적이었는가를 생각했을 뿐이다. 검사는 '하찮은 질문으로 병적인 상태의 인간을 자극해 실토하게 한 것'이 자못 만족스러웠다.

미탸는 괴로운 마음으로 진술을 계속했다. 그런데 얼마 지나지 않아 이번에는 니콜라이 파르표노비치가 말을 끊었다.

"그런데 그렇게 피투성이가 된 손으로, 게다가 알고 보니 얼굴도 피투성이가 된 채로 어떻게 하녀 페도시야 마르코바에게 달려갈 수 있었습니까?"

"그때는 내가 피투성이라는 걸 전혀 몰랐으니까요!" 미탸가 대답했다.

"충분히 그럴 수 있습니다. 그건 흔한 일이니까요." 검사와 예심판사는 시선을 주고받았다.

"맞습니다, 몰랐습니다. 옳은 말입니다, 검사님." 미탸도 선뜻 수긍했다.

이어서 미탸는 '자기는 물러나 행복한 두 사람에게 길을 내주겠다'고 돌연히 결심했다는 얘기를 했다. 그러나 이제는 아까처럼 자신의 심정을 털어놓고 '자신의 영혼의 여왕'에 대해 얘기할 수가 없었다. '빈대처럼 자신에게 들러붙는' 냉정한 인간들을 마주하고 있다는 사실이 역겹게 느껴졌다. 그래서 재차 되풀이된 질문에 짤막하게 잘라 대답했다.

"그래서 자살하기로 했습니다. 살아서 뭐 하나 싶은 생각이 절로 들었으니까요. 그 여자의 엄연한 옛 연인이 나타났습니다. 그 여자에게 모욕을 주었지만, 5년이 지난 지금 정식으로 결혼식을 올려 그 여자가 받은 모욕을 씻어줄 생각으로 사랑을 품고 달려온 겁니다. 이제 나는 다 끝났다는 걸 알았습니다…. 그리고 등 뒤에는 치욕이, 그 피가, 그리고리의 피가 흐르고 있으니… 살아서 뭐 하겠습니까? 그래서 저당 잡힌 권총을 찾으러 간 겁니다. 그걸 장전해서 새벽에 내 대가리에 총알을 박아 넣을 생각으로요…."

"밤에는 한바탕 술판을 벌이고요?"

"그렇지요. 젠장, 여러분, 빨리 좀 끝냅시다. 자살을 하려고 한 건 틀림없는 사실입니다. 이 근처 마을 외곽에 나가서 새벽 5시쯤에 끝장을 내려고 했습니다. 주머니에는 유서도 있습니다. 페르호틴의 집에서 권총을 장전할 때 쓴 것이지요. 여기 있으니 읽어보십시오. 하지만 내가 이런 말을 하는 건 여러분을 위해서가 아닙니다!" 미탸는 경멸조로 불쑥 이렇게 덧붙였다. 그는 조끼 주머니에서 종이를 꺼내 탁자 위에 던졌다. 조사관들은 호기심 어린 얼굴로 그것을 읽어본 후, 늘 하던 것처럼 사건 기록에 추가했다.

"페르호틴 씨의 집에 들어갈 때도 손을 씻을 생각은 하지 않았습니까? 혐의를 받을 수 있다는 걱정은 들지 않았던 겁니까?"

"혐의는 무슨 혐의요? 혐의야 받건 안 받건, 이리로 달려와 새벽 5시에 자살을 해버리면 누가 손을 쓸 수 있었겠습니까. 아버지 사건만 아니었다면 여러분은 아무것도 몰랐을 테고, 여기에 오지도 않았을 테니까요. 아아, 이건 악마의 짓입니다. 악마가 아버지를 죽인 것이고, 악마 때문에 여러분이 그 사실을 그렇게 빨리 알게 된 겁니다! 어떻게 그렇게 빨리 여기에 온 겁니까? 기막힌 일이군요, 환상 같은 일입니다!"

"페르호틴 씨가 알려줬습니다. 당신이 그 집에 들어갈 때 손에… 피투성이가 된 손에… 돈을… 큰돈을… 100루블짜리 지폐 다발을 들고 있었고, 자기 시중을 드는 아이도 그걸 봤다고요."

"맞습니다, 여러분, 그랬던 것 같습니다."

"그럼 한 가지 질문이 생기는군요. 말해줄 수 있겠습니까?" 니콜라이 파르표노비치가 지극히 부드러운 태도로 말을 꺼냈다. "시간적으로 집에 들를 수는 없었을 텐데, 갑자기 그런 돈이 어디서 생긴 겁니까?"

검사는 이 직설적인 질문에 살짝 인상을 찌푸렸으나, 니콜라이 파르표노비치의 말을 가로막지는 않았다.

"예, 집에 들르지 않았습니다." 미탸가 대답했다. 무척 침착해 보였으나, 시선은 바닥을 향해 있었다.

"그럼 다시 질문하겠습니다." 니콜라이 파르표노비치가 눈치를 살피며 조심스럽게 질문을 계속했다. "어디서 한꺼번에 그런 큰돈을 구한 겁니까? 당신의 진술대로라면 어제 오후 5시까지만 해도…."

"10루블이 필요해서 페르호틴에게 권총을 저당 잡히고,

3000루블을 얻으러 호흘라코바 부인에게 갔지만 받지 못했다는 따위의 얘기겠지요." 미탸가 거칠게 말을 잘랐다. "그래요, 여러분, 그렇게 돈을 구하러 다니더니 별안간 수천 루블이 생겼다, 이 말입니까? 두 분은 지금 내가 그 돈이 어디서 생겼는지 말해주지 않을까봐 전전긍긍하고 있지요. 맞습니다, 여러분, 나는 말하지 않을 겁니다. 여러분의 짐작이 맞습니다. 여러분은 절대 그걸 알아내지 못할 겁니다." 미탸가 몹시 단호한 태도로 한 마디 한 마디 힘주어 말했다. 조사관들은 잠시 말이 없었다.

"하지만 카라마조프 씨, 우리는 그것을 꼭 알아야만 합니다." 니콜라이 파르표노비치가 부드러운 목소리로 나직이 말했다.

"그건 나도 알지만, 그래도 말하지 않을 겁니다."

검사가 끼어들어 다시 주의를 주었다. 물론 피심문자는 자신에게 유리하다고 생각할 경우 묵비권을 행사할 수 있으나, 용의자가 침묵할 때, 특히 이런 중요한 질문에 대답하지 않을 때 어떤 불이익을 당할 수 있는지를 생각하면….

"됐습니다, 여러분, 이제 됐습니다! 그만하십시오, 그런 설교는 아까도 들었으니까요!" 미탸가 다시 말을 끊었다. "이 사건이 무척 심각하다는 것과 이 문제가 가장 중요하다는 건 나도 압니다. 하지만 그래도 말하지 않을 겁니다."

"우리야 무슨 상관이겠습니까, 이건 우리 일이 아닌 당신 일입니다. 당신은 당신에게 불리한 행동을 하고 있는 겁니다." 니콜라이 파르표노비치가 신경질적으로 말했다.

"여러분, 농담은 그만합시다." 미탸는 눈을 들어 두 사람을 똑바로 쳐다보았다. "나는 처음부터 우리가 이 문제에서 이마를 맞부딪치게 되리라고 예상하고 있었습니다. 그러나 처음 내가 진술을 시작할 때는 모든 것이 먼 안개 속에 싸인 것처럼 불확실했기 때문에, 나는 단순하게도 '서로 간의 신뢰'를 먼저 제안한 겁니다. 하지만 이제는 그런 신뢰란 있을 수 없다는 걸 똑똑히 알겠습니다. 우리는 이 빌어먹을 담벼락을 마주하게 될 수밖에 없으니까요! 우리는 지금 그 담벼락 앞에 와 있는 겁니다! 이젠 틀렸습니다, 다 끝장이에요! 하지만 당신들을 탓하는 건 아닙니다. 여러분도 내 말을 곧이곧대로 믿을 수는 없다는 걸 잘 알고 있으니까요!"

그는 씁쓸한 얼굴로 입을 다물었다.

"그럼 가장 중요한 부분에 대해 침묵을 지키겠다는 당신의 결심을 깨뜨리지 않으면서, 진술 중 이토록 위험한 순간에 침묵해야 하는 그 강력한 동기가 무엇인지 작은 암시라도 줄 수 없습니까?"

미탸는 어딘가 생각에 잠긴 듯한 얼굴로 우울한 웃음을 지었다.

"여러분, 나는 당신들이 생각하는 것보다 훨씬 선량한 사람입니다. 여러분에게는 자격이 없지만, 이유가 무엇인지 말하고, 암시를 주도록 하지요. 여러분, 내가 침묵을 지키는 건 치욕스럽기 때문입니다. 어디서 그런 돈이 생겼냐는 물음에 대한 대답은, 내게는 아버지를 죽이고 돈을 훔친 살인이나 강도짓과는 비교도 할 수 없을 만큼 치욕적입니다. 그래서 말할 수가 없습니다. 치욕스러워서 말할 수가 없단 말입니다. 여러분, 이 말도 기록할 겁니까?"

"예, 그럴 겁니다." 니콜라이 파르표노비치가 어물거리며 말했다.

"'치욕'에 대해서는 기록하지 않았으면 합니다. 그건 오로지 선의로 말한 것이니까요. 말하지 않을 수도 있었지만, 여러분께 선물을 드린 셈인데, 여러분은 지금 온통 트집거리를 찾는 데 혈안이 되어 있지요. 쓰십시오. 마음대로 다 쓰십시오." 미탸는 경멸스럽다는 투로 말했다. "나는 당신들이 두렵지 않습니다…. 오히려 당신들 앞에서 자부심을 느낍니다."

"그것이 어떤 종류의 치욕인지 말해줄 수 없습니까?" 니콜라이 파르표노비치가 조심스럽게 물었다.

검사는 잔뜩 인상을 찌푸렸다.

"아니요, 아니요, c'est fini(끝난 일입니다). 그러니 괜히 애쓰지 마십시오. 내 자신을 욕되게 하고 싶지 않습니다. 그러지 않아도 여러분 앞에서 내 치부를 잔뜩 보이지 않았습니까? 여러분에게는 그럴 만한 가치가 없습니다. 아니, 여러분뿐 아니라 그 누구도 마찬가지입니다… 여러분, 그만합시다, 나는 더 이상 말하지 않을 겁니다."

미탸의 말은 너무나 단호했다. 니콜라이 파르표노비치는 더 이상 고집을 부리지 않았지만, 이폴리트 키릴로비치의 눈빛을 보고는 그가 아직 희망을 잃지 않았다는 것을 대번에 알아챘다.

"그럼 적어도 페르호틴 씨의 집에 들어설 때 어느 정도의 액수를 손에 들고 있었는지, 그러니까 정확히 몇 루블을 가지고 있었는지 말해줄 수 있습니까?"

"그것도 말할 수 없습니다."

"페르호틴 씨에게는 호흘라코바 부인에게서 3000루블을 받았다고 했다면서요?"

"그랬을 수도 있겠지요. 여러분, 그만합시다, 나는 얼마인지 말할 생각이 없습니다."

"그럼 어떻게 이곳에 오게 되었고, 여기 와서 무엇을 했는지 전부 말해줄 수 있습니까?"

"오, 그건 여기 있는 사람 아무한테나 물어보십시오. 하긴, 내가 말해도 되겠지요."

미탸는 이야기를 시작했지만, 그것을 여기에 옮기지는 않겠다. 그는 딱딱한 어조로 건성건성 말했다. 자신이 느낀 사랑의 환희에 대해서는 말도 꺼내지 않았다. 그러나 '새로운 사실로 인해' 자살하겠다는 결심이 사라졌다는 말은 했다. 그는 어떤 행동을 하게 된 동기 등 자세한 내용은 생략하며 이야기했다. 조사관들도 이번에는 그를 귀찮게 하지 않았다. 그들에게도 지금 중요한 것은 그 문제가 아님이 분명했다.

"말한 것은 모두 확인하겠습니다. 당신이 지켜보는 가운데 이루어질 증인 심문 때 지금 말한 내용을 전부 다시 다루기로 하지요." 니콜라이 파르표노비치가 심문을 끝냈다. "그럼 갖고 있는 소지품, 특히 갖고 있는 돈을 모두 이 탁자 위에 꺼내놓으시죠."

"돈 말입니까? 그래요, 그래야겠지요. 여러분이 왜 이제야 그걸 궁금해하는지 의아할 정도입니다. 물론 아무 데도 안 가고 여러분이 보는 앞에 앉아 있으니 그랬을 테지만요. 자, 여기 돈이 있습니다. 세어보십시오. 이게 전부일 겁니다."

그는 주머니에 있는 것을 모조리 꺼내놓았다. 조끼 옆주머니에 들어 있던 20코페이카짜리 은화 두 닢까지 끄집어냈다. 돈을 세어보니 모두 836루블 40코페이카였다.

"이게 전부입니까?" 예심판사가 물었다.

"전부입니다."

"지금 진술하시면서 말하기를, 플로트니코프 상점에서 300루블을 썼고, 페르호틴에게 10루블을 주었고, 마부에게 20루블을 주었고, 여기에 와서 200루블을 잃었고, 그러고 나서…."

니콜라이 파르표노비치는 전부 셈해보았다. 미탸도 선뜻 나서서 거들었다. 두 사람은 1코페이카 하나까지 기억해내서 계산에 넣었다. 니콜라이 파르표노비치가 대강 합계를 냈다.

"이 800루블을 더하면 처음에는 1500루블 정도가 있었겠군요?"

"그렇겠지요." 미탸는 툭 내뱉었다.

"그런데 왜 다른 사람들은 그보다 훨씬 더 많았다고 주장하는 겁니까?"

"그러거나 말거나."

"당신도 그렇게 주장하지 않았습니까."

"나도 그렇게 주장했지요."

"이 문제는 아직 심문을 받지 않은 다른 사람들의 증언을 바탕으로 다시 확인해보도록 하겠습니다. 이 돈에 대해서라면 염려 마세요. 적절한 장소에 보관해두었다가, 당신이 이 돈에 대해 분명한 권리를 가지고 있다는 것이 밝혀지면, 즉 입증되면… 그리고 사건이 모두 종결되면… 그때 돌려주도록 하겠습니다. 자, 그럼 이제…."

니콜라이 파르표노비치는 갑자기 자리에서 일어서더니 미탸에게 '그의 옷을 비롯해서 모든 것을' 자세하고 정확하게 검사해야 할 '필요와 의무'가 있다고 단호하게 선언했다.

"그러시지요, 원하신다면 주머니도 전부 까뒤집어 보이겠습니다."

미탸는 그렇게 말하고는 정말로 주머니를 뒤집으려 했다.

"아예 옷을 벗어줘야겠습니다."

"뭐요? 옷을 벗으라고요? 참 나! 그냥 이대로 검사하십시오! 그러면 안 됩니까?"

"드미트리 표도로비치, 절대로 안 됩니다. 옷을 벗어야 합니다."

"마음대로 하시오." 미탸는 침울한 얼굴로 순응했다. "하지만 여기서 말고 커튼 뒤에서 합시다. 누가 검사할 겁니까?"

"물론 커튼 뒤에서 해야지요." 니콜라이 파르표노비치가 동의의 표시로 고개를 끄덕여 보였다. 그 얼굴에는 자못 엄숙한 표정마저 어려 있었다.

6. 검사가 미탸를 붙잡다

미탸에게는 너무나 뜻밖의 놀라운 일이 벌어지기 시작했다. 전에는, 아니 1분 전만 하더라도 누군가 자신을, 미탸 카라마조프를 이런 식으로 대하리라고는 상상도 할 수 없었다! 미탸는 비참해졌고, 두 조사관은 '오만하고 그를 경멸하는' 태도를 취하고 있었다. 프록코트를 벗는 것쯤은 아무 상관없었으나, 그들은 다른 옷도 벗으라고 요청했다. 그것은 요청이 아니라 사실상 명령이나 다름없었다. 미탸는 그것을 분명히 느꼈다. 미탸는 자존심과 그들에 대한 경멸에 말없이 시키는 대로 따랐다. 니콜라이 파르표노비치 말고도 검사와 농부 몇 사람이 커튼 뒤로 들어왔다. '물론 그래야겠지. 완력이 필요할 테니까.' 미탸는 생각했다. '아니면 또 다른 이유가 있을지도 모르고.'

"설마 루바시카도 벗어야 합니까?" 미탸는 날카로운 목소리로 물었으나, 니콜라이 파르표노비치는 대답하지 않았다. 예심판사와 검사는 프록코트, 바지, 조끼, 모자를 살펴보는 데 열중해 있었고, 조사에 몹시 흥미를 느끼고 있는 기색이 역력했다. '격식 따윈 내다 버렸군.' 미탸는 이런 생각이 들었다. '기본적인 예의마저 지키지 않다니.'

"다시 한번 묻습니다. 루바시카도 벗어야 합니까?"

미탸는 더욱 날카롭고 짜증스러운 목소리로 물었다.

"신경 쓰지 말아요. 필요하면 우리가 말할 테니." 니콜라이 파르표노비치는 상관이 아랫사람을 대하듯 대꾸했다. 적어도 미탸는 그렇게 느꼈다.

그러는 동안 예심판사와 검사는 낮은 목소리로 열띤 논의를 벌이고 있었다. 프록코트에, 특히 왼쪽 뒷면에 바싹 말라 빳빳하게 굳어져 아직 희미해지지 않은 커다란 핏자국을 발견한 것이다. 바지에도 마찬가지였다. 니콜라이 파르표노비치는 입회인들이 보는 앞에서 무언가를 찾는 것처럼 프록코트의 옷깃과 소매, 솔기와 바지를 손가락으로 직접 쓸어보았다. 찾는 것은 물론 돈이었다. 그들은 미탸가 돈을 옷 안쪽에 꿰매놓았을지도 모르며, 충분히 그럴 만한 사람이라는 의심을 감추려 하지 않았다. '장교는커녕 완전히 도둑 취급이군.' 미탸는 속으로 투덜거렸다. 심문관들은 미탸가 보는 앞에서 이상할 만큼 노골적으로 의견을 주고받았다. 이를테면, 역시 커튼 안으로 들어온 서기는 부산스럽게 시중을 들다가 니콜라이 파르표노비치에게 이미 검사가 끝난 모자로 주의를 돌렸다. "그리덴카라는 서기를 기억하시지요?" 서기는 말했다. "여름에 관청 전체의 봉급을 받으러 갔다가 돌아와서는 술에 취해 돈을 잃어버렸다고 했지요. 그런데 그 돈이 어디서 나왔습니까? 바로 이 모자 테두리에서였습니다. 100루블짜리 지폐를 둘둘 말아서 테두리에 꿰매놓았던 거죠." 그리덴카 사건은 예심판사와 검사도 똑똑히 기억하고 있었다. 그래서 그들은 미탸의 모자를 따로 빼두고 나중에 다시 제대로 검사하기로 했다. 다른 옷도 전부 그렇게 하기로 했다.

"아니, 그런데," 루바시카의 오른쪽 소매가 시뻘겋게 피에 물든 채 안쪽으로 접혀 있는 것을 보고 니콜라이 파르표노비치가 소리쳤다.

"이건 피가 아닙니까?"

"피입니다." 미탸는 툭 내던지듯 말했다.

"그러니까 무슨 피냐는 말입니다⋯ 그리고 소매는 왜 안쪽으로 접은 겁니까?"

미탸는 그리고리를 닦아주다가 소매에 피가 묻었고, 페르호틴의 집에서 손을 씻을 때 소매를 안으로 접어 넣었다고 말했다.

"루바시카도 압수해야겠습니다. 이건 무척 중요한 증거품이니까요."

미탸는 얼굴을 붉히며 분통을 터뜨렸다.

"그럼 나는 발가벗고 있으라는 말입니까?" 미탸는 소리쳤다.

"걱정 말아요⋯. 우리가 어떻게든 조치를 취해줄 테니까요. 우선은 양말도 벗어주세요."

"농담하는 것 아닙니까? 정말로 그렇게까지 해야 합니까?" 미탸는 눈을 번뜩였다.

"우리는 지금 농담할 상황이 아닙니다." 니콜라이 파르표노비치가 엄격한 얼굴로 되받아쳤다.

"꼭 그래야 한다면⋯." 미탸는 이렇게 중얼거리고, 침대에 걸터앉아 양말을 벗기 시작했다. 미탸는 견딜 수 없을 만큼 당혹스러웠다. 다들 옷을 입고 있는데 자기만 옷을 벗고 있었다. 이상하게도 옷을 벗자 정말로 그들 앞에 죄인이 된 것 같은 느낌이 들었다. 정말로 그들보다 열등한 입장이 되어 그들에게 자기를 경멸할 충분한 권리가 있다고 수긍하다시피 하게 된 것이다. '다른 사람도 다 벗고 있다면 부끄러울 게 없지만, 나 혼자만 벗은 채 구경거리가 되다니, 정말 치욕스럽구나!' 미탸는 자꾸만 이런 생각이 들었다. '꼭 꿈을 꾸는 것 같구나. 가끔 이런 치욕을 당하는 꿈을 꾸곤 했지.' 양말을 벗는 것은 고통스럽기까지 했다. 양말은 무척 지저분했고 속옷도 마찬가지였는데, 그것을 이제 모든 사람이 보게 된 것이다. 무엇보다도 그는 자기 발이 싫었다. 어째서인지 언제나 자신의 두 엄지발가락이 기형적이라고 생각했다. 특히 아래쪽으로 휘어진 투박하고 납작한 오른쪽 발톱은 더욱 그랬다. 그것을 사람들 앞에 내보여야 하는 것이다. 미탸는 참을 수 없는 수치심에 일부러 더 거칠게 굴었다. 그는 제 손으로 루바시카를 벗어던졌다.

"또 어디 뒤져볼 곳이 있습니까? 당신들이 부끄럽지 않다면 말입니다."

"아뇨, 아직은 됐습니다."

"그럼 나는 이대로 벌거벗고 있어야 합니까?" 미탸가 사납게 말했다.

"예, 지금으로선 어쩔 수 없군요…. 일단 여기 앉아서 침대 담요라도 두르고 계시죠. 곧 다 처리할 테니까요."

그들은 모든 물건을 입회인에게 보이고, 조서를 작성했다. 마침내 니콜라이 파르표노비치가 방에서 나가고, 옷도 내가버렸다. 이폴리트 키릴로비치도 나갔다. 미탸 옆에는 농부들만 남아 그에게서 눈을 떼지 않고 말없이 서 있었다. 미탸는 추위를 느끼고 담요로 몸을 감쌌다. 맨발이 밖으로 드러났지만, 아무리 해도 담요로 덮어 가릴 수가 없었다. 니콜라이 파르표노비치는 무슨 영문에서인지 오랫동안, '괴로울 만큼 오랫동안' 돌아오지 않았다. '나를 무슨 강아지 취급을 하는군.' 미탸는 이를 갈았다. '그 빌어먹을 검사 놈도 나가버렸지. 혐오감 때문에 그런 게 분명해. 벌거벗은 나를 보기가 역겨워진 거야.' 그래도 미탸는 자기 옷을 다른 데서 검사한 다음 다시 갖다줄 거라고 생각했다. 그러니 니콜라이 파르표노비치가 전혀 다른 옷을 농부 손에 들려 돌아왔을 때 그 분노가 어떠했겠는가.

"여기 옷을 가지고 왔습니다." 니콜라이 파르표노비치는 외출의 성과물이 몹시 만족스러운 듯 스스럼없는 태도로 말했다. "칼가노프 씨가 이 흥미로운 사건을 위해 내준 겁니다. 이 깨끗한 루바시카도 마찬가지고요. 다행스럽게도 마침 그분이 여행 가방에 이런 물건들을 가지고 있었습니다. 속옷과 양말은 당신 것을 그대로 쓰셔도 됩니다."

미탸는 화가 머리끝까지 치밀어 올랐다.

"남의 옷은 됐습니다!" 그는 무섭게 소리를 질렀다. "내 옷을 주십시오!"

"그럴 수 없습니다."

"내 옷을 내놓으란 말입니다! 빌어먹을 칼가노프, 그놈도 그놈 옷도 죄다 꺼져버리라지!"

그들은 한참 동안 미탸를 설득해 간신히 진정시켰다. 그들은 피가 묻은 옷을 '증거품에 포함해야 하며', '사건이 어떻게 끝날지 알 수 없으므로' 자기들에게는 미탸가 그 옷을 입고 있게 할 '권리가 없다…'고 말했다. 미탸도 결국 그 말에 수긍했다. 미탸는 어두운 얼굴로 입을 꾹 다문 채 서둘러 옷을 입기 시작했다. 옷을 입으면서, 그 옷이 자기 것보다 훌륭하지만 그걸 '이용하기는' 싫다는 말을 했을 뿐이다. "굴욕적일 만큼 꽉 끼는군. 이걸 입고 당신들 즐거우라고 어릿광대 놀음이라도 하라는 겁니까?"

그러자 그들은 다시금 그건 과장된 말이다, 칼가노프가 미탸보다 키가 크긴 하지만 조금밖에 차이가 없지 않느냐, 그저 바지만 조금 길 뿐이라고 타일렀다. 그러나 프록코트는 정말로 어깨 부분이 작았다.

"제기랄, 단추도 제대로 안 채워지는군." 미탸는 다시 투덜댔다. "부탁이니 지금 당장 칼가노프에게 전해주시오. 내가 옷을 달라고 한 게 아니라, 여러분이 나를 광대 꼴로 만든 것이라고."

"그분도 그걸 잘 알고 있고 유감스럽게 생각하고 있습니다…. 그러니까 자기 옷 때문에 그렇다는 게 아니라, 이 사건을 유감스럽게 생각한다는 말이지요…." 니콜라이 파르표노비치가 어물거리며 말했다.

"유감은 무슨 빌어먹을! 자, 이제 어디로 가야 합니까? 아니면 계속 여기 있어야 합니까?"

그들은 다시 '그 방'으로 가자고 했다. 미탸는 화가 나서 얼굴을 찌푸리고는 아무도 보지 않으려 애쓰며 방을 나갔다. 남의 옷을 입고 있자니, 농부들이나 문간에 잠깐 얼쩡거렸다

사라진 트리폰 보리소비치에게도 굴욕적으로 느껴졌다. '그놈은 내 몰골을 보러 왔던 거야.' 미탸는 생각했다. 미탸는 아까 앉았던 의자에 다시 앉았다. 무언가 악몽 같고 터무니없는 생각이 어른거리는 것이 제정신이 아닌 것 같은 느낌이었다.

"자, 이번엔 뭡니까? 매질이라도 할 겁니까? 그것 말고는 남은 게 없는 것 같은데요." 미탸는 이를 갈며 검사에게 말했다. 니콜라이 파르표노비치와는 말하기도 싫은 듯 그쪽은 쳐다보려고도 하지 않았다. '내 양말을 지나치게 자세히 검사해댔지. 게다가 그걸 뒤집어보라고까지 했어. 빌어먹을 놈, 내 옷이 얼마나 더러운지 다 보게 하려고 일부러 그런 거야.'

"이제 증인 심문을 시작할 겁니다." 미탸의 질문에 대답하듯 니콜라이 파르표노비치가 말했다.

"그렇지요." 검사도 무언가 생각에 잠긴 듯한 얼굴로 이렇게 말했다.

"드미트리 표도로비치, 우리는 당신의 이익을 위해 할 수 있는 것을 다했습니다." 니콜라이 파르표노비치가 말을 이었다. "그러나 당신이 그처럼 단호하게 가지고 있던 돈의 출처를 밝히기를 거절한 만큼, 우리는 지금…."

"그 반지는 무엇으로 만든 겁니까?" 미탸는 사색에서 깨어난 사람처럼 니콜라이 파르표노비치의 오른손에 끼워져 있던 세 개의 커다란 반지 가운데 하나를 가리키며 말을 가로막았다.

"반지요?" 니콜라이 파르표노비치가 의아해하며 되물

었다.

"네, 저것… 가운데 손가락의 가느다란 무늬가 들어간 보석 말입니다. 이름이 뭡니까?" 미탸는 고집을 부리는 어린 아이처럼 짜증을 내며 재차 물었다.

"스모키 토파즈입니다." 니콜라이 파르표노비치는 미소 지었다. "보고 싶으면 빼드릴 테니…."

"아니, 됐습니다, 빼지 마십시오!" 미탸는 문득 정신을 차리고 자기 자신에게 화를 내며 사납게 외쳤다. "빼지 마십시오, 됐습니다…. 제기랄… 여러분, 당신들 때문에 내 마음이 엉망진창이 되었군요! 내가 정말 아버지를 죽였다면, 여러분에게 그 사실을 숨겼을 거라고 생각하십니까? 거짓말을 하며 이리저리 둘러대고, 어딘가로 숨어버릴 사람 같으냐는 말입니다. 천만에, 드미트리 카라마조프는 그런 인간이 아닙니다! 그런 걸 견딜 수 있는 인간이 아닙니다. 내가 정말 죄를 지었다면, 장담하건대 당신들이 여기에 오기도 전에, 처음에 계획했던 것처럼 동이 트기도 전에 자살해버렸을 겁니다! 내 자신을 들여다보면 그걸 느낄 수 있습니다. 나는 20년 동안 살면서 배운 것보다 더 많은 것을 이 저주스러운 하룻밤 사이에 깨달았습니다…! 내가 정말로 아버지를 죽였다면, 지금 이 순간 이런 모습으로 당신들과 있었겠습니까? 이런 식으로 말하고, 이런 식으로 움직이고, 이런 식으로 세상과 당신들을 보았겠습니까? 의도치 않게 그리고리를 죽였다는 생각만으로도 밤새 괴로워한 내가 말입니다. 하지만 두려움 때문에 괴로워한 건 아니었습니다. 아아, 당신들의 형벌이 두려워서 그런 것만은 아니었습니다! 치욕 때문에 그랬던 겁니다! 당신들처럼 아무것도 못 보고 아무것도 못 믿는, 눈 먼 두더지 같은 냉소적인 사람들에게 혐의를 벗겠다고 내 또 다른 치욕적인 허물을 고백하길 바라십니까? 차라리 유형지에 가겠습니다! 아버지 집 문을 열고 그 문으로 들어간 자가 아버지를 죽이고, 돈을 훔친 겁니다. 나도 그자가 누구인지 알 수 없어 너무나 괴롭지만, 확실한 건 드미트리 카라마조프는 아닙니다. 내가 할 수 있는 말은 이게 전부이니, 더는 귀찮게 하지 마십시오…. 유형을 보내건 사형을 시키건 마음대로 하시고, 더 이상 나를 화나게 하지 말아주십시오. 나는 이제 입을 다물 겁니다. 당신들의 그 증인들이나 부르시지요!"

미탸는 아예 입을 다물어버리기로 작정한 듯 갑작스럽게 이런 독백을 쏟아놓았다. 검사는 계속 미탸를 지켜보고 있다가, 미탸가 입을 다물기 무섭게 무척 냉정하고 침착한 태도로 일상적인 이야기를 하듯 이렇게 말했다.

"방금 열린 문에 대해 말했는데, 마침 그것에 관해서 당신에게 구타를 당한 그리고리 바실리예프 노인의, 무척 흥미롭고 당신과 우리에게 매우 중요한 한 가지 증언을 말할 수 있을 것 같습니다. 그리고리 노인이 정신을 차린 후에 우리의 질문에 단호한 태도로 확실하게 증언한 것입니다. 그리고리 노인은 현관으로 나왔다가, 정원에서 이상한 소리가 들려 열린 쪽문을 통해 정원에 들어가보기로 했답니다. 정원에 들어서서는, 당신의 진술처럼 당신이 부친을 보았던 열린 창문에서 물러나 어둠 속에서 달아나는 것을 발견하기 전에, 왼쪽으로 시선을 돌렸는데 실제로 창문이 열려 있는 것을 보았고, 동시에 창문보다 훨씬 가까이 있던 쪽문이 활짝 열려 있는 것도 보았다고 하더군요. 당신이 정원에 있는 동안 계속 닫혀 있었다고 주장했던 그 문 말이지요. 그리고리 노인은 당신이 그 문으로 나간 것이라고 확신하고 그렇게 증언하고 있다는 사실을 숨기지 않겠습니다. 물론 노인이 당신을 처음 발견한 것은 당신이 멀리 정원 한가운데서 담장 쪽으로 달려가고 있었을 때이니, 당신이 그 문으로 나가는 모습을 직접 본 것은 아니지만요…."

미탸는 말이 채 끝나기도 전에 자리를 박차고 일어섰다.

"말도 안 되는 소리!" 미탸는 광분하여 외쳤다. "파렴치한 거짓말입니다! 문이 열려 있는 것을 봤을 리가 없습니다, 그때 분명히 닫혀 있었으니까요…. 거짓말을 하는 겁니다…!"

"재차 말해야 할 것 같습니다만, 그리고리 노인의 증언은 확고합니다. 노인은 조금도 진술을 번복하지 않았고, 그것을 강력하게 주장하고 있습니다. 우리도 몇 번씩 확인한 겁니다."

"맞습니다, 나도 몇 번이나 확인했습니다!" 니콜라이 파르표노비치도 열띤 어조로 맞장구를 쳤다.

"거짓말, 거짓말! 이건 나를 모함하려는 수작이거나 미치광이가 헛것을 본 겁니다." 미탸는 계속 고함을 질렀다. "다치고 피를 흘린 나머지 정신을 차리고 나자 그런 생각이 든 것뿐입니다… 헛소리를 한 거예요."

"그렇습니까. 하지만 노인이 문이 열려 있는 것을 본 건 부상을 입었다가 정신을 차렸을 때가 아니라 행랑채에서 정원으로 들어온 직후의 일이 아닙니까?"

"거짓말이라니까요! 그건 있을 수 없는 일입니다! 내게 악감정을 품고 모함을 하는 겁니다…. 그리고리가 봤을 리가 없습니다…. 나는 그 문으로 도망쳐 나온 게 아니에요." 미탸는 거칠게 숨을 몰아쉬었다.

검사는 니콜라이 파르표노비치를 돌아보고 엄숙한 목소리로 말했다.

"보여드리십시오."

"이 물건을 알아보겠습니까?" 니콜라이 파르표노비치가 탁자 위에 커다랗고 두꺼운 관청 규격의 봉투를 꺼내놓았다. 겉면에는 아직도 세 곳의 봉인 자국이 남아 있었다. 봉투 자체는 비어 있었고, 한 쪽이 뜯어져 있었다. 미탸는 눈을 휘둥그렇게 뜨고 그것을 바라보았다.

"이건… 이건 아버지의 봉투가 틀림없군요." 그는 중얼거렸다. "3000루블이 들어 있던… 뭐라고 적혀 있는지 잠깐 봅시다. '병아리에게…' 그리고 여기 3000루블이라고 써 있지요!" 미탸는 외쳤다. "3000루블, 보이십니까?"

"물론 보입니다. 하지만 그 속에 돈은 없었습니다. 텅 빈 채로 병풍 뒤 침대 옆 바닥에 굴러다니고 있었지요."

미탸는 몇 초간 한 대 얻어맞은 얼굴로 서 있었다.

"여러분, 스메르댜코프 짓입니다!" 미탸는 갑자기 있는 힘껏 소리쳤다. "그놈이 아버지를 죽이고, 돈을 훔친 겁니다!

아버지가 봉투를 어디에 숨겨두었는지 아는 사람은 그놈밖에 없습니다…. 그놈 짓이군요, 이젠 확실히 알겠습니다!"

"하지만 당신도 봉투의 존재와 그것이 베개 밑에 있다는 사실을 알고 있지 않았습니까?"

"나는 전혀 몰랐습니다. 그 봉투를 본 적도 없었습니다. 지금 처음 본 겁니다. 전에는 스메르댜코프한테서 얘기만 들었으니까요…. 아버지가 그걸 어디에 숨겨두었는지 아는 건 그놈뿐입니다. 나는 몰랐습니다…." 미탸는 숨이 넘어갈 것 같았다.

"하지만 조금 전에 당신 입으로 봉투는 고인이 된 부친의 베개 밑에 있었다고 진술하지 않았습니까? 정확히 베개 밑이라고 말했으니, 어디 있었는지 알았다는 것 아닙니까."

"여기 기록도 되어 있습니다!" 니콜라이 파르표노비치가 맞장구를 쳤다.

"말도 안 돼요! 나는 베개 밑에 있는 줄 전혀 몰랐습니다. 아니, 베개 밑에 있었던 것 자체가 아닐지도 몰라요…. 나는 입에서 나오는 대로 베개 밑이라고 내뱉은 겁니다…. 스메르댜코프는 뭐라던가요? 그놈한테 그게 어디 있었는지 물어봤습니까? 스메르댜코프는 대체 뭐랍니까? 그게 중요합니다…. 난 일부러 내게 불리한 증언을 한 겁니다…. 생각 없이 베개 밑이라고 지껄였더니, 여러분은 지금… 갑자기 입에서 헛소리가 튀어나올 때가 있잖습니까? 숨겨둔 곳을 아는 건 스메르댜코프뿐입니다. 그놈 말고는 아무도 없습니다…! 그 녀석은 나한테도 그게 어디 있는지 말해주지 않았습니다! 그놈입니다, 그놈이에요, 틀림없이 그놈이 죽인 겁니다. 불 보듯 뻔해요." 미칠 듯이 흥분한 미탸는 두서없는 말을 되풀이하며 점점 더 격하게 고함을 질렀다. "알겠으면 한시라도 빨리 그놈을 체포하세요…. 내가 도망치는 동안에, 그리고리가 의식을 잃고 쓰러져 있는 동안에 살인을 저지른 게 분명합니다…. 그놈이 신호를 보내 아버지가 문을 열어준 거예요…. 신호를 아는 건 그놈뿐이고, 아버지는 신호 없이는 아무한테도 문을 열어주지 않았을 테니까요…."

"하지만 당신은 또 간과하고 있는 게 있습니다." 여전히 절제되어 있기는 하나, 이미 승리감에 젖은 듯한 얼굴로 검사가 지적했다. "당신이 정원에 있었을 때부터 문이 열려 있었다면, 굳이 신호를 할 필요가 없었겠지요…."

"문이라, 문이라." 미탸는 이렇게 중얼거리고는 말없이 검사를 바라보다가 힘없이 다시 의자에 주저앉았다. 모두 침묵했다.

"그래, 문…! 이건 유령의 짓이야! 하느님이 나를 버리신 거야!" 미탸는 아무 생각도 하지 못하고 멍하니 앞을 바라보며 이렇게 외쳤다.

"그러니," 검사가 엄중한 목소리로 말했다. "드미트리 표도로비치, 한번 생각해보시오. 한편에는 문이 열려 있었고 당신이 그 문으로 도망쳐 나왔다는, 당신과 우리 모두를 압도하는 증언이 있습니다. 다른 한편으로 당신은 갑자기 손에 넣은 돈의 출처에 대해 무슨 까닭인지 고집스럽게, 거의 필사적으로 입을 다물고 있습니다. 그 돈이 생기기 3시간 전만 해도 고작 10루블을 구하기 위해 권총을 저당 잡혔다고 직접 진술했으면서 말입니다! 이런 것을 고려해서 직접 한번 생각해보시오. 대체 우리가 무엇을 믿고, 무엇에 중점을 두어야겠습니까? 우리를 당신 마음의 고결한 충동을 믿지 못하는 '냉정하고 냉소적인 인간들'이라고 비난하지 마시오…. 우리 입장도 좀 헤아려 달란 말입니다…."

미탸는 상상할 수도 없는 흥분에 사로잡혀 얼굴이 하얗게 질렸다.

"좋습니다!" 그가 갑자기 외쳤다. "여러분에게 내 비밀을 털어놓지요. 어디서 돈이 생겼는지 말하겠습니다…! 나중에 당신들과 나 자신을 책망하는 일이 없도록 내 치욕을 고백하지요…."

"드미트리 표도로비치," 니콜라이 파르표노비치가 감격에 찬 기쁜 목소리로 말을 받았다. "지금 이 순간 당신이 진정으로 모든 것을 고백한다면, 나중에 운명의 짐을 더는 데 크나큰 영향을 줄 수 있습니다. 그뿐 아니라…."

그러나 검사가 탁자 아래로 그를 살짝 찔러, 그는 적정선에서 말을 멈출 수 있었다. 물론 미탸는 그 말을 듣지도 않고 있었다.

7. 미탸의 중요한 비밀. 조롱을 받다

"여러분," 미탸는 여전히 흥분한 채 입을 열었다. "그 돈은…

전부 다 털어놓지요…. 그 돈은 내 것이었습니다.”

생각했던 것과는 전혀 다른 말에 검사와 예심판사는 입이 떡 벌어졌다.

“당신 돈이라니요?” 니콜라이 파르표노비치가 우물우물 물었다. “당신이 직접 한 진술에 따르면, 오후 5시까지만 해도….”

“제길, 그날 5시니 내가 직접 한 진술이니 하는 소리는 집어치워요, 지금은 그게 중요한 게 아닙니다! 그 돈은 분명히 내 것이었습니다. 정확히는 훔친 내 돈이었지요…. 그러니까 내 돈이 아니라, 훔친 돈, 내가 훔친 돈이었단 말입니다. 모두 1500루블이었고, 나는 그걸 몸에 지니고 다녔습니다. 항상 지니고 다녔지요….”

“그럼 그게 어디서 난 겁니까?”

“목에서요, 여러분, 목에서, 내 이 목에서 꺼낸 겁니다. 천 조각 속에 꿰매 이렇게 목에 걸고 다녔지요. 벌써 오래전부터, 벌써 한 달째 수치와 치욕을 느끼며 목에 걸고 다녔습니다!”

“그럼 누구에게서 그 돈을… 착복한 겁니까?”

“‘훔쳤느냐’는 말입니까? 이젠 터놓고 말하세요. 나는 그 돈을 훔친 거나 다름없다고 생각합니다. 원하신다면 ‘착복했다’고 해도 좋겠지요. 하지만 내 생각엔 훔쳤다고 하는 게 맞을 것 같습니다. 어제저녁에는 정말로 훔친 게 되었지요.”

“어제저녁이라고요? 하지만 방금 그 돈을… 손에 넣은 지 한 달이나 되었다고 하지 않았습니까?”

"그렇습니다. 하지만 아버지한테서 훔친 건 절대로 아니니 걱정 마십시오. 아버지가 아니라 그 여자에게서 훔친 겁니다. 내 말을 막지 말고 들어줘요. 내게는 괴로운 일이니까요. 실은 한 달 전에 내 전 약혼녀인 카테리나 이바노브나 베르홉체바가 나를 불렀습니다…. 그 여자를 아십니까?"

"물론 알고 있습니다."

"그럴 줄 알았습니다. 정말 고결한 여자입니다. 고결한 여자 가운데서도 가장 고결한 여자이지요. 하지만 오래전부터 나를 증오하고 있습니다. 아아, 오래전부터 말입니다…. 그리고 거기에는 그럴 만한 이유가 있습니다. 그럴 만한 이유가 있어 증오하는 거지요!"

"카테리나 이바노브나가요?" 예심판사가 놀란 얼굴로 되물었다. 검사도 미탸를 뚫어져라 바라보았다.

"아아, 그 여자의 이름을 함부로 부르지 마십시오! 그 여자를 거론하다니, 나는 정말 파렴치한 놈입니다. 그래요, 나는 그 여자가 나를 증오한다는 걸 알고 있었습니다…. 오래전부터… 맨 처음 내 집에 왔을 때부터…. 아니, 이 얘긴 됐습니다. 여러분은 그런 걸 알 자격도 없고, 처음부터 할 필요가 없는 얘기니까요…. 그저 내가 하려는 말은, 그 여자가 한 달 전에 나를 불러서 모스크바에 있는 자기 언니와 친척에게 부쳐달라며(자기는 직접 부칠 수 없는 것처럼 말이지요!) 3000루블을 주었다는 겁니다…. 그때 나는 하필 인생의 운명적 순간에 처해 있었습니다. 그러니까 내가… 한마디로, 다른 여자, 지금 그 여자를, 그러니까 지금 저 아래층에 있는 그루셴카를 사랑하게 된 지 얼마 되지 않았을 때의 일이었지요…. 나는 그루센카를 이곳 모크로예로 데려와 이틀 만에 그 저주스러운 3000루블의 절반인 1500루블을 써버리고, 나머지 반은 그대로 가지고 있었습니다. 그 1500루블을 향갑 대신 목에 걸고 다니다가 어제 그걸 풀어서 써버린 겁니다. 니콜라이 파르표노비치, 그러고 남은 800루블이 지금 당신들 손에 있는 겁니다. 어제 1500루블에서 남은 돈이지요."

"그렇지만 한 달 전 당신이 여기서 쓴 돈이 1500루블이 아니라 3000루블이라는 건 누구나 다 아는 사실 아닙니까?"

"누가 안단 말입니까? 세어본 사람이 있습니까? 내가 누구한테 세어보라고 하기라도 했습니까?"

"하지만 당신 입으로 사람들한테 그때 정확히 3000루블을 썼다고 말하지 않았습니까."

"맞습니다, 그랬지요. 온 시내에 그렇게 말하고 다녔습니다. 그래서 시내 사람들도 모두 그렇게 말했고, 모두 그렇게 생각했고, 또 여기 모크로예 사람들도 모두 3000루블이라고 생각했지요. 그렇지만 내가 쓴 돈은 3000루블이 아니라 1500루블입니다. 나머지 1500루블은 향갑처럼 꿰매놓았지요. 여러분, 이렇게 된 겁니다. 어제 쓴 돈은 바로 그 돈입니다…."

"기적 같은 얘기군요…." 니콜라이 파르표노비치가 우물거렸다.

"한 가지 묻겠습니다." 검사가 마침내 입을 열었다. "그 사실을… 그러니까 한 달 전에 1500루블을 남겨두었다는 사실을 전에 누군가에게 말한 적이 있습니까…?"

"아무한테도 말하지 않았습니다."

"이상하군요. 정말 그 누구에게도 말한 적이 없습니까?"

"그렇습니다. 그 누구에게도 말하지 않았습니다."

"그런데 왜 그렇게 침묵을 지켰던 겁니까? 어째서 그 사실을 그렇게까지 비밀로 했던 겁니까? 좀 더 정확하게 설명하죠. 마침내 우리에게 비밀을 고백했는데, 당신은 그 비밀이 몹시 '치욕스러운 것'이라고 했지만 사실은, 물론 상대적인 얘기입니다만, 그 행위, 즉 다른 사람의 3000루블를 일시적으로 착복한 행위는 내가 보기엔 비록 무척 경솔한 행위일지는 몰라도 당신의 성격을 고려할 때 그렇게까지 치욕스러운 행위는 아닙니다…. 몹시 창피한 행위라고는 할 수 있겠지만, 어디까지나 창피한 행위일 뿐, 치욕스러울 정도까지는 아니라는 말입니다…. 내가 하고 싶은 말은, 당신이 굳이 고백하지 않아도 이미 지난 한 달간 많은 사람들이 당신이 베르홉체바 양에게서 받은 3000루블을 써버렸다는 것을 짐작하고 있었다는 겁니다. 나도 그 소문을 직접 들은 적이 있습니다…. 미하일 마카로비치도 들은 적이 있고요. 그러니까 그건 소문이라기보다는 온 시내 사람들의 입방아에 오른 일이라고 해야 할 겁니다. 게다가 내 기억이 맞다면 당신이 누군가에게 그 사실을, 그러니까 그 돈이 베르홉체바 양에게서 나왔다는 것을 고백했다는 증거가 있습니다…. 그러니 당신이 아직까지, 지금 이 순간까지 따로 떼어놓았다는 1500루블을 공포마저 느낄 만큼 엄청난 비밀로 취급한다는 사실이 기가 막힌 겁니다…. 그런 비밀을 고백하기가 그토록 괴로웠다니 믿기지가 않는군요…. 조금 전에도 비밀을 털어놓을 바에야 유형지에 가겠다고 외쳤지요."

검사는 입을 다물었다. 그는 몹시 흥분해 있었다. 적개심에 가까운 분노를 숨기지 않으며, 말의 유려함 따위는 신경 쓰지 않고 앞뒤가 맞지 않을 만큼 두서없이 쌓였던 것을 모두 쏟아놓았다.

"치욕은 1500루블에 있는 게 아니라, 그 3000루블에서 1500루블을 따로 떼어놓은 데 있는 겁니다." 미탸가 단호한 어조로 말했다.

"어째서요?" 검사는 분노 섞인 웃음을 지었다. "이미 창피한 방법으로, 당신 말대로 하자면 치욕적인 방법으로 손에 넣은 3000루블에서 당신 마음대로 절반을 떼놓은 게 뭐가 수치스럽다는 겁니까? 중요한 건 당신이 3000루블을 착복했다는 사실이지, 그 돈을 어떻게 했느냐가 아닙니다. 그러고 보니 왜 절반을 따로 떼놓은 겁니까? 무엇 때문에, 무슨 목적으로 그랬는지 설명해줄 수 있습니까?"

"아아, 여러분, 바로 그 목적이 모든 것의 원인입니다." 미탸가 외쳤다. "비열하게 따로 속셈을 가지고 떼놓은 겁니다. 이런 경우 다른 속셈이 있다는 것 자체가 비열한 것이니까요…. 그리고 그 비열한 짓은 한 달 동안이나 계속되었지요!"

"무슨 말인지 모르겠습니다."

"황당하군요. 하지만 정말로 무슨 말인지 모를 수도 있으니 다시 한번 설명해드리지요. 잘 들어보십시오. 내가, 내 명예를 믿고 맡긴 돈을 슬쩍해 흥청망청 써버린 후 다음 날 아침 그 여자에게 가서 '카탸, 잘못했소, 당신의 3000루블을 날려버리고 말았소'라고 말한다면, 그게 잘하는 일일까요? 아니, 그렇지 않습니다. 부끄럽고 비겁한 일입니다. 짐승이나 다름없고, 짐승처럼 자신을 통제하지 못하는 놈인 겁니다. 그렇지요? 그래도 도둑놈은 아니지 않을까요? 진짜 도둑이라고는 할 수 없을 겁니다! 돈을 써버리긴 했어도, 훔친 건 아니니까요! 이제 두 번째, 더 나은 경우를 말씀드리지요. 내 말을 잘 들어줘요. 어쩐지 머릿속이 빙빙 돌아서 또 횡설수설하게 될지도 모르니까요. 이번엔 3000루블에서 1500루블만, 즉 절반만 썼다고 합시다. 그리고 다음 날 그 여자에게 나머지 절반을 갖다주면서 '카탸, 비열하고 경솔하고 파렴치한 내게서 이 남은 1500루블을 받아주시오. 나머지 절반은 이미 다 써버렸고, 이 돈도 곧 써버리고 말 테니, 내가 죄를 짓지 않도록 그렇게 해주시오!' 하고 말합니다. 자, 이 경우는 어떻습니까? 짐승이라고 해도 좋고, 비열한 놈이라고 해도 좋지만, 그래도 도둑은 아닙니다. 완전한 도둑은 아닌 겁니다. 도둑이었다면 나머지 절반도 갖다주지 않고 자기가 가져버렸을 테니까요. 그렇게 일찍 절반을 갖다준 걸 보면, 나머지 절반도 평생 노력하고 일을 해서 반드시 마련해 갖다줄 거라고 그 여자도 생각하지 않겠습니까? 그러니 비열한 놈인지는 몰라도 도둑은 아닌 겁니다. 누가 뭐라 해도 절대 도둑은 아닌 겁니다!"

"조금 차이가 있다고 칩시다." 검사는 차갑게 웃었다. "하지만 그걸 그렇게 결정적인 차이로 보는 건 여전히 이상하군요."

"예, 나는 결정적인 차이라고 봅니다! 누구나 비열한 인간은 될 수 있습니다. 아니, 모두가 다 비열한 인간이라고 할 수도 있겠지요. 하지만 누구나 도둑놈이 되는 건 아닙니다. 비열한 인간 가운데서도 가장 비열한 인간만이 도둑놈이 되는 겁니다. 이 미묘한 문제를 설명할 재주는 없지만… 도둑놈이 비열한 놈보다 더 비열하다, 이것이 내 신념입니다. 들어보십시오. 나는 한 달 내내 돈을 가지고 다녔습니다. 내일 당장이라도 돈을 갖다줄 수 있었고, 그러면 나는 더 이상 비열한 놈이 아니게 되겠지만, 도무지 결단을 내릴 수가 없었습니다. 매일같이 마음을 다잡고, '결행해라, 결행해, 이 비열한 놈아' 하고 내 자신을 다그쳐봐도, 한 달 내내 그럴 수가 없었단 말입니다! 어때요, 잘한 겁니까? 당신들이 보기엔 잘한 것 같습니까?"

"잘한 것은 아니겠지요. 그 점은 분명히 이해하고, 반박할 생각도 없습니다." 검사는 절제된 태도로 대답했다. "하지만 온갖 미묘한 문제와 차이에 대한 토론은 우선 접어두고, 괜찮다면 다시 본론으로 넘어갑시다. 본론이란 다름 아니라, 아까 질문을 했지만 아직 설명을 듣지 못한 것이 있는데, 왜 처음에 그 3000루블을 둘로 나누었는가, 즉 반은 써버리고, 나머지 반은 챙겨두었는가 하는 겁니다. 정확히 무엇을 위해서 챙긴 겁니까? 그 1500루블은 어디에 쓸 생각이었습니까?

드미트리 표도로비치, 이 질문에 대한 대답을 꼭 들어야겠습니다."

"아아, 그랬지요!" 미탸는 이마를 탁 치며 이렇게 외쳤다. "용서하십시오, 당신들을 괴롭히기만 하면서 중요한 건 설명하지 않았군요. 설명만 했다면 대번에 이해하셨을 텐데. 왜냐하면 다름 아닌 그 목적에 치욕이 깃들어 있으니까요! 사실 죽은 아버지는 노상 아그라페나 알렉산드로브나를 곤혹스럽게 했고, 나는 그루셴카가 나와 아버지 사이에서 흔들리고 있다는 생각에 질투심을 느꼈습니다. 매일같이 생각했지요. 만약 그 여자가 나를 그만 괴롭히기로 결심하고 갑자기 내게 '내가 사랑하는 건 그 사람이 아닌 당신이에요. 그러니 날 세상 끝으로 데려가줘요'라고 말하면 어떻게 해야 하나? 내겐 20코페이카짜리 은화 두 닢뿐인데, 어떻게 그 여자를 데려간단 말인가? 모든 것이 끝장이다. 그땐 그 여자를 제대로 알지도 못했고 이해하지도 못했습니다. 그 여자에겐 돈이 필요하다고 생각했고, 내 가난을 용서하지 않을 거라고 생각했지요. 그래서 교활하게 3000루블에서 절반을 떼어내 냉정하게 바늘로 꿰맸습니다. 그런 속셈으로 술판을 벌이기 전에 꿰맨 겁니다. 다 꿰매고 나선 술판을 벌이러 떠났지요! 정말이지 비열한 짓입니다! 이젠 아시겠습니까?"

검사는 큰 소리로 웃음을 터뜨렸다. 예심판사도 마찬가지였다.

"내 생각엔 다 써버리지 않고 자제했으니 오히려 현명하고 도덕적이라고 할 수 있을 것 같습니다만." 니콜라이 파르표노비치는 킬킬거렸다. "그게 뭐 그렇게 엄청난 일이라고 그러십니까?"

"하지만 도둑질을 하지 않았습니까! 아아, 어떻게 그렇게까지 이해를 못 하는지 무서울 정도로군요! 나는 1500루블을 꿰매 가슴에 품고 다니는 동안 매일, 매 시간 '너는 도둑이다, 너는 도둑이야!' 하고 내 자신에게 말했습니다. 그 때문에, 내가 도둑놈이 되었다는 생각 때문에 지난 한 달간 난폭하게 굴고, 술집에서 싸움을 벌이고, 아버지를 두들겨 팬 겁니다! 내 동생 알료샤에게조차 감히 이 1500루블에 대해 털어놓을 엄두를 내지 못했습니다. 그만큼 내가 비열한 사기꾼이라는 생각이 들었으니까요! 그런데 말입니다, 그 돈을 지니고 다니면서 한편으로는 매일, 매 시간 '아니야, 드미트리 표도로비치, 넌 아직 도둑이 아닐지도 몰라'라는 생각도 했습니다. 왜냐고요? 내일 당장이라도 카탸를 찾아가 그 1500루블을 돌려줄 수 있었기 때문이지요. 그런데 어제 페냐에게서 페르호틴의 집으로 가는 길에 결국 그 향갑을 끌러버리고 말았습니다. 그때까지는 엄두를 내지 못했지만, 그걸 끄르는 순간 반박할 여지가 없는 진짜 도둑이 되어버렸습니다. 영원히 도둑놈에 비겁한 인간으로 전락하고 만 겁니다. 왜냐고요? 향갑을 가지고 카탸에게 가서 '나는 비열한 인간이지만 도둑은 아니오'라고 말할 수 있는 꿈을 산산이 부숴버리고 말았으니까요! 이젠 알겠습니까? 알겠냐고요!"

"그런데 왜 하필 어제저녁에 그렇게 결심한 겁니까?" 니콜라이 파르표노비치가 말을 가로막았다.

"왜냐고요? 우스운 질문이군요. 새벽 5시, 동틀 무렵에 여기서 죽어버리기로 내 자신에게 사형 선고를 내렸기 때문이지요. '비열한 인간으로 죽으나 고결한 인간으로 죽으나 마찬가지가 아닌가' 하는 생각이 들었으니까요. 그런데 아니더군요. 마찬가지가 아니었습니다! 여러분, 믿으실지 모르겠지만, 지난 밤 무엇보다 나를 괴롭힌 건 내가 늙은 하인을 죽였다는 생각도 아니고, 내 사랑이 이루어져 다시 내게 하늘이 열린 지금 시베리아에 유형을 갈 수도 있다는 사실도 아니었습니다. 아아, 괴롭기는 했지만 그 정도는 아니었습니다. 결국 가슴에서 그 저주스러운 돈을 끌러내 써버렸으니, 이제 진짜 도둑이 되었다는 그 끔찍한 자각만큼은 아니었습니다! 아아 여러분, 가슴에 피가 흐르는 심정으로 다시 한번 말하지만, 나는 지난 밤 정말 많은 것을 깨달았습니다! 비열한 인간으로 사는 것도 불가능하지만, 비열한 인간으로 죽는 것도 불가능하다는 것을요…. 그렇습니다, 여러분, 인간은 죽을 때도 떳떳해야 하는 겁니다…!"

미탸는 하얗게 질려 있었다. 극도로 흥분해 있었음에도, 그의 얼굴은 지독한 피로와 고통의 빛을 띠고 있었다.

"드미트리 표도로비치, 이제 당신을 조금 이해할 수 있을 것 같습니다." 검사는 동정심마저 어린 듯한 부드러운 어조로 천천히 말했다. "하지만 당신이 그렇게 생각하는 건 내 생각엔 그저 신경 탓인 것 같습니다…. 신경쇠약 때문이다, 이겁니다. 그리고 어째서, 이를테면, 거의 한 달 가까이 느꼈던 그 무거운 고통을 벗어버리기 위해 당신에게 돈을 맡겼던 아가씨를 찾아가 1500루블을 돌려주지 않았던 겁니까? 당신 말씀처럼 그때 그렇게 괴로운 처지에 놓여 있었다면, 그 아가씨에게 자초지종을 설명한 다음 누구나 자연스럽게 떠올릴 법한 방안을 시도해볼 수 있지 않았을까요? 즉, 그 아가씨에게 당신의 잘못을 솔직히 고백하고, 필요한 돈을 빌려달라고 부탁할 수도 있지 않았냐는 말입니다. 그 아가씨는 관대한 분이니 당신이 상심한 모습을 보면 절대 거절하지 않았을 겁니다. 계약서 같은 것을 쓰거나, 상인 삼소노프나 호흘라코바 부인에게 제안했던 담보를 제공했다면 더욱 그랬겠지요. 당신은 지금도 그 담보가 가치 있다고 생각하지 않습니까?"

미탸는 얼굴을 확 붉혔다.

"나를 그렇게까지 비열한 인간으로 보는 겁니까? 설마 진심으로 하는 말은 아니겠지요!" 그는 자신이 들은 말을 믿을 수 없다는 듯 검사의 눈을 노려보며 분개한 목소리로 외쳤다.

"맹세코 진심입니다…. 어째서 진심이 아니라고 생각하는 겁니까?" 검사는 검사대로 의아해했다.

"아아, 그게 무슨 비열한 짓입니까! 여러분, 여러분이 나를 괴롭히고 있다는 걸 알기나 합니까! 당신들에게 죄다 말해야겠군요. 당신들에게 내 마음속 지옥을 전부 털어놓겠습니다. 하지만 그건 당신들이 수치를 느끼게 하기 위해섭니다. 인간의 감정이 얼마나 비열한 짓을 시킬 수 있는지 여러분은 깜짝 놀라게 될 겁니다. 검사님, 실은 나도 이미 당신이 지금 말한 것을 생각해본 적이 있습니다! 그래요, 여러분, 나도 저주받은 지난 한 달간 그런 생각을 했고, 정말로 카탸를 찾아가려고 할 만큼 비열해져 있었습니다! 그렇지만 그 여자를 찾아가 내 배신을 고백하고, 그 배신을 위해, 그 배신을 이행하고 그 배신에 필요한 돈을 구하기 위해 그 여자, 카탸에게서 돈을 구걸한 다음(구걸입니다, 구걸이라고요!) 곧장 그 여자의 경쟁자이자, 그 여자를 미워하고 모욕한 다른 여자와 함께 도망을 가다니요, 검사님, 제정신이십니까!"

"제정신인지 아닌지는 모르겠지만, 흥분한 나머지 미처… 여자의 질투에 대해서는 생각하지 못했군요…. 당신 말처럼 정말로 여기에 질투가 개입되어 있다면 말이지요…. 그래요, 정말로 그런 무언가가 있다고 칩시다." 검사는 빙긋이 웃었다.

"하지만 정말로 추악한 짓이 아닙니까!" 미탸는 거칠게 주먹으로 탁자를 내리쳤다. "그건 뭐라고 말해야 좋을지 모를 만큼 악취가 풍기는 일입니다! 그리고 그거 아십니까? 그 여자는 내게 그냥 돈을 주었을지도 모릅니다. 아니, 틀림없이 그냥 주었을 겁니다. 내게 복수하기 위해, 자신의 복수를 즐기기 위해, 나를 경멸하는 마음에서 주었을 겁니다. 그 여자도 마찬가지로 지옥 같은 마음과 엄청난 분노를 품은 여자니까요! 그러면 나는 돈을 받았겠지요. 그럼요, 분명히 받았을 겁니다. 그러고는 평생을… 오, 맙소사! 여러분, 용서하십시오, 내가 이렇게 소리치는 건 바로 얼마 전까지만 해도 그런 생각을 했기 때문입니다. 엊그제 밤에 랴가비를 붙잡고 씨름할 때도 그랬고, 어제, 그래요, 어제도 하루 종일 그런 생각을 했던 걸 기억하고 있습니다. 그 사건이 일어나기 직전까지도요…."

"무슨 사건 말입니까?" 니콜라이 파르표노비치가 호기심을 느끼며 물었으나, 미탸는 듣지 못했다.

"나는 여러분에게 무서운 고백을 했습니다." 미탸는 어두운 얼굴로 말을 맺었다. "이 고백의 가치를 제대로 알아주시오. 아니, 그것만으로는 부족합니다. 제대로 알아주는 것만으로는 부족하니 존중해주시오. 그럴 수 없다면, 이 고백도 여러분의 마음을 그냥 스치고 지나간다면, 당신들은 정말로 나를 존중하지 않는 겁니다. 나는 여러분 같은 사람들에게 고백했다는 수치심에 죽어버릴 겁니다! 아아, 자살해버리고 말 겁니다! 하지만 당신들이 내 말을 믿지 않는다는 게 벌써부터 뻔히 보이는군요! 아니, 이 말도 기록하려고요?" 미탸는 이제 경악을 느끼며 외쳤다.

"방금 한 말은 기록해야지요." 니콜라이 파르표노비치는 놀란 얼굴로 미탸를 바라보았다. "마지막 순간까지 베르홉체바 양을 찾아가 그 돈을 빌려달라고 할 생각이 있었다는 것 말입니다…. 드미트리 표도로비치, 단연코 지금 한 말, 그러니까 그 일에 대한 말은 우리에게 매우 중요한 증언입니다. 특히 당신에게, 당신 자신에게 중요한 증언이지요."

"여러분, 제발 부탁입니다." 미탸는 손뼉을 탁 쳤다. "제발 부끄러운 줄 알고 그 말만은 쓰지 말아주시오! 당신들 앞에 내 가슴을 반으로 갈라 보여줬더니, 당신들은 그걸 기회삼아 손가락으로 찢어진 곳을 헤집고 있군요…. 오, 하느님!"

미탸는 절망감에 손으로 얼굴을 감쌌다.

"드미트리 표도로비치, 그렇게 염려할 것 없습니다." 검사가 말했다. "지금 기록한 것은 나중에 전부 읽어주고, 당신이 동의하지 않는 부분이 있으면 당신 말대로 수정할 테니까요. 그럼 세 번째로 다시 묻겠습니다만, 당신이 돈을 향갑처럼 꿰매두었다는 것을 들은 사람이 정말 아무도 없습니까? 솔직히 믿기 힘든 일입니다."

"없다고 했잖습니까. 내 말은 전혀 알아듣지 못한 겁니까? 날 좀 그냥 내버려 두시오."

"양해해주시오. 이 일은 확실히 해두어야 합니다. 아직 시간은 많이 있지만, 우선 잘 생각해보시오. 그때 당신이 3000루블을 썼다고 당신 입으로 가는 곳마다 말하고 다녔다는 증거가 아마 수십 가지는 될 겁니다. 그때 당신은 1500루블이 아닌 3000루블이라고 외치고 다녔지요. 그리고 어제 돈이 생겼을 때도 3000루블을 들고 왔다고 여러 사람에게 말하지 않았습니까…."

"수십 가지가 아니라 수백 가지는 되겠지요. 증거가 이백 개는 될 테고, 이백 명, 아니 천 명은 그 말을 들었을 겁니다!"

"그러니까 말입니다. 모두가 그렇게 증언하고 있습니다. 그 모두라는 말에는 어떤 의미가 있지 않겠습니까?"

"아무런 의미도 없습니다. 내가 거짓말을 지껄였더니 다른 사람들도 다 거짓말을 하게 된 것뿐입니다."

"그럼 왜, 당신 말대로 그렇게 '거짓말'을 한 겁니까?"

"알게 뭡니까? 큰소리를 치고 싶어서 그랬을 수도 있고… 그러니까… 이렇게 많은 돈을 썼다고 말입니다…. 아니면 꿰매놓은 돈에 대해 잊고 싶어서 그랬을지도 모르지요…. 그래요, 바로 그 때문이었을 겁니다…. 제기랄… 대체 몇 번째 묻는 겁니까? 그냥 거짓말을 한 겁니다. 일단 그렇게 말하고 나니 굳이 말을 바꾸고 싶지 않았던 것뿐입니다. 사람이 때로 거짓말을 하는 이유가 뭐라고 생각합니까?"

"드미트리 표도로비치, 사람이 어째서 거짓말을 하는가 하는 문제는 지극히 난해한 문제이지요." 검사는 엄숙한 얼굴로 말했다. "그럼 당신이 목에 걸고 다니던 향갑이라고 부르는 주머니는 크기가 컸습니까?"

"아뇨, 크지 않았습니다."

"어느 정도였지요?"

"100루블짜리 지폐를 반으로 접은 크기였습니다."

"차라리 그걸 보여줄 수 있습니까? 어딘가에 가지고 있을 것 아닙니까."

"젠장… 이게 무슨 멍청한 일이람… 나는 그게 어디 있는지 모릅니다."

"그럼 언제 어디서 그것을 목에서 풀었습니까? 집에는 들르지 않았다고 진술하지 않았습니까?"

"페냐에게서 페르호틴의 집으로 가는 도중에 목에서 끊어내 돈을 꺼냈습니다."

"어둠 속에서 말입니까?"

"무엇 때문에 불빛이 필요하겠습니까? 손가락으로 눈

깜짝할 사이에 그렇게 했습니다."

"가위도 없이, 길거리에서요?"

"아마 광장이었을 겁니다. 가위가 왜 필요합니까? 낡아 빠진 헝겊 조각이라 쉽게 찢어졌는걸요."

"그래서 그걸 어떻게 했습니까?"

"그 자리에서 버렸습니다."

"정확히 어디에 버리셨죠?"

"광장이라고 하지 않았습니까, 그냥 광장이었습니다! 광장 어디에 버렸는지는 알 게 뭡니까? 그런데 그건 왜 묻는 겁니까?"

"드미트리 표도로비치, 이건 굉장히 중요합니다. 당신에게 유리한 물증이라는 걸 왜 모릅니까? 한 달 전에 그것을 꿰맬 때 도와준 사람은 누굽니까?"

"도와준 사람은 없습니다. 혼자 꿰맸으니까요."

"바느질을 할 줄 압니까?"

"군인은 응당 바느질을 할 줄 압니다. 그리고 그걸 꿰매는 데는 솜씨랄 것도 필요 없었지요."

"그 재료는, 그러니까 돈을 꿰매 넣은 그 헝겊 조각은 어디서 났습니까?"

"지금 나와 농담하자는 겁니까?"

"천만에요. 드미트리 표도로비치, 우리는 지금 전혀 농담할 기분이 아닙니다."

"어디서 났는지는 기억이 안 납니다. 어디선가 났겠지요."

"그런 건 기억이 날 법한데요?"

"정말로 기억이 안 납니다. 옷 같은 데서 찢어냈었던 모양이지요."

"무척 흥미롭군요. 내일 당신 집을 수색하면 한쪽 구석을 찢어낸 루바시카 같은 것이 나올 수도 있겠군요. 헝겊의 천은 어떤 것이었습니까? 삼베였나요? 아니면 아마포였나요?"

"어떤 천이었는지 어떻게 압니까. 가만 있자…. 생각해 보니 어디서 찢어낸 게 아니었던 것 같습니다. 그 천은 옥양목이었습니다…. 주인아주머니의 보닛으로 만들었던 것 같군요."

"주인아주머니의 보닛이라고요?"

"그렇습니다, 아주머니 것을 가져왔지요."

"가져오다니요?"

"언젠가 행주가 필요해서였는지 아니면 펜을 닦아야 해서였는지 아주머니의 보닛을 가져왔던 기억이 납니다. 아무짝에도 쓸모없는 천 조각이어서 말없이 그냥 가져왔습니다. 그러고는 내 방에 아무렇게나 던져놓았다가 1500루블을 감싸야겠기에 그걸 집어서 꿰맸습니다…. 수없이 빨아 넝마가 된 낡은 옥양목이었습니다."

"확실히 기억하는 겁니까?"

"확실한지는 모르겠습니다. 아무튼 보닛이었던 것 같습니다. 아니면 말고!"

"그럼 주인은 그 물건이 없어졌다는 것 정도는 기억할지도 모르겠군요?"

"전혀 기억 못 할 겁니다. 찾지도 않았으니까요. 낡은 넝마쪽이라고 말했잖습니까. 한 푼어치도 안 되는."

"그럼 실과 바늘은 어디서 구했습니까?"

"그만합시다. 더는 대답하고 싶지 않습니다. 제발 적당히 좀 하십시오!" 미탸는 결국 분통을 터뜨렸다.

"하지만 광장 어디쯤에 그… 향갑을 버렸는지 전혀 기억이 나지 않는다는 건 아무래도 이상하군요."

"그럼 내일 온 광장에 빗자루질을 해보라고 하십시오. 그럼 나올지도 모르니까요." 미탸는 웃었다. "그만합시다, 여러분, 이제 그만합시다." 그는 진절머리가 난다는 듯 말했다. "여러분이 나를 안 믿는다는 걸 잘 알겠습니다! 아무 말도, 손톱만큼도 안 믿고 있지요! 하지만 그건 당신들 잘못이 아닌 내 잘못입니다. 괜한 짓을 하는 게 아니었어요. 대체 왜 비밀을 털어놓아서 내 얼굴에 먹칠을 했을까! 당신들에게는 그저 우스운 이야기일 뿐이라는 것이 당신들 눈에서 뻔히 보입니다. 검사님, 당신이 나를 이렇게 만들었습니다! 할 수 있다면 축가라도 부르시지요…. 여러분은 저주받을 고문자입니다!"

미탸는 고개를 숙이고 손으로 얼굴을 가렸다. 검사와 예심판사는 말이 없었다. 잠시 후 미탸는 고개를 들고 아무런 생각도 담기지 않은 눈으로 두 사람을 바라보았다. 그 얼굴에는 돌이킬 수 없는 절망이 서려 있었다. 그는 가만히 입을 다문 채 제정신이 아닌 사람처럼 앉아 있었다. 그러나 일은 끝내야 했다. 당장 증인 심문을 시작해야 했다. 벌써 아침 8시였다. 촛불은 이미 꺼버린 지 오래였다. 심문이 계속되는 내내 방을 들락거리던 미하일 마카로비치와 칼가노프는 다시 방을 나갔다. 검사와 예심판사도 몹시 지친 기색이었다. 밝아온 아침은 을씨년스러웠다. 온통 먹구름으로 뒤덮인 하늘에서 비가 억수같이 쏟아져 내렸다. 미탸는 멍하니 창밖을 바라보았다.

"창문 좀 내다봐도 되겠습니까?" 미탸가 불쑥 니콜라이 파르표노비치에게 물었다.

"얼마든지." 니콜라이 파르표노비치가 대답했다.

미탸는 자리에서 일어나 창가로 다가갔다. 작은 창문의 초록빛이 도는 유리를 빗방울이 세차게 내리치고 있었다. 창문 바로 아래에는 진창이 된 길이 보였고, 더 멀리 비안개 속에는 시커멓고 볼품없는 빈가들이 줄지어 서 있었는데, 비에 젖어 한층 더 어둡고 비참해 보였다. 미탸는 '금발머리의 아폴로'와, 그 아폴로의 첫 빛이 비출 때 자살하려고 했던 것을 떠올렸다. '이런 아침이 더 나을지도 모르지.' 미탸는 피식 미소를 짓고 돌연 손을 위에서 아래로 내젓고는 '고문자들'을 향해 돌아섰다.

"여러분!" 미탸는 외쳤다. "내가 끝장났다는 건 잘 알겠습니다. 그런데 그루셴카는 어찌 되는 겁니까? 제발 부탁이니 그 여자에 대해 말해주시오. 그 여자도 나와 함께 끝장나는 겁니까? 그 여자는 결백합니다. 어제 '모두 자기 잘못'이라고 외친 건 제정신으로 한 말이 아닙니다. 그 여자는 정말이지 아무 죄도 없습니다! 나는 여러분들과 함께 있는 동안에도 밤새도록 괴로워 견딜 수가 없었습니다…. 그 여자가 어떻게 되는지 말해줄 수 있습니까?"

"드미트리 표도로비치, 그 점에 대해서라면 조금도 염려할 것 없습니다." 검사가 서두르는 듯한 기색으로 곧장 대답했다. "지금으로선 당신이 그토록 관심을 갖고 있는 아가씨에게 폐를 끼칠 하등의 이유가 없으니까요. 수사가 진행되더라도 마찬가지가 되길 바라고 있습니다…. 우리 쪽에서도 그 아가씨를 위해 할 수 있는 건 뭐든지 다 하겠습니다. 그러니 마음 놓으십시오."

"여러분, 감사합니다. 무슨 일이 있든지 간에 여러분은 역시 정직하고 공정한 분들인 줄 알고 있었습니다. 내 마음의 짐을 덜어줬군요…. 자, 이번엔 뭘 합니까? 나는 준비가 되어 있습니다."

"그게 좀 서둘러야 될 것 같습니다. 지금 바로 증인 심문을 시작해야겠습니다. 이건 반드시 당신의 참관 하에 이루어져야 하기 때문에…."

"그전에 차라도 한잔하는 게 어떨까요?" 니콜라이 파르표노비치가 말을 가로챘다. "우린 충분히 그럴 자격이 있는 것 같은데요."

그들은 아래층에 차가 준비되어 있으면(미하일 마카로비치는 '차를 마시러' 나간 것이 분명하므로) 한 잔씩 마시고 나서 '계속 진행하기로' 했다. '간단한 간식'과 함께 제대로 차를 마시는 것은 좀 더 여유가 생길 때까지 미루기로 했다. 과연 아래층에는 차가 준비되어 있었고, 곧 위층으로 올려 보냈다. 미탸는 니콜라이 파르표노비치가 정중하게 권한 차를 처음에는 사양했지만, 조금 뒤에는 자기가 직접 청해 열심히 들이마셨다. 사실 미탸는 이상할 만큼 기진맥진한 모습이었다. 용사처럼 체력이 좋은 그는 아무리 격한 감정을 오갔다고 해도 하룻밤 술판을 벌인 것 정도로는 끄떡없을 것 같았다. 그러나 그는 앉아 있는 것도 힘에 부쳤고 이따금씩 온갖 사물이 움직이고 눈앞에서 빙빙 도는 것 같은 느낌을 받았다. '조금만 더 있으면 헛소리를 지껄이겠군.' 미탸는 속으로 생각했다.

8. 증인들의 진술. 갓난이

증인 심문이 시작되었다. 하지만 여기서부터는 지금까지처럼 자세하게 이야기를 계속하지는 않겠다. 따라서 니콜라이 파르표노비치가 소환된 증인 한 사람 한 사람에게 진실과 양심에 따라 증언해야 한다느니, 나중에 선서를 한 다음 증언을 되풀이해야 한다느니 하는 것을 주지시켰다는 이야기는 생략하도록 하겠다. 또 나중에 모든 증인에게 진술서에 서명을 요구했다는 따위의 이야기도 생략하겠다. 다만 밝혀둘 것은 심문관들이 가장 주의를 기울인 주안점이 3000루블에 관한 문제였다는 점, 즉 한 달 전에 드미트리 표도로비치가 이곳 모크로예에서 처음 술판을 벌였을 때 써버린 돈이 3000루블이었는가 1500루블이었는가, 그리고 어제 두 번째로 술판을 벌였을 때는 얼마였는가 하는 문제였다는 점이다. 안타깝게도 증인들의 진술은 하나같이 미탸에게 불리하기만 했고, 유리한 것은 단 하나도 없었다. 어떤 증언은 미탸의 진술에 배치되는 놀랍고도 새로운 사실을 담고 있기도 했다. 첫 번째로 심문을 받은 사람은 트리폰 보리시치였다. 그는 조금도 두려워하지 않고, 오히려 피고에 대한 냉엄한 분노를 보이며 심문관들 앞에 섰다. 그럼으로써 자신이 무척 진실되고 존엄한 인물이라는 느낌을 주었다. 그는 신중하게 말했고, 질문을 기다렸다가 곰곰이 생각해서 정확하게 대답했다. 그는 망설임 없이 단호하게, 한 달 전 미탸가 쓴 돈이 3000루블 이하일 리가 없으며, 이 마을 농부들도 모두 '미트리 표도로비치' 본인으로부터 3000루블이라는 말을 들었다고 증언할 것이라고 말했다. "집시 계집들한테 뿌린 돈만 해도 얼마인데요. 그것들한테만 1000루블은 썼을 겁니다."

"500루블도 안 될 것 같은데." 미탸가 그 말에 어두운 얼굴로 대꾸했다. "물론 세어본 건 아니었지. 유감스럽게도 취해 있었으니까…."

미탸는 이때 커튼을 등지고 모로 앉아 우울한 얼굴로 듣고 있었다. '쳇, 마음대로들 증언하라지. 어차피 이젠 마찬가지니까!' 하고 말하는 듯한 슬프고 지친 표정이었다.

"미트리 표도로비치, 집시들한테 들어간 돈은 1000루블이 넘는다니까요." 트리폰 보리소비치는 단호하게 반박했다. "당신이 마구 뿌리는 걸 그놈들이 주워가지 않았습니까? 그놈들은 도둑놈에 사기꾼에 말을 훔쳐대는 녀석들이죠. 지금은 이 마을에서 쫓겨났지만, 그렇지 않았으면 당신한테서 얼마나 챙겼는지 직접 증언했을 겁니다. 나도 그때 당신 손에 들린 돈을 보았습니다. 당신이 세어보라고 하지 않아서 세어보지 못한 건 사실이지만, 대충 봐도 1500루블은 훨씬 넘었던 걸로 기억합니다…. 1500루블은 무슨! 나도 돈을 많이 만져봐서 볼 줄 압니다…."

어제 쓴 돈에 대해서도, 드미트리 표도로비치가 마차에서 일어나자마자 자기 입으로 제게 3000루블을 가져왔다고 했다고 단호하게 증언했다.

"그만 좀 해두게, 트리폰 보리시치." 미탸가 반박했다. "내가 3000루블을 가져왔다고 정말 그렇게 확실히 말했나?"

"그랬습니다, 미트리 표도로비치. 안드레이가 보는 앞에서 그랬지요. 안드레이도 아직 돌아가지 않고 여기 있으니, 그 사람을 불러보세요. 홀에서 합창단을 대접할 때도 여기서 6000루블을 쓰고 간다고 큰 소리로 외치지 않았습니까. 저번 것까지 합쳐서 6000루블이라는 말이겠지요. 스테판과 세묜도 들었고, 표트르 칼가노프도 그때 당신 옆에 서 있었으니, 아마 그 말을 기억하실 겁니다…."

6000루블에 대한 증언은 심문관들에게 강한 인상을 주었다. 이 새로운 해석이 마음에 든 것이다. 3에 3을 더하면 6, 그러니 그때 3000루블을 쓰고 이번에 3000루블을 썼으면 다 해서 6000루블이 나오는 건 참으로 명백한 일이었다.

트리폰 보리소비치가 거론한 농부 스테판과 세묜, 마부 안드레이와 칼가노프도 모두 심문을 받았다. 두 농부와 마부는 주저 없이 트리폰 보리시치의 증언을 뒷받침해주었다. 또한 안드레이의 증언 가운데 이리로 오면서 미탸와 나누었던 '나는, 이 드미트리 표도로비치는 어디에 가게 될까? 천국일까, 지옥일까? 저승에서는 용서받을 수 있을까?' 따위의 대화도 자세히 기록되었다. '심리학자'인 이폴리트 키릴로비치는 옅은 미소를 띠고 귀를 기울인 후, 드미트리가 어디로 가게 될 것인가에 관한 이 증언 역시 '사건에 추가할 것'을 제안했다.

칼가노프는 호명을 받자 내키지 않는다는 듯 잔뜩 찌푸린 짜증스러운 얼굴로 들어왔다. 그는 검사나 니콜라이 파르표노비치와 매일같이 만나는 오랜 지인이었으나, 마치 태어나서 처음 보는 사람들처럼 그들을 대했다. 칼가노프는 '자기는 아무것도 모르며, 알고 싶지도 않다'는 말부터 꺼냈다. 그러나 6000루블에 대해서는 자기도 들었고, 그때 옆에 있었다고 인정했다. 미탸의 손에 들려 있던 돈에 대한 그의 의견은 '얼마인지 모른다'였다. 폴란드인들이 카드놀이 도중에 속임수를 썼다는 점에 대에서는 분명하게 증언했다. 또한 여러 차례 거듭된 질문에, 폴란드인들을 쫓아낸 후 실제로 미탸와 아그라페나 알렉산드로브나의 관계가 회복되었으며, 그녀도 미탸를 사랑한다는 말을 했다고 설명했다. 아그라페나 알렉산드로브나에 대해 말할 때는 그녀가 최상류층 귀부인이라도 되는 듯 조심스럽고 공손한 태도를 보였고, 한 번도 그냥 '그루셴카'라고 부르지 않았다. 이 청년은 진술하는 데 혐오감을 느끼는 기색이 역력했으나, 이폴리트 키릴로비치는 오랫동안 그에게 이런저런 질문을 던져, 그날 밤 미탸가 겪은 '로맨스'가 무엇인지 처음으로 자세히 알게 되었다. 미타는 칼가노프의 말을 한 번도 제지하지 않았다. 마침내 풀려난 젊은이는 노골적으로 분노를 드러내며 물러갔다.

두 폴란드인도 심문을 받았다. 그들은 자기 방에서 자려고 눕기는 했으나 밤새 잠을 이루지 못하다가, 당국 관계자들이 오자 자기들도 분명히 불려갈 것임을 알고 얼른 옷을 갈아입고 준비했다. 그들은 약간 겁을 먹긴 했지만 그래도 품위 있게 등장했다. 대장 노릇을 하는 키 작은 신사는 퇴직한 12등관으로, 시베리아에서 수의사로 근무했으며 성은 무샬로비치라는 사실이 밝혀졌다. 브루블렙스키는 사적으로 병원을 운영하는 덴티스트, 우리말로 치과 의사였다. 두 사람은 방에 들어오자마자, 질문은 니콜라이 파르표노비치가 했음에도 불구하고 한쪽에 서 있던 미하일 마카로비치를 보고 대답하기 시작했다. 이들은 상황을 몰랐기 때문에 경찰서장이 이곳에서 가장 지위가 높은 상관이라고 생각하고 말끝마다 그를 '대령님'이라고 불렀다. 몇 번이나 그런 다음에 미하일 마카로비치로부터 직접 지적을 받고서야 그들은 니콜라이 파르표노비치에게 대답해야 한다는 것을 깨달았다. 그들은 몇몇 단어를 제외하면 매우 정확한 러시아어를 구사할 줄 아는 것으로 밝혀졌다. 무샬로비치가 그루셴카와의 과거와 현재의 관계에 대해 열을 올리며 거만한 어조로 진술하자, 미탸는 곧바로 이성을 잃고 '비열한 놈'이 자기 앞에서 그런 식으로 말하는 것을 용납할 수 없다고 고함을 질렀다. 무샬로비치는 즉시 '비열한 놈'이라는 말을 지적하고 조서에 기록해달라고 요청했다. 미탸는 분통을 터뜨렸다.

"그래, 비열한 놈이야, 비열한 놈! 이 말을 그대로 쓰시오. 그리고 조서에 쓰건 말건 나는 비열한 놈이라고 외치겠다고 했다는 말도 쓰시오!" 미탸는 소리쳤다.

니콜라이 파르표노비치는 그 말을 조서에 그대로 기록했지만, 이런 불미스러운 상황에서도 칭찬할 만한 업무 능력과 수완을 발휘했다. 미탸에게 엄격하게 주의를 준 후, 이 사건에서 로맨스와 관련한 다음 심문은 그만두고 얼른 본질적인 문제로 넘어간 것이다. 본질적인 문제에 관한 폴란드인의 증언 가운데 심문관들의 비상한 관심을 불러일으킨 것이 하나 있었다. 그것은 미탸가 저 방에서 무샬로비치를 매수하려고 3000루블을 제안하면서, 700루블은 지금 주고, 나머지 2300루블은 '내일 아침에 시내에서' 주겠다고 했다는 사실이었다. 이곳 모크로예에는 그만한 돈이 없지만, 시내에는 있다고 맹세했다는 것이다. 미탸는 흥분하며 내일 시내에서 확실히 주겠다고 말한 적은 없다고 따졌으나, 브루블렙스키가 증언을 입증하자 미탸도 잠시 생각에 잠겼다가 폴란드인들의 말이 맞을 수도 있다, 자기는 그때 흥분해 있었으므로 그렇게 말했을지도 모른다고 찌푸린 얼굴로 인정했다. 검사는 이 증언에 주목했다. 미탸가 손에 넣은 3000루블의 절반이나 일부를 시내나 이곳 모크로예 어딘가에 숨겨놓았을지도 모른다는 것이 확실해졌기 때문이다(그들은 나중에도 이렇게 결론지었다). 그러면 수사에 있어 모호한 부분인, 미탸의 손에 800루블밖에 없었다는 문제도 설명이 되었다. 그것은 사소하기는 해도 미탸에게 유리한 유일한 증거였다. 그런데 이제는 그 하나뿐인 유리한 증거마저 무너지게 된 것이다. 1500루블밖에 없다고 했으면서, 다음 날 폴란드인에게 2300루블을 주겠다고 맹세했다면, 그 2300루블은 어디서 구할 생각이었냐는 검사의 질문에 미탸는 다음 날 '폴란드 놈'에게 주려고 했던 것은 돈이 아니라 삼소노프와 호흘라코바에게 제안했던 체르마시냐에 대한 권리증이었다고 단호하게 대답했다. 검사는 그 '엉뚱한 순진함'에 실소까지 나왔다.

"그럼 이분이 현금 2300루블 대신 그 '권리'를 받을 거라고 생각한 겁니까?"

"물론입니다." 미탸가 흥분한 채 잘라 말했다. "생각해 보십시오. 저 사람이 건질 수 있는 돈은 2000루블이 아니라 4000, 6000루블은 됩니다! 저놈은 당장 폴란드인과 유대인 변호사들을 모아다 아버지한테서 3000루블이 아니라 체르마시냐 전체를 빼앗아왔을 겁니다."

물론 무샬로비치의 증언은 매우 자세하게 조서에 기록되었다. 그런 다음 폴란드인들도 보내주었다. 카드놀이에서 속임수를 쓴 일은 거의 언급도 되지 않았다. 니콜라이 파르표노비치는 그들에게 너무나 고마워서 사소한 일로 괴롭히고 싶지 않았다. 게다가 그 일은 술에 취해 카드놀이를 하다 생긴 의미 없는 다툼에 불과했다. 그날 밤 벌어진 난봉과 추태가 어디 한둘이었겠는가…. 그렇게 200루블의 돈은 그대로 폴란드인들의 주머니에 남게 되었다.

다음으로는 막시모프 노인이 불려왔다. 겁을 먹은 채 종종걸음으로 들어온 그는 몹시 당혹스럽고 우울해 보였다. 그는 줄곧 아래층에서 그루셴카 옆에 붙어 있었다. 그녀 옆에 말없이 앉아, 미하일 마카로비치의 말로는 '이따금씩 훌쩍거리면서 파란 체크무늬 손수건으로 눈가를 닦아내고 있었다'. 되레 그루셴카가 그를 달래주었을 정도였다. 막시모프는 곧바로 눈물을 글썽이며 '자기가 가난한 탓에' 드미트리 표도로비치에게서 '10루블'을 빌렸으니 잘못했다며, 그 돈은 갚을 생각이라고 말했다…. 돈을 빌릴 때 누구보다 가까이에서 드미트리의 손에 들린 돈을 보았을 텐데, 얼마가 있었는지 보지 못했느냐는 니콜라이 파르표노비치의 직접적인 질문에 막시모프는 '2만 루블'이라고 못을 박았다.

"예전에 어디서든 2만 루블을 본 적 있습니까?" 니콜라이 파르표노비치가 미소 지으며 물었다.

"보다마다요. 다만 2만 루블이 아니라 7000루블이었지요. 마누라가 내 마을을 저당 잡혔을 때의 일이었어요. 먼발치서 볼 수만 있게 하면서 내게 자랑하더군요. 아주 두툼한 돈다발이었어요. 죄다 무지갯빛이었지요. 드미트리 표도로비치 것도 죄다 무지갯빛이었어요…."

막시모프는 곧 풀려났다. 마침내 그루셴카의 차례가 되었다. 심문관들은 그루셴카의 등장이 드미트리에게 격한 감정을 불러일으키지 않을까 걱정하는 눈치였다. 니콜라이 파르표노비치는 미탸에게 몇 마디 주의를 주기까지 했다. 미탸는 그 대답으로 말없이 고개를 숙여 보였다. 그것은 '소란은 일어나지 않을 것'이라는 의미였다. 미하일 마카로비치가 직접 그루셴카를 데려왔다. 그루셴카는 침착해 보일 만큼 어둡고 딱딱한 얼굴로 들어와 니콜라이 파르표노비치 맞은편의 지정된 의자에 조용히 앉았다. 얼굴은 몹시 창백했고, 추위를 느끼는 듯 아름다운 검은색 숄로 몸을 단단히 감싸고 있었다. 실제로 그때 그루셴카는 가벼운 오한을 느꼈다. 그날 밤 이후 오랫동안 그녀를 괴롭힌 병이 시작된 것이다. 그루셴카의 엄격한 표정과 당당하고 진지한 눈빛, 침착한 태도는 모든 사람들에게 아주 좋은 인상을 주었다. 니콜라이 파르표노비치는 순간 '매혹되기까지' 했을 정도였다. 예심판사는 이후에도 그루셴카 얘기가 나올 때면, 전에도 그녀를 본 적은 있지만 언제나 '시골의 탕녀' 쯤으로 생각했는데, 그 여자가 얼마나 '아름다운지' 그때 처음 깨달았다고 고백하곤 했다. "태도가 완전히 상류층 귀부인이나 다름없더군요." 한번은 부인들이 모인 자리에서 감탄하며 이렇게 말하기도 했다. 그러나 그 말은 들은 부인들은 몹시 화를 내며 당장 그에게 '장난꾸러기'라는 별명을 붙였다. 하지만 그는 그 별명을 아주 만족스러워했다. 그루셴카는 방에 들어서면서 미탸에게 흘깃 시선을 던졌다. 미탸도 불안한 눈으로 그루셴카를 바라보고 있었으나, 그루셴카의 태도에 곧 마음을 놓았다. 몇 가지 필수적인 질문과 주의가 끝나자, 니콜라이 파르표노비치는 약간 더듬기는 했지만 무척 정중한 태도로 '퇴역 중위 드미트리 표도로비치 카라마조프와 어떤 관계였는가?'를 물었다. 그루셴카는 나직한 목소리로 단호하게 대답했다.

"내 지인입니다. 지난 한 달간 지인으로서 우리 집에 방문하곤 했지요."

뒤이은 흥미로운 질문들에는, '가끔' 그를 좋아한 적은 있지만 사랑한 적은 없다, '영감님'과 마찬가지로 '내 고약한 심술' 때문에 유혹한 것뿐이다, 미탸가 자기 때문에 표도르 파블로비치를 비롯해 다른 모든 사람에게 심한 질투를 느끼고 있다는 것을 알고 있었으나, 자기에게는 그것이 그저 유희거리였을 뿐이라고 솔직하게 터놓고 고백했다. 또한 표도르 파블로비치에게 갈 생각은 해본 적조차 없으며, 그저 그를 조롱했을 따름이라고 말했다.

"지난 한 달간 두 사람은 안중에도 없었어요. 내게 죄를 지은 다른 사람을 기다리고 있었으니까요…. 하지만, 내 생각에," 그루셴카가 단호히 말했다. "여러분이 그 일을 궁금해할 이유도 없고, 내가 대답해야 할 이유도 없을 것 같군요. 이건 내 개인적인 문제니까요."

니콜라이 파르표노비치는 즉시 그 말에 따랐다. '로맨틱한' 문제는 접어두고 곧장 가장 중요한 핵심인 3000루블에 관한 문제로 넘어간 것이다. 그루셴카는 한 달 전 모크로예에서 쓴 돈은 정말로 3000루블이었으며, 자신이 직접 세어보지는 않았지만, 드미트리 본인에게서 3000루블이라는 말을 들었다고 증언했다.

"그렇게 말한 건 단둘이 있을 때였습니까, 다른 사람도 있는 자리에서였습니까? 아니면 다른 사람들에게 말하는 것을 들었던 겁니까?" 검사는 곧바로 이렇게 물어보았다.

그 질문에 그루셴카는 다른 사람이 같이 있을 때 듣기도 했고, 다른 사람에게 말하는 것을 듣기도 했으며, 단둘이 있을 때 들은 적도 있다고 대답했다.

"단둘이 있을 때 들은 것은 한 번이었습니까, 여러 번이었습니까?" 검사는 다시 물어보았고, 여러 번이었다는 대답을 들었다.

이폴리트 키릴로비치는 그 증언이 아주 만족스러웠다. 심문은 이어졌고, 그루셴카가 돈의 출처, 즉 그 돈이 드미트리 표도로비치가 카테리나 이바노브나에게서 받은 것임을 알고 있었다는 사실도 밝혀졌다.

"그럼 한 달 전에 쓴 돈이 3000루블보다 적었다거나, 드미트리 표도로비치가 그 돈의 절반을 따로 보관해두었다는 말을 한 번이라도 들은 적 있습니까?"

"아뇨, 한 번도 들은 적 없습니다." 그루셴카가 증언했다.

이어서 미탸가 지난 한 달 동안 그루셴카에게 자기는 돈이 한 푼도 없다고 종종 말했다는 사실도 밝혀졌다. "아버지한테서 돈을 받기만을 기다리고 있었어요." 그루셴카는 말했다.

"그럼 당신이 있는 자리에서나… 스쳐 지나가는 말로, 아니면 홧김에라도," 니콜라이 파르표노비치가 말을 받았다. "아버지를 살해하겠다고 말한 적은 없습니까?"

"아아, 있었어요!" 그루셴카는 한숨을 내쉬었다.

"한 번이었습니까, 여러 번이었습니까?"

"여러 번이었어요. 항상 화가 나 있을 때 그랬지요."

"그럼 당신은 드미트리 표도로비치가 그 생각을 정말 실행에 옮길 거라고 믿었습니까?"

"아니요, 절대로 믿은 적 없어요!" 그루셴카는 확고하게 대답했다. "저이의 고결한 마음을 믿었으니까요."

"여러분," 별안간 미탸가 외쳤다. "여러분 앞에서 아그라페나 알렉산드로브나에게 한마디만 할 수 있도록 허락해주십시오."

"그러시죠." 니콜라이 파르표노비치가 허락했다.

"아그라페나 알렉산드로브나," 미탸가 의자에서 몸을 일으켰다. "하느님과 나를 믿어줘요. 어제 살해된 아버지의 피는 내 죄가 아닙니다!"

미탸는 이렇게 말하고 다시 의자에 앉았다. 그루셴카는 자리에서 일어나 성화를 향해 경건하게 성호를 그었다.

"주여, 당신께 영광 있기를!" 그루셴카는 진정 어린 뜨거운 목소리로 이렇게 말하고, 선 채로 니콜라이 파르표노비치를 향해 말했다. "지금 저이가 한 말을 믿어주세요! 난 저 사람을 알아요. 농담을 하거나 고집을 부리느라 가끔 실언을 할 때가 있지만, 양심을 거스르는 거짓말은 절대로 할 사람이 아니에요. 있는 그대로 진실을 말하고 있는 것이니, 그 말을 믿어주세요!"

"아그라페나 알렉산드로브나, 고마워요. 정말로 힘이 되는군!" 떨리는 목소리로 미탸가 대답했다.

어제 미탸가 가지고 있던 돈에 관한 질문에 그루셴카는 얼마였는지는 모르나, 어제 미탸가 3000루블을 가져왔다고 사람들에게 말하는 것은 수차례 들었다고 대답했다. 그 돈의 출처에 관해서는, 그가 카테리나 이바노브나에게서 '훔쳤다'고 자기에게만 털어놓았으며, 자기는 그 말에 그건 훔친 것이 아니며 내일 당장 돌려주자고 대답했다고 했다. 카테리나 이바노브나에게서 훔쳤다는 돈이 어떤 것인지, 어제 쓴 돈을 말하는지 아니면 한 달 전에 쓴 3000루블을 말하는지를 묻는 검사의 집요한 질문에, 그루셴카는 한 달 전에 쓴 돈을 말한 것이다, 자기는 그렇게 이해했다고 대답했다.

마침내 그루셴카의 심문도 끝났다. 니콜라이 파르표노비치는 그루셴카에게 지금 당장 시내로 돌아가도 좋으며, 마차를 부른다든가 데려다줄 사람을 구하는 등 자기가 도와줄 수 있는 일이 있으면 얼마든지 얘기하라고 적극적으로 말했다.

"정말 고맙습니다." 그루셴카가 그에게 고개를 숙여 보였다. "나는 그 지주 노인과 함께 돌아가 그 노인을 데려다드릴게요. 만약 괜찮다면 드미트리 표도로비치의 일이 결정될 때까지 아래층에서 기다리겠습니다."

그루셴카는 방을 나갔다. 미탸는 평정을 되찾고 완전히 기운을 차린 것처럼 보였으나, 그것은 한순간일 뿐이었다. 시간이 지날수록 이상한 육체적 무력감이 그를 덮쳤다. 피로에 자꾸만 눈꺼풀이 스르르 감겼다. 마침내 증인 심문이 끝났다. 심문관들은 최종적인 조서 정리에 들어갔다. 미탸는 일어나 커튼이 있는 구석으로 가서, 카페트가 덮인 여관 주인의 커다란 궤짝 위에 누워 그대로 잠이 들었다. 그는 때와 장소에 전혀 어울리지 않는 이상한 꿈을 꾸었다. 그는 마차를 타고 오래전에 복무했던 초원 어딘가를 달리고 있었다. 어떤 농부가 진눈깨비를 헤치고 그가 탄 쌍두마차를 몰고 있었다. 11월 초쯤 되었는지 미탸는 추위를 느꼈다. 굵고 질펀한 눈이 휘날리다가 땅에 닿으면 그대로 녹아버렸다. 농부는 화려하게 채찍을 휘두르며 힘차게 마차를 몰았다. 그는 기다란 아마빛 턱수염을 한 쉰 살쯤 된 사내였으며, 농부들이 주로 입는 잿빛 외투를 입고 있었다. 멀지 않은 곳에 마을이 있고, 시커먼 농가들이 보였다. 농가의 절반은 불타버려서, 불에 그은 통나무들만 비죽이 튀어나와 있었다. 마을에 들어서자 수많은 아낙네들이 길에 줄지어 서 있었다. 하나같이 바싹 마르고 초췌한 몰골에 얼굴은 고동빛이었다. 특히 끝 쪽에는 키가 크고 뼈만 앙상한 여자가 있었는데, 마흔 살쯤으로 보이기도 했고, 스무 살밖에 되지 않은 것 같기도 했다. 길쭉하고 여윈 얼굴에, 품에는 울고 있는 갓난아이를 안고 있었다. 가슴이 바싹 말라 젖이라곤 한 방울도 나오지 않는 모양이었다. 아이는 맨살이 드러나 추위에 새파래진 작은 주먹을 뻗대며 자지러지게 울어댔다.

"왜 저렇게 우는 건가? 뭣 때문에 우는 거지?" 그 옆을 빠르게 스쳐 지나가며 미탸가 물었다.

"갓난이입니다." 마부가 대답했다. "갓난이가 우는 것이지요." 마부가 '아이'라고 하지 않고, 농부들이 쓰는 말대로 '갓난이'라고 한 것이 미탸의 가슴을 울렸다. 미탸는 마부가 그렇게 말한 것이 좋았다. 더 깊은 연민이 느껴졌기 때문이다.

"그런데 왜 저렇게 우는 거지?" 미탸는 어리석은 사람처럼 자꾸만 물어보았다. "그리고 손은 왜 맨손인가? 왜 감싸주지 않고?"

"갓난이는 추워서 그러는 겁니다. 옷이 얼어붙어서 몸을 녹여주지 못하고 있지요."

"왜 그런 건가? 왜?" 어리석은 미탸는 굽히지 않았다.

"가난한 데다가 집까지 불탔으니까요. 먹을 거라곤 하나도 없답니다. 집이 불타버려서 구걸을 하고 있는 거지요."

"아니, 그게 아니라." 미탸는 아직도 이해가 되지 않는 모양이었다. "내가 묻고 싶은 건, 왜 어머니들이 집이 타버려 저렇게 서 있냐는 거야. 왜 사람은 가난하고, 왜 갓난이는 가난할까? 왜 들판은 헐벗고 있고, 왜 저 사람들은 껴안고 입 맞추지 않는 거지? 왜 기쁨의 노래를 부르지 않고, 왜 시커먼 재앙 때문에 얼굴이 저렇게 검게 변해버린 거야? 왜 갓난이에게 젖을 주지 않는 거지?"

미탸는 마음속으로 미친 사람처럼 말도 안 되는 질문을 퍼붓고 있다는 것을 느꼈으나, 꼭 그렇게 묻고 싶었고, 또 그렇게 물어야만 했다. 가슴속에 지금껏 한 번도 느껴본 적 없는 감동이 차오르는 것을 느꼈다. 그는 울어버리고 싶은 기분이었다. 갓난이가 더 이상 울지 않도록, 새카맣게 말라버린 갓난이의 어머니도 울지 않도록, 지금 이 순간부터 그 누구도 눈물을 흘리는 일이 없도록 해주고 싶었다. 카라마조프다운 추진력으로, 어떤 장애가 있더라도 한시도 미루지 않고 당장, 지금 당장 그런 일을 해주고 싶었다.

"나도 당신 곁에 있어요. 이제 당신을 떠나지 않을 거예요. 평생 당신과 함께할 거예요." 진심이 가득한 사랑스러운 그루셴카의 목소리가 귓전에 울렸다. 그러자 온 가슴이 뜨겁게 불타올라 빛을 향해 나아갔다. 그는 살고 싶고, 또 살고 싶었다. 그리고 자기를 부르는 새로운 세상으로 가는 길을 걷고 싶었다. 빨리, 어서 빨리, 지금 당장!

"뭐? 어디로?" 미탸는 이렇게 소리치면서 눈을 떴다. 그는 몸을 일으켜 궤짝 위에 앉았다. 마치 기절했다가 깨어난 사람 같았으나, 얼굴에는 환한 미소가 빛나고 있었다. 니콜라이 파르표노비치가 그를 내려다보고 있다가, 조서를 낭독할 테니 듣고 서명해달라고 청했다. 미탸는 자신이 1시간을 잤는지 아니면 그 이상을 잤는지 생각했을 뿐, 니콜라이 파르표노비치의 말은 듣고 있지 않았다. 그는 문득 머리맡에 베개가 놓여 있는 것을 깨닫고 깜짝 놀랐다. 아까 힘없이 궤짝 위에 드러누울 때 베개 같은 것은 없었기 때문이다.

"누가 내 머리 밑에 베개를 받쳐준 겁니까? 그 친절한 사람이 누구지요?" 그는 자신이 얼마나 큰 친절을 받았는지 모르겠다는 듯 감사와 감격을 느끼며 울먹이는 목소리로 이렇게 외쳤다. 친절한 이가 누구였는지는 결국 밝혀지지 않았다. 입회인 중에 한 사람이 그랬거나, 니콜라이 파르표노비치의 서기가 안쓰러운 마음에 베개를 받쳐준 것인지도 몰랐다. 아무튼 미탸는 감격의 눈물로 온 가슴이 전율하는 것만 같았다. 미탸는 탁자 앞으로 다가가 무엇에든 다 서명하겠다고 말했다.

"여러분, 나는 좋은 꿈을 꾸었습니다." 그는 기쁨의 빛이 비추고 있는 듯한 전혀 새로운 얼굴로 어딘가 이상하게 이렇게 말했다.

9. 미탸를 호송하다

조서의 서명이 끝나자, 니콜라이 파르표노비치는 피고를 향해 엄숙하게 다음과 같은 '판결문'을 낭독했다. "몇 년 몇 월 며칠 이러이러한 장소에서 모 지방법원 예심판사가 이러이러한 사건(죄목은 모두 상세히 기록되어 있었다)의 피고로서 아무개(즉, 미탸)를 심문하였다. 피고는 자신의 혐의를 시인하지 않으나 무죄를 입증할 증거를 제시하지 않았고, 증인(이러이러한)과 정황(이러이러한)은 피고의 유죄를 충분히 입증하는 바, 형법 몇 조 몇 조에 의거하여 다음과 같은 결정을 내린다. 피고가 심리와 재판을 회피하는 것을 막기 위해 모 형무소에 수감하고, 이를 피고에게 통보하며, 이 판결문의 사본을 검사보에게 통첩한다." 한마디로 미탸는 이 순간부터 죄수의 몸으로 즉시 시내로 연행되어 몹시 불쾌한 장소에 가둬질 것임을 통보받은 것이다. 미탸는 주의 깊게 귀를 기울인 뒤, 어깨를 으쓱해 보였을 뿐이었다.

"어쩔 수 없지요, 여러분, 나는 당신들을 탓하지 않습니다. 여러분의 뜻에 따르지요…. 당신들도 다른 도리가 없다는 걸 잘 압니다."

니콜라이 파르표노비치는 마침 이곳에 와 있는 지서장 마브리키 마브리키예비치가 지금 미탸를 호송할 것이라고 부드러운 목소리로 알려주었다.

"잠깐만요." 미탸는 갑자기 말을 끊고, 억누를 수 없는 감정에 휩싸여 방 안에 있는 모든 사람들을 향해 말했다. "여러분, 우리 모두는 잔인합니다. 우리는 모두가 비열합니다. 우리는 모든 사람들을, 어머니와 젖먹이들을 울리고 있습니다. 하지만 그중에서도, 이제는 그렇게 단정해도 좋습니다만, 내가 가장 파렴치한 쓰레기입니다! 나는 살아오면서 매일 가슴을 치며 회개하겠다고 다짐하면서도 여전히 추악한 짓만을 저질러왔습니다. 나 같은 놈은 매가, 운명의 매가 필요하다는 걸 이제는 알았습니다. 나 같은 놈은 밧줄로 감아 외부의 힘으로부터 묶어놓아야 합니다. 나 혼자서는 절대로 일어설 수가 없었을 겁니다! 그런데 마침내 벼락이 내리쳤습니다. 나를 향한 비난과 세상 사람들의 조롱을 기꺼이 받아들이겠습니다. 나는 고통받고 싶습니다. 고통으로 내 자신을 정화시키고 싶습니다! 여러분, 정말로 내가 정화될 수도 있지 않겠습니까? 그러나 마지막으로 한 번만 더 들어주십시오. 나는 아버지의 피에 대해서는 죄가 없습니다! 내가 형벌을 받아들이는 건 아버지를 죽여서가 아니라, 죽이고 싶다는 생각을 했고, 어쩌면 정말로 그랬을지도 모르기 때문입니다…. 어쨌든 나는 여러분과 싸울 테니, 그렇게 알아두십시오. 끝까지 여러분과 싸울 겁니다. 그다음엔 하느님께서 결정해주시겠지요! 여러분, 용서하십시오. 내가 심문을 받을 때 여러분에게 소리친 것을 너무 언짢게 생각하지 마십시오. 아아, 그때만 해도 나는 정말 어리석었습니다…. 잠시 후면 나는 죄수가 될 테니, 지금 마지막으로 드미트리 카라마조프가 자유인으로서 여러분에게 악수를 청하겠습니다. 나는 여러분과 작별하면서 세상 모든 사람들과 작별하려는 겁니다…!"

미탸의 목소리가 떨리고 있었다. 그는 정말로 손을 내밀었으나, 그에게서 가장 가까이 있던 니콜라이 파르표노비치는 별안간 경련을 일으키듯이 손을 뒤로 뺐다. 미탸는 바로 그것을 눈치채고 전율했다. 내밀었던 손도 곧 떨구어버렸다.

"심리는 아직 끝난 게 아닙니다." 니콜라이 파르표노비치는 약간 당황하여 우물거렸다. "시내에 가서도 계속될 테니까요. 나는 물론 당신이 무죄 선고를 받길 바랄 겁니다…. 드미트리 표도로비치, 나는 당신을 죄인이라기보다는 불행한 사람이라고 생각하고 있습니다…. 감히 이곳에 있는 모든 사람을 대표해서 말하자면, 우리 모두는 당신을 근본적으로는 고결한 젊은이라고 인정하고 있는 바입니다. 다만 안타깝게도 어떤 열정에 조금 과도하게 몰입해 있을 뿐이지요…."

말을 마칠 때쯤 니콜라이 파르표노비치의 작은 몸은 대단한 위엄을 띠고 있었다. 미탸는 문득 이 '애송이 녀석'이 자기 팔을 붙잡고 구석으로 데려가 얼마 전까지 나누던 '여자 얘기'를 계속하는 모습을 떠올렸다. 사형장으로 끌려가는 죄인에게도 때로는 상황과 전혀 동떨어진 엉뚱한 생각을 떠올리는 일이 허다하지 않은가.

"여러분, 여러분은 친절하고 인간적인 분들입니다. 마지막으로 한 번만 그 여자를 만나 작별 인사를 나눠도 될까요?" 미탸가 물었다.

"물론입니다. 다만 사람들이 지켜보는 가운데서… 그러니까, 이제는 입회인 없이는 아무것도…."

"그럼 함께 계시지요!"

그루셴카가 불려왔다. 그러나 작별 인사는 짧고, 많은 말이 오가지 않았으며, 니콜라이 파르표노비치가 보기에는 영 탐탁지 않았다. 그루셴카는 미챠에게 깊이 허리 숙여 인사했다.

"나는 당신 거라고 했으니, 언제까지나 당신 거예요. 당신이 어디로 가게 되건 영원히 당신을 따를 거예요. 잘 가요, 죄 없이 인생을 망가뜨린 분!"

그루셴카의 입술은 떨렸고, 눈에서는 눈물이 흘러내렸다.

"그루샤, 당신을 사랑한 나를 용서해줘. 내 사랑 때문에 당신 인생까지 망쳐놓은 걸 용서해줘!"

미챠는 무언가 더 말하려다가, 갑자기 입을 다물고 나가버렸다. 그러자 미챠에게서 눈을 떼지 않고 있던 사람들이 즉시 그를 에워쌌다. 어제 안드레이의 삼두마차를 타고 그토록 요란하게 들이닥쳤던 아래층 현관 앞에는 이미 두 대의 마차가 준비되어 있었다. 축 늘어진 얼굴에 키가 작고 몸이 딴딴한 마브리키 마브리키예비치는 뜻하지 않은 일이 생겼는지 잔뜩 화가 나 호통을 치고 있었다. 그는 지나치리만큼 무뚝뚝한 태도로 미챠에게 마차에 타라고 했다. '옛날에 술집에서 저 사람에게 술을 샀을 땐 전혀 다른 얼굴을 하고 있었지.' 미챠는 마차에 오르면서 생각했다. 트리폰 보리소비치도 현관 층계 밑으로 내려왔다. 입구에는 농부, 아낙네, 마부 할 것 없이 많은 사람들이 모여 미탸를 바라보았다.

"용서하시오, 하느님의 사람들!" 미탸는 마차에서 갑자기 이렇게 외쳤다.

"저희도 용서해주십시오." 두어 사람의 목소리가 이렇게 말했다.

"트리폰 보리시치, 자네도 날 용서하게!"

그러나 트리폰 보리시치는 몹시 바빴던 모양인지 돌아보지도 않았다. 그도 뭐라고 소리치며 분주히 움직이고 있었다. 알고 보니 마브리키 마브리키예비치를 수행할 두 농부를 태울 두 번째 마차에 문제가 있었다. 그 마차를 타기로 한 농부는 외투를 잡아당기며 자기가 아닌 아킴이 가야 한다고 성화였다. 하지만 아킴은 그곳에 없었다. 사람들이 그를 찾으러 달려갔다. 농부는 계속 버티며 조금 더 기다려달라고 부탁했다.

"마브리키 마브리키예비치, 이놈들은 정말이지 창피를 모른다니까요!" 트리폰 보리시치가 소리쳤다. "엊그제 아킴한테 25코페이카를 받아 몽땅 술을 마시는 데 써버리고는 이제 와서 큰소리를 치고 있군 그래! 마브리키 마브리키예비치, 저런 파렴치한 놈들을 상대하시는 그 아량이 놀라울 따름입니다! 제가 하고 싶은 말은 그것뿐입니다!"

"마차가 두 대나 필요할 이유가 뭔가?" 미탸가 나섰다. "마브리키 마브리키치, 한 대에 타고 가자고. 내가 난동을 부리거나 도망을 칠 리도 없고, 호송원이 왜 필요한가?"

"여보시오, 아직 뭘 모르시는 모양인데 나를 어떻게 대해야 하는지 똑똑히 알아두시오. 나는 당신한테 자네가 아니니, 함부로 말을 낮추지 마시오. 그리고 그런 조언은 아껴두었다가 나중에나 해주시지….” 마브리키 마브리키예비치는 화풀이를 할 곳이 생겨 기쁘다는 듯, 사납게 잘라 말했다.

미탸는 입을 다물었다. 얼굴이 시뻘겋게 달아올랐다. 잠시 후 갑자기 심한 추위가 느껴졌다. 비는 그쳤지만 하늘은 여전히 먹구름으로 뒤덮인 채 찌푸려 있었고, 매서운 바람이 얼굴을 때렸다. '몸살이라도 난 건가.' 미탸는 어깨를 움츠리며 생각했다. 마침내 마브리키 마브리키예비치도 마차에 올랐다. 그는 모르는 척 미탸를 밀어붙이며 넓게 자리를 잡고 앉았다. 사실, 그는 자신에게 맡겨진 이 임무가 마음에 들지 않아 몹시 기분이 상해 있었다.

“잘 있게, 트리폰 보리시치!” 미탸는 다시 외쳤으나, 이번에는 호의가 아닌 적개심에 의지와 상관없이 외친 것임을 그 자신도 느꼈다. 그러나 트리폰 보리시치는 뒷짐을 진 채 오만하게 서서, 분노가 어린 냉정한 눈으로 미탸를 보며 아무 대답도 하지 않았다.

“안녕히 가십시오, 드미트리 표도로비치, 안녕히 가세요!” 갑자기 어디서 튀어나왔는지 칼가노프의 목소리가 들려왔다. 칼가노프는 마차로 달려와 미탸에게 손을 내밀었다. 모자도 쓰지 않은 채였다. 미탸는 그 손을 덥석 붙잡았다.

“잘 있으시오, 칼가노프, 당신의 관대한 마음은 잊지 않겠소!” 미탸는 뜨겁게 소리쳤다. 이윽고 마차가 움직였고, 두 사람의 손은 떨어졌다. 방울 소리가 울리고, 미탸는 호송되어갔다.

칼가노프는 현관으로 뛰어든 뒤 한쪽 구석에 주저앉고는 머리를 수그리고 손으로 얼굴을 감싼 채 울음을 터뜨렸다. 그는 스무 살짜리 청년이 아닌 작은 소년처럼 한참 동안 그렇게 앉아서 울었다. 아아, 그는 미탸가 유죄라고 거의 확신하고 있었다. "어떻게 사람들은 그럴 수 있는가, 그러고도 어떻게 사람이라 할 수 있단 말인가!" 그는 절망과도 같은 쓰디쓴 슬픔을 느끼며 두서없이 외쳤다. 이 순간 그는 세상에서 살고 싶지도 않았다. "과연 살아야 할 가치가 있을까! 그럴 가치가 있는 걸까!" 청년은 비탄에 젖어 외쳤다.

제4부

제10편

소년들

1. 콜랴 크라솟킨

11월 초였다. 영하 11도의 추위가 몰아치면서 살얼음이 끼었다. 간밤엔 얼어붙은 땅 위로 싸락눈이 내리고, 메마른 칼바람이 눈가루를 일으키며 작은 도시의 우중충한 거리며 장이 선 광장을 휩쓸었다. 아침 하늘은 을씨년스러웠으나, 눈은 그쳐 있었다. 광장에서 멀지 않은 플로트니코프 상점 근처에 외관과 내부가 정갈하고 아담한 집 한 채가 서 있었다. 그곳은 관리 크라솟킨의 미망인이 사는 집이었다. 현청 서기였던 크라솟킨은 오래전에, 14년 전에 세상을 떠났지만, 서른 남짓한 나이에 아직도 아름답기만 한 크라솟킨의 부인은 작고 깨끗한 집에서 '자기 재산'을 가지고 생활하고 있었다. 상냥하면서도 제법 쾌활한 성격인 부인은 정직하고 조심스럽게 살아갔다. 그녀는 아들을 낳은 직후인 열여덟 살에 남편과 사별했다. 결혼 생활을 시작한 지 고작 1년밖에 안 되었을 때였다. 부인은 그 이후로, 즉 남편이 세상을 떠난 후로 보물 같은 콜랴를 키우는 데 전심을 쏟았다. 지난 14년 동안 미치도록 아들을 사랑했지만, 기쁨보다는 고통을 느낄 때가 훨씬 더 많았다. 행여나 아들이 아프지는 않을까, 감기에 걸리지는 않을까, 심한 장난을 치지는 않을까, 탁자 위로 기어오르다가 떨어지지는 않을까 매일같이 전전긍긍하며 가슴을 졸여야 했기 때문이다. 콜랴가 초등학교에 다니고, 이어서 시내 김나지움에 들어가자 어머니는 아들의 공부를 도우려고 발 벗고 나서서 전 과목을 공부하기 시작했고, 교사들이며 그 부인들과 친분을 터두려 애썼으며, 콜랴를 괴롭히거나 놀리거나 때리지 말라고 학교 친구들을 어르고 타일렀다. 오히려 그런 어머니 때문에 친구들이 콜랴를 비웃고 마마보이라고 놀려댈 정도였다. 그러나 콜랴는 당당히 버텨냈다. 콜랴는 용감하고 '엄청나게 강한' 소년이었다. 그런 소문은 학급에 퍼져 곧 사실로 확인되었다. 콜랴는 민첩하고, 굳세고, 대담하고, 모험심이 강한 아이였다. 공부도 잘해서 수학과 세계사는 선생인 다르다넬로프도 쩔쩔맨다는 소문이 있을 정도였다. 그러나 콜랴는 동급생들을 깔보기는 했지만, 좋은 친구였고 지나치게 오만을 떨지는 않았다. 친구들의 존경을 당연하게 여겼지만, 그들에게 항상 살갑게 대했다. 무엇보다 매사에 정도를 알아 경우에 따라서는 자기 자신을 억제할 줄 알았고, 선생과의 관계에 있어서도 어떤 행동이 무질서, 반항, 불법으로 변해 용서받을 수 없게 되는 최후의 선을 넘는 법이 없었다. 그러나 기회만 있으면 세상에 혼자 남은 악동처럼 장난을 쳤다. 그것은 장난이라기보다는 대단한 일을 꾸미고, 말도 안 되는 기행을 저지르고, 다른 사람에게 보기 좋게 무안을 주고 으스대고 뽐내는 것에 가까웠다. 특히 콜랴는 자존심이 무척 셌다. 자기 어머니에게까지 폭군처럼 굴며 자기에게 복종하도록 만들었다. 어머니는 순순히 아들에게 복종했다. 그렇게 복종한 지는 이미 오래였다. 다만 부인이 견딜 수 없는 것은 아들이 자신을 '별로 사랑하지 않는다'는 생각뿐이었다. 부인은 콜랴가 자기에게 너무 '무정하다'는 생각에 이따금씩 히스테릭하게 눈물을 흘리며 아들의 냉정함을 원망하기도 했다. 콜랴는 그것이 싫었다. 그는 어머니가 자신에게 가슴을 터놓기를 바라면 바랄수록 일부러 그러기라도 하듯 더욱 완고해졌다. 그러나 그것은 고의로 그러는 것이 아니라 자기도 모르게 그렇게 되는 것이었다. 그것이 콜랴의 성격이었기 때문이다. 어머니는 잘못 알고 있었다. 콜랴는 어머니를 무척 사랑했지만, 그의 중학생다운 표현을 빌리자면 '송아지 같은 나약한 감정'이 싫었던 것뿐이었다. 아버지의 유품 중에 책이 여러 권 꽂힌 책장이 하나 있었다. 콜랴는 책 읽기를 좋아해서 그중 몇 권을 혼자 완독했다. 어머니는 그것을 별로 신경 쓰지는 않았지만, 어린 녀석이 어디 놀러 나갈 생각은 않고 책 하나를 붙잡고 몇 시간씩 앉아 있는 모습에 가끔은 의아한 마음이 들곤 했다. 그렇게 해서 콜랴는 그 나이에 읽지 않는 편이 좋을 책들까지도 몇 권 접하게 되었다. 콜랴는 장난을 칠 때 자기 나름의 선을 넘는 것은 좋아하지 않았지만,

최근 들어 이따금씩 어머니의 가슴을 철렁 내려앉게 만드는 행동을 하기 시작했다. 부도덕한 행동은 아니었으나, 극단적이고 무모한 행동이었다. 그해 여름 7월 방학에 어머니는 아들과 함께 일주일 동안 먼 친척 부인을 방문하러 70킬로미터쯤 떨어진 다른 군에 간 적이 있었다. 그 부인의 남편은 철도역(그곳은 우리 시에서 가장 가까운 역으로, 한 달 뒤 이반 표도로비치가 모스크바로 기차를 타고 떠난 역이다)에서 일했다. 그곳에서 콜랴는 우선 철로를 자세히 관찰하며 그 구조를 연구했다. 집으로 돌아가면 학교 친구들에게 새로운 지식을 자랑할 수 있으리라는 생각에서였다. 콜랴는 그곳에 있던 몇몇 소년들과 친해지게 되었다. 그중 몇 명은 역사에서 지내고 있었고, 다른 아이들도 그 근처에 살고 있었다. 모두 예닐곱 명쯤 되었고, 열두 살에서 열다섯 살 정도였다. 그중 두 명은 우리 도시에서 가 있던 아이들이었다. 소년들은 함께 어울려 놀고 장난을 치기도 쳤다. 그러던 중 콜랴가 역사에서 지낸 지 네댓새쯤 되던 날, 철없는 아이들 사이에서 2루블을 건 황당무계한 내기가 벌어졌다. 그 무리에서 가장 나이가 어려 큰 아이들로부터 약간 무시당하는 처지에 있던 콜랴가 자존심 때문인지 무모한 용기 때문인지, 밤에 11시 기차가 올 때 철로에 엎드려 기차가 지나갈 때까지 가만히 있어보겠다고 한 것이다. 물론 콜랴는 미리 조사를 해서 철로 사이에 몸을 쭉 펴고 납작 엎드려 있으면 기차가 그 위를 지나가도 무사하다는 것을 알고 있었지만, 그래도 철로에 누워 있겠다니 그 얼마나 무서운 일인가! 콜랴는 고집을 부렸다. 아이들은 코웃음을 치면서 거짓말쟁이니 허풍쟁이니 하며 놀려댔으나, 그럴수록 콜랴는 더더욱 오기가 났다. 콜랴가 무엇보다 분했던 것은 열다섯 살짜리 아이들이 몹시 잘난 척을 하며 자기를 '애' 취급하고 친구로 봐주지 않는다는 사실이었다. 결국 저녁에 만나서, 역에서 출발한 기차가 충분히 제 속력을 낼 수 있도록 역에서 1킬로미터쯤 떨어진 곳에 가기로 결정이 났다. 소년들이 모여들었다. 그날 밤은 달이 뜨지 않아, 어둡기보다는 칠흑처럼 검었다. 때가 되자 콜랴는 철로에 엎드렸다. 내기를 건 나머지 다섯 아이들은 철둑 아래 수풀에 몸을 숨기고, 처음에는 가슴을 졸이면서, 나중에는 후회와 공포에 휩싸여 기차가 오기를 기다렸다. 이윽고 역을 떠난 기차의 굉음이 멀리서부터 들려왔다. 어둠 속에서 두 개의 빨간 불빛이 빛나더니, 괴물 같은 기차가 지축을 뒤흔들며 다가왔다. "도망쳐, 철로에서 도망치라고!" 공포에 질린 소년들이 콜랴에게 외쳤다. 그러나 이미 때는 늦었다. 기차는 순식간에 달려와 소년들 옆을 지나쳐버렸다. 소년들은 허겁지겁 콜랴에게 달려갔다. 콜랴는 미동도 없이 엎드려 있었다. 소년들은 그를 붙잡아 흔들고 일으켜 세우려 했다. 그때 콜랴가 벌떡 일어나더니, 아무 말 없이 철둑을 내려갔다. 아래로 내려간 콜랴는 그들을 놀래주려고 일부러 기절한 척 누워 있었다고 말했다. 그러나 오랜 시간이 지난 후에 어머니에게 고백한 바에 의하면, 그때 그는 정말로 정신을 잃은 것이었다. 이렇게 콜랴에게는 '지독한 놈'이라는 영광의 수식어가 영원히 따라붙게 되었다. 콜랴는 백지장처럼 하얗게 질려서 역사로 돌아왔다. 이튿날 신경성 미열이 나긴 했지만, 마음은 더할 나위 없이 즐겁고 기쁘고 뿌듯했다. 이 사건은 그 고장에서 바로 알려지지는 않았으나, 점차 우리 도시와 학교에 소문이 퍼져 교사들의 귀에까지 들어갔다. 콜랴의 어머니는 부랴부랴 학교로 찾아가 아들을 용서해달라고 사정했다. 결국 영향력 있고 존경받는 다르다넬로프 선생이 콜랴를 두둔하고 나서면서 사건은 무마되었다. 다르다넬로프는 그리 나이가 많지 않은 독신자로, 오래전부터 크라솟키나 부인을 열렬히 사랑하고 있었다. 1년 전에는 조심스럽고 두려운 마음에 가슴을 졸이며 몹시 정중하게 청혼을 하기도 했다. 하지만 부인은 청혼 승낙이 아들에 대한 배신이라고 생각해 단호하게 거절했다. 사실 몇몇 은밀한 징후로 미루어보아, 다르다넬로프는 매혹적이지만 지나치게 정숙하고 유순한 부인이 자기한테 아주 질색하는 것은 아니라고 희망을 품을 권리가 있기는 했다. 콜랴의 어처구니없는 장난이 두 사람 사이를 가로막고 있던 얼음을 깨뜨려준 듯했다. 다르다넬로프는 콜랴를 감싸준 대가로 부인으로부터 희망을 가져도 된다는 암시를 받았다. 물론 모호한 암시였으나, 다르다넬로프는 보기 드물 정도로 고결하고 점잖은 사람이어서 그것만으로도 충분히 행복했다. 다르다넬로프는 콜랴를 사랑했지만, 그렇다고 콜랴의 비위를 맞추는 것은 비굴한 일이라고 생각하여 교실에서는 엄격하게 대했다. 콜랴 역시 선생에게 예의를 차리며 거리를 두었다. 공부를 잘해 반에서는 2등을 하고 있었으나, 선생을 대하는 태도는 냉담했다. 같은 반 학생들은 콜랴가 다르다넬로프의 '코를 납작하게 할 만큼' 세계사 실력이 뛰어나다고 굳게 믿고 있었다. 실제로 한번은 콜랴가 다르다넬로프에게 트로이의 창건자를 질문한 적이 있었다. 그 질문에 다르다넬로프는 포괄적으로 그 민족이 어떤 민족이었고, 어디서 어디로 이동했으며, 그 시대가 얼마나 까마득한 옛날인지, 그에 얽힌 신화에는 어떤 것이 있는지 설명했지만, 정확히 누가 트로이를 세웠는가에 대해서는 대답하지 못했다. 사실 그는 그 질문 자체를 쓸데없고 하찮은 것으로 여겼다. 그러나 학생들은 다르다넬로프가 트로이의 창건자를 모른다는 생각을 하게 되었다. 콜랴는 아버지의 유품인 책장에 있던 스마라그도프의 책에서 트로이의 창건자에 대해 읽은 적이 있었다. 나중에는 같은 반 학생들까지 트로이의 창건자가 누구인지 궁금해했지만, 콜랴는 끝까지 비밀을 밝히지 않았다. 그렇게 해서 콜랴의 지식에 대한 명성은 확고부동한 것이 되었다.

철도 사건이 있은 후 어머니를 대하는 콜랴의 태도에 약간의 변화가 생겼다. 안나 표도로브나(크라솟키나 부인)는 아들의 무용담에 너무나 충격을 받은 나머지 거의 실성할 지경이 되었다. 부인은 며칠 동안 간헐적으로 심한 히스테리 발작을 일으켰다. 그러자 콜랴도 진심으로 놀라서 다시는 그런 장난을 치지 않겠다고 굳게 맹세했다. 어머니가 시키는 대로 성화 앞에 무릎을 꿇고 아버지에게도 맹세했다. 그러자 '남자다운' 콜랴도 그만 '감정'이 북받쳐 여섯 살배기 어린애처럼 펑펑 울어버리고 말았다. 모자는 그날 온종일 서로를 부둥켜 안고 온몸을 떨며 울었다. 이튿날 아침 잠에서 깬 콜랴는 도로 '무정해져' 있기는 했으나, 전보다 말수가 줄고, 겸손하고, 진중하고, 생각이 많아졌다. 사실 한 달 반쯤 지나 또다시 한 가지 장난에 끼어들어 이곳 치안판사에게까지 이름을 알리게 되었지만, 그것은 이미 예전과는 전혀 성질이 다른 우스꽝스럽고 어리석은 장난이었다. 게다가 콜랴는 그 장난을 주도한 것이 아니라 어쩌다가 휘말렸을 뿐임이 밝혀졌다. 하지만 그 이야기는 나중에 하도록 하겠다. 어머니는 여전히 아들 걱정에 가슴을 졸이고 괴로워했지만, 다르다넬로프는 부인이 불안해하면 불안해할수록 더욱 큰 희망을 느꼈다. 콜랴가 다르다넬로프의 그런 마음을 짐작하고 있었으며, 물론 그런 '감정'을 품은 선생을 깊이 경멸하고 있었다는 사실을 지적해두어야겠다. 예전에는 다르다넬로프가 무슨 속셈인지 다 안다고 넌지시 암시하며 자기의 경멸을 내비쳐 어머니를 무안하게 만들기도 했다. 그러나 철도 사건 이후로 콜랴는 이 문제에 대해서도 태도를 바꿨다. 더 이상은 일체 그런 암시의 말을 하지 않았고, 어머니 앞에서 다르다넬로프 얘기를 할 때는 예의를 갖췄다. 눈치 빠른 안나 표도로브나는 즉시 그러한 변화를 깨닫고 한없는 고마움을 느꼈다. 그러나 누가 무심코 콜랴 앞에서 다르다넬로프의 이야기를 꺼내면, 그녀는 부끄러워서 얼굴이 장미처럼 새빨개지곤 했다. 그럴 때마다 콜랴는 인상을 쓴 채 창밖을 내다보거나, 자기 신발에 구멍이 나지 않았나 들여다보거나, 험악한 기세로 페레즈본을 불러대곤 했다. 페레즈본은 털이 북슬북슬하고 피부병에 걸린 덩치 큰 개였다. 콜랴는 한 달 전에 어디선가 그 개를 데려와, 무슨 이유에서인지 친구들 중 아무에게도 보여주지 않고 집에서 몰래 키우고 있었다. 온갖 재주를 가르치고 어찌나 폭군처럼 길들여놓았는지, 가련한 개는 콜랴가 학교에 가고 없을 때면 애처롭게 낑낑대며 울다가, 콜랴가 돌아오면 좋아라 짖어대고 미친 듯이 펄쩍펄쩍 뛰어오르고 뒷발로 서고 벌렁 드러누워 죽은 척을 하는 등, 주인이 시키지 않아도 오로지 환희와 감사에 벅차 그동안 배운 온갖 재주를 부려 보였다.

그러고 보니 한 가지 잊은 것이 있다. 이미 독자 여러분이 알고 있는 퇴역 대위 스네기료프의 아들 일류샤가, 아이들이 자기 아버지를 '수세미'라고 놀려대자 분한 마음에 주머니칼로 허벅지를 찌른 상대가 바로 콜랴 크라솟킨이었다.

2. 꼬맹이들

눈발과 함께 추위가 엄습한 그 혹독한 11월 아침에 콜랴 크라솟킨은 집에 있었다. 일요일이라 학교 수업은 없었다. 하지만 벌써 시계가 11시를 쳤으므로, 콜랴는 '한 가지 무척 중요한 일'을 보러 당장 외출해야 했다. 그러나 어른들이 긴급하고도 특이한 사정으로 모두 집을 비운 탓에 콜랴는 혼자 집을 보고 있는 처지였다. 크라솟키나 부인의 건물에는 부인이 사는 집과 현관을 사이에 두고 작은 방이 두 개 딸린 집이 하나 더 있었다. 그 집에는 한 의사 부인이 어린아이 둘을 데리고 세 들어 살고 있었다. 그 부인은 안나 표도로브나와 동갑이었고 매우 절친한 사이였다. 남편은 의사였는데, 1년 전에 오렌부르크크로 갔다가, 이후 타쉬켄트로 떠나 벌써 반 년째 아무런 소식이 없었다. 혼자 남겨진 슬픔을 달래준 크라솟키나 부인의 우정이 없었더라면, 부인은 슬픔에 잠겨 틀림없이 눈물로 세월을 보냈을 것이다. 그런데 무슨 운명의 장난인지 토요일에서 일요일로 넘어가는 바로 그날 밤, 의사 부인의 유일한 하녀 카테리나가 아침에 아이를 낳을 것 같다는 생각지도 못한 소식을 알려왔다. 어떻게 그때껏 아무도 임신 사실을 눈치채지 못했는지 누가 봐도 기적 같은 일이었다. 대경한 의사 부인은 아직 시간이 있으니 이런 경우를 위해 한 산파가 운영하고 있는 조산원에 카테리나를 데려가기로 결심했다. 부인은 그 하녀를 무척 아꼈으므로, 즉시 자신의 계획을 실행해 하녀를 조산원에 데려다주고, 그 옆에 있어주었다. 그런데 아침이 되자 크라솟키나 부인에게 도움을 받을 일이 생겼다. 크라솟키나 부인은 이런 경우에 누군가에게 청을 하거나 도움을 줄 수 있는 사람이었기 때문이다. 이렇게 해서 두 부인이 집을 비웠고 크라솟키나 부인의 하녀인 아가피야도 장을 보러 가고 없어, 콜랴는 잠시 동안 '꼬맹이들', 즉 집에 남은 의사 부인의 아들과 딸의 보호자 겸 경비원이 된 것이다. 콜랴는 집을 보는 것은 무섭지 않았다. 게다가 페레즈본도 있었다. 페레즈본은 현관 의자 밑에 '꼼짝 말고' 있으라는 명령을 받아 가만히 앉아 있다가, 콜랴가 이 방 저 방을 돌아다니다가 현관에 들어서면 머리를 흔들며 애교를 부리듯 꼬리로 바닥을 탁탁 쳤다. 그러나 안타깝게도 자기를 부르는 휘파람 소리는 울리지 않았다. 콜랴가 무서운 눈으로 노려보면, 불쌍한 개는 바짝 얼어 주인의 뜻대로 꼼짝도 하지 않았다. 콜랴를 곤란하게 하는 게 있다면, 그건 오직 '꼬맹이들'뿐이었다. 그는 카테리나에게 벌어진 뜻밖의 사건을 마음속 깊이 경멸했으나, 졸지에 고아 신세가 된 이 '꼬맹이들'은 워낙 귀여워했기 때문에 이미 동화책까지 날라다준 채였다. 누나인 나스탸는 여덟 살이라 책을 읽을 수 있었고, 어린 꼬맹이 일곱 살 코스탸는 누나가 책을 읽어주는 것을 무척 좋아했다. 물론 크라솟킨은 두 꼬마를 나란히 세워놓고 병정놀이를 하거나 온 집안을 무대로 숨바꼭질을 하는 등 더 재밌게 놀아줄 수도 있었다. 전에도 그렇게 놀아주곤 했고 자기도 그것을 별로 싫어하지는 않았다. 한번은 크라솟킨이 자기 집 꼬맹이들과 말 타기 놀이를 하느라 말처럼 뛰어다니고 머리를 수그린다는 소문이 학급에 쫙 퍼지기도 했다. 그러나 크라솟킨은 당당하게 반박했다. 자기 또래인 열세 살짜리들과 '요즘 시대에' 말 타기 놀이를 한다면 그건 분명히 창피한 일이겠지만, 자기는 '꼬맹이들'이 예뻐서 그들과 놀아주느라 그런 것이니 자기의 감정에 대해서는 아무도 왈가왈부할 수 없다는 식이었다. 어찌 됐건 두 '꼬맹이들'은 콜랴를 무척 따랐다. 하지만 지금은 꼬마들과 놀아줄 상황이 아니었다. 콜랴는 겉보기에는 비밀스럽기까지 한 아주 중요한 개인적인 일을 처리해야 했다. 시간은 계속 흐르고 있었으나, 아이들을 맡겨야 할 아가피야는 시장에서 돌아올 생각을 하지 않았다.

콜랴는 벌써 몇 번이나 현관을 지나 의사 부인의 집 문을 열고 걱정스러운 눈으로 '꼬맹이들'을 들여다보곤 했다. 아이들은 콜랴가 시킨 대로 얌전히 책을 보고 있다가 문이 열리면 콜랴가 들어와서 멋지고 신나는 놀이를 해줄 거란 기대에 방긋방긋 미소 지었다. 하지만 콜랴는 마음이 초조해서 안으로 들어갈 수가 없었다. 마침내 시계가 11시를 치자, 콜랴는 10분 내로 '빌어먹을' 아가피야가 돌아오지 않으면 더 이상 기다리지 않고 외출하기로 단단히 마음을 굳혔다. 물론 '꼬맹이들'에게서 자기가 없다고 겁을 먹거나, 못된 장난을 치거나, 무섭다고 울지 않겠다는 다짐을 먼저 받을 생각이었다. 콜랴는 이런 생각을 하며 물개 모피로 옷깃을 댄 겨울 솜외투를 입고 어깨에 가방을 멨다. '이런 추위'에는 밖에 나갈 때 꼭 덧신을 신으라고 어머니가 여러 번 신신당부했지만, 콜랴는 현관을 지나면서 같잖다는 듯이 그것을 힐끔 쳐다보고는 부츠만 신고 나갔다. 주인의 차림을 본 페레즈본은 초조하게 몸을 떨며 열심히 꼬리로 바닥을 치고 애처롭게 낑낑거렸다. 하지만 콜랴는 개가 그렇게 안달하는 모습을 보고는 버릇이 나빠질 수도 있다는 생각에 조금 더 그대로 의자 밑에 있게 한 뒤 현관문을 연 후에야 휙 휘파람을 불었다. 개는 미친 듯이 뛰어나와 기뻐 어쩔 줄 모르겠다는 듯 콜랴 앞에서 펄쩍펄쩍 뛰었다. 콜랴는 현관을 지나 '꼬맹이들'이 있는 방 문을 열었다. 두 아이는 여전히 책상 앞에 앉아 있었으나, 책 읽기는 그만두고 뭐라고 열띤 논쟁을 벌이고 있었다. 이 아이들은 자주 이런저런 세상사에 대해 논쟁을 벌였는데, 그럴 때면 항상 누나인 나스탸가 이겼다. 코스탸는 누나의 말에 수긍하지 못하면 언제나 콜랴에게 달려와 항의했다. 콜랴가 판결을 내리면, 그것이 곧 양쪽 모두에게 절대적인 선고가 되었다. '꼬맹이들'의 이번 논쟁은 꽤나 흥미로운 것이어서, 콜랴는 문가에 서서 귀를 기울였다. 꼬마들은 콜랴가 듣는 것을 깨닫고 더욱 열을 올리며 자기 주장을 폈다.

"절대, 절대 못 믿어." 나스탸가 흥분해서 재잘거렸다. "산파 할머니가 아기를 양배추밭 고랑에서 찾아다준다니 말도 안 돼. 지금은 겨울이라 고랑 따윈 없으니까, 카테리나한테도 아기를 못 갖다줬을 거 아냐."

'휘익!' 콜랴는 내심 휘파람을 불었다.

"아니면 이런 거야. 아기를 갖다주는 건 맞는데, 시집가는 사람한테만 갖다주는 거지."

코스탸는 가만히 누나를 바라보면서, 곰곰이 생각에 잠겨 그 말을 들었다.

"누나, 누난 정말 바보야." 이윽고 코스탸가 흥분하지 않고 힘주어 말했다. "그럼 카테리나는 시집도 안 갔는데 어떻게 아기가 생겼겠어?"

나스탸는 몹시 흥분했다.

"넌 정말 아무것도 모르는구나." 나스탸는 발끈하며 동생의 말을 가로챘다. "어쩌면 카테리나한테는 남편이 있는데, 지금 감옥에 갇혀 있는 걸지도 몰라. 그래서 아기를 낳는 거지."

"정말 남편이 감옥에 있어?" 순진한 코스탸가 심각한 얼굴로 물었다.

"아니면 이런 거든가." 나스탸가 자기의 첫 가설은 까맣게 잊은 듯 얼른 말을 바꿨다. "카테리나한테 남편이 없는 건 맞는데, 시집이 너무 가고 싶어서 계속 시집가는 생각만 하다 보니까, 남편 대신 아기가 생겨버린 거야."

"그런가 보네." 완전히 설득당한 코스탸가 동의했다. "누나가 전에 그런 말을 해준 적 없어서 난 몰랐잖아."

"어이, 꼬맹이들." 콜랴가 방으로 들어서면서 말했다. "너희 정말 위험한 애들이구나!"

"페레즈본도 같이 왔네요?" 코스탸가 방긋 웃으며 손가락으로 딱 소리를 내 페레즈본을 불렀다.

"꼬맹이들, 내가 지금 좀 난처한 상황이야." 크라솟킨은 무게를 잡으며 말을 꺼냈다. "너희가 나를 도와줘야 해. 아직도 안 오는 걸 보니, 아가피야는 다리가 한쪽 부러진 게 분명해. 그런데 나는 꼭 외출해야 할 일이 있거든. 내가 나가봐도 될까?"

두 아이는 얼굴을 마주보았다. 헤죽거리고 웃던 얼굴에 불안한 기색이 떠올랐다. 사실 아이들은 콜랴가 자기들에게 구체적으로 무엇을 바라고 있는지 모르고 있었다.

"내가 없어도 말썽 피우지 않을 거지? 장롱에 올라가다가 다리를 부러뜨리거나 하지 않겠지? 집에 아무도 없어도 무섭다고 울지 않을 수 있지?"

아이들은 완전히 울상이 되었다.

"대신 좋은 걸 보여줄게. 진짜 화약을 넣고 쏠 수 있는 구리 대포야."

그 말에 아이들의 얼굴이 대번에 환해졌다.

"보여주세요." 코스탸가 화색이 가득한 얼굴로 말했다.

크라솟킨은 가방에 손을 넣어 작은 청동 대포를 꺼내 탁자 위에 올려놓았다.

"그럴 줄 알았지! 봐봐, 바퀴도 달려 있어." 콜랴는 장난감을 탁자 위에 굴려 보였다. "쏠 수도 있어. 탄알을 넣고 쏘면 돼."

"그럼 사람도 죽어요?"

"뭐든지 다 죽지. 조준만 하면 돼." 크라솟킨은 어디에 화약을 넣고, 어디에 탄알을 재는지 설명하고, 포문처럼 생긴 구멍을 보여준 다음 반동이 일어난다는 말을 해주었다. 아이들은 굉장한 호기심을 보이며 귀를 기울였다. 특히 반동이 있다는 사실이 무척 신기했던 모양이었다.

"화약도 있어요?" 나스탸가 물었다.

"있어."

"그럼 화약도 보여주세요." 나스탸가 간절한 미소를 지으며 말끝을 끌었다.

크라솟킨은 다시 가방을 뒤져 진짜 화약이 든 작은 유리병을 하나 꺼냈다. 둘둘 감은 종이 속에서는 탄알도 몇 개 나왔다. 콜랴는 유리병에서 마개를 뽑아 화약가루를 손바닥에 조금 쏟아 보이기까지 했다.

"자. 하지만 근처에 불이 없도록 조심해야 돼. 안 그럼 쾅 하고 폭발해서 우리 모두 끝장나버리고 말 테니까." 콜랴는 더욱 강렬한 효과를 내기 위해 이렇게 주의를 주었다.

아이들은 경탄과 공포를 느끼며 화약을 들여다보았다. 조마조마한 마음에 즐거움은 더욱 커졌다. 하지만 코스탸는 탄알에 더 마음이 끌렸다.

"탄알은 불에 안 타요?" 코스탸가 물었다.

"탄알은 안 타지."

"그럼 몇 개만 주면 안 돼요?" 꼬마는 간절한 목소리로 말했다.

"그래, 줄게. 자, 받아. 하지만 내가 돌아오기 전에 엄마한테 보여주면 안 돼. 안 그러면 아주머니는 이게 화약인 줄 알고 기절초풍을 하실 테니까. 너희들은 혼쭐이 날 테고."

"엄만 우릴 때리지 않아요." 나스탸가 즉시 말대꾸를 했다.

"나도 알아. 그냥 말이 그렇다는 거지. 너희도 절대 엄마를 속이는 일이 없다는 걸 알고 있지만, 이번 한 번만 내가 돌아올 때까지 비밀로 하자. 그럼 꼬맹이들, 가봐도 될까? 내가 없어도 무섭다고 울지 않겠지?"

"울 거예요." 코스탸가 벌써부터 울 태세를 취하며 말꼬리를 끌었다.

"울 거예요, 꼭 울어버릴 거예요!" 나스탸도 겁먹은 목소리로 재빨리 맞장구를 쳤다.

"아아, 아이들이여, 너희 나이란 얼마나 위험한 나이던가(러시아 우화 〈암탉, 고양이, 생쥐〉의 첫 구절—옮긴이). 하는 수 없지, 요 병아리들. 천년이고 만년이고 너희랑 있어주는 수밖에. 아아, 시간이 자꾸 가는데!"

"페레즈본한테 죽은 척을 해보라고 해요." 코스탸가 부탁했다.

"별수 있나, 페레즈본도 끌어들이는 수밖에. 이리 와, 페레즈본!" 콜랴가 명령을 내리자, 개는 자기가 아는 온갖 재주를 다 부려보였다. 페레즈본은 일반적인 들개 정도의 몸집에 털은 북실북실하고 푸른 기가 도는 잿빛이었다. 오른쪽 눈은 애꾸였고, 왼쪽 귀는 어째서인지 찢어져 있었다. 페레즈본은 왈왈 짖기도 하고, 뛰어오르기도 하고, 뒷발로 서기도 하고, 그렇게 선 채 걷기도 하고, 네 다리를 들고 벌렁 드러누워 꼼짝 않고 죽은 척을 하기도 했다. 마지막 재주를 부리고 있을 때, 방문이 열리더니 크라솟키나 부인의 하녀 아가피야가 나타났다. 아가피야는 뚱뚱하고 곰보투성이인 마흔 살쯤 된 여자였다. 장을 보고 오는 길이라 식료품이 한가득 담긴 바구니를 들고 있었다. 아가피야는 왼손에 바구니를 늘어뜨린 채 그 자리에 서서 개를 쳐다보았다. 콜랴는 아가피야가 오기를 학수고대하고 있었지만, 공연을 중단하지는 않고 조금 더 죽은 척을 하게 한 다음에야 휙 휘파람을 불었다. 개는 후다닥 일어나 제 임무를 해냈다는 기쁨에 펄쩍펄쩍 뛰었다.

"저 개 좀 보게!" 아가피야가 나무라듯이 말했다.

"아줌마, 왜 이렇게 늦었어?" 크라솟킨이 화난 얼굴로 물었다.

"아줌마라고? 저 어린 녀석이!"

"어린 녀석?"

"그래, 어린 녀석. 내가 늦은 게 너랑 무슨 상관이야? 그럴 만한 사정이 있었겠거니 생각해야지." 아가피야가 난로 주위를 분주히 돌아다니면서 투덜거렸지만, 불만스럽거나 화가 난 목소리가 아니라, 오히려 유쾌한 도련님과 농담을 주고받을 기회가 생겨 신이 난 눈치였다.

"이봐, 경박한 할멈."

크라솟킨이 소파에서 일어서면서 말했다. "이 세상의 모든 성스러운 것과 귀한 것을 걸고, 내가 없는 동안 잠시도 한눈팔지 않고 꼬맹이들을 돌봐주겠다고 맹세할 수 있어?"

"왜 맹세까지 해야 하지?" 아가피야가 웃음을 터뜨렸다. "그렇게까지 안 해도 잘만 봐줄 텐데."

"아니, 영혼의 영원한 구원을 놓고 맹세해야 해. 그러기 전에는 안 나가."

"그럼 나가지 말든가. 내가 무슨 상관이야. 밖은 추우니 집에나 붙어 있어."

"꼬맹이들." 콜랴는 아이들에게 말했다. "내가 오거나 너희 엄마가 올 때까지 이 아줌마가 너희랑 함께 있어줄 거야. 너희 엄마도 벌써 오실 때가 됐으니까. 아줌마가 너희 아침도 챙겨줄 거야. 아가피야, 애들한테 먹을 것 좀 줄 수 있지?"

"그거야 가능하지."

"안녕, 병아리들. 나는 안심하고 간다. 그리고 할멈." 그는 아가피야 옆을 지나가면서 목소리를 낮추고 짐짓 진지하게 말했다. "저 애들한테 카테리나에 대해 아줌마들이 언제나 늘어놓는 헛소리를 지껄이지는 말아줘. 애들 나이를 생각해서 말이야. 이리 와, 페레즈본!"

"썩 꺼져버리지 못해!" 아가피야는 이번엔 진심으로 화가 나서 소리 질렀다. "나 참 어이가 없어서! 그만 소리를 지껄이는 네놈부터 혼쭐을 내줘야겠어."

3. 학생

그러나 콜랴는 이미 듣고 있지 않았다. 드디어 외출할 수 있게 된 것이다. 대문을 나선 그는 주위를 한번 둘러보고는 어깨를 움츠리며 "춥군!" 하고 중얼거렸다. 그러고는 똑바로 길을 따라 걷다가, 장이 선 광장으로 통하는 오른쪽 골목으로 꺾었다. 그는 광장이 나오기 전 어느 집 대문 앞에 멈춰 서고, 주머니에서 호각을 꺼내 신호를 하듯 힘껏 불었다. 1분이 채 지나지 않아 문이 열리더니 볼이 발그레하고 콜랴와 마찬가지로 따뜻하고 깨끗하며 멋스럽기까지 한 외투를 입은 열한 살쯤 된 소년이 뛰어나왔다. 이 소년은 스무로프라는 예비 학년(콜랴는 두 학년 위였다) 학생으로, 부유한 관리의 아들이었다. 부모는 아들이 지독한 장난꾸러기로 소문난 콜랴와 노는 것을 허락하지 않았으므로, 지금 소년은 몰래 빠져나온 것이 분명했다. 독자가 아직 잊지 않았다면, 스무로프는 두 달 전에 운하 너머로 일류샤에게 돌을 던졌던 소년들 중 한 명으로, 그때 알료샤에게 일류샤 얘기를 해줬던 아이였다.

"크라솟킨 형, 벌써 1시간 동안이나 기다렸어." 스무로프는 단호한 목소리로 말했다. 두 소년은 광장 쪽으로 걸어갔다.

"좀 늦었어." 크라솟킨이 대답했다. "사정이 있었거든. 그런데 나랑 있었다가 나중에 매 맞는 거 아냐?"

"에이, 됐어. 내가 언제 매 맞는 거 봤어? 페레즈본도 데려왔구나?"

"그래!"

"페레즈본도 거기로 데리고 가게?"

"응."

"아아, 주치카가 있었으면 얼마나 좋을까!"

"그건 불가능한 일이야. 주치카는 이미 존재하지 않아. 주치카는 미지의 어둠 속으로 사라져버렸다고."

"아, 이렇게 하면 어떨까?" 스무로프는 갑자기 걸음을 멈췄다. "일류샤가 주치카도 페레즈본처럼 털이 복슬복슬하고 잿빛이라고 했으니까, 페레즈본이 주치카라고 하면 어떨까? 어쩌면 믿을지도 몰라."

"학생, 거짓말은 삼가야 해. 그게 첫째야. 둘째, 그건 선의의 거짓말도 마찬가지야. 그건 그렇고, 거기에 내가 간다고 떠벌리지는 않았겠지?"

"그럴 리가 있겠어? 나도 그런 것쯤은 알아. 하지만 페레즈본으로는 그 애를 달래줄 수 없을걸." 스무로프는 한숨을 푹 내쉬었다. "그거 알아? 일류샤 아버지, 수세미 대위가 그러는데 오늘 그 애한테 코가 까만 진짜 마스티프 종 강아지를 갖다줄 거래. 아저씬 그렇게 하면 일류샤를 달래줄 수 있을 거라고 생각하지만, 글쎄."

“그런데 그 애는 좀 어때? 일류샤는?”

“아아, 아주 안 좋아! 내 생각엔 폐병인 것 같아. 정신은 멀쩡한데 숨소리가 좋지 않거든. 얼마 전엔 좀 거닐고 싶다고 해서 신발을 신겨줬는데, 걸으려 하다가 그만 푹 고꾸라져버렸어. 그러더니 ‘아아, 아빠, 신발이 이상하다고 말했잖아요. 전부터 이걸 신으면 걷기가 불편했어요’ 하고 말하는 거야. 그 앤 자기가 신발 때문에 넘어진 줄 알지만, 사실은 기운이 없어서 그런 거야. 일주일도 못 넘길 거야. 게르첸쉬투베 선생님이 왕진을 오고 있어. 요샌 그 집 식구들이 부자가 됐거든. 돈이 아주 많은 모양이야.”

“불한당 같은 놈들.”

“누가?”

“의사라든가 의료 쪽 악당들 말이야. 통틀어 말해도 그렇고, 하나씩 떼어놓고 봐도 마찬가지야. 난 의학을 인정하지 않아. 아무 쓸모없는 시설이지. 나중에 내가 죄다 조사해볼 거야. 그건 그렇고, 왜들 그렇게 감상에 빠져버린 거야? 학급 전체가 그 집을 찾아다닌다면서?”

“전부는 아니고, 매일 열 명 정도는 다니고 있어. 나쁘게 말할 일은 아니야.”

“무엇보다 내가 놀라운 건 알렉세이 카라마조프의 역할이야. 자기 형은 그런 엄청난 죄목으로 내일이나 모레 재판을 받게 생겼는데, 한가하게 애들하고 감상이나 떨고 있다니!”

“절대 감상을 떠는 게 아니야. 그러는 형도 지금 일류샤랑 화해하러 가고 있잖아."

"화해라고? 웃기는 표현이군. 난 말이야, 누구든 내 행동을 분석하는 건 용납할 수 없어."

"아무튼, 형을 보면 일류샤가 얼마나 좋아할까! 형이 올 줄은 생각도 못하고 있어. 왜 그렇게 오랫동안 안 가려고 한 거야?" 스무로프는 갑자기 열을 올리며 외쳤다.

"이봐, 그건 내 사정이지, 네 사정이 아니야. 난 내 의지에 따라 자발적으로 가는 것뿐이야. 너희는 죄다 알렉세이 카라마조프한테 끌려갔으니, 너희와는 다르지. 그리고 내가 화해하러 가는지 아닌지 네가 어떻게 알아? 정말이지 한심한 표현이군."

"우린 절대 카라마조프 형 때문에 가는 게 아니야. 우리 스스로 다니기 시작한 거야. 물론 처음엔 카라마조프 형과 같이 갔어. 하지만 형이 말하는 그런 바보 같은 일은 절대로 없었어. 처음에 한 명, 그다음에 또 한 명, 그런 식으로 가게 된 거야. 그 애 아버지는 우릴 보고 굉장히 좋아하셨어. 아저씨는 일류샤가 죽으면 아마 실성해버릴 거야. 아저씬 일류샤가 죽을 거라는 걸 알고 있어. 그래서 우리가 일류샤와 화해하는 걸 보고 얼마나 기뻐했는지 몰라. 일류샤는 가끔 형 얘길 물을 때가 있었어. 무슨 말을 덧붙이거나 하진 않았어. 그냥 묻기만 하고 입을 다물더라고. 아무튼, 그 애 아버지는 정말로 미쳐버리거나 목을 매달아버릴 거야. 안 그래도 좀 제정신이 아닌 사람 같았잖아. 있잖아, 아저씬 고결한 분이야. 그땐 오해가 있었어. 다 그때 아저씨를 때린, 아버지를 죽인 살인자 잘못이야."

"아무튼 카라마조프는 내게 하나의 수수께끼야. 난 진작에라도 그 사람과 친분을 틀 수 있었지만, 경우에 따라서는 자존심을 세우는 게 좋거든. 게다가 내겐 그 사람에 대한 내 나름의 견해가 있어. 그건 아직 검증하고 밝혀내야 하지."

콜랴는 엄숙하게 입을 다물었다. 스무로프도 그렇게 했다. 물론 스무로프는 콜랴 크라솟킨을 존경하고 있었으므로 그와 대등해질 생각은 하지도 않았다. 지금 스무로프는 '자발적으로' 간다는 콜랴의 말에 굉장한 흥미를 느끼고 있었다. 콜랴가 하필 오늘 갑자기 그곳을 찾아가기로 결심한 데는 무슨 수수께끼가 감추어져 있을 것이 틀림없었다. 두 소년은 장이 선 광장을 걸어갔다. 이번 장에는 타지에서 온 짐마차와 닭이며 오리가 유난히 많았다. 시내 아낙들은 천막을 쳐 놓고 가락지빵이나 실 따위를 팔고 있었다. 일요일마다 각지에서 사람들이 모여들어 사고파는 것을 이곳 사람들은 순박하게 그저 장이라고 불렀는데, 이런 장은 1년에 여러 번씩 열렸다. 페레즈본은 잔뜩 신이 나서 계속 이리저리 고개를 돌리면서 냄새를 맡으며 뛰어다녔다. 그러다가 다른 개와 마주치면, 개들의 법칙에 따라 열심히 서로 냄새를 맡았다.

"스무로프, 나는 현실을 관찰하는 걸 좋아해." 콜랴가 불쑥 이렇게 말했다.

"개들이 마주치면 서로 냄새를 맡는 것 봤지? 그건 개들이 가진 공통적인 자연의 법칙인 거야."

"맞아, 좀 우스운 법칙이긴 하지만."

"우습지 않아. 그건 잘못된 생각이야. 편견을 가진 인간이 보기엔 어떨지 몰라도, 자연에는 우스운 게 하나도 없어. 만약 개들도 사고하고 비판할 줄 알았더라면, 자기네 주인인 인간의 사회적 관계에서 그만큼, 아니, 오히려 훨씬 더 많은 우스운 점을 찾아냈을 거야. 훨씬 더 많이. 내가 이 말을 거듭하는 건, 우리 인간에게 어리석은 점이 훨씬 많다고 확신하기 때문이야. 이건 라키틴의 생각이야. 훌륭한 생각이지. 스무로프, 나는 사회주의자야."

"사회주의자가 뭔데?" 스무로프가 물었다.

"모든 사람이 평등하고, 모두가 하나의 공동 재산을 소유하고, 결혼이라는 게 없고, 종교나 법을 원하는 대로 선택하는 그런 걸 말하는 거야. 넌 아직 이런 걸 이해하기엔 너무 어려. 그나저나, 춥구나."

"응. 영하 12도야. 아까 아버지가 온도계를 보셨거든."

"그런데 스무로프, 기온이 영하 15도, 18도로 떨어지는 한겨울보다, 영하 12도밖에 안 되고 눈도 별로 오지 않았어도 갑자기 추위가 밀어닥치는 초겨울이 더 춥게 느껴진다는 것 알고 있었니? 그건 사람들이 아직 추위에 익숙해지지 않았기 때문이야. 사람에게는 국가 관계나 정치 관계에 이르기까지 모든 것에 습관이 존재하고 있어. 습관이 가장 중요한 원동력인 셈이야. 그런데 저 농부 좀 봐, 참 우습지?"

콜랴는 사람 좋아 보이는 얼굴에 기다란 털외투를 입은 키 큰 농부를 가리켰다. 농부는 추운지 자기 짐마차 옆에서 벙어리장갑을 낀 손바닥을 탁탁 마주치고 있었다. 기다란 아마빛 수염은 추위에 성에로 뒤덮여 있었다.

"저 농부 수염이 꽁꽁 얼어붙었어!" 콜랴는 그 옆을 지나가면서 놀리듯이 큰 소리로 외쳤다.

"얼어붙은 사람은 많단다." 농부는 아무렇지 않게 경구라도 외듯 대답했다.

"놀리지 마." 스무로프가 말했다.

"괜찮아. 화내지 않을 거야. 좋은 사람이니까. 잘 있어요, 마트베이."

"잘 가거라."

"정말 이름이 마트베이예요?"

"그래. 모르고 불렀니?"

"몰랐어요. 아무렇게나 불러본 거거든요."

"거 참. 학생이니?"

"네."

"그럼 매를 맞을 때도 있겠구나?"

"심하게는 아니고, 그냥 조금요."

"아프니?"

"안 아프지야 않죠!"

"저런, 불쌍해라!" 농부는 진심으로 한숨을 내쉬었다.

"안녕히 계세요, 마트베이."

"잘 가거라. 참 귀여운 녀석이로구나."

두 소년은 다시 걷기 시작했다.

"좋은 농부야." 콜랴가 스무로프에게 말했다. "난 서민과 얘기를 나누는 게 좋아. 그리고 언제나 그들을 제대로 인정해주지."

"그런데 왜 학교에서 매를 맞는다고 거짓말을 한 거야?" 스무로프가 물었다.

"그 사람을 위로해줘야 하잖아?"

"그게 무슨 말이야?"

"이봐, 스무로프. 나는 한 번에 말귀를 못 알아듣고 자꾸 되묻는 걸 싫어해. 때로는 설명할 수 없는 것도 있고 말이야. 농부는 학생이 매를 맞는다고 생각해. 그래야 한다고 생각하지. 매도 안 맞으면 그게 무슨 학생이냐는 거야. 그런 농부한테 내가 대뜸 매를 맞지 않는다고 해봐, 얼마나 실망하겠어? 넌 아마 무슨 말인지 모를 거야. 서민들과 말할 때는 요령이 있어야 해."

"그래도 시비는 걸지 마. 그러다 또 그 거위 사건 같은 일이 생길라."

"겁나?"

"콜랴 형, 비웃지 마. 나는 정말로 겁나. 아버지가 노발대발하실 거야. 절대 형이랑 놀지 말라고 으름장을 놓으셨단 말이야."

"겁내지 마, 이번엔 아무 일도 없을 테니까. 안녕하세요, 나타샤!" 콜랴가 천막 아래 있던 여자 중 하나에게 이렇게 외쳤다.

"나타샤는 무슨 나타샤, 난 마리야야." 아직 그렇게 나이가 많지 않은 장사꾼 여자가 소리쳤다.

"마리야라니, 그거 참 좋네요. 안녕히 계세요."

"저런 망나니 녀석! 아직 새파랗게 어린놈이 말버릇 하고는!"

"지금은 아줌마를 상대할 시간이 없으니까, 다음 일요일에나 얘기하세요." 콜랴는 자기가 먼저 집적거린 게 아니라, 상대가 먼저 집적거렸다는 듯이 손을 휘 내저으며 이렇게 말했다.

"일요일에 네 녀석한테 무슨 얘길 하라는 거야? 건방진 녀석, 시비를 건 건 네놈이지, 내가 아니야!" 마리야는 고래고래 소리를 질렀다. "이 몹쓸 놈, 너 같은 놈은 호되게 한번 맞아봐야 해!"

마리야 옆에서 노점을 차리고 있던 장사꾼 여자들 사이에서 웃음소리가 터져 나왔다. 그런데 이때 죽 늘어선 노점들 사이에서 웬 사내 하나가 성난 얼굴로 뛰어나왔다. 외지에서 온 장사꾼인 듯했다. 기다란 푸른 외투를 입고 챙모자를 쓰고 있었고, 밤색 곱슬머리에 여기저기 곰보 자국이 있는 길고 창백한 얼굴을 한 젊은 사내였다. 그는 무식한 흥분에 휩싸여 대뜸 주먹을 들이대며 콜랴를 위협했다.

"난 너를 알아." 그는 성난 목소리로 외쳤다. "너를 안다고!"

콜랴는 그 사내를 지긋이 바라보았다. 하지만 언제 그와 싸웠는지 기억이 나지 않았다. 길거리에서 싸운 적이 한두 번이 아니어서 일일이 기억할 수가 없었던 것이다.

"날 안다고요?" 콜랴는 비아냥거리듯이 물었다.

"난 널 알아! 널 안다고!" 장사꾼은 바보처럼 똑같은 말만 되풀이했다.

"그것 참 좋겠네요. 그럼 난 바빠서 이만!"

"무슨 허튼 수작을 부리는 거냐?" 남자가 소리쳤다. "또 허튼 수작을 부리는 게냐? 난 네가 어떤 놈인지 알아! 또 수작을 부리는 거지?"

"이봐요, 내가 수작을 부리건 말건, 이젠 당신이 상관할 일이 아니에요." 콜랴는 걸음을 옮기려다 말고 계속 남자를 주시하며 말했다.

"내가 상관할 일이 아니라니?"

"그래요, 당신이 상관할 일이 아니에요."

"그럼 누가 상관할 일이냐? 응? 누가 상관할 일이야?"

"그건 이제 당신이 아니라 트리폰 니키티치가 상관할 일이에요."

"트리폰 니키티치가 누구야?" 청년은 여전히 흥분해 있기는 했지만 놀라서 멍청한 얼굴을 하고 콜랴를 쳐다보았다. 콜랴는 엄숙한 얼굴로 상대를 재듯이 훑어보았다.

"예수승천일에 성당에 다녀왔어요?" 콜랴는 갑자기 엄격한 어조로 추궁하듯 물었다.

"예수승천일이라니? 왜? 아니, 안 갔어." 청년은 조금 주춤했다.

"그럼 사바네예프가 누군지는 알아요?" 콜랴가 더욱 엄격한 목소리로 추궁했다.

"사바네예프가 누구야? 아니, 몰라."

"그럼 말 다했군!" 콜랴는 이렇게 잘라 말하고는, 오른쪽으로 몸을 확 틀어 사바네예프도 모르는 얼간이와는 말도 섞기 싫다는 듯 성큼성큼 갈 길을 가버렸다.

"이봐, 거기 서! 사바네예프가 대체 누구야?" 문득 정신이 든 청년이 또다시 씩씩거리며 물었다. "저놈이 대체 뭐라고 한 거요?" 그는 얼빠진 얼굴로 장사꾼 여자들을 돌아보며 물었다.

여자들은 왁자하게 웃음을 터뜨렸다.

"알 수 없는 녀석이네." 한 여자가 말했다.

"저놈이 말하는 사바네예프가 대체 누구요?" 청년은 오른팔을 흔들며 흥분을 가라앉히지 못한 채 재차 물었다.

"아마 쿠지미체프 집에서 일했던 그 사바네예프를 말하는 거겠죠." 한 여자가 불쑥 이런 추측을 내놨다.

청년은 눈을 휘둥그렇게 뜨고 그 여자를 바라보았다.

"쿠지미체프?" 다른 여자가 말했다. "하지만 그 사람 이름은 트리폰이 아니잖아요? 그 사람은 트리폰이 아니라 쿠지마예요. 저 애는 트리폰 니키티치라고 했으니까, 그 사람일 리는 없어요."

"트리폰도 아니고 사바네예프도 아니에요. 치조프를 말하는 거예요." 지금까지 말없이 앉아 심각한 얼굴로 듣고만 있던 다른 여자가 끼어들었다. "이름은 알렉세이 이바니치예요. 알렉세이 이바니치 치조프."

"맞아, 치조프야." 또 다른 여자가 못을 박았다.

사내는 어안이 벙벙해져서 이 사람 저 사람을 돌아보았다.

"그런데 저 녀석이 대체 왜 그걸 물어봤을까요, 여러분?" 그는 거의 절망에 빠져 이렇게 외쳤다. "사바네예프를 아느냐니, 사바네예프가 누군지 알 게 뭐야!"

"말귀가 어두우시네. 저 사람들이 사바네예프가 아니라 치조프라잖아요. 알렉세이 이바노비치 치조프!" 장사꾼 여자 중 하나가 꾸중하듯 소리쳤다.

"무슨 치조프요? 무슨 치조프? 알면 말 좀 해봐요."

"여름에 시장에 나와 앉아 있던, 그 멀대처럼 크고 콧물을 줄줄 흘리는 사람 말이에요."

"그런데 그 치조프가 나하고 무슨 상관이지?"

"그걸 내가 어떻게 알아요."

"치조프가 당신이랑 무슨 상관인지 누가 알겠어요?" 다른 여자가 끼어들었다. "그렇게 떠들어대는 당신이 알아야지. 저 애는 우리가 아니라 당신한테 말했잖아요. 무식하기도 하지. 그래, 진짜로 몰라요?"

"누굴?"

"치조프 말이에요."

"치조프나 당신이나 죄다 꺼져버리라지! 그놈에게 본때를 보여줄 거야! 그놈이 나를 놀렸어!"

"치조프한테 본때를 보여준다고? 치조프가 당신에게 본때를 보여주겠지! 미련한 양반!"

"치조프한테 그러겠다는 게 아니야, 고약한 아줌마, 치조프가 아니라, 그 꼬마 녀석에게 본때를 보여주겠다는 거야! 그놈을 이리 데려와! 그놈이 나를 놀렸어!"

여자들은 깔깔 웃었다. 콜랴는 의기양양한 얼굴로 벌써 저만치 걸어가고 있었다. 스무로프는 멀리서 시끄럽게 떠드는 사람들을 돌아보며 콜랴를 따라갔다. 스무로프도 무척 신이 났다. 콜랴 옆에 있다가 같이 소동에 휘말리지는 않을까 내내 가슴을 졸이긴 했지만 말이다.

"형이 물었던 사바네예프란 사람은 누구야?" 스무로프는 어떤 대답이 나올지 짐작하며 콜랴에게 물었다.

"누군지 내가 알게 뭐야? 저 사람들은 이제 밤이 되도록 저렇게 떠들어댈 거야. 나는 각계각층의 바보들을 들쑤셔놓는 게 좋아. 저기 얼간이가 또 있군. 저기 저 농부 말이야. 명심해둬. '멍청한 프랑스인보다 더 멍청한 것은 없다'는 말이 있지만, 러시아인의 얼굴에도 자기가 어떤 사람인지 고스란히 드러난다는 걸. 저 농부도 얼굴에 자기는 바보라고 떡하니 쓰여 있잖아. 안 그래?"

"형, 그냥 놔둬. 그냥 지나가자."

"절대로 그럴 수야 없지. 자, 간다. 이봐요! 안녕하세요, 농부 아저씨!"

느릿느릿 두 소년 옆을 지나가던 건장한 농부가 고개를 들어 그들을 바라보았다. 한잔 걸친 것이 틀림없었다. 순박해 보이는 둥근 얼굴에는 희끗희끗한 턱수염이 자라 있었다.

"그래, 안녕. 만약 장난치는 게 아니라면." 농부는 느긋하게 대꾸했다.

"만약 장난이라면요?" 콜랴는 웃었다.

"그럼 그러는 거고. 상관없다. 장난이란 언제든 칠 수 있는 거니까."

"미안해요, 아저씨. 장난이었어요."

"그럼 하느님이 너를 용서하시길."

"아저씨도 용서해주실 거예요?"

"용서하고말고. 가보거라."

"아저씨, 아저씬 참 현명하군요."

"너보다야 현명하겠지." 농부는 여전히 진지한 얼굴로 뜻밖에 이런 대답을 했다.

"설마요." 콜랴는 조금 당황했다.

"정말이야."

"그럼 그렇다고 쳐요."

"정말이라니까."

"안녕히 계세요, 아저씨."

"잘 가라."

"농부들은 참 제각각이야." 콜랴가 잠시 침묵했다가 스무로프에게 말했다. "저렇게 현명한 사람을 마주칠 줄 어떻게 알았겠어? 난 언제든 서민의 지혜를 인정할 마음이 있어."

저 멀리 성당 시계가 11시 반을 쳤다. 두 소년은 걸음을 재촉해 아직 꽤 먼 거리가 남아 있던 스네기료프 대위의 집까지 대화도 거의 하지 않고 빠르게 걸어갔다. 그 집에서 스무 걸음쯤 떨어진 곳까지 왔을 때, 콜랴는 걸음을 멈추더니 스무로프에게 먼저 들어가서 카라마조프를 불러오라고 했다.

"미리 냄새를 좀 맡아봐야지." 그는 스무로프에게 말했다.

"뭐 하러 불러내?" 스무로프는 반박했다. "그냥 들어가, 다들 반가워 어쩔 줄 모를 거야. 왜 굳이 이 추운 데서 인사를 하겠다는 거야?"

"그 사람을 이렇게 추운 데로 불러내야 하는 이유는 내가 알아." 콜랴가 독재자처럼 딱 잘라 말하자(그는 '어린애들'에게 이런 말투를 쓰는 것을 무척 좋아했다), 스무로프는 명령을 이행하러 달려갔다.

4. 주치카

콜랴는 엄숙한 얼굴로 담장에 기대서서 알료샤가 나오기를 기다렸다. 그렇다, 콜랴는 이미 오래전부터 알료샤를 만나고 싶었다. 지금껏 아이들에게서 알료샤에 대한 얘기를 지겹도록 많이 들었으나, 그럴 때면 경멸스럽다는 듯 무심한 태도로 일관했고, 다 듣고 나서는 알료샤를 비판하기도 했다. 하지만 속으로는 만나보고 싶다는 생각이 간절했다. 알료샤에 대한 이야기에는 하나같이 무언가 공감이 가고 마음을 끄는 것이 있었다. 그래서 지금 이 순간이 중요했다. 우선, 체면을 구기는 일 없이 자기가 독립적인 인간이라는 것을 보여주어야 했다. '안 그랬다간 나를 열세 살짜리 어린애로 알고 저 꼬마 녀석들과 똑같이 취급할 거야. 알료샤는 저 애들을 어떻게 생각할까? 이번에 가까워지면 물어봐야겠어. 내가 키가 작은 게 안타깝군. 투지코프는 나보다 어린데도 머리통 반 개는 더 큰데 말이야. 하지만 나는 영리하게 생긴 편이지. 잘생긴 건 아니야. 못생겼다는 건 나도 알아. 그래도 영리해 보이는 얼굴이야. 속마음을 너무 털어놓아서도 안 돼. 그랬다간 당장 나를 끌어안으며 어린애 취급을 하려 할 테니까…. 쳇, 그런 취급을 하려 든다면 얼마나 끔찍할까…!'

콜랴는 이런 걱정에 빠져 독립적인 모습을 보이려고 애를 썼다. 무엇보다 그를 괴롭히는 것은 키가 작다는 사실이었다. '못생긴' 얼굴보다는 키가 더 걱정이었다. 콜랴네 집 벽 한구석에는 작년부터 연필로 키를 표시한 선이 그어져 있었다. 콜랴는 두 달에 한 번씩 자기가 얼마나 자랐나 가슴을 졸이며 키를 재보곤 했다. 그러나 안타깝게도 키는 아주 조금밖에 자라 있지 않아, 때로는 절망에 빠지곤 했다. 얼굴로 말할 것 같으면, 절대 못생긴 편은 아니었다. 오히려 약간 창백한 하얀 피부에 주근깨가 박힌 꽤 귀여운 얼굴이었다. 작지만 생기 넘치는 잿빛 눈은 용감하게 상대를 바라보았고, 강렬한 감정으로 이글거릴 때가 많았다. 광대는 약간 넓적했고, 작은 입술은 그다지 도톰하진 않았으나 매우 붉었다. 조그마한 코는 아무리 봐도 위로 들려 있었다. '영락없는 들창코야, 영락없는 들창코!' 콜랴는 거울을 볼 때마다 이렇게 중얼거리며 언제나 기분이 상한 채 그 앞을 물러났다. '내 얼굴이 정말 영리하게 생긴 편이긴 할까?' 콜랴는 그 점에 대해서까지도 의혹을 느끼며 때때로 이런 생각을 하곤 했다. 그러나 얼굴이나 키에 대한 걱정이 그의 마음을 온통 점령하고 있는 것은 아니었다. 반대로, 거울 앞에 있는 순간 아무리 얄궂은 기분이 되어도, 콜랴는 금방, 그것도 오랫동안 그것을 잊어버리고, 그가 직접 자신의 활동을 정의했듯이 '이념과 현실에 전념'하곤 했다.

알료샤는 금방 나와서 서둘러 콜랴 쪽으로 걸어왔다. 콜랴는 몇 발치 떨어진 곳에서부터 알료샤의 얼굴에 화색이 가득한 것을 보았다. '내가 온 것이 그렇게 기쁠까?' 콜랴는 뿌듯한 마음으로 이렇게 생각했다. 덧붙여 한 가지 말해두자면, 우리가 앞에서 알료샤 이야기를 중단한 이후 그의 외모에는 많은 변화가 있었다. 알료샤는 수도복을 벗고 멋진 프록코트를 입었고, 짧게 자른 머리에 부드러운 둥근 모자를 썼다. 그런 차림이 멋드러지게 어울려서 알료샤는 그야말로 미남이 되어 있었다. 사랑스러운 얼굴은 언제나 명랑한 빛을 띠고 있었으나, 그 명랑함은 어딘가 모르게 고요하고 침착하기도 했다. 콜랴는 알료샤가 방 안에 있던 그대로 외투를 입지 않고 나온 것을 보고 깜짝 놀랐다. 급히 서둘러 나온 모양이었다. 알료샤는 대뜸 콜랴에게 손을 내밀었다.

"드디어 너도 와주었구나. 다들 얼마나 널 기다렸는지 몰라."

"그럴 만한 이유가 있었어요. 무슨 이유인지는 곧 알게 될 거예요. 아무튼, 만나서 반갑습니다. 오래전부터 이런 기회를 기다렸고, 말씀도 많이 전해 들었어요." 조금 숨을 헐떡이며 콜랴가 말했다.

"꼭 이번 기회가 아니었더라도 우린 만나게 됐을 거야.

나도 네 얘기는 많이 들었어. 그런데 이제야 여기에 와주었구나."

"이곳 사정은 어떤가요?"

"일류샤가 아주 안 좋아. 가망이 없어."

"그럴 수가! 카라마조프 씨, 의학이란 정말 한심한 거예요. 그렇지 않아요?" 콜랴는 열을 올리며 외쳤다.

"일류샤가 네 얘길 수없이 했어. 자면서까지 잠꼬대를 하더군. 네가 무척 소중한 사람이었던 모양이야…. 그 일… 그 나이프 사건이 있기 전까지는…. 다른 이유도 있을 테고… 이건 네 개야?"

"네. 페레즈본이라고 해요."

"주치카가 아니고?" 알료샤는 안타까운 얼굴로 콜랴의 눈을 바라보았다. "그럼 주치카는 아주 사라진 거야?"

"다들 주치카를 바라고 있다는 건 저도 알아요. 전부 전해 들었거든요." 콜랴는 수수께끼 같은 미소를 지었다. "들어보세요, 카라마조프 씨. 모든 걸 설명해드릴게요. 내가 여기 온 것도 그 때문이에요. 당신을 이리로 불러낸 것도, 안에 들어가기 전에 자초지종을 모두 설명하기 위해서였어요." 콜랴는 활기차게 말을 시작했다. "카라마조프 씨, 일류샤는 지난봄에 예비 학년에 들어갔어요. 아시다시피 예비 학년에는 철부지들밖에 없어요. 일류샤는 금방 놀림을 받기 시작했어요. 저는 두 학년 위라서 물론 멀리서 그 모습을 지켜봤죠. 그런데 그 작고 힘없는 녀석이 굽히지 않고, 두 눈을 이글이글 불태우며 당당하게 아이들과 맞서 싸우는 거예요. 전 그런 녀석이 좋아요. 아이들의 괴롭힘은 점점 더 심해졌어요. 문제는 그 녀석이 볼품없는 외투와 몽땅한 바지를 입고 구멍 난 신발을 신고 다녔다는 거예요. 아이들은 그걸 가지고 그 애를 괴롭히고 놀리더군요. 전 그런 꼴은 못 보는지라, 즉시 일류샤 편을 들어 그 애들을 혼내줬어요. 카라마조프 씨, 그거 알아요? 내가 때려도, 그 애들은 나를 좋아한답니다." 콜랴는 신이 나서 으스댔다. "하지만 전 원래 애들을 좋아해요. 요즘도 집에서 두 꼬마 녀석을 봐주고 있는데, 사실 오늘도 그 애들 때문에 늦은 거예요. 아무튼, 그 녀석들은 일류샤를 때리지 않게 됐고, 전 그 애를 제 보호하에 뒀어요. 그 앤 자존심이 강해요. 정말 자존심이 강하죠. 하지만 나중엔 하인처럼 제게 충성하고, 아무리 하찮은 명령이라도 무조건 따르고, 하느님처럼 제 말을 들으며 제 행동을 따라 하려 하더군요. 쉬는 시간만 되면 곧장 제게 달려와 함께 다녔어요. 일요일에도 마찬가지였죠. 학교에선 상급생이 어린 녀석과 어울리면 비웃지만, 그건 편견이에요. 제가 그러고 싶다면 그렇게 하면 되는 거예요. 그렇지 않아요? 나는 그 녀석을 가르치고 발전시켜줬어요. 제가 좋아하는 애를 발전시켜주지 않을 이유가 없잖아요? 당신이 저런 햇병아리들과 어울리는 이유 역시, 젊은 세대들에게 영향을 주고, 발전시켜서 그들에게 유익한 존재가 되고 싶어서가 아닌가요? 솔직히 말하면 전 소문으로 전해 들은 당신의 그런 면이 가장 흥미로웠어요. 아무튼, 본론으로 들어갈게요. 전 그 애의 내면에 어떤 감성적이고 감상적인 면이 자라나고 있다는 걸 눈치챘어요. 전 태어날 때부터 송아지 같은 나약한 감정은 질색이었어요. 게다가 일류샤에겐 자존심이 세면서도 제게 노예처럼 충성한다는 모순이 있었죠. 그래서 노예처럼 충성을 바치다가도, 느닷없이 눈에 불을 켜고 고집을 부리며 막무가내로 대들 때가 있었어요. 제가 가끔 이런저런 사상을 얘기하면, 그 사상에 수긍하지 않는다기보다는 제게 개인적으로 반항을 해오더군요. 제가 녀석의 유약한 감정에 냉정하게 대응했기 때문이었어요. 전 그 애를 강하게 만들려고 제게 다정하게 굴면 굴수록 더욱 냉정하게 나갔어요. 일부러 그렇게 했어요. 그게 제 신념이니까요. 제 목적은 성격을 단련하고 다듬어서 인간을 만들고⋯ 그리고 또⋯ 물론 당신은 굳이 말하지 않아도 다 아실 거예요. 그런데 어느 날 보니까 그 애가 하루, 이틀, 사흘이 지나도록 수심에 잠겨 괴로워하고 있는 거예요. 그건 나약한 감정 때문이 아니라, 더 강렬하고 차원이 높은 어떤 다른 이유 때문인 듯했어요. 도대체 무슨 비극이 있었나 싶었죠. 그 애를 다그쳐 물어서 이런 사연을 알게 됐어요. 그 앤 어쩌다가 돌아가신 당신 아버지(그땐 아직 살아 계셨지요)의 하인 스메르댜코프와 어울리게 되었어요. 그런데 그 하인이 녀석한테 어리석은 장난, 아니, 짐승 같은 비열한 장난을 가르쳐준 거예요. 말랑말랑한 빵조각 속에 핀을 집어넣고, 씹지도 않고 꿀꺽 삼킬 만큼 굶주린 개한테 던져준 다음 어떻게 되는지 보자는 거였죠. 둘은 그런 빵조각을 만들어 모든 일의 발단이 된 털북숭이 주치카한테 던져 주었어요. 주치카는 아무도 밥을 주지 않아 온종일 혼자 허공에 짖어대고만 있던 개였죠. (카라마조프 씨, 그 멍청한 짖는 소리를 좋아하세요? 전 그 소리를 참을 수가 없답니다.) 주치카는 허겁지겁 달려들어 빵조각을 집어삼키더니, 깨갱 비명을 지르며 미친 듯이 맴을 돌고는 달아나기 시작했대요. 달려가면서도 끊임없이 울부짖었다는군요. 그리고 결국 사라져버리고 말았어요. 이건 일류샤가 직접 제게 해준 얘기예요. 녀석은 울면서 절 끌어안고 부들부들 떨면서 그렇게 털어놓았어요. '울부짖으면서 달려갔어, 울부짖으면서 달려갔어.' 그 장면이 충격적이었는지, 그 말만 되풀이하더군요. 양심의 가책을 받고 있었죠. 전 그 일을 진지하게 받아들였어요. 이전 일도 있고 해서, 이참에 녀석의 버릇을 단단히 고쳐놓아야겠다는 생각에 전에 없이 무척 화가 난 척을 했어요. '넌 추잡한 짓을 했어. 비열한 자식. 이 일을 떠벌리지는 않겠지만, 당분간 너와 절교할 생각이야. 이 일은 잘 생각해본 다음 스무로프(언제나 내게 복종하는 지금 나와 같이 온 녀석이지요)를 통해 너와의 관계를 유지할지, 아니면 비열한 놈으로 못 박고 영영 인연을 끊을지 통보하겠어.' 일류샤는 무척 충격을 받은 모양이었어요. 솔직히 말하면 그때 제가 너무 심했나 싶기도 했지만, 그때 제 생각은 그랬으니 어쩔 수가 없었어요. 다음 날 전 스무로프를 보내 더 이상 그 애와 '말하지 않겠다'고 전했어요. 그건 우리들 사이에서 친구가 절교할 때 하는 말이에요. 실은 며칠간만 벌을 주고, 뉘우치는 기색이 보이면 다시 손을 내밀 생각이었어요. 그게 제 확고한 결심이었죠. 그런데 글쎄, 녀석은 스무로프의 말을 듣더니 눈을 번뜩이며 이렇게 외쳤다는 거예요. '크라숏킨에게 전해. 이제부터 개란 개한테 모조리 핀을 넣은 빵조각을 던져 줄 거라고!' 전 '참 나, 아주 멋대로구나. 아주 따돌려버려야겠다' 생각하고 철저히 그 애를 경멸하고, 마주치면 외면하거나 빈정대듯이 웃어줬어요. 그때 갑자기 그 애 아버지가 그런 일을 당하고 말았어요. 수세미 사건, 기억하시죠? 그래서 그 애는 그때 이미 지독한 화병이 날 상태가 되어 있었던 거예요. 아이들은 제가 일류샤를 내버려 둔 걸 보고 그 애한테 달려들어 '수세미, 수세미' 하고 놀려댔어요. 녀석들이 심하게 다투기 시작한 건 그 무렵부터였어요. 전 그 일을 무척 유감스럽게 생각해요. 그 애가 심하게 두들겨 맞은 적도 있었던 것 같거든요. 그러다 한번은 그 애가 방과 후에 학교 앞에서 아이들 전체를 상대로 혼자서 덤비고 있더군요. 전 열 발짝 정도 떨어진 곳에서 그 모습을 지켜보고 있었어요. 맹세코 말하지만, 그때 녀석을 비웃었던 기억은 없어요. 오히려 그 애가 너무나 불쌍해서, 금방이라도 달려가 도와주려던 참이었어요. 그때 갑자기 그 애와 눈이 마주쳤어요. 그 애는 무슨 생각이 들었는지, 별안간 주머니칼을 꺼내 달려들더니 여기 제 오른쪽 허벅지를 찌르더군요. 전 움직이지 않았어요. 카라마조프 씨, 전 때론 용감할 때가 있거든요. '네게 베푼 우정을 이런 식으로 갚겠다면 어디 마음껏 더 찔러 봐라' 하고 말하듯이 경멸 섞인 눈으로 그 애를 바라보기만 했어요. 하지만 그 애는 다시 찌르지는 못하고, 견딜 수가 없었는지 자기가 한 행동에 자기가 겁을 먹고는 칼을 내던지고 울면서 달아나버렸어요. 전 그 일을 고자질하지 않았고, 아이들한테도 선생님들 귀에 들어가지 않도록 단단히 입단속을 시켰어요. 어머니한테도 상처가 다 아물고 나서야 말했죠. 사실 상처도 조금 긁혔다 뿐이지, 대수로운 게 아니었어요. 나중에 들어보니, 그날 그 애가 당신한테 돌을 던지고, 손가락을 깨물었다고 하더군요. 하지만 그때 녀석이 어떤 심정이었을지는 당신도 이해하시겠죠! 전 어리석었어요. 왜 그 애가 병에 걸렸을 때 용서해주러, 그러니까 화해하러 찾아오지 않았는지 지금은 후회스러워요. 하지만 그건 특별한 목적이 있었기 때문이에요. 자, 이게 그간 있었던 일의 전말이에요. 그저 제가 너무 어리석었던 것 같아요…."

"아아, 정말 안타깝구나." 알료샤는 흥분해서 외쳤다. "네가 그 애와 그런 사이인 줄 알았더라면, 진작 널 찾아가 그 애한테 가자고 했을 텐데. 그 애는 병 때문에 열이 펄펄 끓으면서도 잠꼬대로 네 얘길 했어. 네가 그 애한테 그렇게 소중한 사람인 줄은 전혀 몰랐어! 그런데 주치카는 정말 못 찾은 거니? 그 애 아버지와 아이들이 이미 온 시내를 샅샅이 뒤져봤어. 그 아픈 아이는 울면서 내가 보는 데서만도 세 번씩이나 아버지에게 '아빠, 제가 아픈 건 그때 주치카를 죽였기 때문이에요. 하느님이 천벌을 내리시는 거예요'라고 했어. 무슨 수를 써도 그 애한테서 그 생각을 떨쳐줄 수는 없을 거야! 만약 주치카를 찾아내 그 개가 죽지 않고 살아 있다는 것을 보여주기만 하면, 그 애는 너무나 기뻐서 다시 살아날 거야. 우리 모두 네게 기대를 걸고 있었어."

"그런데 무슨 근거로 제가 주치카를 찾아낼 거라고 생각하셨죠?" 콜랴는 강렬한 궁금증을 보이며 물었다. "어째서 다른 사람이 아니라 제게 기대를 건 거예요?"

"네가 그 개를 찾고 있고, 찾으면 데려올 거라는 얘기가 있었어. 스무로프가 그런 비슷한 말을 했거든. 우린 주치카가 살아 있고 어딘가에서 본 사람이 있다고 일류샤가 믿게 하려고 애쓰고 있어. 저번에는 아이들이 어디서 살아 있는 토끼를 구해 갖다준 적이 있었는데, 그 애는 토끼를 보고는 희미하게 미소 짓더니 들에 풀어주라고 했어. 그래서 우리는 그렇게 했어. 조금 전에는 그 애 아버지가 어디선가 마스티프 강아지를 데리고 와서 그 애를 달래보려고 했지만, 오히려 나쁜 결과만 초래한 것 같아…."

"그런데 카라마조프 씨, 그 아버지란 사람은 대체 어떤 사람인가요? 저도 그 사람을 알긴 하지만, 당신이 보기엔 어때요? 광대인가요? 어릿광대?"

"아아, 그렇지 않아. 세상에는 감수성이 깊지만 억압받고 있는 사람들이 있어. 그 사람들이 광대처럼 구는 건, 오랫동안 굴욕적으로 눈치를 보며 살아온 탓에 대놓고 진실을 말할 수 없는 사람들에 대한 분노에 찬 풍자 같은 거야. 크라솟킨, 그런 광대 짓은 때로는 지독히 비극적인 법이야. 지금 그분은 일류샤에게 세상의 모든 것을 걸고 있어. 일류샤가 죽으면 그분은 슬픔을 이기지 못하고 미쳐버리거나 자살해버리고 말 거야. 요즘 그분을 보면 거의 확신할 수 있어."

"카라마조프 씨, 무슨 말인지 알겠어요. 당신은 인간에 대해 잘 알고 계시는군요." 콜랴는 감동하여 덧붙여 말했다.

"난 네가 개를 데려온 걸 보고, 주치카인 줄만 알았어."

"기다려보세요, 카라마조프 씨, 어쩌면 우린 그 개를 찾아낼 수 있을지도 몰라요. 하지만 이놈은 페레즈본이에요. 이 녀석을 지금 방으로 들여보내면, 마스티프 강아지보다는 일류샤를 즐겁게 해줄 수 있을 거예요. 조금만 기다려보세요, 카라마조프 씨. 이제 곧 뭔가를 아시게 될 테니까. 이런, 당신을 너무 오랫동안 붙들어놓았군요!" 콜랴는 갑자기 수선스럽게 외쳤다. "이 추위에 재킷 하나만 걸친 사람을 이렇게 붙잡아두고 있다니, 제가 얼마나 이기적인지 아시겠죠! 아아, 카라마조프 씨, 우린 모두 이기주의자예요!"

"걱정 마. 좀 춥긴 하지만, 감기는 잘 안 걸리는 편이니까. 아무튼 가자. 그러고 보니, 이름이 뭐지? 콜랴라는 건 알고 있지만, 그다음은?"

"니콜라이예요. 니콜라이 이바노프 크라솟킨, 관청식으로 하면 크라솟킨 2세죠." 콜랴는 무슨 이유에서인지 웃음을 터뜨렸다가, 불쑥 이런 말을 덧붙였다. "당연한 소리지만 전 니콜라이라는 제 이름이 싫어요."

"어째서?"

"흔해 빠진 이름인 데다 관청 느낌이 나니까요…."

"나이는 열세 살이지?" 알료샤는 물었다.

"열네 살이라고 할 수 있죠. 이제 곧, 2주만 있으면 열네 살이 되니까요. 카라마조프 씨, 우린 처음 만났으니까 당신이 제 성격을 대번에 파악할 수 있도록 미리 제 약점을 하나 고백할게요. 전 누가 제 나이를 묻는 게 질색이에요. 아니, 질색하는 정도가 아니죠…. 그리고 또… 제가 지난주에 예비 학년 애들과 산적놀이를 했다고 저를 중상모략 하는 녀석들이 있어요. 제가 그런 놀이를 한 건 사실이지만, 저를 위해, 제가 즐거우려고 그랬다는 건 그야말로 중상모략이에요. 당신도 물론 그 소문을 들으셨겠지만, 전 저를 위해서가 아니라 꼬맹이들을 위해 놀아주었던 것뿐이에요. 그 애들은 제가 없으면 아무것도 생각해내질 못하거든요. 우리 고장에선 언제나 헛소문만 나돌아요. 정말이지 유언비어의 고장이라니까요."

"네 즐거움을 위해 놀이를 했다고 해도, 그게 이상한 일일까?"

"자기를 위해서라고요…. 하지만 당신도 말 타기 놀이 같은 걸 하진 않을 거 아니에요?"

"이렇게 한번 생각해봐." 알료샤는 빙긋이 미소 지었다. "이를테면, 어른들은 극장에는 다니는데, 극장에서도 별의별 주인공들의 모험을 보여주잖아. 때로는 강도나 전쟁 장면이 나오기도 하고. 그것도 어떻게 보면 놀이와 같은 게 아닐까? 아이들이 노는 시간에 하는 전쟁놀이나 산적놀이는 이제 막 싹트는 예술이야. 어린 영혼에 싹트는 예술에 대한 욕구라고 할 수 있지. 때로는 그런 놀이가 극장에서 상연되는 공연보다 더 짜임새 있을 수도 있어. 차이가 있다면, 극장에는 배우를 보러 가지만, 놀이에서는 아이들이 직접 배우가 된다는 것뿐이야. 하지만 그건 지극히 자연스러운 일이야."

"그렇게 생각해요? 그게 당신의 지론이에요?" 콜랴는 알료샤를 물끄러미 바라보았다. "상당히 흥미로운 견해를 말해주셨군요. 집에 가면 그 점에 대해 좀 더 고민해봐야겠어요. 사실, 전 당신에게서 배울 점이 있을 거라고 생각했어요. 카라마조프 씨, 전 당신에게서 가르침을 얻으려고 왔어요." 콜랴는 진심이 가득한 열정적인 목소리로 이렇게 말했다.

"난 네게서." 알료샤는 콜랴의 손을 잡으며 미소 지었다.

콜랴는 알료샤에게 아주 만족했다. 알료샤가 자신을 대등하게 대해주고, '완전한 성인'에게 말하듯 자기에게 말한다는 사실에 깊이 감명받았다.

"카라마조프 씨, 이제 곧 당신께 재주를 하나 보여드릴게요. 그것도 일종의 공연이라고 할 수 있어요." 콜랴는 초조하게 웃었다. "전 그걸 보여드리려고 왔어요."

"우선 왼쪽에 집주인들이 있는 데로 가자. 방이 비좁고 더워서 다들 거기에 외투를 벗어두었거든."

"아, 전 잠깐만 있다가 갈 거니까, 그냥 입고 있을게요. 페레즈본은 여기서 죽은 척을 하고 있을 거예요. '이리 와, 페레즈본. 죽어!' 봐요, 죽었죠? 그럼 제가 먼저 들어가서 동정을 살핀 다음, 때가 되면 '이리 와, 페레즈본!' 하고 휘파람을 불게요. 그럼 저 녀석이 꽁지에 불이 붙은 것처럼 뛰어 들어오는 걸 보게 될 거예요. 스무로프가 그 순간에 문을 여는 걸 잊지 말아야 할 텐데. 아무튼 제가 잘 손을 써서 재주를 보여드릴게요…."

5. 일류샤의 침대 곁에서

그 시간 우리도 이미 알고 있는 퇴역 대위 스네기료프의 가족이 거처하는 방은 손님들로 가득 차 갑갑할 정도였다. 그날은 몇몇 아이들이 일류샤 옆을 지키고 있었다. 그들도 스무로프와 마찬가지로 알료샤가 자기들을 데려와 일류샤와 화해시켰다는 것을 인정하지 않았지만, 그것은 사실이었다. 알료샤는 교묘한 솜씨로 '송아지 같은 나약한 감정'이 섞이는 일 없이 고의가 아니라 우연인 것처럼 아이들을 하나하나 일류샤에게 데려왔다. 그것은 일류샤의 고통을 더는 데 큰 힘이 되어주었다. 전에는 적이었던 소년들의 따뜻한 우정과 관심에 일류샤는 무척 감동했다. 다만 크라솟킨이 오지 않는다는 사실이 일류샤의 가슴을 무겁게 짓눌렀다. 일류셰치카의 괴로운 기억 가운데서도 가장 괴로운 것이 있다면, 그것은 하나밖에 없는 친구이자 자기를 보호해주었던 크라솟킨에게 칼을 들고 덤빈 일이었다. 영특한 스무로프도 그것을 짐작하고 있었다(스무로프는 가장 먼저 일류샤를 찾아와 화해한 아이였다). 그러나 크라솟킨은 스무로프에게서 알료샤가 '한 가지 용건'으로 자기를 찾아오고 싶어 한다는 말을 전해 듣자, 그 즉시 말을 가로채고는 자기가 할 행동은 자기가 잘 알고 있으므로 그 누구의 조언도 필요 없으며, 설령 아픈 일류샤를 찾아가더라도 자기에게는 '나름의 생각'이 있으니 시기는 자기가 정하겠다고 '카라마조프'에게 전하라고 못을 박았다. 그것은 일요일인 지금으로부터 2주 전에 있었던 일이었다. 그래서 알료샤는 애초 계획과는 달리 콜랴를 직접 찾아가지 않았던 것이다. 그러나 알료샤는 콜랴를 기다리는 동안에도 두 번 더 스무로프를 콜랴에게 보냈다. 콜랴는 두 번 다 짜증을 내며 단호하게 거절했다. 그러면서 만약 알료샤가 자기를 찾아오면 자기는 절대로 일류샤를 만나러 가지 않을 테니 더는 성가시게 하지 말아달라고 전했다. 스무로프도 바로 전날까지만 해도 그날 아침 콜랴가 일류샤를 찾아갈 줄은 꿈에도 모르고 있었다. 콜랴는 전날 저녁에야 스무로프와 헤어지면서, 내일 아침에 같이 스네기료프의 집에 갈 테니 집에서 기다릴 것이며, 자기는 불시에 찾아가고 싶으니 아무한테도 말하지 말라고 갑작스럽게 통보했다. 스무로프는 그 말대로 했다. 스무로프는 콜랴가 언젠가 무심코 '분명히 살아 있는 개를 찾아내지 못하다니 녀석들은 죄다 바보야'라고 말한 것을 듣고, 콜랴가 잃어버린 주치카를 데리고 올 거라는 희망을 품고 있었다. 그러나 스무로프가 기회를 살펴 주치카에 대한 자기의 추측을 넌지시 말하자 콜랴는 펄쩍 뛰었다. "내가 멀쩡한 페레즈본을 놔두고 남의 개를 찾으러 온 시내를 뒤지고 다닐 멍청이인 줄 알아? 그리고 핀을 집어삼킨 개가 어떻게 살아 있겠어? 그건 송아지 같은 나약한 감정일 뿐이야!"

한편 일류샤는 2주 전부터 방 한구석 성상 옆에 있는 자기 침대 밖을 거의 나오지 못했다. 학교에는 알료샤를 마주쳐 손가락을 깨문 이후로 가지 못했다. 일류샤는 그날로 병에 걸렸다. 그래도 한 달 정도는 가끔 자리에서 일어나 방이나 현관을 거닐 수 있었다. 그러나 결국 완전히 쇠약해져서 아버지의 도움 없이는 움직일 수 없게 되었다. 아버지는 아들 걱정에 속이 탔다. 그는 술도 완전히 끊고 아이가 죽을까봐 제정신이 아니었다. 특히 아들을 부축해 방 안을 걷게 하고 다시 자리에 눕힌 다음에는 어두운 현관 한구석으로 달려가 벽에 이마를 대고 아들이 들을까봐 소리를 죽여가며 온몸을 떨면서 흐느끼기 십상이었다.

방으로 돌아와서는 소중한 아들을 위로하고 즐겁게 해주려고 동화나 우스운 이야기를 들려주기도 하고, 자기가 만나본 우스꽝스러운 사람들을 흉내 내고, 동물들이 내는 우스꽝스러운 울음소리를 따라 하기도 했다. 하지만 일류샤는 아버지가 온몸을 꼬아가며 광대처럼 구는 것이 무척 싫었다. 소년은 못마땅한 기분을 내색하지 않으려 애썼지만, 사회에서 아버지가 멸시받고 있다는 사실을 뼈저리게 의식했다. '수세미'와 그 '무서운 날'의 기억이 머릿속에서 지워지지가 않았다. 다리를 못 쓰는 조용하고 온순한 누나 니노치카도 아버지가 몸을 꼬아대는 것을 좋아하지 않았다(바르바라 니콜라예브나는 이미 옛날에 페테르부르크로 공부하러 가고 없었다). 반쯤 실성한 어머니만이 남편이 무슨 흉내를 내거나 우스꽝스러운 몸짓을 할 때면 무척 즐거워하며 진심으로 깔깔거리고 웃었다. 부인에게 위안이 되는 것은 그것뿐이었다. 다른 때는 다들 자기에 대해서 잊어버렸다느니, 아무도 자기를 존중해주지 않는다느니, 모욕한다느니 하며 끊임없이 불평을 늘어놓고 눈물을 흘렸다. 그런데 지난 며칠 새 어머니도 완전히 변해버린 듯했다. 그녀는 일류샤가 있는 구석을 바라보며 생각에 잠길 때가 많아졌다. 말수도 훨씬 줄고 조용해졌다. 울어도 다른 사람이 듣지 못하도록 조용히 흐느꼈다. 퇴역 대위는 그런 변화를 깨닫고 씁쓸한 당혹감을 느꼈다. 그녀는 처음에는 아이들이 찾아오는 것이 싫어 화만 냈으나, 점차 아이들이 명랑하게 떠드는 소리에 즐거움을 느껴 나중에는 아이들이 발길을 끊으면 몹시 상심할 만큼 아이들을 좋아하게 되었다. 아이들이 무슨 얘기를 하거나 놀이를 하면 그녀는 손뼉을 치며 웃었다. 때로는 아이들을 가까이 불러 입맞춤을 하기도 했다. 특히 스무로프를 무척 귀여워했다. 퇴역 대위는 일류샤를 즐겁게 해주려고 아이들이 찾아오자 처음부터 벅찬 감격과 기쁨을 느꼈다. 아들이 슬픔을 떨쳐내고 곧 병이 나을 거라는 희망도 느꼈다. 대위는 일류샤의 상태를 무척 걱정했지만, 최근까지도 아들이 어느 날 갑자기 건강해질 거란 사실을 한시도 의심한 적이 없었다. 그는 감동어린 마음으로 어린 손님들을 맞고, 그 옆을 서성거리며 시중을 들었다. 아이들이 원하면 목마라도 태워줄 생각이었다. 한번은 정말로 목마를 태워주려다가, 일류샤가 싫어해서 그만둔 적도 있었다. 그는 아이들에게 당밀 과자나 호두 같은 군것질거리를 사주고, 차를 끓여주었으며, 빵에 버터를 발라주었다. 여기서 지적할 것은, 그러는 동안 그의 수중에 돈이 떨어지는 일은 없었다는 점이다. 대위는 알료샤가 예상한 대로 카테리나가 주는 200루블을 받았다. 이후 그 가족의 사정과 일류샤의 병에 대해 자세히 알게 된 카테리나가 직접 그 집에 방문해 모든 식구와 인사를 나눴고, 반쯤 실성한 대위의 부인까지도 매료시켰다. 그후 카테리나는 아낌없이 도움을 베풀었고, 대위는 아들이 죽을지도 모른다는 공포에 지난날 세웠던 자존심은 잊고 순순히 도움을 받아들였다. 그동안 의사 게르첸쉬투베가 카테리나의 부탁으로 이틀에 한 번씩 꼬박꼬박 왕진을 왔으나, 이렇다 할 성과는 내지 못하고, 엄청난 양의 약만 먹여댈 뿐이었다. 하지만 그날, 그러니까 그 일요일 아침, 퇴역 대위의 집에서는 모스크바에서 명성이 높은 다른 의사를 기다리고 있었다. 카테리나가 거금을 치르고 모스크바에서 일부러 불러온 의사였다. 사실 일류샤를 위해서가 아니라, 나중에 때가 되면 설명할 다른 목적 때문이었으나, 기왕 이 고장에 온 김에 아이도 함께 봐달라고 했다. 대위에게도 미리 언질을 주었다. 대위는 소중한 일류샤를 그토록 괴롭게 하는 콜랴 크라솟킨이 와주기를 오래전부터 바라고 있었으나, 정말로 그 소년이 찾아오리라고는 생각도 못하고 있었다. 크라솟킨이 문을 열고 방에 나타났을 때, 대위와 아이들은 모두 일류샤의 침대 옆에 모여, 방금 데려온 조그마한 마스티프 강아지를 구경하고 있었다. 그 강아지는 태어난 지 하루밖에 안 되었지만, 어디론가 사라져 아마 죽어버렸을 주치카 때문에 슬픔에 잠긴 일류샤를 위로하고 달래주려고 대위가 일주일 전부터 주문해둔 녀석이었다. 그러나 사흘 전부터 작은 강아지를, 그것도 흔한 강아지가 아니라 진짜 마스티프 종 강아지를(그것은 무척 중요한 사실이었다) 선물받을 것임을 들어서 알고 있던 일류샤는 그 자상한 배려심에 기쁜 얼굴을 지어 보이긴 했으나, 아버지와 아이들은 새 강아지가 일류샤의 마음속에서 자기가 괴롭힌 불행한 주치카에 대한 기억을 더욱 생생하게 했을 뿐임을 분명히 알 수 있었다. 강아지는 일류샤 옆에 엎드려 꼼지락거렸고, 일류샤는 병색이 완연한 미소를 띤 채 바싹 여위어 가늘고 창백한 손으로 강아지를 쓰다듬었다. 일류샤는 강아지가 마음에 든 모양이었지만… 그래도 주치카는 없었고, 그 강아지는 주치카가 아니었다. 주치카와 이 강아지가 둘 다 있었더라면, 정말로 행복했을 텐데!

"크라솟킨이다!" 방으로 들어온 콜랴를 제일 처음 본 아이가 별안간 외쳤다. 동요한 기색이 역력한 아이들이 갑자기 침대 양쪽으로 갈라서는 바람에, 일류샤의 모습이 훤히 드러났다. 대위는 부리나케 콜랴에게 달려왔다.

"어서 와요, 어서 와…. 귀한 손님이 왔군!" 대위가 말했다. "일류셰치카, 크라솟킨이 널 만나러 왔다…."

그러나 크라솟킨은 얼른 대위에게 악수를 청함으로써 자기가 사교계의 예의범절을 얼마나 잘 알고 있는지를 보여주었다. 그는 우선 안락의자에 앉아 있던 대위의 부인(마침 아이들이 일류샤의 침대를 가려 새로 데려온 강아지가 안 보인다고 화가 나서 투덜대던 참이었다)을 향해 한쪽 발을 뒤로 빼면서 아주 정중하게 인사하고, 그 다음 니노치카에게 돌아서서 마치 귀부인을 대하듯 똑같이 인사했다. 이런 정중한 행동은 병든 부인에게 아주 좋은 인상을 주었다.

"교육을 제대로 받은 청년인 줄 대번에 알겠어." 부인은 양팔을 벌으며 큰 소리로 말했다. "다른 손님들은 한 애가 다른 애를 올라타고 들어오는 판인데 말이야."

"엄마, 한 애가 다른 애를 올라타고 들어온다니, 그게 무슨 소리야?" 대위는 자상한 목소리이긴 하지만, '엄마'가 조금 걱정스럽다는 듯 이렇게 말했다.

"그렇잖아. 현관에서 한 애가 다른 애의 무등을 타고 점잖은 집에 들어오잖아. 무슨 손님이 그렇담?"

"여보, 대체 누가 그렇게 들어왔다고 그래? 응?"

"오늘 저 애가 저 애를 올라타고 들어왔잖아요. 저 애는 저 애를 타고…."

그러나 콜랴는 이미 일류샤의 침대 옆에 서 있었다. 환자는 얼굴이 창백해진 듯했다. 일류샤는 침대에서 살짝 몸을 일으켜 콜랴를 뚫어지게 바라보았다. 두 달 동안 자기의 어린 친구를 보지 못했던 콜랴는 충격을 받아 그 앞에서 굳어버렸다. 바싹 여위어버린 누런 얼굴과 열병으로 뜨겁게 타오르는 퀭한 눈, 가냘픈 손을 보게 되리라고는 상상도 하지 못했다. 콜랴는 일류샤가 가쁜 숨을 몰아쉬는 모습과 바싹 말라버린 입술을 놀라움과 슬픔이 섞인 눈으로 쳐다보았다. 그는 한 발짝 다가가 손을 내밀고 어찌할 바를 모르겠다는 듯 말을 건넸다.

"영감… 잘 있었어?"

그러나 목이 막혀서 아무렇지 않은 척을 할 수가 없었다. 얼굴이 확 일그러지고 입가가 떨려왔다. 아직 입을 열 수가 없었던 일류샤는 콜랴에게 환자의 미소를 지어 보였다. 콜랴는 갑자기 손을 들어 무슨 이유에서인지 일류샤의 머리를 쓰다듬었다.

"괜찮아!" 콜랴가 나직이 말했다. 일류샤를 위로하려는 것은 아니었다. 어째서 그런 말을 했는지 자기도 알 수 없었다. 두 소년은 다시 잠시 말이 없었다.

"이건 뭐야? 새 강아지야?" 콜랴가 갑자기 무심하게 물었다.

"응…!" 일류샤는 숨을 헐떡이며 속삭이듯이 대답했다.

"코가 새까만 걸 보니, 사슬로 묶어놔야 할 사나운 녀석이구나." 강아지의 까만 코가 모든 문제의 원인이라는 듯 콜랴가 엄한 얼굴로 잘라 말했다. 사실 콜랴는 '어린애'처럼 울기 싫어서 감정을 죽이려 안간힘을 썼으나, 좀처럼 뜻대로 되지 않았다. "좀 더 크면 분명히 사슬로 묶어놔야 할 거야."

"어마어마하게 커질걸!" 무리 중에서 한 소년이 소리쳤다.

"맞아, 마스티프잖아. 엄청나게 커질 거야. 송아지만해질걸." 갑자기 여러 목소리가 한꺼번에 터져 나왔다.

"송아지만큼 커질 게다. 진짜 송아지만큼." 대위가 끼어들었다. "일부러 이렇게 사나운 놈으로 구했지. 이놈 부모도 몸집도 커다랗고 얼마나 사나운지 몰라. 바닥에서부터 키가 이만큼이나 된단다…. 여기 일류샤 침대 옆에 앉아라. 아니면 여기 긴 의자에라도. 학수고대하던 귀한 손님이 와줘서 얼마나 반가운지 모르겠다…. 알렉세이 표도로비치와 같이 온 거니?"

크라솟킨은 침대 위 일류샤의 발치에 앉았다. 태연하게

말을 꺼내려고 오는 길에 마음의 준비를 해왔을 콜랴는 완전히 말의 실마리를 잃어버리고 말았다.

"아니… 전 페레즈본하고 같이 왔어요…. 요즘 페레즈본이라는 개를 키우고 있거든요. 슬라브식 이름이에요. 지금 밖에서 기다리고 있는데… 내가 휘파람만 불면 당장 뛰어 들어올 거예요. 나도 개를 데리고 왔어." 콜랴는 갑자기 일류샤를 보며 말했다. "영감, 주치카 기억나?" 그는 불쑥 정곡을 찔렀다.

일류샤의 얼굴이 일그러졌다. 소년은 고통스러운 얼굴로 콜랴를 바라보았다. 문간에 서 있던 알료샤는 인상을 쓰며 주치카 이야기를 하지 말라고 고갯짓을 했으나, 콜랴는 보지 못했다. 어쩌면 못 본 척한 것인지도 몰랐다.

"주치카는… 어디 있을까?" 일류샤는 갈라지는 목소리로 물었다.

"에이, 네 주치카는 사라져버렸잖아!"

일류샤는 입을 다물고 다시 한번 지그시 콜랴를 바라보았다. 알료샤는 콜랴와 눈이 마주치자 다시 한번 있는 힘껏 고갯짓을 했으나, 콜랴는 이번에도 못 본 척 외면해버렸다.

"어디론가 달아나서 사라져버렸잖아. 그런 걸 먹었으니 당연하지." 콜랴는 잔인하게 잘라 말했으나, 그 자신도 왠지 숨이 차오르는 것을 느꼈다. "대신 내겐 페레즈본이라는 개가 있어… 슬라브식 이름이지… 널 위해서 데려왔어."

"필요 없어!" 일류샤가 불쑥 이렇게 말했다.

"아니 아니, 네가 꼭 한번 봐야 해…. 너도 좋아할걸? 일부러 데려온 거야…. 주치카처럼 털도 북슬북슬하지…. 아주머니, 여기로 개를 불러들여도 될까요?" 콜랴는 영문 모를 흥분에 휩싸여 스네기료바 부인에게 물었다.

"하지 마, 하지 마!" 일류샤는 오열하며 외쳤다. 눈에는 원망의 불꽃이 이글거렸다.

"아무래도…" 벽 앞 궤짝에 앉아 있던 대위가 벌떡 일어나 달려왔다. "아무래도… 다음번에 그러는 게…." 대위가 우물거렸으나, 콜랴는 막무가내로 서두르며 별안간 스무로프에게 외쳤다. "스무로프, 문 열어!" 스무로프가 문을 연 순간, 콜랴는 호각을 불었다. 그러자 페레즈본이 맹렬한 기세로 방안에 뛰어 들어왔다.

"뛰어, 페레즈본, 뒷발로 서!" 콜랴가 벌떡 일어서며 이렇게 외치자, 개는 일류샤의 침대 옆에서 뒷발로 서서 몸을 꼿꼿이 폈다. 그러자 아무도 예상치 못한 일이 벌어졌다. 일류샤가 진저리를 치더니 최대한 페레즈본 쪽으로 몸을 굽히고 얼어붙은 것처럼 개를 바라보는 것이었다.

"이건… 주치카잖아!" 일류샤는 고통과 행복이 뒤범벅된 떨리는 목소리로 외쳤다.

"그럼 뭘 줄 알았어?" 콜랴는 기쁨에 찬 커다란 목소리로 외치고는, 허리를 굽혀 개를 안아 일류샤 쪽으로 들어올렸다.

"영감, 잘 봐! 네가 말한 대로 한쪽 눈은 멀고 왼쪽 귀는 찢어졌지? 난 그 특징으로 이 개를 찾아냈어! 그때, 얼마 지나지 않아서 바로 찾아냈지. 주인도 없이 혼자 있더라고!" 콜랴는 대위와 그 부인, 알료샤, 일류샤를 빠르게 돌아보며 설명했다. "페도토프 씨네 뒷마당에 있었어. 그곳에 얹혀살려 한 모양인데, 그 집 사람들이 먹을 걸 주지 않았지. 마을에서 도망쳐 나온 개라고…. 그때 내가 찾아낸 거야. 이봐, 영감, 이놈은 그때 네가 던져 준 빵조각을 삼키지 않았어. 삼켰으면 물론 죽었겠지, 그건 당연한 일이야! 이렇게 살아 있는 걸 보니, 그때 용케 핀을 뱉어낸 모양이야. 넌 그걸 못 본 거지. 뱉어내긴 했지만, 아마 혓바닥을 찔려서 깽깽거렸을 거야. 이 녀석이 달아나면서 비명을 질러대니, 넌 핀을 삼킨 줄 안 거야. 심하게 비명을 지른 건 당연해. 개는 입 속이 무척 연하거든…. 사람보다 더, 훨씬 더 연해!" 콜랴는 무척 흥분해서 외쳤다. 그 얼굴은 기쁨에 빨갛게 달아올라 환하게 빛나고 있었다.

일류샤는 아무 말도 하지 못했다. 백지장처럼 창백한 얼굴로 입을 떡 벌린 채 휘둥그레진 눈으로 콜랴를 바라볼 뿐이었다. 그 순간이 병든 소년의 건강에 얼마나 고통스럽고 치명적인 영향을 줄 수 있는지 크라솟킨이 알았더라면, 절대로 그런 일을 꾸미지는 않았을 것이다. 그러나 방 안에서 그것을 짐작한 사람은 알료샤뿐이었다. 대위로 말할 것 같으면, 완전히 어린아이가 되어버린 듯했다.

"주치카! 이 개가 주치카란 말이지?" 그는 기쁜 목소리로 외쳤다. "일류셰치카, 이 개가 주치카란다, 네 주치카 말이야! 여보, 이놈이 바로 주치카래요!" 그는 금방이라도 울음을 터뜨릴 기세였다.

"난 꿈에도 몰랐어!" 스무로프가 안타깝다는 듯 외쳤다.

"역시 크라솟킨이야! 콜랴가 주치카를 찾아낼 거라고 내가 그랬지? 거봐, 찾아냈잖아!"

"찾아냈어!" 누군가 기쁜 목소리로 말을 받았다.

"대단해, 크라솟킨!" 또 다른 아이의 목소리가 울렸다.

"대단해, 대단해!" 아이들은 일제히 외치며 박수를 쳤다.

"그만, 그만!" 콜랴는 목청껏 소리쳐 아이들의 환호를 제지했다. "어떻게 된 일인지 말해줄게. 문제는 이게 어떻게 된 일인가 하는 거지, 다른 데 있는 게 아니니까. 난 이 녀석을 발견하고는 집에 데려와 숨겼어. 그리고 문을 걸어 잠그고는 지금껏 아무에게도 보여주지 않았지. 스무로프만 2주 전에 알게 됐지만, 내가 페레즈본이라고 우겨서 그렇게 믿고 있었어. 그동안 나는 주치카한테 온갖 재주를 가르쳤어. 이 녀석이 어떤 재주를 부리는지 보면 아마 깜짝 놀랄 거야! 영감, 이 녀석을 멋지게 훈련시켜서 네 앞에 데려오려고 그랬어. '영감, 네 주치카가 어떻게 변했는지 봐!' 하고 말해주려고. 혹시 쇠고기 조각 같은 거 없어요? 이 녀석한테 지금 배꼽을 잡고 쓰러질 만한 재주를 하나 시켜 보려고요. 고기 조각 좀 없어요?"

대위는 현관을 지나 대위 가족의 식사도 같이 준비하는 주인집 오두막으로 부리나케 달려갔다. 콜랴는 귀중한 시간을 낭비하지 않으려고 조바심을 내며 페레즈본에게 "죽어!"라고 외쳤다. 그러자 개는 벌렁 드러누워 네 다리를 치켜들고 꼼짝도 하지 않았다. 아이들은 와 하고 웃어댔고, 일류샤는 여전히 괴로운 미소를 띠고 바라보았다. 페레즈본의 죽은 시늉을 보고 가장 좋아한 사람은 엄마였다. 그녀는 개를 보고 깔깔 웃어대고는 손가락을 탁탁 튕기며 개를 불렀다.

"페레즈본, 페레즈본!"

"절대 안 일어날걸요." 콜랴는 의기양양하게 으스대며 큰 소리로 말했다. 사실 그럴 만하기도 했다. "온 세상이 입을 모아 소리친대도 어림도 없어요. 하지만 내가 외치면 즉각 일어나죠! 이리 와, 페레즈본!"

그러자 개는 벌떡 일어나 신이 나서 짖어대면서 펄쩍펄쩍 뛰어올랐다. 대위가 삶은 쇠고기 한 조각을 들고 뛰어 들어왔다.

"뜨겁지 않아요?" 콜랴가 고기 조각을 받아들며 사무적인 말투로 조급하게 물었다. "아니네요. 개들은 뜨거운 걸 싫어하거든요. 자, 다들 보세요. 일류셰치카, 여길 봐, 여길 보라니까. 영감, 왜 안 보는 거야? 기껏 데려왔더니만, 보려고 하지도 않네!"

새 묘기란 개에게 코를 앞으로 쭉 빼고 가만히 있으라고 한 다음 콧잔등에 맛있는 쇠고기 조각을 얹어놓는 것이었다. 가엾은 개는 콧잔등에 고기를 올려놓은 채 30분이고 얼마고 주인이 시키는 대로 꼼짝 않고 있어야 했다. 하지만 이번에는 잠깐만 기다리면 되었다.

"먹어!" 콜랴가 외치자 고기 조각은 콧잔등에서 입으로 쏙 들어갔다. 물론 관중은 탄성을 질렀다.

"그럼 설마 개를 훈련시키느라 지금껏 오지 않았던 거야?" 알료샤는 저도 모르게 질책하는 투로 외쳤다.

"그럼요." 콜랴는 순진한 얼굴로 외쳤다. "이 녀석을 멋지게 만들어 보여주고 싶었거든요!"

"페레즈본! 페레즈본!" 일류샤가 갑자기 가느다란 손가락을 튕기며 개를 불렀다.

"뭐해? 이 녀석보고 침대 위로 올라가라고 하자. 자, 페레즈본!" 콜랴가 손바닥으로 침대를 탁 치자 페레즈본은 쏜살같이 일류샤 옆으로 뛰어올랐다. 일류샤가 정신없이 개의 머리를 부둥켜안자 개도 얼른 소년의 뺨을 핥았다. 일류샤는 개를 꼭 끌어안고 침대에 누워 북슬북슬한 털에 얼굴을 파묻었다.

"세상에, 세상에!" 대위가 외쳤다.

콜랴는 다시 일류샤 옆에 앉았다.

"일류샤, 한 가지 더 보여줄 게 있어. 작은 대포를 가져왔어. 저번에 이 대포 얘길 했더니 꼭 보고 싶다고 했잖아. 그래서 오늘 가져왔어."

콜랴는 그렇게 말하고 서둘러 가방에서 청동 대포를 꺼냈다. 콜랴가 그렇게 서두른 것은 그 자신이 무척 행복했기 때문이었다. 여느 때 같았으면 페레즈본이 준 효과가 사라질 때까지 기다렸겠지만, 지금은 그런 것 따윈 안중에도 없는 듯 서둘렀다. 지금도 너무나 행복하겠지만, 그보다 더 행복하게 해주겠다는 마음이었다. 콜랴 자신이 기쁨에 흠뻑 취해 있었던 것이다.

"모로조프라는 관리 집에서 오래전부터 봐뒀던 물건이야. 영감, 너한테 주려고. 그 사람은 이걸 자기 형한테서 받았다는데, 그냥 묵혀두고만 있었지. 그래서 아버지 책장에 있던《마호메트의 친척, 혹은 치유를 위한 우행》이라는 책과 바꾸자고 했어. 그 책은 100년은 된 건데, 아직 검열이란 게 없을 때 모스크바에서도 발간되었던 책이야. 모로조프 씨는 그런 책들을 모으는 게 취미거든. 오히려 내게 고맙다고 하더라고…."

콜랴는 모두가 볼 수 있도록 대포를 들고 있었기 때문에 다들 그것을 구경할 수 있었다. 일류샤는 오른팔로는 여전히 페레즈본을 끌어안은 채 몸을 일으켜 감탄의 눈으로 장난감을 구경했다. 콜랴가 자기한테 화약도 있으니 '여자분들만 괜찮다면' 당장이라도 쏠 수 있다고 말하자 흥분은 더욱 고조되었다. '엄마'가 그 장난감을 좀 더 가까이서 보게 해달라고 하자, 콜랴는 즉시 부탁을 들어주었다. 부인은 바퀴 달린 청동 대포가 마음에 쏙 들었는지 그것을 허벅지에 대고 앞뒤로 굴렸다. 대포를 쏘아도 되겠느냐고 묻자, 그 말이 무슨 뜻인지도 모르면서 힘차게 고개를 끄덕였다. 콜랴는 화약과 탄알을 보여주었다. 군인 출신인 퇴역 대위가 직접 장전을 맡았다. 그는 화약을 아주 조금만 뿌려 넣고, 탄알을 넣는 것은 다음번으로 미루자고 했다. 콜랴는 대포를 바닥에 올려놓고, 사람이 없는 쪽으로 포구를 향하게 한 뒤 도화선을 세 개 꽂아 넣고 성냥으로 불을 붙였다. 발사는 훌륭했다. 어머니는 깜짝 놀랐으나, 곧 신이 나서 웃음을 터트렸다. 아이들은 말없이 감동한 눈으로 바라보았다. 그러나 누구보다 행복한 사람은 일류샤를 바라보는 대위였다. 콜랴는 대포를 집어 들어 화약이며 탄알과 함께 일류샤에게 건네주었다.

"이건 네 거야! 오래전부터 네게 주려고 준비한 거야." 콜랴는 행복에 겨워 거듭 말했다.

"아이, 나 줘! 그러지 말고 나 줘!" 부인이 갑자기 어린아이처럼 졸라댔다. 자기한테 주지 않을까봐 울상이 된 얼굴에는 불안한 빛이 가득했다. 콜랴는 당황했다. 대위도 걱정스러운 모양이었다.

"여보, 여보!" 대위가 부인에게 달려갔다. "대포는 당신 거야, 암, 당신 것이고말고. 하지만 일류샤한테 선물한 거니까 그냥 일류샤가 가지고 있게 해요. 그래도 당신 거나 다름없어. 일류샤는 언제든 당신이 가지고 놀도록 해줄 테니까. 두 사람이 같이 가지는 걸로 해요, 응…?"

"싫어, 같이 갖기 싫어, 일류샤 말고 나 혼자만 가질래." 부인은 금방이라도 울 듯한 태세로 계속 투정을 부렸다.

"엄마, 가지세요, 여기요!" 갑자기 일류샤가 이렇게 외쳤다. "크라솟킨, 엄마한테 드려도 될까?" 일류샤는 자기한테 준 선물을 다른 사람에게 줘서 기분이 상할까봐 걱정스러운 듯 애원하는 얼굴로 콜랴를 바라보았다.

"그럼, 물론이지!" 크라솟킨은 얼른 그러라고 하고, 일류샤의 손에서 대포를 받아 공손히 절하며 부인에게 건네주었다. 부인은 감격해서 울음까지 터뜨렸다.

"우리 일류셰치카, 엄마를 사랑하는 건 너뿐이구나!" 부인은 감격한 목소리로 외치고는 다시 정강이에 대고 대포를 굴리기 시작했다.

"여보, 당신 손에 입 맞추게 해줘요." 남편은 아내에게 달려가 얼른 입맞춤을 했다.

"그리고 또 너무너무 사랑스러운 아이가 누구냐 하면, 바로 이 착한 아이야!" 부인은 콜랴를 가리키며 감사한 마음으로 말했다.

"일류샤, 화약이라면 얼마든지 갖다줄게. 이제 우리도 만드는 법을 알거든. 보로비코프가 재료를 알아냈어. 초석과 유황과 자작나무 숯을 24대 10대 6으로 넣고 빻아서 물을 부어 반죽을 만들어서 체에 걸러내면 화약이 돼."

"스무로프가 그 얘길 했는데, 아빠가 그건 진짜 화약이 아니래." 일류샤가 말했다.

"진짜가 아니라고?" 콜랴는 얼굴을 붉혔다. "하지만 불이 붙던데? 사실, 나도 잘 모르긴 해…."

"아니, 신경 쓸 것 없단다." 대위가 미안한 얼굴로 끼어들었다. "진짜 화약은 그렇게 만들지 않는다고 하긴 했지만, 신경 쓸 거 없어. 그런 식으로도 만들 수 있으니까."

"저는 잘 몰라요. 아저씨가 더 잘 아시겠죠. 돌로 된 포마드 통에 넣고 불을 붙였더니 굉장히 잘 탔거든요. 다 타버리고 그을음만 조금 남았어요. 하지만 그건 반죽이었으니까, 체에 거르면 또 모르죠… 아무튼 저는 잘 몰라요. 아저씨가 더 잘 아실 거예요…. 불킨은 그 화약 때문에 아버지한테 혼쭐이 났대. 들었어?" 콜랴는 갑자기 일류샤에게 말했다.

"응, 들었어." 일류샤가 대답했다. 일류샤는 한없는 흥미와 즐거움을 느끼면서 콜랴의 말을 듣고 있었다.

"그때 화약을 한 통 가득 만들었거든. 불킨이 그걸 침대 밑에 넣어두었는데, 그만 아버지한테 들키고 만 거야. 폭발하면 어쩔 거냐고 그 자리에서 혼쭐이 났대. 학교에 나를 이르려고도 하셨어. 지금은 불킨이 나랑 놀지 못하게 하셔. 다른 애들 부모님도 나와는 놀지 못하게 하지. 스무로프도 같은 처지야. 난 유명인사가 됐거든. 나보고 '지독한 녀석'이래." 콜랴는 경멸스럽다는 듯 씩 웃었다. "다 철도 사건에서 시작된 거야."

"아아, 그 모험담도 들어본 적 있단다!" 대위가 외쳤다. "거기 누워 있으니 어떻든? 설마 기차 밑에 누워 있는데 하나도 안 무섭진 않았겠지? 어때, 무서웠니?"

대위는 콜랴의 비위를 맞추느라 여념이 없었다.

"별로요!" 콜랴는 무심하게 대답했다. "하지만 이 고장에서 내 평판이 떨어진 가장 큰 이유는 그 빌어먹을 거위 때문이었지." 콜랴는 다시 일류샤에게 말했다. 콜랴는 아무렇지 않은 척 말하려고 했지만, 자꾸 자제가 안 돼 일정한 어조를 유지할 수 없었다.

"아, 거위 얘기도 들었어!" 일류샤는 환하게 웃었다. "듣긴 했는데, 정말로 재판소에서 재판까지 받았어?"

"실은 어리석기 짝이 없는 하찮은 일이야. 이 고장 사람들이 늘 그렇듯 부풀려가지고 떠벌린 거지." 콜랴는 아무렇게나 얘기를 시작했다. "저번에 광장을 지나가고 있는데, 누가 거위를 몰고 가더라고. 나는 멈춰 서서 거위를 쳐다보았지. 그런데 플로트니코프 상점에서 배달원 일을 하는 비시냐코프라는 녀석이 나한테 왜 그렇게 거위를 보고 있느냐고 묻는 거야. 둥그렇고 멍청해 보이는 얼굴에 스무 살쯤 돼 보이는 녀석이지. 난 말이야, 절대 민중을 외면하지 않아. 오히려 민중하고 어울리는 걸 좋아하지…. 우리가 민중에게서 너무 떨어져 있다는 건 자명한 얘기거든. 카라마조프 씨, 혹시 웃으시는 건가요?"

"천만에, 진지하게 듣고 있어." 알료샤가 진솔한 얼굴로 대답하자, 의심 많은 콜랴도 대번에 용기가 났다.

"카라마조프 씨, 내 이론은 단순명료해요." 콜랴는 다시 신이 나서 조급하게 말했다. "민중을 믿고, 언제나 기꺼이 그들을 인정해주죠. 버릇이 나빠지지 않는 선에서 말이에요. 그건 sine qua(필수 조건)이거든요. 참, 거위 얘기를 하고 있었지. 아무튼, 난 그 멍청한 녀석에게 거위가 무슨 생각을 할까 생각하고 있었다고 대답했어. 그랬더니 그 녀석이 정말 한심한 얼굴로 나를 보더라고. '그래, 거위가 무슨 생각을 하지?' 하고 묻기에, '저기 귀리를 실은 수레가 있지? 거위 하나가 바퀴 바로 밑으로 목을 쭉 빼고 자루에서 새어나온 귀리를 쪼아 먹는 거 보여?'라고 물었어. 그랬더니 '응, 잘 보여'라고 대답하더군. 그래서 내가 '그럼 저 수레를 조금 앞으로 밀면, 바퀴에 거위 목이 잘릴까?' 했더니, '분명히 잘릴걸'이라면서 완전히 기세가 누그러져서는 헤벌쭉 웃는 거야. '그럼 해보자'고 했더니 그러자고 하더군. 준비는 오래 걸릴 것도 없었어. 그 사람은 살그머니 고삐 옆에 서고, 나는 바퀴 아래로 거위를 몰려고 수레 옆에 섰지. 농부는 그때 누구랑 얘기하느라 한눈을 팔고 있었어. 내가 굳이 거위를 몰 필요도 없었어. 거위가 귀리를 쪼아 먹으려고 스스로 바퀴 밑에 목을 밀어 넣었거든. 내가 눈짓을 하자, 그 녀석이 고삐를 당겼지. 거위 목이 콰직 하고 두 동강이 났지 뭐야! 농부들이 일제히 우리를 돌아보고 윽박지르기 시작했어. '이 녀석, 일부러 그랬지!' '아니에요, 일부러 그런 게 아니에요.' '아니야, 분명히 일부러 그랬어!' 그러고는 '치안판사한테 끌고 가자!'며 아우성이더군. 나도 붙잡혔어. '네놈도 여기 있었군. 너도 한패지? 온 시장 사람들이 네가 누군지 다 알고 있어!' 아닌 게 아니라 시장에선 나를 모르는 사람이 없어." 콜랴는 빼기듯 말했다. "나는 녀석과 함께 치안판사한테 끌려갔어. 죽은 거위도 대동했지. 그 녀석은 겁을 집어먹고 계집애처럼 질질 짜더군. 거위 장수는 '저놈들을 그냥 뒀다간 얼마나 많은 거위가 이런 식으로 죽어나갈지 모릅니다!' 하고 소리쳤어. 증인 심문이 이어졌지. 치안판사는 금방 판결을 내렸어. 거위 장수에게 거위 값으로 1루블을 주고, 녀석에게 거위를 가져가라고 했지. 앞으로는 절대 그런 장난을 치지 말라는 당부와 함께 말이야. 그 녀석은 계집애처럼 훌쩍거리면서 '제 잘못이 아니에요. 저 애가 시켜서 한 거예요'라며 나를 가리키더군. 나는 절대로 내가 시킨 게 아니고, 그저 구상 차원에서 기본적인 아이디어만 말했을 뿐이라고 냉정하게 대꾸했어. 그러자 네페도프라는 그 치안판사가 피식 웃더라고. 하지만 곧바로 웃은 것을 자책하며 '앞으로는 책상 앞에 앉아서 공부는 하지 않고 그런 구상이나 세우고 있지 못하도록 당장 학교에 통보하겠다'고 했지. 하지만 정말로 통보하지는 않았어. 그건 그냥 농담으로 한 말이거든. 하지만 그 일은 소문이 쫙 퍼져서 결국 선생님들 귀에까지 들어갔어. 우리 학교 선생님들은 귀가 좀 밝아야지! 특히 고전 선생 콜바스니코프가 들고 일어났어. 하지만 다르다넬로프 선생이 또 나를 두둔해줬지. 콜바스니코프 선생은 지금 우리한테 성난 당나귀처럼 골이 나 있어. 일류샤, 그 선생이 결혼했다는 소식 들었어? 미하일로프 집안에서 지참금으로 1000루블을 받았다는데, 신부가 정말 말도 못 할 추녀야. 그래서 3학년들이 당장에 이런 풍자시를 지었지.

3학년 학생들이 기겁한 소식
추레한 콜바스니코프가 장가를 갔다네.

뒷부분이 정말 웃긴데, 나중에 가져와서 보여줄게. 다르다넬로프 선생에 대해선 아무 말 않겠어. 박학다식한 사람이야. 정말로 학식이 풍부하지. 난 그런 사람을 존경해. 나를 감싸줘서 이런 말을 하는 건 절대로 아니지만…."

"하지만 형은 트로이의 창건자를 가지고 선생님을 꼼짝 못 하게 했잖아!" 스무로프가 끼어들었다. 콜랴가 자랑스러운 기색이 역력했다. 거위 이야기가 무척 마음에 들었던 것이다.

"정말로 꼼짝 못 하게 했니?" 대위가 아부하듯 말을 받았다. "트로이를 누가 세웠느냐 하는 얘기지? 우리도 들었단다.

일류셰치카가 그날 바로 얘기해줬거든….”

“아빠, 콜랴 형은 모르는 게 없어요. 우리 학교에서 제일 똑똑해요!” 일류셰치카도 맞장구를 쳤다. “겉으로 티는 안 내지만, 사실은 전 과목에서 1등이에요….”

일류샤는 한없는 행복을 느끼며 콜랴를 바라보았다.

“뭐, 그 트로이 얘기도 별것 없어요. 전 그게 아무것도 아닌 일이라고 생각해요.” 콜랴가 자랑스러움이 묻어나는 겸손을 부리며 대꾸했다. 이제는 충분히 어조를 조절할 수 있었으나, 여전히 조금은 불안한 기분이었다. 자신이 무척 흥분해 있으며, 거위 이야기를 할 때도 너무 열을 올렸다는 느낌이 들었다. 더욱이 알료샤가 심각한 얼굴로 줄곧 침묵을 지키고 있었으므로 자존심 센 소년은 차츰 불안해졌다. ‘내가 칭찬을 바란다고 생각해 한심해서 침묵하는 건 아닐까? 만약 그렇게 생각한다면, 난….’

“나는 정말 그 문제가 아무것도 아니라고 생각해요.” 콜랴는 다시 한번 거만하게 단정 짓듯 말했다.

“나는 트로이를 세운 사람이 누군지 알아.” 지금까지 거의 말이 없던 한 소년이 너무나 뜻밖에도 불쑥 이렇게 말했다. 말수가 적고 수줍음이 많아 보이는 그 아이는 열한 살쯤 되었고, 외모가 무척 귀여웠으며, 성은 카르타쇼프였다. 아이는 문 바로 앞에 앉아 있었다. 콜랴는 놀라움이 섞인 엄한 얼굴로 소년을 바라보았다. 사실 ‘트로이의 창건자가 누구인가?’ 하는 문제는 전 학급에서 비밀에 부쳐져 있었고, 그것을 알아내려면 스마라그도프의 책을 읽어야만 했다. 하지만 콜랴 외에는 아무도 그 책을 가지고 있지 않았다. 그런데 전에 카르타쇼프는 콜랴가 뒤돌아 있던 사이 다른 책 사이에 끼어 있던 스마라그도프의 책을 몰래 펼쳐본 적이 있었다. 그런데 대번에 트로이의 창건자에 대한 내용이 나왔던 것이다. 그것은 꽤 오래전의 일이었으나, 소년은 무슨 일이 생기지는 않을까, 콜랴한테서 무안을 당하지는 않을까 걱정스러워 자기가 트로이의 창건자를 알고 있다는 사실을 밝힐 용기를 내지 못했다. 그러나 지금은 더 참지 못하고 불쑥 말해버린 것이다. 실은 오래전부터 말하고 싶었다.

"그래, 누가 세웠는데?" 콜랴는 깔보듯 거만한 얼굴로 소년 쪽으로 돌아섰다. 소년의 표정으로 미루어보아 정말로 알고 있다는 것을 짐작하고는 즉시 일어날 수 있는 모든 상황에 대한 대응책을 마련했다. 방 안에 어색한 기류가 흘렀다.

"트로이를 세운 사람은 테우크로스, 다르다노스, 일로스, 트로스야." 소년은 단숨에 창건자의 이름을 줄줄 외고는 얼굴을 확 붉혔다. 얼마나 새빨개졌는지 보기 안쓰러울 정도였다. 그러나 아이들은 꼬박 1분간 뚫어지게 소년을 바라보다가, 일제히 콜랴에게로 시선을 돌렸다. 콜랴는 여전히 가소롭다는 듯 냉정한 얼굴로 그 발칙한 소년을 재듯이 훑어보고 있었다.

"그래서 어떻게 세웠다는 건데?" 마침내 콜랴가 입을 열었다. "도시나 국가를 세운다는 게 무슨 의미지? 그곳에 와서 벽돌을 한 장씩 쌓아올렸다는 거야?"

웃음이 터져 나왔다. 잔뜩 위축된 소년의 얼굴은 장밋빛에서 진홍빛이 되어버렸다. 아이는 입을 꾹 다물고 금방이라도 울음을 터뜨릴 기세였다. 콜랴는 그대로 소년을 1분 정도 내버려 두었다.

"국가의 설립 같은 역사적 사건을 논하려면 우선 그게 무엇을 뜻하는지 알아야 해." 콜랴는 꾸짖듯이 엄한 목소리로 말했다. "하긴, 나는 여자들이나 지껄여대는 그런 옛날 얘기는 중요하게 생각하지 않아. 사실 세계사 자체를 별로 존중하지 않지." 콜랴는 일동을 돌아보며 무심한 듯 툭 덧붙였다.

"세계사를?" 대위가 깜짝 놀라 물었다.

"네, 세계사를요. 그건 인류가 저지른 수많은 바보짓에 대한 연구에 지나지 않아요. 내가 존중하는 건 수학과 자연과학뿐이에요." 콜랴는 이렇게 거들먹거리고 나서 알료샤를 힐끗 바라보았다. 콜랴가 두려운 건 알료샤의 의견뿐이었다.

그러나 알료샤는 여전히 진지한 얼굴을 한 채 아무 말이 없었다. 지금 알료샤가 뭐라고 한마디 하면 그대로 대화는 끝날 텐데도, 그는 침묵을 고수했다. '그의 침묵은 경멸에서 나온 것일지도 몰랐기에' 콜랴는 정말로 화가 나버렸다.

"요즘 학교에서 또다시 고전어를 가르치고 있지만, 그건 그냥 미친 짓일 뿐이에요…. 카라마조프 씨, 이번에도 제 생각에 동의하지 않으시는 것 같은데요?"

"그래, 동의하지 않아." 알료샤는 조심스럽게 미소 지었다.

"제 생각을 전부 말씀드리자면, 고전어란 치안을 위한

방편일 뿐이에요. 고전어를 교과목에 넣은 건 오직 그 때문이죠." 콜랴는 다시금 점점 숨이 가빠왔다. "고전어를 도입한 건 그게 따분하고 재능을 무디게 하기 때문이에요. 본래도 지루하지만, 어떻게 하면 더 지루하게 할 수 있을까? 본래도 말이 안 되지만, 어떻게 하면 더 말이 안 되게 할 수 있을까? 그런 고민 끝에 고전어를 생각해낸 거죠. 고전어에 대한 내 생각은 이래요. 이 생각을 바꾸는 일은 아마 평생 없을 거예요." 콜랴는 단호하게 말을 끝냈다. 그의 두 뺨이 발갛게 상기되었다.

"맞는 말이야!" 열심히 듣고 있던 스무로프가 확신에 찬 또랑또랑한 목소리로 동의했다.

"하지만 콜랴는 라틴어도 1등이잖아!" 갑자기 무리 중에서 한 소년이 외쳤다.

"맞아요, 아빠. 콜랴 형은 말은 저렇게 하지만 반에서 라틴어를 제일 잘해요." 일류샤도 거들었다.

"그게 뭐 어쨌다고?" 콜랴는 그런 칭찬에 무척 기분이 좋았지만, 그래도 자기 방어의 필요를 느꼈다. "물론 라틴어를 주절주절 외우고 있기는 하지. 그래야 할 필요가 있으니까. 어머니한테 과목을 잘 이수하겠다고 약속했거든. 또 일단 시작한 건 제대로 해야 한다는 주의이기도 하고. 하지만 마음 속으로는 고전주의니 뭐니 하는 졸렬한 것들을 깊이 경멸하고 있어…. 카라마조프 씨, 동의하지 않으시나요?"

"어째서 '졸렬하다'는 거지?" 알료샤는 다시 미소를 지었다.

"생각해보세요, 고전이란 고전은 이미 다 모든 언어로 번역되어 있어요. 그러니 라틴어가 필요하다면, 그건 고전 작품을 연구하기 위해서가 아니라, 치안을 유지하고 인간의 능력을 무디게 하기 위해서일 뿐이에요. 그러니 어떻게 졸렬하다고 하지 않을 수 있겠어요?"

"누가 그런 걸 가르쳐줬니?" 알료샤는 결국 놀라면서 물었다.

"첫째, 그런 건 누가 가르쳐주지 않아도 혼자서도 알 수 있어요. 둘째, 방금 고전이 전부 번역되어 있다고 한 건 콜바스니코프 선생님이 3학년 학생 모두에게 한 말이에요…."

"의사 선생님이 왔어요!" 계속 잠자코 있던 니노치카가 갑자기 외쳤다.

실제로 호흘라코바 부인의 마차가 대문 앞에 서 있었다. 오전 내내 목이 빠져라 기다리고 있던 대위는 허둥지둥 의사를 맞으러 대문으로 달려갔다. 부인은 옷매무새를 가다듬고 엄격한 표정을 지었다. 알료샤는 일류샤에게 다가가 베개를 바로잡아주었다. 니노치카는 자기 안락의자에 앉아 알료샤가 침대를 정돈하는 모습을 걱정스러운 얼굴로 지켜보았다. 아이들은 서둘러 인사를 하고 집으로 돌아갔다. 몇몇 아이는 저녁에 다시 오겠다고 했다. 콜랴가 페레즈본을 소리쳐 부르자, 개는 훌쩍 침대에서 뛰어내렸다.

"난 가려는 게 아니야, 아니고말고!" 콜랴는 얼른 일류샤에게 말했다. "현관에서 기다리다가 의사가 돌아가면 페레즈본을 데리고 다시 올게."

의사는 이미 방에 들어오고 있었다. 곰털 외투를 입고, 검은 구레나룻을 길게 기르고 턱을 말끔하게 면도한 중후한 모습이었다. 문지방 안으로 들어선 그는 집을 잘못 찾았다고 생각했는지 어리둥절한 얼굴로 멈춰 섰다. "뭐야? 여기가 어디지?" 의사는 외투와 물개가죽 차양이 달린 모자도 벗지 않고 이렇게 중얼거렸다. 북적대는 사람들, 초라한 방, 한쪽 구석 빨랫줄에 널린 옷가지를 보고 어안이 벙벙해진 것이다. 대위는 의사에게 코가 땅에 닿도록 굽신거렸다.

"여깁니다, 여깁니다." 그는 아첨조로 말했다. "여기가 맞습니다. 우리 집에 오시기로 한 게 맞습죠…."

"스네…기…료프?" 의사가 근엄하게 목소리를 높여 물었다. "스네기료프 씨가 당신입니까?"

"예, 접니다!"

"아!"

의사는 다시 한번 꺼림칙한 눈으로 방 안을 한번 둘러보고는 외투를 벗어던졌다. 목에 걸린 위엄 있는 훈장이 번쩍이는 것이 모두의 눈에 들어왔다. 대위는 허공에서 외투를 낚아챘다. 의사는 모자를 벗었다.

"환자는 어디 있소?" 그는 다그치듯 큰소리로 물었다.

6. 조숙

"의사가 뭐라고 할까요?" 콜랴가 빠른 어조로 물었다. "그런데 그 얼굴 한번 기분 나쁘지 않아요? 난 의학이란 게 정말 못 견디게 싫어요!"

"일류샤는 죽을 거야. 이젠 가망이 없다는 생각이 들어." 알료샤는 우울한 목소리로 대답했다.

"사기꾼들! 의학은 사기예요! 카라마조프 씨, 전 당신을 알게 돼서 정말 기뻐요. 오래전부터 당신을 만나보고 싶었어요. 이렇게 우울한 일로 만나게 되어 유감이긴 하지만…."

콜랴는 뭔가 더 뜨겁고 격정적인 말을 하고 싶었으나 어쩐지 멋쩍었다. 알료샤는 그것을 눈치채고 빙그레 미소를 지으며 콜랴의 손을 맞잡았다.

"오래전부터 당신이 보기 드문 사람이라고 생각하고 존경해왔어요." 콜랴는 다시 헤매며 더듬거렸다. "당신이 신비주의자이고 수도원 생활을 했다는 말을 들었어요. 당신이 신비주의자라는 건 알지만… 그래도 상관없어요. 현실을 접하다 보면 점점 고쳐질 거예요…. 당신 같은 성품을 지닌 사람은 분명히 그렇게 될 거예요."

"네가 말하는 신비주의자란 어떤 거지? 그리고 무엇을 고친다는 말이야?" 알료샤는 조금 놀랐다.

"신이라든가 뭐 그런 거 있잖아요."

"아니, 그럼 넌 신을 믿지 않니?"

"그렇지 않아요. 결코 신에 반대하는 건 아니에요. 물론 신은 하나의 가설일 뿐이지만… 그렇지만… 전 질서를 위해 신이 필요하다는 걸 인정해요…. 세상의 질서라든가 뭐 그런 것들을 위해서요…. 만약에 신이 없다면, 만들어내기라도 해야겠죠." 콜랴는 얼굴을 붉히며 이렇게 덧붙였다. 문득 알료샤가 자기가 지식을 과시해 '어른'임을 증명하려 한다고 생각할 거라는 느낌이 들었다. '이 사람에게 내 지식을 과시할 생각은 전혀 없는데.' 콜랴는 착잡한 마음으로 이렇게 생각했다. 갑자기 울컥 화가 치밀었다.

"사실 전 이런 논쟁은 딱 질색이에요." 콜랴는 잘라 말했다. "신을 믿지 않고도 인류를 사랑할 수 있잖아요? 볼테르도 신을 믿지 않았지만 인류를 사랑했어요. ('또, 또!' 콜랴는 속으로 생각했다.)"

"볼테르는 신을 믿긴 했지만, 조금밖에 믿지 않았던 것 같아. 그래서 인류도 조금밖에 사랑하지 않았던 것 같아." 알료샤는 동년배나 손윗사람을 대하듯 차분하고 조심스러우면서도 아주 자연스러운 태도로 말했다. 볼테르에 대한 견해에 확신이 없다는 듯 어린 자신에게 문제의 해답을 맡기는 모습에 콜랴는 무척 놀랐다.

"볼테르의 책을 읽어봤니?" 알료샤가 물었다.

"아뇨, 읽었다고는 할 수 없지만… 뭐, 《캉디드》는 러시아어판으로 읽어봤어요…. 우스꽝스럽고 엉터리인 옛날 번역으로요…. (또, 또!)"

"그래, 이해가 됐니?"

"네, 전부요… 그런데… 왜 제가 이해하지 못했을 거라고 생각하세요? 그 책엔 물론 추잡한 대목이 많아요…. 전 그게 철학소설이고 어떤 사상을 소개하기 위한 책이라는 것쯤은 알아요…." 콜랴는 이제 완전히 말의 갈피를 잃었다. "카라마조프 씨, 전 사회주의자예요. 뼛속까지 철저한 사회주의자죠." 콜랴는 밑도 끝도 없이 이런 말을 내뱉었다.

"사회주의자라고?" 알료샤는 웃었다. "어느 틈에 그렇게 됐니? 아직 열세 살밖에 안 됐잖아?"

콜랴의 얼굴이 일그러졌다.

"첫째, 전 열세 살이 아니라 열네 살이에요. 2주만 있으면 열네 살이 되니까요." 콜랴는 울컥했다. "둘째, 제 나이가 도대체 무슨 상관이죠? 중요한 건 제가 어떤 신념을 가졌느냐 하는 것이지, 내가 몇 살인가 하는 게 아니에요. 그렇지 않아요?"

"좀 더 나이를 먹으면, 나이가 신념에 어떤 의미를 지니는지 스스로 깨닫게 될 거야. 한편으론 네가 자기 말이 아니라 남의 말을 하고 있다는 생각이 드는구나." 알료샤는 겸손한 태도로 차분하게 대답했지만, 콜랴는 발끈하며 말을 가로챘다.

"거참, 당신이 원하는 건 복종과 신비주의예요. 이를테면, 그리스도교 신앙이 하층계급을 노예 상태로 구속함으로써 부자와 권세가한테만 득이 되었다는 건 인정하시겠죠?"

"아아, 네가 어디서 그런 걸 읽었는지 알 것 같구나. 분명히 누가 그런 걸 가르쳐준 거야!" 알료샤는 외쳤다.

"왜 어디서 읽은 거라고 단정하죠? 가르쳐준 사람 따윈 아무도 없어요. 저 혼자서도 알 수 있다고요…. 사실 그리스도를 반대하는 건 아니에요. 그리스도는 상당히 인도적인 인물이었으니까요. 만약 그분이 우리 시대에 살았더라면, 혁명

세력에 합류해 중요한 역할을 했을지도 몰라요…. 아마 틀림 없이 그랬을 거예요.”

“어디서 그런 소릴 주워들은 거니! 대체 어떤 멍청이와 엮인 거야?” 알료샤는 외쳤다.

“거참, 진실을 숨길 수는 없겠죠. 우연한 기회에 라키틴 씨를 만나 이후로도 자주 얘기를 나누고 있어요…. 하지만 벨린스키 노인도 그랬다고 하던데요.”

“벨린스키가? 내 기억엔 없는데. 그분은 그런 걸 쓴 적이 없어.”

“쓴 게 아니라면 아마 말로 했을 거예요. 누구더라… 아무튼, 누구에게선가 그렇게 들었어요.”

“그럼 벨린스키의 저서는 읽어봤니?”

“그게… 아뇨… 읽었다고는 할 수 없지만… 타티야나가 왜 오네긴하고 같이 떠나지 않았는가 하는 건 읽었어요.”

“그래, 왜 오네긴과 같이 떠나지 않았니? 설마 벌써 그런 것도… 이해하니?”

“것 참, 제가 스무로프 같은 어린애인 줄 아시는군요.” 콜랴는 신경질적으로 웃었다. “그렇다고 제가 무슨 대단한 혁명분자라고 생각하지는 말아주세요. 저도 라키틴 씨의 의견에 동의하지 않을 때가 많으니까요. 타티야나에 대해 말해보자면, 전 여성 해방은 조금도 지지하지 않아요. 여성이란 예속된 존재이고 순종하는 게 당연하거든요. 나폴레옹이 말한 것처럼 Les femmes tricottent(여자는 뜨개질이나 해라), 이거죠.” 콜랴는 무슨 이유에서인지 씩 웃었다. “적어도 전 그 점에 있어서는 그 가짜 위인과 전적으로 같은 생각이에요. 저도 조국을 버리고 미국으로 달아나는 건 비겁한 짓, 아니, 비겁하다 못해 어리석은 짓이라고 생각해요. 우리나라에서도 인류를 위해 할 수 있는 일이 수두룩한데, 미국엔 왜 가요? 바로 지금 이 시기에 말이에요. 유익한 활동은 엄청나게 많아요. 전 지금 말한 것 그대로 대답해줬어요."

"대답해줬다니? 누구한테? 누가 벌써 미국에 가자고 하던?"

"솔직히 말하면, 그런 유혹을 받긴 했지만 거절했어요. 카라마조프 씨, 이건 물론 우리 둘 사이의 얘기니, 아무한테도 말하지 마세요. 당신에게만 하는 얘기니까요. 비밀경찰의 손에 떨어져 체프노이 다리 옆에서 교육을 받을 생각은 추호도 없거든요.

그대는 기억하리라.
체프노이 다리 옆 저 건물을!

기억나세요? 정말 멋진 구절이죠! 왜 웃죠? 설마 제가 헛소리만 지껄이고 있다고 생각하는 건 아니겠죠?" ('그런데 이 사람이 우리 아버지 책장에 〈종〉이란 잡지가 한 권밖에 없고, 이 부분밖에 읽지 않은 걸 알아차리면 어떡하지?' 이런 생각이 스치자 콜랴는 등골이 오싹해졌다.)

"아아, 그럴 리가. 난 웃지 않았어. 그리고 네 말이 헛소리라고도 전혀 생각지 않아. 안타깝게도 네가 말한 건 모두 명백한 사실이니까! 그럼 푸쉬킨은 읽어 봤니?《오네긴》같은 작품 말이야…. 방금 타티야나 애길 했지?"

"아뇨, 아직 읽진 않았지만, 읽어보고는 싶어요. 카라마조프 씨, 전 편견이 없는 사람이거든요. 그래서 양쪽 의견을 다 들어보고 싶어요. 그런데 그건 왜 묻는 거죠?"

"그냥, 별 뜻은 없었어."

"카라마조프 씨, 말해주세요. 제가 많이 경멸스러운가요?" 콜랴는 이렇게 툭 던지고는 마치 방어 자세를 취하듯 알료샤 앞에 똑바로 섰다. "부탁이니 솔직하게 말해주세요."

"네가 경멸스러우냐고?" 알료샤는 놀란 얼굴로 콜랴를 바라보았다. "대체 무엇 때문에? 난 그저 진정한 인생을 시작하지도 않은 네 훌륭한 천성이 온갖 황당무계한 헛소리로 오염돼버린 것이 슬플 뿐이야."

"내 천성에 대해서는 걱정 마세요." 콜랴는 내심 자기만족을 느끼며 말을 가로챘다. "하지만 제가 의심이 많은 건 사실이에요. 어리석을 만큼, 지나치리만큼 의심이 많죠. 방금 웃는 걸 보고, 전 당신이 꼭…."

"아아, 내가 웃은 건 전혀 다른 이유 때문이야. 얼마 전 러시아에 살았던 어느 독일인이 요즘 러시아 학생에 대해 평한 글을 읽었거든. '천체에 대해 아무것도 모르는 러시아 학생에게 천체도를 보여주어라. 그러면 그 학생은 다음 날 당장 그 천체도를 수정해 돌려줄 것이다'라고 썼지. 러시아 학생은 아무것도 몰라도 고집만큼은 대단하다는 걸 말한 거야."

"아, 정말 맞는 말이에요!" 콜랴는 갑자기 웃음을 터뜨렸다. "정말 제대로 짚었군요! 브라보! 하지만 그 사람은 좋은 면은 보지 못한 모양이에요. 안 그런가요? 사실 고집이란 건 크게 문제 될 게 없어요. 아직 어려서 그러는 거니까, 때가 되면 고쳐지게 마련이거든요. 그 대신 권력 앞에 굽신대는 저 소시지 민족의 노예근성과는 달리 러시아 학생에게는 어릴 적부터 자유로운 정신과 대담한 사상, 신념이 있잖아요…. 아무튼 멋진 말이에요! 그 독일인이 제대로 짚었어요! 물론 독일 놈들은 목을 졸라버려야 하지만요…. 그 사람들이 과학에서 뛰어난 건 인정하지만, 그래도 목을 졸라버려야 해요…."

"왜 그래야 하는데?" 알료샤는 웃었다.

"뭐, 제가 헛소리를 한 건지도 모르겠네요. 인정할게요. 전 가끔씩 대책 없이 유치해져서 기분이 좋으면 주체하질 못하고 헛소리를 늘어놓거든요. 그런데, 계속 여기서 시시한 수다만 떨고 있군요. 의사는 왜 저기서 나올 생각을 않죠? 하긴, '어머니'와 다리가 불편한 니노치카도 같이 봐주고 있는지도 모르겠네요. 난 그 니노치카가 좋아요. 아까 방에서 나오려는데 불쑥 '왜 이제야 와준 거예요?'라고 속삭이지 뭐예요. 그것도 원망하는 투로! 너무 착하고 불쌍한 사람 같아요."

"맞아! 이곳에 찾아오다 보면, 니노치카가 어떤 사람인지 알게 될 거야. 그런 사람을 알아가는 건 네게 무척 유익할 거야. 그들과의 교제를 통해서 느낄 수 있는 많은 것을 귀하게 여길 줄 알게 될 테니까." 알료샤는 열을 올리며 조언했다.

"그게 네 자신을 바꾸는 데 가장 큰 도움이 될 거야."

"아아, 좀 더 일찍 찾아올걸, 얼마나 후회스럽고 제 자신이 원망스러운지 몰라요!" 콜랴는 애석한 마음으로 외쳤다.

"맞아, 정말 안타까운 일이야. 네가 그 가엾은 아이에게 얼마나 큰 기쁨을 주었는지 너도 봤겠지! 그 애가 너를 기다리며 죽을 만큼 괴로워했다는 것도!"

"그만하세요! 제게 상처를 주는군요. 하긴, 자업자득이에요. 제가 지금껏 오지 않은 건 자존심, 이기적인 자존심과 비열한 고집 때문이었으니까요. 전 평생 아무리 애써도 그런 성격을 버리지 못할 거예요. 이젠 똑똑히 알겠어요. 카라마조프 씨, 전 여러모로 비열한 인간이에요!"

"그렇지 않아. 넌 그저 오염되었을 뿐, 훌륭한 천성을 지니고 있어. 병적일 만큼 민감한 저 아이에게 어떻게 네가 그토록 큰 영향을 줄 수 있었는지 너무나 잘 알겠는걸!" 알료샤는 열띤 어조로 대답했다.

"당신이 그런 말을 해주다니!" 콜랴는 외쳤다. "지금 여기서도 벌써 몇 번이나 당신이 절 경멸한다고 생각했다면 믿으시겠어요? 당신의 생각이 제게 얼마나 중요한지 당신은 모를 거예요!"

"정말 그렇게 의심이 많니? 그 나이에! 나도 저 방에서 네가 말하는 걸 보면서 네가 무척 의심이 많을지도 모른다고 생각했어."

"벌써 그런 생각을 하셨어요? 역시, 역시 날카로우시군요! 틀림없이 제가 거위 얘기를 했을 때였겠죠. 그때 제가 으스대는 걸 보고 당신이 절 몹시 경멸하고 있을 거란 생각이 들었거든요. 그래서 갑자기 당신이 미워져 허튼소리를 늘어놓았던 거예요. 그리고 '만약 신이 없었으면 만들어내기라도 해야 했을 것'이라고 말했을 때도(방금 여기에서요), 제가 너무 성급하게 제 지식을 과시하려 한다는 생각이 들었어요. 게다가 그 문장은 책에서 본 거거든요. 하지만 제가 조급했던 건 허영심 때문이 아니라, 무엇 때문인지 잘은 모르겠지만 기뻐서 그랬던 것 같아요…. 물론 기쁘다고 아무 목이나 껴안고 매달리는 건 몹시 창피한 일이겠지만요. 그건 저도 알아요. 하지만 이젠 당신이 절 경멸하지 않는다는 확신이 생겼어요. 다 제 착각일 뿐이었어요. 아아, 카라마조프 씨, 전 정말 불행해요. 가끔 온 세상 사람들이 절 비웃고 있다는 느낌이 들어요. 그럴 때면 온갖 질서를 파괴해버리고 싶은 기분이 돼버려요."

"그래서 주변 사람들을 괴롭히는 거고." 알료샤가 미소를 지었다.

"맞아요, 그래서 주변 사람들을 괴롭히는 거예요. 특히 어머니를요. 카라마조프 씨, 지금 제가 많이 우스꽝스럽나요?"

"제발 그런 생각은 하지 마! 그런 생각은 아예 접어두라고!" 알료샤는 외쳤다. "그리고 우습다는 게 대체 뭐지? 사람이 우스워지거나 그렇게 보일 때가 어디 한둘이니? 요즘 능력 있는 사람들은 대부분 자기가 우스워질까봐 벌벌 떨고, 그 때문에 불행해지기 마련이야. 다만 내가 놀라운 건, 네가 그렇게 일찍부터 그런 걸 느끼고 있다는 거야. 하긴, 너뿐만 아니라 다른 사람에게서도 오래전부터 그런 면을 발견하긴 했지만. 요즘엔 아이들까지도 그것 때문에 고통받고 있어. 이건 제정신이 아니야. 악마가, 틀림없이 악마가 자존심으로 둔갑해 전 세대에 침투한 거야." 알료샤는 이렇게 덧붙였다. 그를 물끄러미 바라보고 있던 콜랴의 예상과는 달리 알료샤는 조금도 웃지 않았다. "너도 다른 모든 사람들과 마찬가지야." 알료샤는 결론을 내렸다. "즉, 많은 사람들과 같다는 거야. 그렇지만 다른 사람들과 똑같아지면 안 돼."

"다른 사람들은 다 그렇다고 해도요?"

"그래, 다른 사람은 다 그렇다고 해도 너 하나만은 그렇게 되면 안 돼. 실제로도 넌 다른 사람과는 달라. 방금 자신의 단점과 우스꽝스러운 점을 스스로 당당하게 인정했잖아. 요즘 세상에 누가 그런 걸 인정할 수 있을까? 그럴 수 있는 사람은 아무도 없어. 심지어 자기비판의 필요성마저 느끼지 못하고 있지. 남들과 똑같아지지 마. 그렇지 않은 사람이 너 혼자뿐이라고 해도, 그렇게 돼선 안 돼."

"훌륭한 말이에요! 역시 당신을 제대로 봤어요. 당신은 사람을 위로하는 법을 알아요. 아아, 카라마조프 씨, 얼마나 당신을 만나보고 싶었는지, 얼마나 오래전부터 만날 기회를 기다려왔는지 당신은 모를 거예요! 당신도 제 생각을 했나요? 조금 전에는 그랬다고 했죠?"

"나도 네 얘기를 듣고, 네 생각을 했어…. 네가 지금 이런 질문을 한 건 어느 정도는 자존심 때문이겠지만, 상관없어."

"카라마조프 씨, 지금 우리가 하는 말 꼭 사랑 고백 같지 않아요?" 콜랴는 친근하면서도 쑥스러운 듯한 목소리로 말했다. "웃기지 않아요? 네?"

"전혀. 그리고 웃겨도 상관없어. 이건 좋은 일이니까." 알료샤가 환하게 미소 지었다.

"카라마조프 씨, 당신도 지금 저랑 있는 게 좀 쑥스럽죠…? 당신 눈을 보면 알 수 있어요." 콜랴는 어딘가 간특하면서도 행복해 보이는 웃음을 지었다.

"뭐가 쑥스러워?"

"그럼 왜 얼굴이 빨개졌어요?"

"네가 지금 빨개지게 했잖아!" 알료샤는 웃었다. 그의 얼굴은 정말로 새빨갛게 달아올랐다. "맞아, 조금 쑥스러워. 무엇 때문인지는 모르겠지만…." 이렇게 말하는 알료샤는 당혹스럽기까지 한 것 같았다.

"아아, 당신이 저와 있는 게 쑥스럽다는 그 이유로 제가 이 순간 당신을 얼마나 존경하고 사랑하는지 몰라요! 당신도 저와 같으니까요!" 콜랴는 그야말로 환희에 휩싸여 외쳤다. 두 뺨은 불타올랐고 눈은 반짝였다.

"그런데 콜랴, 살다 보면 아주 불행해질 때도 있을 거야." 알료샤는 불쑥 이런 말을 했다.

"알아요, 알아요. 어떻게 그렇게 미리 다 알 수가 있죠?" 콜랴는 바로 맞장구를 쳤다.

"그래도 대체적으로는 삶을 축복하겠지."

"정확해요! 만세! 당신은 예언자예요! 아아, 카라마조프 씨, 우린 서로 잘 맞을 거예요. 제가 가장 감동한 게 뭔 줄 아세요? 당신이 나를 대등하게 대해준다는 거예요. 하지만 우린 대등하지 않아요. 절대 그렇지 않죠. 당신이 훨씬 뛰어나니까요! 그래도 우린 좋은 친구가 될 거예요. 그거 알아요? 난 한 달 전부터 제 자신에게 계속 이런 말을 했어요. '그 사람과는 단번에 마음이 맞아 평생 친구가 되거나, 죽을 때까지 적으로 갈라서거나 둘 중 하나다!'"

"하지만 그러면서도 이미 나를 좋아하고 있었을 거야!" 알료샤는 즐겁게 웃었다.

"맞아요, 좋아했어요. 너무나 좋아해서 당신에 대해 상상해보곤 했죠! 어떻게 그걸 다 알고 있는 거죠? 아니, 의사가 나왔어요. 세상에, 저 얼굴 좀 봐요, 뭔가 중요한 말을 하려나봐요!"

7. 일류샤

의사는 다시 외투로 몸을 꽁꽁 감싸고 모자를 쓴 채 오두막에서 나왔다. 더러운 것이 묻을까봐 꺼림칙하다는 듯 불쾌하고 깐깐한 얼굴이었다. 그는 흘끗 현관으로 시선을 던져 알료샤와 콜랴를 엄한 눈으로 바라보았다. 알료샤가 문 앞에서 마부에게 손짓을 하자, 의사가 타고 온 마차가 문 앞으로 다가왔다. 대위가 허겁지겁 의사를 뒤따라 나와 용서라도 빌듯 허리를 굽히고 최후의 말을 듣기 위해 그를 멈춰 세웠다. 가

였은 그는 사색이 되어 있었고 눈은 공포에 질려 있었다.

"선생님, 선생님… 정말입니까…?" 대위는 이렇게 입을 열었으나 차마 말을 맺을 수 없었다. 지금 의사가 하는 말에 가엾은 아이에게 떨어진 선고가 바뀔 수 있다는 듯 마지막 애원이 담긴 눈으로 의사를 바라보며 절망적으로 탁 하고 손뼉을 쳤을 뿐이었다.

"어쩌겠습니까! 나는 신이 아닙니다." 의사는 무심하게, 하지만 늘 그렇듯 위엄 있는 목소리로 대꾸했다.

"의사 선생님… 그럼 얼마 남지 않았다는 말씀입니까?"

"모든 일에 마음의 준비를 하십시오." 의사는 한 마디 한 마디 힘주어 말하고는 시선을 떨구고 문지방을 넘어 마차로 가려고 했다.

"선생님, 제발 부탁드립니다!" 대위가 겁에 질려 다시 한 번 의사를 붙잡았다. "선생님…! 정말 아무 방법이 없습니까…?"

"제가 할 수 있는 일은 없습니다…." 의사는 짜증스럽게 내뱉었다. "하지만, 흠…." 그는 갑자기 멈춰 섰다. "만약 당신이… 당신의 환자를… 지금 당장 지체 없이(의사는 이 '지금 당장 지체 없이'라는 말을 엄격한 정도가 아니라 거의 화를 내면서 말해 대위는 깜짝 놀라고 말았다) 시라쿠사로 보낸다면… 좋은 기후 덕택에… 어쩌면…."

"시카루사로!" 무슨 말인지 전혀 알아듣지 못한 듯한 대위가 외쳤다.

"시라쿠사는 시칠리아에 있어요." 콜랴가 불쑥 큰 소리로 알려주었다. 의사는 흘끗 콜랴를 쳐다보았다.

"시칠리아라고요! 아니, 선생님." 대위는 혼란에 빠졌다. "선생님도 보셨잖습니까!" 그는 두 팔을 뻗어 살림살이를 가리켰다. "애들 엄마와 식구들은 어쩌고요?"

"아니, 식구들은 시칠리아가 아니라 캅카스로 가야 합니다, 이른 봄에… 따님은 캅카스로 보내고, 부인은… 부인도 류머티즘을 앓고 있으니 캅카스에서 온천 치료를 받게 하고.… 그다음엔 곧바로 파리로 보내 정신과 의사 레펠레티에 선생의 병원에 입원시키는 게 좋겠습니다. 제가 소개장을 써 드리지요. 그러면… 어쩌면…."

"선생님, 선생님! 선생님도 우리 집 형편이 어떤지 보이지 않습니까!" 대위는 절망에 빠져 다시 두 팔을 뻗어 칠도 되어 있지 않은 현관의 통나무 벽을 가리켰다.

"그건 제가 상관할 바가 아닙니다." 의사는 픽 웃었다. "전 최후의 방법에 대한 당신의 질문에 의학이 해줄 수 있는 답을 해준 것뿐입니다. 그 외의 것은… 유감스럽지만…."

"걱정 마세요, 의원님. 제 개는 안 물어요." 의사가 문지방에 서 있는 페레즈본을 조금 불안한 눈으로 보고 있다는 것을 눈치챈 콜랴가 큰 소리로 퉁명스럽게 말했다. 그 목소리에는 분노가 느껴졌다. 의사가 아니라 '의원'이라고 한 것은 일부러 그런 것이었고, 나중에 그가 말했듯 '모욕을 주기 위해서'였다.

"뭐라고?" 의사는 고개를 들고 놀란 얼굴로 콜랴를 노려보았다. "이 아인 누굽니까?" 의사는 설명을 구하듯 갑자기 알료샤에게 물었다.

"페레즈본의 주인입니다, 의원님. 내가 누구인지에 대해선 신경 끄시죠." 콜랴는 또박또박 말했다.

"즈본?" 의사는 페레즈본이 뭔지 모르고 되물었다.

"녀석이 어디 있는지도 모르시는 모양이군요. 안녕히 가세요, 의원님. 시라쿠사에서 뵙죠."

"이 녀석은 누굽니까? 대체 누구냔 말입니다?" 의사는 갑자기 불처럼 화를 냈다.

"선생님, 이 도시에 사는 학생입니다. 악동으로 소문난 아이니 너무 신경 쓰지 마십시오." 알료샤는 얼굴을 찌푸리고 빠르게 말했다. "콜랴, 가만히 있어!" 그는 콜랴에게 소리쳤다. "선생님, 신경 쓰실 것 없습니다." 그는 조금 초조한 어투로 거듭 말했다.

"저런 놈은 혼쭐을 내야 해! 단단히 혼쭐을 내줘야 해!" 의사는 지나치리만큼 분노하며 두 발을 쾅쾅 굴렀다.

"의원님, 여차하면 우리 페레즈본이 물어버릴지도 몰라요!" 콜랴가 창백한 얼굴에 눈을 번뜩이면서 떨리는 목소리로 말했다. "페레즈본!"

"콜랴, 만약 한마디만 더하면 너와 영원히 인연을 끊겠어!" 알료샤가 명령조로 외쳤다.

"의원님, 이 세상에는 니콜라이 크라솟킨에게 명령할 수 있는 사람이 딱 한 사람 있습니다. 바로 여기 있는 이분이지요." 콜랴는 알료샤를 가리켰다. "이분 말을 듣겠습니다. 안녕히 가십시오!"

콜랴는 냉큼 그 자리를 벗어나 문을 열고 방으로 들어갔다. 페레즈본이 뒤쫓아갔다. 의사는 알료샤를 쳐다보며 5초 정도 멍하니 서 있다가, 별안간 침을 탁 뱉고 서둘러 마차 쪽으로 걸어가면서 큰소리로 말했다. “저놈은, 저놈은 대체 뭐 하는 놈인지 모르겠군!” 의사가 마차에 오르는 것을 거들어 주려고 대위가 달려갔다. 알료샤는 콜랴를 따라 방으로 들어갔다. 콜랴는 벌써 일류샤의 침대 머리맡에 서 있었다. 일류샤는 콜랴의 손을 잡고 아버지를 불렀다. 곧 대위가 돌아왔다.

“아빠, 아빠, 이리 오세요… 우린….” 일류샤는 몹시 흥분한 얼굴로 이렇게 중얼거렸으나, 더는 말을 이을 수가 없었는지 바싹 여윈 두 팔로 있는 힘껏 콜랴와 아버지를 한꺼번에 꽉 끌어안았다. 대위는 온몸을 떨며 소리 없이 오열했다. 콜랴는 입술과 턱이 떨려왔다.

“아빠, 아빠! 아빠가 너무 불쌍해요, 아빠!” 일류샤는 비통하게 신음했다.

“우리 일류셰치카… 의사 선생님이 그러시는데… 나을 수 있을 거란다…. 행복해질 거라고… 의사 선생님이….” 대위가 말했다.

“아아, 아빠! 전 새로 오신 의사 선생님이 뭐라고 했는지 알고 있어요…. 저도 다 봤는걸요!” 일류샤는 이렇게 외치고 다시 한번 온힘을 다 해 두 사람을 끌어안고는 아버지의 어깨에 얼굴을 묻었다.

“아빠, 울지 마세요…. 제가 죽으면, 착한 아이를 데려오세요…. 제 친구들 중에서 착한 아이를 정해서 그 아이한테 일류샤라는 이름을 붙이고 저 대신 사랑해주세요….”

“시끄러워, 영감, 넌 틀림없이 건강해질 거야!” 크라솟킨은 벌컥 화가 난 것처럼 소리쳤다.

“그렇지만 아빠, 절대로 저를 잊으면 안 돼요.” 일류샤가 말을 이었다. “제 무덤에 찾아와주셔야 해요…. 그렇지, 우리가 산책을 다녔던 커다란 바위 옆에 절 묻어주세요. 그리고 저녁마다 크라솟킨과 함께 절 보러 와주세요…. 페레즈본도 데리고… 기다릴게요… 아빠, 아빠!”

일류샤의 목소리가 뚝 끊겼다. 세 사람은 서로를 부둥켜 안은 채 말이 없었다. 안락의자에 앉아 있던 니노치카도 숨죽여 울고 있었고, 다른 사람들이 다 우는 것을 본 어머니도 와락 울음을 터뜨렸다.

“일류셰치카, 일류셰치카!” 부인이 외쳤다.

크라솟킨은 갑자기 일류샤의 품에서 벗어났다.

“영감, 난 가볼게. 어머니가 점심을 차려놓고 기다리실 거야.” 콜랴가 빠르게 말했다. “미리 말하고 왔어야 했는데! 아마 무척 걱정하실 거야…. 하지만 식사를 마치면 바로 다시 올게. 하루 종일, 밤새도록 여기 있으면서 재미난 얘기도 잔뜩 해줄게! 페레즈본도 데려올 거야. 지금은 우선 데리고 갈게. 내가 없으면 계속 짖어서 널 귀찮게 할 테니까. 그럼 있다 보자!”

콜랴는 현관으로 달려 나갔다. 울고 싶지 않았지만 현관에 들어서자 결국 울어버리고 말았다. 알료샤는 그것을 보았다.

"콜랴, 다시 오겠다는 약속을 꼭 지켜줘. 안 그러면 일류샤가 무척 슬퍼할 거야." 알료샤가 부탁했다.

"그러고 말고요! 아아, 왜 이제야 여기에 왔을까, 제 자신이 너무나 저주스러워요." 콜랴는 울면서 말했다. 이제는 우는 것이 민망하다는 생각도 없었다. 그 순간 갑자기 대위가 방에서 뛰어나와 곧바로 방문을 닫았다. 얼굴은 꼭 실성한 사람 같았고, 입술은 떨리고 있었다. 그는 두 사람 앞에 서서 양팔을 치켜들었다.

"착한 애 따윈 필요 없다! 다른 애는 필요 없어!" 그는 부득부득 이를 갈며 거칠게 내뱉었다. "예루살렘아, 내가 너를 잊는다면 내 혀가 입천장에….(구약 시편 137장 5절—옮긴이)"

그는 숨쉬기가 힘든 듯 말을 맺지 못하고, 나무로 된 긴 의자 앞에 털썩 무릎을 꿇었다. 그러고는 주먹으로 머리를 짓누르면서 기묘한 소리로 히끅거리며 통곡하기 시작했다. 그러면서도 그 소리가 안에는 들리지 않도록 안간힘을 썼다. 콜랴는 밖으로 뛰쳐나갔다.

"갈게요, 카라마조프 씨! 당신도 다시 오실 건가요?" 그는 마치 화가 난 듯한 날카로운 목소리로 알료샤에게 외쳤다.

"저녁에 꼭 올게."

"아까 예루살렘 어쩌고 하던데… 그건 무슨 뜻이에요?"

"성경 구절이야. '예루살렘아, 내가 너를 잊는다면', 그러니까 자기가 가진 가장 귀한 것을 전부 잊어버리거나 다른 것과 맞바꿔버린다면, 벌을 받을 거란 얘기지….”

“그렇군요, 그만하면 됐어요! 당신도 꼭 오세요! 가자, 페레즈본!” 그는 사나운 목소리로 개한테 소리치고는 성큼성큼 집으로 걸음을 옮겼다.

제11편
이반 표도로비치

1. 그루셴카의 집에서

알료샤는 그루셴카를 만나려고 모로조바 부인의 집이 있는 소보르나야 광장으로 향했다. 그루셴카가 이른 아침부터 페냐를 보내 자기 집에 와달라고 간청했기 때문이다. 페냐에게 이것저것 물어본 알료샤는 그루셴카가 어제부터 몹시 강렬한 불안을 느끼고 있음을 알게 되었다. 알료샤는 미탸가 체포된 이래로 두 달 동안 자주 모로조바 부인 집을 찾아갔다. 자발적인 동기에서이기도 했고, 미탸의 부탁 때문이기도 했다. 그루셴카는 미탸가 체포되고 사흘째 되던 날 심한 병에 걸려 5주 가까이 앓았다. 일주일 동안은 의식이 없을 정도였다. 외출할 수 있게 된 지는 이미 2주가 지났지만, 얼굴은 수척해지고 누렇게 떠서 많이 변해 있었다. 그러나 알료샤의 눈에는 그런 얼굴이 한층 더 매력적으로 보였다. 알료샤는 그루셴카의 방에 들어설 때 그녀와 눈이 마주치는 것이 좋았다. 그루셴카의 눈에는 강인하고 의미심장한 무언가가 결연히 빛나고 있었다. 정신적인 변화가 느껴졌고, 굳세고 겸허하고 선량한 꺾을 수 없는 의지가 나타났다. 미간에는 세로로 작은 주름이 생겨, 사랑스러운 얼굴에 깊은 사색의 빛을 더해주었다. 언뜻 보면 엄격해 보일 정도였다. 예전의 경솔한 태도는 자취도 없이 사라졌다. 알료샤가 보기에 또 한 가지 의아한 점은, 이 가엾은 여인이 약혼 직후에 약혼자가 무서운 범죄 혐의로 체포되는 불행을 겪고, 곧이어 병고를 치른 데다 약혼자의 피할 수 없는 유죄 판결이 미래를 위협하고 있었음에도 불구하고 이전의 생기발랄한 태도를 잃지 않았다는 것이다. 오만했던 눈은 이제 고요하게 빛났다. 그러나 한 가지 근심거리가 떠오를 때면, 두 눈은 다시 험악한 불꽃처럼 타오르곤 했다. 그 근심거리는 사라지기는커녕 오히려 그루셴카의 마음속에서 더욱 크게 자라나 있었다. 근심의 이유는 역시나 카테리나 이바노브나였다. 병상에 누워서도 카테리나를 잊지 못하고 헛소리를 할 정도였다. 알료샤는 그루셴카가 미탸 때문에 카테리나에게 엄청난 질투를 느끼고 있음을 알고 있었다. 그러나 카테리나는 마음만 먹으면 언제든 수감된 미탸를 면회할 수 있었음에도 한 번도 찾아오는 일이 없었다. 이런 상황은 알료샤에게는 난처한 문제가 아닐 수 없었다. 그루셴카가 마음을 터놓고 끊임없이 조언을 구하는 사람은 알료샤뿐이었으나, 때로는 그녀에게 아무 말도 해줄 수가 없었기 때문이다.

알료샤는 걱정스러운 마음으로 그루셴카의 집에 들어섰다. 그루셴카는 이미 집에 와 있었다. 미탸를 면회하고 30분쯤 전에 돌아온 것이었다. 탁자 앞 안락의자에 앉아 있던 그루셴카가 벌떡 일어나 자기를 맞으러 달려오는 모습에, 알료샤는 그녀가 자기를 얼마나 초조하게 기다리고 있었는지 짐작할 수 있었다. 탁자 위에는 '바보 게임'을 한 모양인지 카드가 널려 있었다. 탁자 옆 가죽 소파에는 막시모프가 가운 차림에 펠트 모자를 쓴 채 이불을 깔고 누워 있었다. 그는 달착지근하게 미소 짓기는 했지만, 병들어 쇠약해 보였다. 이 집 없는 노인은 두 달 전 그루셴카와 함께 모크로예에서 돌아온 후로 이 집에 눌러앉아 잠시도 그루셴카의 옆을 떠나지 않았다. 그때 그루셴카와 함께 진눈깨비와 진창을 뚫고 이곳에 도착한 그는 흠뻑 젖은 몸으로 소파에 앉아 애원하는 듯한 조심스러운 미소를 지으며 말없이 그녀를 바라보았다. 그루셴카는 커다란 슬픔에 빠지고 열병의 초기 증상이 나타나고 있던 데다 여러 가지 일에 신경을 쓰느라 도착하고서 처음 반 시간 동안은 막시모프의 존재를 잊고 있다가 문득 지그시 그를 바라보았다. 막시모프는 애처롭고 망연한 얼굴로 그루셴카의 눈을 쳐다보며 히히 웃었다. 그루셴카는 페냐를 불러 그에게 먹을 것을 주라고 했다. 그날 하루 종일 막시모프는 꼼짝 않고 그 자리에 앉아 있었다. 날이 저물어 페냐가 덧문을 닫고 주인에게 물었다.

"아가씨, 이분도 여기서 주무시나요?"

"그래. 소파에 이부자리를 갖다 드려." 그루셴카가 대답했다.

그루셴카는 노인에게 자세한 사정을 물어 정말로 그가 오갈 데 없는 처지이며, '그의 은인인 칼가노프가 더 이상 그를 돌봐줄 수 없다며 5루블을 주었다'는 것을 알았다. "그럼 그냥 여기 계세요." 슬픔에 잠긴 그루셴카가 연민의 미소를 띠며 말했다. 노인은 그루셴카의 미소에 가슴이 울컥했다. 감사한 마음에 울음이 터져 입술이 덜덜 떨렸다. 그때부터 떠돌이 식객은 그루셴카의 집에서 지냈다. 그루셴카가 병치레를 할 때도 그는 그 집을 떠나지 않았다. 페냐와 부엌일을 하는 페냐의 할머니는 막시모프를 쫓아내지 않고 계속해서 식사를 챙겨주고 소파에 이불을 깔아주었다. 나중에는 그루셴카도 그에게 익숙해져서 미탸를 보러 다녀오면(그루셴카는 몸이 채 완쾌되기도 전에 미탸를 면회하러 다녔다) 괴로운 마음을 달래고 슬픈 생각을 떨쳐버리려고 '막시무시카' 옆에 앉아 온갖 잡담을 늘어놓게 되었다. 노인도 때로는 제법 힘이 되는 말을 건넬 줄 알았다. 그래서 그는 결국 그루셴카에게 꼭 필요한 존재가 되었다. 알료샤는 매일 오는 것도 아니었고, 오래 있다 가지도 않았지만, 그루셴카는 알료샤 외에는 거의 아무도 집에 들이지 않았다. 그루셴카의 늙은 상인은 그 무렵 무척 위독한 상태였다. 시내 사람들의 말마따나 죽음을 목전에 두고 있었다. 실제로 그는 미탸의 재판이 있고 겨우 일주일 만에 숨을 거뒀다. 노인은 죽기 3주 전 최후의 순간이 가까웠음을 느끼고 아들 부부와 손주들을 2층으로 불러 자기 옆을 떠나지 말라고 명령했다. 그는 그날부로 절대로 그루셴카를 집으로 들이지 말 것이며, 만약 찾아오더라도 자기는 잊고 오래도록 행복하게 살라는 말을 전하라고 하인들에게 엄명을 내렸다. 하지만 그루셴카는 매일같이 사람을 보내 그의 용태를 알아보게 했다.

"드디어 왔군요!" 그루셴카는 카드를 내던지고 알료샤를 반갑게 맞이했다. "막시무시카가 당신이 안 올 거라고 겁을 주지 뭐예요. 아아, 내겐 당신이 얼마나 필요한지 몰라요! 탁자로 가서 앉아요. 뭘 마시겠어요? 커피?"

"좋아요." 알료샤가 자리에 앉으면서 말했다. "무척 시장하군요."

"저런, 페냐, 페냐, 커피 좀 내와!" 그루셴카가 외쳤다. "커피라면 한참 전부터 당신을 기다리며 끓고 있었답니다. 그리고 만두도 가져와. 뜨거운 걸로. 참, 그러고 보니 알료샤, 오늘 만두 때문에 한바탕 소동을 치렀지 뭐예요. 감옥에 있는 그이한테 만두를 가져다주었는데 글쎄, 만두를 나한테 도로 내던지며 먹지 않겠다는 거예요. 하나는 아예 바닥에 내동댕이치고 발로 짓뭉개기까지 했어요. 나는 '간수에게 맡겨 놓겠어요. 저녁때까지도 안 먹으면, 당신은 독기만 먹고 사는 사람이에요!'라고 말하고 돌아와버렸어요. 또 싸워버렸어요. 찾아갈 때마다 맨날 싸우기만 한다니까요."

그루셴카는 잔뜩 흥분해서 단숨에 늘어놓았다. 막시모프는 곧바로 겁을 먹었는지 시선을 내리깔며 미소를 지었다.

"이번엔 왜 싸운 거예요?" 알료샤가 물었다.

"그이가 그럴 줄은 정말 생각지도 못했어요! 글쎄, 왜 그 작자를 데리고 있느냐, 그 작자를 데리고 살고 있지 않느냐면서 '옛 애인'한테 질투를 하는 거예요. 그이는 질투밖에 몰라요! 먹고 자고 질투만 한다니까요! 지난주엔 쿠지마 영감한테까지 질투를 하지 뭐예요."

"하지만 '옛 애인'에 대해선 형도 알고 있었잖아요?"

"내 말이 그 말이에요. 처음부터 지금까지 뻔히 다 알고 있었으면서, 오늘 갑자기 작정을 하고 욕을 퍼붓는 거예요. 그 사람이 뭐라고 했는지는 창피해서 말도 못 하겠어요. 바보 같은 사람! 나갈 때 보니까 라키틴이 들어가더군요. 혹시 라키틴이 그이를 부추기는 게 아닐까요? 어떻게 생각해요?" 이렇게 말하는 그루셴카는 무척 심란해 보였다.

"당신을 너무 사랑해서 그래요. 지금 무척 초조하기도 할 테고요."

"내일이 공판이니 어떻게 초조하지 않을 수 있겠어요. 내가 찾아간 것도 내일 일로 할 말이 있어서였어요. 내일 무슨 일이 벌어질지, 생각만 해도 무서워요! 그이가 초조할 거라고 하지만, 나 역시 얼마나 초조한지 몰라요! 그런데 그 폴란드 양반 타령이라니! 그런 바보가 또 어디 있을까! 그래도 막시무시카한테는 질투가 안 나나 보죠."

"제 마누라도 질투가 굉장했답니다." 막시모프가 끼어들었다.

"아저씨 때문에요?" 그루셴카는 저도 모르게 웃음을 터뜨렸다. "누구한테 질투했는데요?"

"하녀들한테 질투했죠."

"에이, 그만해요, 막시무시카. 난 지금 웃을 기분이 아니에요. 화가 치밀어오를 지경인걸요. 만두는 그만 쳐다봐요. 어차피 드리지 않을 테니까. 몸에 해로워요. 술도 마찬가지고. 알료샤, 난 이분하고도 이렇게 아옹다옹 다투며 산답니다. 우리 집은 양로원이 따로 없어요." 그루셴카는 웃었다.

"저는 아가씨가 돌봐줄 가치가 없는, 아무 쓸모도 없는 놈이랍니다." 막시모프가 울먹거리는 목소리로 말했다. "나보다 더 쓸모 있는 사람을 도와야 할 텐데."

"에이, 막시무시카, 사람은 누구나 쓸모 있는 법이에요. 그리고 누가 누구보다 더 쓸모 있는 사람인지 어떻게 알아요? 알료샤, 그 폴란드 사람만 없어도 좋겠어요. 오늘은 병까지 얻어걸렸지 뭐예요. 난 그 사람한테도 다녀왔어요. 이젠 일부러라도 그 사람한테 만두를 보내려고요. 보낸 적 없는 만두를 가지고 미탸가 저렇게 나를 비난하니, 이젠 일부러라도 보내야겠어요! 아, 페냐가 편지를 가지고 왔네요! 그럼 그렇지, 그 폴란드 양반들이 보낸 거예요. 또 돈 달라는 얘기겠죠!"

아니나 다를까 무살로비치는 늘 그렇듯 지나치게 장황한 편지를 보내 3루블을 빌려달라고 청해왔다. 석 달 안에 갚겠다는 내용의 차용증까지 동봉되어 있었다. 차용증 아래쪽에는 브루블렙스키의 서명도 있었다. 그루셴카는 자신의 '옛 애인'으로부터 그런 편지와 차용증을 이미 수없이 받아왔다. 그런 일은 2주 전쯤 그루셴카의 건강이 회복되기 시작할 무렵부터 시작되었다. 그러나 그루셴카는 자기가 병상에 누워 있을 때도 두 신사가 문병을 왔던 것을 알고 있었다. 그루셴카가 받은 첫 번째 편지는 커다란 편지지에 가문의 문장紋章이 큼지막하게 찍힌 장문의 편지였다. 그 내용이 얼마나 모호하고 미사여구로 점철되어 있던지, 그루셴카는 반쯤 읽다가 도무지 무슨 소린지 이해할 수가 없어 그것을 내던져버리고 말았다. 사실 그 무렵 그루셴카는 편지 따위에 신경 쓸 상태도 아니었다. 첫 번째 편지에 이어 다음 날 두 번째 편지가 왔다. 아주 잠깐 동안만 2000루블을 빌려달라는 내용이었다. 그루셴카는 그 편지에도 답장을 하지 않았다. 그때부터 하루에 한 통씩 꼬박꼬박 편지가 날아들기 시작했다. 한결같이 잔뜩 격식을 차린 장황한 편지들이었으나, 빌려 달라는 액수는 100루블, 20루블, 10루블로 점점 줄어들더니, 마침내는 고작 1루블을 빌려달라며 두 사람이 서명한 차용증을 동봉한 편지가 왔다. 그루셴카는 그 편지를 보자 문득 가엾은 마음이 들어, 어둑어둑해질 무렵 직접 폴란드인에게 달려갔다. 그곳에 가서 보니, 신사들은 거지나 다름없을 만큼 지독한 빈곤에 시달리고 있었다. 먹을 것도, 땔감도, 담배도 없었고, 안주인에게 빚까지 진 상태였다. 모크로예에서 미탸에게 따낸 200루블은 금방 어디론가 사라져버리고 없었다. 그런데도 두 신사가 오만하고 위엄 있는 태도로 온갖 격식을 갖추며 과장된 말투로 자기를 맞이하니 그루셴카는 기가 막힐 따름이었다. 그루셴카는 그저 웃으면서 '옛 애인'에게 10루블을 쥐어주었다. 얼마 지나지 않아 황당한 웃음을 터뜨리며 미탸에게 그 얘기를 했을 때, 미탸는 조금도 질투하지 않았다. 그러나 그때부터 두 신사는 그루셴카에게 매달려 매일같이 돈을 달라고 편지 공세를 퍼부었고, 그루셴카는 매번 조금씩 돈을 보내주었다. 그런데 오늘 별안간 미탸가 지독하게 질투를 하고 나선 것이다.

"미탸를 보러 가는 길에 잠깐 그 사람 집에 들른 내가 바보였어요. 그 사람, 내 옛 신사도 병들었거든요." 그루셴카는 수선스럽게 서두르며 다시 입을 열었다. "웃으면서 그 얘기를 미탸에게 했어요. 그 폴란드 사람이 기타를 치면서 옛날에 불러주던 노래를 불러주더라고, 내가 감동해서 그 사람하고 결혼이라도 할 줄 아는 모양이더라고 했죠. 그랬더니 갑자기 펄쩍 뛰면서 내게 욕설을 퍼붓지 뭐예요…. 이대로는 못 있어요. 그 사람들한테 만두를 보낼 거예요! 페냐, 그 사람이 저 아이를 보냈니? 자, 저 애한테 이 3루블을 주고 만두도 열 개쯤 종이에 싸서 보내. 알료샤, 당신은 내가 그 사람들한테 만두를 보내더라고 미탸한테 꼭 말해줘요."

"절대로 말하지 않을 겁니다." 알료샤는 미소를 지으며 말했다.

"당신은 미탸가 괴로워하는 줄 아는군요. 그이는 사실 아무렇지도 않은데, 일부러 질투하는 척을 하는 거예요." 그루셴카는 씁쓸한 얼굴로 말했다.

"일부러 질투하는 척을 한다고요?" 알료샤는 물었다.

"알료셴카, 당신은 정말 바보로군요. 그렇게 똑똑하면서 이런 문제에 대해서는 아무것도 몰라요. 난 그이가 이런 나를 질투해서 속상한 게 아니에요. 오히려 전혀 질투하지 않았으면 더 속이 상했을 거예요. 난 그런 여자예요. 질투 때문에 화를 내지는 않아요. 나부터가 잔인하고 질투가 심한 여자거든요. 그저 내가 화나는 건, 그이가 나를 전혀 사랑하지 않아 일부러 질투하는 척을 하고 있다는 사실이에요. 내가 장님인가요? 그런 것도 모르게? 아까도 갑자기 그 카탸 얘기를 꺼내잖아요. 그 여자가 이렇다느니 저렇다느니, 자기 재판을 위해 모스크바에서 의사를 불러왔다느니, 자기를 구해주려고 가장 학식이 뛰어난 일류 변호사를 불러왔다느니 하면서요. 내 앞에서 대놓고 그 여자 칭찬을 한다는 건 그 여자를 사랑하고 있다는 뜻이에요. 그 눈빛이 얼마나 뻔뻔스럽던지! 내게 죄책감을 느끼니까 나를 먼저 죄인으로 만들어서 몽땅 내게 덮어씌우려고 괜히 날 물고 늘어지는 거예요. '네가 먼저 그 폴란드인과 놀아났으니, 나도 카탸와 그래도 된다' 이렇게 말하려고요! 나한테만 몽땅 뒤집어씌울 생각이에요. 분명히 말하지만 일부러 트집을 잡는 거예요. 하지만 난…."

그루셴카는 자기가 어떻게 할 것인지 끝까지 말하지 못하고 손수건으로 눈을 가리고 목 놓아 울기 시작했다.

"형은 카테리나 이바노브나를 사랑하지 않아요." 알료샤는 자신 있게 말했다.

"사랑하는지 아닌지는 내가 스스로 곧 알아낼 거예요." 그루셴카가 눈가에서 손수건을 떼며 위협적인 어조로 말했다. 그 얼굴은 일그러져 있었다. 알료샤는 잔잔한 명랑함을 띠던 그루셴카의 온화한 얼굴이 순식간에 음침하고 표독스럽게 변한 것을 보고 가슴이 아팠다.

"이런 어리석은 얘긴 이제 됐어요!" 그루셴카가 불쑥 이렇게 내뱉었다. "내가 당신을 부른 건 이런 것 때문이 아니에요. 알료샤, 내일, 내일 어떻게 될까요? 내가 정말 괴로운 건 바로 그 일이에요! 나 혼자만 이렇게 괴로워하고 있어요! 아무도 그 일에 신경 쓰지도, 관심 갖지도 않아요. 그래도 당신은 염려하고 있겠죠? 내일이 공판이잖아요! 그 사람한테 어떤 선고가 떨어질까요? 그건 하인이 한 짓이에요, 하인이 죽인 거라고요! 아아! 이대로 하인 대신 그이가 유죄 판결을 받고, 아무도 그이를 변호해주지 않는 건 아닐까요? 그 하인은 한 번도 심문을 받지 않았잖아요?"

"그 하인도 엄격하게 심문을 받았어요." 알료샤가 생각에 잠긴 얼굴로 말했다. "하지만 모두들 그 하인은 범인이 아니라는 결론을 내렸죠. 지금 그는 심하게 앓고 있어요. 간질 발작을 일으킨 날부터 계속 그 상태예요. 정말로 위중한 모양이더군요." 알료샤가 말했다.

"아아, 당신이 그 변호사를 찾아가 직접 얼굴을 맞대고 사정을 설명했으면 좋았을걸. 페테르부르크에서 3000루블이나 주고 데려왔다면서요."

"그 3000루블은 저, 이반 형, 카테리나 씨 이렇게 셋이서 낸 거예요. 하지만 모스크바에서 2000루블을 주고 의사를 데려온 건 카테리나 씨 혼자 한 일이죠. 페튜코비치 변호사는 돈을 더 요구할 수도 있었지만, 이 사건이 러시아 전역에 알려지고, 신문이며 잡지가 온통 이 사건 때문에 떠들썩하니까 돈보다는 명성을 생각해 승낙한 거예요. 이 사건이 워낙 유명세를 탔으니까요. 어제 그 변호사를 만나고 왔어요."

"그래, 그 사람한테 얘기했어요?" 그루센카는 조급하게 물었다.

"내 얘기를 듣기만 할 뿐 아무 말이 없었어요. 이미 자기 견해가 섰다더군요. 하지만 내 얘기도 참고하기로 약속했어요."

"참고라니! 아아, 그 사람들은 다 사기꾼이에요! 그이 인생을 망쳐버리고 말 거예요! 그런데 의사는, 의사는 뭘 하러 부른 거래요?"

"전문가 자격으로 부른 거예요. 형이 정신이상자라서 광기를 일으켜 제정신이 아닌 채로 살인을 저질렀다, 이렇게 주장하려는 거죠." 알료샤는 조용히 미소 지었다. "하지만 형은 그렇게 할 생각이 없어요."

"아아, 정말로 그이가 죽였다면, 아마 그게 사실이겠죠!" 그루셴카가 외쳤다. "그때 그이는 제정신이 아니었어요. 완전히 미쳐 있었어요. 그리고 그건 다 나, 이 못된 여자 때문이었어요! 하지만 그이가 죽인 게 아니에요! 그런데 시 전체가 그이가 죽였다고 혐의를 씌우고 있어요. 페냐와 그 여자마저도 그이가 죽였다는 식으로 증언하고 있고요. 상점 점원들도, 그 관리도, 술집 사람들도 전에 그런 말을 들었다는 거예요! 다들 그이한테 불리한 진술만 떠들어대고 있어요."

"맞아요. 증언이 걷잡을 수 없이 늘어났어요." 알료샤는 가라앉은 목소리로 말했다.

"그리고리도, 그리고리 바실리예비치도 문이 열려 있었

다는 주장을 굽히지 않고 있잖아요. 자기가 봤다고 박박 우겨대고 있어요. 그 사람은 도저히 설득할 수가 없어요. 내가 달려가서 직접 얘길 해봤는데, 내게 호통까지 치지 뭐예요!"

"그래요, 어쩌면 그게 형에게 가장 불리한 증언인지도 몰라요." 알료샤는 말했다.

"그런데 미탸가 제정신이 아니라는 얘기 말이에요, 지금 그이를 보면 정말로 그런 것 같기도 해요." 그루셴카가 유독 걱정스럽다는 듯 은밀한 태도로 이런 말을 꺼냈다. "있잖아요, 알료샤, 전부터 이 얘길 하고 싶었어요. 난 매일 그이를 보러 가지만, 가보면 그저 황당할 뿐이에요. 알료샤, 그이가 요새 줄곧 지껄이는 말이 대체 무슨 뜻인 것 같아요? 뭐라고 계속 얘기를 꺼내는데 도통 이해할 수가 있어야지요. 그이는 뭔가 고차원적인 얘길 하는데, 내가 워낙 무식해서 이해하지 못하나 싶다니까요. 그이는 갑자기 웬 갓난이 얘기를 하기 시작했어요. '어째서 갓난이는 불행할까?' '나는 갓난이 때문에 시베리아로 간다. 나는 죽이지 않았지만, 시베리아에 가야 한다!' 이런 식으로요. 그게 무슨 말인지, 갓난이가 대체 뭘 어쨌다는 건지 도무지 모르겠어요. 그이가 그러면 난 펑펑 울기만 해요. 그런 말을 너무나 와닿게 하는 데다, 그이도 울고 있었거든요. 그래서 나도 따라 울었어요. 그랬더니 갑자기 내게 입맞춤을 하고 성호를 긋지 뭐예요. 알료샤, 이게 대체 무슨 일일까요? 대체 그 '갓난이'가 뭔지 말 좀 해봐요."

"무슨 이유에서인지 라키틴이 형을 보러 다니고 있어요." 알료샤는 미소 지었다. "사실… 라키틴 때문은 아닌 것 같지만요. 어제 형을 보러 가지 않았으니, 오늘 한번 가볼게요."

"맞아요, 라키틴 때문은 아닐 거예요. 이반 표도로비치가 그이를 만나러 다니면서 마음을 들쑤셔놓는 거예요…." 그루셴카는 그렇게 말하더니 아차 하는 얼굴로 입을 다물었다. 알료샤는 깜짝 놀라 그루셴카를 쳐다보았다.

"만나러 다닌다고요? 작은형이 큰형을 찾아갔어요? 작은형은 한 번도 온 적 없다고 큰형이 그랬는데."

"아아… 정말이지, 난 늘 이렇다니까! 그걸 말해버리고 말다니!" 그루셴카는 당혹감에 휩싸여 얼굴을 새빨갛게 붉히며 소리쳤다. "잠깐만요, 알료샤. 가만히 있어봐요. 어차피 해버린 말이니 사실대로 다 말할게요. 이반 씨는 그이를 두 번 찾아갔어요. 한 번은 이 고장에 온 직후였어요. 그때 곧바로 모스크바에서 달려왔거든요. 내가 아직 앓아눕기 전이었어요. 두 번째로 다녀간 건 일주일 전이에요. 그이한테 당신에게는 절대 말하지 말라고 당부했대요. 아니, 당신뿐 아니라 아무한테도 말하지 말라고 하고 몰래 다녀갔대요."

알료샤는 깊은 사색에 잠겨 곰곰이 무언가를 생각했다. 그 소식에 무척 충격을 받은 기색이었다.

"작은형은 나와 큰형 얘기를 하지 않아요." 그는 느릿하게 말했다. "아니, 미탸 형의 일뿐 아니라 지난 두 달 동안 나와 거의 대화를 나누지 않았어요. 찾아가면 언제나 못마땅한 기색이라서, 3주 전부터는 저도 찾아가지 않았어요. 흠… 이반 형이 일주일 전에 다녀갔다면… 일주일 동안 큰형 마음속에서 정말로 어떤 변화 같은 게 있었을 수도 있겠군요….”

“그래요, 변화가 일어난 거예요!” 그루셴카는 얼른 맞장구를 쳤다. “두 사람한테는 비밀이 있어요! 예전부터 비밀이 있었다고요! 미탸도 비밀이라고 자기 입으로 그랬는걸요. 그것도 미탸가 안절부절못할 만큼 심각한 비밀이에요. 그이는 원래 쾌활한 사람이잖아요. 지금도 쾌활하긴 하지만, 이런 식으로 고개를 저으면서 방 안을 서성이거나, 이 오른쪽 손가락으로 관자놀이쪽 머리카락을 잡아당기거나 하는 걸 보면 마음에 근심거리가 있는 거예요…. 분명히 알 수 있다고요…! 원래는 쾌활한 사람인데. 오늘도 쾌활해 보였고요!”

“아까는 초조해했다고 했잖아요?”

“초조해하면서도 쾌활했어요. 계속 초조해하다가 잠깐 동안 쾌활해지는 거예요. 그러곤 또다시 초조해했지요. 알료샤, 그이를 보면 놀랍기만 해요. 곧 무서운 일이 닥칠 텐데, 가끔씩 꼭 어린애처럼 아무것도 아닌 일을 가지고 웃어댄다니까요.”

“이반 형에 대해 말하지 말라고 한 것도 사실이에요? 말하지 말아라, 이렇게 말했어요?”

“그렇게 말했어요. 말하지 말라고. 그이는 당신을 두려워하고 있어요. 비밀이 있으니까요. 자기 입으로 그랬어요. 비밀이라고… 알료샤, 그이한테 가서 두 사람의 비밀이 뭔지 알아내서 내게 알려줘요.” 그루셴카는 자리에서 벌떡 일어나 애원했다. “불쌍한 내가 내 저주받은 운명을 알 수 있게 해줘요! 그 부탁을 하려고 오라고 한 거예요.”

"그 비밀이 당신하고 관련 있다고 생각해요? 그랬다면 미탸 형이 당신 앞에서 비밀이라는 말을 하지는 않았을 거예요."

"모르겠어요. 어쩌면 내게 하고 싶은 말이 있는데 그 말을 할 용기를 못 내고 있는지도 몰라요. 그래서 미리 암시를 주느라 비밀이 있다고만 하고, 무슨 비밀인지는 말하지 않는 거예요."

"당신은 어떻게 생각하는데요?"

"어떻게 생각하느냐고요? 난 이제 끝장이다, 그렇게 생각해요. 세 사람이 함께 나를 끝장내려 하는구나 싶어요. 왜냐하면 카탸도 끼어 있거든요. 이건 다 카탸가 한 짓이에요. 카탸 때문에 시작된 일이라고요. 그이가 카탸에 대해 '이렇네 저렇네' 말하는 건, 나는 그렇지 못하다는 뜻이에요. 미리 그런 말로 암시를 주려는 거죠. 그이는 나를 버리기로 작정했어요! 비밀이란 바로 그거죠! 미탸, 카탸, 이반 표도로비치 이렇게 세 사람이 그럴 생각을 한 거예요. 알료샤, 전부터 묻고 싶은 게 있었어요. 일주일 전에 불쑥 그이가 그러는데, 이반 씨가 카탸에게 반해 자주 그 여자를 찾아간다고 하더군요. 그 말이 사실일까요? 내게 비수를 꽂아도 좋으니 양심껏 말해줘요!"

"난 당신에게 거짓말을 하지 않아요. 이반 형은 카테리나 이바노브나를 사랑하지 않아요. 난 그렇게 생각해요."

"나도 그렇게 생각했어요! 그이가 뻔뻔스럽게 내게 거짓말을 하는 거예요! 지금 질투하는 건, 나중에 내게 잘못을 덮어씌우기 위해서예요. 바보 같으니, 워낙 솔직한 사람이라 감쪽같이 속일 줄을 모른다니까요…. 하지만 두고 봐요, 두고 봐요! 글쎄, 그이가 내게 뭐라는 줄 알아요? '당신은 내가 죽였다고 생각하지?' 내게, 내게 이런 말을 하더라니까요. 어떻게 그런 말로 나를 책망할 수가 있죠! 두고 봐요. 법정에서 캬탸가 험한 꼴을 보게 될 테니! 그때 한마디 해주고 말겠어요…. 아니, 죄다 말해버릴 거예요!"

그루셴카는 다시 서럽게 울었다.

"그루셴카, 내가 분명히 말할 수 있는 건," 알료샤가 자리에서 일어서면서 말했다. "첫째, 미탸 형이 사랑하는 건 당신이에요. 이 세상 누구보다 당신을 사랑하고, 당신 하나만을 사랑하고 있어요. 그 점에 관한 한 날 믿어요. 난 그걸 분명히 알고 있어요. 둘째로 말할 것은, 난 미탸 형에게서 비밀을 억지로 캐내고 싶지는 않아요. 그러니 만약 오늘 형이 스스로 얘기하지 않는다면, 당신에게 비밀을 말해주기로 약속했다고 솔직하게 말할 생각이에요. 그런 다음에 곧바로 이리로 와서 말해줄게요. 다만… 내 생각엔… 그 비밀은 카테리나 이바노브나와는 아무런 관련이 없는 뭔가 다른 일일 것 같아요. 틀림없어요. 카테리나 이바노브나와 엮인 일 같지는 않아요. 그럼 다녀올게요!"

알료샤는 그루셴카의 손을 잡았다. 그루셴카는 여전히 울고 있었다. 알료샤는 그녀가 자신이 건넨 위로의 말을 거의 믿지는 않았지만, 가슴속 슬픔을 꺼내놓은 것만으로도 위안이 되었음을 깨달았다. 그루셴카를 그런 상태로 두고 가자니 안쓰러운 마음이 들었지만 알료샤는 서둘렀다. 아직 해야 할 일이 많았다.

2. 아픈 다리

그중 첫 번째 일은 호흘라코바 부인의 집에서 처리해야 했다. 알료샤는 얼른 그곳에서 볼일을 끝내고 늦지 않게 미탸에게 가려고 걸음을 재촉했다. 호흘라코바 부인은 벌써 3주째 앓고 있었다. 어찌 된 영문인지 한쪽 다리가 부어오른 것이다. 부인은 아예 병석에 누운 것은 아니었으나, 낮에는 매력적이면서도 품위 있는 실내복을 입고 내실 소파에 기대앉아 있었다. 언젠가 알료샤는 호흘라코바 부인이 환자이면서도 머리에 핀과 리본을 달고 품이 넓은 블라우스를 입는 등 전보다 더 멋을 내는 것을 눈치채고 속으로 악의 없이 웃은 적이 있었다. 알료샤는 그 이유를 짐작했으나, 쓸데없는 생각이라 여기고 머릿속에서 지워버렸다. 지난 두 달 동안 호흘라코바 부인을 찾아오는 손님 가운데는 젊은 페르호틴이 끼어 있었다. 거의 나흘 만에 이곳에 온 알료샤는 집에 들어서자마자 곧바로 리자에게 가보려고 했다. 알료샤의 용건은 리자에게 있었기 때문이다. 리자는 어제 하녀를 보내 '무척 중요한 사정'이 있으니 빨리 와달라고 간곡히 부탁했는데, 알료샤는 어떤 이유가 있어 그 일에 흥미를 느꼈다. 그러나 하녀가 리자에게 알료샤의 방문을 알리러 간 사이, 호흘라코바 부인도 누구에게 들었는지 알료샤가 왔다는 것을 알고 '잠깐이면 되니까' 자기 방으로 와달라는 말을 전해왔다. 알료샤는 부인의 부탁을 먼저 들어주는 편이 좋겠다고 판단했다. 그렇지 않으면 리자의 방에 있는 동안 쉴 새 없이 사람을 보내올 것이 뻔했기 때문이다. 호흘라코바 부인은 유난히 화려한 차림을 하고 소파에 누워 있었는데, 신경이 곤두서고 무척 흥분한 듯했다. 부인은 환성을 지르며 알료샤를 맞았다.

"이게 대체 얼마만이에요! 몇 백 년은 된 것 같군요! 꼬박 일주일 만이네요, 참 아니지, 나흘 전, 수요일에 다녀갔죠. 리즈를 보러 왔나요? 나 몰래 발꿈치를 들고 살금살금 찾아가려 했을 거예요. 알렉세이 표도로비치, 그 애 때문에 내가 얼마나 속을 끓이는지 당신은 모를 거예요! 하지만 그 얘긴 나중에 해요. 그게 가장 중요한 문제이긴 하지만, 그래도 나중에 하는 게 좋겠어요. 사랑스러운 알렉세이 표도로비치, 당신이라면 마음 놓고 우리 리자를 맡길 수 있답니다. 조시마 장로님이 돌아가신 후에, 하느님, 그분의 영혼에 평화를 주시기를! (부인은 성호를 그었다.) 그분이 돌아가신 후에 나는 당신을 고행 수도사로 여기고 있어요. 당신에게 새 양복이 아주 멋지게 어울리긴 하지만요. 대체 우리 시 어디에서 그런 재봉사를 찾은 거죠? 아니, 아니지, 그것도 중요한 얘기는 아니니까 나중에 하도록 해요. 가끔 당신을 그냥 알료샤라고 부르더라도 용서하세요. 나는 늙었으니까 무엇이든 해도 되거든요." 부인은 애교스럽게 웃었다. "하지만 그 얘기도 나중에 해요. 중요한 건, 내가 본론을 잊지 않는 거예요. 당신이 주의를 줘요. 내가 딴 얘기로 빠질라 치면, '그래서 본론은요?' 하고 물어봐줘요. 아아, 하지만 본론이 뭔지는 나도 정말 모르겠군요! 리즈가 자기 약속을 취소했을 때, 그러니까 당신에게 시집가겠다는 그 철없는 약속 말이에요, 알렉세이 표도로비치, 당신은 그게 오랫동안 안락의자에 앉아 지낸 병든 여자애의 어린애답고 장난스러운 공상에 지나지 않았다는 걸 깨달았을 거예요. 다행히 그 애는 이제 걸을 수 있답니다. 그 의사 선생님 있죠, 카탸가 내일 재판을 받을 당신의 불행한 형님을 위해 모스크바에서 불러온 새 의사 선생님… 아아, 내일 얘기는 뭣 하러 꺼냈담! 전 내일 일을 생각만 해도 죽을 것만 같답니다! 무엇보다도 궁금한 마음을 참을 수 없어서… 아무튼 그 의사가 어제 우리 집에 와서 리즈를 봐줬어요…. 왕진료로 50루블을 드렸죠. 아니, 또 그 얘기가 아니라… 머릿속이 온통 뒤죽박죽이군요. 자꾸만 조바심이 나요. 왜 이렇게 조바심이 나는지 나도 모르겠어요. 이젠 정말 아무것도 모르겠어요. 온통 뒤죽박죽이에요. 당신이 따분한 나머지 뛰쳐나가 버리지는 않을까 이렇게 당신만 쳐다보고 있답니다. 아아, 하느님! 아니, 이러고 있을 게 아니라, 우선 커피를 드려야지, 율리야, 글라피라, 커피를 내와!"

알료샤는 얼른 사양하고 조금 전에 커피를 마셨다고 했다.

"어디서요?"

"아그라페나 알렉산드로브나 댁에서요."

"그건… 그 여자 말이군요! 아아, 그 여자가 모두를 끝장

내버린 거예요. 하긴, 이제는 성녀가 되었다고들 하지만요. 하지만 이미 늦었어요. 진작 필요할 때 그랬으면 좋았을 것을, 이제 와서 그래 봐야 무슨 소용이 있겠어요? 알렉세이 표도로비치, 부디 잠자코 있어줘요. 하고 싶은 말이 얼마나 많은지 아무 말도 못 할 것 같은 기분이에요. 그 끔찍한 재판… 난 꼭 갈 거예요. 사람들을 시켜서 의자에 앉은 채로 데려다 달라고 할 생각이에요. 아시다시피 나도 증인 중의 한 사람이거든요. 거기서 무슨 말을 할까요, 무슨 말을 하면 좋을까요! 내가 뭐라고 할지 나도 모르겠어요. 재판소에 가면 선서를 해야 하잖아요, 그렇죠, 맞죠?"

"맞아요. 하지만 부인은 출정하시기 어렵지 않을까요."

"앉아 있으면 돼요! 아아, 당신 탓에 얘기가 자꾸 딴 데로 흐르는군요! 그 재판, 그 야만스러운 짓, 그게 끝나면 다들 시베리아에 가겠죠. 결혼하는 사람도 있을 테고요. 모든 것이 빠르게 흘러가 전부 변해버리고, 결국엔 다들 늙은이가 되어서 자기가 들어갈 관만 쳐다보고 있겠지요. 뭐 상관없어요, 난 이제 지쳤어요. 그 카탸, cette charmante personne(그 매력적인 사람)이 내 모든 희망을 산산조각 내버렸어요. 이제 그 아가씨는 당신 형님을 따라 시베리아에 갈 테고, 당신의 또 다른 형님은 그 아가씨를 따라가 옆 마을에 살면서 세 사람이 끝없이 서로를 괴롭히겠지요. 그런 생각을 하면 미칠 것 같아요. 하지만 그보다 더 괴로운 건 이 사건에 대한 소문이 파다하게 퍼졌다는 거예요. 페테르부르크나 모스크바의 신문이란 신문은 백만 번씩은 이 얘길 다뤘을걸요! 아아, 그렇지,

내 얘기도 실렸더군요. 글쎄, 내가 당신 형님의 '다정한 연인'이었다나요. 그런 역겨운 말은 입에 올리기도 싫어요. 아니, 이게 있을 수 있는 일인가요? 있을 수 있는 일이냐고요!"

"그럴 리가요! 어디서 뭐라고 실렸는데요?"

"당장 보여줄게요. 어제 받아서 그 자리에서 읽어봤어요. 여기 페테르부르크의 〈소문〉이라는 신문이에요. 올해부터 발행되는 신문인데, 워낙 소문을 좋아해서 구독 신청을 했다가 이런 날벼락을 맞았지 뭐예요. 소문이란 게 다 그런 거였어요. 여기, 이 부분이에요. 읽어봐요."

부인은 베개 밑에 넣어두었던 신문을 꺼내 알료샤에게 내밀었다.

그녀는 상심했다기보다는 정신이 모두 산산조각 난 사람 같았다. 머릿속이 온통 뒤죽박죽이 된 것도 무리는 아닌 듯했다. 꽤나 특색 있게 쓴 기사에 부인은 몹시 민망했을 것이 분명했지만, 다행히도 그때 그녀는 한 가지 일에 집중할 수 없는 상태여서 잠시 후 신문에 대해서는 잊고 전혀 다른 화제로 넘어갈 수 있었다. 이 무서운 재판에 대한 소문이 러시아 전역을 휩쓸었다는 것은 알료샤도 오래전부터 알고 있었다. 지난 두 달 동안 형, 카라마조프 집안, 그리고 자기 자신에 관한 기사 중에는 정확한 것도 있었지만 해괴망측한 기사도 얼마나 많았는지 모른다. 어떤 신문은 알료샤가 형이 범죄를 저지르자 겁을 집어먹고서 수도사가 되어 수도원에 틀어박혔다고 했다. 다른 신문은 그것을 부정하며, 알료샤가 조시마 장로와 함께 수도원 금고를 부수고 '수도원에서 도망친 것'이라고 보도했다. 〈소문〉지에 실린 이번 기사의 제목은 '스코토프리고니옙스크(안타깝지만 이것이 우리 고장의 이름이다. 나는 오랫동안 이 이름을 숨겨왔다)에서 카라마조프 사건에 이르기까지'였다. 기사는 짤막했고, 호흘라코바 부인이 직접 언급된 곳은 한 군데도 없었으며, 아예 모든 이름이 다 익명으로 처리되어 있었다. 다만 이렇게 씌어 있었을 뿐이었다. 커다란 파문을 일으킨 재판을 받게 된 범인은 퇴역 육군 대위인데, 뻔뻔스러운 한량에 농노제 찬성자이며, 끊임없이 애정 행각을 일삼고 특히 '혼자 외로워하는 부인들'을 홀리는 것이 전문이었다. '혼자 외로워하는 미망인' 중에는 다 큰 딸을 두고도 젊어 보이려 갖은 애를 쓰는 부인이 있었는데, 범인에게 홀딱 반한 나머지 범행이 벌어지기 겨우 2시간 전에 함께 금광으로 도망치자며 3000루블을 주겠다고 했다. 그러나 파렴치한 악당은 마흔 살짜리 매력이나 뽐내는 권태에 찌든 부인을 데리고 시베리아로 가느니, 어차피 처벌은 피할 수 있을 테니까 차라리 아버지를 죽여 3000루블을 빼앗는 편이 낫다고 생각했다는 것이다. 물론 이 황당무계한 기사는 친부 살해의 부도덕함과 농노제에 대한 고결한 분노로 끝을 맺고 있었다. 알료샤는 호기심을 느끼며 기사를 읽은 다음 신문을 접어 호흘라코바 부인에게 돌려주었다.

"내가 아니면 누구겠어요?" 부인은 다시 재잘거렸다. "그건 분명히 날 두고 쓴 말이에요. 그보다 1시간쯤 일찍 그 사람한테 금광에 가라고 권했거든요. 그런데 뜬금없이 '마흔 살짜리 매력'이라니! 내가 설마 그런 목적으로 금광에 가라고 했겠어요? 틀림없이 누가 고의로 그렇게 쓴 거예요! 하느님, 마흔 살짜리 매력이니 어쩌니 하고 쓴 사람을 용서해주십시오. 저도 용서하겠습니다. 그런데… 그런데 이게 누구 짓인지 알아요? 바로 당신 친구 라키틴이 한 짓이랍니다."

"그럴지도 모르지요." 알료샤가 말했다. "하지만 저는 아무 말도 듣지 못했습니다."

"'그럴지도 모른다'가 아니라 분명히 그 사람 짓이에요! 내가 그 사람을 쫓아냈거든요…. 그 얘기는 알고 있죠?"

"부인이 더 이상 찾아오지 말라고 하신 건 알지만, 이유는… 적어도 부인께는 듣지 못했습니다."

"그럼 그 사람한테서는 들었나 보군요! 어때요, 내 험담을 하던가요? 심하게 그러던가요?"

"네, 험담을 하더군요. 사실 그 친구가 험담하지 않는 사람은 없으니까요. 하지만 부인이 왜 그 친구에게 오지 말라고 하셨는지는 그 친구에게서도 듣지 못했어요. 사실 만난 적이 거의 없거든요. 가까운 사이가 아니라서요."

"그럼 모든 걸 말할게요. 별수 없죠. 난 후회하고 있어요. 내 잘못이라고 할 수 있는 부분도 있긴 하거든요. 너무나 사소해서, 없다고 해도 무방한 잘못이지만요. 있잖아요, 알료샤." 호흘라코바 부인은 갑자기 장난스러운 얼굴로 수수께끼 같은 사랑스러운 미소를 지었다. "있잖아요, 내 생각엔… 이해해줘요, 알료샤, 난 당신에게 어머니 같은 마음으로… 아니, 아니지, 그 반대로 당신을 아버지라고 생각하고 이런 말을 하는 거예요…. 지금 어머니라는 말은 전혀 어울리지 않는군요…. 뭐, 조시마 장로님께 고백하는 마음이라고나 할까요. 그렇지, 그게 낫겠군요. 그게 가장 적당하겠어요. 조금 전에 당신을 고행 수도사라고 부르기도 했으니까요. 아무튼 그 가엾은 청년, 당신의 친구 라키틴이(아아 하느님, 난 그 사람에게 화를 낼 수가 없어요! 물론 화나고 속상하긴 하지만, 펄펄 뛸 만큼은 아니에요), 한마디로 말해 그 경솔한 젊은이가 글쎄, 갑자기 내게 반해버린 것 같아요. 그건 나중에서야 문득 깨달은 사실이지만, 사실 한 달쯤 전부터 그 청년은 자주, 거의 매일같이 우리 집을 찾아오기 시작했어요. 원래 알고 지내던 사이였는데 말이에요. 나는 영문을 몰랐죠…. 그런데 어느 날 갑자기 눈앞이 환해지더니 놀랍게도 그런 징후가 눈에 들어오지 뭐예요. 아시다시피, 벌써 두 달 전부터 이 지역에서 근무하는 표트르 일리치 페르호틴이라는 겸손하고 사랑스럽고 훌륭한 젊은이가 우리 집에 드나들고 있어요. 당신도 여러 번 마주친 적이 있을 거예요. 정말 훌륭하고 진중한 사람이죠. 매일은 아니고 사흘에 한 번씩 찾아오는데(매일 와도 상관없지만 말이에요) 언제나 말끔한 옷차림을 하고 있어요. 알료샤, 나는 원래 당신처럼 재능 있고 겸손한 젊은이를 좋아한답니다. 게다가 그 사람은 국가적인 지성을 갖춘 데다, 말하는 모습도 얼마나 호감이 가는지 몰라요. 나는 꼭, 꼭 그 사람을 위해 청탁을 해줄 거예요. 그 사람은 미래의 외교관이에요. 그 끔찍한 날에도 한밤중에 우리 집을 찾아와 나를 살려주었답니다. 그런데 당신 친구 라키틴은 언제나 지저분한 신발을 신고 와서 카펫에 발을 질질 끌고 다니지 뭐예요…. 아무튼, 라키틴은 은근한 암시까지 주기 시작했어요. 한번은 돌아가기 전에 내 손을 으스러지도록 꽉 붙잡는 거예요. 손을 잡힌 순간, 갑자기 한쪽 다리가 아파오기 시작했어요. 라키틴은 전에도 우리 집에서 표트르 일리치와 마주칠 때가 있었는데, 사사건건 시비를 걸고 고함을 쳐요. 두 사람이 옥신각신하는 모습을 보면 속으로 웃음이 나올 뿐이랍니다. 한번은 집에 혼자 앉아 있는데, 아니지, 그땐 누워 있었죠, 한번은 집에 혼자 누워 있는데, 미하일 이바노비치(라키틴의 이름과 부칭—옮긴이)가 찾아와서는 글쎄, 내 아픈 다리를 주제로, 그러니까 내 아픈 다리에 대해 쓴 짤막한 시를 보여주지 뭐예요. 가만 있자, 뭐라고 했더라?

예쁜 다리가, 예쁜 다리가
살짝이 병이 들었다네….

이런 식이었어요. 난 정말이지 시를 외우는 데는 소질이 없다니까요. 저기 놔뒀으니까 나중에 보여줄게요. 정말 훌륭한 시예요. 그저 다리에 대해서만 쓴 것이 아니라, 멋진 사상이 담긴 교훈적인 시거든요. 당장 앨범에 꽂아두어야 할 정도로요. 물론 난 고맙다고 했죠. 그 사람은 무척 뿌듯해하더군요. 그런데 내가 아직 감사 인사를 하고 있는데 불쑥 표트르 일리치가 들어오는 거예요. 그러자 라키틴의 얼굴이 깜깜한 밤처럼 대번에 어두워지더군요. 난 표트르 일리치가 라키틴에게 무언가 방해가 되었다는 걸 알았어요. 라키틴은 시를 읽어준 후에 내게 하고 싶은 말이 있었던 거예요. 난 벌써 눈치채고 있었어요. 그런데 그때 하필 표트르 일리치가 들어온 거죠. 난 표트르 일리치에게 그 시를 보여줬어요. 누가 썼다는 말은 하지 않았지만, 그 사람은 분명히, 분명히 곧바로 누가 썼는지 눈치챘을 거예요. 아직도 인정하지 않고 자기는 몰랐다고 우기고 있지만요. 일부러 그러는 거예요. 표트르 일리치는 그 자리에서 껄껄 웃음을 터뜨리고는 웬 신학생이 썼을 법한 형편없는 시라고 비판을 쏟아놓았어요. 그것도 무척 흥분하면서 말이에요! 그랬더니 당신 친구는 그냥 웃어넘기지 못하고 노발대발하고 말았어요…. 세상에, 난 두 사람이 한바탕 몸싸움을 벌이는 줄 알았다니까요. 라키틴이 그러더군요. '그건 내가 쓴 겁니다. 시를 쓰는 건 천박한 짓이라 생각하니 장난삼아 쓴 것이긴 하지만…. 하지만 내 시는 좋은 시입니다. 당신네 푸시킨에게는 여자의 다리를 노래했다고 기념비를 세워줄 판이지만, 내 시는 분명한 경향성을 띠고 있단 말입니다. 그러는 당신은 농노제 지지자가 아닙니까. 당신은 인정이라고는 티끌만큼도 없고, 현대의 계몽된 감정 따위는 조금도 느끼지 못하는 시대에 뒤떨어진 사람입니다. 뇌물이나 받아먹는 관리일 뿐이에요!' 나는 큰 소리로 두 사람을 말리기 시작했어요. 그러자 아시다시피 대범한 성격인 표트르 일리치가 별안간 아주 고상한 태도를 취하더군요. 조롱 섞인 눈으로 라키틴을 바라보며 가만히 듣고 있다가 사과를 하는 거예요. '당신이 쓴 줄 미처 몰랐습니다. 만약 알았다면, 그런 말 대신 칭찬을 해드렸을 텐데…. 시인들은 하나같이 신경이 예민하니까요….' 한마디로, 아주 고상한 태도로 조롱을 퍼부은 거죠. 나중에 그 사람이 모두 조롱이었다고 그러더군요. 하지만 난 그때 그 사람이 진심인 줄 알았어요. 난 지금처럼 이렇게 누워서, 우리 집에서 내 손님에게 무례하게 고함을 쳤다는 이유로 라키틴을 쫓아낸다면, 그게 옳은 일일까 아닐까 생각했어요. 누워서 눈을 감고 옳은 일인지 아닌지 찬찬히 고민해보았지만 도무지 알 수가 없고, 가슴이 두근거리면서 너무나 괴로웠어요. 호통을 칠까, 말까? 한 목소리가 호통을 치라고 속삭이자, 다른 목소리가 그러지 말라고 했어요. 하지만 그 두 번째 목소리가 속삭인 순간, 나는 버럭 호통을 치고 그만 정신을 놓아버리고 말았어요. 물론 한바탕 소동이 벌어졌지요. 나는 문득 정신을 차리고 일어나 라키틴에게 '이런 말을 하게 되어서 괴롭지만, 더는 우리 집에 찾아오지 말라'고 했어요. 그렇게 그 사람을 쫓아냈지요. 아아, 알렉세이 표도로비치! 내가 못된 짓을 했다는 걸 알아요. 그건 다 거짓말이었어요. 실은 조금도 그 사람에게 화가 나지 않았어요. 하지만 갑자기, 정말이지 갑자기 그렇게 하는 게 좋겠다는 생각이 들었어요. 그 장면은… 믿을지 모르겠지만, 그 장면은 그래도 퍽 자연스러웠답니다. 난 그 자리에서 펑펑 울어버렸고, 그 이후로도 며칠을 내리 울었거든요. 그런데 어느 날 점심 식사를 하고 나니 까맣게 잊히지 뭐예요. 라키틴이 우리 집에 오지 않은 지 벌써 2주가 지났어요. 이대로 영영 발길을 끊으려나 싶은 생각도 들더군요. 그런 생각을 한 게 어제인데, 바로 어제저녁에 그 〈소문〉지를 받았어요. 그걸 읽자 탄식이 절로 나더군요. 누가 그걸 썼겠어요? 그 사람이 쓴 거예요. 그날 집으로 돌아가자마자 책상 앞에 앉아 써서 보낸 게 지금 신문에 실린 거예요. 그 일이 있었던 게 2주 전이니까요. 그런데 알료샤, 정작 필요한 말은 안 하고 내가 지금 무슨 소리를 하는 거죠? 아아, 저절로 말이 나오는군요!"

"전 오늘 무슨 일이 있어도 늦지 않게 미탸 형을 보러 가야 합니다." 알료샤는 약간 주저하며 말했다.

"그렇지! 덕분에 생각났어요! 알료샤, 일시적 정신 장애라는 게 무슨 말이죠?"

"일시적 정신 장애요?" 알료샤는 놀랐다.

"법률 용어로써의 일시적 정신 장애 말이에요. 무엇이든 다 용서받을 수 있는 일시적 정신 장애. 무슨 짓을 저질러도 당장 용서해준다면서요."

"그건 왜요?"

"왜냐하면, 카탸가… 아아, 그 아가씨는 정말 사랑스러운 사람이에요. 누구를 사랑하고 있는지는 도무지 알 수가 없지만요. 그 아가씨가 얼마 전에 찾아왔는데, 난 아무것도 알아낼 수 없었어요. 더군다나 요샌 나와 피상적인 얘기만 하려 하거든요. 계속 내 건강 얘기뿐이에요. 게다가 그 말투는 또 어떤지…. 그래서 나도 '아아, 나도 모르겠다, 마음대로 하라지', 싶더라니까요…. 참, 그래서 그 정신 장애 말인데요, 그것 때문에 의사가 왔어요. 의사가 왔다는 건 알고 있죠? 하긴, 당신이 모를 리가 없죠. 정신이상자를 판별하는 의사 말이에요. 당신이 불러왔으니까, 아니, 당신이 아니라 카탸였지. 모두 카탸가 한 일이었죠! 자, 생각해봐요. 정신이 멀쩡한 사람이 있는데 웬걸, 그 사람은 정신 장애 환자예요. 의식도 또렷하고 자기가 뭘 하는지도 잘 알지만, 정신 장애인 거죠. 드미트리 표도로비치에게도 그런 식으로 정신 장애가 일어난 거예요. 새 재판 제도가 시행되면서부터 그 정신 장애란 게 알려지게 되었죠. 새 재판 제도의 혜택이랄까요. 아무튼 그 의사가 찾아와 그날 밤 일과 금광에 대해 자세히 물어보면서 그때 그 사람 상태가 어땠느냐고 하더군요. 느닷없이 찾아와 '돈, 돈, 3000루블, 3000루블을 달라'고 고함을 치다가 그 길로 뛰쳐나가 살인을 저질렀으니 그게 정신 장애가 아니면 뭐겠어요. 죽이기 싫다, 죽이기 싫다 하면서도 결국 살인을 저지르고 말았잖아요. 마음속으로 투쟁하다가 죽였다는 것, 그것 때문에 용서받을 수 있을 거래요."

"하지만 형이 죽인 게 아니잖습니까." 알료샤는 조금 거칠게 말을 가로막았다. 불안하고 초조한 마음이 자꾸만 커져갔다.

"알아요, 살인을 저지른 건 그리고리 노인이지요…."

"그리고리라고요!" 알료샤가 소리쳤다.

"그 사람이에요, 그 사람, 그리고리가 그런 거예요. 드미트리 표도로비치한테 맞고 쓰러져 있다가, 정신이 들자 문이 열려 있는 것을 보고 들어가 표도르 파블로비치를 죽인 거예요."

"아니, 대체 뭣 때문에요?"

“정신 장애를 일으킨 거죠. 드미트리 표도로비치한테 머리를 맞았다가 의식이 들자 정신 장애가 일어나 살인을 저지른 거예요. 자기가 죽이지 않았다고 주장하는 건 아마 기억나지 않기 때문일 거예요. 하지만 드미트리 표도로비치가 죽인 게 훨씬 나아요. 그게 사실이기도 하고요. 방금 그리고리의 짓이라고 말하긴 했지만, 그래도 정말은 드미트리 표도로비치의 짓이라고 생각해요. 그리고 그 편이 훨씬, 훨씬 나아요! 아아, 아들이 아비를 죽여서 낫다는 말이 아니에요. 그건 칭찬할 만한 일이 아니죠. 자식은 부모를 공경해야 마땅하니까요. 그래도 그 사람 소행인 게 낫다는 건, 당신이 슬퍼하지 않아도 되기 때문이에요. 그 사람은 제정신이 아닌 상태에서, 아니, 정확하게는 제정신이기는 하지만 자기가 무엇을 하는지 모르는 상태에서 죽인 거니까요. 그래, 그 사람이 재판에서 용서받도록 해야 해요. 얼마나 인도적이에요. 새 재판 제도의 혜택도 널리 알려질 테고요. 난 모르고 있었지만 옛날부터 그랬다면서요. 어제 그 얘길 듣고는 얼마나 놀랐는지, 당장 당신을 불러오도록 사람을 보낼까 싶었다니까요. 나중에 그 사람이 용서를 받으면, 재판소에서 곧장 우리 집에 오라고 해서 식사를 대접하려고요. 지인들도 불러 새 재판을 위해 건배하는 거예요. 난 그 사람이 위험하다고 생각하지 않아요. 혹시 그 사람이 무슨 짓을 하려고 해도, 언제든 끌어낼 수 있도록 손님을 잔뜩 부를 생각이에요. 그 사람은 나중에 다른 도시에서 치안판사 같은 걸 하면 좋겠어요. 직접 불행을 겪어본 사람이 누구보다 현명한 판결을 내릴 수 있으니까요. 그리고 요즘 세상에 정신 장애에 걸리지 않은 사람이 어디 있어요? 당신도 나도 다 정신 장애 환자예요. 또 그런 예가 어디 한둘인가요. 가만히 앉아 서정곡을 부르던 사람이 뭔가 거슬린다고 권총을 꺼내 닥치는 대로 사람을 죽이고도 용서받는 세상인걸요. 그건 얼마 전에 읽은 얘긴데, 의사들도 다 인정한 얘기예요. 요즘 의사들은 누구나 그런 얘길 인정하거든요. 우리 리즈도 정신 장애에 걸렸어요. 어제도, 그제도 그 애 때문에 울다가, 오늘에서야 그 애가 정신 장애라는 걸 깨달았어요. 아아, 리즈 때문에 얼마나 속이 타는지 몰라요! 그 앤 정말 제정신이 아닌 것 같아요. 그 애가 왜 당신을 부른 거죠? 그 애가 불렀어요, 아니면 당신이 찾아온 건가요?"

"리즈가 불렀어요. 지금 가보려고요." 알료샤는 단호한 태도로 일어섰다.

"아아, 알렉세이 표도로비치, 어쩌면 이게 가장 중요한 얘기인지도 몰라요." 호흘라코바 부인이 별안간 울음을 터뜨리며 외쳤다. "당신이라면 진심으로 리즈를 믿고 맡길 수 있다는 건 하느님도 아시는 일이에요. 그러니 그 애가 엄마 몰래 당신을 불렀다고 해도 전 상관없어요. 하지만 당신 형님 이반 표도로비치에게는, 미안하지만 그렇게 쉽게 내 딸을 맡길 수 없어요. 그 사람이 누구보다 기사다운 청년이라고 생각하는 데는 변함이 없지만요. 그런데 그 사람이 느닷없이 리즈를 만나고 갔지 뭐예요. 난 까맣게 모르고 있었어요."

"뭐라고요? 아니, 언제요?" 알료샤는 무척 놀랐다. 그는 앉지도 않고 선 채로 부인의 말을 들었다.

"지금 다 말할게요. 그 얘길 하려고 당신을 불렀는지도 몰라요. 사실 나도 내가 왜 당신을 불렀는지 잘 모르겠거든요. 아무튼, 이반 표도로비치는 모스크바에서 돌아온 후 두 번 우리 집에 찾아왔어요. 한 번은 그냥 지인으로서 안부를 물으러 찾아왔고, 두 번째는 최근 일인데, 카탸가 우리 집에 와 있다는 걸 알고 온 거였죠. 난 물론 그 사람이 자주 와줄 수 없다는 걸 알아요. 안 그래도 신경 쓸 일이 많을 테니까요. Vous comprenez, cette affaire et la mort terrible de votre papa(아시다시피, 그 사건과 당신 아버지의 끔찍한 죽음 때문에요.) 그런데 그 사람이 그 이후로도 한 번 더 우리 집을 찾아와서는, 내가 아니라 리즈를 만나고 갔다지 뭐예요. 벌써 엿새 전 일인데, 와서 5분쯤 있다가 돌아갔다는 거예요. 난 그 얘길 사흘이 지난 후에야 글라피라에게서 들었어요. 가슴이 철렁하더군요. 당장 리즈를 불러 물어보았더니, 그 애는 웃으면서 '그 사람은 엄마가 자는 줄 알고 엄마 안부를 물으러 내 방에 다녀간 거예요'라고 하더군요. 물론 그 말은 사실이겠지요. 하지만 리즈가, 리즈가, 아아, 하느님, 그 애가 얼마나 속을 태우는지! 어느 날 밤, 그러니까 나흘 전 당신이 마지막으로 다녀간 직후에 그 애가 고래고래 소리를 지르고 히스테리를 부리며 발작을 일으켰다면 믿겠어요? 그런데 왜 나는 발작을 일으켜본 적이 없을까요? 아무튼 그 후로 꼬박 사흘간 발작을 일으키더니 어제는 정신 장애에 걸려버렸어요. 그러고는 갑자기 내게 이렇게 소리치지 뭐예요. '난 이반 표도로비치가 미워요. 그 사람을 집에 들이지 마세요. 우리 집에 못 오게 거절해줘요!' 나는 너무나 뜻밖의 말에 어안이 벙벙해져서, 내가 무슨 말로 그런 훌륭한 청년의 방문을 거절해야 하느냐, 그 사람은 학식도 뛰어난 데다 커다란 불행을 겪은 사람이 아니냐, 하고 말했어요. 그 일은 불행이지, 다행이라고 할 수는 없잖아요? 그 애는 내 말을 듣고는 나를 조롱하듯이 박장대소를 터뜨리더군요. 그래도 난 기뻤어요. 그 애가 실컷 웃었으니 발작이 멎겠다 싶었거든요. 그렇잖아도 이반 표도로비치에게 왜 내 허락 없이 그런 이상한 방문을 했는지 해명을 요구하고, 앞으로는 찾아오지 말라고 할 생각이기도 했고요. 그런데 오늘 아침 잠에서 깬 리자가 느닷없이 율리야한테 버럭 화를 내고는 글쎄, 그 애의 따귀를 때렸지 뭐예요. 그런 괴물 같은 짓이 어디 있어요. 우리 집 하녀들에겐 나도 존칭을 쓰는데 말이에요. 그런데 1시간 후에는 갑자기 율리야의 발을 끌어안고 입을 맞추었다는 거예요. 내게는 앞으로는 절대 나를 찾아오지 않겠다고 전하더니만, 내가 아픈 다리를 끌면서 그 애를 보러 가니까 내게 달려들어 입맞춤을 하고 펑펑 울어버렸어요. 그러곤 아무 말 없이 도로 나를 밀어내니, 대관절 무슨 영문인지 알 수가 있어야지요. 알렉세이 표도로비치, 이젠 당신이 제 모든 희망이에요. 제 평생의 운명이 당신 손에 달려 있어요. 리즈한테 가서 무슨 일인지 알아봐줘요. 그걸 할 수 있는 사람은 당신밖에 없어요. 그런 다음 내게, 그 애 엄마인 내게 와서 말해줘요. 이런 상황이 계속된다면 난 죽어버리거나 집을 뛰쳐나가 버리고 말 거예요. 더 이상은 못 견뎌요. 나도 인내심이 있지만, 그게 바닥나버리면… 그땐 무서운 일이 벌어질 거예요. 아아, 하느님, 드디어 표트르 일리치가 왔군요!" 호흘라코바 부인이 표트르 일리치 페르호틴이 들어오는 것을 보고 환하게 밝아진 얼굴로 외쳤다. "왜 이렇게 늦으셨어요! 아무튼 앉으세요. 말씀해주세요. 내 운명을 결정해줘요. 그래, 그 변호사가 뭐라고 하던가요? 아니, 알렉세이 표도로비치, 어디 가세요?"

"리즈한테요."

"아아, 그렇죠! 절대로 내 부탁을 잊으면 안 돼요! 운명이 달려 있으니까요, 운명이!"

"물론 잊지 않겠습니다. 가능하다면… 하지만 너무 늦어버려서." 알료샤가 서둘러 물러가면서 중얼거렸다.

"아니, '가능하다면'이 아니라 꼭, 꼭, 들러줘요. 안 그러면 난 죽고 말아요!" 호흘라코바 부인이 알료샤의 등에 대고 소리쳤으나, 알료샤는 이미 방을 나선 후였다.

3. 작은 악마

알료샤가 리자의 방에 들어섰을 때, 리자는 아직 걷지 못할 때 타고 다니던 안락의자에 기대 있었다. 리자는 그를 맞이하려고 몸을 움직이지는 않았지만, 예리하고 날카로운 시선으로 뚫어질 듯 알료샤를 바라보았다. 눈은 약간 충혈되어 있었고, 핏기 없는 얼굴은 누런빛이 돌았다. 사흘 만에 너무 많이 변한 데다 여위기까지 한 모습에 알료샤는 놀라지 않을 수 없었다. 그녀는 손을 내밀지 않았다. 그래서 알료샤는 옷 위에 가만히 놓인 리자의 가늘고 긴 손가락을 살짝 건드리고는 말없이 그 앞에 앉았다.

"빨리 감옥에 가봐야 하는 당신을," 리즈가 날카로운 목소리로 운을 뗐다. "엄마가 2시간 동안이나 붙잡고 있었다는 걸 알아요. 방금 전엔 나와 율리야 얘기를 했고요."

"그걸 어떻게 알았어요?"

"엿들었어요. 왜 그렇게 빤히 쳐다봐요? 엿듣고 싶어서 엿들었다는데, 뭐 잘못된 거 있어요? 사과할 생각은 없어요."

"무슨 나쁜 일 있었어요?"

"아뇨, 오히려 너무나 기쁜걸요. 지금 서른 번째로 당신하고 결혼하지 않기로 해서 정말 다행이라는 생각을 하던 참이에요. 당신은 남편감으로는 적당하지 않아요. 당신과 결혼한 후에 어느 날 내가 바람 난 상대에게 전하라고 쪽지를 건네주면, 당신은 그걸 갖다주는 건 물론, 답장까지 받아 올걸요. 당신은 마흔이 되어서도 그런 쪽지나 날라다 주고 있을 거예요."

리자는 갑자기 깔깔 웃어댔다.

"당신은 심술궂지만 꾸밈이 없군요." 알료샤는 리자에게 미소를 지었다.

"꾸밈없다는 건, 당신에게 부끄러움을 느끼지 않는다는 거예요. 당신 앞에서는, 당신에게는 부끄럽지 않을 뿐 아니라, 부끄럽고 싶지도 않아요. 알료샤, 왜 난 당신을 존경하지 않을까요? 당신을 무척 사랑하지만, 존경하지는 않아요. 만약 존경했으면 부끄러움 없이 그런 말을 하지는 못했겠죠. 그렇잖아요?"

"그래요."

"내가 당신에게 부끄러움을 느끼지 않는다는 말을 믿어요?"

"아뇨, 믿지 않아요."

리자는 다시 신경질적으로 웃었다. 그러고는 조급하게 빠른 속도로 조잘거렸다.

"감옥에 있는 당신 형님 드미트리 표도로비치에게 과자를 보내드렸어요. 알료샤, 당신이 얼마나 좋은 사람인지 알아요? 그렇게 금방 당신을 사랑하지 않아도 된다고 허락해주니, 그것 때문에 오히려 당신을 너무나 사랑하게 될 것 같아요."

"리즈, 오늘 무엇 때문에 날 부른 거예요?"

"한 가지 소원을 말하려고요. 난 누가 내 가슴을 갈갈이 찢어놓았으면 좋겠어요. 나와 결혼해 내 가슴을 찢어놓고, 나를 기만하고 떠나버렸으면 좋겠어요. 난 행복해지고 싶지 않아요!"

"망가져버리고 싶은 거예요?"

"네, 망가져버리고 싶어요. 집에 불을 지르고 싶다는 생각이 떠나질 않아요. 살금살금 다가가서 몰래 불을 지르는 모습을 상상해봐요. 꼭 살금살금 그래야 해요. 사람들은 불을 끄려고 애를 쓰지만, 집은 활활 타오르죠. 난 누구 짓인지 알면서도 가만히 있어요. 아아, 바보 같은 생각이에요! 정말 따분해 죽겠어요!"

리자는 진저리가 난다는 듯 손을 내저었다.

"풍족한 생활을 하고 있어서 그래요." 알료샤가 조용히 말했다.

"그럼 가난한 편이 낫다는 말이에요?"

"그래요."

"그건 돌아가신 장로님이 당신에게 귀에 못이 박히도록 들려준 말이겠지요. 그 말은 틀렸어요. 내가 부자고, 다른 사람은 모두 가난하다면, 난 혼자 과자와 크림을 먹으며 아무한테도 나눠주지 않을 거예요. 아아, 말하지 말아요, 아무 말도 하지 말아요." 리자는 입도 열지 않은 알료샤에게 자그마한 손을 휘휘 내저었다. "전에 다 했던 말이에요. 전부 줄줄이 꿰고 있는걸요. 난 따분해요. 만약 내가 가난해진다면, 난 살인을 저지르고 말 거예요. 부자가 된다고 해도 마찬가지일지도 모르겠지만요. 멀거니 있어봐야 뭘 하겠어요? 있잖아요, 난 호밀을 수확해보고 싶어요. 내가 당신에게 시집가면 진짜 농부가 되는 게 어때요? 그래서 함께 망아지를 키우는 거예요. 혹시 칼가노프라는 사람 알아요?"

"알아요."

"그 사람은 돌아다닐 때마다 늘 공상을 한대요. 현실 속에 살아서 무엇하겠느냐, 차라리 공상이 낫다, 이거예요. 공상 속에서는 얼마든지 신나는 일을 할 수 있지만, 사는 건 따분할 뿐이래요. 그 사람은 곧 결혼할 거예요. 내게도 사랑한다고 고백했거든요. 혹시 팽이 칠 줄 알아요?"

"알아요."

"그 사람은 꼭 팽이 같아요. 팽이채로 둘둘 감아 획 던진 다음 계속 때려줘야 하는 팽이 말이에요. 그 사람하고 결혼하면, 난 평생 팽이를 쳐야겠지요. 나하고 있는 게 부끄럽지 않아요?"

"아뇨."

"내가 성스러운 얘기를 하지 않아서 심술이 났군요. 난 성스러워지고 싶지 않아요. 지상에서 가장 큰 죄를 저지른 사람이 저승에 가면 어떻게 되죠? 당신이라면 훤히 알고 있겠죠."

"하느님께서 심판하시지요." 알료샤는 리자를 가만히 바라보며 이렇게 말했다.

"나도 바라는 바예요. 저승에 가서 사람들이 날 심판하면, 그 사람들의 면전에 대고 깔깔 웃어주고 싶어요. 알료샤, 난 집을, 우리 집을 불태워버리고 싶어 죽을 것 같아요. 지금도 내 말이 진정으로 들리지 않죠?"

"그런데 왜요? 열두 살쯤 된 애들이라면야 뭔가를 태우고 싶은 충동이 너무 강해서 실제로 불을 피우기도 해요. 그건 일종의 병 같은 거예요."

"아니에요, 아니에요. 그런 애들이 있기야 하겠지만, 난 지금 그 얘기가 아니에요."

"당신은 나쁜 것을 좋은 것으로 착각하고 있어요. 그건 일시적인 위기예요. 어쩌면 전에 앓았던 병이 원인인지도 몰라요."

"역시 나를 경멸하고 있군요! 난 그냥 착한 일은 싫고, 나쁜 짓이 하고 싶을 뿐이에요. 병 따윈 아무 상관이 없다고요."

"왜 나쁜 짓이 하고 싶은데요?"

"이 세상 모든 게 싹 다 사라져버렸으면 좋겠으니까요. 아아, 그렇게만 된다면 얼마나 좋을까! 있잖아요, 알료샤, 난 가끔 온갖 추잡하고 나쁜 짓을 다 저질러버리고 싶다는 생각이 들어요. 오랫동안 남몰래 나쁜 짓을 하다가, 어느 날 갑자기 사람들에게 들켜버리는 거예요. 그래서 날 둘러싸고 손가락질을 하는 사람들을 쳐다보는 거죠. 그럼 정말 기분이 날아갈 것 같아요. 알료샤, 왜 그게 그렇게 기분이 좋은 걸까요?"

"글쎄요, 뭔가 선한 것을 짓밟고 싶다거나, 당신 말처럼 불태워버리고 싶다는 욕구겠지요. 그런 감정도 있을 수 있어요."

"난 말로만 이러는 게 아니에요. 정말로 행동에 옮길 거예요."

"믿어요."

"아아, 믿는다는 그 말에 당신이 얼마나 사랑스럽게 느껴지는지 몰라요. 당신은 절대, 절대 거짓말을 안 하는 사람이잖아요. 혹시 내가 당신을 화나게 하려고 일부러 이런 말을 하고 있다고 생각하지는 않나요?"

"아뇨, 그렇게 생각하지 않아요…. 사실은, 당신에게 조금은 그런 마음이 있는지도 모르겠지만요."

"맞아요, 조금은 그래요. 당신은 도무지 속일 수가 없군요." 리즈는 이글이글 타오르는 듯한 눈으로 이렇게 말했다.

알료샤는 무엇보다 리자의 진지한 태도에 놀랐다. 아무리 '심각한' 순간에도 명랑함과 장난기가 떠나지 않던 얼굴에 이제 웃음이나 장난기는 그림자도 사라지고 없었다.

"사람은 가끔 범죄를 좋아하게 되는 순간이 있어요." 알료샤가 생각에 잠긴 얼굴로 말했다.

"맞아요, 맞아요! 내 생각을 그대로 말해줬군요. 누구나 다 범죄를 좋아해요. 그런 '순간'이 아니라 언제나 좋아하고 있죠. 사람들은 그 점에 대해 언제 거짓말을 하기로 정해놓고 그 후로 계속 거짓말을 하고 있는 것 같아요. 다들 말로는 나쁜 짓을 싫어한다지만, 속으로는 좋아하고 있어요."

"요새도 나쁜 책을 보나요?"

"네. 엄마가 보고 나서 베개 밑에 숨겨놓으면 훔쳐다 읽어요."

"그렇게 자신을 망치는 행동을 하면 양심이 괴롭지 않아요?"

"난 내 자신을 망쳐버리고 싶어요. 어떤 남자애는 기차가 지나갈 때 철로에 누워 있었다면서요. 정말로 운이 좋은 애예요! 곧 당신 형님이 아버지를 죽인 죄로 재판을 받게 생겼잖아요. 사람들은 형님이 아버지를 죽인 걸 기뻐하고 있어요."

"아버지를 죽인 걸 기뻐한다고요?"

"그래요, 모두가 기뻐하고 있어요! 다들 말로는 끔찍한 일이라고 하지만, 속으로는 기뻐서 어쩔 줄 모른다니까요. 그 중에서도 가장 기뻐하는 건 바로 나예요."

"모든 사람들에 대한 말은 일리가 있어요." 알료샤가 나직이 말했다.

"아아, 그런 생각을 하다니!" 리자는 감격하며 외쳤다. "수도사인 당신이! 알료샤, 절대로 거짓말을 하지 않는 당신을 내가 얼마나 존경하고 있는지 당신은 꿈에도 모를 거예요. 그렇지, 우스운 꿈 얘기를 하나 해드릴게요. 가끔 악마가 나오는 꿈을 꿀 때가 있어요. 밤중에 촛불을 켠 방에 있다 보면 어느새 구석이고 탁자 밑이고 할 것 없이 온 방에 악마가 득실거리는 거예요. 문이 열리고, 그 밖에도 악마들이 우글거리는데, 안으로 들어와서 나를 붙잡으려고 안달이 나 있어요. 그런데 정말로 다가와 나를 붙잡으려는 순간 내가 성호를 그으면 그놈들은 겁을 먹고 저만치 물러나버린답니다. 하지만 아주 가버리지는 않고, 문이나 구석에 서서 기다리고 있어요. 그런데 이상하게 갑자기 하느님을 욕하고 싶은 마음이 불쑥 솟구치는 거예요. 그래서 하느님을 욕하면, 녀석들은 옳다구나 하고 우르르 몰려들어 다시 나를 붙잡으려 해요. 하지만 내가 다시 성호를 그으면 또 우르르 뒤로 물러나지요. 얼마나 재미있는지, 숨이 멎을 지경이에요."

"나도 똑같은 꿈을 꿀 때가 있었어요." 알료샤가 갑자기 이렇게 말했다.

"정말이에요?" 리자는 놀란 얼굴로 외쳤다. "잠깐만, 알료샤, 놀리지 말아요. 이건 무척 중요한 일이란 말이에요. 두 사람이 똑같은 꿈을 꾼다니, 그게 가능한 일이에요?"

"가능한 모양이에요."

"알료샤, 다시 한번 말하지만, 이건 정말 중요한 일이에요." 리자는 지나치리만큼 놀란 얼굴로 계속 말했다. "꿈이 중요하다는 게 아니라, 당신이 나와 똑같은 꿈을 꾸었다는 게 중요해요. 당신은 절대로 내게 거짓말을 하지 않으니, 이번에도 솔직하게 말해줘요. 그게 정말이에요? 날 놀리는 게 아니고요?"

"정말이에요."

리자는 너무나 충격을 받아 잠시 말을 잃었다.

"알료샤, 좀 더 자주 날 찾아와 줘요, 네?" 그녀는 갑자기 애원하는 듯한 목소리로 말했다.

"난 평생토록 언제든지 당신을 찾아올 거예요." 알료샤는 분명하게 대답했다.

"당신에게만 하는 말인데요." 리자가 다시 입을 열었다. "나 자신과 당신에게만 하는 말이에요. 온 세상에서 오직 당신 한 사람에게만. 당신에게 말하는 게 나 자신에게 말하는 것보다 더 좋아요. 당신에게는 조금도 부끄럽지가 않거든요. 알료샤, 왜 당신에게는 조금도 부끄럽지 않은 걸까요? 알료샤, 유대인이 부활절에 어린아이를 훔쳐다 칼로 찔러 죽인다는 얘기가 사실이에요?"

"잘 모르겠어요."

"나한테 책이 하나 있는데, 그 책에서 어떤 재판에 대해 읽은 적이 있어요. 한 유대인이 네 살짜리 남자애의 양손 손가락을 모두 잘라낸 다음 벽에 못 박아 죽였대요. 그리고 재판에서 말하길, 금방, 4시간 만에 죽더라고 했다는 거예요. 4시간이 금방이라니! 아이는 끊임없이 괴로워하며 신음했고, 자기는 그 모습을 구경하고 서 있었대요. 얼마나 멋져요!"

"멋지다고요?"

"멋지잖아요. 가끔 내가 직접 그런 짓을 하는 상상을 해봐요. 아이는 못 박힌 채 신음하고, 나는 그 앞에 앉아서 파인애플 절임을 먹는 거예요. 난 파인애플 절임이 너무 좋거든요. 당신도 좋아해요?"

알료샤는 말없이 리자를 바라보았다. 노랗게 뜬 핏기 없는 리자의 얼굴이 확 일그러지고, 눈이 번뜩이기 시작했다.

"난 그 유대인 이야기를 읽고 밤새 흐느껴 울었어요. 아이가 비명을 지르며 신음하는 모습을 상상했지요(네 살이면 고통이 뭔지 아니까요). 그런데 한편으론 그 파인애플 절임 생각이 머릿속에서 떠나질 않는 거예요. 아침이 되자 어떤 사람에게 반드시 나를 만나러 와달라고 편지를 보냈어요. 그 사람이 오자 대뜸 그 아이와 파인애플 절임 얘기를 전부 다 말해주고는, 멋진 일이 아니냐고 했지요. 그러자 그 사람은 갑자기 웃음을 터뜨리더니, 정말로 멋진 일이라고 하더군요. 그러고는 자리에서 일어나 돌아가 버렸어요. 한 5분 남짓 머물렀을까요. 날 경멸한 걸까요, 네? 알료샤, 제발 대답해줘요. 그 사람이 날 경멸한 거예요, 아니에요?" 리자는 의자 위에서 몸을 똑바로 펴고 눈을 번뜩이며 말했다.

"그럼," 알료샤는 동요를 느끼며 말했다. "당신이 그 사람을 부른 거예요?"

"내가 불렀어요."

"편지를 보내서요?"

"맞아요."

"그 아이 얘길 물어보려고요?"

"아뇨, 절대로 그것 때문은 아니었어요. 그런데 그 사람이 들어오자마자 그걸 물어버렸지 뭐예요. 그러자 그 사람은 그렇게 대답하고 웃더니 자리를 털고 일어나 떠나버린 거예요."

"그 사람은 당신에게 솔직하게 행동했군요." 알료샤가 조용히 말했다.

"날 경멸한 건가요? 비웃은 거예요?"

"그렇지 않아요, 리즈, 그 사람은 파인애플 절임 얘기를 실제로 믿고 있을지도 모르니까요. 리즈, 그 사람도 지금 많이 아파요."

"맞아요, 믿고 있을 거예요!" 리자가 눈을 빛냈다.

"그 사람은 아무도 경멸하지 않아요." 알료샤는 말을 이었다. "그저 아무도 믿지 않을 뿐이에요. 물론 믿지 않는다는 건 경멸하는 것이라고도 할 수 있겠죠."

"그럼 나도요? 나도요?"

"당신도요."

"잘됐네요." 리자는 이를 갈았다. "그 사람이 웃고 방을 나갔을 때, 난 경멸받는 게 좋다는 느낌이 들었어요. 손가락이 잘린 아이도 좋고, 경멸받는 것도 좋고…."

그러고는 알료샤의 눈을 똑바로 쳐다보며 표독스럽게 웃어댔다.

"있잖아요, 알료샤, 사실 난… 알료샤, 나 좀 살려줘요!" 리자는 별안간 의자에서 일어나 알료샤에게 달려들어 그를 꽉 껴안았다. "나 좀 살려줘요." 그녀는 신음하듯 말했다. "이 세상 누구에게 지금 당신한테 한 말을 할 수 있겠어요? 난 있는 사실을 그대로 말한 것뿐이에요! 난 자살할 거예요! 전부 다 역겨워요! 전부 역겨워서 살고 싶지가 않아요! 다 역겨워요, 역겹다고요! 알료샤, 왜 당신은 나를 조금도, 조금도 사랑하지 않는 건가요!" 리자는 미친 듯한 흥분에 휩싸여 이렇게 외쳤다.

"아뇨, 사랑해요!" 알료샤는 열정적으로 외쳤다.

"날 위해 울어줄 수 있나요? 네?"

"그럴게요."

"내가 당신과 결혼하기 싫다고 해서가 아니라, 그냥 나를 위해 울어줄 수 있어요?"

"그럴게요."

"고마워요! 내게 필요한 건 당신의 눈물뿐이에요. 다른 사람은 모두가, 모두가, 한 명도 남김없이 나를 벌하고 발로 짓밟는다 해도 아무 상관없어요! 난 누구도 사랑하지 않으니까요. 그 누구도! 사랑하기는커녕 증오할 뿐이에요! 가보세요, 알료샤. 형님한테 가야죠." 리자는 갑자기 알료샤에게서 물러났다.

"당신을 이대로 내버려 두고요?" 알료샤는 놀란 얼굴로 말했다.

"형님한테 가보세요. 감옥 문이 닫혀버릴 테니 어서요. 여기 당신 모자요! 미탸에게 입맞춤을 해줘요. 가요, 어서!"

리즈는 알료샤를 강제로 문 쪽으로 떠밀었다. 알료샤는 안타깝고 당혹스러운 얼굴로 리자를 바라보다가, 문득 오른손에 단단히 접어 봉인한 작은 편지가 쥐어진 것을 느꼈다. '이반 표도로비치 카라마조프에게'라고 적힌 것이 한눈에 들어왔다. 알료샤는 얼른 리자를 쳐다보았다. 그녀의 얼굴은 위협적이기까지 했다.

"전해줘요, 꼭 전해줘요!" 리자는 격한 흥분에 온몸을 떨면서 명령했다. "오늘 당장! 안 그럼 독을 마시고 죽어버릴 거예요! 당신에게 와달라고 한 건 그것 때문이었어요!"

그러고는 재빨리 문을 쾅 닫아버렸다. 철컥 하고 걸쇠가 걸리는 소리가 들렸다. 알료샤는 편지를 주머니에 넣고 곧장 계단 쪽으로 갔다. 호흘라코바 부인에게는 들르지 않았다. 부인에 대해서는 까맣게 잊고 있었던 것이다. 리자는 알료샤가 멀어지자 곧 빗장을 풀고 문을 살짝 열었다. 그러고는 문틈에 손가락을 끼우고 있는 힘껏 문을 닫아 손가락을 짓뭉갰다. 10초쯤 지난 후에 손가락을 빼고 조용히 느릿하게 의자로 가서는 몸을 똑바로 펴고 앉아 시커멓게 변한 손가락과 손톱에서 배어나오는 피를 찬찬히 들여다보았다. 그리고 입술을 파르르 떨며 빠르게 중얼거렸다.

"나쁜 년, 나쁜 년, 나쁜 년, 나쁜 년!"

알료샤는 꽤 늦은 시간에야(11월이라 해도 짧았다) 감옥 문 앞에서 사람을 불렀다. 이미 날이 어둑어둑해지고 있었다. 하지만 알료샤는 아무런 문제없이 미탸를 만날 수 있을 것임을 알고 있었다. 그런 것은 어디에서나 그렇듯 우리 고장에서도 마찬가지였다. 물론 예심이 끝나고 처음 얼마 동안은 친지들이 미탸를 면회하려면 일정한 절차를 밟아야 했다. 그러나 시간이 지나면서, 절차가 허술해졌다고는 할 수 없지만 적어도 미탸의 면회자에게는 자연스럽게 몇 가지 예외가 생겼다. 가끔은 지정된 면회실에서 수감자와 단독 면회가 이루어지기도 할 정도였다. 하지만 그런 예외가 적용되는 사람은 많지 않았다. 그루셴카, 알료샤, 라키틴이 전부였다. 특히 그루셴카는 미하일 마카로비치 서장에게서 특별한 호감을 사고 있었다. 노인은 모크로예에서 그녀에게 호통을 친 것이 계속 가슴에 남아 있었던 것이다. 나중에 일의 내막을 알게 되면서, 서장은 그루셴카에 대한 생각을 완전히 바꾸었다. 그는 미탸가 범인이라고 굳게 믿고 있었지만, 이상하게도 미탸가 수감된 이래 그를 보는 시선이 점점 부드러워졌다. '원래는 착한 청년인데, 술과 방탕한 생활 때문에 스웨덴 사람처럼 저 사달이 나고 만 거야!' 이전에 느끼던 경악은 점차 연민으로 바뀌어갔다. 알료샤로 말할 것 같으면, 서장과 오래전부터 아는 사이로 그의 애정을 듬뿍 받고 있었다. 걸핏하면 미탸를 만나러 찾아오기 시작한 라키틴은 소위 '서장 댁 아가씨들'의 절친한 친구 가운데 한 사람으로, 하루가 멀다 하고 그 집에 드나들었다. 라키틴은 업무에 있어서는 철저하지만 마음씨 좋은 노인인 간수장의 집에서 가정교사 노릇을 하고 있었다. 알료샤는 그 간수장과도 오래전부터 알고 지낸 특별한 사이였다. 간수장은 알료샤와 '현묘한 문제'에 대해 토론하기를 좋아했다. 간수장 역시 '자기 힘으로 여러 이치를 깨우친' 뛰어난 철학자이기는 했지만, 이반 표도로비치의 견해에는 존경이라기보다는 두려움을 느꼈다. 그러나 알료샤에게는 억누를 수 없는 애정을 품고 있었다. 노인은 1년 전부터 외경에 심취해, 수시로 젊은 친구에게 자신의 감상을 전했다. 전에는 알료샤를 보러 수도원으로 찾아가 몇 시간씩 알료샤를 비롯한 여러 수도 사제와 함께 토론을 벌일 때도 있었다. 한마디로 말해 알료샤는 면회 시간에 늦더라도 간수장만 찾아가면 모든 일이 잘 해결되었다. 게다가 간수들은 하나같이 알료샤에게 친근감을 느끼고 있었다. 보초도 상부의 허가만 있으면 굳이 성가시게 굴지 않았다. 미탸는 호출을 받을 때면 언제나 자기 감방에서 아래층에 있는 면회실로 내려왔다. 알료샤는 면회실 앞에서 마침 미탸를 만나고 나오는 길인 라키틴과 마주쳤다. 두 사람은 큰 소리로 얘기하고 있었다. 미탸는 라키틴을 배웅하면서 무엇 때문인지 배꼽을 잡고 웃어 댔고, 라키틴은 투덜거리는 것처럼 보였다. 라키틴은 특히 요즘 들어 알료샤와 마주치기를 꺼렸고, 거의 대화를 나누지 않았으며, 심지어 인사를 할 때도 뻣뻣하게 굳어 있었다. 그는 알료샤가 들어오는 것을 보자 인상을 잔뜩 찌푸리고는,

모피 깃을 댄 큼직하고 따뜻한 외투의 단추를 채우느라 바쁘다는 듯 외면해버렸다. 그러더니 곧바로 우산을 찾기 시작했다.

"자기 물건을 잃어버리면 안 되지." 라키틴은 무슨 말이든 해야겠다는 생각에 이렇게 말했다.

"넌 남의 물건이나 조심하라고!" 미탸는 재치 있게 농담을 던지고는, 자기가 한 말이 우스워 껄껄 웃었다. 라키틴은 버럭 화를 냈다.

"그런 말은 이 라키틴이 아니라 당신네 카라마조프가 식구들, 농노제의 자식들에게나 하시죠!" 라키틴은 분노에 몸을 부들부들 떨며 고함을 질렀다.

"왜 그래? 웃자고 한 소리야!" 미탸는 외쳤다. "쳇, 제기랄! 저런 놈들은 다 똑같다니까." 미탸는 서둘러 멀어지는 라키틴 쪽으로 고개를 까딱하며 알료샤에게 말했다. "신나서 웃어댈 땐 언제고 느닷없이 저렇게 화를 내다니! 네겐 고개도 까딱하지 않던걸. 대판 싸우기라도 한 거야? 그나저나 왜 이렇게 늦었어? 아침 내내 널 기다리느라 목이 빠질 지경이었어. 하지만 괜찮아! 이제라도 보충하면 되니까."

"그런데 라키틴은 왜 그렇게 형을 자주 찾아오는 거야? 친구가 되기라도 한 거야?" 알료샤도 라키틴이 나간 문 쪽으로 고갯짓을 하며 물었다.

"라키틴하고 친해졌느냐고? 아니, 그런 건 아니야. 그런 한심한 녀석과 친해질 리 있나! 그 녀석은 나를… 불한당이라고 생각하지. 농담도 도통 알아듣질 못해. 저놈들은 그게 제일 문제야. 죽었다 깨도 농담이라는 걸 모른다니까. 게다가 영혼이 메말라 있지. 단조롭고 메말라 있어. 내가 여기 처음 와서 감옥 담장을 바라보았을 때처럼. 그래도 똑똑한 녀석이긴 해. 아무튼 알렉세이, 내 머린 이제 없는 거나 마찬가지야!"

미탸는 긴 의자에 앉고 알료샤도 옆에 앉혔다.

"정말 내일이 공판이군. 하지만 형, 정말 그렇게까지 희망이 없다고 생각해?" 알료샤는 조심스러운 마음으로 물어보았다.

"무슨 소리야?" 미탸는 애매한 시선으로 알료샤를 바라보았다. "아아, 공판 말이로군! 제길! 지금까지 너와 쓸데없는 얘기만, 줄곧 그 공판 얘기만 했지 정작 중요한 문제에 대해선 입을 다물고 있었구나. 그래, 내일은 공판이지. 하지만 내 머리가 없는 거나 마찬가지라고 한 건 공판 얘기가 아니야. 머리통이 없다는 게 아니라, 머릿속에 있던 게 없어졌다는 소리야. 왜 그렇게 비난하듯이 날 쳐다보는 거냐?"

"형, 무슨 말이야?"

"사상 말이야, 사상! 윤상倫常 말이다. 윤상이라는 게 뭐지?"

"윤상?" 알료샤는 놀랐다.

"그래. 무슨 학문 같은 거냐?"

"응, 그런 학문이 있기는 해…. 하지만… 솔직히 말해서, 어떤 학문인지 설명은 못 하겠어."

"라키틴은 알아. 그 빌어먹을 라키틴 놈은 아는 게 많지!

그 녀석은 수도사가 될 생각이 없어. 페테르부르크에 갈 작정이야. 거기서 고결한 경향의 비평부에 들어간다나. 뭐, 나름 제 몫을 해서 출세를 할지도 모르지. 그런 놈들은 출세의 대가니까! 윤상 따위가 다 뭐람! 하느님의 사람 알렉세이, 난 이제 끝장이야! 난 세상에서 네가 제일 좋아. 널 보면 가슴이 전율한단 말이야. 그런데 카를 베르나르가 누구지?"

"카를 베르나르?" 알료샤는 다시 놀랐다.

"아니, 카를이 아니지, 가만, 말이 헛나왔군. 클로드 베르나르(프랑스의 생리학자—옮긴이) 말이야. 뭐 하던 사람이냐? 화학?"

"아마 학자일 거야." 알료샤는 대답했다. "하지만 그 사람에 대해서도 별로 말할 수 있는 게 없어. 학자라고만 들었지, 어떤 학자인지는 모르거든."

"그런 놈은 악마나 잡아가라지, 내 알 바 아냐." 미탸는 욕설을 지껄였다. "보나마나 불한당 같은 작자겠지. 꼭 그놈이 아니더라도 죄다 불한당 투성이야. 그런데 라키틴은 뚫고 지나갈 거야. 틈새를 뚫고 지나갈 테지. 그 녀석도 베르나르 같은 족속이거든. 아아, 수많은 베르나르들! 그런 놈들이 수두룩하게 불어나버렸어!"

"형, 도대체 왜 그래?" 알료샤는 다그치듯 물었다.

"그 녀석은 나에 대해, 내 사건에 대해 기사를 써서 문단에 출사표를 던질 생각이야. 그럴 생각으로 나를 찾아오는 거지. 제 입으로 직접 그렇게 말했어. 경향을 뭐 어쩐다나. '그 사람은 죽이지 않을 수 없었다. 환경에 물들어버렸기 때문이다', 이런 식으로 쓸 거라더군. 사회주의적 색채를 입히겠대. 꺼져버리라지, 색채고 나발이고, 나하고 무슨 상관이람. 녀석은 이반을 싫어해. 아주 질색을 하지. 네게도 그다지 동정을 느끼는 건 아냐. 그렇다고 녀석을 쫓아버릴 생각은 없어. 똑똑한 놈이거든. 잘난 척이 이루 말도 못 하긴 하지만. 조금 전엔 그놈한테 이런 말을 해줬어. '카라마조프가 사람들은 불한당이 아니라 철학자야. 진정한 러시아인은 누구나 철학자이기 마련이거든. 하지만 넌 배운 놈이긴 해도 철학자가 아니라 농노일 뿐이야.' 그랬더니 표독스러운 얼굴로 웃어대더군. 그래서 '사상에 대해서는 non est disputandum(논쟁하는 것이 아니다)'라고 한마디 해줬지. 제법 예리한 말 아니냐? 최소한 나도 고전주의에 발을 들여놓은 셈이지." 미탸는 껄껄 웃음을 터뜨렸다.

"그런데 어째서 끝장이라는 거야? 조금 전에 그랬잖아?" 알료샤가 말을 가로막았다.

"어째서 끝장이냐고? 흠! 사실… 크게 보자면, 그건 하느님이 불쌍하기 때문이야!"

"하느님이 불쌍하다니?"

"생각해봐. 이건 다 머릿속 신경의 문제거든. 그러니까, 뇌 속에 이 신경이란 게 있는데(빌어먹을 것들!)… 그 신경엔 이렇게 생긴 꼬리가 달려 있어. 그런데 그 꼬리가 진동하기 시작하면… 그러니까, 내가 눈으로 이렇게 무언가를 보거나 하면 그것들, 그 꼬리들이 진동하기 시작하거든…. 그러면 형상이 나타나는 거야. 즉시 나타나는 건 아니고, 잠깐, 1초쯤 지난 후에 그런 순간이, 아니, 순간이 아니지, 순간은 웬 순간! 그게 아니라 형상, 즉 어떤 사물이나 사건, 뭐 그런 빌어먹을 것들이 나타나는 거야. 그래서 내가 직관하고, 생각도 할 수 있는 거지…. 그건 꼬리 덕분이지, 내게 영혼이 있다거나 내가 어떤 존재의 형상이라거나 닮은꼴이라서가 아니야. 그런 건 다 어리석은 소리일 뿐이야. 어제 라키틴이 와서 이 얘길 해줬는데, 난 꼭 불에 덴 듯한 느낌이었어. 학문이란 정말 위대하지 않냐, 알료샤! 새로운 인간이 나타날 거야. 난 알아…. 하지만 역시 하느님이 불쌍하단 말이지!"

"그건 다행이네." 알료샤가 말했다.

"하느님이 불쌍하다는 것 말이냐? 화학이야, 알료샤, 화학! 별수 있겠습니까, 나리, 조금만 옆으로 비켜주세요, 화학님이 납시니까요! 라키틴은 하느님을 싫어해. 정말로 싫어하지! 그건 저놈들 모두에게 가장 치명적인 부분이야! 하지만 다들 그걸 숨기고 있지. 거짓말을 하는 거야. 아닌 척 위선을 떨고 있어. 비평부에 가서도 그럴 거냐고 그 녀석에게 물었어. 그랬더니 '뭐, 그러도록 내버려 두지는 않겠죠' 하고 웃더군. 그래서 다시 '그렇다면 인간은 어떻게 되는 거지? 신도, 내세도 없다면? 그럼 무슨 짓이든 다 허용되는 건가? 무슨 짓을 저질러도 된단 말이야?' 하고 물었더니, '그럼 몰랐어요?' 하며 웃는 거야. '영리한 사람은 무엇이든 할 수 있어요. 그런 사람은 가재를 잡는 법을 알죠. 하지만 당신은 사람을 죽이고 궁지에 빠져 감옥에서 썩고 있어요!' 내게 그런 말을 하더라니까. 돼지 같은 놈! 예전 같으면 그런 놈은 당장 내

쫓아버렸겠지만, 요새는 뭐라고 지껄여대나 그냥 듣고 있어. 쓸모 있는 말도 꽤 하거든. 제법 지적인 글도 쓸 줄 알고 말이야. 녀석은 일주일 전부터 기사를 하나 읽어주고 있는데, 거기서 세 줄 정도를 베껴 써놨어. 잠깐만, 이거야."

미탸는 서둘러 조끼 주머니에서 종잇조각을 꺼내 읽었다.

"'이 문제를 해결하려면 우선 자신의 인격을 현실과 대치시켜야 한다.' 무슨 말인지 알겠니?"

"아니, 모르겠어." 알료샤는 말했다. 그는 호기심을 느끼며 미탸를 바라보며 듣고 있었다.

"나도 모르겠어. 모호하지만, 지적인 말이지. '요즘엔 누구나 이런 식으로 써요. 환경이 그렇거든요…'라고 하더군. 다들 환경을 두려워하는 거야. 그 녀석은 시도 써. 그 비열한 녀석이. 글쎄, 호흘라코바 부인의 다리를 노래했지 뭐냐, 하—하—하!"

"나도 들었어." 알료샤가 말했다.

"그래? 그럼 시는 들어봤니?"

"아니."

"내가 가지고 있으니 읽어주마. 얘기한 적이 없어 모르고 있겠지만, 사실 여기엔 긴 사연이 있단다. 악당 같은 놈! 3주 전에 그 놈은 나를 놀리려고 이런 말을 했어. '당신은 멍청하게 3000루블 때문에 궁지에 빠졌지만, 난 어느 과부와 결혼해서 15만 루블을 손에 넣어 페테르부르크에 석조 건물을 살 거예요.' 그러고는 호흘라코바 부인을 꾀고 있다면서, 젊을 때도 그다지 똑똑한 편은 못 되던 그 부인이 마흔이 되면서는 아예 멍청이가 돼버렸다고 하더군. '게다가 감상적이기는 또 얼마나 감상적인데요. 난 그 점을 이용해서 부인을 차지할 거예요. 결혼해서 페테르부르크에 데려가 거기서 신문을 찍을 생각이에요.' 그러면서 파렴치하고 음탕한 침을 흘리더군. 그건 호흘라코바 부인 때문이 아니라, 15만 루블이 탐나서 흘리는 침이었어. 그 후 매일같이 나를 찾아와 부인이 자기한테 넘어오고 있다고 떵떵거리지 뭐냐. 좋아 죽겠다는 얼굴이었어. 그런데 웬걸, 된통 그 집에서 쫓겨나버리고 만 거야. 장하게도 표트르 일리치 페르호틴이 승리한 거지! 녀석을 쫓아내다니, 그 멍청한 부인에게 입맞춤이라도 퍼부어주고 싶다니까! 아무튼 그 녀석은 나를 보러 찾아다니면서 그 시를 썼어. '처음으로 시라는 걸 써서 손을 더럽힌 건, 그 부인을 유혹하기 위해, 즉 유익한 일을 하기 위해서예요. 그 멍청한 여자에게서 돈을 빼앗아 시민의 이익을 위해 쓸 수 있을 테니까요'라고 하더군. 저놈들은 별의별 추잡한 짓에 시민의 이익을 들먹인다니까! '그래도 당신네 푸시킨보다는 잘 썼을 거예요. 장난스러운 시에 시민의 비애를 담았거든요.' 왜 푸시킨에 대해 그런 말을 하는지는 나도 알겠어. 정말로 재능 있는 사람이었다면, 여자 다리나 노래하지는 않았을 테니까! 게다가 시에 대한 자부심은 또 얼마나 대단했는지! 그런 사람들은 자만심이 이만저만이 아니야! 녀석은 시에 '내 님의 아픈 다리가 낫기를 바라며'라는 제목을 붙였어. 정말 짓궂은 놈이 아니냐!

그 다리는 어떻던가.

살짝 부어오른 그 다리!

의사들이 오가며 치료를 하네.

붕대를 감아 흉한 꼴을 만드네.

내가 괴로운 건 다리 때문이 아니네.

다리라면 푸시킨이 노래할 테니.

내가 괴로운 건 머리 때문이네.

사상을 이해 못 하는 그 머리

조금 이해하는가 싶었는데

다리가 그것을 방해했다네!

하루 빨리 다리가 낫기를

머리가 사상을 이해하도록

돼지 같은 녀석, 정말 돼지 같은 녀석이야. 그래도 제법 익살스럽지! '시민의 비애'도 담겨 있고. 그 집에서 쫓겨났을 땐 얼마나 화를 내던지. 이를 빠득빠득 갈더군!"

"이미 복수를 했어." 알료샤가 말했다. "호흘라코바 부인에 대해 기사를 썼거든."

알료샤는 얼른 〈소문〉지에 실린 기사 얘기를 해주었다.

"그래, 그건 분명히 그 녀석 짓이야!" 미탸는 찌푸린 얼굴로 맞장구를 쳤다. "그 녀석이야! 그 기사들은… 난 알거든… 그루샤에 대해서도 얼마나 추잡한 소리가 실리는지…! 그리고 그 여자, 카탸에 대해서도… 흠!"

그는 근심 어린 얼굴로 면회실 안을 서성였다.

"형, 난 여기에 오래 있을 수는 없어." 알료샤가 잠시 입을 다물었다가 이렇게 말했다. "내일은 하느님이 형에게 심판을 내리는 무섭고도 중요한 날이야…. 그런데 그렇게 서성이면서 알 수 없는 소리만 하니, 놀라울 뿐이네…."

"아니, 놀랄 것 없다." 미탸는 흥분하며 말을 가로챘다. "그럼 나보고 그 악취 나는 개자식 얘기를 하라는 거냐? 그 살인자 얘길 하라고? 그 얘긴 할 만큼 했어. 그 악취 나는 놈, 스메르댜샤야의 자식 얘기는 더 하고 싶지 않아! 그놈은 하느님 손에 끝장이 날 테니, 잠자코 지켜보기나 하라고!"

미탸는 흥분에 휩싸인 채 알료샤에게 다가와 별안간 입맞춤을 했다. 그의 눈은 뜨겁게 불타오르고 있었다.

"라키틴은 이해 못 해." 그는 별안간 환희에 젖어 말하기 시작했다. "하지만 너라면, 너라면 다 이해하겠지. 그래서 네가 오길 간절히 기다렸어. 오래전부터 여기 이 헐어버린 벽 속에서 네게 하고 싶은 말이 너무나 많았지만, 가장 중요한 문제에 대해선 입을 다물고 있었어. 때가 아니라는 생각이 들었거든. 마침내 내 마음을 모두 털어놓을 때가 된 것 같구나. 알료샤, 나는 지난 두 달 동안 내면에서 새로운 인간을 느꼈어. 내 안에서 새로운 인간이 부활한 거야! 그 인간은 줄곧 내 안에 갇혀 있었지만, 이런 벼락을 맞지 않았으면 절대로 나타나지 않았을 거야! 무서운 일이지! 광산에서 20년 동안 망치로 광석을 캐야 한다고 해도 난 조금도 두렵지 않아. 지금 내가 두려운 건 다른 거야. 이 부활한 인간이 나를 떠나버리지는 않을까, 그게 두려워! 그곳에서도, 광산의 땅속에서도 나 같은 죄수나 살인자에게서 인간의 마음을 발견하고 화합할 수 있어. 그곳에서도 살아가고 사랑하며 고통받을 수 있으니까! 그 유배자의 얼어붙은 가슴을 되살리고, 그 사람을 정성으로 보살펴 마침내 범죄자의 소굴에서 고매한 영혼, 연민의 자아를 세상에 내보낼 수 있을 거야. 천사를 소생시키고, 영웅을 부활시키는 거지! 그런 사람은 많아. 수백 명이 넘지. 우리에게는 그 사람들에 대한 죄가 있어! 그때 내가 왜 '갓난이' 꿈을 꾼 줄 알아? '어째서 갓난이는 불행할까?' 그건 내게 내려진 예언이었어! 난 '갓난이'를 위해 갈 거야. 누구나 만인에 대한 죄가 있으니까. 그건 모든 '갓난이'에 대한 죄이기도 해. 세상에는 작은 아이와 큰 아이가 있거든. 사람은 누구나 다 '갓난이'인 거야. 그러니 난 만인을 위해 갈 거야. 누군가는 그래야 하니까. 난 아버지를 죽이지 않았지만, 그래도 가야 해. 난 받아들일 거야! 이런 생각은 다 여기서… 이 헐어빠진 벽 안에서 하게 된 거야. 그런 사람은 많아. 땅 밑에는 망치를 든 사람들이 수백 명이나 되지. 아아 그래, 우린 사슬에 묶이고 자유를 잃겠지만, 위대한 고통 속에서 기쁨으로 다시 태어나게 될 거야. 기쁨이 없으면 인간은 살 수 없고, 하느님은 존재할 수 없어. 기쁨은 하느님이 주시는 거니까. 그건 하느님이 가진 위대한 특권이야…. 주여, 인간이 기도 속에 녹아 사라지게 하소서! 내가 땅속에서 하느님 없이 살 수 있을까? 라키틴이 하는 말은 헛소리야. 지상에서 하느님을 쫓아내면, 지하에 있는 우리가 그분을 맞이할 거야! 유형수는 하느님 없인 살 수 없어. 유형수가 아닌 사람들보다도 더욱 그렇지! 우리 지하의 인간들은 깊은 땅속에서 기쁨의 하느님께 비극의 찬가를 부를 거야! 하느님과 하느님의 기쁨이여, 만세! 나는 하느님을 사랑해!"

미탸는 이런 해괴한 연설을 쏟아놓으며 숨을 몰아쉬고 있었다. 얼굴은 하얗게 질리고, 입술은 덜덜 떨렸으며, 눈에서는 눈물이 흘러내렸다.

"그래, 삶은 어디에나 있어. 땅속에도 있지!" 미탸는 다시 입을 열었다. "알렉세이, 내가 지금 얼마나 살고 싶은지, 이 헐어빠진 벽 속에서 얼마나 존재와 의식을 갈구하게 되었는지 넌 상상도 못 할 거야! 라키틴은 이런 걸 이해 못 해. 그놈은 건물을 짓고 세를 놓으면 그만이거든. 그래서 난 너를 기다렸어. 고통이란 게 대체 뭘까? 헤아릴 수 없는 고통을 겪게 되더라도 난 두렵지 않아. 전에는 두려웠지만, 이제는 아니야. 어쩌면 난 법정에서 아무 답변도 하지 않을지도 몰라…. '나는 존재한다!'고 언제나 나 자신에게 말할 수 있다면 그 어떤 고통도 이겨낼 수 있을 것 같은 힘이 지금 내 안에 넘쳐흐르고 있어. 수천 가지 고통을 겪어도 나는 존재하고, 고문을 받아 몸부림치는 순간에도 나는 존재해! 기둥에 매달려 있어도 나는 존재해서 태양을 바라볼 수 있어. 설령 태양이 보이지 않더라도, 태양이 있다는 걸 알고 있지. 태양이 있다는 걸 안다는 것, 그것이 바로 생명의 전부야. 알료샤, 내 천사, 난 빌어먹을 온갖 철학 때문에 죽을 것 같아. 이반이…."

"이반 형이 왜?" 알료샤가 물었으나, 미탸는 듣지 못했다.

"사실 전에는 이런 의구심을 가져본 적이 없지만, 모든 건 내 안에 잠재해 있었어. 어쩌면 알 수 없는 여러 이상이 내 안에서 들끓은 탓에 술을 마시고 싸움질을 하고 난동을 피운 건지도 몰라. 그 이상들을 잠재우고 가라앉히고 억누르려고 싸움질을 한 거지. 이반은 라키틴과 달라. 사상을 숨기고 있지. 그 녀석은 스핑크스야. 입을 꾹 다물고 있어. 내가 괴로운 건 하느님 때문이야. 날 괴롭히는 건 오직 그것뿐이야. 하느님이 없다면 어떻게 될까? 하느님은 인류의 인위적 관념일 뿐이라는 라키틴의 말이 정말이라면 어떻게 되는 거지? 그렇다면, 만약 신이 없다면, 인간이 대지와 우주의 주인이 되는 거겠지. 멋진 일이야! 하지만 신 없이 인간이 과연 선할 수 있을까? 그게 문제야! 난 온종일 그 생각만 해. 신이 없다면 인간은 누구를 사랑할 수 있을까? 누구에게 감사를 드리고, 찬가를 부르지? 라키틴은 인류가 하느님 없이도 충분히 사랑할 수 있다면서 비웃더군. 하지만 그건 코흘리개 애송이나 하는 소리고, 난 도무지 이해할 수 없어. 라키틴은 사는 게 쉬운 거야. 오늘은 내게 그러더군. '시민권 신장이라든가, 쇠고기 값 인상 같은 문제에나 신경 쓰세요. 철학보다는 그게 인류에게 사랑을 베푸는 더 쉽고 가까운 길이니까.' 그래서 난 이런 멍청한 소릴 해줬지. '넌 하느님이 없다면 자기 이익을 위해 제손으로 쇠고기 값을 올릴 놈이야. 1코페이카를 가지고 1루블은 해먹을 놈이라고.' 그랬더니 아주 펄펄 뛰더군. 선행이란 대체 뭘까? 대답해줘, 알렉세이. 내겐 하나의 선행이 있다면, 중국인에겐 또 다른 선행이 있잖아. 그건 선행이 상대적인 개념이라는 뜻이야. 아닐까? 상대적인 게 아닌 걸까? 정말 오묘한 문제야! 비웃지 마. 난 이 문제로 이틀 밤을 지새웠으니까. 어떻게 사람들이 그 문제를 전혀 생각지 않고 살고 있는지, 난 그게 놀라울 따름이야. 아무 의미 없는 북새통에서 살아갈 뿐이야! 이반에게는 신이 없어. 대신 이상이 있지. 나와는 수준이 다른 이상이야. 하지만 입을 꾹 다물고 있어. 내가 보기에 그 녀석은 프리메이슨 같아. 질문을 던져도 묵묵히 침묵만 지키고 있거든. 그 녀석의 샘물에서 물을 한 모금 얻어 마시려 했지만, 입을 꾹 다물고 있어. 딱 한 번 한마디 해줬을 뿐이지."

"뭐라고 했는데?" 알료샤가 얼른 물었다.

"그럼 무슨 짓이든 다 허용되는 거냐고 물었더니, 찌푸린 얼굴로 '우리 아버지 표도르 파블로비치는 돼지나 다름없는 인간이지만, 생각만큼은 옳았다'고 하더구나. 그런 뚱딴지 같은 소릴 했지. 그게 다였어. 그래도 라키틴이 하는 말보다는 알아들을 만하지."

"그렇네." 알료샤는 씁쓸하게 동의했다. "이반 형은 언제 다녀갔어?"

"그건 나중에 얘기하고, 지금은 다른 얘길 하자. 난 지금껏 네게 이반 얘기는 거의 한마디도 하지 않았어. 마지막 순간까지 미루고 있지. 내 사건이 종결되고 선고가 떨어지면, 그때 네게 모두 털어놓으마. 무서운 일이 하나 있거든…. 네가 그 일에 대해 내 재판관이 돼주는 거다. 지금은 그 얘긴 하지 말자. 지금은 입을 다무는 거야. 넌 내일 있을 공판 얘길 하지만, 사실 난 거기에 대해선 아무 생각이 없어."

"그 변호사와는 얘기해봤어?"

"빌어먹을 변호사 따위! 그래, 다 얘기했어. 도시 물이 밴 물렁한 악당이더군. 베르나르 같은 놈이야! 내 말은 티끌만큼도 믿지 않아. 내가 죽였다고 생각하는 게 뻔히 보이더라니까. '그럼 뭐하러 날 변호하러 왔소?'라는 질문이 튀어나올 지경이었어. 그런 놈들에겐 침이나 뱉어줘야 해. 게다가 날 정신병자로 만들려고 의사까지 불러왔지 뭐냐. 그렇게는 못하지! 카테리나 이바노브나는 '자기 의무'를 다하려고 안달이 나 있어." 미탸는 씁쓸하게 웃었다. "암고양이 같은 여자야! 잔혹한 여자지! 내가 모크로예에서 자기더러 '위대한 분노'를 품은 여자라고 한 걸 알고 있어! 누구한테 전해 들은 거지. 그래, 증거는 바닷가의 모래알처럼 늘어났어. 그리고리도 자신의 주장을 굽히지 않지. 그리고리는 정직하지만, 어리석은 사람이야. 세상엔 어리석기 때문에 정직한 사람이 많이 있지. 이건 라키틴의 주장이야. 그리고리는 내 적이야. 때로는 친구보다는 적인 편이 나은 사람이 있어. 이건 카테리나 이바노브나를 두고 하는 말이지. 아아, 그 여자가 법정에서 4500루블을 받고 내게 엎드려 절했다는 얘기를 할까봐 얼마나 무서운지 몰라! 그 여자는 끝까지 내게 진 빚을 갚아내려고 할 거야. 난 그 여자의 희생을 바라지 않아! 어차피 법정에서 망신을 당하는 건 내가 될 테니까! 어떻게 해서든 참아내는 수밖에 없겠지만. 알료샤, 그 여자한테 가서 재판 때 그 말을 하지 말라고 전해줘. 아니, 그냥 내버려 두는 게 좋을까?

제길, 아무래도 좋아, 그런 수모 따위 참아내지 뭐! 그 여자가 불쌍하다고는 생각 안 해. 자기가 원해서 그러는 거니까. 자업자득이야. 알렉세이, 난 내가 해야 할 말을 똑바로 해줄 거야." 그는 다시 씁쓸하게 웃었다. "다만… 다만 그루샤가, 그루샤가, 아아! 그 여자는 무엇 때문에 그런 고통을 떠안으려는 걸까!" 미탸는 돌연 눈물을 흘리며 외쳤다. "그루샤 때문에 죽을 것 같다. 그 여자를 생각하면 죽을 것 같아! 아까 나를 보러 왔었지…."

"들었어. 오늘 형 때문에 무척 상심해 있던데."

"알아. 내 이 빌어먹을 성격 때문에 그만 질투해버렸지 뭐냐! 돌려보낼 때가 되어서야 후회스러운 마음에 키스를 해줬어. 하지만 용서는 빌지 않았지."

"어째서?" 알료샤가 외쳤다.

미탸는 별안간 즐겁게 웃었다.

"귀여운 알료샤, 사랑하는 여자에게는 절대로 잘못했다고 용서를 비는 게 아니란다! 특히 사랑하는 여자에게는 아무리 큰 잘못을 저질러도 절대 그래선 안 돼! 여자란 도무지 알 수 없는 존재이지만, 그래도 난 여자에 일가견이 있거든! '잘못했다, 용서해달라, 미안하다'고 자기 잘못을 인정하는 순간 당장에 잔소리 세례가 쏟아지게 마련이거든! 여자는 결코 쉽게 용서해주는 법이 없어. 넝마쪽이 되도록 면박을 주고, 없던 일까지 끌어내서 질책하고, 무엇 하나 잊어버리지 않고 꾸며낸 것까지 더해 있는 대로 타박을 하고 난 후에야 겨우 용서하지. 그 정도만 돼도 양반이야! 잔부스러기까지 싹싹 긁어모아다가 머리 위에 쏟아 부으려고 드니까. 여자들에게는 하나같이 그런 잔인한 면이 있어. 우리는 여자 없이는 살 수 없지만, 그 천사들의 마음속에 이런 잔인한 면이 숨어 있단 말이지! 알료샤, 사실을 있는 그대로 간단명료하게 말해주마. 아무리 점잖은 남자라도 결국 여자 엉덩이 밑에 깔려 살기 마련이야. 난 그렇게 믿고 있어. 아니, 믿는 게 아니라 느끼고 있지. 남자는 자고로 관대해야 해. 관대한 것 때문에 남자 체면이 떨어지는 법은 없어. 영웅도, 카이사르도 마찬가지였지! 하지만 용서만큼은 절대로 빌어선 안 돼. 이 원칙을 명심하렴. 여자 때문에 끝장나버린 네 형 미탸가 알려주는 거니까. 그래, 그루샤에겐 용서를 빌지 않고 뭔가 다른 걸 해주는 게 나아. 알렉세이, 난 그루셴카를 숭배하고 있어! 하지만 그 여잔 그걸 모르고 내 사랑이 부족하다고 느끼고 있지. 그래서 나를 괴롭히는 거야. 사랑으로 괴롭히는 거지. 전에는 말이다! 전에는 오직 그 악마적인 몸의 곡선 때문에 가슴을 태웠다면, 이젠 그 여자의 영혼을 내 영혼으로 받아들여, 그 여자를 통해 인간이 되었어! 우리가 결혼식을 올릴 수 있을까? 그러지 못하면 난 질투를 못 견디고 죽어버릴 거야. 매일 그런 악몽을 꾸거든…. 그런데 그 여자가 나에 대해 뭐라고 하던?"

알료샤는 아까 그루셴카가 했던 말을 고스란히 전해주었다. 미탸는 여러 번 되물으면서 주의 깊게 듣더니 이윽고 만족스러운 얼굴을 했다.

"그러니까 질투한 것 때문에 화내지는 않는 거로군." 미탸는 큰 소리로 말했다. "정말이지, 영락없는 여자라니까! '자신부터가 잔인하다'니. 아아, 난 그런 잔인한 여자가 좋아. 날 두고 질투하는 건 참을 수 없지만! 그러면 아마 싸워버리고 말겠지. 하지만 그루셴카는 영원히 사랑할 거야. 우리가 결혼식을 올릴 수 있을까? 유형수도 식을 올리게 허락해줄까? 그게 문제야. 난 그 여자 없이는 살 수가 없어…."

미탸는 인상을 쓴 채 면회실을 서성였다. 방 안은 이미 어두워져 있었다. 미탸는 불현듯 지독한 불안을 느꼈다.

"그러니까 비밀이 있다고 했단 말이지, 비밀이 있다고? 나를 포함해 셋이서 그 여자에게 음모를 꾸미고 있고, 거기에 '카티카'도 끼어 있다고? 아니야, 그루셴카, 그렇지 않아. 당신이 잘못 짚었어. 어리석은 여자의 실수일 뿐이라고! 알료샤, 이젠 어떻게 되든 상관없어! 우리의 비밀을 말해주마!"

미탸는 사방을 둘러보고는 자기 앞에 서 있는 알료샤에게 얼른 다가와 조심스럽게 속삭이기 시작했다. 그러나 실제로 그들의 말을 들을 사람은 아무도 없었다. 늙은 간수는 한쪽 구석 의자에 앉아 꾸벅꾸벅 졸고 있었고, 보초는 한마디도 들리지 않을 먼 거리에 떨어져 있었다.

"우리 비밀을 죄다 말해주마!" 미탸가 조급하게 속삭였다. "원래는 나중에 얘기할 생각이었어. 너 없이 내가 무슨 결정을 할 수 있겠어? 넌 내 전부야. 난 이반이 우리보다 위에 있다고 했지만, 넌 내 천사야. 네 결정만이 의미가 있다고. 어쩌면 위에 있는 건 이반이 아니라 너인지도 몰라. 이건 양심이 걸린 문제야. 최고의 양심이 걸린 문제지. 나 혼자서는 감당이 안 될 만큼 중대한 비밀이라서, 네가 결정해줄 때까지 미뤄두고 있었어. 하지만 지금은 역시 결정하기는 일러. 우선 선고를 기다려야 하거든. 선고가 떨어지면, 그때 네가 운명을 결정해줘. 지금은 결정할 필요 없어. 듣기만 하고 결정은 하지 말아줘. 잠자코 듣기만 하는 거야. 전부 다 말하지는 않을게. 세세한 건 빼고 핵심만 말할 테니까, 잠자코 있어야 해. 묻지도 말고, 움직이지도 말고. 알겠어? 아아, 하지만 네 눈을 어떻게 피하지? 입을 다물고 있어도 네 눈에는 결정이 나타날 테니, 그게 두려워! 정말 두렵다고! 알료샤, 잘 들어. 이반은 내게 도망치라고 권하고 있어. 자세한 얘긴 않겠지만, 다 준비된 일이고, 충분히 가능성 있는 일이야. 결정하지 말고 듣기만 해. 그루샤를 데리고 미국으로 가라는 거야. 난 그루샤 없이는 못 살잖아! 유형지에서 그루셴카를 못 보게 되면 어떡하지? 유형수에게 과연 결혼식을 올리도록 허락해줄까? 이반은 안 될 거래. 그루샤 없이 어떻게 내가 땅속에서 망치를 들 수 있겠어? 그 망치로 내 머리를 박살 내버릴 뿐이겠지! 하지만 다른 한편으로, 양심은? 결국 고통을 피해 달아나는 꼴이잖아! 계시가 내렸지만 그것을 외면하고, 정화의 길을 두고서 왼쪽으로 빙 돌아가 버리는 거나 마찬가지야. 이반은 미국에 가더라도 '선한 의지'만 있으면 지하에서보다 더 유익한 일을 할 수 있을 거라더군. 하지만 우리 지하의 찬가는 어떻게 되지? 미국이란 게 또 뭐야? 미국도 한낱 북새통일 뿐이야! 게다가 미국에는 사기꾼도 판을 치고 있을 거야. 그러니 결국 십자가를 피해 달아나는 셈이지! 알렉세이, 네게 이런 말을 하는 건, 오직 너만이 이런 말을 이해할 수 있기 때문이야. 다른 사람들에게는 그저 어리석은 소리일 뿐이야. 방금 네게 한 찬가 얘기도 죄다 잠꼬대로 들릴 뿐이지. 나보고 미쳤다거나 멍청하다고 할 거야. 하지만 난 미치지도 않았고, 멍청하지도 않아. 이반도 찬가 얘기는 이해하지만, 아무런 대꾸도 없이 입을 꾹 다물고 있어. 녀석은 찬가를 믿지 않거든. 제발 아무 말 마라, 네가 어떤 눈으로 날 보고 있는지는 벌써 다 아니까. 넌 벌써 결정을 내렸어! 하지만 날 불쌍하게 생각해 그걸 말하지는 말아 다오. 난 그루샤 없이는 살 수가 없어. 공판이 끝날 때까지 기다려줘!"

미탸는 미친 사람처럼 말을 끝냈다. 그는 두 손으로 알료샤의 어깨를 잡고 붉게 충혈된 갈급한 눈으로 알료샤의 눈을 들여다보았다.

"유형수도 결혼을 시켜줄까?" 미탸는 애원하는 듯한 목소리로 세 번째로 같은 질문을 되풀이했다.

알료샤는 엄청난 경악과 깊은 충격에 빠져 있었다.

"한 가지만 말해줘." 그가 말했다. "이반 형이 강력하게 주장하고 있는 거야? 누가 처음으로 그런 생각을 한 거지?"

"이반이야! 이반이 생각해냈고, 이반이 주장하고 있어! 여태 한 번도 찾아오지 않다가 일주일 전에 불쑥 찾아와서는 대뜸 그 얘기를 꺼내더라고. 고집이 말도 못 해. 청이라기보다는 명령에 가깝지. 너한테 한 것처럼 내 마음속을 온통 까뒤집어 보이고 찬가 얘기를 했는데도, 내가 자기 말을 들을 거라고 믿어 의심치 않아. 온갖 정보를 수집하고는 어떻게 계획을 실행할 건지 말해줬지만, 그 얘긴 나중에 해주마. 발작에 가까울 만큼 내가 도망가길 원하고 있어. 문제는 돈이야. 도망가는 데는 1만 루블, 미국으로 건너가는 데는 2만 루블이 들지만, 1만 루블로 멋지게 탈출을 해내자고 하더군."

"내겐 절대로 말하지 말라고 했어?" 알료샤가 다시 물었다.

"누구에게도 절대로 말하지 말라고 했어. 특히 네겐 무슨 일이 있어도 절대 안 된다고 했지! 네가 양심이 되어 내 앞에 서는 게 두려웠던 거야. 이반에게 내가 말했다는 얘기는 하지 마. 절대 그래선 안 돼!"

"형 말이 맞아." 알료샤가 말했다. "판결이 나오기 전까지는 결정할 수 없는 문제야. 공판이 끝나면 형이 직접 결정해. 그때 형 안에 새로운 사람을 발견하게 될 테니, 그 사람이 결정해줄 거야."

"새로운 사람일지, 베르나르일지는 모르겠지만, 아무튼 그 사람은 베르나르식으로 결정할 거야! 나 자신이 경멸스러운 베르나르라는 생각이 들거든!" 미탸는 쓴웃음을 지었다.

"하지만 형, 정말로, 정말로 무죄 판결을 받을 희망이 조금도 없다고 생각해?"

미탸는 경련을 일으키듯 어깨를 으쓱하고 부정의 뜻으로 고개를 가로저었다.

"우리 알료샤, 이제 가볼 시간이야!" 미탸는 갑자기 서두르기 시작했다. "간수가 마당에서 소리쳤으니, 곧 이리로 올 거야. 우린 지체됐어. 규칙을 어겼지. 어서 날 포옹하고 입 맞줘주렴. 성호를 그어줘. 내일 짊어질 십자가를 위해 성호를 그어줘….”

두 형제는 끌어안고 입맞춤을 했다.

“이반은 말이다,” 미탸가 불쑥 말을 꺼냈다. “내게 도망가라고 권하고는 있지만, 정작 자신은 내가 죽였다고 믿고 있어.”

그의 입술에 슬픈 미소가 떠올랐다.

“그렇게 믿느냐고 물어봤어?” 알료샤가 물었다.

“아니, 그러진 않았어. 묻고 싶기는 했지만, 그럴 수 없었지. 그럴 엄두가 안 나더라고. 하지만 눈을 보면 다 알 수 있어. 자, 그럼 잘 가라!”

두 사람은 다시 한번 얼른 입맞춤을 했다. 알료샤가 면회실을 나가려는 찰나, 미탸가 다시 불러 세웠다.

“내 앞에 이렇게 서보렴.”

그러고는 다시 알료샤의 어깨를 두 손으로 꽉 움켜잡았다. 그 얼굴은 별안간 어둠 속에서도 똑똑히 분간할 수 있을 만큼 창백해졌다. 입술은 일그러지고, 눈은 뚫어질 듯이 알료샤에게 못 박혀 있었다.

“알료샤, 하느님 앞에서 말하는 것처럼 사실대로 말해줘. 넌 내가 죽였다고 믿고 있니? 너는, 너 자신은 믿고 있니? 거짓말하지 말고 사실대로 말해줘!” 미탸는 광기 어린 흥분을 보이며 외쳤다.

알료샤는 온몸이 전율하는 느낌을 받았고, 무언가 날카로운 것이 심장을 찌르고 지나가는 소리가 들렸다.

"그만둬, 그게 무슨…." 그는 어찌할 바를 몰라 중얼거렸다.

"사실 그대로 말해줘! 거짓말하지 말고!" 미탸는 거듭 말했다.

"형이 살인자라고 생각한 적은 한순간도 없어." 별안간 알료샤의 가슴 깊은 곳에서부터 떨리는 목소리가 터져 나왔다. 그는 자기 말의 증인으로 신을 부르기라도 하듯 오른손을 들었다. 순간 미탸의 얼굴이 행복으로 환하게 빛났다.

"고맙다!" 그는 정신을 잃었다가 첫 숨을 내쉬는 사람처럼 천천히 말했다. "네가 나를 되살려주었다…. 지금까지 네게 물어보는 게 무서웠어. 네게, 네게 물어보는 게 말이야! 자, 어서 가! 넌 내게 내일을 위한 힘을 불어넣어 주었어. 하느님이 너를 축복하시길! 자, 가거라, 이반을 사랑해다오!" 마지막 말이 불쑥 미탸의 입에서 튀어나왔다.

알료샤는 눈물로 범벅이 되어 면회실을 나왔다. 미탸가 그토록 의혹을 품고 있었다는 사실, 자기마저 그토록 불신하고 있었다는 사실은 전에는 생각지 못했던 불행한 형의 가슴에 자리한 막막한 슬픔과 절망의 심연을 일시에 알료샤 앞에 드러내 보인 듯했다. 한없이 깊은 연민이 별안간 알료샤를 사로잡고 고통을 주었다. 꿰뚫려버린 가슴이 지독하게 아팠다. '이반을 사랑해다오!' 문득 조금 전 미탸가 한 말이 떠올랐다. 알료샤는 이반에게 가고 있었다. 아침부터 반드시 이반을 만나야겠다고 생각하고 있던 참이었다. 그는 미탸만큼이나 이반이 걱정스러웠다. 미탸를 만나고 난 지금은 그 어느 때보다 더욱 그랬다.

5. 형이 아니야, 형이 아니야!

이반이 있는 곳에 가려면 카테리나 이바노브나가 사는 집을 지나가야 했다. 카테리나의 집 창문에서 불빛이 새어나오고 있었다. 알료샤는 갑자기 걸음을 멈추고 들러보기로 했다. 카테리나 이바노브나를 만난 지도 벌써 일주일이 넘어가고 있었다. 하지만 지금 들러보기로 마음먹은 것은 공판 전날인 만큼 이반이 지금 그곳에 있을지도 모른다는 생각이 들어서였다. 초인종을 누르고 중국식 등불이 어슴푸레하게 밝히고 있는 계단을 올라가려는데 위에서 누가 내려오는 것이 보였다. 가까이서 보니 이반이었다. 카테리나를 만나고 돌아가는 길인 듯했다.

"아, 너구나." 이반은 무뚝뚝하게 말했다. "그럼 난 가보마. 카테리나한테 가는 참이지?"

"응."

"안 가는 게 좋을걸. 지금 몹시 '흥분'해 있거든. 네가 가면 상태가 악화되기만 할 거야."

"아뇨, 그렇지 않아요!" 별안간 위층에서 벌컥 문이 열리고 이런 외침이 들려왔다. "알렉세이 표도로비치, 그 사람한테서 오는 길인가요?"

"네, 형한테 다녀오는 길이에요."

"내게 전언이 있던가요? 들어와요, 알료샤. 이반 표도로비치, 당신도 얼른 다시 돌아오세요. 어서요!"

카탸의 명령이나 다름없는 말에 이반 표도로비치는 잠시 멈칫했으나, 그래도 알료샤와 함께 다시 올라가기로 했다.

"엿들었군!" 이반은 짜증스럽다는 듯 혼잣말로 중얼거렸으나, 알료샤에게도 그 말이 들렸다.

"전 그냥 외투를 입은 채로 있겠습니다." 이반은 방에 들어서면서 말했다. "앉지도 않을 겁니다. 1분 이내로 돌아갈 테니까요."

"알렉세이 표도로비치, 앉으세요." 카테리나는 정작 본인은 선 채로 이렇게 말했다. 그동안 별로 변한 것은 없었지만, 짙은 눈동자에 무시무시한 불길이 타오르고 있었다. 알료샤는 이 순간 그녀가 무척 아름다워 보였다는 사실을 나중에 기억했다.

"무슨 말을 전하라던가요?"

"딱 한 가지뿐이었어요." 알료샤는 카탸를 똑바로 응시하며 말했다. "자신을 불쌍히 여겨 법정에서 그 일에 대해선 입을 다물어 달래요…." 그는 조금 머뭇거렸다. "그러니까 두 분이… 처음 만났을 때… 그 도시에서…."

"아, 돈을 받고 절했던 일 말이군요!" 카테리나는 씁쓸하게 웃으며 말을 받았다. "그 사람은 자기를 걱정하는 건가요, 나를 걱정하는 건가요? 불쌍히 여기라니, 누굴? 그 사람을, 나를? 알렉세이 표도로비치, 대답해줘요."

알료샤는 그녀의 의중을 파악하려고 애쓰며 가만히 그

얼굴을 바라보았다.

"당신과 형, 두 분 다요." 그는 조용히 말했다.

"그렇겠지요." 그녀는 표독스럽게 또박또박 끊어 말하며 얼굴을 확 붉혔다. "알렉세이 표도로비치, 당신은 아직 나를 잘 몰라요." 그녀는 냉정하게 말했다. "하긴, 나도 내 자신을 모르겠어요. 내일 심문이 끝나면 당신은 날 짓밟아주고 싶어질지도 몰라요."

"당신은 솔직하게 증언해주실 거예요." 알료샤가 말했다. "그거면 충분해요."

"여자는 솔직하지 못할 때가 많답니다." 그녀는 이를 갈았다. "1시간 전만 해도 그 불한당한테 손을 대기조차 무서웠어요…. 괴물 같다는 생각이 들어서… 하지만, 아니에요, 역시 미탸는 내게 한 사람의 인간일 뿐이에요! 정말 그이가 죽였을까요? 살인을 저지른 게 그이일까요?" 그녀는 이반을 홱 돌아보며 발작적으로 외쳤다. 알료샤는 자기가 오기 직전까지도 그녀가 이반에게 이 질문을 했으며, 그것도 한 번이 아닌 수백 번을 되물은 끝에 결국 그와 다투고 말았음을 즉시 눈치챘다.

"난 스메르댜코프를 보러 다녀왔어요…. 그이가 아버지를 죽인 거라고 당신이, 당신이 그랬잖아요! 난 당신 말을 믿었을 뿐이에요!" 그녀는 여전히 이반 표도로비치를 보며 말했다. 이반은 어색하게 억지웃음을 지었다. 알료샤는 그 '당신'이라는 말에 깜짝 놀랐다. 두 사람이 그런 사이가 되었을 줄은 생각도 하지 못했기 때문이다.

"아무튼 이제 그만둡시다." 이반이 단호하게 말을 끊었다. "가보겠습니다. 내일 오지요." 그는 이렇게 말하고는 홱 돌아서서 방을 나가 곧장 계단 쪽으로 향했다. 카테리나 이바노브나는 별안간 강압적으로 알료샤의 두 손을 덥석 움켜잡았다.

"저 사람을 따라가요! 어서 쫓아가봐요! 잠시라도 혼자 둬선 안 돼요!" 카탸는 빠르게 속삭였다. "저 사람은 미쳤어요. 저 사람이 미쳤다는 거 몰랐죠? 열병, 신경성 열병이에요! 의사가 그랬다고요. 그러니 가봐요, 얼른 쫓아가보란 말이에요…."

알료샤는 얼른 자리에서 일어나 이반을 쫓아 달려나갔다. 이반은 아직 쉰 걸음도 채 떨어지지 않은 곳에 있었다.

"왜?" 이반은 알료샤가 쫓아오는 것을 깨닫고 뒤돌아보았다. "내가 미쳤으니 쫓아가 보라고 했겠지. 안 봐도 뻔해." 그는 분노 섞인 목소리로 뒷말을 덧붙였다.

"물론 그분의 오해겠지만, 형이 아프다는 건 사실이야." 알료샤가 말했다. "카테리나 씨 집에서 보니, 형은 무척 아파 보였어!"

이반은 멈추지 않고 계속 걸었다. 알료샤는 그를 뒤따라갔다.

"알렉세이 표도로비치, 넌 사람이 어떤 식으로 미치는 줄 아니?" 이반이 불쑥 나직한 소리로 물었다. 분노는 깨끗이 가시고, 순수한 호기심만 느껴지는 목소리였다.

"글쎄. 광증에는 아마 여러 종류가 있겠지."

"그럼 미쳐가고 있다는 걸 자기도 알까?"

"그런 경우라면 자기 상태를 정확히 파악하기는 어려울 것 같아." 알료샤는 의아함을 느끼며 대답했다. 이반은 잠시 말이 없었다.

"나와 계속 얘기하고 싶다면, 화제를 바꾸는 게 좋겠다." 그가 불쑥 말했다.

"참, 잊기 전에 줄 게 있어. 편지야." 알료샤는 조심스럽게 말하고, 주머니에서 리자의 편지를 꺼내 내밀었다. 때마침 두 사람은 가로등 밑을 지나던 참이었다. 이반은 즉시 필체를 알아보았다.

"아, 그 작은 악마가 보낸 거로군!" 이반은 증오 어린 웃음을 짓고는 겉봉을 뜯어보지도 않고 갈기갈기 찢어 바람에 날려버렸다. 종잇조각이 사방으로 흩날렸다.

"열여섯도 채 안 된 것 같은데, 벌써부터 수작을 부린단 말이지!" 그는 다시 길을 걸으며 경멸스럽다는 듯 말했다.

"수작을 부리다니?" 알료샤가 물었다.

"알 만하잖아, 발칙한 여자들이 하는 짓."

"아니, 형, 그게 무슨 말이야?" 알료샤는 안타까운 마음에 리자의 역성을 들었다. "리자는 아직 어린애야. 형은 어린애한테 상처를 주는 거라고! 리자도 병을, 심한 병을 앓고 있어. 어쩌면 미쳐버릴지도 모른다고…. 난 그 편지를 전해주지 않을 수 없었어…. 오히려 형이 무슨 말이든 해줬으면 좋겠다고 생각했어…. 리자를 구할 수 있도록…."

"난 할 말 없다. 리자가 어린애라고 해서 내가 유모인 건 아니니까. 알렉세이, 그만하자. 그 얘긴 더 꺼내지 마. 난 생각도 안 하고 있으니까."

두 사람은 다시 잠시 말이 없었다.

"그 여잔 내일 공판에서 어떻게 해야 할지 가르쳐 달라고 밤새도록 성모에게 기도할 거야." 이반은 또다시 분노 섞인 어조로 싸늘하게 말했다.

"그건… 카테리나 씨 말이야?"

"그래. 미탸 형을 구해야 할지 파멸시켜야 할지 마음속에 빛을 밝혀달라고 기도하겠지. 어떻게 해야 좋을지 자기도 아직 모르고 있거든. 아직 마음의 준비가 되지 않았지. 역시나 내가 무슨 유모라도 된다는 양 달래주기를 바라고 있다니까!"

"형, 카테리나 이바노브나는 형을 사랑하고 있어." 알료샤는 슬픔을 느끼며 말했다.

"그럴지도 모르지. 하지만 난 그 여잘 쫓아다닐 생각이 없어."

"그분은 괴로워하고 있어. 그럼 어째서 그분에게… 가끔… 그런 기대감을 주는 말을 한 거야?" 알료샤는 조심스러운 책망을 담아 말을 이었다. "형이 그분에게 기대를 주었다는 걸 알고 있어. 이런 말을 해서 미안하지만." 알료샤는 이렇게 덧붙였다.

"그 여자와 관계를 끊겠다고 확실히 말해야겠지만, 그럴 수가 없기 때문이야!" 이반은 화를 내며 말했다. "살인자가 선고를 받을 때까지 기다려야 하거든. 내가 지금 그 여자와의 관계를 끊어버리면, 그 여자는 나에 대한 복수심에 내일 공판에서 그 악당을 파멸시키려 들 테니까. 그 여잔 형을 미워하고 있고, 자기가 미워한다는 것도 잘 알아. 온통 거짓뿐이야. 거짓 위에 거짓이 쌓여 있지. 하지만 내가 그 여자와 관계를 끊지 않는 한 내게 희망을 품고 그 악당을 파멸시키지 않을 거야. 내가 형을 재앙에서 구해내려 한다는 걸 알고 있으니까. 그러니 빌어먹을 선고가 떨어지기를 기다리는 수밖에!"

'살인자'와 '악당'이라는 말이 알료샤의 가슴을 아프게 울렸다.

"그런데 그분이 어떻게 큰형을 파멸시킨다는 거야?" 알료샤는 이반의 말을 곰곰이 생각하며 물었다. "그분이 어떤 증언을 해서 큰형을 파멸시킨다는 건데?"

"넌 아직 모르는 일이야. 그 여자 수중에 형이 직접 쓴 문서가 있거든. 형이 아버지를 죽였다는 수학적인 증거 문서지."

"그럴 리 없어!" 알료샤가 외쳤다.

"그럴 리 없다니? 내 눈으로 봤어."

"그런 건 있을 수 없어!" 알료샤는 흥분하며 거듭 말했다. "큰형은 살인자가 아니니까. 아버지를 죽인 건 큰형이 아니야, 큰형이 아니라고!"

이반 표도로비치는 우뚝 멈춰 섰다.

"그럼 네 생각엔 누가 살인자 같은데?" 이반은 어딘가 싸늘한 태도로 물었다. 그 물음은 오만하기까지 했다.

"형도 누군지 알잖아." 알료샤는 진심 어린 어조로 나직하게 말했다.

"누구? 그 정신 나간 얼간이 간질병자에 대한 잠꼬대 같은 얘기 말이냐? 스메르댜코프를 말하는 거야?"

알료샤는 별안간 온몸이 떨리는 것을 느꼈다.

"형은 누군지 알고 있어." 그의 입에서 힘없이 이런 말이 튀어나왔다. 숨이 차올랐다.

"그러니까 누구? 누구냔 말이야?" 이반은 미친 듯이 흥분하며 외쳤다. 그는 일시에 자제력을 잃었다.

"내가 아는 건 딱 한 가지야." 알료샤는 여전히 속삭이는 듯한 어조로 이렇게 말했다. "아버지를 죽인 사람은 형이 아니라는 사실뿐이야."

"내가 아니라니! 그게 무슨 소리냐?" 이반은 넋을 잃은 사람처럼 얼어버렸다.

"아버지를 죽인 건 형이 아니야, 형이 아니야!" 알료샤는 분명하게 되풀이했다. 30초쯤 침묵이 흘렀다.

"내가 죽이지 않았다는 건 나도 안다. 무슨 헛소리를 하는 거야?" 이반은 창백한 얼굴로 뒤틀린 미소를 지으며 말했다. 시선은 알료샤에게 단단히 못 박혀 있었다. 두 사람은 다시 가로등 아래에 서 있었다.

"그렇지 않아, 형. 형은 여러 번 자기가 살인자라고 자기 자신에게 말했어."

"내가 언제…? 난 모스크바에 있었어…. 내가 언제 그런 말을 했다는 거냐?" 이반은 당혹스러워하며 중얼거렸다.

"형은 끔찍한 지난 두 달간 혼자 있을 때마다 스스로 수없이 그렇게 말했어." 알료샤의 목소리는 여전히 나직하고 차분했으나, 그것은 자의가 아니라 불가항력적인 명령에 이끌려 무아지경에서 하는 말이었다. "형은 자기 자신을 책망하며, 살인자는 누구도 아닌 바로 자신이라고 자인하고 있었어. 하지만 형이 죽인 게 아니야. 형은 잘못 생각하고 있어. 살인자는 형이 아니야. 형이 아니라고! 하느님께서 형에게 이 말을 전하라고 날 보내신 거야!"

두 사람은 입을 다물었다. 1분간 긴 침묵이 흘렀다. 두 사람은 멈춰 선 채로 뚫어지게 서로를 바라보았다. 두 사람 다 안색이 창백했다. 별안간 이반이 온몸을 떨면서 알료샤의 어깨를 세게 틀어잡았다.

"너 우리 집에 다녀갔구나!" 이반은 이를 악물고 말했다. "그날 밤, 그놈이 왔을 때 우리 집에 다녀갔지…. 사실대로 말해…. 그놈을 봤니? 응?"

"누구… 큰형 말이야?" 알료샤는 당혹스러워하며 물었다.

"그 빌어먹을 악당 말고!" 이반은 광분하여 외쳤다. "그놈이 나를 찾아온다는 걸 알고 있었니? 어떻게 안 거야? 말해!"

"그놈이 누구야? 누굴 말하는 건지 모르겠어…." 알료샤는 놀라서 우물거렸다.

"아니, 넌 알고 있어…. 그렇지 않으면 어떻게 네가… 네가 모를 리 없어…."

그러나 그는 순간 자제력을 발휘했다. 그는 무언가 골똘히 생각하는 듯 멈춰 서 있었다. 입술이 기묘한 미소로 일그러졌다.

"형," 알료샤가 떨리는 목소리로 다시 입을 열었다. "난 형이 내 말을 믿어줄 걸 알기 때문에 그 말을 한 거야. 형이 아니라는 말은 형의 평생을 염두에 두고 한 말이야. 평생을 염두에 두었다고. 하느님께서 내 마음속에 그 말을 하도록 일러주셨어. 이 순간부터 형이 영원히 날 미워할지라도…."

그러나 이반 표도로비치는 이미 완전히 자제력을 되찾은 듯했다.

"알렉세이 표도로비치," 그는 싸늘한 미소를 지으며 말했다. "난 예언자나 간질병자가 못 견디게 싫다. 신의 사자는 더욱 그렇지. 그건 너도 너무나 잘 알고 있을 거야. 지금 이 순간부터 난 너와 연을 끊을 생각이다. 아마 영원한 이별이 되겠지. 지금 당장, 이 사거리에서부터 날 내버려 뒀으면 한다. 집으로 가는 길도 마침 이쪽이지. 특히 오늘 나를 찾아오는 건 삼가야 할 거다! 알아듣겠니?"

이반은 돌아서서 뒤도 돌아보지 않고 주저 없이 성큼성큼 걸어갔다.

"형," 알료샤는 이반의 등 뒤에 대고 외쳤다. "혹시 오늘 형에게 무슨 일이 생기거든 제일 먼저 날 생각해줘…!"

그러나 이반은 대답하지 않았다. 알료샤는 이반의 모습이 어둠 속으로 완전히 사라질 때까지 사거리 가로등 아래에서 있었다. 그러고는 몸을 돌려 골목길을 따라 집으로 느릿하게 걸음을 옮겼다. 알료샤와 이반은 각각 서로 다른 집에 세 들어 살고 있었다. 두 사람 다 아버지의 텅 빈 집에서 살고 싶은 마음이 없었다. 알료샤는 어느 상인 집의 가구 딸린 방에서 하숙하고 있었고, 이반은 알료샤에게서 꽤 멀리 떨어진 곳에서 부유한 관리의 미망인이 소유한 훌륭한 저택의 넓고 쾌적한 별채를 빌려 쓰고 있었다. 그러나 그 별채에서 시중을 드는 사람은 늙고 귀먹은 데다 류머티즘으로 쑤시지 않는 곳이 없고 저녁 6시에 자고 아침 6시에 일어나는 노파 한 사람뿐이었다. 이반 표도로비치는 지난 두 달 동안 이상하리만치 노파에게 아무런 요구도 하지 않고 혼자 있기를 좋아했다. 자기가 쓰는 방은 직접 청소했고, 별채의 다른 방에는 아예 들어가는 일이 드물었다. 그는 대문 앞에 다다라 초인종 끈을 움켜쥐고선 멈춰 섰다. 아직까지도 분노로 온몸이 떨려왔다. 그는 별안간 끈을 내팽개치고는 침을 탁 뱉고 뒤돌아섰다. 그러고는 그가 사는 곳에서 2킬로미터 떨어진 도시 반대편에 있는 작고 기울어진 통나무집으로 걸음을 재촉했다. 그곳은 표도르 파블로비치의 이웃집에 살면서 표도르네 부엌에 수프를 얻으러 다니고, 스메르댜코프가 기타를 치며 노래를 불러주었던 마리야 콘드라티예브나가 사는 집이었다. 마리야는 전에 살던 집을 팔고, 지금은 오두막이나 다름없는 집에서 어머니와 함께 살고 있었다. 병으로 사경을 헤매는 스메르댜코프도 표도르 파블로비치가 죽은 후 그 집에 머물고 있었다. 지금 이반은 갑자기 어떤 저항할 수 없는 생각에 이끌려 스메르댜코프를 만나러 가고 있었다.

6. 스메르댜코프와의 첫 번째 만남

이반이 모스크바에서 돌아온 후 스메르댜코프를 만나는 것은 이번이 세 번째였다. 그는 모스크바에서 돌아온 당일에 끔찍한 사건 이후 처음 스메르댜코프를 만나 대화를 나눴고, 2주 후에 한 번 더 그를 찾아갔다. 그러나 그 후로는 발길을 끊어, 벌써 한 달이 넘도록 만나지 않았고 소식도 거의 듣지 못하고 있었다. 아버지가 죽고 닷새 후에야 모스크바에서 돌아온 이반은 아버지의 관도 보지 못했다. 그가 돌아오기 전날 장례식을 치렀기 때문이다. 이반이 늦은 이유는 이랬다. 이반의 모스크바 주소를 정확히 몰랐던 알료샤는 전보를 치려고 카테리나 이바노브나에게 달려갔다. 하지만 카테리나도 정확한 주소를 몰라 언니와 이모에게 전보를 보냈다. 이반이 모스크바에 가면 그 집부터 들르리라는 생각에서였다. 그러나 이반은 모스크바에 도착한 지 나흘 만에야 그 집을 찾아갔다. 물론 전보를 보자 서둘러 이곳으로 달려왔다. 시내에 와서 처음으로 만난 사람은 알료샤였는데, 대화를 나누고서는 무척 놀랐다. 알료샤가 온 도시 사람들의 의견과는 정반대로 미탸를 전혀 의심하지 않고, 스메르댜코프를 범인으로 지목했기 때문이다. 이후 경찰서장과 검사를 만나 자세한 혐의 내용과 체포 경위를 알게 되면서 알료샤에 대한 놀라움은 더욱 커졌다. 그는 동생의 의견이 극도의 형제애와 연민에서 비롯된 것이라고 생각했다. 알료샤가 미탸를 무척 사랑한다는 것은 이반도 잘 알고 있었기 때문이다. 말이 나온 김에 이반이 드미트리 표도로비치에게 어떤 감정을 느끼고 있었는지 처음이자 마지막으로 간단히 말해두려고 한다. 이반은 결코 미탸를 좋아하지 않았다. 가끔 연민을 느낄 때는 있었으나, 그 연민에는 혐오에 가까운 지독한 경멸이 섞여 있었다. 이반은 생김새를 비롯해 미탸의 모든 것이 싫었다. 미탸를 향한 카테리나의 사랑은 분노를 느끼며 바라보았다. 피고가 된 미탸를 만난 것은 시내로 돌아온 당일의 일이었다. 그 만남에서 미탸가 유죄라는 확신은 줄어들기는커녕, 오히려 커지기만 했다. 그때 미탸는 병적인 흥분과 불안에 휩싸여 있었다. 끊임없이 뭐라고 지껄여댔으나, 산만하고 두서가 없는 말이었다. 말투는 날카로웠고, 스메르댜코프가 범인이라면서 도무지 알 수 없는 말을 늘어놓았다. 그가 가장 많이 입에 올린 것은 죽은 아버지가 자기에게서 '훔쳐간' 3000루블 얘기였다. "그 돈은 내 거야, 내 거였다고." 미탸는 주장했다. "내가 그 돈을 훔쳤다고 해도, 그건 정당한 일이야." 불리한 증거에 대해서는 아무런 반박도 내놓지 않았고, 간혹 유리한 사실에 대해 설명할 때는 뒤죽박죽 조리가 없었다. 이반에게든 누구에게든 무죄를 증명하려는 마음이 조금도 없는 듯했고, 오히려 화를 내고 오만하게 혐의를 비난하면서 욕을 퍼붓고 분통을 터뜨릴 뿐이었다. 열린 문에 대한 그리고리의 증언에 대해서는 경멸스럽다는 듯 코웃음을 치며, '악마가 열었다'고 주장할 뿐이었다. 하지만 그 사실에 대한 논리적인 설명은 전혀 하지 못했다. 심지어 '모든 것은 허용된다'고 주장하는 사람은 자기를 의심하거나 심문할 권리가 없다고 쏘아붙이며 첫 면회에서부터 이반에게 모욕을 주었다. 대체로 그날 미탸는 이반에게 몹시 적대적이었다. 이반은 미탸를 면회하고서 곧바로 스메르댜코프를 만나러 갔다.

그는 모스크바에서 돌아오는 기차에서부터 줄곧 스메르댜코프와, 출발 전날 저녁 그와 나누었던 마지막 대화에 대해 생각했다. 혼란스러운 것도 많았고, 꺼림칙한 것도 많았다. 그러나 예심판사에게 증언할 때는 그 대화에 대해 일단 입을 다물었다. 스메르댜코프와 만나기 전까지는 미뤄두기로 한 것이다. 그때 스메르댜코프는 시내 병원에 입원해 있었다. 이반의 끈질긴 질문에, 게르첸쉬투베 선생과 병원에서 만난 바르빈스키 선생은 스메르댜코프가 간질 발작을 일으킨 것은 의심할 여지가 없다고 단정적으로 말했고, '사건 당일에 발작을 일으킨 척 연기했을 가능성은 없느냐'고 묻자 오히려 놀라워하기까지 했다. 그들은 그 발작이 예사롭지 않은 것이며, 며칠에 걸쳐 여러 번 재발해 환자의 목숨이 매우 위태로웠다고 설명했다. 지금은 여러 조치를 취해 환자의 생명에는 지장이 없으나, '꽤 오랜 기간이나 평생 동안' 환자의 사고력에 부분적으로 이상이 있을 가능성이 높다는 것이었다. 이반이 '그럼 지금 미쳐 있다는 겁니까?' 하고 성급한 질문을 던지자, '완전히 그렇다고는 할 수 없지만, 몇 가지 비정상적인 징후가 나타나고 있다'는 대답이 돌아왔다. 이반은 그 비정상적인 징후가 무엇인지 직접 알아보기로 했다. 병원 쪽에서는 즉시 면회를 허락해주었다. 스메르댜코프는 격리실 침대에 누워 있었다. 그 옆에는 침대가 하나 더 있고 이 고장의 상인 한 사람이 쇠약해진 채 누워 있었는데, 온몸이 수종水腫으로 퉁퉁 부어 오늘내일하고 있었으므로, 대화에 방해가 될 것 같지는 않았다. 스메르댜코프는 이반을 보더니 무언가 꺼림칙하다는 듯 이를 보이며 웃었고, 처음에는 위축된 것처럼 보이기도 했다. 적어도 이반이 보기엔 그랬다. 그러나 그것은 한순간일 뿐이었고, 그 후 스메르댜코프는 놀라우리만큼 침착하기만 했다. 이반은 한눈에 스메르댜코프가 정말 위중한 상태임을 확인할 수 있었다. 기력이 하나도 없었고, 혀를 놀리기조차 힘에 겨운 듯 천천히 말했으며, 수척한 얼굴은 누렇게 떠 있었다. 면회를 하는 20분 내내 머리가 아프고 온몸이 쑤신다고 호소했다. 거세한 사람처럼 여윈 얼굴은 굉장히 작아 보였고, 관자놀이 부근의 머리카락은 헝클어져 있었으며, 앞머리가 있던 자리에는 잔머리만 몇 가닥 위로 뻗쳐 있을 뿐이었다. 그러나 무언가를 암시하듯 살짝 찡그린 왼쪽 눈은 예전의 스메르댜코프가 틀림없었다. '현명한 사람과는 잠깐 얘기하는 것도 흥미롭다'는 말이 즉시 떠올랐다. 이반은 스메르댜코프의 발치에 놓인 의자에 앉았다. 스메르댜코프는 고통스러워하며 침대에서 몸을 조금 움직였으나, 먼저 말을 걸지는 않고 침묵했다. 이제는 그다지 흥미로워하는 눈빛도 아니었다.

"얘기 좀 할 수 있겠나?" 이반이 물었다. "오래 괴롭히지는 않을 거야."

"할 수 있다마다요." 스메르댜코프는 희미한 목소리로 중얼거렸다. "언제 오셨습니까?" 곤혹스러워하는 방문객에게 힘을 실어주겠다는 듯 선심 쓰는 듯한 어조로 그가 물었다.

"오늘 막 왔다…. 여기서 벌어진 일을 수습하려고."

스메르댜코프는 한숨을 내쉬었다.

"왜 한숨을 쉬지? 어차피 넌 알고 있었잖아?" 이반은 대뜸 이렇게 내뱉었다.

스메르댜코프는 동요하는 기색 없이 잠시 침묵했다.

"어떻게 모를 수가 있었겠습니까? 어차피 뻔한 일이었는데요. 하지만, 그분이 그렇게 나오실 줄은 저도 정말 몰랐습니다."

"그렇게 나오다니? 발뺌할 생각 마라! 넌 지하실에 내려갈 때 발작이 일어날 거라고 예언했잖아? 지하실이라고 그때 분명히 그렇게 말했지."

"심문 때 그 얘길 하셨습니까?" 스메르댜코프는 태연하게 물었다.

이반은 울컥 화가 났다.

"아니, 하지는 않았지만, 꼭 얘기할 생각이다. 이봐, 넌 지금 내게 많은 걸 설명해야 해. 나를 기만하도록 놔두지는 않으리란 걸 명심해라!"

"제가 뭣 때문에 도련님을 기만하겠습니까. 꼭 하느님처럼 도련님 한 분에게만 제 모든 희망을 걸고 있는데요!" 스메르댜코프는 잠깐 눈을 감았다 떴을 뿐 여전히 침착한 태도로 말했다.

"첫째," 이반은 말했다. "난 간질 발작의 시기를 예측할 수 없다는 걸 알아. 다 알아보고 왔으니 속일 생각은 마라. 며칠 몇 시에 발작이 일어날지는 미리 알 수 없어. 그런데 어떻게 날짜와 시간은 물론이고 지하실이라는 장소까지 예언한 거지? 네가 발작이 일어난 척 꾸민 게 아니라면, 어떻게 발작을 일으켜 지하실에 굴러 떨어질 거라고 미리 알 수 있었던 거냐?"

"지하실이라면 원래도 하루에 몇 번씩 들락거려야 합니다." 스메르다코프는 느긋하게 말했다. "1년 전에도 그런 식으로 다락에서 굴러 떨어진 적이 있었지요. 간질 발작은 하루는커녕 1시간 전에도 미리 알 수 없다는 말씀은 맞지만, 예감이야 언제나 들 수 있는 게 아닙니까."

"하지만 넌 날짜와 시간을 정확하게 예언했잖아!"

"도련님, 제 발작이 진짜인지 가짜인지는 이곳 의사들에게 물어보십시오. 거기에 대해서라면 저는 더 이상 할 말이 없습니다."

"그럼 지하실은? 지하실은 어떻게 미리 알았지?"

"그놈의 지하실이 걸리시는군요! 그때 전 무척 두렵고 혼란스러운 마음으로 지하실에 들어갔습니다. 도련님이 떠났으니, 이제 세상에 나를 지켜줄 사람은 아무도 없다는 생각에 더욱 무서웠지요. 그런데 지하실에 내려가다 보니, '혹시 지금 발작이 일어나 굴러 떨어지는 건 아닐까?' 하는 생각이 들지 뭡니까. 그랬더니 그 두려움 때문에 정말로 목에 심한 경련이 일어났습니다…. 그래서 굴러 떨어지고 만 것이죠. 전 이런 사정과 그 전날 밤 문 앞에서 도련님과 나눴던 얘기,

도련님께 제 불안과 지하실 얘기를 했다는 것을 게르첸쉬투베 선생님과 예심판사 니콜라이 파르표노비치 씨께 자세히 말했고, 그분들은 그걸 전부 조서에 기록했습니다. 이곳 바르빈스키 선생님은 그분들 앞에서 바로 그 생각이, 즉 굴러 떨어질지도 모른다는 두려움이 발작의 원인이 되었다고 특별히 강조하셨습니다. 발작이 일어난 이유는 두려움 때문이 틀림없다, 조서에도 그렇게 썼지요."

스메르댜코프는 이렇게 말하고, 몹시 지친다는 듯 깊이 한숨을 내쉬었다.

"진술 때 벌써 그렇게 말했다고?" 이반은 조금 당황해서 이렇게 물었다. 그때 나눈 대화를 폭로하겠다고 으름장을 놓을 생각이었는데, 스메르댜코프가 이미 다 얘기해버린 것이다.

"제가 두려울 게 뭐가 있겠습니까? 사실 그대로 기록해야지요." 스메르댜코프는 단호하게 말했다.

"나와 문 앞에서 나눈 얘기도 토씨 하나 빼놓지 않고 그대로 말했나?"

"아뇨, 그렇게까지 말씀드리지는 않았습니다."

"간질 발작이 난 척 꾸밀 수 있다고 그때 내게 자랑했던 건?"

"그 얘기도 안 했습니다."

"그럼 대답해봐. 그때 왜 나를 체르마시냐에 보내려고 했지?"

"모스크바로 가실까봐 걱정해서 그랬습니다. 체르마시

냐가 아무래도 더 가까우니까요."

"거짓말! 네가 떠나라고 했잖아? 흉사를 피하라고!"

"그건 도련님에 대한 우의와 충정에서 드린 말이었습니다. 집안에 재앙이 닥칠 거란 예감에 도련님이 안쓰러웠거든요. 하지만 제 자신이 불쌍한 마음이 더 컸습니다. 그래서 흉사를 피해 떠나라는 말을 한 겁니다. 집에 나쁜 일이 생기리란 걸 짐작하시고 주인 나리를 지키기 위해 남아주셨으면 해서요."

"멍청한 놈, 그럼 그렇다고 똑바로 말할 것이지!" 이반은 버럭 화를 냈다.

"어떻게 그럴 수가 있었겠습니까? 그건 그저 제가 느끼는 불안일 뿐이고, 도련님 화만 돋울지도 모르는데요. 물론 저도 드미트리 도련님이 무슨 소동을 벌이지는 않을까, 그 돈도 자기 것이라고 생각하고 있었으니 가져가지는 않을까 걱정하기는 했지만, 그렇게 살인이 벌어질 줄이야 누가 알았겠습니까? 주인어른이 봉투에 넣어 이불 밑에 숨겨둔 그 3000루블만 훔쳐가고 말 줄 알았는데, 덜컥 살인을 저지르다니요. 도련님, 도련님이라고 그럴 줄 아셨습니까?"

"네 입으로 미리 알 수 없었던 일이라면서, 어떻게 내가 짐작하고 남아 있기를 바란 거지? 왜 앞뒤가 안 맞는 소리를 하는 거냐?" 이반은 생각에 잠기며 이렇게 말했다.

"제가 도련님께 모스크바 대신 체르마시냐로 가라고 했으니 짐작하실 수 있었겠지요."

"그 말로 어떻게!"

스메르쟈코프는 기진맥진한 얼굴로 다시 잠시 침묵했다.

"모스크바가 아닌 체르마시냐로 가라는 건 도련님이 가까이 있기를 바란다는 뜻이니까요. 모스크바는 멀잖아요. 도련님이 가까이 계신 줄 알면 드미트리 님이 섣부른 행동은 안 하실 거라고 생각했지요. 그리고 무슨 일이 벌어지면 금방 오셔서 저를 지켜주실 수도 있잖습니까? 그리고리 바실리예비치가 아프다는 것과 발작이 일어날까봐 겁난다는 것을 말씀드렸으니까요. 돌아가신 주인어른 방에 들어갈 수 있는 신호와 그 신호를 드미트리 님께 알려드렸다는 얘기를 한 건, 그러면 그분이 무슨 짓을 저지를 거라고 생각하시고 도련님이 체르마시냐에도 가지 않으시고 그냥 이곳에 계실 거라고 생각했기 때문이었습니다."

'주절대고는 있지만, 꽤 논리적인 말이야.' 이반은 생각했다. '게르첸쉬투베 선생은 뭘 보고 이놈에게 이상이 있다고 한 걸까?'

"빌어먹을 놈, 지금 수작을 부리는 거지!" 이반은 화를 내며 소리쳤다.

"솔직히 전 그때 도련님이 다 짐작하신 줄 알았습니다." 스메르쟈코프는 순박하기 짝이 없는 얼굴로 받아쳤다.

"그랬으면 떠나지 않았겠지!" 이반은 다시 역정을 내며 외쳤다.

"아무튼 전 도련님이 다 짐작하시고 겁이 나서 안위를 생각해 어디로든 떠나 흉사를 피하시려는 줄로만 알았습니다."

"누구나 다 너 같은 겁쟁이인 줄 알아?"

"죄송합니다만, 저는 도련님이 저와 같다고 생각했습니다."

"물론 짐작했겠지." 이반은 동요를 느꼈다. "나도 네놈에게 어딘가 혐오스러운 면이 있다는 걸 눈치챘으니까…. 아무튼 넌 거짓말을 하고 있어. 또 거짓말을 하고 있다고!" 이반은 문득 떠오르는 것이 있어 이렇게 소리쳤다. "그때 마차에 탄 내게 다가와 '현명한 사람과는 잠깐 이야기를 나누는 것도 흥미롭다'고 한 것 기억하나? 그런 식으로 칭찬했다는 건 내가 떠나서 기뻤다는 뜻이잖아?"

스메르댜코프는 또다시 한숨을 내쉬었다. 얼굴이 상기된 듯했다. "만약 제가 기뻐했다면," 그는 가볍게 숨을 몰아쉬며 말했다. "그건 도련님이 모스크바가 아닌 체르마시냐로 가겠다고 하셨기 때문일 겁니다. 그곳이 더 가까우니까요. 하지만 그건 칭찬이 아닌 책망의 뜻으로 한 말이었습니다. 그걸 모르셨군요."

"무슨 책망?"

"그런 재앙이 닥칠 걸 예상하시면서도 친부를 내버려 두시고, 저희도 지켜주려 하지 않으셨으니까요. 전 언제라도 그 3000루블을 훔쳤다는 누명을 쓸 수 있는 처지였습니다."

"빌어먹을 놈!" 이반은 다시 욕지거리를 내뱉었다. "잠깐, 예심판사와 검사에게 그 신호, 노크 얘길 했나?"

"전부 있는 그대로 말했습죠."

이반은 또다시 내심 놀랐다.

"그때 내가 무언가 생각을 했다면," 그는 다시 말하기 시작했다. "그건 네놈이 뭔가 추악한 짓을 저지를 수도 있다는 생각뿐이었어. 형은 살인이라면 또 몰라도, 도둑질은 하지 않을 거라 믿었지…. 하지만 너라면 어떤 추악한 짓을 저지를지 모른다고 생각했다. 넌 그때 내게 간질 발작 흉내를 낼 수 있다고 했잖아. 왜 그런 말을 한 거지?"

"그저 순진한 마음에 그랬습니다. 살면서 한 번도 그런 흉내를 내본 적은 없지만, 그냥 도련님 앞에서 뽐내보고 싶은 생각에 그런 말을 한 겁니다. 바보 같은 짓이었지요. 그때 전 도련님이 너무 좋은 마음에 순진하게 굴었어요."

"형은 아버지를 죽이고 돈을 훔친 게 너라고 똑바로 너를 지목하고 있어."

"그분께 달리 무슨 수가 있겠습니까?" 스메르댜코프는 쓰게 웃었다. "그렇지만 증거가 그리 많은데 누가 그분을 믿겠습니까? 그리고리 영감이 문이 열린 걸 봤는데, 대체 어떻게요. 뭐, 어쩌겠습니까! 자기 몸을 보전하려고 안간힘을 쓰시는 것을…."

그는 잠시 가만히 입을 다물었다가, 문득 무슨 생각이 났는지 이렇게 말했다.

"그러니까, 다시 그 얘기 말입니다만, 그분은 제가 저지른 짓이라며 제게 혐의를 뒤집어씌우려 하고 있지요. 그건 저도 들었습니다. 그런데 만약 제가 정말 간질 흉내를 기가 막히게 잘 낸다고 해도, 그때 주인어른께 정말로 그런 짓을 저지를 마음을 품고 있었다면, 도련님께 흉내를 잘 낸다는 얘기를 미리 했겠습니까? 살인을 저지를 계획이었다면, 다른 사람도 아닌 친아들인 도련님께 증거가 될 말을 지껄이는 바보짓을 할 리가 있을까요?! 그게 있을 법한 일입니까? 천만에요, 절대로 있을 수 없는 일입니다. 지금 도련님과 하는 얘기는 하느님 말고는 아무도 듣고 있지 않지만, 혹시 도련님이 검사님이나 니콜라이 씨께 말씀하신다고 해도, 오히려 저를 변호해주는 결과가 될 겁니다. 그렇게 순진한 자가 어떻게 그런 짓을 저지른 악당일 수가 있나, 다들 그렇게 생각하실 테니까요."

"이봐." 스메르다코프의 마지막 논증에 충격을 받은 이반이 자리에서 일어서며 대화를 끝냈다. "난 널 조금도 의심하지 않아. 네게 혐의를 두는 게 우습다고까지 생각하지…. 오히려 내 불안을 가라앉혀줘서 네게 고마운 마음이야. 지금은 가보겠지만, 다시 오도록 하지. 잘 있으라고. 어서 낫고. 뭐 필요한 건 없나?"

"여러모로 감사합니다. 친절한 마르파 할멈이 절 잊지 않고 필요한 게 있으면 뭐든 도와주고 있습니다. 매일 친절한 분들이 찾아오시지요."

"그럼 잘 있으라고. 네가 간질 환자 흉내를 낼 수 있다는 말은 하지 않을 생각이야…. 너도 그 말은 안 하는 게 좋을 거야." 이반은 무슨 이유에서인지 불쑥 이렇게 말했다.

"잘 알겠습니다. 도련님이 그 얘길 하지 않으신다면, 저도 대문 앞에서 도련님과 했던 모든 얘기에 대해 입을 다물겠습니다….”

병실을 나온 이반은 복도를 따라 열 걸음쯤 걸어가서야 문득 스메르댜코프의 마지막 말에 모욕적인 뜻이 담겨 있음을 깨달았다. 다시 되돌아갈까도 싶었으나, 그 생각은 언뜻 스쳐 지나갔을 뿐이었다. 그는 “어리석은 짓이야!” 하고 내뱉고는 서둘러 병원을 나왔다. 아닌 게 아니라 이반은 스메르댜코프가 아닌 형 미탸가 범인이라는 데 오히려 마음이 놓였다. 이유는 알고 싶지 않았다. 자신의 감정을 파고드는 것이 혐오스럽기까지 했다. 어서 빨리 무언가를 망각하고만 싶었다. 이후 며칠 동안 미탸를 괴롭히던 모든 증거를 보다 가까이에서 구체적으로 접하면서 이반은 그가 범인이라고 확신하게 되었다. 아주 보잘것없는 사람들, 이를테면 페냐나 페냐 할머니의 입에서 나온 진술은 가히 충격적이었다. 페르호틴, 술집, 플로트니코프 상점, 모크로예의 증인들에 대해서는 말할 것도 없었다. 무엇보다 절망적인 것은 사소한 사실들이었다. 비밀 ‘노크’ 이야기는 문이 열려 있었다는 그리고리의 증언만큼이나 예심판사와 검사에게 충격을 주었다. 그리고리의 아내 마르파 이그나티예브나는 이반의 물음에, 스메르댜코프가 밤새 ‘자기네 침대에서 세 걸음도 안 떨어진’ 칸막이 뒤에 누워 있었으며, 깊이 잠든 와중에도 스메르댜코프의 신음 소리에 여러 번 잠이 깼다고 분명히 얘기했다. “계속 신음했어요. 끊임없이 신음하더라니까요.” 이반은 게르첸쉬투베와 얘기를 나누면서 스메르댜코프가 전혀 미친 것 같지 않고, 그저 쇠약해 보일 뿐이라는 의혹을 제기해보았으나,

그 말은 늙은 의사에게서 옅은 미소만 자아냈을 뿐이었다. "요새 환자가 뭘 하는지 아십니까?" 의사가 이반에게 물었다. "프랑스어 단어를 외우고 있어요. 베개 밑에 노트를 하나 숨겨놓았는데, 누가 프랑스어 단어를 러시아 글자로 써줬더군요. 하하하!" 이반은 결국 모든 의혹을 지워버렸다. 이제는 형 드미트리에 대해 생각만 해도 혐오감이 일었다. 그러나 한 가지 걸리는 점이 있었다. 알료샤가 살인자는 드미트리가 아닌 스메르댜코프가 '틀림없다'고 고집스레 주장하고 있다는 사실이었다. 언제나 알료샤의 의견을 중요하게 생각해온 이반은 알료샤의 행동을 도무지 이해할 수 없었다. 알료샤가 자기 앞에서 미탸 이야기를 꺼리며 묻는 말에만 대답할 뿐 절대로 먼저 그 얘기를 꺼내지 않는 것도 이상했다. 이반은 그것 역시 똑똑히 눈치채고 있었다. 한편, 동시에 이반은 그것과는 아무 상관없는 한 가지 다른 일에 정신이 팔려 있었다. 모스크바에서 돌아온 직후 카테리나 이바노브나에 대한 뜨겁고도 미칠 듯한 열정에 송두리째 사로잡혀버린 것이다. 그러나 지금은 이후 이반의 일평생에 영향을 미친 이 새로운 열정에 대한 이야기를 시작하기에 적절한 때가 아니다. 이것은 다른 이야기, 아직 쓰게 될지 어떨지 확실치 않은 다른 소설의 소재가 될 수 있을 것이다. 그렇지만 한 가지 밝혀둘 것이 있다. 앞서 이반은 밤에 카테리나의 집에서 나와 알료샤와 걷다가 '자기는 그 여자를 쫓아다닐 생각이 없다'고 말했지만, 그것은 순전히 거짓말이었다. 이반은 가끔씩 죽이고 싶을 만큼 카테리나가 미웠지만, 그럼에도 미칠 듯이 그녀를 사랑하고 있었다. 여기에는 여러 이유가 얽혀 있었다. 미탸의 일로 엄청난 충격을 받은 카테리나는 자신에게 다시 돌아온 이반이 구원자라도 되듯 그에게 매달렸다. 그녀는 모욕과 모멸과 굴욕을 느끼고 있었다. 그러던 차에 전부터 자신을 그토록 사랑해주고(아아, 그녀는 그것을 너무나 잘 알고 있었다) 자기보다 훨씬 뛰어난 지성과 심성을 지녔다고 항상 생각해온 남자가 다시 나타난 것이다. 그러나 이 엄격한 여인은 자기를 사랑하는 남자의 카라마조프다운 주체할 수 없는 욕망과 그를 향한 강렬한 끌림에도 불구하고 자신을 온전히 내주지 않았다. 동시에 미탸를 배반한 것을 후회하며 끊임없이 괴로워하고, 이반과 무섭게 다툴 때면(그런 다툼은 수시로 벌어졌다) 그런 감정을 대놓고 토로하기도 했다. 이반이 알료샤와 이야기하면서 '거짓 위에 거짓'이라고 한 것은 그것을 두고 한 말이었다. 물론 실제로도 거짓은 허다했다. 이반은 그 점에 가장 화가 났다. 그러나 이 이야기는 모두 나중으로 미루도록 하자. 요컨대 이반은 한동안 스메르댜코프를 거의 잊고 있었다. 그러나 처음 스메르댜코프를 찾아간 지 2주가 지났을 무렵, 예전처럼 이상한 생각들이 다시금 그를 괴롭히기 시작했다. 그는 끊임없이 자문했다. 어째서 떠나기 전 아버지 집에서 보낸 마지막 밤에 도둑처럼 살그머니 계단으로 가서 아래층에 있는 아버지의 움직임에 귀를 기울였을까? 어째서 그 일을 회상하면 혐오감이 이는 것일까? 어째서 다음 날 아침 떠나는 길에 그토록 가슴이 무거웠으며, 모스크바에 도착해서는 "나는 비열한 인간이다!"라고 혼자 지껄인 것일까?

지금 그는 온갖 괴로운 상념 때문에 카테리나마저도 잊어버릴 것 같았다. 그만큼 또다시 상념이 강력하게 그를 사로잡았던 것이다. 그런 생각에 잠겨 있을 때, 길에서 알료샤를 마주쳤다. 이반은 알료샤를 불러 세우고 대뜸 질문을 던졌다.

"식사 후에 미탸 형이 집으로 들이닥쳐 아버지를 두들겨 팼던 것, 그 후에 내가 정원에서 '바랄 권리'는 내 것이라고 했던 것 기억하지? 그때 넌 내가 아버지의 죽음을 바란다고 생각했니?"

"응, 그렇게 생각했어." 알료샤는 조용히 대답했다.

"하긴, 그건 사실이었어. 짐작하고 말고 할 것도 없는 일이었지. 그런데 그때 내가 '한 독사가 다른 독사를 잡아먹기를', 다시 말해서 드미트리 형이 어서 아버지를 죽이기를 바라고 있다는 생각은 하지 않았니…? 나 자신도 협조를 마다하지 않으리라는 생각은?"

알료샤는 약간 창백해져서 말없이 형의 눈을 바라보았다.

"말해봐!" 이반이 외쳤다. "나는 어떻게 해서든 네가 무슨 생각을 했는지 알고 싶다. 내겐 진실이 필요해, 진실이!" 이반은 독기 어린 눈으로 알료샤를 바라보며 힘겹게 숨을 골랐다.

"미안해. 그렇게 생각했어." 알료샤는 속삭이듯이 이렇게 말하고, 아무런 '해명'도 덧붙이지 않은 채 입을 다물었다.

"고맙다!" 이반은 툭 내뱉고는 알료샤를 내버려 둔 채 성큼성큼 가버렸다. 그후로 알료샤는 이반이 갑자기 자신을 멀리하려고 할 뿐 아니라, 자신을 싫어하게 되었다는 것을 깨닫고 그도 형을 찾아가는 것을 그만두었다. 그러나 그때, 알료샤를 만난 후에 이반은 집에 돌아가지 않고 별안간 다시 스메르댜코프가 있는 곳으로 발길을 돌렸다.

7. 스메르댜코프와의 두 번째 만남

그 무렵 스메르댜코프는 이미 퇴원해 있었다. 이반은 그의 새 집을 알고 있었다. 현관을 사이에 두고 두 방으로 나뉜, 다 쓰러져가는 바로 그 작은 통나무 오두막이었다. 한 방은 마리야 콘드라티예브나가 어머니와 함께 쓰고 있었고, 다른 한 방은 스메르댜코프 혼자 쓰고 있었다. 그가 얹혀사는 것인지 집세를 내는 것인지, 어떤 조건으로 그 집에 머물고 있는지는 아무도 몰랐다. 시간이 흐르면서 사람들은 그가 마리야의 약혼자로 그곳에 들어가 일단은 얹혀 지내고 있으리라고 생각했다. 모녀는 스메르댜코프를 무척 존경했고, 자기들보다 훌륭한 사람이라고 생각했다. 문을 두드리고 현관으로 들어선 이반은 마리야 콘드라티예브나의 안내로 곧장 스메르댜코프가 있는 왼쪽의 '하얀 방'으로 들어갔다. 방 안에는 장식 타일을 붙인 벽난로가 활활 타오르고 있어 무척 훈훈했다. 벽에는 하늘색 벽지를 발라놓았으나 너절하게 찢어져 있었고, 벽지 밑 틈새에는 어마어마한 수의 바퀴벌레가 우글거려 끊임없이 바스락거리는 소리가 났다. 가구도 보잘것없었다.

양쪽 벽에 하나씩 놓인 긴 의자와 탁자 앞 의자 두 개가 전부였다. 탁자는 나무로 된 흔한 것이었으나, 그 위에는 나름대로 장미 무늬가 들어간 식탁보가 씌워져 있었다. 두 개의 조그마한 창문 앞에는 제라늄 화분이 하나씩 놓여 있었다. 한쪽 구석에는 성화대가 있었다. 탁자 위에는 잔뜩 찌그러진 작은 구리 사모바르와 찻잔 두 개가 놓인 쟁반이 있었다. 하지만 스메르댜코프는 이미 차를 마셨으므로 사모바르는 꺼져 있었다…. 그는 탁자 앞 긴 의자에 앉아 노트를 들여다보며 펜으로 뭔가를 끄적거리던 중이었다. 옆에는 잉크병과 스테아린 양초가 꽂힌 나지막한 주철 촛대가 놓여 있었다. 이반은 스메르댜코프의 얼굴을 본 순간 그의 병이 깨끗이 나았다는 것을 알아차렸다. 얼굴에 살이 붙고 생기가 돌았으며, 앞머리는 빗어 올리고 구레나룻에는 포마드 기름을 발라놓았다. 그는 화려하기는 하나, 심하게 낡고 해진 면 가운을 입고 있었다. 콧등에는 이반이 처음 보는 안경이 걸쳐져 있었다. 그런 아무것도 아닌 사실에 별안간 이반은 곱절로 분노가 치밀었다. '저 짐승이나 다름없는 놈이 안경이라니!' 스메르댜코프는 느릿하게 고개를 들어 안경 너머로 물끄러미 방문자를 바라보았다. 그런 다음 조용히 안경을 벗고 의자에서 일어섰으나, 공손한 데라고는 조금도 없고, 꼭 지켜야 할 최소한의 예의를 차린다는 듯한 미적거리는 태도였다. 순간적으로 그런 느낌을 받은 이반은 즉시 모든 것을 포착하고 간파했다. 무엇보다 눈에 띄는 것은 스메르댜코프의 눈빛이었다. 뚜렷한 적의를 품은 그 눈은 무뚝뚝하고 오만하기까지

했다. '뭐 하러 왔습니까? 그때 이야기를 다 끝내놓고, 뭣 때문에 또다시 찾아온 겁니까?' 하고 말하고 있는 듯했다. 이반은 간신히 자제심을 발휘했다.

"방이 덥군." 이반은 선 채로 말하고 외투 단추를 끌렀다.

"벗으시지요." 스메르댜코프가 말했다.

이반은 외투를 벗어 긴 의자에 던지고, 떨리는 손으로 의자를 잡아 얼른 탁자 앞으로 끌어다 앉았다. 스메르댜코프는 어느새 긴 의자에 먼저 앉아 있었다.

"우선, 여기엔 우리뿐인가?" 이반이 엄숙한 얼굴로 다그치듯이 물었다. "저 방에 우리 얘기가 들리지는 않나?"

"아무도, 아무것도 못 들을 겁니다. 직접 보셨겠지만 현관이 있으니까요."

"자, 어째서 내가 네 병실을 나올 때, 네가 간질 흉내를 잘 낸다는 말을 하지 않으면, 우리가 문 앞에서 했던 모든 얘기를 예심판사에게 하지 않겠다는 괴상한 소릴 한 거지? 모든 얘기라니? 무슨 뜻으로 그런 말을 했나? 나를 협박한 건가? 내가 너와 한패라도 됐다는 거냐? 너를 겁내기라도 한다는 거야?"

이반은 돌려 말하거나 간을 보는 것은 치가 떨리니 다 터놓고 얘기할 작정이라고 선전포고를 하듯 격분하며 이렇게 말했다. 스메르댜코프의 눈이 험악하게 번뜩이고 왼쪽 눈이 한 번 깜빡였다. 그는 '터놓고 얘기하기를 원한다면 그렇게 해주마'라는 식으로 여느 때처럼 절제되고 침착한 태도로 대답했다.

"그때 제가 한 말의 뜻과 이유는, 도련님이 친부가 살해될 것을 알면서도 희생되도록 그냥 내버려 뒀다는 겁니다. 사람들이 도련님의 감정이나, 어쩌면 다른 것에 대해 나쁘게 생각할 수 있으니, 말하지 않겠다고 약속한 것이지요."

스메르댜코프는 서두르지 않고 절제하며 말하는 듯했으나, 그 목소리에는 무언가 단호하고 고집스럽고 악의적이며 뻔뻔하고 도전적인 느낌이 배어 있었다. 그는 당돌하게 이반을 쳐다보았다. 이반은 한순간 눈앞이 아찔해지는 기분이었다.

"뭐라고? 뭐가 어째? 지금 제정신이냐?"

"물론 제정신입니다."

"내가 그때 살인이 일어날 줄 어떻게 알았다는 거냐?" 이반은 마침내 고함을 지르며 주먹으로 탁자를 쾅 내리쳤다. "'다른 것'은 또 뭐고? 망할 놈아, 어서 말해!"

스메르댜코프는 입을 다물고 여전히 뻔뻔한 눈으로 이반을 쳐다보았다.

"'다른 것'이 뭐냐니까, 이 악취 나는 악당아!" 이반이 외쳤다.

"지금 말한 '다른 것'은 도련님도 아버지의 죽음을 몹시 바라고 있었다는 것을 두고 한 말입니다."

이반은 자리를 박차고 일어나 하인의 어깨를 있는 힘껏 주먹으로 내리쳤다. 스메르댜코프는 휘청거리며 벽 쪽으로 물러났다. 그는 순식간에 눈물범벅이 된 얼굴로 "도련님, 힘없는 사람을 때리다니, 부끄럽지도 않으십니까!" 하고 외치고는 콧물이 잔뜩 묻은 파란 바둑판 무늬 손수건으로 눈을 가리고 조용히 흐느껴 울었다. 그렇게 1분 정도가 흘렀다.

"그만해! 그치란 말이다!" 이윽고 이반이 다시 자리에 앉으면서 명령하듯 말했다. "내 마지막 인내심을 시험하지 마라."

스메르댜코프는 걸레쪽이나 다름없는 손수건을 눈에서 뗐다. 온통 찌푸려진 얼굴의 선 하나하나가 방금 겪은 수모를 여실히 드러내고 있었다.

"빌어먹을 놈, 그럼 넌 그때 내가 형처럼 아버지를 죽이려 한다고 생각한 거냐?"

"그때 도련님이 무슨 생각을 하고 있는지는 몰랐습니다." 스메르댜코프는 분한 목소리로 말했다. "그래서 그걸 떠보려고 대문으로 들어가는 도련님을 불러 세운 겁니다."

"떠보다니? 뭘?"

"부친이 하루 빨리 살해되기를 바라고 있는지 말이지요."

이반을 가장 분노케 한 것은 스메르댜코프가 끝까지 버리지 않는 강경하고 뻔뻔한 어조였다.

"네가 아버지를 죽였구나!" 이반은 별안간 이렇게 외쳤다.

스메르댜코프는 경멸하듯 히죽 웃었다.

"제가 죽이지 않았다는 건 도련님도 똑똑히 알고 있습니다. 현명한 분께는 거기에 대해 더 말할 것도 없다고 생각했습니다만."

"그럼 대체 왜 그때 내게 그런 의심을 품었던 거지?"

"도련님도 아시다시피, 그저 두려움 때문에 그런 겁니다. 그땐 두려움에 벌벌 떨면서 모든 사람을 의심했으니까요. 그래서 도련님도 떠보기로 한 겁니다. 도련님이 드미트리 님과 똑같은 것을 원하고 계신다면, 그땐 모든 게 끝장이고, 제 목숨도 파리마냥 끝장나겠구나 싶었거든요."

"넌 2주 전에는 다른 소릴 했어."

"병원에서 도련님께 드린 말도 같은 얘기였습니다. 다만 도련님은 무척 현명하신 분이니 쓸데없는 말을 안 해도 이해하실 줄 알았고, 노골적인 대화는 원치 않으실 거라 생각했지요."

"나 참! 대답해, 대답하란 말이다! 난 꼭 알아야겠다. 내 무엇이 네 그 비열한 마음에 저열한 의심을 불러일으킨 거지?"

"직접 손에 피를 묻히는 일이라면 도련님은 절대로 못 할 거고, 그러기를 원치도 않을 겁니다. 하지만 다른 사람이 죽여주기를 바라는 것에 대해서라면, 도련님은 그걸 바라고 있었죠."

"참으로 태연하게도 그런 소릴 하는구나! 내가 왜 그걸 바란다는 거냐? 무엇 때문에 바란다는 거지?"

"무엇 때문이라뇨? 유산이 있잖습니까?" 스메르댜코프는 복수를 하듯 독기 어린 목소리로 말했다. "원래 주인어른이 돌아가시고 나면 세 형제분은 각자 4만 루블이나 그 이상을 받게 되어 있습니다. 그런데 주인어른이 그 아가씨, 아그라페나 알렉산드로브나와 결혼하시면, 그 아가씨는 결코 어리숙한 분이 아니니 식을 올리자마자 곧바로 재산을 자기 명의로 바꿔버렸을 게 아닙니까? 그럼 도련님 세 형제분은 딸랑 2루블도 물려받지 못하게 되지요. 그 결혼이 어디 먼 일이었습니까? 내일 당장 치른다고 해도 이상할 게 없었습니다. 그 아가씨가 새끼손가락 하나만 까딱하면, 주인 나리는 냉큼 그 뒤를 쫓아 헐레벌떡 교회로 달려가셨을 테니까요."

이반은 고통스럽게 자신을 억눌렀다.

"좋다." 마침내 그가 입을 열었다. "보다시피 난 자리를 박차고 일어나지도 않았고, 널 두들겨 패지도 않았고, 네 숨통을 끊어놓지도 않았어. 계속해봐. 그러니까 내가 미탸 형이 아버지를 살해할 것이라 예상하고 형에게 기대를 걸고 있었다는 거냐?"

"어떻게 기대를 걸지 않으실 수가 있었겠습니까. 그분이 살인을 저지르면, 귀족으로서의 신분과 지위, 재산을 모조리 빼앗기고 유형을 가게 될 텐데요. 그럼 그분 몫의 유산이 도련님과 알렉세이 님께 절반씩 돌아갈 테니, 4만 루블이 아닌 6만 루블씩 받게 되지 않습니까. 도련님은 그때 드미트리 님께 틀림없이 그런 기대를 하셨을 겁니다!"

"내 인내를 시험하는구나! 이 불한당 같은 놈아, 잘 들어. 만약 내가 그때 누군가에게 기대를 걸었다면, 그건 네놈이지 드미트리 형이 아니야. 맹세하건대 네가 어떤 추악한 짓을 저지르리라는 예감이 들었단 말이다…. 그때… 내가 받았던 느낌을 똑똑히 기억한다고!"

"저도 그때 한순간 도련님이 제게도 기대를 거는구나, 생각했습니다." 스메르댜코프는 조롱하듯 이를 드러내고 웃었다. "그렇다면 그때 도련님은 제게 속마음을 드러내 보인 셈입니다. 제가 주인어른을 살해할 거라고 예감하면서도 떠나셨다는 건, '아버지를 죽여도 좋다, 나는 막지 않겠다'고 말한 거나 다름없으니까요."

"악당 같은 놈! 그렇게 생각하다니!"

"다 체르마시냐 일로 알게 된 겁니다. 생각해보십시오! 도련님은 아버님이 체르마시냐에 가라고 그토록 여러 번 부탁하셔도 다 거절하시고 모스크바로 가려고 하셨습니다! 그런데 제 엉뚱한 말 한마디에 별안간 마음을 바꾸지 않았습니까! 그때 도련님이 체르마시냐에 갈 이유가 뭐가 있었습니까? 제 말만 듣고 아무 이유 없이 모스크바가 아닌 체르마시냐로 갔다는 건, 제게 뭔가 기대하시는 바가 있었다는 겁니다."

"아냐, 맹세코 그렇지 않아!" 이반은 이를 바득거리며 외쳤다.

"어떻게 아닐 수가 있겠습니까? 아드님인 도련님은 그런 말을 한 저를 경찰에 끌고 가 넝마쪽을 만들어놓았어야 했습니다…. 아니면 적어도 그 자리에서 제 낯짝이라도 한대 후려쳐야 했지요. 하지만 도련님은 그러기는커녕 조금도 화내지 않으시고 순순히 제 엉뚱한 말을 받아들여 즉시 체르마시냐로 가시지 않았습니까? 아버님의 목숨을 지켜드리기 위해 남아 있어야 할 분이 황당하게도 말이지요…. 그러니 어떻게 그렇게 생각하지 않을 수 있겠습니까?"

이반은 찌푸린 얼굴로 부들부들 떨리는 두 주먹을 무릎에 댄 채 앉아 있었다.

"그래, 그때 네 낯짝을 갈겨줬어야 했어." 그는 씁쓸하게 웃었다. "그때 널 경찰서로 끌고 갈 수는 없었어. 누가 내 말을 믿어주었겠어? 내가 무슨 증거를 댈 수 있고? 그렇지만 따귀라면… 아아, 왜 그 생각을 못 했을까. 따귀를 때리는 게 금지되어 있을지언정, 네 얼굴을 죽사발로 만들어줬을 텐데."

스메르댜코프는 거의 즐거움을 느끼며 이반을 바라보았다.

"삶의 일반적인 경우에," 스메르댜코프는 표도르의 식탁 앞에 서서 그리고리 바실리예비치와 믿음에 대한 논쟁을 벌이며 그의 속을 긁어놓았을 때와 똑같은 거만하고 가르치는 듯한 어조로 말했다. "삶의 일반적인 경우에 따귀를 때리는 것은 실제로 법으로 금지되어 있고, 요새는 아무도 손찌검을 하지 않게 되었습니다. 하지만 예외적인 경우에는 우리나라뿐 아니라 전 세계에서, 가장 선진화된 프랑스 공화국에서조차 아담과 이브 때처럼 여전히 사람을 때리고 있고, 앞으로도 그것을 절대 멈추지 않을 겁니다. 그런데 도련님은 예외적인 경우에도 그럴 엄두를 못 낸 겁니다."

"프랑스어 공부는 뭣 때문에 하는 거지?" 이반은 탁자 위에 놓인 노트를 향해 턱짓을 했다.

"저라고 프랑스어를 공부해 교양을 쌓지 말라는 법이 있습니까? 저도 언젠가 유럽의 행복한 장소에 갈 수 있을지도 모르잖습니까."

"이 악당 놈, 잘 들어." 이반은 온몸을 부들부들 떨며 눈을 번뜩였다. "네놈이 나를 뭐라고 비난하든 난 두렵지 않으니, 어디 맘대로 증언해봐. 지금 널 죽도록 두들겨 패지 않는 건, 네가 범행을 저질렀다고 생각해 널 법정에 끌고 갈 작정이기 때문이야. 네 실체를 폭로해주마!"

"제 생각엔 그냥 가만히 계시는 게 좋은 것 같은데요. 아무 죄도 없는 제게 무슨 혐의를 씌울 수 있겠으며, 누가 도련님 말을 믿겠습니까? 도련님이 그렇게 나오는 순간, 저도 죄다 털어놓는 수밖에 없습니다. 저도 제 자신을 지켜야 하지 않겠습니까?"

"내가 지금 널 두려워하는 줄 아나?"

"제가 지금 도련님께 드린 말은 법정에서는 안 믿을지 몰라도, 세상 사람들은 믿을 겁니다. 그럼 도련님께 그런 창피가 어디 있겠습니까."

"'현명한 사람과는 잠깐 이야기를 나누는 것도 흥미롭다', 또 그 얘기인가?" 이반은 부드득 이를 갈았다.

"바로 그렇습니다. 현명해지십시오."

이반은 분노로 온몸을 부들부들 떨며 자리에서 일어나 코트를 걸치고는, 스메르댜코프에게 더 이상 아무 대답도 않고 눈길도 주지 않은 채 서둘러 오두막을 나왔다. 신선한 밤 공기를 쐬니 숨통이 트였다. 하늘에는 달이 환하게 빛나고 있었다. 상념과 감정의 무서운 악몽이 그의 마음속에서 부글 부글 끓어올랐다. '당장 가서 스메르댜코프를 고발할까? 하지만 무엇을 고발한단 말인가? 그놈은 죄가 없는데. 오히려 그놈이 나를 고발하겠지. 정말 난 그때 왜 체르마시냐에 간 것일까? 왜, 왜?' 이반은 자문했다. '그래, 난 무언가를 바라고 있었다. 그놈 말이 맞아….' 아버지의 집에서 보낸 마지막 밤 계단에서 아버지의 기척에 귀를 기울였던 일이 다시 떠올랐다. 백 번도 넘게 회상한 일이었으나, 이번에는 그 기억이 강렬한 고통과 함께 찾아온 바람에 그는 뭔가에 꿰뚫린 사람처럼 우뚝 멈춰 섰다. '그렇다, 난 그것을 기다리고 있었다, 그건 사실이다! 나는 다름 아닌 살인을 바라고 있었던 것이다! 아아, 정말, 정말 내가 살인을 바랐을까…? 스메르댜코프를 죽여야 한다…! 지금 스메르댜코프를 죽일 용기를 내지 못한다면, 난 살아 있을 가치도 없다…!' 이반은 집에 가지 않고 곧장 카테리나를 찾아갔다. 카테리나는 마치 실성한 사람 같은 이반의 방문에 무척 놀랐다. 이반은 스메르댜코프와 나눈 대화를 낱낱이 들려주었다. 그는 카테리나가 아무리 설득해도 진정하지 못하고, 계속 방 안을 서성이며 불쑥불쑥 이상한 말을 지껄여댔다. 마침내는 자리에 앉아 탁자에 대고 두 손으로 턱받침을 한 채 괴상한 명제를 뇌까렸다.

"만약 살인을 저지른 게 드미트리 형이 아닌 스메르댜코프라면, 나도 그놈과 공범입니다. 내가 그놈을 부추겼으니까요. 내가 정말로 그놈을 부추겼는지 어떤지는 사실 나도 아직 잘 모릅니다. 하지만 드미트리 형이 아닌 그놈이 죽였다면, 당연히 나도 살인자가 되는 겁니다."

카테리나는 그 말을 듣더니 말없이 자리에서 일어나 책상으로 가서 그 위에 있던 상자를 열어 웬 종이를 꺼내 이반 앞에 내놓았다. 나중에 이반이 알료샤에게 드미트리 형이 아버지를 죽인 '수학적 증거'라고 표현한 바로 그 문서였다. 그것은 미탸가 술에 취해 카테리나에게 쓴 편지로, 카테리나의 집에서 그루셴카가 카테리나를 모욕하는 소동이 벌어진 날, 수도원으로 돌아가는 알료샤를 들판에서 마주친 그날 밤에 쓴 것이었다. 미탸는 그때 알료샤와 헤어지고 나서 그루셴카에게 달려갔다. 그루셴카와 만났는지 여부는 알 수 없으나, 그날 밤 미탸는 술집 '수도'에 나타나 당연한 수순으로 진탕 술을 퍼마셨다. 취한 그는 펜과 종이를 달라고 해 자신에게 불리한 중요한 증거 문서를 끄적였다. 그것은 광적이고 장황하고 두서없는, 말 그대로 '취중' 편지였다. 주정뱅이가 집에 돌아와 아내나 다른 식구를 붙잡고 열을 올리면서, 자기가 지금 어떤 모욕을 당했고, 그놈이 얼마나 나쁜 놈이며, 자기는 반대로 얼마나 훌륭한 사람이고, 그놈에게 어떻게 복수해 줄 것인지 눈물을 흘리고 주먹으로 탁자를 내리치며 흥분한 채로 마구 지껄여대는 장황한 하소연과 같은 것이었다. 술집에서 준 종이는 지저분하게 더럽혀진 싸구려 편지지 조각이었다. 뒷면에는 계산을 한 모양인지 웬 숫자들이 적혀 있었다. 취객의 넋두리를 쏟아놓자니 공간이 부족했는지, 미탸는 여백이란 여백을 죄다 빽빽이 채운 것도 모자라 마지막 몇 줄은 이미 쓴 것 위에다가 세로로 겹쳐 써놓았다. 편지의 내용은 이러했다.

운명의 여인 카탸! 내일 반드시 돈을 구해 당신의 3000루블을 갚아주리다. 위대한 분노를 품은 여인이자 내 사랑이여, 안녕! 다 끝냅시다! 내일 모든 사람들에게 돈을 구해보겠소. 만약 구하지 못하면, 맹세하건대 이반이 떠나는 대로 아버지를 찾아가 머리통을 박살 내고 베개 밑에서 돈을 가져올 거요. 유형지에 가는 한이 있어도 3000루블은 갚으리다. 그러니 용서하시오. 이마가 땅에 닿도록 고개를 숙이는 바요. 나는 당신 앞에 비열한 인간이니까. 나를 용서하시오. 아니, 용서하지 않는 게 좋겠소. 당신이나 나나 그게 속 편할 테니! 당신의 사랑을 받느니 징역을 사는 게 낫소. 나는 다른 여자를 사랑하니까. 하지만 당신은 오늘 그 여자가 어떤 여자인지 너무나 잘 알게 되었으니, 어떻게 용서할 수가 있겠소? 나는 내 돈을 훔쳐간 도둑놈을 죽일 거요! 그 누구도 모르고 살 수 있도록 당신들을 모두 떠나 동쪽으로 가겠소. 그 여자도 마찬가지요. 당신뿐 아니라, 그 여자도 내게 고통을 주니까. 그럼 안녕!

P.S. 저주의 말을 쓰고 있지만, 그래도 당신을 숭배하오! 내 가슴속 소리가 들리오. 한 가닥 현이 남아 울리고 있소. 차라리 심장이 두 동강 나면 좋으련만! 나는 나 자신을 죽일 거요. 하지만 먼저 그 개자식을 죽일 생각이오. 그자에게서 3000루블을 빼앗아 당신 앞에 던져주리다. 나는 당신 앞에 비열한 인간일지언정, 도둑은 아니오! 3000루블을 기다리시오. 개자식의 이불 밑에 분홍

색 리본으로 묶여 있지. 나는 도둑이 아니오. 내 돈을 훔친 도둑을 죽이는 것뿐이오. 카탸, 나를 경멸의 눈으로 보지 마시오. 이 드미트리는 도둑이 아니라 살인자요! 당당하게 서서 당신의 오만을 감내하지 않아도 되도록 아버지를 죽이고 나 자신을 끝장내리다. 당신을 사랑하지 않을 수 있도록.

PP.S. 당신의 발에 키스를 보내오. 안녕!

PP.SS. 카탸, 사람들이 돈을 주도록 하느님께 기도해주시오. 그러면 피를 묻히지 않겠지만, 주지 않으면 피를 묻히게 될 거요! 나를 죽여주시오!

당신의 노예이자 원수인
D. 카라마조프

'문서'를 다 읽은 이반은 확신에 차서 일어섰다. 범인은 형이고, 스메르댜코프가 아니다. 스메르댜코프가 아니라면, 자기, 이반도 아닌 것이다. 별안간 이반의 눈에 그 편지는 수학적 의미를 지닌 것처럼 보이기 시작했다. 형이 범인이라는 데는 더 이상 의심의 여지가 없었다. 더불어 미탸가 스메르댜코프와 공모해서 살인을 저질렀을지도 모른다는 생각은 한번도 해본 적이 없었고, 그것은 사실과도 들어맞지 않았다. 이반은 완전히 마음을 놓았다. 이튿날 아침에는 스메르댜코프와 그의 조소를 떠올리며 경멸을 느꼈을 뿐이다. 며칠이 지나자 스메르댜코프의 의심 때문에 자신이 그토록 고통스러울 만큼 분노했다는 사실이 의아하기까지 했다. 이반은 스메르댜코프를 경멸하고 잊어버리기로 했다. 그렇게 한 달이 지났다. 이반은 더 이상 누구에게도 스메르댜코프에 대해 묻지 않았지만, 두 번 정도 언뜻 그가 몹시 위중한 상태이며 제정신이 아니라는 얘기를 들었다. "결국 미쳐버릴 겁니다." 한번은 젊은 의사 바르빈스키가 스메르댜코프에 대해 이런 말을 했고, 이반은 그것을 기억해두었다. 그런데 그 달 마지막 주부터 이반은 자기도 부쩍 건강이 나빠진 것을 느꼈다. 이반은 카테리나가 공판을 앞두고 모스크바에서 불러온 의사에게 진찰을 받으러 다녔다. 카테리나와의 관계가 극도로 날카로워진 것은 그 무렵이었다. 두 사람은 서로 사랑하는 원수나 다름없었다. 카테리나의 마음이 순간적이기는 하나 강렬하게 미탸에게로 돌아설 때면 이반은 완전히 이성을 잃었다. 이상하게도, 카테리나의 집에서 살펴본 마지막 장면 때까지, 즉 알료샤가 미탸를 만나고 카테리나를 찾아갔을 때까지, 이반은 자신이 그토록 싫어한 카테리나의 미탸에 대한 '돌아섬'에도 불구하고 지난 한 달간 카테리나에게서 미탸의 유죄를 의심하는 말을 한 번도 들어본 적이 없었다. 이반이 날이 갈수록 미탸에 대한 증오가 커져간다는 것을 느끼며, 그 증오가 카탸의 형에 대한 끌림 때문이 아니라, 그가 아버지를 죽였다는 사실 때문임을 깨닫고 있었다는 것도 주목할 만한 일이다. 그는 그것을 똑똑히 느끼고 자각하고 있었다. 그럼에도 공판이 있기 열흘쯤 전에 미타를 찾아가 오래전부터 고심한 것이 분명한 탈주 계획을 제안했다. 그런 행동을 한 데는 주된 이유 외에도, 형 미탸가 범인으로 몰리면 알료샤와 자신이 받을 유산이 4만 루블에서 6만 루블로 늘어날 테니 이반에게는 이익이 아니냐고 했던 스메르댜코프의 말이 가슴 속에 새긴 아직 아물지 않은 상처로 작용했다. 이반은 미탸의 탈주를 위해 자기 돈 3만 루블을 포기하기로 했다. 그날 미탸와 헤어지고 돌아오면서 그는 지독한 슬픔과 혼란을 느꼈다. 자신이 미탸의 탈주를 바라는 데는 3만 루블을 포기해 마음속 상처를 치유하려는 것뿐 아니라, 무언가 다른 이유가 있다는 생각이 들었기 때문이다. '마음으로는 나도 똑같이 살인자이기 때문이 아닐까?' 그는 이렇게 자문했다. 무언가 아득하면서도 불에 덴 것처럼 쓰라린 느낌에 가슴이 아팠다. 무엇보다 그의 자존심은 지난 한 달간 끔찍한 고통을 겪어야 했다. 그렇지만 그 이야기는 뒤로 미루기로 하자…. 이반은 알료샤와 이야기를 하고 나서 자기 집 초인종을 누르려고 손을 댔다가, 별안간 가슴속에서 끓어오른 특이하고 강렬한 분노에 휩싸여 스메르댜코프를 찾아가기로 했다. 아까 카테리나가 알료샤 앞에서 자신에게 '그 사람(미탸)이 범인이라고 한 사람은 당신이에요, 당신뿐이라고요!'라고 소리친 것이 불현듯 떠오른 것이다. 그 일이 떠오른 순간 이반은 온몸이 굳어버렸다. 카탸에게 미탸가 살인자라고 말한 적은 지금껏 단 한 번도 없었다. 오히려 스메르댜코프를 만나고 돌아온 후에 자기가 범인일지도 모른다는 의혹을 그녀에게 털어놓지 않았던가. 그때 '문서'를 보여주며 미탸가 범인임을 증명한 사람은 다름 아닌 카탸였다! 그런데 이제 와서 갑자기 '스메르댜코프를 직접 만나고 왔어요!'라고 소리치고 있는 것이다. 언제 갔을까? 이반은 그 일에 대해 전혀 모르고 있었다. 카탸는 미탸가 범인이라는 데 확신이 없는 것이다! 스메르댜코프는 카탸에게 무슨 말을 했을까? 도대체, 도대체 무슨 말을 한 것일까? 가슴속에서 무서운 분노가 타올랐다. 어째서 반 시간 전에 그 얘기를 꺼내지 않았는지, 그때 곧바로 윽박지르지 않았는지 이해할 수가 없었다. 이반은 초인종에서 손을 떼고 스메르댜코프가 사는 곳으로 향했다. '이번엔 그놈을 죽여버릴지도 모른다.' 그는 길을 걸으며 생각했다.

8. 스메르댜코프와의 세 번째이자 마지막 만남

절반쯤이나 갔을까, 그날 이른 아침처럼 매섭고 건조한 바람이 일더니 자잘한 싸락눈이 흩날렸다. 눈은 아래로 떨어지다가 땅에 채 닿기도 전에 바람에 휘날려 올라갔다. 그러더니 곧 본격적으로 눈보라가 휘몰아쳤다. 스메르댜코프가 사는 지역에는 가로등이 거의 없었다. 이반은 눈보라가 치는 것도 느끼지 못한 채 본능적으로 방향을 잡으며 어둠 속을 걸었다. 머리가 아프고 관자놀이가 괴로울 만큼 지끈거렸다. 손에는 경련이 이는 것이 느껴졌다. 마리야 콘드라티예브나의 집까지 얼마 남지 않았을 때, 이반은 별안간 코가 비뚤어지게 취한 땅딸막한 농부와 마주쳤다. 누더기 외투를 걸친 그는 갈지자로 비틀거리며 투덜거리기도 하고 욕지거리를 내뱉기도 하다가, 갑자기 욕설을 멈추고 취기 가득한 쉰 소리로 노래를 불렀다.

아아, 반카는 피테르로 가버렸다네.
난 그놈을 기다리지 않으리!

그는 자꾸만 이 두 번째 구절을 부르다 말고 누군가를 욕하다가, 다시 똑같은 노래를 불러댔다. 이반은 그 농부에 대해 아무 생각도 없을 때부터 무서운 증오를 느끼다가, 불현듯 그를 의식했다. 그러자 그 즉시 농부의 머리를 주먹으로 내리치고 싶은 욕구가 걷잡을 수 없이 치밀었다. 하필 그때 두 사람은 옆을 지나가고 있었다. 그런데 농부가 크게 휘청거리더니 사정없이 이반에게 부딪히는 것이었다. 이반은 거칠게 그를 밀쳐냈다. 농부는 통나무처럼 얼어버린 땅바닥에 나가떨어져서는, 고통스럽게 한 차례 '오오!' 하고 신음 소리를 내뱉고 잠잠해졌다. 이반은 그에게 다가갔다. 농부는 기절한 채 미동도 없이 누워 있었다. '꽁꽁 얼겠군!' 이반은 이렇게 생각하고서 다시 스메르댜코프의 집으로 발길을 돌렸다.

마리야는 촛불을 들고 문을 열러 뛰어나왔다. 그녀는 현관에서부터 파벨 표도로비치(즉 스메르댜코프)가 몹시 위중하며, 그저 앓아누운 정도가 아니라 제정신이 아닌 것처럼 차도 마시지 않고 내가라고 했다고 속삭였다.

"난동을 부리기라도 한다는 건가?" 이반은 퉁명스럽게 물었다.

"아뇨, 오히려 너무 조용해요. 다만 너무 오래 말을 시키지는 말아주세요…." 마리야가 부탁했다.

이반은 문을 열고 오두막 안으로 들어갔다.

방 안은 지난번처럼 후끈했으나, 약간의 변화도 있었다. 벽 앞에 있던 긴 의자를 하나 치우고 그 자리에 적갈색 나무로 틀을 짠 커다랗고 낡은 가죽 소파를 들여놓았다. 그 위에는 이불과 제법 깨끗한 하얀 베개가 놓여 있었다. 이불 위에는 스메르댜코프가 지난번과 똑같은 잠옷을 입고 앉아 있었다. 탁자를 소파 앞으로 옮겨놓은 탓에 방 안은 무척 비좁아졌다. 탁자 위에는 표지가 노란 두꺼운 책이 놓여 있었지만, 스메르댜코프는 그것을 읽지 않았고, 그저 아무것도 하지 않고 앉아 있는 듯했다. 그는 느릿한 침묵의 시선으로 이반을 맞았다. 그의 방문에 조금도 놀라지 않은 듯했다. 얼굴은 바싹 여위고 누렇게 떠 몹시 변해 있었다. 눈은 퀭해지고, 눈 밑에는 푸르스름한 빛이 돌았다.

"정말로 아픈가?" 이반은 멈춰 섰다. "오래 귀찮게 할 생각은 없으니 외투도 벗지 않겠어. 어디에 앉지?"

이반은 탁자 맞은편으로 가서 의자를 빼 앉았다.

"왜 말도 없이 그렇게 쳐다보기만 하나? 한 가지 물어볼게 있어서 왔네. 대답을 듣기 전에는 절대 돌아가지 않을 작정이야. 그 아가씨가, 카테리나 이바노브나가 찾아왔었나?"

스메르댜코프는 여전히 조용히 이반을 바라보며 한참 동안 말이 없었다. 그러더니 갑자기 손을 휘 내젓고 고개를 돌려버렸다.

"뭐 하자는 건가?" 이반이 외쳤다.

"아무것도 아닙니다."

"뭐가 아무것도 아니라는 거야?"

"다녀가시기는 했지만, 도련님하고는 상관없습니다. 신경 끄십시오."

"아니, 그럴 생각 없다! 말해. 언제 다녀갔지?"

"전 그분을 기억하는 것조차 잊어버렸습니다." 스메르댜코프는 경멸스럽다는 듯 히죽 웃더니 갑자기 다시 이반 쪽으로 고개를 돌리고 한 달 전 만났을 때처럼 광적인 증오가 어린 눈으로 그를 노려보았다.

"얼굴이 핼쑥해지고 안색이 나쁜 것이, 도련님도 편찮으신 모양이군요." 그는 이반에게 말했다.

"내 건강 걱정은 됐으니 묻는 말에나 대답해."

"눈은 왜 그렇게 노래졌습니까? 흰자위가 샛노랗습니다. 많이 괴롭기라도 한 모양이지요?"

그는 경멸을 담아 피식 웃는가 싶더니 별안간 큰 소리로 웃음을 터뜨렸다.

"대답을 듣기 전에는 돌아가지 않겠다고 했다!" 이반은 무서운 분노에 휩싸여 외쳤다.

"왜 저를 못살게 구십니까? 왜 그렇게 저를 괴롭히시는 겁니까?" 스메르댜코프는 고통스럽게 말했다.

"헛소리! 난 네게 볼일이 있는 게 아니야. 대답해. 그럼 당장 돌아갈 테니."

"전 아무것도 말할 게 없습니다!" 스메르댜코프는 다시 시선을 떨구었다.

“나는 반드시 네놈에게서 대답을 듣고야 말 거다!”

“뭐가 그렇게 걱정이십니까?” 스메르댜코프는 이제는 경멸이 아닌 혐오가 담긴 눈으로 이반을 똑바로 쳐다보았다. “내일 공판이 열려서 그러십니까? 도련님께는 아무 일도 없을 테니, 제발 믿으십시오. 집으로 돌아가셔서 아무 걱정 말고 푹 주무시란 말입니다.”

“무슨 소린지 모르겠다…. 내가 내일 무엇을 두려워한단 말이냐?” 이반은 놀라며 말했다. 그 순간 정말로 알 수 없는 공포에 가슴이 서늘해졌다. 스메르댜코프는 관찰하듯 이반을 바라보았다.

“무슨 소린지 모르겠다고요?” 그는 비난하듯이 길게 늘여 말했다. “현명한 분께서 이런 희극을 연출하는 걸 즐기시나 보군요!”

이반은 말없이 스메르댜코프를 바라보았다. 하인이었던 자가 자신을 대하는, 전에는 한 번도 들어본 적 없는 뜻밖의 오만한 말투가 낯설었다. 지난 번 만났을 때도 그런 말투를 쓰지는 않았다.

“도련님은 걱정하실 게 없다니까요. 도련님께 불리한 증언은 하지 않을 겁니다. 증거가 없잖습니까. 저런, 손을 떨고 계시군요. 왜 그렇게 손가락을 떠십니까? 댁으로 돌아가십시오. 살인자는 도련님이 아니니까요.”

이반은 전율했다. 문득 알료샤가 떠올랐다.

“내가 아니라는 건 나도 알아….” 그는 중얼거렸다.

"알고 있다고요?" 스메르댜코프가 또다시 말을 늘이며 대꾸했다.

"이 독사 같은 놈아, 다 말해! 어서 죄다 털어놓으란 말이다!"

스메르댜코프는 조금도 움츠러들지 않았다. 광적인 증오가 서린 눈으로 이반을 노려볼 뿐이었다.

"정 그러시다면 말씀드리지요. 그분을 죽인 건 도련님입니다." 그는 독기 어린 목소리로 이반에게 속삭였다. 이반은 짚이는 것이 있는 것처럼 의자에 털썩 주저앉았다. 그의 얼굴에 사나운 미소가 떠올랐다.

"그때와 같은 얘기를 하는 건가? 지난번에 했던 그 얘기?"

"도련님은 지난번에도 제 말을 모두 이해하셨고, 지금도 이해하고 계십니다."

"네가 미친놈이라는 것만은 알겠구나."

"작작 좀 해두십시오! 얼굴을 맞대고 앉아서 무엇 때문에 서로를 속이고 희극을 연출한단 말입니까? 도련님이 죽였습니다. 도련님이 주범이란 말입니다. 저는 도련님의 부하, 충실한 하인으로서 도련님 말씀에 따라 그 일을 행했을 뿐입니다."

"행하다니? 그럼 정말로 네놈이 죽인 거냐?" 이반은 온몸이 싸늘해지는 것을 느꼈다. 뇌 속이 뒤흔들린 듯했고, 오한이 일면서 몸이 가늘게 떨려왔다. 스메르댜코프도 놀란 듯 이반을 바라보았다. 이반이 정말로 경악하자 충격을 받은 모양이었다.

“정말 아무것도 모르셨습니까?” 스메르댜코프는 이반을 향해 일그러진 미소를 지으며 믿을 수 없다는 듯 중얼거렸다.

이반은 혀가 굳어버린 것처럼 멍하니 그를 쳐다보았다.

아아, 반카는 피테르로 가버렸다네.
난 그놈을 기다리지 않으리!

별안간 뇌리에 이 노래가 울렸다.

“난 말이다, 네가 꿈이 아닐까, 내 앞에 앉아 있는 네가 유령이 아닐까 무섭다.” 그는 중얼거렸다.

“우리 두 사람, 그리고 제3자 외에 유령 같은 건 전혀 없습니다. 그 제3자는 의심할 여지없이 지금 여기, 우리 두 사람 사이에 존재하지요.”

“그게 누구냐? 누가 있다는 거냐? 그 제3자가 대체 누구란 말이냐?” 이반은 누가 있는가 하고 다급하게 사방을 살피며 겁에 질린 채 말했다.

“그 제3자란 하느님입니다. 바로 그분의 섭리이지요. 그분은 지금 우리 옆에 계시지만, 굳이 찾으려 하지는 마십시오. 어차피 찾지 못하실 테니까요.”

“네놈이 죽였다는 말은 거짓말이야!” 이반은 미친 사람처럼 고함을 질렀다. “넌 미쳤거나, 저번처럼 나를 도발하려는 거야!”

스메르댜코프는 조금 전처럼 전혀 움츠러들지 않고 여전히 탐색하듯 이반을 살폈다. 도저히 불신을 떨쳐낼 수 없었다. 이반이 '다 알면서', '자기에게만 덮어씌우려고' 모르는 척하는 것 같았다.

"잠깐 기다리십시오." 이윽고 그는 희미한 목소리로 말하고, 갑자기 탁자 밑에서 왼쪽 다리를 내밀어 바짓단을 걷어 올렸다. 기다란 하얀 양말과 신발이 드러났다. 스메르댜코프는 천천히 끈을 풀어 양말 속 깊숙이 손가락을 집어넣었다. 그 모습을 지켜보고 있던 이반은 별안간 겁에 질려 경련하듯 몸을 떨었다.

"미친놈!" 그는 이렇게 고함치고는 자리를 박차고 일어나 뒷걸음질쳤다. 등에 벽이 부딪쳤지만 더 물러나려고 안간힘을 쓰며 온몸을 벽에 밀착시켰다. 그는 미칠 듯한 공포에 휩싸여 스메르댜코프를 바라보았다. 스메르댜코프는 전혀 개의치 않고 손가락으로 무언가를 집어 끄집어내려는 듯 양말 속을 헤집었다. 마침내 원하는 것이 손끝에 걸렸는지 꺼내기 시작했다. 이반은 그것이 종이 다발임을 알아차렸다. 스메르댜코프는 그것을 꺼내 탁자 위에 올려놓았다.

"여기 있습니다!" 그가 나직이 말했다.

"그게 뭐지?" 이반은 부들부들 떨며 물었다.

"직접 보시지요." 여전히 나직한 목소리로 스메르댜코프가 말했다.

이반은 탁자 앞으로 가서 종이 다발을 집어 펼치는가 싶더니, 별안간 섬뜩한 독사라도 건드린 것처럼 손가락을 홱 뗐다.

"손가락이 계속 경련을 일으키며 떨고 있군요." 스메르댜코프는 이렇게 말하고 직접 종이 다발을 끌렀다. 겉장을 벗기자 무지갯빛 100루블짜리 지폐 세 묶음이 나타났다.

"고스란히 여기 있습니다. 세어볼 것도 없이 전부 3000루블이지요. 받으십시오." 그는 돈 쪽으로 고개를 까딱하며 이반에게 권했다. 이반은 풀썩 의자에 주저앉았다. 얼굴이 백지장처럼 하얗게 질려 있었다.

"사람을 놀라게 하는구나…. 그 양말로…." 그는 어딘가 기묘한 웃음을 지으며 이렇게 말했다.

"정말 지금까지 모르셨습니까?" 스메르댜코프가 재차 물었다.

"그래, 몰랐다. 드미트리 형이 범인인 줄로만 알았어. 형! 형! 아아!" 그는 두 손으로 머리를 움켜잡았다. "그럼 너 혼자 죽인 건가? 형과 공모했나, 아니면 혼자 한 건가?"

"모든 것은 오직 도련님과 함께했을 뿐입니다. 도련님과 함께 죽였지요. 드미트리 님은 죄가 없습니다."

"그래, 그래… 내 얘기는 나중에 하자고. 왜 이렇게 자꾸 몸이 떨리지…. 말이 나오질 않는구나."

"그때는 '무엇이든 허용된다'며 그렇게 용감하시더니, 지금은 왜 그렇게 벌벌 떠십니까!" 스메르댜코프는 의아해하며 중얼거렸다. "레모네이드라도 한 잔 드시겠습니까? 지금 바로 내오라고 하지요. 기분이 아주 상쾌해질 겁니다. 하지만 먼저 이것부터 숨겨야겠군요."

그는 다시 돈다발 쪽으로 고개를 까딱했다. 그는 마리야에게 레모네이드를 만들어 오게 시키려고 자리에서 일어나 문 쪽에 대고 외치려다 말고, 그녀가 돈을 보지 못하게 덮을 것을 찾느라 먼저 손수건을 꺼냈다. 하지만 그 손수건은 온통 콧물투성이였으므로, 이반이 들어올 때 본, 탁자 위에 덩그러니 놓인 두꺼운 노란 책을 집어 돈을 덮었다. 제목은《우리의 거룩하신 이삭 시린 신부님의 말씀》이었다. 이반은 무의식적으로 그 제목을 읽었다.

"레모네이드는 됐어." 그가 말했다. "나에 대한 건 뒤로 미루고, 우선 앉아서 얘기해봐. 어떻게 그런 짓을 한 거지? 전부 다 얘기해다오…."

"외투라도 좀 벗으시지요. 안 그러면 땀투성이가 되고 말 겁니다."

이반은 그제야 생각난 듯, 거칠게 외투를 벗어 앉은 채로 긴 의자에 집어던졌다.

"자, 말해! 어서 말해봐라!"

이반은 다소 평정을 찾은 듯했다. 그는 이제 스메르댜코프가 모든 것을 얘기하리라고 확신을 가지고 기다렸다.

"어떻게 그렇게 했느냐, 그 말씀이십니까?" 스메르댜코프는 한숨을 쉬었다. "지극히 자연스럽게 한 일입니다. 도련님 말씀에 따라…."

"내가 한 말에 대해선 나중에 얘기해." 이반은 다시 말을 끊었으나, 완전히 자제력을 찾은 듯 아까처럼 고함치지 않고 한 마디 한 마디 분명하게 말했다. "어떻게 그랬는지나 자세히 말해다오. 차근차근, 아무것도 빼놓지 말고. 자세하게, 중요한 건 자세하게 말하는 거다. 어서."

"도련님이 떠나신 후에 저는 지하실에 굴러 떨어졌습니다…."

"발작으로, 아니면 연기로?"

"물론 연기였지요. 다 연기였습니다. 얌전히 바닥까지 내려가 드러누워 비명을 지른 겁니다. 그리고 실려 나갈 때까지 몸부림을 쳤지요."

"잠깐! 그럼 그 이후로도 계속, 병원에서도 연기를 한 건가?"

"그건 아닙니다. 다음 날 아침 병원에 가기 전에 정말로 발작이 일어났지요. 지난 몇 년간 겪어본 적이 없을 만큼 심한 발작이었습니다. 이틀 동안 전혀 의식이 없었어요."

"그래, 그래. 그래서?"

"그 칸막이 뒤 침대에 저를 눕히더군요. 전 그리로 데려갈 줄 알았습니다. 마르파 할멈은 제가 아플 때면 항상 자기 방 칸막이 뒤에 저를 재우거든요. 할멈은 제가 태어났을 때부터 언제나 제게 잘 해주었지요. 저는 밤새 작은 소리로 신음했습니다. 그러면서 계속 드미트리 님을 기다렸지요."

"기다려? 너를 보러 오기를 말이냐?"

"그분이 왜 저를 보러 오겠습니까? 안채로 오시기를 기다렸습니다. 그날 밤 반드시 찾아오신다는 데 티끌만큼의 의심도 없었으니까요. 제가 없어 아무 정보도 얻지 못하게 됐으니, 직접 담장을 넘어 집에 잠입해 무슨 짓이든 저지를 게 분명했습니다."

"만약 안 온다면 어쩌려고 했지?"

"그랬으면 아무 일도 없었을 겁니다. 그분이 안 왔으면 그런 일을 감행하지는 않았을 테니까요."

"그래, 그래… 서두르지 말고, 알아듣기 쉽게 말해다오. 중요한 건, 아무것도 빼먹지 않는 거야!"

"그분이 주인어른을 죽이길 기다렸습니다…. 그러실 게 분명했거든요. 제가… 며칠 전부터… 그렇게 하도록 만들었으니까요…. 무엇보다 그분이 신호를 아셨습니다. 그동안 의심과 분노가 쌓일 대로 쌓여 있었으니, 그 신호를 이용해 집 안으로 들어갈 게 분명했지요. 그건 불 보듯 뻔한 일이었습니다. 전 그분이 그렇게 나오기를 기다렸습니다."

"잠깐," 이반이 말을 끊었다. "그렇지만 형이 아버지를 죽이면, 그대로 돈을 들고 가버릴 게 아니냐. 너도 그걸 짐작했을 텐데? 그럼 네 손에 뭐가 떨어지는 건지 모르겠군."

"그분은 절대 돈을 찾아내지 못했을 겁니다. 돈이 베개 밑에 있다고 그분께 알려드린 건 저였지만, 그건 거짓말이었으니까요. 그 돈은 원래 상자 속에 들어 있었습니다. 나중에 제가, 이 세상에서 저 하나만 믿는 주인어른께 그 돈 봉투를 성상 뒤 구석에 숨기라고 귀띔해드렸지요. 누구도 돈이 거기 있으리라고는 생각지 못할 테니까요. 급하게 들이닥친 사람이라면 더욱 그럴 테고요. 그래서 그 돈뭉치는 주인어른 방 성상 뒤 구석에 있었습니다. 베개 밑에 둔다니 우스꽝스러운 일이죠. 상자에 넣어 열쇠로 잠근다면 또 모를까. 그런데 이곳 사람들은 죄다 그 돈이 베개 밑에 있던 줄 알고 있어요. 어리석은 생각이지요. 그러니 드미트리 님이 주인어른을 죽이더라도 아무것도 찾지 못한 채 살인자들이 으레 그렇듯 바스락 소리에 놀라 줄행랑을 치거나 붙잡혀버렸을 겁니다. 저는 다음 날이든 그날 밤이든 아무 때고 성상 뒤에서 돈을 빼와 드미트리 님께 뒤집어씌우면 되는 거였죠. 그건 언제나 기대할 수 있는 일이었습니다."

"형이 아버지를 때리기만 하고, 죽이지는 않았다면?"

"그랬다면 물론 돈을 가져오지 못하고 그대로 두었을 겁니다. 하지만 만약 주인어른이 두들겨 맞아 정신을 잃는다면, 그 틈에 돈을 가져와 나중에 주인어른께 드미트리 님 짓이 틀림없다고 보고해야겠다는 생각도 있었습니다. 그분이 주인어른을 때리고, 돈을 훔쳐갔다고 말이죠."

"잠깐만… 혼란스럽구나. 그럼 역시 형이 죽이고, 넌 돈만 가져간 거냐?"

"아뇨, 그분이 죽인 게 아닙니다. 지금이라도 도련님께 드미트리 님이 범인이라고 할 수는 있겠죠…. 하지만 지금은 거짓말하고 싶지 않습니다. 왜냐하면… 왜냐하면 만약 도련님이 정말로 지금까지 아무것도 모르고 계셨고, 자신의 명백한 죄를 제게 뒤집어씌우려고 제 눈앞에서 연기를 하신 게 아니라고 해도, 모든 것은 도련님 잘못이기 때문입니다. 살인이 일어날 걸 알고 계셨고, 제게 살인을 하라고 시켜놓고서도, 다 알면서도 떠나버렸으니까요. 그래서 오늘 밤, 이 사건의 주범은 도련님 한 분뿐이며, 비록 제가 죽이긴 했지만 저는 주범이 아니라는 것을 똑똑히 증명하려는 겁니다. 법적인 범인은 바로 도련님입니다!"

"어째서, 어째서 내가 범인이라는 거냐? 아아, 하느님!" 이반은 자기 얘기는 뒤로 미루자고 한 것을 잊은 채 결국 참지 못하고 이렇게 외쳤다. "또 그 체르마시냐 얘기냐? 잠깐, 내가 체르마시냐로 간 것을 동의의 뜻으로 받아들였다면, 어째서 내 동의를 구하려 한 거지? 그건 지금 어떻게 설명할 테냐?"

"도련님이 동의했다는 것을 확실히 해놓으면, 나중에 도련님이 돌아오셨을 때 그 3000루블이 없어졌다고 문제를 일으키지 않을 것이며, 제가 드미트리 님 대신 당국의 의심을 받거나 그분과 공범으로 몰리더라도 저를 변호해주시리라 생각했습니다…. 유산을 받으신 후엔 평생 제게 보상을 해주실 테고요. 그 유산은 어찌 됐건 제 덕에 받는 거니까요. 만약 주인어른이 아그라페나 알렉산드로브나와 결혼했다면, 도련님은 동전 한 푼 못 받지 않았겠습니까?"

"아! 그럼 넌 그 이후로 평생 나를 괴롭힐 작정이었구나!" 이반은 이를 갈았다. "내가 그때 떠나지 않고 너를 고발하면 어쩌려고 했지?"

"그때 도련님이 무슨 근거로 저를 고발할 수 있었겠습니까? 체르마시냐로 가라고 했다고요? 그건 엉터리입니다. 그리고 그 대화 이후에 도련님은 떠날 수도 있었고, 남아 있을 수도 있었습니다. 만약 남아 있었다면, 아무 일도 없었겠지요. 도련님이 그 일을 원치 않는다는 것을 알고 아무것도 안

했을 테니까요. 만약 떠났다면, 그건 저를 고발하지 않을 것이며 3000루블을 문제 삼지 않겠다고 약속한다는 뜻이 됩니다. 그리고 이후로도 절대 저를 추궁하지 못했을 겁니다. 제가 법정에서 죄다 말해버릴 테니까요. 제가 죽이고 훔쳤다고 털어놓는 게 아니라(그런 말은 안 할 겁니다), 도련님이 죽이고 훔치라고 사주했고, 저는 동의하지 않았다고 말입니다. 그래서 그때 도련님의 동의를 받아 나중에 도련님이 저를 압박하는 일이 없도록 해야 했던 겁니다. 도련님께는 아무 증거도 없잖습니까? 저는 도련님이 얼마나 주인어른의 죽음을 열망하고 있었는가를 폭로해 언제든 도련님을 압박할 수 있었습니다. 분명히 세상 사람들은 그 말을 믿었을 테고, 도련님은 평생 수치심을 느끼며 살아가야 했을 겁니다."

"내가 그렇게 열망했다고?" 이반은 다시 이를 갈았다.

"틀림없이 열망하고 계셨고, 그때 동의하심으로써 제가 그렇게 하도록 묵과하셨습니다." 스메르댜코프는 흔들림 없는 시선으로 이반을 바라보았다. 몹시 쇠약해져서 지친 목소리로 조용히 말하고 있었지만, 내면에 숨겨진 무언가가 그를 충동질하는 듯했다. 무슨 속셈이 있는 것이 분명했다. 이반은 그것을 직감했다.

"뒷얘기를 계속 해봐라." 이반은 말했다. "그날 밤 얘기를 마저 해다오."

"뒷얘기라! 그렇게 누워 있는데, 주인어른의 외침 같은 것이 들렸습니다. 하지만 그전에 그리고리 영감이 갑자기 자리에서 일어나 밖으로 나갔는데, 별안간 비명이 들리더니 새

카만 어둠 속에 적막이 흘렀지요. 누워서 기다리던 저는 심장이 뛰어서 더 이상 참을 수가 없었습니다. 결국 일어나 안채로 가봤지요. 왼쪽을 보니 주인어른 방의 정원 쪽으로 난 창문이 열려 있더군요. 저는 주인어른이 살아 있는지 기척을 들어보려고 좀 더 왼쪽으로 갔습니다. 주인어른이 서성거리며 탄식하는 소리가 들리더군요. 아직 살아 계시다는 뜻이었죠. '에잇!' 저는 속으로 생각했습니다. 창문으로 가서 주인어른께 '접니다' 하고 외쳤더니, 주인님은 '왔어, 왔어, 달아났어!'라고 하시더군요. 드미트리 님이 다녀갔다는 말이었지요. '그리고리를 죽였어!' 하시기에 '어디서요?' 하고 속삭였더니, 주인님도 목소리를 낮춰 '저쪽 구석에서' 하시면서 손가락으로 가리켰습니다. 저는 '잠깐만 기다리세요'라고 말하고 그리고리 영감을 찾으러 구석 쪽으로 갔습니다. 영감은 담장 앞에 피투성이가 된 채 정신을 잃고 쓰러져 있었습니다. 그러자 드미트리 님이 정말로 왔다 갔구나, 싶은 생각과 함께 그 자리에서 당장 일을 해치워버려야겠다고 갑작스레 결심하게 되었습니다. 그리고리 영감이 아직 살아 있다고 해도, 기절한 상태라 아무것도 보지 못할 테니까요. 다만 한 가지 걱정되는 것은 마르파 할멈이 갑자기 잠에서 깨지 않을까 하는 것이었습니다. 그런 생각도 들었지만, 이미 저는 송두리째 열망에 사로잡혀 숨도 쉴 수 없는 상태였습니다. 저는 다시 주인어른 방 창문 아래로 가서 '그분이 여기 오셨습니다. 아그라페나 알렉산드로브나가 오셔서 들여보내 달라십니다'라고 했습니다. 주인어른은 어린아이처럼 온몸을 부들부들

떠시더군요. '여기라니 어디? 어디?' 그렇게 말하고 탄식하는데, 제 말을 못 믿는 눈치였습니다. '저쪽에 계십니다. 문을 열어드리세요!' 주인어른은 반신반의했는지 창문 너머로 저를 보면서 문 열기를 주저하시더군요. 나를 두려워하는구나, 생각했습니다. 그런데 참 우스운 일이 벌어졌습니다. 문득 창틀을 두드려 그루셴카가 왔다는 신호를 해야겠다는 생각이 떠올랐습니다. 주인어른은 말로 할 때는 믿지 않더니, 창문을 두드려 신호를 하자 냉큼 문을 열러 달려가시지 뭡니까. 문이 열렸습니다. 저는 들어가려고 했지만, 주인어른은 몸으로 막고 서서 들여보내려 하지 않았습니다. '그 여잔 어딨지? 그 여잔 어딨어?' 덜덜 떨면서 저를 바라보시더군요. 그렇게까지 저를 두려워하다니, 난처한 생각이 들었습니다. 주인어른이 방에 들여보내지 않거나 소리를 지르지는 않을까, 마르파 할멈이 달려오는 건 아닐까, 아니면 다른 무슨 일이 벌어지는 건 아닐까 하는 생각에 다리에 힘이 풀리더군요. 잘은 몰라도 아마 그때 전 창백하게 질린 채 주인어른 앞에 서 있었을 겁니다. '저기 창문 아래 계십니다. 못 보셨습니까?' 속삭였더니, '그럼 네가 데려와, 네가 데려와!' 하시지 뭡니까. 그래서 전 '하지만 겁을 내고 계세요. 고함 소리에 놀라 덤불 속에 숨으셨어요. 나리가 직접 서재로 가서 불러보세요'라고 했지요. 주인어른은 후다닥 창문으로 달려가서 촛불을 창턱에 올려놓고는, '그루셴카, 그루셴카, 여기 있니?' 하고 불렀습니다. 그러면서도 창문 아래를 굽어보려고 하지는 않더군요. 두려워서 저와 거리를 두려고 하지 않았습니다. 제가 너무 두려워 저와 거리를 둘 엄두를 내지 못하셨지요. '저기 계시잖습니까. (저는 창문으로 가서 몸을 쭉 내밀었습니다.) 저기 덤불 속에서 주인어른을 보고 웃고 계시잖아요. 보이세요?' 주인어른은 그제야 제 말이 곧이 들렸는지, 온몸을 후들후들 떨었습니다. 그루셴카 아가씨에게 지독하게 빠져 있었지요. 주인어른은 창문 밖으로 상체를 쭉 내밀었습니다. 그 순간 저는 탁자 위에 놓여 있는 주철 문진, 왜 그 3푼트(약 1.2킬로그램—옮긴이)는 되는 그것 있잖습니까? 그걸 집어 들어 뒤에서 주인어른의 정수리를 향해 똑바로 내리찍었습니다. 비명도 지르지 못하고 쓰러지는 것을 두 번, 세 번 내리쳤지요. 세 번째로 때릴 때, 머리통이 깨지는 것이 느껴지더군요. 주인어른은 피투성이가 된 채 얼굴이 위로 가도록 똑바로 쓰러졌습니다. 제 몸에 피가 튀지 않았나 살펴보니, 깨끗했습니다. 저는 문진을 닦아 탁자 위에 올려놓고, 성상 뒤로 가서 봉투에서 돈을 꺼낸 뒤 봉투를 바닥에 버리고, 분홍색 리본도 그 옆에 버렸습니다. 그리고 온몸을 벌벌 떨며 정원으로 나왔지요. 곧장 구멍이 팬 사과나무로 갔습니다. 도련님도 어떤 구멍인지 아실 겁니다. 저는 진작부터 그 구멍을 점찍어놓고 그 안에 헝겊과 종이를 준비해놓았지요. 돈을 모두 종이에 싸서 헝겊을 감아 구멍 속 깊숙이 집어넣었습니다. 돈은 2주 넘게 그곳에 있었습니다. 퇴원하고 나서야 꺼내 왔으니까요. 저는 침대로 돌아와 누워 두려움에 휩싸여 생각했습니다. '만약 그리고리 영감이 죽었다면 무척 난처해질 것이다. 하지만 죽지 않고 정신을 차린다면, 일은 술술 풀리겠지. 영감이 드미트리

님이 다녀갔다는 증인이 되어 그분이 주인어른을 죽이고 돈을 가져간 걸로 몰릴 테니까.' 그런 생각이 들자 저는 불안하고 초조해 신음 소리를 내기 시작했습니다. 빨리 마르파 할멈을 깨우기 위해서였죠. 마침내 할멈이 일어나 내게 달려오려다가, 그리고리 영감이 없는 것을 보고 뛰어나갔고, 정원에서 비명 소리가 들렸습니다. 그 후 밤새 소동이 벌어졌고, 저는 완전히 안심할 수가 있었죠."

그는 말을 멈췄다. 이반은 그에게서 눈을 떼지 않고 꼼짝도 않은 채 죽은 듯이 침묵을 지키며 듣고 있었다. 스메르댜코프는 말을 하면서 어쩌다 한 번씩 이반을 바라볼 뿐, 대체로 시선을 돌리고 있었다. 이야기를 마친 스메르댜코프는 흥분했는지 힘겹게 숨을 몰아쉬었다. 얼굴에는 땀이 송글송글 맺혀 있었다. 그러나 후회를 느끼는지는 알 수 없었다.

"잠깐만." 이반은 머릿속으로 무언가를 헤아리면서 말했다. "그럼 문은? 아버지가 네게만 문을 열어주었다면, 어떻게 그리고리가 먼저 문이 열린 것을 본 거지? 그리고리는 너보다 먼저 봤다고 했잖아?"

이반이 아까와는 전혀 다르게 노기가 깨끗이 가신 온화한 목소리로 물었다는 것은 주목할 만한 일이다. 그때 누군가 문을 열고 문간에서 안을 들여다봤다면, 두 사람이 어떤 흥미롭고 일상적인 화제에 대해 사이좋게 얘기를 나누고 있다고 생각했을 것이다.

"문이 열려 있었다는 건, 그저 그리고리 영감의 착각일 뿐입니다." 스메르댜코프는 한쪽 입꼬리를 올려 소리 없이 웃었다. "그 영감은 인간이 아니라 고집불통 거세마나 다름없거든요. 본 게 아니라 착각을 했다고 해도, 한번 주장하기 시작한 이상 절대 그 고집을 꺾을 수 없습니다. 그 영감이 그렇게 착각한 건 저와 도련님께는 커다란 행운입니다. 드미트리 님이 꼼짝없이 혐의를 뒤집어쓰게 되었으니까요."

"이봐." 이반은 다시 혼란스러워진 듯 무언가 이해하려고 애쓰며 말했다. "그것 말고도 물어볼 게 많았는데, 잊어버렸군…. 자꾸 할 말을 잊어버리고, 머릿속이 혼란스러워…. 그렇지! 우선 이거라도 묻자. 왜 봉투를 뜯어 그 방바닥에 버려둔 거지? 왜 봉투째 가져가지 않고…? 아까 네가 그 봉투에 대해 말할 때, 마치 꼭 그래야 했었다는 것처럼 들렸거든…. 하지만 그 이유를 모르겠다…."

"그렇게 한 데는 몇 가지 이유가 있습니다. 만약 그 봉투를 잘 알고 있고, 그것이 친숙한 사람이라면… 이를테면 저처럼 전에 그 돈을 본 적 있고, 직접 돈을 봉투에 넣었거나 봉인하고 겉봉에 이름을 쓰는 것을 두 눈으로 지켜보았을지도 모르는 사람이라면, 무엇 때문에 살인을 저지른 후에 봉투를 뜯어보겠습니까? 그런 긴박한 상황에 말이지요. 어차피 돈이 그 안에 있다는 걸 뻔히 알고 있는데 말입니다. 만약 저 같은 사람이 강도라면 뜯어보지 않고 그냥 호주머니에 쑤셔 넣고서 한시라도 빨리 그 자리를 떴을 겁니다. 하지만 드미트리 님이라면 전혀 얘기가 다릅니다. 봉투에 대해서는 들어보기만 하고 직접 본 적은 없으니, 베개 밑에서 그걸 발견했다고 하면 정말로 돈이 들었나 확인하려고 당장 뜯어보겠지요.

나중에 불리한 증거가 되리라는 생각은 미처 못 하고 봉투는 그 자리에 버릴 겁니다. 귀족이라서 한 번도 뭘 훔쳐본 적이 없는, 도둑질에 익숙지 않은 분이니까요. 이번에 도둑질할 마음을 먹었다고 해도, 그건 훔치는 것이 아니라 자기 것을 되찾는 겁니다. 전부터 온 동네에 그러겠다고 떠벌리고 다녔잖습니까? 주인어른에게서 자기 재산을 되찾아오겠다고 사람들 앞에서 큰소리로 으름장을 놓기도 했지요. 저는 심문 중에 이런 생각을 대놓고 말하지 않고, 저는 모르고 있는 것처럼 은근히 암시를 흘려서, 제가 말해줘서가 아니라 그분들이 스스로 깨달은 것처럼 했습니다. 검사 나리는 제가 준 암시에 군침을 질질 흘리더군요…."

"설마, 설마 그걸 그때 그 자리에서 다 생각한 거냐?" 이반은 경악하여 저도 모르게 외쳤다. 그는 또다시 겁에 질려 스메르댜코프를 바라보았다.

"그런 급박한 상황에 어떻게 그런 걸 다 생각해내겠습니까? 미리 다 생각해둔 겁니다."

"그렇다면… 그렇다면, 악마가 너를 도왔구나!" 이반은 다시 외쳤다. "그래, 넌 멍청하지 않아. 넌 내 생각보다 훨씬 영리한 놈이야…."

이반은 방 안을 거닐려는 듯 자리에서 일어섰다. 기분이 참담했다. 그러나 탁자가 길을 막고 있고 탁자와 벽 사이에는 겨우 비집고 나갈 만한 공간 밖에 없었으므로, 제자리에서 몸을 돌렸다가 다시 자리에 앉았다. 방을 거닐 수 없어 화가 난 것인지, 그는 아까처럼 미친 듯이 흥분하며 소리치기 시작했다.

"잘 들어라, 이 불행하고 경멸스러운 놈아! 내가 지금껏 너를 죽이지 않은 건 내일 너를 법정에 세워 증언하게 하기 위해서라는 걸 모르는 거냐? 하느님이 보고 계신다." 이반은 한 손을 치켜들었다. "어쩌면 나도 죄가 있는지도 모르고, 어쩌면 정말로 내심 아버지가 죽었으면 좋겠다고 바라고 있었는지도 모른다. 하지만 맹세코 난 네가 생각하는 것만큼 죄인은 아니야. 어쩌면 너를 사주하지 않았을지도 모르지. 그래, 난 사주하지 않았어! 하지만 그렇더라도 난 내일 법정에서 자백할 생각이다. 전부 다 말할 작정이야. 하지만 너도 나와 함께 출정하게 될 거다! 네가 재판에서 어떤 말을 하든, 어떤 증언을 지껄이든 죄다 인정하지. 난 네가 두렵지 않아. 내 입으로 다 인정하겠어! 하지만 너도 법정에서 자백해야 할 거다! 반드시 그래야 하고말고. 함께 가는 거다! 넌 반드시 가게 될 거야!"

이반은 격앙된 어조로 외쳤다. 그의 번뜩이는 눈빛만 봐도 기필코 스메르댜코프를 데리고 갈 것임을 알 수 있었다.

"도련님은 편찮으십니다. 병이 난 게 틀림없어요. 눈이 싯누렇습니다." 스메르댜코프는 전혀 조롱기 없이 안쓰럽다는 투로 이렇게 말했다.

"같이 가는 거다!" 이반이 재차 말했다. "네가 안 가면 나 혼자서라도 자백하겠다."

스메르댜코프는 생각에 잠긴 듯 잠시 말이 없었다.

"그럴 일은 없을 겁니다. 그리고 도련님도 가지 않으실 겁니다." 이윽고 그가 단정적으로 잘라 말했다.

"넌 나를 모르는구나!" 이반은 꾸짖듯이 외쳤다.

"죄다 털어놓으면, 도련님 체면이 말이 아니게 될 겁니다. 더구나 그래 봐야 아무 소용없어요. 제가 법정에서 '나는 결코 그런 말을 한 적 없다, 도련님이 병이 난 건지(아마 그런 것 같군요), 아니면 자신을 희생할 만큼 형님을 동정해서인지 내게 누명을 씌우고 있다, 평생 나를 사람이 아닌 날벌레처럼 취급했기 때문이다' 이렇게 진술할 테니까요. 그럼 누가 도련님 말을 믿겠습니까? 도련님께 증거가 하나라도 있습니까?"

"이봐, 넌 네 말을 믿게 하려고 이 돈을 보여줬지."

스메르댜코프는 돈 위에 올려둔 이삭 시린의 책을 옆으로 치웠다.

"이 돈을 가져가십시오." 스메르댜코프는 한숨을 내쉬었다.

"물론 가져갈 생각이다! 그런데 넌 이 돈 때문에 아버지를 죽였으면서 왜 이걸 내게 주는 거지?" 이반은 의아한 얼굴로 스메르댜코프를 바라보았다.

"그 돈은 제겐 조금도 필요 없습니다." 스메르댜코프는 손을 휘 내젓고 떨리는 목소리로 말했다. "전에는 그 돈으로 모스크바나 외국에 가서 새로운 인생을 시작해야겠다는 생각도 했습니다. 그런 꿈이 있었지요. '모든 것이 허용된다'고 하셨으니까요. 그건 분명히 도련님께서 가르쳐주신 겁니다. 그 무렵 제게 여러 번 그 말씀을 하지 않으셨습니까? '영원한 하느님이 없다면, 그 어떤 선행도 있을 수 없으며, 선행을 할 필요도 없을 것이다'라고, 도련님은 분명히 그러셨습니다. 그래서 저도 그렇게 생각한 겁니다."

"너 스스로 그런 생각에 이른 거냐?" 이반은 일그러진 미소를 지었다.

"도련님께서 이끌어주셨지요."

"다시 돈을 내놓는 걸 보니, 이젠 하느님을 믿게 되었나 보지?"

"아뇨, 믿지 않습니다." 스메르댜코프는 속삭이듯이 말했다.

"그럼 왜 돌려주는 거지?"

"그만해두지요…. 하찮은 일이니까요!" 스메르댜코프는 다시 손을 내저었다. "그때는 모든 것이 허용된다는 말을 입에 달고 사셨으면서, 지금은 왜 그렇게 전전긍긍하십니까? 심지어 자백하러 가겠다니… 하지만 그런 일은 없을 겁니다! 도련님은 자백하러 가지 않아요!" 스메르댜코프는 다시금 확신에 찬 단호한 어조로 말했다.

"두고 봐라!" 이반이 말했다.

"그런 일은 있을 수 없습니다. 도련님은 무척 영리하신 분입니다. 돈을 사랑하시고, 자존심이 강해 명예도 사랑하시지요. 매력적인 여성도 무척 사랑하시지만, 무엇보다 사랑하시는 건 누구에게도 머리를 숙이지 않고 평온한 만족을 느끼며 사는 겁니다. 도련님께는 그게 최우선이지요. 도련님은 재판에서 그런 치욕을 당하고 영원히 인생을 망쳐버리는 짓은 하지 않으실 겁니다. 도련님은 주인어른과 똑같거든요. 모든 자제분 중에서 주인어른을 가장 많이 닮으셨지요. 영혼까지 쏙 빼닮으셨습니다."

"넌 멍청하지 않구나." 이반은 충격을 받아 넋이 나간 사람처럼 말했다. 얼굴에 피가 확 몰렸다. "전에는 네가 멍청한 줄로만 알았다. 이게 네 본모습이구나!" 이반은 새로운 눈으로 스메르댜코프를 쳐다보면서 이렇게 말했다.

"저를 멍청하다고 생각하신 건, 도련님이 오만했기 때문입니다. 돈을 가져가십시오."

이반은 지폐 세 묶음을 집어 감싸지도 않고 주머니에 쑤셔 넣었다.

"내일 이걸 법정에 제출하겠다." 그가 말했다.

"아무도 도련님 말을 믿지 않을 겁니다. 도련님은 돈이 많으니, 금고에서 꺼내 가지고 왔다고 생각하겠지요."

이반은 자리에서 일어났다.

"다시 한번 말해두지만, 내가 너를 죽이지 않는 건 오직 내일 네가 필요하기 때문이야. 그걸 똑똑히 기억해둬라!"

"왜요, 차라리 죽이시지요. 그러지 말고 지금 당장 죽이십시오." 스메르댜코프는 이상한 눈으로 이반을 바라보며 이상한 어조로 말했다. "도련님은 그러지도 못하십니다." 그는 씁쓸한 웃음을 지으며 이렇게 덧붙였다. "전에는 그토록 용감하셨지만, 지금은 아무것도 못 하시지요."

"내일 보자!" 이반은 이렇게 외치고 가려고 했다.

"잠깐만… 그걸 한 번만 더 보여주십시오."

이반은 돈을 꺼내 보여주었다. 스메르댜코프는 10초 정도 그것을 바라보았다.

"그럼 가십시오." 그는 손을 내젓고 말했다. "이반 표도로비치!" 그가 다시 이반의 등 뒤에 대고 외쳤다.

"왜?" 이반은 이미 걸음을 떼면서 돌아보았다.

"안녕히 가십시오!"

"내일 보자!" 이반은 다시 이렇게 외치고 오두막을 나왔다.

눈보라는 여전했다. 이반은 처음에는 씩씩하게 걸음을 옮겼으나 이내 비틀거리기 시작했다. '이건 신체적인 이유에서야.' 이반은 피식 웃으며 생각했다. 어떤 기쁨과도 같은 감정이 그의 가슴에 솟아났다. 내면에 한없는 강인함이 느껴졌다. 최근 그토록 지독하게 그를 괴롭히던 동요가 끝난 것이다! 결정을 내렸고, '더는 바뀌지 않는다.' 그는 행복을 느끼며 이렇게 생각했다. 그 순간 무언가 발부리에 채여 하마터면 넘어질 뻔했다. 멈춰 서서 살펴보니, 아까 밀쳐낸 농부가 기절한 채 그 자리에 꼼짝도 않고 쓰러져 있었다. 눈보라에 얼굴이 뒤덮인 채였다. 이반은 별안간 농부를 들쳐 메고 질질 끌고 갔다. 오른쪽을 보니 오두막에서 불빛이 새어나오고 있었다. 이반은 그리로 가서 덧문을 두드렸다. 집주인인 상인이 나오자, 당장 3루블을 줄 테니 농부를 파출소로 데려가는 것을 도와달라고 부탁했다. 상인은 채비를 하고 나왔다. 이반은 자신의 뜻을 이루어 농부를 파출소에 맡기고, 즉시 의사에게서 진찰을 받도록 했으며 그곳에서도 역시 흔쾌히 '여러 가지 비용'을 지불했지만, 그에 대한 자세한 이야기는 하지 않겠다. 다만 말해둘 것은, 그 일에 꼬박 1시간을 소요했다는 것이다. 그러나 이반은 무척 흡족했다. 상념이 사방으로 뻗어나가며 생동했다. '만약 내일 어떻게 할지 그토록 확고한 결심이 서지 않았다면,' 그는 만족스러운 기분으로 생각했다. '1시간이나 들여 농부를 돌봐주지 않고, 얼어 죽든 말든 침이나 퉤 뱉고 그냥 지나쳐버렸겠지…. 그나저나 나는 나 자신을 정말 냉철하게 관찰하고 있군그래.' 이런 생각을 하자 더 큰 만족감이 밀려왔다. '그런데도 내가 미친 줄 안단 말이지!' 자기 집 앞에 다다른 그는 문득 한 가지 의문이 들어 우뚝 멈춰 섰다. '지금 당장 검사를 찾아가 다 전부 털어놓아야 하지 않을까?' 그러나 집 쪽으로 돌아서면서 결론을 내렸다. '내일 한꺼번에 다 말하자!' 그는 속으로 이렇게 중얼거렸다. 그런데 이상하게도 거의 모든 기쁨과 만족이 일순간에 사라져버렸다. 방으로 들어서자 무언가 얼음처럼 차가운 것이 심장을 건드리는 듯한 느낌이 들었다. 그것은 과거부터 지금 이 순간까지 그 방 안에 존재하고 있는 무언가 고통스럽고 혐오스러운 것에 대한 기억, 정확하게는 그것에 대한 상기였다. 그는 힘없이 소파에 주저앉았다. 할멈이 사모바르를 가져왔다. 이반은 차를 탔으나, 그것을 들지는 않았다. 할멈에게는 내일 다시 오라고 하고 돌려보냈다. 그는 현기증을 느끼며 소파에 앉아 있었다. 몸이 온전치 않음을 느꼈고 기운이 없었다. 졸음이 왔으나, 불안한 마음에 자리에서 일어나 잠을 쫓으려고 방 안을 서성였다. 때때로 착란 상태에 빠진 듯한 느낌이 들었다. 하지만 지금 가장 신경이 쓰이는 것은 병 따위가 아니었다. 그는 다시 자리에 앉아 무언가를 찾으려는 듯 이따금씩 주위를 둘러보았다. 그런 행동이 몇 차례 반복되었다. 마침내 그의 시선이 지그시 한 곳을 향했다. 이반은 피식 미소를 지었으나, 얼굴은 분노의 빛으로 물들었다. 그는 한참 동안 그 자리에 앉아 두 손에 단단히 턱을 괸 채 맞은편 벽 앞에 놓인 소파를 노려보았다. 그곳에 있는 무언가가, 어떤 물체가 그를 자극하고, 불안하게 하고, 고통을 주는 듯했다.

9. 악마. 이반 표도로비치의 악몽

나는 의사는 아니지만, 이반 표도로비치가 걸린 병의 특징에 대해 독자에게 꼭 설명해야 할 때가 왔음을 느낀다. 미리 한마디만 해두자면, 이반은 그날 밤 진전 섬망이 발병하기 직전의 상태에 와 있었다. 그 병은 오래전부터 쇠약해져 있었으나 굳세게 저항하던 그의 신체를 끝내 완전히 정복하고 말았다. 나는 의학에 대해서는 무지하지만, 과감하게 내 추측을 말해보자면, 그는 자신의 의지를 최대한으로 긴장시켜 얼마간 발병을 지연시켰던 것 같다. 그는 그 병을 완전히 떨쳐버리기를 희망했다. 자기가 건강하지 않다는 것은 알고 있었지만, 사람들을 똑바로 마주하고 서서 용감하고 단호하게 할 말을 다함으로써 '자기 자신에게 자신의 무죄를 입증해야 할' 숙명적인 순간이 다가오는 지금 병에 걸리는 것은 혐오스러울 만큼 싫었다. 사실 그는, 앞서 언급했다시피 카테리나가 한 가지 공상에 사로잡혀 모스크바에서 새로 불러온 의사를 보러 간 적이 있었다. 의사는 이반의 이야기를 듣고 그를 진찰한 후, 뇌 장애가 온 듯하다고 진단을 내렸다. 이반이 혐오감을 느끼며 털어놓은 증상에 대해서는 전혀 놀라지 않았다. "지금 당신의 상태에서는 충분히 환각 증세가 나타날 수 있습니다." 의사는 말했다. "물론 그 환각에 대해서는 좀 더 검사를 해봐야겠지만요…. 아무튼 조금도 지체하지 말고 제대로 치료를 받으셔야 합니다. 안 그러면 상태가 악화될 겁니다." 그러나 의사와 헤어지고 나온 이반은 본격적으로 치료를 받으라는 의사의 현명한 충고를 무시했다. '이렇게 돌아다닐 수 있잖아. 아직은 기운이 있어. 쓰러지기라도 하면 또 모를까. 그럼 누구한테든 치료를 받지 뭐.' 이반은 손을 휘 내젓고 이렇게 결정했다. 그리하여 그는 지금 자리에 앉아 자신이 착란을 일으키고 있다는 것을 거의 자각하다시피 하면서 앞서 말했듯 맞은편 벽 앞에 놓인 소파 위 어떤 물체를 뚫어지게 응시하고 있었던 것이다. 그곳에는 누군가가 앉아 있었다. 어떻게 들어왔는지는 알 수 없었다. 이반이 스메르댜코프에게서 돌아와 방에 들어왔을 때만 해도 그는 그곳에 없었다. 그는 신사, 정확하게는 프랑스식 표현으로 'qui frisait la cinquantaine(쉰 살쯤 된)' 이미 젊지 않은, 잘 알려진 부류의 러시아 신사였다. 새치가 많지 않은 숱 많은 장발에 쐐기꼴로 깎은 턱수염을 하고 있었다. 갈색 재킷을 입고 있었는데, 일류 재봉사가 지은 듯했지만, 낡은 데다가 3년 전에나 맞췄을 법한 완전히 유행이 지난 것이어서 부유한 상류층 사람들은 2년 전부터 아무도 입지 않는 그런 옷이었다. 셔츠도 스카프처럼 생긴 긴 넥타이도 모두 멋쟁이 신사들이 쓸 만한 물건들이었으나, 가까이에서 보면 셔츠는 꼬질꼬질했고 넓적한 스카프는 닳아빠져 있었다. 멋진 체크무늬 바지를 입고 있었으나, 그것도 너무 색이 밝고 통이 좁아서 이제는 잘 입지 않는 것이었다. 손님이 쓰고 온 부드러운 재질의 하얀 중절모 역시 계절에 맞지 않았다. 한마디로, 주머니 사정이 가난한 사람이 애써 점잖게 빼입은 그런 모습이었다. 신사는 농노제 시대에 전성기를 누리던 고생을 모르는 지주 계급에 속하는 사람 같았다. 사교계와 상류사회를 접하며 유력 인사들과 친분을 맺고 지금도 그 친분을 유지하고는 있지만, 젊은 날의 유쾌한 생활이 끝나고 얼마 전 농노제가 폐지됨에 따라 서서히 몰락하여 친절한 옛 지인들의 집을 전전하는 고상한 식객이 되어버린 듯했다. 지인들이 그를 받아주는 것은, 그가 성품이 원만하고, 가장 보잘것없는 자리를 내줄지언정 그 누구와도 합석시킬 수 있는 점잖은 사람이기 때문이다. 그런 식객, 원만한 성품의 신사는 입담이 좋고 카드놀이 상대가 되어줄 수는 있지만, 부탁을 강요당하는 것은 질색한다. 미혼이든 상처를 했든 독신인 경우가 많으며, 자식이 있기도 하지만 열이면 열 멀리 고모 댁 같은 곳에 맡겨둔다. 그러나 그런 친척을 두었다는 것이 창피한 듯 점잖은 사람들이 있는 데서는 그런 얘기를 거의 하지 않는다. 가끔 자식에게서 영명축일이나 성탄절에 축하 카드를 받고, 거기에 손수 답장을 하기도 하지만, 점차 자식마저도 까맣게 잊어버린다. 불청객의 외모는 선량하다기보다는 싹싹해 보였고, 상황에 따라 여러 가지 공손한 표정을 지을 태세가 되어 있는 듯했다. 시계는 차고 있지 않았지만 검은 리본이 달린 거북이 등껍질 로니에트(한쪽에 긴 손잡이를 단 멋내기용 안경—옮긴이)를 들고 있었다. 오른손 중지에는 싸구려 오팔이 박힌 묵직한 금반지를 끼고 있었다. 이반은 분노한 얼굴로 입을 다문 채 말을 건네지 않았다. 손님은 기다렸다. 마치 위층 자기 방에 있다가 집주인과 함께 차를 마시려고 내려왔으나, 주인이 찌푸린 얼굴로 생각에 잠긴 것을 보고 얌전히 입을 다문 식객 같았다. 그러나 주인이 입을 열기만 하면 언제라도 공손하게 대화에 응하겠다는 눈치였다. 갑자기 손님의 얼굴에 근심이 어렸다.

"이보게." 그가 이반에게 말을 건넸다. "미안하네만, 그저 한 가지 일깨울 것이 있어서. 자네는 카테리나 이바노브나에 대해 물어보려고 스메르댜코프를 찾아갔지만 아무것도 알아보지 않고 그냥 돌아왔다네. 깜빡 잊었던 모양이지…."

"아, 그렇군!" 이반은 내뱉었다. 그의 얼굴이 근심으로 흐려졌다. "그래, 잊고 있었어…. 하지만 이젠 상관없어. 어차피 내일이면 전부 알게 될 테니." 그는 혼잣말로 중얼거렸다. "그런데 이봐," 그는 짜증스러운 어조로 손님에게 말했다. "그건 당신이 아니더라도 나 스스로 기억해냈을 거야. 난 다름 아닌 그것 때문에 괴로워하고 있었으니까! 왜 느닷없이 끼어들어서, 내가 스스로 기억해낸 게 아니라 당신이 말해줘서 깨달았다고 믿게 하려 하지?"

"그럼 믿지 말게나." 신사는 상냥하게 미소 지었다. "강요된 믿음이 무슨 소용인가? 게다가 증거는 믿음에 아무 도움도 안 된다네. 물적 증거는 더욱 그렇지. 토마가 믿은 건 부활한 그리스도를 보아서가 아니라, 전부터 믿으려는 마음이 있었기 때문이야. 이를테면 강신술사들은… 나는 그들을 무척 좋아하네만… 생각해보게, 그들은 자신들이 신앙에 유익한 존재라고 믿고 있네. 저승에서 악마가 자신들에게 뿔을 보여주니까. 그것이 저승이 존재한다는 물적 증거가 된다는 거야. 저승과 물적 증거라니, 거참! 그리고 악마의 존재가 증명된다고 해서 신의 존재가 증명되는 건 아니잖은가? 이상주의자들의 모임에 가입해 이렇게 반박해주고 싶군. '나는 현실주의자이기는 하지만, 유물론자는 아니네, 하하!'"

"이봐." 이반은 갑자기 자리에서 일어섰다. "난 지금 분명 헛것을 보고 있어…. 물론 헛것이고말고…. 마음대로 지껄이라고, 난 아무 상관없으니! 저번처럼 나를 광기에 빠뜨리진 못할 거야…. 그저 어쩐지 수치스러운 기분이 들 뿐이야…. 방 안을 좀 거닐고 싶군…. 저번처럼 가끔 당신이 보이지 않기도 하고, 목소리도 들리지 않을 때가 있지만, 당신이 뭐라고 지껄이는지는 언제나 알 수 있어. 당신이 아니라 나, 바로 나 자신이 말하고 있는 거니까! 다만 저번에 당신을 본 게 꿈인지 생시인지는 모르겠군. 찬물에 수건을 적셔 이마에 얹으면, 당신은 증발해버리겠지."

이반은 구석으로 가서 말한 대로 수건을 적셔 이마에 얹고 방 안을 앞뒤로 서성였다.

"자네와 곧바로 말을 편하게 하니 좋군." 손님이 입을 열었다.

"멍청하긴." 이반은 웃었다. "그럼 당신에게 존댓말이라도 할 줄 알았나? 난 지금 기분이 좋아. 그저 관자놀이가 지끈거릴 뿐이지…. 정수리도 그렇고… 부디 지난번처럼 철학적인 얘기는 하지 말아줘. 냉큼 사라져버리지 못하겠다면, 뭐라도 재미있는 얘기를 해달란 말이야. 잡다한 풍문이나 떠들어봐. 당신은 식객이니까, 그런 얘기나 해보라고. 이런 악몽이 들러붙다니! 하지만 난 당신이 두렵지 않아. 당신을 이겨낼 거야. 정신병원에 끌려가는 일은 없을걸!"

"식객이라니, c'est charmant(그거 멋지군). 이건 내 본 모습 그대로라네. 이 지상에서 내가 식객이 아니면 누구겠는가? 그건 그렇고 자네 말을 듣고 있자니 조금 놀랍군. 저번처럼 나를 자네가 만들어낸 환상으로 치부하지 않고, 점차 나를 실존하는 존재로 받아들이는 것 같아서 말이야…."

"당신이 실존한다고 생각한 적은 한순간도 없어." 이반은 사납게 외쳤다. "당신은 허구야. 내 병이고 환영이라고. 난 당신을 어떻게 없애버려야 할지 방법을 모를 뿐이야. 얼마간은 고통받을 수밖에 없겠지. 당신은 내 환각이야. 나 자신의 화신이고, 내 한 단면… 가장 추악하고 어리석은 생각과 감정의 화신이지. 그런 점에서 보면 당신은 상당히 흥미로운 존재인지도 몰라. 당신을 상대할 여유가 있을 때의 얘기지만…."

"잠깐, 잠깐, 내가 자네의 본심을 말해주겠네. 자넨 아까 가로등 밑에서 알료샤에게 덤벼들며 '그놈한테서 들었구나! 그놈이 나를 찾아오는 줄 어떻게 알았지?'라고 소리쳤어. 그건 나를 떠올리고 한 말이 아닌가. 찰나의 순간이나마 내가 실존한다고 믿은 거야." 신사는 부드럽게 웃음을 터뜨렸다.

"그래, 그건 본성이 지닌 약점이지…. 하지만 내가 당신을 믿었을 리는 없어. 지난번에 내가 잠들어 있었는지 서성이고 있었는지도 모르겠어. 어쩌면 생시가 아니라 꿈에서 당신을 본 건지도 몰라…."

"아까는 왜 그렇게 알료샤에게 호되게 굴었지? 알료샤는 사랑스러운 아이야. 난 조시마 장로 일로 알료샤에게 죄가 있지."

"알료샤에 대해선 입 다물어! 종놈 주제에 감히!" 이반은 다시 웃었다.

"욕을 하면서 웃다니, 그건 좋은 징후지. 그래도 오늘은 저번보다는 훨씬 정중하군. 나는 그 이유를 알고 있네. 그 위대한 결심 때문이지…."

"결심 얘기는 입에 올리지 마!" 이반은 광포하게 외쳤다.

"이해하네, 이해해. C'est noble, c'est charmant(숭고하고도 아름다운 일이지). 자네는 내일 형님을 지키고 자신을 희생하러 갈 참이니…. C'est chevaleresque(기사다운 일이야)."

"닥쳐, 발로 걷어차버리기 전에!"

"그건 어떤 면에서는 반가운 일이네. 내 목적이 이루어지는 거니까. 발길질을 한다는 건, 내가 실존한다는 것을 믿는다는 뜻이거든. 환영에게 발길질을 하지는 않으니 말이야.

농담은 그만두고, 나는 자네가 뭐라고 욕을 해도 상관없지만, 아무리 나 같은 존재에게라도 조금은 정중하게 대하는 게 좋지 않겠나. 멍청하다느니, 종놈이라느니, 무슨 말을 그렇게 하는가!"

"당신을 욕하는 건 나 자신을 욕하는 거나 마찬가지야!" 이반은 다시 웃었다. "당신은 나, 다른 얼굴을 한 나 자신이니까. 당신은 내가 이미 생각한 것을 말할 뿐이야…. 새로운 건 하나도 말하지 못한다고!"

"내 생각이 자네 생각과 같다면, 나로서는 그저 영광일 뿐이지." 신사는 정중하지만 당당한 어조로 말했다.

"하지만 당신은 내 생각 중에서 추악한 것들, 특히 어리석은 것들만 집어내고 있어. 당신은 멍청하고 저열해. 끔찍할 만큼 멍청하지. 아아, 난 당신이 못 견디게 싫어! 어쩌면 좋지, 어쩌면 좋을까!" 이반은 빠드득 이를 갈았다.

"친구, 그래도 나는 신사이고 싶고, 다른 사람들도 나를 그렇게 봐주었으면 하네." 영락없는 식객의 기질에 사로잡혀 양보와 호의를 전제한 듯한 태도로 손님이 말을 시작했다. "나는 가난하지만… 그리고 아주 정직하다고도 할 수 없지만… 사회에서는 보통 하나의 공리처럼 나를 타락 천사로 생각하고 있네. 정말이지, 어떻게 내가 천사일 수 있었을지 난 상상할 수가 없어. 아마 천사였을 때가 있었다고 해도, 잊는 게 죄가 되지 않을 만큼 까마득한 먼 옛날의 일이겠지. 지금은 그저 괜찮은 사람이라는 평판을 중히 여기고, 세상이 요구하는 대로 호감 가는 자가 되려고 애쓰며 살고 있을 뿐이야. 나는 진심으로 인간을 사랑하지. 아아, 나는 숱한 비방을 받고 있어! 가끔 자네들 세상에 올 때면, 내 삶은 실제처럼 흘러간다네. 난 그 점이 가장 좋아. 나도 자네처럼 환상적인 것 때문에 고통받는 처지라, 자네들의 이 지상의 현실을 사랑하거든. 이곳 자네들 세상에는 모든 것의 경계가 분명하고, 공식이 있고 기하학이 있지만, 우리 세상에는 온통 부정방정식뿐이야! 나는 이곳을 거닐며 공상한다네. 나는 공상하는 게 좋아. 게다가 지상에 있을 때면 나는 미신을 믿게 된다네. 부디 비웃지 말아주게. 난 내가 미신을 믿게 된다는 게 좋으니까. 나는 여기서 자네들의 관습을 모두 받아들이고 있네. 대중목욕탕을 좋아하게 되었다면 믿겠는가? 상인들이며 신부들과 함께 목욕을 하는 걸 즐긴다네. 내 꿈은 100킬로그램쯤 되는 뚱뚱한 장사꾼 여편네로 다시는 되돌아갈 수 없도록 완전히 변해서, 그 여자가 믿는 모든 걸 믿는 거라네. 내 이상은 성당에 들어가서 정결한 마음으로 촛불을 바치는 거야. 정말이네. 그러면 내 고통도 끝을 맺겠지. 난 자네들 세상의 치료도 좋아졌어. 봄에 천연두가 돌았을 땐 보육원에 가서 예방주사를 맞았다네. 그날 얼마나 기분이 좋았는지 자네는 모를 거야. 슬라브 형제를 위해 10루블을 기부하기까지 했으니까…! 자넨 내 말을 듣고 있지 않군. 오늘 어쩐지 영 기분이 언짢아 보여." 신사는 잠시 입을 다물었다. "어제 그 의사에게 다녀왔다는 걸 알고 있네…. 그래, 건강은 어떤가? 의사가 뭐라고 했지?"

"멍청한 놈!" 이반은 잘라 말했다.

"대신 자네는 아주 영리하지. 또 욕인가? 자네를 동정해서가 아니라, 그저 별 뜻 없이 물어본 거라네. 대답하기 싫다면 하지 말게. 난 요새 또 류머티즘이 도졌지 뭔가…."

"멍청한 놈." 이반은 되풀이했다.

"자넨 계속 자네 얘기만 하는데, 난 작년에 지금까지도 생각날 만큼 지독한 류머티즘에 걸렸다네."

"악마도 류머티즘에 걸리나?"

"왜 아니겠나. 난 가끔 인간으로 모습을 바꾸니 말이야. 인간의 모습을 하면, 그에 따른 결과도 받아들여야 하기 마련이지. 나는 사탄이라, sum et nihil humanum a me alienum puto(인간적인 것은 그 무엇도 내게 낯설지 않거든)."

"뭐, 뭐? 사탄이라 sum et nihil humanum(인간적인 것이)… 뭐 어떻다고? 악마치고는 제법 유식한 말인걸!"

"드디어 자네 마음에 드는 말을 했다니 기쁘군."

"그런데 그건 내게서 베낀 말이 아니야." 이반은 충격을 받은 듯 우뚝 멈춰섰다. "그런 말은 한 번도 생각한 적이 없어. 이상하군…."

"C'est du nouveau n'est ce pas(이건 새로운 거지, 안 그런가)? 이번에는 성실하게 모든 걸 설명해주지. 꿈속에서, 특히 속이 안 좋거나 해서 악몽에 시달릴 때 인간은 가끔 굉장히 예술적인 꿈을 꾼다네. 매우 복잡하고 사실적인 현실과 놀라운 사건들, 아니, 굉장한 줄거리로 연결된 사건들로 이루어진 하나의 세계를 보는 거야. 그 세계는 인간 사회의 가장 고결한 현상에서부터 목 토시 단추 하나에 이르기까지, 레프 톨스토이도 지어낼 수 없을 만큼 놀랍도록 정교하다네. 그런데 때로는 작가가 아니라 관리, 칼럼니스트, 수도사 같은 아주 평범한 사람도 그런 꿈을 꿀 때가 있네. 그건 하나의 문제라고도 할 수 있지. 어떤 장관은 잠을 자야만 가장 좋은 아이디어가 떠오른다고 내게 털어놓기도 했으니까. 지금 자네도 마찬가지라네. 나는 자네의 환각이지만, 악몽 속에서처럼 자네가 지금껏 한 번도 생각한 적 없는 독창적인 것을 말하고 있지. 그러니 자네의 생각을 되풀이하는 게 아닐세. 하지만 나는 자네의 악몽일 뿐, 그 이상은 아무것도 아니야."

"거짓말. 당신의 목적은 당신이 내 악몽이 아닌 독립적인 존재라고 믿게 하는 거야. 그러면서도 지금 자기가 꿈이라고 주장하고 있지."

"친구, 오늘 나는 특별한 방법을 택했다네. 그 방법에 대해서는 나중에 설명해주지. 가만, 어디까지 얘기했더라? 그렇지, 그때 나는 감기에 걸렸다네. 다만 자네들 세상에서가 아니라 그곳에 있을 때…."

"그곳이 어디지? 이봐, 여기 얼마나 더 있으려는 거야? 그만 가줄 수는 없나?" 이반은 거의 절규했다. 그는 걸음을 멈추고 소파에 앉아 다시 탁자에 팔꿈치를 대고 두 손으로 머리를 감싸쥐었다. 그러고는 머리에서 젖은 수건을 떼어내 짜증스럽게 던져버렸다. 아무 소용이 없었던 모양이었다.

"자네는 신경 쇠약이야." 신사가 태연하고 담담하지만, 분명히 호의가 어린 어조로 말했다. "자네는 내가 감기에 걸릴 수 있다는 사실 가지고도 화를 내지만, 그건 지극히 당연한 일이었네. 그때 나는 장관직을 노리던 페테르부르크의 한 귀부인이 주최한 외교관 파티에 가느라 급하게 서두르고 있었다네. 물론 연미복에 흰 넥타이를 매고, 장갑을 꼈지. 그런데 나는 헤아릴 수 없이 먼 곳에 있었던 터라 자네들이 사는 지상에 오려면 우주공간을 날아와야 했네…. 물론 잠깐이면 되지만, 태양빛도 지구까지 꼬박 8분이 걸리는데 연미복에 가슴이 훤히 패인 조끼를 입고 있었으니 어떻게 되었겠나. 영(靈)은 추위를 느끼지 않지만 인간의 모습으로는… 한마디로, 나는 경솔하게 길을 나선 거라네. 그 우주공간, 에테르, 물, 허공이 얼마나 춥겠나…. 그건 춥다는 말로 형용할 수 없는 추위야. 영하 150도이니, 상상이 되나! 시골 처녀들이 이런 장난을 친다지. 영하 30도의 추위에 애송이 청년에게 도끼날을 핥아보라고 하는 거야. 혀는 순식간에 달라붙어버리고, 어리석은 청년은 혓바닥이 벗겨져 피가 흐르지. 영하 30도에서도 그러니, 150도에서는 어떻겠나. 손가락을 도끼날에 갖다 대기만 해도 뚝 분질러지고 말걸. 만약… 그곳에 도끼가 있다면 말이지만….”

“그런데 그곳에 도끼가 있을 수 있나?” 이반은 심란한 얼굴로 가증스럽다는 듯 말을 가로챘다. 그는 자신의 착란을 믿지 않기 위해, 완전히 광기에 빠져버리지 않기 위해 안간힘을 쓰고 있었다.

“도끼?” 손님은 놀라 되물었다.

“그래. 도끼는 어떻게 되지?” 이반은 사나운 얼굴로 다그치듯 외쳤다.

"우주에서 도끼가 어떻게 되느냐, 그 말인가? Quelle idée(그것 참 흥미로운 발상이군)! 만약 먼 곳에 도끼가 떨어진다면 자기도 영문을 모른 채 위성처럼 지구 주위를 빙빙 돌겠지. 천문학자들은 도끼가 뜨고 지는 시간을 계산할 테고, 갓추크는 그걸 달력에 써넣을 거야. 그게 전부지."

"당신은 멍청해, 정말 지독한 멍청이야!" 이반은 고집스럽게 외쳤다. "거짓말을 하려면 더 똑똑하게 하라고. 안 그러면 듣지 않을 테니까. 당신은 현실성으로 나를 굴복시키고, 당신의 실재를 믿게 하려고 하지만, 난 믿고 싶지 않아! 믿지 않겠어!"

"거짓말이 아니네. 전부 진실이야. 유감스럽지만 진실은 거의 언제나 어리석은 것이기 마련이네. 자네는 내게서 뭔가 위대한 것, 어쩌면 아름다운 것을 기대하고 있는 듯하군. 정말 안타까운 일이야. 나는 내가 할 수 있는 것밖에 해줄 수 없으니까…."

"멍청이, 철학은 집어치워!"

"오른쪽 반신이 마비되어 신음하는 처지에 철학이 웬 말인가. 의사란 의사는 죄다 만나보았네. 병명은 기가 막히게 알아내고, 자기 손바닥 보듯 증상을 죄다 읊어주기는 하지만, 그러면서도 고치지는 못하더란 말이지. 한번은 '선생님, 만약 선생님이 죽더라도 어떤 병으로 죽는지는 정확히 알게 되실 게 아닙니까'라며 열광하던 학생도 있었다네. '우리는 진단만 내릴 뿐이니, 이러이러한 전문의를 찾아가면 치료해줄 거요'라며 전문의한테 보내는 게 그들의 특기야. 분명히 말하지만, 이제 무슨 병이든 고쳐주던 과거의 의사는 죄다 사라지고, 전문의만 남아 신문에 글을 싣느라 여념이 없다네. 자네가 코가 아프다고 하면, 아마 파리로 가라고 할 거야. 그곳에 코를 고치는 유럽 전문의가 있다면서. 그래서 파리로 가면, 전문의는 코를 살펴본 뒤 이렇게 말하지. '나는 오른쪽 콧구멍밖에 고쳐줄 수 없소. 왼쪽 콧구멍은 내 전문이 아니기 때문이오. 그러니 비엔나에 가보시오. 그곳에 있는 특별 전문의가 왼쪽 콧구멍을 마저 고쳐줄 테니까.' 그러니 어쩌겠나? 나는 민간요법을 동원해보기로 했네. 어떤 독일인 의사가 목욕탕에서 꿀과 소금으로 온몸을 벅벅 문질러보라고 하더군. 나는 그저 목욕탕에나 한 번 더 가고 싶은 생각에 그렇게 했네. 꿀과 소금으로 범벅이 됐을 뿐, 아무 소용도 없었지. 절망에 빠져 밀라노의 마테이 백작에게 편지를 썼더니, 책과 물약을 보내왔네만, 그것도 영 신통치 않았네. 그런데 홉의 맥아 추출액이 효과가 있었지 뭔가! 별 생각 없이 사서 한 병 반을 마셨더니, 춤이라도 출 수 있을 만큼 말끔히 나았다네. 고마운 마음에 신문에 '감사문'을 내야겠다 싶었지. 그런데 거기서 또 다른 문제가 시작되었지 뭔가. 어떤 신문사도 내 글을 받아주려 하지 않는 거야! '너무 복고적이에요. 아무도 믿지 않을 겁니다. le diable n'existe point(악마는 이제 존재하지 않아요). 그러지 말고 익명으로 내십시오'라고 하더군. 아니, 익명으로 낸 감사문이 무슨 소용이란 말인가! 그래서 직원들에게 농담을 던졌지. '우리 시대에 신을 믿는 건 복고적인 일이지만, 나는 악마잖소. 나를 믿는 건 괜찮소.' 그랬더니, '압니다.

세상에 악마를 믿지 않는 사람이 어디 있겠습니까? 하지만 그래도 안 됩니다. 신문의 경향에 맞지 않거든요. 농담처럼 실으려는 건 아니잖습니까?' 뭐, 농담으로 싣기에 해학적인 얘기는 아니다 싶었지. 결국 실어주지 않았다네. 믿을지 모르겠지만, 그 일은 아직도 내 가슴에 남아 있다네. 고마움 같은 내 가장 훌륭한 감정이 순전히 내 사회적 위치 때문에 공식적으로 금지되어버린 게 아닌가."

"또 철학으로 빠지셨군!" 이반은 증오스럽다는 듯 이를 갈았다.

"나도 그러기 싫지만, 아예 불평을 안 하고 살 수야 없지 않은가. 나는 온갖 비난을 받고 있다네. 자네도 툭하면 내게 멍청하다고 하지. 그건 자네가 아직 젊다는 뜻이야. 친구, 지성이 전부가 아니라네! 나는 선량하고 쾌활한 천성을 타고 났다네. '나도 이런저런 보드빌을 쓰고 있거든.'(고골의 희곡 《검찰관》의 주인공 흘레스타코프의 대사—옮긴이) 자네는 나를 머리가 허옇게 센 흘레스타코프 정도로 생각하는 모양이지만, 사실 내 운명은 훨씬 심각하다네. 나는 내가 결코 헤아릴 수 없는 태고의 뜻에 의해 '부정'하도록 정해졌지. 사실은 마음이 선량한지라 부정이라고는 전혀 할 줄 모르는데도 말이야. 안 된다, 물러가서 부정해라, 부정 없이는 비평도 없다, '비평란'이 없으면 그게 무슨 잡지란 말인가? 비평이 없으면 '호산나'만 있게 된다, 그러나 살아가는 데는 '호산나'만으로는 부족하다, 그 호산나가 의혹의 용광로를 지나게 하지 않으면 안 된다, 뭐 이런 식이지. 하지만 나는 그런 것에 간섭하지 않네. 내가 창조하지 않았으니, 내 책임이 아니거든. 그랬더니 속죄양을 정해 비평란에 글을 쓰도록 해서 살아가더군. 우리는 그 희극을 잘 알고 있네. 예를 들어, 내가 대놓고 나를 없애버리라고 요구한다고 해보세. 그럼 인간들은 '안 된다, 살아 있어라, 당신 없이는 아무것도 존재할 수가 없다. 이 세상 모든 것이 이치에 맞으면, 아무 일도 일어나지 않을 것이다. 당신이 없으면 아무런 사건도 있을 수 없을 텐데, 사건은 꼭 일어나야만 한다'고 말하지. 그래서 나는 마음을 굳게 먹고 사건이 벌어지도록 애쓰며 시키는 대로 불합리한 짓을 저지른다네. 사람들은 그토록 명석한 지성을 지녔으면서도 그 희극을 심각한 것으로 받아들이지. 이것이 그들의 비극이라네. 물론 고통스러워 하지만… 그래도 그 대신 살아 있다네. 환상이 아닌 현실을 살고 있지. 고통이 바로 삶이거든. 고통이 없으면 삶 속에 그 어떤 만족이 있다 해도 전부 끝없는 기도로 변할 뿐이지. 거룩하지만, 조금은 따분한 일이 아닌가. 그렇다면 나는 어떨까? 나는 고통받지만, 그렇다고 살아 있지도 않네. 나는 부정방정식의 엑스라네. 모든 시작과 끝을 잃어버리고, 결국 자기 이름마저도 잊어버린 삶의 환영 같은 존재지. 자네는 비웃고 있군…. 아니, 비웃는 게 아니라, 또다시 화가 난 모양이야. 자네는 끊임없이 화를 내는군. 자네는 지성만 있으면 된다고 생각하지만, 다시 말하는데 나는 100킬로그램쯤 되는 장사꾼 여편네가 되어 하느님께 촛불을 바칠 수만 있다면 천상의 삶과 지위와 명예를 모조리 버릴 수 있네."

"당신은 신도 믿지 않나?" 이반은 증오 어린 미소를 지었다.

"뭐라고 말해야 할까. 자네가 진심으로 하는 말인지는 모르겠지만…."

"신은 존재하는가, 아닌가?" 이반은 다시 사나운 얼굴로 다그치듯 외쳤다.

"아, 그럼 진지하게 하는 말인가? 이보게, 정말로 나는 모르네. 엄청난 말을 하게 됐군 그래."

"모르면서 신을 본다고? 아니, 당신은 별개의 존재가 아니야. 당신은 나야. 당신은 나일 뿐, 그 이상 아무것도 아니야! 당신은 쓰레기야, 내 환상이라고!"

"말하자면, 나는 자네와 같은 철학을 가지고 있다고 하는 편이 옳겠지. Je pense donc je suis(나는 생각한다, 고로 나는 존재한다), 이것은 확실히 알고 있네만, 그 밖에 나를 둘러싼 모든 것, 즉 이 모든 세계와 하느님, 심지어 사탄마저도 그것들이 독자적으로 존재하는지 아니면 나 자신의 확장일 뿐인지, 태고로부터 개별적으로 존재한 내 자아가 점차 전개된 것에 불과한지 나는 입증하지 못했다네…. 아무튼, 빨리 입을 다물어야겠군. 자네가 당장이라도 덤벼들 기세니까."

"차라리 재미난 얘기나 해보지 그래!" 이반은 병적인 목소리로 말했다.

"재미난 얘기라면, 지금 우리 화제에 딱 맞는 것이 있네. 재미난 얘기라기보다는 전설이라고 해야겠지만. 자네는 '보면서도 믿지 않는다'며 내 불신을 비난하지만 친구, 그건 나만 그런 게 아니라네. 지금 저쪽 우리 세계에서는 너 나 할 것 없이 눈앞이 캄캄한 기분이지. 전부 자네들의 과학 때문이야. 원자, 오감, 4대 원소까지만 해도 어떻게든 수습할 수 있었네. 원자는 고대에도 있었으니까. 하지만 자네들이 '화학적 분자'니 '원형질'이니 하는 것들을 발견했다는 사실을 알자 다들 꼬리를 내려버렸지. 말 그대로 대혼란이 벌어졌다네. 가장 심각한 것은 미신과 뜬소문이었어. 뜬소문이란 것은 우리 세계에도 자네들 세계만큼이나 허다하거든. 심지어 우리네가 좀 더 많을 정도야. 마침내 밀고하는 자도 나왔지. 우리 세계에도 특정한 '정보'를 접수하는 부서가 하나 있거든. 자, 그래서 그 해괴한 전설은 우리 중세의 얘긴데(자네들의 중세가 아닌 우리의 중세 말일세), 우리 세상에서도 100킬로그램이 나가는 장사꾼 여편네 외엔 아무도 그 얘길 믿는 자가 없네. 이것도 역시 자네들 여편네가 아닌 우리네 여편네를 말하는 거지. 자네들 세상에 있는 것은 우리 세상에도 다 있다네. 이건 비밀이라 말하면 안 되지만, 자네와의 우정을 생각해 말해주는 거라네. 이 전설은 낙원에 관한 것이지. 자네들의 이 지상에 사상가이자 철학가가 한 사람 있었다네. '법도, 양심도, 믿음도 전부 부정하고', 무엇보다 내세를 부정하던 사람이었지. 그는 죽게 되자 곧장 암흑과 죽음으로 가게 되리라고 생각했네. 그런데 눈앞에 내세가 펼쳐지는 게 아닌가. 놀란 그는 분개하며 '이건 내 신념과 다르다'고 말했네. 그 죄로 벌을 받게 됐는데… 나를 탓하지는 말게나. 이건 전설일 뿐이고, 난 들은 얘기를 전하는 것뿐이니까…. 그러니까, 암흑 속에서

1000조 킬로미터(요즘은 우리 세계에서도 킬로미터를 쓰지)를 걸어가라는 선고를 받았다네. 1000조 킬로미터를 지나면 낙원 문이 열리고 모든 죄가 사해지는 거지….”

“당신네 저 세상에는 1000조 킬로미터를 걷는 것 말고 또 어떤 고통이 있지?” 이반은 묘한 활기를 띠면서 끼어들었다.

“어떤 고통이 있느냐고? 아아, 묻지도 말게. 예전에는 별의별 것이 다 있었지만, 이제는 ‘양심의 가책’이니 뭐니 하며 정신적인 형벌이 늘고 있다네. 이것도 자네들에게서, 자네들의 ‘풍속 완화’에서 비롯된 거지. 그래서 누가 덕을 보았나? 양심 없는 자들만 덕을 보았네. 애초에 양심이 없는데 어떻게 가책을 느낄 수 있겠나. 대신 양심과 명예를 지키던 성실한 자가 고통받았지…. 준비되지 않은 토양에 남의 제도를 베껴다 개혁을 실시하는 것은 백해무익할 따름이야! 차라리 고대의 화형이 낫지. 아무튼, 1000조 킬로미터를 선고받은 그 철학자는 멀뚱히 서서 잠깐 쳐다보더니 길바닥에 가로로 드러누웠네. 그러고는 ‘가지 않겠다, 나의 원칙을 생각해 가지 않겠다!’라고 외쳤지. 계몽된 러시아 무신론자의 영혼에 고래 뱃속에서 사흘 밤낮을 툴툴거린 선지자 요나의 영혼을 섞으면, 그 길바닥에 드러누운 사상가의 성격이 될 거야.”

“그 사람은 무엇을 깔고 누웠나?”

“뭔가 깔 것이 있었겠지. 혹시 농담으로 하는 소린가?”

“대단한 사람이군!” 이반이 여전히 이상한 활기를 띠고 외쳤다. 그는 이제 뜻밖의 호기심을 보이며 듣고 있었다. “그래서 지금도 누워 있나?"

"그건 아니네. 1000년쯤 누워 있다가 일어나서 걷기 시작했지."

"멍청하긴!" 이반은 초조한 웃음을 터뜨리며 외쳤다. 여전히 무언가를 열심히 생각하는 기색이었다.

"영원히 누워 있으나 1000조 킬로미터를 걸으나 매한가지 아닌가? 어차피 10억 년은 가야 할 텐데."

"그보다 훨씬 더 오래 걸리네. 연필과 종이만 있다면 계산해볼 텐데. 그 사람은 이미 옛날에 도착했다네. 얘기는 거기서부터 시작되지."

"도착했다니! 10억 년이 대체 어디서 났기에?"

"자네는 지금 우리의 지구에 대해서만 생각하고 있군! 지금 이 지구도 10억 번은 거듭된 것인지도 모르네. 지구가 수명이 다하면 얼어붙어 금이 가 산산조각이 나서 구성 요소로 분해되었다가, 다시 물과 허공이 생기고, 혜성이 생기고, 태양이 생기고, 태양에서 지구가 생기지. 이런 과정이 무한히 되풀이되고 있는지도 몰라. 티끌만큼의 차이도 없이 그 모습 그대로. 끔찍하리만큼 지루한 일이야…."

"그래, 도착해서 어떻게 되었나?"

"낙원 문이 열려 그 안으로 들어가자마자, 2초도 채 지나기 전에, 이건 시계상의 시간을 말하는 건데(하긴 내 생각에 그의 시계는 도중에 진작 주머니 속에서 원소로 분해되어버렸을 것 같지만), 아무튼 2초도 지나기 전에 이렇게 외쳤다네. '이 2초를 위해서라면 1000조 킬로미터가 아니라 1000조에 1000조를 곱하고, 거기에 또 1000조를 곱한 거리도 걸을 수 있다!' 한마디로 '호산나'를 노래한 거지. 얼마나 도가 지나쳤는지, 그곳에 있던, 보다 고상한 방식으로 생각하는 자들은 그가 너무 순식간에 보수주의자가 되어버렸다며 처음에는 손을 내미는 것조차 꺼릴 정도였네. 러시아인다운 특성이지. 다시 한번 말하지만, 이건 전설이라네. 내가 산 액수 그대로 팔았을 뿐이야. 우리 세계에서 그런 문제에 대해 어떤 개념이 떠돌고 있는지 자네도 알겠지."

"걸려들었군, 네 정체를 알았다!" 이반은 마침내 무언가 떠오른 듯 어린아이처럼 기뻐하며 외쳤다. "그 1000조 년 얘기는 내가 지어낸 거야! 그때 난 열일곱 살이었고, 중학교에 다니고 있었어…. 그때 그 얘기를 지어서 코롭킨이라는 친구한테 해줬지. 모스크바에 있을 때의 일이었어. 이 얘기는 워낙 특이해서, 다른 데서 주워듣거나 했을 리는 없어. 거의 잊고 있었는데…. 지금 무의식중에 떠오른 거야. 나 자신이 떠올린 거지, 당신이 얘기한 게 아니야! 사형장으로 끌려갈 때조차 무의식적으로 수천 가지 생각이 떠오르기도 하니까…. 꿈을 꾸다 떠올린 거야. 당신이 바로 그 꿈이야! 당신은 꿈이고, 존재하지 않아!"

"자네가 나를 부정하려고 그렇게 안간힘을 쓰는 걸 보니," 신사는 웃었다. "아무래도 내 존재를 믿고 있다는 생각이 드는군."

"천만에! 100분의 1도 믿지 않아!"

"하지만 1000분의 1은 믿고 있겠지. 동종요법의 약물

한 방울이 가장 강력한 힘을 발휘할 수도 있잖나. 인정하게, 1000분의 1은 믿고 있다고…."

"한순간도 믿은 적 없어!" 이반은 맹렬하게 외쳤다. "하기야 믿고 싶기는 하지." 그는 갑자기 이런 이상한 말을 덧붙였다.

"오호라! 드디어 인정했군! 나는 선량한 사람이니 이번에도 자네를 도와주겠네. 잘 듣게. 걸려든 건 내가 아닌 자네라네! 자네가 나를 완전히 불신하도록 일부러 자네가 잊고 있던 얘기를 꺼낸 걸세."

"거짓말! 당신이 나타난 목적은 당신의 존재를 믿게 하는 거야."

"그렇지. 하지만 동요, 불안, 믿음과 불신의 싸움, 이런 것들은 자네처럼 양심적인 사람에게는 목을 매는 게 나을 만큼 고통스러운 법이거든. 나는 자네가 조금은 나를 믿고 있다는 것을 알고, 이 얘기를 해서 자네에게 완전한 불신을 심은 거라네. 나는 자네가 믿음과 불신 사이를 오가게 했네. 거기에는 나름의 목적이 있었지. 새로운 방법이란 이런 걸세. 나를 완전히 불신하는 순간, 자네는 내가 꿈이 아니며 실재한다는 것을 내 눈앞에 증명하려 들 거야. 난 자네를 잘 아네. 그러면 내 목적이 이루어지게 되지. 내 목적은 고결하다네. 자네에게 조그마한 믿음의 씨앗을 뿌리면, 그 씨앗에서 참나무가 자라날 거라네. 그 위에 걸터앉은 자네가 '황야의 수도사와 죄 없는 수녀들'에 합류하고 싶어질 만큼 어마어마한 참나무가 말이야. 자네는 속으로 그것을 간절히, 간절히 염원하고 있지 않은가. 자네는 메뚜기를 먹고, 구원을 얻기 위해 황야로 떠나게 될 걸세!"

"그럼 네놈은 내 영혼을 구원하려고 애쓰고 있는 건가?"

"한번쯤은 좋은 일을 해야 하지 않겠나. 자네는 화를 내는군. 보아하니 화를 내는 모양이야."

"광대 같으니! 메뚜기로 연명하며 17년씩 황량한 사막에서 몸에 이끼가 끼도록 기도하는 자들을 유혹한 적도 있나?"

"이보게, 그게 바로 내가 하는 일이라네. 이 온 세계와 다른 세계들까지 망각한 채 그런 자에게 달라붙는 거지. 그들은 고귀한 다이아몬드 같은 존재야. 우리 세계에는 고유의 셈법이 있는데, 때로는 그런 영혼 하나가 성좌 하나만큼의 값어치가 있다네. 승리는 값지지! 자네는 믿지 못하겠지만, 그들 중에는 자네보다 못하지 않은 지성을 지닌 자도 있거든. 얼마나 깊은 믿음과 불신의 심연을 동시에 관조하는지, 여차하면 배우 고르부노프의 대사처럼 '곤두박질치겠다'는 생각이 들 정도야."

"그래, 당신은 코는 달고 떠났나?"

"친구," 손님은 경구를 읊듯 말했다. "그래도 코를 달고 떠나는 편이 아예 없는 것보다는 낫다네. 얼마 전 병을 앓던 후작(전문의한테 치료를 받은 게 틀림없어)이 예수회 신부에게 고해 성사를 하며 말했던 것처럼 말이야. 나도 그 자리에 있었는데, 정말 대단했지. '내 코를 돌려주시오!' 후작이 이렇게 말하며 가슴을 쳤어. 그러자 신부는 이리저리 말을 돌렸지. '내 아들아, 만사는 현묘한 섭리에 따라 이루어지니, 때로는 눈에 보이는 불행이 눈에 보이지는 않지만 커다란 이익을 가지고 오는 법이라네. 가혹한 운명이 자네의 코를 앗아갔지만, 이제 평생 그 누구도 감히 자네에게 코가 달렸다는 말을 하지 못할 테니, 그게 바로 자네가 얻는 이익이라네.' '신부님, 그건 위로가 못 됩니다!' 후작은 절망에 빠져 외쳤네. '코가 제자리에 붙어 있기만 하다면, 저는 평생토록 매일 감개무량한 마음으로 코를 달고 살겠습니다!' '내 아들아.' 신부는 한숨을 푹 쉬더군. '모든 행복을 한꺼번에 바라서는 안 되네. 그건 지금도 자네를 잊지 않은 하느님의 섭리를 원망하는 거야. 자네가 지금처럼 평생 기쁘게 코를 달고 살겠다고 외친다면, 자네의 소원은 간접적으로나마 이루어진 셈이네. 비록 코를 잃었으나, 그렇게 외침으로 해서 코를 달고 있는 것이나 마찬가지가 되기 때문이지….'"

"하, 정말 한심한 얘기군!" 이반이 외쳤다.

"친구, 난 그저 자네를 웃기려 한 것뿐이지만, 실제로 예수회 신자들은 이런 궤변을 늘어놓는다네. 지금 자네에게 얘기한 그대로 있었던 일이지. 얼마 전 있었던 이 일 때문에 나는 무척 성가시게 되었다네. 불행한 젊은이가 집에 돌아가서 그날 밤 권총으로 자살해버렸거든. 나는 끝까지 그 옆을 지켰지…. 예수회 고해실은 내겐 우울할 때 기분전환을 하기 그만인 곳이라네. 바로 며칠 전에는 또 이런 일이 있었지. 늙은 신부에게 스무 살쯤 된 금발의 노르만 처녀가 찾아왔다네. 미모며 몸매며 마음씨가 군침이 흐를 정도였지. 처녀는 몸을 굽혀 작은 구멍에 대고 자신의 죄를 속삭였네. 신부가 말했지. '나의 딸이여, 무슨 일이오, 설마 또 타락해버린 거요…? 아아, Sancta Maria(성모 마리아)여, 이번에는 그 남자가 아니라니, 그게 무슨 말이오. 대체 언제까지 그럴 셈이오? 부끄럽지도 않소!' 'Ah mon père(아아, 신부님),' 죄 지은 여인은 회개의 눈물로 범벅이 된 채 대답했네. 'Ça lui fait tant de plaisir et a moi si peu de peine(하지만 그 사람은 굉장히 즐거워했고, 저도 별로 힘들지 않았는걸요)!' 그렇게 대답했다니, 상상이 되는가? 나는 그냥 물러나는 수밖에 없었네. 그건 어쩌면 순결보다 나을지도 모르는 본성 그 자체의 외침이거든! 나는 즉시 그 여자의 죄를 사해주고 돌아서려 했지만, 곧 되돌아와야 했다네. 신부가 구멍에 대고 야밤에 밀회 약속을 잡는 소리가 들렸거든. 목석같던 노인이 한순간에 타락해버리고 만 거지! 자연이, 자연의 진실이 승리한 거라네! 왜, 또 못마땅한가? 또 화를 내나? 이젠 어떻게 해야 자네가 좋아할지 나도 모르겠군…."

"날 좀 그냥 내버려 둬. 당신은 집요한 악몽처럼 내 머릿골을 울리고 있어." 이반이 눈앞의 환영에 무력감에 빠진 채 병적으로 신음했다. "난 당신과 있는 게 지겨워. 견딜 수 없이 싫고, 괴롭다고! 당신을 쫓아낼 수만 있다면 무엇이든 하겠어!"

"다시 한번 말하지만, 너무 많은 것을 바라지 말게. 내게 '온갖 위대하고 아름다운 것'을 요구하지 않는다면, 우리가 얼마나 사이좋게 지낼 수 있는지 알게 될 거야." 신사는 엄숙하게 말했다. "자네가 화내는 진짜 이유는, 내가 불에 그은 날개를 달고 붉은 휘광에 휩싸여 '뇌성을 울리고 빛을 뿌리면서' 나타나지 않고, 이런 초라한 모습으로 나타났기 때문이야. 자네가 모욕감을 느끼는 건 첫째, 자네의 미적 감각이 상처 입었고, 둘째는 자존심이 상했기 때문이라네. 자네처럼 위대한 사람에게 어떻게 이런 한심한 악마가 찾아왔느냐, 이거지. 그래, 역시 자네의 마음속엔 벨린스키가 그토록 조롱한 낭만적인 기질이 흐르고 있네. 어쩌겠나, 젊은이. 아까 자네에게 오려고 채비를 할 때, 장난삼아 캅카스에서 복무한 진짜 퇴역 5등 문관처럼 연미복에 '사자와 태양' 훈장(러시아인 수훈자가 많았던 페르시아의 훈장—옮긴이)을 달고 자네 앞에 나타날까 하는 생각도 했네만, '북극성' 훈장이나 '시리우스' 훈장이라면 또 모를까, '사자와 태양' 훈장을 달았다간 자네에게 흠씬 두들겨 맞을지 모른다는 생각에 잔뜩 겁이 났지. 자네는 계속 나보고 멍청하다고 하지. 자네와 지성으로 맞먹으려는 생각은 꿈에도 없네. 메피스토펠레스는 파우스트 앞에 나타나 자신은 악을 원하면서도 선만을 행하고 있다고 했지. 그자는 그렇지만, 나는 정반대라네. 어쩌면 나는 온 자연을 통틀어 진실을 사랑하고 진정으로 선을 원하는 유일한 사람인지도 몰라. 나는 십자가 위에서 죽은 말씀이 오른편에서 못 박혀 죽은 강도를 가슴에 품은 채 하늘로 올라갈 때 그 자리에 있었다네. '호산나'를 찬양하는 지천사의 환성과 천지만물을 뒤흔드는 지천사의 천둥 같은 환희의 외침이 들렸지. 모든 성스러운 것을 걸고 맹세하지만, 나도 찬가를 부르는 그 무리에 끼어 모두와 함께 '호산나!'를 외치고 싶은 심정이었네. 가슴속에서 찬양이 터져 나올 것만 같았지…. 자네도 알다시피, 나는 무척 감수성이 풍부하고 예술적으로 민감하지 않나. 그러나 내 천성 가운데 가장 불행한 성질인 상식이라는 것이 이번에도 적정선을 넘지 않도록 나를 제어해 그 순간을 놓쳐버리고 말았다네! 그 순간 내가 '호산나'를 외치면 무슨 일이 벌어질까, 하는 생각이 들었거든. 세상의 모든 빛이 사라지고, 아무 사건도 일어나지 않게 되겠지. 나는 오로지 나의 책무와 사회적 위치를 생각해 가슴속으로 그 절호의 순간을 억누르고 악행의 수렁 속에 남아 있기로 했네. 누군가가 선의 명예를 죄다 차지해버렸기 때문에, 내 몫으론 추악함만 남게 된 거야. 하지만 사기를 치고 살면서 명예를 누리고 싶지는 않아. 나는 명예욕이 없거든. 어째서 세상의 모든 존재 가운데 나 하나만 모든 훌륭한 사람의 저주를 받고 발길질을 당하는 운명을 타고난 것일까? 가끔 인간의 모습을 할 때면 그런 수모를 당해야 하니 말이야. 여기에는 비밀이 있지만, 절대 내게 그 비밀을 알려주지 않으리라는 것을 나는 잘 알고 있네. 내가 그 이유를 알게 되면 '호산나'를 외쳐, 그 즉시 필요악이 사라지고 온 세상에 현명한 이성만 남아 모든 것이 종말을 맞게 될 것이기 때문이지. 신문과 잡지도 마찬가지야. 그렇게 되면 누가 신문이나 잡지를 구독하겠나. 나는 내가 언젠가 내게 할당된 1000조 킬로미터를 걸어가 비밀을 알아낼 것임을 알고 있네. 하지만 그때까지는 이를 악물고 내 본분을 다해야겠지. 한 사람을 구원하기 위해 수천 명을 파멸시키는 것 말일세. 욥이라는 한 사람의 의인을 얻기 위해 얼마나 많은 사람을 망가뜨리고, 정직한 사람들의 명예를 더럽혀야 했는지! 그때 그 일로 나는 지독한 독설을 들어야 했지. 비밀이 밝혀지기 전까지, 내게는 두 가지 진실이 존재하네. 하나는 내가 전혀 모르는 저쪽 세상, 저들의 진실이고, 다른 하나는 나 자신의 진실이지. 어떤 것이 더 순수한 진실일지는 아직은 알 수 없네…. 자네, 자나?"

"물론이지." 이반은 사나운 얼굴로 신음하듯 말했다. "내 본성의 가장 어리석은 것, 머릿속에서 해묵을 대로 해묵어 가루가 된 채 썩은 고기처럼 내버려진 모든 것을 당신은 마치 새로운 것이라도 된다는 양 들이밀고 있군!"

"이번에도 마음에 안 들었나 보군! 문학적인 표현을 써서라도 자네를 유혹하려 했더니만. 사실 천상의 '호산나' 얘기는 괜찮지 않았나? 조금 전 하이네 풍의 풍자적인 어조도. 안 그런가?"

"나는 저렇게 종놈처럼 굴었던 적은 한 번도 없어! 어떻게 내 마음에서 당신 같은 종놈이 나온 걸까?"

"친구, 나는 아주 매력적이고 사랑스러운 러시아 귀족 도련님 한 사람을 알고 있다네. 젊은 사상가이자 문학과 고상한 것의 애호가, 앞날이 밝은 '대심문관'이라는 서사시의 저자이지…. 난 그 청년만을 생각하고 하는 말이네!"

"'대심문관' 얘기는 꺼내지 마!" 이반은 수치심에 얼굴이 시뻘게져서 외쳤다.

"그럼, '지질학적 변동'은 어떤가? 기억하나? 그거야말로 제법 그럴듯한 서사시지!"

"닥쳐, 안 그러면 죽여버릴 테다!"

"나를 죽인다고? 안 되겠군, 미안하지만 다 말해버려야겠네. 내가 자네를 찾아온 것도 사실 나 자신에게 그런 기쁨을 선사하기 위해서니까. 아아, 난 삶에 대한 갈망에 전율하는 젊고 열성적인 친구들의 공상을 사랑한다네! 자네는 지난봄에 이리로 올 마음을 먹고 이런 생각을 했지. '그곳에는 새로운 사람들이 있다. 그들은 모든 것을 파괴하고, 식인食人에서부터 새로이 시작하려고 한다. 어리석은 자들 같으니, 내게 물어보지도 않고! 내가 보기에는 아무것도 파괴할 필요가 없다. 그저 신에 관한 인류의 관념만 허물면 된다. 거기서부터 손을 대야 한다! 바로 그것부터 시작해야 하는 것이다, 그것부터! 아아, 아무것도 모르는 맹인들 같으니! 만약 인류의 모든 개개인이 신을 부정한다면(나는 그 시기가 지질학적 시기와 맞물릴 것이라고 믿고 있다), 굳이 식인 시대로 돌아가지 않아도 자연히 옛 세계관, 특히 옛 도덕이 무너지고 새로운 것이 등장할 것이다. 인간은 삶이 줄 수 있는 모든 것을 얻으려고 하나가 되겠지만, 그것은 오직 현세의 기쁨과 행복만을 위한 노력일 것이다. 신의 정신과 거대한 자긍심을 품은 인간은 위대해질 것이고, 인신人神이 출현할 것이다. 인간은 의지와 과학으로 시시각각 자연을 정복하면서, 지난날 가졌던 천상의 만족에 대한 기대를 대신할 만큼 커다란 만족을 느낄 것이다. 누구나 자신이 부활의 여지없이 영영 죽으리라는 것을 알지만, 신처럼 당당하고 평온하게 죽음을 받아들일 것이다.

인간은 그 자긍심으로 인해 인생이 찰나라고 불평할 이유가 없음을 깨달을 것이며, 아무런 보상을 바라지 않고 자신의 형제를 사랑하게 될 것이다. 사랑은 삶이라는 찰나의 순간만을 만족시킬 뿐이지만, 사랑이 한순간에 지나지 않는다는 인식이, 내세의 영원한 사랑에 대한 희망의 불꽃이 번졌던 것만큼이나 그 불꽃을 뜨겁게 타오르도록 할 것이다….' 뭐 이런 내용이었지. 정말 기특하지 않은가!"

이반은 귀를 틀어막고 바닥을 쳐다보며 앉아 있었으나, 이내 온몸이 부들부들 떨리기 시작했다. 목소리는 말을 계속했다.

"나의 앳된 사상가는 이렇게 생각했다네. '문제는 그러한 시기가 과연 도래할 것인가 하는 것이다. 만약 도래한다면, 모든 것이 해결되고 인류는 완전히 질서를 잡을 것이다. 그러나 인류의 뿌리 깊은 우매함을 고려할 때 1000년이 지나도 그런 질서가 잡히기는 어려울 것이므로, 지금 이미 진리를 깨달은 자는 누구든 새로운 기반 위에 자신이 원하는 대로 질서를 세워도 된다. 이러한 의미에서 그 사람에게는 '모든 것이 허용된' 것이다. 뿐만 아니라, 만약 그때가 영영 도래하지 않는다고 해도, 어차피 신과 영생은 존재하지 않으므로 새로운 인간은 혼자서라도 인신이 될 수 있다. 새로운 지위를 얻은 인간은 필요하다면 기존에 노예가 지녔던 온갖 도덕적 장벽을 가뿐히 뛰어넘을 수 있다. 신에게는 법이 없기 때문이다! 신이 있는 곳은 곧 신의 자리다! 내가 있는 곳이 최고의 자리가 되는 것이다… '모든 것은 허용된다', 그게 전부

다!' 무척 기특한 애길세. 그런데 어차피 사기를 칠 생각을 했다면, 어째서 진리의 승인이 필요한 거지? 요새 러시아인들은 그렇다니까. 얼마나 진리를 사랑하는지, 승인을 받지 않고는 사기를 칠 생각도 못 하지…."

손님은 자신의 화려한 언변에 도취된 듯 조롱 섞인 눈초리로 주인을 쳐다보며 점점 목소리를 높였다. 그러나 말을 끝낼 수는 없었다. 이반이 별안간 탁자 위에 있던 유리잔을 낚아채 있는 힘껏 연사를 향해 집어던졌기 때문이다.

"Ah, mais c'est bête enfin(아아, 정말 어리석은 짓이야)!" 손님은 소파에서 벌떡 일어나 손가락으로 몸에 튄 찻물을 털어내면서 외쳤다. "루터의 잉크병이 생각난 모양이군! 나를 꿈이라고 생각하면서, 꿈한테 유리컵을 집어던지다니! 이건 여자들이 할 법한 짓이야! 난 자네가 귀를 틀어막은 척만 했을 뿐, 다 듣고 있을 줄 알고 있었다네…."

그때 별안간 밖에서 창틀을 세차게 두드리는 소리가 났다. 이반은 튕기듯 소파에서 일어섰다.

"열어주는 게 좋을 거야." 손님이 외쳤다. "자네 동생 알료샤가 전혀 뜻밖의 흥미로운 소식을 가지고 왔으니까. 장담하지!"

"닥쳐, 사기꾼아, 난 당신이 말하지 않아도 저 사람이 알료샤라는 걸 알고 있었어. 알료샤가 올 줄 예감하고 있었다고. 당연히 그냥 올 리는 없고, '소식'을 가지고 왔겠지…!" 이반은 광적으로 외쳤다.

"어서 문을 열어주게. 밖에는 눈보라가 치고 있지 않나.

저 아인 자네 동생이야. Monsieur, sait-il le temps qu'il fait? C'est a ne pas mettre un chien dehors(지금 날씨가 어떤 줄 아나? 이런 날씨에는 개도 밖에 내놓지 않는다네)···."

두드리는 소리는 계속되었다. 이반은 창가로 달려가려고 했으나, 별안간 무언가에 손발이 묶인 듯한 느낌을 받았다. 그는 사슬을 끊으려고 안간힘을 썼으나 허사였다. 창문을 두드리는 소리는 점점 거세졌다. 마침내 사슬이 툭 끊어졌다. 이반은 소파에서 벌떡 일어났다. 그는 당혹스러운 얼굴로 주위를 둘러보았다. 양초 두 개는 거의 다 타버리고, 방금 전 손님에게 던진 유리컵은 탁자 위에 그대로 놓여 있었으며, 맞은편 소파에는 아무도 없었다. 창틀을 두드리는 소리는 끈질기게 이어졌으나, 방금 전 꿈에서 들은 것처럼 쾅쾅대는 것이 아닌 무척 조심스러운 소리였다.

"이건 꿈이 아니야! 맹세코 방금 전 일은 꿈이 아니야!" 이반은 이렇게 외치며 창가로 달려가서 창문을 열었다.

"알료샤, 오지 말라고 했을 텐데!" 그는 사나운 기세로 동생에게 고함을 쳤다. "무슨 일인지 간단히 말해. 간단하게, 알겠어?"

"1시간 전에 스메르댜코프가 목을 맸어." 알료샤가 밖에서 대답했다.

"현관으로 와라. 지금 문을 열어줄 테니." 이반은 이렇게 말하고 알료샤에게 문을 열어주러 갔다.

10. "그자가 말했어!"

알료샤는 안으로 들어가면서 1시간쯤 전에 마리야가 자기 집으로 달려와 스메르댜코프의 자살 소식을 알렸다고 이반에게 말했다. "사모바르를 치우려고 들어갔더니, 그분이 벽에 박힌 못에 매달려 있지 뭐예요." '알려야 할 곳에 알렸느냐'는 알료샤의 물음에, 마리야는 아직 아무에게도 알리지 않았고, '제일 먼저 한달음에 이리로 뛰어왔다'고 했다. 알료샤는 마리야가 마치 제정신이 아닌 사람 같았으며 사시나무 떨듯 떨고 있었다고 말했다. 알료샤가 그녀와 함께 그들이 사는 오두막으로 달려갔을 때, 스메르댜코프는 여전히 벽에 매달려 있었다. 탁자에는 유서가 놓여 있었다. '누구에게도 죄를 돌리지 않기 위해 나 자신의 의지로 기꺼이 목숨을 끊는다.' 알료샤는 유서를 탁자 위에 그대로 둔 채 곧바로 경찰서장을 찾아가 모든 사정을 설명했다. "그 길로 곧장 이리로 왔어." 알료샤는 이반의 얼굴을 가만히 들여다보며 말을 마쳤다. 알료샤는 형의 표정에 충격을 받은 것처럼 말하는 내내 그에게서 눈을 떼지 않았다.

"형," 별안간 알료샤가 외쳤다. "형은 몹시 아픈 게 분명해! 내가 무슨 말을 하는지 모르겠다는 얼굴로 날 보고 있잖아."

"잘 왔다." 이반은 알료샤의 외침을 전혀 듣지 못했다는 듯이 생각에 잠긴 채 말했다. "난 그놈이 목을 맨 걸 알고 있었어."

"누구에게 들었는데?"

"그건 모른다. 하지만 알고 있었어. 아니, 내가 정말 알고 있었나? 그래, 그자가 말했지. 그자가 조금 전에 내게 말했어…."

이반은 방 한가운데에 서서 바닥을 내려다보며 여전히 생각에 잠긴 채 말했다.

"그자라니?" 알료샤는 자기도 모르게 주위를 둘러보며 이렇게 물었다.

"슬그머니 도망쳤어."

이반은 고개를 들고 조용히 미소 지었다.

"네가 두려웠던 거야. 비둘기인 네가. 넌 '순결한 지천사'니까. 드미트리 형은 널 지천사라고 부르지. 지천사… 지천사의 천둥 같은 환희의 외침! 지천사가 뭘까? 어쩌면 하나의 성좌일지도 몰라. 그렇지만 성좌는 하나의 화학적 분자에 불과한지도 모르지…. 사자와 태양이라는 성좌가 있는데, 모르니?"

"형, 앉아!" 알료샤는 겁에 질려 외쳤다. "제발 소파에 앉아. 형은 망상에 사로잡혀 헛소리를 하고 있어. 이렇게 베개를 베고 누워. 이마에 물수건을 얹어줄까? 그럼 좀 나아질지도 몰라."

"수건을 다오. 거기 의자 위에 있으니까. 아까 거기에 던졌거든."

"여기엔 없는데. 걱정 마, 어디 있는지 아니까. 여기 있군." 알료샤는 다른 쪽 구석에 있는 경대에서 잘 개어진 깨끗한 새 수건을 찾아내고는 이렇게 말했다. 이반은 기이한 얼굴로 수건을 바라보았다. 순간 기억이 되살아난 듯했다.

"잠깐." 이반은 소파에서 몸을 일으켰다. "아까 1시간 전에 저기서 그 수건을 가져다 물에 적셨는데. 이마에 얹었다가 저리로 던졌어…. 그런데 왜 말라 있지? 다른 수건은 없었는데."

"이 수건을 이마에 얹었다고?" 알료샤가 물었다.

"그래. 그러고 방 안을 돌아다녔지. 1시간 전에… 왜 초가 다 타버렸을까? 지금 몇 시니?"

"곧 12시야."

"아니야, 아니야, 아니야!" 별안간 이반이 외쳤다. "그건 꿈이 아니야! 그자는 여기 있었어. 저기, 저 소파에 앉아 있었다고. 네가 창문을 두드릴 때 그자에게 유리컵을 집어던졌단 말이다…. 여기 있는 이것을… 가만, 지난번에도 난 자고 있었지만, 이 꿈은 꿈이 아니야. 전부터 그랬지. 알료샤, 요즘 난 꿈을 꾼단다…. 하지만 그건 꿈이 아니라 현실이야. 걷고, 말하고, 보기도 하지만… 실은 자고 있는 거야. 하지만 그자는 여기 앉아 있었어. 여기 이 소파 위에 있었다고…. 끔찍하도록 멍청한 자야, 알료샤, 정말이지 끔찍하도록 멍청해." 이반은 느닷없이 웃음을 터뜨리더니 방 안을 서성이기 시작했다.

"누가 멍청하다는 건데? 누구 얘기야, 형?" 알료샤는 다시 안타까운 목소리로 물었다.

"악마! 그놈이 나를 찾아왔어. 두 번, 아니, 세 번은 왔었지. 자기가 불에 그은 날개를 달고 뇌성과 휘광을 동반하고 나타난 사탄이 아니라 평범한 악마라는 것 때문에 내가 화를 낸다며 놀려대더군. 하지만 그자는 사탄이 아니야. 그건 거짓말이야. 사탄을 자칭하는 것뿐이야. 그자는 평범한 악마야. 시시하고 하찮은 악마일 뿐이라고. 목욕탕엘 다 다닌다지 뭐야. 옷을 벗기면 아마 덴마크 개처럼 기다랗고 매끄러운 꼬리가 나올걸. 70센티미터는 되는 갈색 꼬리가… 알료샤, 너 꽁꽁 얼었구나. 눈 속을 헤치고 왔으니. 차라도 좀 들겠니? 뭐? 식었다고? 사모바르를 가져오라고 할까? C'est a ne pas mettre un chien dehors(이런 날씨에는 개도 밖에 내놓지 않는데)….”

알료샤는 얼른 세면대로 달려가 수건을 적신 후 다시 이반을 자리에 앉히고 이마에 물수건을 얹어주었다. 그러곤 자기도 그 옆에 앉았다.

“너 아까 리자에 대해 뭐라고 했지?” 이반이 다시 입을 열었다. (그는 무척 말이 많아졌다.) “난 리자가 좋아. 아까 내가 리자에 대해 뭐라고 안 좋은 소릴 했지. 그건 거짓말이야. 난 그애가 좋거든…. 내일 카탸 일이 걱정이야. 그게 가장 걱정스러워. 앞날이 걱정스럽단 말이지. 내일 그 여잔 나를 내버리고 두 발로 짓밟을 거야. 내가 질투 때문에 미탸를 망쳐놓으려 한다고 생각하거든! 그래, 그렇게 생각하고 있어! 하지만 그렇지 않아! 내일은 교수대가 아닌 십자가의 날이야. 난 목을 매지 않아. 알료샤, 내가 절대 스스로 목숨을 끊을 수 없다는 걸 알고 있니? 내가 비열하기 때문일까? 난 겁쟁이는 아냐. 그건 삶에 대한 갈망 때문이야! 그런데 스메르댜코프가 목을 맸다는 걸 내가 어떻게 알았지? 그래, 그자가 내게 말해줬지….”

“누군가가 여기 있었다는 게 확실해?” 알료샤가 물었다.

“저 구석 소파에 앉아 있었어. 너라면 그자를 쫓아버렸을 텐데. 아니, 실제로 네가 그자를 쫓아버렸지. 그자는 네가 오자 사라졌으니까. 알료샤, 난 네 얼굴이 좋아. 네 얼굴을 좋아한다는 걸 알고 있니? 그런데 알료샤, 그자는 바로 나란다. 바로 나 자신이야. 내 저열하고, 비열하고, 경멸스러운 모든 것의 총합체지. 그래, 난 ‘낭만주의자’야. 그자가 그걸 알아챘어…. 하긴 그건 모함이지만. 그놈은 터무니없이 멍청하지만, 그 점을 교묘히 이용해 제 이득을 취하지. 그자는 교활해. 동물적으로 교활하지. 어떻게 하면 내 화를 돋울지 알고 있었어. 내가 자신의 존재를 믿고 있다고 끊임없이 놀려대면서 자기 말에 귀를 기울이게 하더군. 어린애처럼 나를 가지고 놀았지. 하지만 나에 대한 진실도 많이 말했어. 나라면 절대 나 자신에게 그런 말을 하지 못했을 거야. 알료샤, 저기 말이다.” 이반은 비밀을 털어놓듯 무척 심각한 태도로 덧붙였다. “난 실제로 그자가 나 자신이 아닌 그자였으면 좋겠어!”

“형을 무척 괴롭혔군.” 알료샤는 연민을 느끼며 형을 보고 말했다.

“나를 조롱했어! 그것도 무척 교묘하게! ‘양심! 양심이란 게 뭐지? 양심은 스스로 만드는 거야. 내가 괴로운 이유는 뭘까? 그건 습관 때문이야. 7000년 동안 굳어진 전 인류의 습관 때문이지. 그 습관을 떨쳐내고 신이 되는 거야.' 이건 그자가 한 말이야, 그자가 한 말이라고!"

"형이 아니고, 그렇지?" 알료샤는 또렷한 눈으로 형을 바라보며 참지 못하고 외쳤다. "그럼 그자를 그냥 보내버려. 떨쳐내고 잊어버려! 지금 형이 저주하는 모든 것을 가지고 떠나 다시는 찾아오지 못하게 해!"

"그래. 하지만 그자는 고약해. 나를 비웃었어. 파렴치하게 굴었다고, 알료샤." 이반은 분노로 부들부들 떨며 말했다. "그자는 나를 비방했어. 온갖 비방을 늘어놓았지. 내 면전에 대고 거짓말을 했어. '오, 자네는 위대한 선행을 하려고 하는군. 아버지를 죽인 건 나다, 하인은 내 지시를 받고 죽인 거다, 이렇게 선포할 생각이니….'"

"형," 알료샤가 말을 가로막았다. "진정해. 형이 죽인 게 아니야. 그건 거짓말이야!"

"이건 그자가 한 말이야. 그자는 알고 있거든. '자네는 위대한 선행을 하려고 하지만, 실은 선행을 믿지 않네. 그래서 화가 나고 괴로운 거야. 그래서 그렇게 복수심에 불타는 거지.' 나한테 나 자신에 대해 그런 말을 한 거야. 그자는 자기가 무슨 말을 하는지 잘 알고 있어…."

"그건 그자가 아닌 형이 하는 말이야!" 알료샤는 안타깝게 소리쳤다. "형은 병 때문에 헛것을 보며 자학하고 있는 거라고!"

"아냐, 그자는 자기가 무슨 말을 하는지 잘 알아. 내가 자존심 때문에 법정에 나아가 이렇게 말할 거라더군. '살인자는 납니다. 뭐가 그렇게 무섭다고 난리들이시죠? 당신들은 위선을 떨고 있습니다! 난 당신들의 의견이 경멸스럽습니다. 당신들의 공포가 경멸스럽습니다.' 나에 대해 그런 말을 하는 거야. 그러더니 갑자기 이러더군. '사실 자네는 '비록 범죄자이고 살인자이기는 하나, 형을 구하기 위해 자백하다니 얼마나 훌륭한 감정을 지닌 사람인가!'란 칭찬이 듣고 싶은 거라네.' 알료샤, 그건 정말로 거짓말이야!" 이반은 별안간 눈을 번득이면서 외쳤다. "그런 무식한 놈들의 칭찬 따위는 바라지 않아! 그건 그자의 거짓말이야, 알료샤, 맹세코 거짓말이라고! 그래서 그놈에게 유리컵을 던졌더니, 그놈의 낯짝에 맞고 산산조각이 나버렸지."

"형, 진정해, 이제 그만해!" 알료샤는 애원했다.

"그래, 그자는 사람을 괴롭히는 법을 알아. 잔인한 놈이지." 이반은 알료샤의 말을 듣지 않고 말을 계속했다. "나는 그자가 왜 나를 찾아오는지 늘 알고 있었어. '자네가 자존심 때문에 가는 거라고 치세. 그래도 자네는 스메르댜코프의 유죄가 입증돼 형을 받고, 미탸의 누명이 벗겨지며, 자네는 정신적인(그자는 이 말을 하면서 웃더군!) 벌을 받는 선에서 끝나고 남들에게 칭찬을 받으리라는 희망을 품고 있었지. 그런데 스메르댜코프가 목을 매 죽어버렸으니, 이젠 자네 혼자 떠드는 말을 법정의 누가 믿겠는가? 그래도 자네는 갈 테지. 상황이야 어찌 됐든 갈 거야. 가기로 결정했으니까. 그런데 이렇게 된 마당에 대체 뭐하러 가는 거지?' 무서운 말이야, 알료샤. 난 이런 질문을 견뎌내지 못하겠어. 감히 내게 그런 질문을 하다니!"

"형," 알료샤는 두려움에 가슴이 죄어들었지만, 그래도 아직은 이반을 제정신으로 돌려놓을 수 있으리라는 희망을 품고 말을 가로막았다. "어떻게 그자가 내가 오기 전에 형에게 스메르댜코프가 죽었다고 말해줄 수 있었던 거야? 내가 오기 전까진 아무도 모르고 있었고, 누구한테 전해 들을 틈도 없었잖아."

"그자는 말했어." 이반은 일말의 의심도 허용하지 않고 단호하게 말했다. "그 얘기만 지껄여댔다고 해도 좋을 정도야. '만약 자네가 선행에 대한 믿음에, 아무도 자기를 믿어주지 않더라도 원칙을 위해 가겠다면 그건 좋은 일이지. 하지만 자네는 표도르 파블로비치와 똑같은 돼지 새끼가 아닌가? 자네에게 선행이 대체 무슨 의미지? 자네의 희생은 아무 소용도 없는데, 뭐 하러 그곳에 간다는 건가? 자네가 가는 이유는, 왜 가는지 자네도 모르고 있기 때문이야! 오, 그곳에 가는 이유를 알기 위해서라면, 자넨 많은 것을 바쳤을 텐데! 결심이 섰다고 생각하나? 자네는 아직 결심이 서지 않았다네. 밤새도록 자리에 앉아 갈지 말지 고민하겠지. 그래도 결국 가게 될 거야. 자네는 본인이 가리라는 걸 알고 있네. 자네가 어떤 결정을 내리든, 그 결정은 자네에게 달린 게 아니라는 걸 자각하고 있지. 자네는 갈 거야. 가지 않을 용기가 없으니까. 왜 그럴 용기가 없는지는 스스로 알아내보게. 이건 자네에게 내는 수수께끼야!' 그러더니 일어나 가버리더군. 네가 오니까 가버렸지. 알료샤, 그자는 나보고 겁쟁이라고 했어! Le mot de l'èigme(수수께끼의 정답은) 바로 내가 겁쟁이라는 거야! '그런 독수리는 높이 비상할 수 없는 법이지!' 그자는 또 이런 말을, 이런 말을 하더군! 스메르댜코프도 그랬었지. 그놈은 죽여버려야 해! 카탸는 날 경멸하고 있어. 벌써 한 달 전부터 느끼고 있지. 게다가 리자까지도 나를 경멸하기 시작했어! '칭찬을 받으려고 간다'니, 그건 지독한 거짓말이야! 알료샤, 너도 나를 경멸하지. 난 이제 네가 다시 미워질 것 같다. 그리고 그 악당도 밉다, 그 악당도 미워! 그런 악당은 구해주기도 싫다. 유형지에 처박혀 썩어가라지! 찬가를 불러대기 시작했다니! 아아, 내일 법정에 나아가 그놈들 앞에 서서 면전에다 침을 뱉어줄 테다!"

이반은 격한 흥분에 휩싸여 자리를 박차고 일어나 수건을 집어던지고 다시 방 안을 서성이기 시작했다. 알료샤는 조금 전 이반이 했던 말이 떠올랐다. '꼭 깨어 있는 채로 자는 것 같아…. 걷고 말하고 보기도 하지만, 실은 자고 있는 거야.' 지금의 상태가 꼭 그랬다. 알료샤는 이반의 곁을 떠나지 않았다. 얼른 달려가서 의사를 불러올까 하는 생각도 언뜻 들었지만, 형을 혼자 내버려 두기가 저어되었고, 옆에 있어달라고 부탁할 만한 사람도 없었다. 결국 이반은 점차 의식을 잃었다. 쉬지 않고 뭐라고 지껄여댔으나, 이제 그 말은 전혀 두서가 없었다. 말을 하는 것조차 힘겨워하더니, 별안간 그 자리에서 크게 휘청거렸다. 알료샤는 용케 그를 붙들었다. 이반은 알료샤가 자신을 침대로 데리고 가도록 내버려 두었다. 알료샤는 간신히 형의 옷을 벗기고 자리에 눕혔다. 그리고 2시간쯤 형을 내려다보며 앉아 있었다. 환자는 조용히 고른 숨을 내쉬며 미동도 없이 곤히 잠들었다. 알료샤는 베개를 가지고 와서 옷을 입은 채로 소파에 누웠다. 잠이 들면서 미탸와 이반을 위해 기도했다. 그는 이반이 병든 원인을 차츰 알 것 같았다. '자긍심 넘치는 결심에서 온 고통, 깊은 양심!' 이반이 불신했던 신과 신의 진실이, 여전히 굴복하지 않으려는 그의 가슴을 점령해나갔던 것이다. '그래,' 베개를 베고 누운 알료샤의 머리에 문득 이런 생각이 스쳤다. '스메르댜코프가 죽은 이상 아무도 형의 말을 믿지 않겠지만, 그래도 형은 증언하러 갈 거야!' 알료샤는 조용히 미소 지었다. '하느님이 승리하실 거야!' 그는 생각했다. '이반 형은 진리의 빛 속에서 다시 일어서거나, 아니면… 자신이 믿지 않는 것을 위해 봉사했다는 데 자신과 모든 사람에게 복수하면서 증오 속에 파멸하겠지.' 알료샤는 쓰라린 심정으로 이렇게 생각하고 다시 이반을 위해 기도했다.

제12편
오심

1. 숙명의 날

내가 소개한 여러 가지 사건이 있은 다음 날 아침 10시, 이곳 지방법원이 개정되어 드미트리 카라마조프의 재판이 시작되었다. 미리 분명히 말해두지만, 나는 법정에서 있었던 모든 일을 옮기는 것은 내 능력 밖의 일이라고 생각한다. 모든 것을 떠올려 일일이 설명하자면 책 한 권, 그것도 무척 두꺼운 책 한 권은 나올 것이다. 따라서 내가 깊은 인상을 받았거나 특히 기억에 남았던 일만 전한다고 해서 나를 탓하지 않기를 바란다. 어쩌면 부차적인 일을 가장 중요하게 생각했거나, 가장 부각되고 중요한 내용을 아예 빼놓을지도 모른다…. 하기야 이런 사과는 접어두는 편이 좋겠다. 내가 할 수 있는 한 최선을 다하면, 독자들도 그것을 알아줄 테니 말이다.

우선, 법정 안으로 들어가기에 앞서, 그날 특히 내가 놀랐던 사실을 말하려고 한다. 하긴 나중에 알고 보니, 나뿐만 아니라 다른 사람들도 모두 놀란 일이었다. 이 사건이 굉장히 많은 사람의 흥미를 끌었고, 모두가 재판이 열리기만을 애타게 기다렸으며, 지난 두 달간 이 사건이 이 고장 사교계에서 숱하게 화제가 되면서 무수한 추측이 나오고, 고성이 오가고, 상상의 나래가 펼쳐졌다는 것은 누구나 잘 아는 사실이었다. 이 사건이 러시아 전역에 알려졌다는 것 역시 모두가 다 알고 있었다. 그러나 그날 법정에서 밝혀졌듯이, 이 사건이 우리 고장뿐 아니라 전 지역에서 너 나 할 것 없이 모든 사람을 그토록 엄청난 흥분과 열광에 빠트렸을 줄은 누구도 생각지 못했다. 이날을 기해 우리 고장에는 현청 소재지뿐 아니라 러시아의 여러 도시, 심지어 모스크바와 페테르부르크에서까지 방청객이 몰려들었다. 법률가들이 오고, 몇몇 저명인사와 귀부인들도 왔다. 방청권은 금방 동이 났다. 특별히 명망 있는 남자 방청객에게는 판사석 뒤쪽에 특별석까지 마련되었다. 일렬로 죽 늘어선 좌석에 각계각층의 인사들이 자리한 것은 한 번도 없었던 일이었다. 특히 부인들이 많았다. 우리 고장과 타지에서 찾아온 부인들이 방청객의 절반은 되는 듯했다. 여기저기서 몰려든 법률가만 해도 어찌나 많았는지 어디에 앉혀야 할지도 모를 지경이었다. 이미 동이 난 지 오래인 방청권을 어떻게든 구해보려고 애걸복걸하는 상황이었기 때문이다. 나는 법정 끝 연단 뒤쪽에 급하게 간이 칸막이를 쳐서 각지에서 모여든 법률가를 모아놓은 것을 보았다. 공간을 확보하려고 의자를 모두 치운 탓에 그들은 모두 서 있어야 했지만, 그렇게라도 방청할 수 있는 것을 다행으로 여겼다. 그들은 '심리'가 진행되는 내내 콩나물시루에 들어가 있는 것처럼 어깨를 바짝 붙인 채 서 있어야 했다. 부인들, 특히 타지에서 온 부인들 중 일부는 한껏 멋을 내고 방청석에 나타났으나, 대부분의 부인들은 단장하는 것조차 잊었다. 그들의 얼굴에는 히스테릭하고 탐욕스러우며 거의 병적이기까지 한 호기심이 나타났다. 여기서 꼭 짚고 넘어가야 할, 법정에 모인 사람들의 가장 두드러진 특징 중 하나는, 나중에 여러 가지 관찰을 통해 확인되었듯이 거의 모든 부인들이, 적어도 그들 중 대다수가 미탸의 편에 서서 그가 무죄 판결을 받기를 바라고 있었다는 점이다. 어쩌면 그 주된 이유는 미탸가 여자 마음의 정복자라는 인식 때문인지도 몰랐다. 부인들은 서로 경쟁 관계에 있는 두 여자가 나타날 것임을 알고 있었다. 그중 한 여자, 즉 카테리나 이바노브나는 특히 모든 이의 관심을 끌었다. 그녀에 관한 엄청난 이야기가 수없이 입에 오르내렸다. 미탸의 범행에도 불구하고 그에게 바치는 열정이 화제가 되었으며, 이에 관한 놀라운 일화가 나돌기도 했다. 특히 카테리나의 강한 자존심과(우리 고장에서 그녀의 방문을 받은 집은 거의 없었다) '귀족들과의 연줄'이 화제가 되었다. 그녀가 범인을 따라 유형지에 가서 지하 광산 같은 곳에서 결혼식을 올리도록 허락해달라고 정부에 청원할 계획이라는 소문도 있었다. 부인들은 카테리나의 경쟁자인 그루셴카의 출정도 그에 못지않은 흥분을 느끼며 기다렸다. 자존심 센 귀족 아가씨와 '헤타이라(고대 그리스의 매춘부—옮긴이)', 이 두 연적이 법정에서 대면하는 모습이 궁금해 죽을 지경이었던 것이다. 이 고장의 부인들은 카테리나보다는 그루셴카를 더 잘 알고 있었다. 그들은 '표도르 파블로비치와 그 불행한 아들을 파멸로 이끈 여인' 그루셴카를 전에도 본 적이 있었는데, 어떻게 '평범하기 그지없고 전혀 예쁘지도 않은 장사치 여자'에게 아버지와 아들이 그렇게 깊이 빠져버렸는지 하나같이 놀라워하곤 했다. 한마디로, 온갖 소문이 무성했다. 내가 알기로, 시내에서는 미탸 때문에 심각한 가정불화가 생기기도 했다. 많은 부인들이 끔찍한 사건 전반에 대한 견해 차이로 남편과 심각한 언쟁을 벌였고, 자연히 그 남편들은 피고를 탐탁지 않게 생각하는 정도가 아니라 아예 독을 품고 법정에 나타났다. 대체로 부인들과는 달리 남자들은 죄다 피고에게 반감이 있었다. 엄격하게 찌푸린 얼굴이 눈에 띄었으며, 아예 적의를 드러낸 얼굴도 많았다. 미탸가 우리 도시에서 지내는 동안 그중 많은 이에게 개인적으로 모욕을 준 것도 사실이었다. 물론 방청객 중에는 미탸의 운명이 어찌 되든 상관없다고 생각하며 즐거워하는 사람도 있었으나, 그들 역시 이제부터 다루어질 사건에 대해서까지 무심한 것은 아니었다. 모두가 재판의 결과에 관심을 기울였고, 사건의 도덕적인 측면이 아닌 현대법적 측면을 중시하는 법률가를 제외하면 남자들은 대부분 범인의 처벌을 강력히 원하고 있었다. 저명한 페튜코비치가 왔다는 소식은 모두를 흥분시켰다. 페튜코비치의 재능은 전국적으로 유명했고, 그가 시끄러운 형사 사건에서 변호를 맡기 위해 지방에 온 것은 이번이 처음이 아니었다. 그가 변호한 사건은 언제나 러시아 전역에 알려져 오랫동안 사람들의 기억에 남았다. 우리 도시 검사와 재판관에 대해서도 몇 가지 소문이 떠돌았다. 이폴리트 키릴로비치가 페튜코비치와의 만남을 두려워하고 있으며, 두 사람은 처음 각자의 길에 발을 들여놓았을 때부터 오랜 숙적이었는데, 페테르부르크에 있을 때부터 자신의 재능을 제대로 인정해주지 않는다며 항상 누군가에게 모욕감을 느꼈던 자존심 강한 이폴리트가 카라마조프 사건을 계기로 기운을 되찾고 시들해진 직무상의 활약에 새 힘을 불어넣으려는 꿈을 꾸고 있지만, 다만 페튜코비치만을 두려워하고 있다는 소문이었다. 그러나 페튜코비치 때문에 벌벌 떨고 있다는 생각은 반드시 옳지는 않았다. 우리의 검사는 위험을 앞두고 기가 죽는 성격이 아니라, 오히려 위험이 커질수록 더욱 자존심이 세지고 고무되는 사람이었다. 그가 지나치게 열성적이고 병적일 만큼 민감한 것은 사실이었다. 어떤 사건을 맡을 때면 자신의 전심을 쏟아붓고, 그 사건의 해결에 자신의 운명과 가치가 달린 것처럼 행동하기도 했다. 이폴리트가 그런 성격 때문에 전국적으로는 아니더라도, 이곳 법원에서의 소박한 지위를 감안할 때 상당히 유명해졌던 탓에, 법조계에서는 그의 그런 성격이 조롱거리가 될 때도 있었다. 특히 이폴리트의 심리학에 대한 열정이 놀림감이 되었다. 하지만 나는 그것이 잘못된 판단이라고 생각한다. 내 생각에 우리의 검사는 인간적인 면에 있어서나 성격적인 면에 있어서 많은 이들의 생각보다 훨씬 진지한 사람이었다. 그저 이 병적인 남자는 처음 경력을 시작했을 때부터 이후 평생 동안 사람들의 존중을 이끌어낼 줄 몰랐던 것뿐이다. 우리 지방법원 판사에 대해서는 그가 교양 있고, 인간적이며, 실무에 능숙하고, 최신 사상을 지닌 사람이라는 것 정도를 말할 수 있겠다. 그는 상당히 자기애가 강한 편이었지만, 출세에는 별로 신경 쓰지 않았다. 그의 주된 삶의 목표는 선도적인 인물이 되는 것이었다. 그에게는 훌륭한 인맥과 재산도 있었다. 나중에 밝혀진 바에 의하면, 그는 카라마조프 사건에 상당히 열의가 컸지만, 그것은 일반적인 의미에서만 그랬다. 그의 관심사는 현상 자체와 그 분류, 러시아의 사회적 기반의 파생물과 러시아적 요소의 특징으로써 사건을 바라보는 것이었다. 사건의 사적인 성격이나 그 비극성, 피고를 비롯한 사건 관계자에 대해서는 상당히 무심하고 추상적인 태도를 가지고 있었다. 그러나 그것은 어쩌면 마땅한 일인지도 몰랐다.

판사단이 나타나기 한참 전부터 법정은 발 디딜 틈 없이 꽉 차 있었다. 법원은 우리 고장에서 가장 좋은 건물로 넓고 천장이 높아 소리가 잘 울렸다. 약간 솟아오른 단 위에 자리한 판사석의 오른편에는 배심원을 위한 탁자와 의자가 두 줄 마련되어 있었다. 왼쪽에는 피고석과 변호인석이 있었다. 법정 중앙 판사석에서 가까운 곳에는 '물증'을 올려둔 탁자가 있었다. 그 위에는 표도르 파블로비치의 피 묻은 흰 비단 가운과 범행에 사용된 것으로 추정되는 놋쇠 절굿공이, 소매에 혈흔이 있는 미탸의 셔츠와 핏물로 흠뻑 젖은 손수건을 쑤셔 넣는 바람에 뒷주머니 부분이 피투성이가 된 프록코트, 피가 말라붙어 누렇게 색이 변해버린 손수건, 미탸가 페르호틴의 집에서 자살할 목적으로 장전했고 모크로예에서 여관 주인 트리폰이 몰래 빼돌린 권총, 그루셴카에게 줄 3000루블을 넣었던 글귀가 적힌 봉투와 그것을 묶었던 가느다란 분홍 리본, 그 밖에 일일이 열거할 수 없는 수많은 물건들이 놓여 있었다. 그곳에서 약간 떨어진 법정 안쪽에는 방청석이 있었고, 난간 앞에는 증언을 마쳤으나 법정에 남아 있어야 할 증인을 위한 의자가 몇 개 놓여 있었다. 10시가 되자 재판장과 배심 판사, 명예 치안판사로 구성된 판사단이 나타났다. 물론 곧이어 검사도 나타났다. 재판장은 살집 있고 다부진 체격에 키는 평균보다 작고 치질을 앓고 있는 듯한 안색의 쉰 살쯤 된 사람이었다. 짧게 깎은 짙은 색 머리는 희끗희끗 세어 있었고, 붉은 리본을 달고 있었으나 어떤 훈장이었는지는 기억나지 않는다. 내가 보기에, 아니, 누가 보기에도 검사는 시퍼렇다 싶을 만큼 창백하게 질려 있었다. 엊그제 나와 만났을 때만 해도 멀쩡했으니, 하룻밤 사이에 갑자기 수척해진 모양이었다. 재판장은 먼저 정리에게 배심원이 모두 출정했느냐고 물었다. 하지만 이런 식으로 설명을 이어나갈 수는 없을 것 같다. 내가 미처 알아듣지 못한 부분도 많고, 흘려들은 부분도 있으며, 기억나지 않는 곳도 있고, 무엇보다 앞서 말했다시피 무슨 말을 했고 무슨 일이 있었는지 일일이 열거하기엔 문자 그대로 시간과 지면이 부족하기 때문이다. 다만 내가 알고 있는 것은 양측, 즉 변호인과 검사에 의해 배정된 배심원이 그다지 많지 않았다는 것뿐이다. 열두 명의 배심원이 어떤 사람들로 구성되어 있었는지는 기억한다. 이 고장 관리가 넷, 상인이 둘, 우리 고장의 농민과 평민이 여섯이었다. 나는 공판이 열리기 한참 전부터 이곳 사람들이, 특히 부인들이 약간 의아하다는 듯 이렇게 묻던 것을 기억한다. "이렇게 복잡 미묘하고 심리적인 사건의 운명적인 평결을 웬 관리들에게, 심지어 농민들에게 맡기다니? 저런 관리, 더구나 농부가 대체 뭘 알겠어요?" 실제로 배심원으로 선정된 네 관리는 직책도 낮고 백발이 성성한(그중 한 명만 비교적 젊은 편이었다) 보잘것없는 사람들이었다. 이 고장 사교계에 그다지 알려져 있지 않았고, 쥐꼬리만한 봉급으로 생계를 꾸려갔으며, 필시 어디에도 내놓을 수 없는 늙어빠진 부인과 맨발로 뛰어다닐 수많은 자식을 거느린 채, 책이라고는 한 권도 읽어본 적 없이 카드놀이나 하며 소일할 듯한 그런 사람들이었다. 두 상인은 그래도 제법 풍채가 근엄했으나, 이상하게 말이 없고 굳어 있었다. 그중 한 사람은 턱수염을 깎고 독일식 옷차림을 하고 있었다. 희끗한 턱수염을 기른 다른 상인은 웬 메달이 달린 붉은 끈을 목에 걸고 있었다. 평민이나 농민에 대해서는 말할 것도 없다. 우리 스코토프리고니옙스크의 평민들은 사실상 농민이나 다름없었고, 밭을 일구는 사람도 있었다. 그중 두 사람도 독일식 옷차림을 하고 있었는데, 그 때문에 다른 네 사람보다 더 후줄근하고 초라해 보였다. 따라서 내가 그들을 보자마자 생각한 것처럼, 다른 사람들도 '저런 자들이 이런 사건에 대해 뭘 알겠는가?'란 의문을 충분히 가질 법했다. 그러나 그들의 미간을 찌푸린 심각한 얼굴은 묘하게 위압적이고 위협적이기까지 한 인상을 주었다.

마침내 재판장이 퇴역 9등 문관 표도르 파블로비치 카라마조프의 살인 사건에 대한 심리를 시작한다고 선언했다. 그때 정확히 어떤 표현을 썼는지는 기억나지 않는다. 정리에게 피고를 데리고 오라는 지시가 떨어졌고, 곧 미탸가 나타났다. 파리가 윙윙대는 소리도 들릴 만큼 법정 안은 고요했다. 다른 사람은 어땠는지 모르겠으나, 나는 미탸의 모습에 굉장한 불쾌감을 느꼈다. 그는 새로 맞춘 프록코트를 입고 한껏 멋을 부린 채 나타났다. 나중에 알고 보니, 미탸는 옛날에 옷을 맞춘 적이 있어 미탸의 치수를 알고 있는 모스크바의 재봉사에게 이날을 위해 일부러 프록코트를 주문했다고 했다. 그는 매끈한 검은색 새 가죽장갑을 끼고 멋진 셔츠를 입고 있었다. 똑바로 정면을 바라보며 특유의 넓은 보폭으로 성큼성큼 걸어가 조금도 주눅 들지 않은 얼굴로 자기 자리에 앉았다. 곧이어 변호를 맡은 저명한 페튜코비치가 나타나자, 법정 안에는 억눌린 술렁임이 일었다. 그는 호리호리한 체격에 가늘고 긴 다리와 몹시 길고 창백한 가는 손가락을 가진 사람이었다. 얼굴은 말끔히 면도하고, 짧은 머리는 단정하게 빗어 놓았으며, 이따금씩 조소도 미소도 아닌 웃음으로 얄팍한 입술이 휘어졌다. 나이는 마흔 살쯤 돼 보였다. 큼지막하고 감정이 없으며 보기 드물 정도로 가운데로 몰린 눈만 아니라면 매력적인 얼굴이었다. 길고 가는 코의 얄팍한 콧대만이 겨우 두 눈 사이를 가르고 있었다. 한마디로 말해 그의 외모는 놀라울 만큼 조류를 쏙 빼닮아 있었다. 그는 연미복에 흰 넥타이를 매고 있었다. 재판장이 미탸에게 먼저 이름과 지위 따위를 물었던 것을 기억한다. 미탸는 거침없이 대답했으나, 그 목소리가 생각보다 너무 우렁차 재판장은 머리를 흠칫 떨고 놀란 듯이 미탸를 쳐다보았다. 뒤이어 심리에 호출된 사람들, 즉 증인과 전문가 명단을 낭독했다. 명단은 길었다. 증인 가운데 네 사람은 출석하지 않았다. 그 무렵 이미 파리에 가 있었으나 예심 때 증언을 한 미우소프와, 병으로 불참한 호흘라코바 부인과 막시모프, 갑자기 죽어버린 스메르댜코프가 그들이었으며, 스메르댜코프의 사망에 대해서는 경찰의 증명서가 제시되었다. 스메르댜코프의 사망 소식에 법정 안에는 커다란 소란과 웅성거림이 일었다. 물론 방청객 중 대다수가 갑작스러운 자살에 대해 그때까지 까맣게 모르고 있었다. 그러나 더욱 충격적인 것은 미탸의 돌발 행동이었다. 스메르댜코프에 관한 보고를 듣자마자 별안간 자리를 박차고 일어나 온 법정이 떠나가도록 이렇게 외친 것이다.

"개는 개죽음을 당해야 싸지!"

변호사가 미탸에게 달려가고 재판장이 다시 그런 행동을 할 경우 엄중한 조치를 취하겠다고 경고했던 것을 기억한다. 미탸는 고개를 끄덕이면서도 전혀 뉘우치지 않는 기색으로 목소리를 낮춰 띄엄띄엄 여러 차례 변호사에게 이렇게 말했다.

"안 그러겠소, 안 그러겠소! 나도 모르게 입에서 나온 것뿐이오! 이젠 그러지 않겠소!"

물론 이 짤막한 에피소드는 배심원과 방청객의 견해에

미탸에게 불리한 영향을 미쳤다. 자기 성격을 드러내고 스스로 자기 자신을 내보인 것이다. 이러한 분위기 속에서 서기가 공소장을 낭독했다. 공소장은 상당히 짧았으나 일목요연했다. 어째서 이러이러한 사람이 구속되었으며 어째서 재판에 회부되었는지 주된 이유만 기술되어 있었다. 나는 그 공소장에 깊은 인상을 받았다. 서기는 낭랑하고 분명한 목소리로 또박또박 공소장을 낭독했다. 모든 비극이 치명적이고 혹독한 빛을 받아 입체적이고 응축된 형태로 사람들 앞에 재현되는 듯했다. 서기가 낭독을 끝낸 직후 재판장이 커다란 목소리로 엄숙하게 미탸에게 물었던 것을 기억한다.

"피고는 자신의 유죄를 인정하는가?"

미탸는 갑자기 자리에서 일어났다.

"음주를 일삼고 방탕하게 산 죄는 인정합니다." 그는 또다시 느닷없이 격정적인 목소리로 외쳤다. "게으름을 피우고 난동을 부린 죄는 인정합니다. 운명이 내게 덫을 놓았던 그 순간, 영원히 정직한 사람이 되고자 했습니다! 그러나 나의 원수이자 아버지인 노인의 죽음에 대해서는 죄가 없습니다! 강도짓에 대해서도 절대, 절대 죄가 없습니다. 저는 유죄일 수가 없습니다. 드미트리 카라마조프는 비열한 인간일지언정 도둑놈은 아니니까요!"

미탸는 이렇게 외치고 자리에 앉았다. 온몸을 부들부들 떨고 있는 듯했다. 재판장은 다시 한번 미탸에게 묻는 말에만 대답하고 질문과 상관없는 말을 하거나 흥분에 휩싸여 고함을 지르는 것을 삼가라고 간단히 주의를 주었다. 그런 다음 심리를 시작하라고 명령했다. 선서를 하기 위해 증인들이 전부 앞으로 나왔다. 나는 그때 모든 증인을 한눈에 볼 수 있었다. 피고의 형제만 선서 없이 증언을 하도록 허락받았다. 신부와 재판장의 고시가 끝나자 증인들은 안내를 받아 그 자리에서 물러나 되도록 서로 떨어진 자리에 앉았다. 뒤이어 한 사람씩 호명을 받아 나오기 시작했다.

2. 위험한 증인들

재판장이 검사 측 증인과 변호사 측 증인을 따로 구분해두었는지, 또 어떤 순서로 그들을 호명하기로 되어 있었는지는 모르겠다. 아마 그런 구분도 있고, 순서도 있었을 것이다. 다만 내가 아는 것은 검사 측 증인이 먼저 호명되었다는 것뿐이다. 다시 한번 말하지만 나는 모든 심문을 차례대로 전부 기록할 생각은 없다. 더욱이 내 기록은 어떤 면에서는 불필요할 수도 있다. 검사와 변호사가 공방을 시작하자, 두 사람의 연설에 모든 증거와 증언이 그 특징을 드러내는 선명한 빛을 받아 하나의 점으로 축약되었기 때문이다. 나는 이 훌륭한 두 연설을 부분적으로나마 정확하게 기록해놓았으니, 때가 되면 독자들에게 전달하도록 하겠다. 또한 공방이 시작되기 전 돌연히 발생해 무섭고도 운명적인 판결에 영향을 준 전혀 예기치 못한 중요한 사건도 적절한 시기에 전할 생각이다. 여기서 말해둘 것은, 공판이 시작된 직후 이 사건의 독특한 특징이 명백하게 드러나 모두가 그것을 감지했다는 것뿐이다. 그것은 다름 아니라 변호사 측이 가진 수단에 비해 혐의가 무척 강력했다는 점이었다. 엄중한 법정에서 여러 사실들이 분류되면서 그 끔찍한 피가 점차 표면으로 드러나기 시작한 첫 순간 모두가 그것을 깨달았다. 어쩌면 처음 공판이 시작되었을 때부터 이 사건은 논쟁의 여지가 없으며, 의혹을 가질 만한 부분도 없고, 사실 변론도 전혀 필요가 없으나 그저 구색을 갖추기 위한 것일 뿐이며, 범인은 유죄임을, 명백한 유죄이고 철저한 유죄임을 모두가 깨닫고 있었는지도 모른다. 나는 흥미로운 피고의 무죄가 밝혀지기를 그토록 초조하게 열망하던 부인들까지도 하나같이 그의 유죄를 확신하고 있었다고 생각한다. 그의 유죄가 그토록 명백해지지 않았더라면 몹시 상심했으리라는 생각마저 든다. 그렇게 되면 마지막에 피고의 무죄가 밝혀질 때 극적인 효과가 생기지 않기 때문이다. 그러나 이상하게도, 부인들은 하나같이 미탸가 무죄 판결을 받을 거라고 마지막 순간까지 절대적으로 믿고 있었다. '유죄이기는 하나, 최근 널리 퍼지기 시작한 인도주의와 새로운 사상, 새로운 감정을 바탕으로 무죄가 선고될 것이다.' 이것이 그들의 생각이었다. 그런 생각 때문에 그토록 안달하며 이곳으로 모여든 것이다. 남자들이 가장 흥미를 느낀 것은 검사와 저명한 페튜코비치의 대결이었다. 다들 '아무리 페튜코비치가 재능이 있다 한들 전혀 가망이 없는 이 사건에서 과연 무엇을 할 수 있을 것인가?' 하는 의구심을 느꼈다. 그들은 정신을 바짝 차리고 변호사의 일거수일투족을 지켜보았다. 그러나 페튜코비치는 마지막 순간까지, 즉 변론을 펼칠 때까지 수수께끼로 남았다. 노련한 사람들은 페튜코비치에게 일정한 체계가 있으며, 나름의 생각과 어떤 목적이 있다고 직감했으나, 그 목적이 무엇인지 짐작하기란 거의 불가능했다. 그러나 페튜코비치의 확신과 자신감은 선명히 눈에 들어왔다. 사람들은 그가 우리 고장에 머문 사흘 남짓한 짧은 시간에 놀라울 만큼 속속들이 사건을 파악하고 '상세히 그것을 연구했다'는 사실도 즉시 깨닫고 만족감을 느꼈다. 나중에 그들은 페튜코비치가 어떻게 적절한 순간에 증인들을 '유도해' 상황에 따라 궁지에 몰아넣었으며, 특히 어떤 식으로 증인의 도덕적 평판에 먹칠을 해서 그 사람의 증언까지 먹칠이 되도록 만들었는지 즐겁게 이야기하곤 했다. 그들은 페튜코비치가 이른바 법률가로서의 실력을 연마하려고, 즉 이미 습득한 변호 기술을 잊어버리지 않으려고 유희 삼아 그러는 것이라고 생각했다. 왜냐하면 그가 그렇게 '먹칠을 함으로써' 결과적으로 무슨 커다란 득을 보지는 못한다는 것을 누구나 알고 있었기 때문이다. 그것은 나름의 생각과, 때가 되면 불시에 꺼내 보일 변호의 무기를 숨겨둔 페튜코비치 자신이 가장 잘 알고 있을 터였다. 그러나 일단은 자신의 실력을 인지하면서 멋대로 장난을 치는 듯했다. 이를테면 표도르 파블로비치의 옛 하인이자 '정원으로 통하는 문이 열려 있었다'는 결정적인 증언을 한 그리고리 바실리예프가 심문을 받을 때 변호사는 자신이 심문할 차례가 되자 끈덕지게 증인을 물고 늘어졌다. 그리고리가 공판의 규모나 자신의 말에 귀를 기울이는 수많은 방청객의 존재에도 불구하고 조금도 위축되지 않고 당당하다 싶을 만큼 침착한 태도로 입정했다는 점을 밝혀 두어야겠다. 그리고리는 공손함의 정도에서 차이가 있을 뿐, 마르파 이그나티예브나와 단둘이 얘기할 때와 마찬가지로 확신에 찬 태도로 증언했다. 그를 무너뜨리는 것은 불가능했다. 먼저 검사가 카라마조프가의 사정에 대해 한참 동안 자세히 심문했다. 카라마조프가의 가정사가 선명히 드러났다. 증인이 정직하고 공정하게 진술한다는 것은 눈에 보이고 귀에 들렸다. 이를테면, 그는 자신의 옛 주인에 대해 깊은 존경을 표하면서도 미탸에 대한 주인의 태도가 부당했다며, 미탸의 어린 시절에 대해 설명할 때 '주인어른은 자식들을 제대로 양육하지 않았습니다. 제가 아니었다면 어린 미탸 도련님은 아마 이에 갉아 먹혀버리고 말았을 겁니다'라는 말을 덧붙였다. "친어머니에게서 상속받은 아들의 재산을 빼앗은 것도 아버지로서는 해선 안 될 행동이었지요." 표도르가 아들의 재산을 빼앗았다는 근거가 무엇이냐고 검사가 묻자 그리고리는 아무런 근거도 대지 못해 모두의 놀라움을 자아냈지만, 그럼에도 역시 아들과의 재산 계산이 '잘못되었으며' 분명히 '수천 루블을 더 지불해야 했다'고 주장했다. 참고로 검사는 표도르가 정말로 미탸에게 지불하지 않은 금액이 있느냐고 알료샤와 이반을 비롯해 물어볼 만한 모든 증인들에게 집요하게 물어보았지만, 누구에게서도 정확한 정보를 얻지 못했다. 다들 그것이 사실이라고 주장했지만, 이렇다 할 증거를 댈 수 있는 사람은 아무도 없었다. 그리고리가 식사 후 드미트리가 뛰어 들어와 아버지를 때리고 나중에 다시 와서 죽여버리겠다고 협박했던 장면을 이야기하자 법정 안의 분위기는 무겁게 가라앉았다. 늙은 하인이 차분하게 사족 없이 자기만의 독특한 말투로 말한 것이 굉장한 능변이 되어버려서 더욱 그랬다. 노인은 당시 미탸가 자기의 얼굴을 때리고 쓰러뜨린 것에 대해서는 더 이상 화가 나지 않으며 오래전에 용서했다고 말했다. 죽은 스메르댜코프에 대해서는 성호를 그으며 재능 있는 청년이었지만 어리석고 병 때문에 성격이 음침해졌고 무엇보다 신을 믿지 않았는데, 그것은 표도르 파블로비치와 장남에게서 배운 것이라고 말했다. 그러나 스메르댜코프가 정직하다는 점만은 열을 올리며 인정했고, 스메르댜코프가 주인이 떨어뜨린 돈을 보고도 그것을 슬쩍하지 않고 주인에게 갖다주었으며, 주인은 상으로 '금화'를 주고 그 뒤로 무슨 일에 있어서든 스메르댜코프를 신뢰하게 되었다고 말했다. 정원으로 통하는 문은 분명히 열려 있었다고 완고하게 주장했다. 그리고리는 너무 많은 질문을 받았으므로 나는 그것들을 일일이 기억할 수가 없다. 마침내 변호사가 심문할 차례가 되었다. 변호사는 먼저 표도르가 '어떤 여인'을 위해 3000루블을 숨겨두었'다는' 봉투에 대해 묻기 시작했다. "오랜 세월 동안 주인을 가까이서 모신 증인은 그 봉투를 직접 본 적이 있습니까?" 그리고리는 본 적이 없으며, '최근 모두가 그 돈 봉투에 대해 떠들기 전까지는' 누구에게서도 그 돈에 대해 들어본 적이 없다고 대답했다. 페튜코비치는 이 봉투에 관한 질문을, 검사가 재산 분배에 관해 물을 때와 똑같은 집요함을 보이며 물어볼 수 있는 모든 증인들에게 물어보았고, 그 봉투에 대해 들어보기는 했으나 본 적은 없다는 일관된 답변을 들었다. 사람들은 처음부터 변호사가 이 질문에 집요하게 매달린다는 것을 깨달았다.

"그렇다면 이런 질문을 드리고 싶습니다만." 페튜코비치가 예기치 않게 질문을 꺼냈다. "예심에서 그날 밤 아픈 허리를 치료하려고 발삼인가 약술인가 하는 것을 발랐다고 했는데, 그 술은 무엇으로 만든 겁니까?"

그리고리는 얼빠진 눈으로 잠시 말없이 심문자를 쳐다보더니 이렇게 중얼거렸다.

"사루비아가 들어갔습니다."

"사루비아뿐입니까? 다른 건 생각 안 납니까?"

"질경이도 들어갔습니다."

"그럼 고추는요?" 페튜코비치는 호기심을 보였다.

"고추도 들어갔지요."

"그 밖에 이런저런 것들이 들어갔겠군요. 그걸 전부 보드카에 담갔습니까?"

"주정에 담갔습니다."

법정 안에 가벼운 웃음소리가 들렸다.

"심지어 주정에 담갔군요. 허리에 바르고 남은 술은 증인의 부인만 알고 있는 어떤 경건한 기도문을 외면서 전부 마셨다지요?"

"그렇습니다."

"대충 얼마나 됐습니까? 대충 말입니다. 한 잔? 두 잔?"

"한 컵쯤 됐을 겁니다."

"한 컵이나 됐군요. 혹시 한 컵 반쯤 되지는 않았습니까?"

그리고리는 입을 다물었다. 무언가 깨달은 눈치였다.

"순 주정으로 한 컵 반이면 상당한 양인데, 증인은 어떻게 생각하십니까? 정원 문이 아니라 '낙원 문이 열린 것'도 볼 수 있지 않을까요?"

그리고리는 여전히 말이 없었다. 또다시 웃음소리가 일었다. 재판장이 몸을 약간 들썩였다.

"정원 문이 열린 것을 보았을 때, 잠들어 있지 않았던 게 확실합니까?" 페튜코비치는 점점 더 집요하게 질문했다.

"두 다리로 분명히 서 있었습니다."

"그게 잠들어 있지 않았다는 증거가 되지는 않지요(법정 안에서는 계속해서 웃음소리가 터져 나왔다). 그때 누군가가, 예를 들어 올해가 몇 년도인지 물었다면, 증인은 대답할 수 있었겠습니까?"

"그건 모릅니다."

"올해가 서기로 몇 년인지, 그리스도가 탄생한 이래로 몇 년인지 모릅니까?"

그리고리는 자기를 괴롭히는 인물을 빤히 쳐다보며 당혹스러운 얼굴로 서 있었다. 이상하게도, 그는 올해가 몇 년인지 정말로 모르는 모양이었다.

"그럼 당신 손에 손가락이 몇 개인지는 알고 있습니까?"

"저는 종놈입니다." 별안간 그리고리가 큰 소리로 한 마디 한 마디 끊어 말했다. "윗분들이 이놈을 조롱해야겠다면, 참는 수밖에 없지요."

페튜코비치의 기세가 약간 누그러들었고, 재판장도 개입해서 변호사에게 좀 더 적절한 질문을 하라고 주의를 주었다. 페튜코비치는 재판장의 말이 끝나자 정중히 고개 숙여 인사하고는 심문이 끝났다고 말했다. 물론 방청객과 배심원의 마음속에는 그런 치료를 받느라 '낙원 문'을 볼 수도 있었던 데다가 올해가 서기 몇 년인지도 모르는 인물의 증언에 자그마한 의혹의 벌레가 꿈틀거리게 되었다. 그러니 변호사는 자신의 목적을 달성한 셈이었다. 그러나 그리고리가 퇴장하기 전 또 한 가지 에피소드가 벌어졌다. 재판장은 피고를 향해 증인의 진술에 이의가 없느냐고 물었다.

"문 얘기 빼고는 모두 사실입니다." 미탸는 큰 소리로 외쳤다. "내 몸의 이를 잡아준 것도 고맙고, 내가 때린 것을 용서해준 것도 고맙습니다. 저 노인은 한평생 정직하게 살며, 아버지에게 칠백 마리의 푸들처럼 충성을 바쳤습니다."

"피고는 말을 삼가시오."재판장이 엄숙하게 말했다.

"나는 푸들이 아닙니다." 그리고리도 볼멘소리로 말했다.

"그럼 제가 푸들입니다, 제가 푸들이에요!" 미탸가 외쳤다. "기분이 나쁘다면, 제가 푸들인 걸로 하지요. 저 노인에게는 용서를 빌겠습니다. 저는 짐승같이 굴었고, 저 사람에게 잔인한 짓을 했습니다. 이솝 영감에게도 잔인한 짓을 했지요."

"이솝 영감이 누굽니까?" 재판장은 다시 엄한 어조로 물었다.

"그 피에로… 제 아버지, 표도르 파블로비치 말입니다."

재판장은 더욱 엄숙한 태도로 다시 한번 말을 신중히 하라고 주의를 주었다.

"그런 언행은 당신에 대한 재판관들의 견해에 부정적인 영향을 줄 수 있소."

변호인은 증인으로 나온 라키틴을 심문할 때도 교묘한 기지를 발휘했다. 참고로 라키틴은 검사가 무척 소중하게 여겼을 것이 분명한 가장 중요한 증인 가운데 하나였다. 라키틴은 모든 것을 알고 있었다. 놀라울 만큼 많은 것을 알고 있었고, 모든 사람의 집에 방문했으며, 모든 것을 보았고, 모든 사람과 대화를 나눴고, 표도르 파블로비치와 카라마조프 일가의 내력을 세세하게 꿰고 있었다. 3000루블이 든 봉투에 대해서는 그도 미탸에게서 들은 것이 전부였다. 그러나 미탸가 술집 '수도'에서 어떤 추태를 벌였는지 그 망신스러운 언행을 자세히 묘사했으며, 스네기료프 대위의 '수세미' 사건에 대해서도 진술했다. 그러나 표도르 파블로비치가 재산 문제에 관해 미탸에게 지불하지 않은 액수가 있느냐는 특별한 항목에 대해서는 라키틴도 이렇다 할 증언을 하지 못하고 그저 혐오감이 섞인 일반적인 이야기로 얼버무렸다. "자기가 누군지 알지도, 규정하지도 못하는 카라마조프적 난장판 속에서 누가 잘못을 했는지, 누가 누구에게 빚이 있는지 어떻게 알 수 있겠습니까?" 그는 지금 심판대에 오른 비극적인 범죄가 모두 농노제의 고루한 풍습과, 적절한 제도가 없어 고통받으며 무질서에 빠진 러시아의 산물이라고 표현했다. 한마디로, 그는 나름대로 자신의 주장을 편 것이다. 그는 이 소송을 통해 처음으로 사람들에게 자신의 존재를 알리고 각인시켰다. 검사는 증인이 이 범행에 관한 글을 써서 잡지에 투고하려 한다는 것을 알고 있었다. 자신의 논고 때(나중에 소개할 것이다) 그 글에서 몇 가지 생각을 인용한 것을 보면, 이미 그것을 읽어본 모양이었다. 증인이 묘사한 광경은 음울하면서도 치명적이었고, '혐의'를 강력하게 뒷받침했다. 라키틴의 진술은 자유로운 사상과 흔치 않은 고상한 전개로 방청객의 마음을 사로잡았다. 농노제와 무질서로 고통받는 러시아에 관한 대목에서는 두어 차례 갑자기 박수 소리가 터져 나오기도 했다. 그러나 아직 젊은 라키틴은 작은 실수를 저질렀고, 변호사는 대번에 그것을 멋지게 이용했다. 그루셴카에 대한 질문에 답변할 때, 스스로도 느끼고 있던 자신의 성공과 자기가 도달한 고상함에 도취된 나머지 아그라페나 알렉산드로브나를 두고 은근히 경멸하듯이 '상인 삼소노프의 첩'이라고 말해 버린 것이다. 라키틴은 그 말을 물릴 수만 있다면 아무리 비싼 대가라도 기꺼이 치렀을 것이다. 그 말 때문에 페튜코비치에게 자신을 공격할 빌미가 생겼기 때문이다. 페튜코비치가 그토록 짧은 시간에 사건의 자세한 내막까지 파악했을 줄은 전혀 생각지 못한 것이 화근이었다.

"묻고 싶은 것이 있습니다만." 변호사는 자신이 질문할 차례가 되자 공손하다고 느껴질 만큼 친절한 미소를 지으며 말을 시작했다. "증인은 교구에서 발행한, 심오하고 종교적인 사상으로 가득하고 위대한 장로님에 대한 훌륭하고 경건한 헌사가 담긴《평안히 잠드신 조시마 장로의 생애》를 쓴 그 라키틴 씨가 맞지요? 저는 얼마 전에 그 책을 무척 즐겁게 읽었습니다."

"그건 출판하려고 쓴 게 아니었습니다…. 나중에 우연히 출판된 겁니다." 라키틴은 갑자기 몹시 당황한 듯이 수치심까지 느끼며 중얼거렸다.

"오, 참 잘된 일입니다! 당신 같은 사상가는 모든 사회 현상에 대해 폭넓은 견해를 가질 수 있고, 또 그래야만 하지요. 위대한 성직자의 가호로 당신의 유익한 책자는 널리 전파되어 사람들에게 이익을 가져다주었습니다…. 그런데 제가 묻고 싶은 건 이겁니다. 증인은 방금 스베틀로바 양과 매우 가까운 사이였다고 했지요?" (Nota bene(주의), 그루셴카의 성은 '스베틀로바'였다. 나는 이날 심리에서 그것을 처음 알았다.)

"전 제가 아는 모든 사람들에 대해 책임을 질 수는 없습니다…. 전 아직 젊습니다…. 그리고 자기와 만나는 모든 사람에 대해 책임질 수 있는 사람이 세상에 어디 있겠습니까?" 라키틴은 벌컥 화를 냈다.

"압니다, 잘 압니다!" 페튜코비치는 당황해서 황급히 사과를 하는 사람처럼 이렇게 외쳤다. "물론 증인도 누구나 그렇듯, 이곳 젊은이들의 꽃을 기꺼이 집에 들이던 젊고 아름다운 여인과 교제하는 데 관심을 가질 수 있지요…. 다만 한 가지 알고 싶은 것이 있습니다. 제가 알기로, 스베틀로바 양은 두 달 전쯤 카라마조프가의 막내아들 알렉세이 표도로비치와 친분을 맺기를 간절히 원해서, 알렉세이 씨를 그때 당시의 수도복 차림으로 데려다주기만 하면 당신에게 25루블을 주기로 약속했다지요. 아시다시피 그것은 이번 사건의 바탕이 된 비극적인 재앙이 벌어진 그날 저녁에 있었던 일입니다. 증인은 실제로 알렉세이 씨를 스베틀로바 양에게 데려가서 그 대가로 25루블을 받았습니까? 제가 증인에게서 듣고 싶은 건 이겁니다."

"그건 장난이었습니다…. 왜 그 일에 흥미를 가지시는지 모르겠군요. 그 돈은 장난삼아 받은 겁니다…. 나중에 돌려줄 생각으로요…."

"그럼 받긴 받았다는 말이군요. 그런데 아직 돌려주지는 않으셨지요…. 아니면, 돌려주셨습니까?"

"그건 하찮은 일입니다…." 라키틴은 중얼거렸다. "그런 질문에는 대답할 수 없습니다…. 돈은 물론 돌려줄 겁니다."

재판장이 나섰고, 변호사도 라키틴에 대한 심문을 마쳤다고 선언했다. 라키틴 씨는 조금 체면을 구긴 채 무대를 내려왔다. 그의 숭고한 연설이 준 인상은 훼손되고 말았다. 페튜코비치는 방청객에게 '당신들의 고상한 고발자는 이런 사람이오!'라고 말하는 듯한 눈으로 그의 모습을 좇았다. 여기서도 미탸가 벌인 에피소드가 빠질 수는 없었다. 그는 그루셴카에 대한 라키틴의 말투에 분노한 나머지 별안간 앉은 자리에서 "베르나르 같은 놈!"이라고 외쳤다. 라키틴의 심문이 모두 끝나고 재판장이 피고에게 이의가 없느냐고 물었을 때는 큰 소리로 이렇게 고함을 질렀다.

"저놈은 피고인 제게도 돈을 빌려 갔습니다! 출세에 눈이 먼 경멸스러운 베르나르 같은 놈입니다. 하느님도 믿지 않고, 돌아가신 장로님도 기만했습니다!"

물론 미탸는 거친 표현을 삼가라고 재차 주의를 받았지만, 덕분에 라키틴 씨는 그나마 남아 있던 체면까지 바닥에 떨어지고 말았다. 스네기료프 대위의 증언에도 행운이 따르지는 않았는데, 그것은 전혀 다른 이유에서였다. 대위는 다 떨어진 꾀죄죄한 옷에 지저분한 부츠를 신고, 수없이 주의를 주고 미리 '검사'까지 했음에도 불구하고 얼큰하게 취한 채 증인석에 올랐다. 미탸에게 받은 모욕에 대해 묻자, 그는 돌연 대답을 거부했다.

"저분에게 하느님이 함께하시길. 우리 일류셰치카가 말하지 말라고 했습니다. 하느님이 저세상에서 보상해주시겠지요."

"누가 말하지 말라고 했다고요? 누구 얘깁니까?"

"제 아들 일류셰치카 말입니다. '아빠, 아빠, 어떻게 아빠를 그렇게 모욕할 수가 있죠!' 바위 앞에서 그렇게 말했지요. 그 아인 지금 죽어가고 있습니다…."

대위는 갑자기 목 놓아 울면서 재판장의 발밑에 널브러졌다. 그는 방청객의 웃음소리를 들으며 즉시 끌려 나갔다. 특정한 인상을 자아내려던 검사의 계획은 수포로 돌아갔다.

변호사는 계속해서 모든 자료를 활용해 사건의 극히 사소한 부분까지 알고 있다는 것을 보여줌으로써 갈수록 더 큰 놀라움을 자아냈다. 이를테면, 강렬한 인상을 남긴 트리폰 보리소비치의 증언은 미탸에게는 물론 몹시 불리한 것이었다. 그는 손가락으로 세다시피 하면서 비극이 벌어지기 한 달 전쯤 미탸가 처음 모크로예에 왔을 때 쓴 돈이 3000루블 이상이라고 주장했다. "그보다 적다고 해봤자 아주 미미한 액수일 겁니다. 집시 계집들에게 뿌린 돈만 해도 얼마인데요! 이가 드글거리는 농부들한테도 '길 가다 50코페이카짜리 은화를 던져주는' 정도가 아니라, 못해도 25루블은 되는 지폐를 뿌렸습지요. 절대 그보다 적지는 않았습니다. 그때 저분이 그냥 도둑맞은 돈도 얼마인지 모릅니다! 훔쳐간 놈이 자기 손을 그 자리에 놔뒀을 리도 없고, 저분도 스스로 나서서 마구 돈을 뿌려댄 판에 대체 어디서 도둑을 잡겠습니까? 우리 마을 사람들은 영혼도 없는 날강도나 다름없습니다. 처녀들, 마을 처녀들한테는 또 얼마가 굴러 떨어졌는지! 전에는 쪼들리며 살던 마을 사람들이 그때 이후로 부자가 됐다니까요." 한마디로, 그는 미탸가 어떻게 돈을 썼는지 하나하나 상기해가며 정확한 액수를 제시했다. 따라서 1500루블만 쓰고 나머지는 향갑에 넣어두었다는 가정은 이루어질 수 없었다. "제가 봤습니다. 손에 3000루블이 꼭 1코페이카짜리 동전마냥 들려 있는 걸 두 눈으로 똑똑히 봤습니다. 제가 어디 돈 세는데 서툴 사람입니까?" 트리폰은 '윗분들' 비위를 맞추려고 애쓰며 이렇게 외쳤다. 그런데 변호사가 심문할 차례가 돌아오자, 변호사는 증언에 아무런 반박도 하지 않고, 갑자기 화제를 바꿔 미탸가 구속되기 한 달 전 처음 모크로예에서 술판을 벌였을 때, 그가 술에 취해 떨어트린 100루블짜리 지폐를 마부 티모페이와 농부 아킴이 헛간 바닥에서 주워 트리폰에게 갖다주자 트리폰이 그들에게 1루블씩 준 이야기를 꺼냈다. "그래, 그때 그 100루블을 카라마조프 씨에게 돌려줬습니까?" 트리폰은 어떻게든 발뺌을 하려고 애를 썼으나, 농부들이 불려나와 심문을 받자 그제야 100루블을 발견했다고 털어놓으면서, "그때 드미트리 표도로비치에게 모두 돌려주었습니다. 정직하게 모두 드렸지만 그때 저분은 워낙 취해 있었으니 아마 기억하지 못할 겁니다"라고 덧붙였다. 하지만 두 농부가 증인으로 불려나오기 전까지는 100루블을 발견한 것을 부인했으므로, 술 취한 미탸에게 돈을 돌려주었다는 증언 역시 커다란 의혹을 샀다. 이렇듯 검사가 내세운 가장 위험한 증인 가운데 한 사람도 의혹 속에서 체면을 구긴 채 물러나야 했다. 두 폴란드인도 마찬가지였다. 그들은 거만하고 당당한 태도로 나타났다. 그들은 우선 자기들은 '국왕을 섬긴 몸'이며, '판 미탸'가 그들의 명예를 매수하려고 3000루블을 주겠다고 제안했고, 그 손에 거액이 들린 것도 보았다고 큰 소리로 증언했다. 무샬로비치는 문장 속에 폴란드어를 엄청나게 섞어서 말하다가, 그것 덕분에 재판장과 검사가 자신을 대단한 사람으로 본다는 생각이 들자 의기양양해져서 나중엔 아예 폴란드어로만 지껄여댔다. 그러나 그들도 페튜코비치의 덫에 걸렸다. 다시 불려나온 트리폰 보리소비치가 어떻게든 상황을 모면하려고 애를 썼으나, 결국 브루블렙스키가 카드를 바꿔치기 했다는 것과 무샬로비치가 패를 돌릴 때 속임수를 썼다는 것을 털어놓는 수밖에 없었다. 칼가노프도 자신이 증언할 때 그 사실을 확인해주었다. 두 폴란드 신사는 방청객의 조롱을 받으며 망신을 당한 채 물러났다.

뒤이어 위험한 다른 증인들도 모두 같은 꼴이 되었다. 페튜코비치는 그들의 도덕성에 먹칠을 해서 콧대를 납작하게 만든 다음에야 놓아주었다. 방청객과 법률가들은 그 광경을 즐겁게 구경했지만, 그런다고 무슨 중요하고 결정적인 결과를 이끌어낼 수 있을지 의아해했다. 다시 한번 말하거니와, 시간이 지날수록 절망적으로 커져가기만 하는 혐의에서 미탸를 구제할 희망이 없음을 모두가 느끼고 있었기 때문이다. 그러나 '위대한 마법사'의 확신에 찬 모습에 사람들은 그가 침착하다는 것을 느꼈고, 페테르부르크에서 '저런 사람'이 공연히 찾아왔을 리는 없다, 저런 사람이 빈손으로 돌아갈 리는 없다고 생각하며 기대를 가졌다.

3. 의학 감정과 호두 1푼트

의학 감정도 피고에게 별 도움이 되지 못했다. 페튜코비치도 이 의학 감정에 큰 기대가 없는 듯했고, 나중에 실제로 그랬다는 것이 확인되기도 했다. 애당초 이 감정은 오로지 모스크바에서 일부러 유명한 의사를 불러온 카테리나 이바노브나의 고집 때문에 이루어진 일이었다. 물론 변호사 측으로서는 의학 감정을 한다고 해서 손해 볼 것은 없었고, 상황에 따라서는 득이 될 수도 있었다. 그런데 의사들 사이에서 약간의 견해차가 나타나면서 하나의 코미디가 연출되고 말았다. 전문가는 모스크바에서 온 유명한 의사와 이 고장 의사 게르첸쉬투베, 젊은 의사 바르빈스키였다. 게르첸쉬투베와 바르빈스키는 검사 측 증인으로 소환된 것이기도 했다. 먼저 게르첸쉬투베가 전문가 자격으로 심문을 받았다. 게르첸쉬투베는 정수리가 벗겨진 일흔 살의 백발 노인으로, 키는 보통이고 체격은 건장했다. 고장 사람들은 그를 우러러보며 깊이 존경했다. 그는 양심적인 의사였으며, 인간적으로도 훌륭했고 신앙심도 깊었다. 정확하게는 모르겠지만, 헤른후트 파인가 '모라비아 형제단'인가 하는 종파인 것 같았다. 그는 벌써 오래전부터 이 고장에서 살았으며, 품행이 지극히 훌륭했다. 선량하고 정이 많아서 형편이 어려운 환자나 농부를 무료로 치료해주기도 했고, 그들의 허름한 집과 오두막을 직접 찾아가 약값을 놓고 오기도 했다. 그러나 노새처럼 고집불통인 면도 있었다. 한번 그의 머릿속에 자리 잡은 생각은 절대로 바꿀 수가 없었다. 참고로, 모스크바의 유명한 의사가 우리 고장에 온 지 겨우 이삼일 만에 게르첸쉬투베의 역량에 대해 두어 차례 몹시 모욕적인 발언을 했다는 것은 이 고장 사람들 거의 모두가 아는 사실이었다. 모스크바의 의사는 25루블이 넘는 왕진료를 받았지만, 그래도 이곳의 몇몇 사람들은 그가 온 것을 반기며 돈을 아끼지 않고 진료를 받으러 몰려들었다. 물론 그전까지는 모두 게르첸쉬투베에게서 진찰을 받았던 환자들이었다. 그런데 이 유명한 의사가 가는 곳마다 게르첸쉬투베의 치료를 호되게 비판한 것이다. 나중에는 환자를 마주하면서부터 노골적으로 이렇게 묻기도 했다. '당신을 이렇게 망가뜨려놓은 사람이 누구요? 게르첸쉬투베요? 하하!' 물론 게르첸쉬투베도 그런 사실을 모두 알게 되었다. 그리고 지금 이 세 의사가 심문을 받기 위해 차례로 증인석에 오르게 된 것이다. 게르첸쉬투베는 '피고의 지적 능력이 정상이 아니라는 징후가 분명히 나타나고 있다'고 주장했다. 그런 다음 자신의 소견을 밝혔으나, 여기서는 그것을 생략하기로 하겠다. 그는 비정상의 징후가 과거 피고가 저질렀던 여러 가지 행동뿐 아니라, 지금 이 순간에도 나타나고 있다고 밝혔다. 그것이 무엇인지 설명해달라는 요청을 받자, 순박한 늙은 의사는 자기 의견을 솔직하게 이야기했다. "피고는 법정에 들어올 때 상황에 걸맞지 않는 특이하고 이상한 태도를 보였습니다. 시선을 정면에 고정하고 군인처럼 직진했지요. 원래는 부인들이 앉아 있는 왼쪽을 바라보았어야 했습니다. 여성을 굉장히 좋아하는 사람이니, 부인들이 자신에 대해 뭐라고 할지 무척 신경이 쓰였을 테니까요." 노인은 자신만의 독특한 화법으로 이렇게 결론지었다. 덧붙여 말해두자면, 그는 러시아어를 즐겨 썼지만, 그의 입에서 나오는 모든 문장은 어쩐지 독일식이 되어버리고 말았다. 그러나 그는 한 번도 그 점을 부끄럽게 여겨본 적이 없었다. 평생 자신의 러시아어가 '러시아인보다도 나은' 모범적인 것이라고 생각하는 단점을 지니고 있었기 때문이다. 그는 심지어 러시아어 속담이 세계의 속담 중에서 가장 훌륭하고 표현력이 풍부하다고 주장하며 걸핏하면 러시아어 속담을 인용하곤 했다. 또 하나 말해 둘 것은, 가끔 말을 할 때 건망증 때문인지 무엇 때문인지 지극히 흔한 단어를 잊어버릴 때가 많았다는 것이다. 분명히 잘 알고 있는 단어가 느닷없이 머릿속에서 증발하곤 하는 모양이었다. 그것은 독일어로 말할 때도 마찬가지였다. 그럴 때마다 그는 잊어버린 단어를 붙잡기라도 하려는 듯 얼굴 앞에서 손을 흔들어댔다. 잊어버린 단어가 떠오를 때까지는 누구도 그에게 하던 말을 계속하게 할 수 없었다. 피고가 법정 안으로 들어올 때 부인들 쪽을 쳐다보아야 했다는 발언에 방청석에서는 장난스러운 수군거림이 일었다. 이곳 부인들은 이 노인을 무척 좋아했고, 평생 경건하고 순결하게 독신으로 살아온 그가 여성을 숭고하고 이상적인 존재로 보고 있다는 것을 알고 있었다. 그래서 이 뜻밖의 발언은 모두에게 무척 이상하게 느껴졌다.

모스크바의 의사도 자기가 심문받을 차례가 되자 피고의 지적 상태가 '극도로' 비정상적이라고 강력하게 주장했다. '정신 장애'와 '조증'에 대해 여러 가지 수준 높은 이야기를 늘어놓은 다음, 수집한 자료를 종합해볼 때 피고는 체포되기 며칠 전부터 병적인 정신 장애를 일으키고 있었던 것이 분명하며, 만약 그가 범행을 저질렀다면, 그것은 자신을 지배한 병적인 정신적 충동과 싸울 여력이 없어 자신의 행동을 인지하면서도 불가항력적으로 저지른 일이라는 결론을 내놓았다. 또한 정신 장애뿐 아니라 본격적인 광증의 발발을 예고하는 조증의 징후도 나타난다고 말했다. (NB(주의—옮긴이).

나는 내 나름의 말로 이야기하고 있지만 사실 의사는 무척 학술적이고 전문적인 용어로 설명했다.) "피고의 모든 행동은 상식과 논리에 배치됩니다." 그는 말을 계속했다. "제가 보지 않은 것, 즉 범행과 비극적인 사건에 대해서는 차치하더라도, 엊그제 저와 대화할 때 피고의 시선은 이상하게 한 곳에 머물러 있었습니다. 그런가 하면 뜬금없이 웃음을 터뜨리기도 했지요. 계속 이해할 수 없는 흥분에 휩싸여 베르나르니 윤상이니 하는 이상하고 불필요한 말을 늘어놓았습니다." 그러나 의사가 특히 조증을 확신하게 된 근거는, 피고가 자신이 겪은 불행이나 모욕에 대해서는 쉽게 떠올리고 이야기하는 반면, 자신이 빼앗겼다고 생각하는 그 3000루블에 대해서는 언급할 때마다 유별난 흥분을 보였다는 점이었다. 끝으로, 사람들의 증언에 의하면 피고는 물욕이 없고 청렴한 사람이었으나, 조사해보니 피고는 전에도 그 3000루블 얘기만 나오면 광적인 흥분에 휩싸이곤 했다. "박식한 제 동료는," 모스크바의 의사는 빈정거리듯이 이런 이야기로 자신의 연설을 마무리했다. "피고가 법정에 들어오면서 정면이 아니라 부인들 쪽을 바라보아야 한다는 의견을 제시했지만, 거기에 대해서 제가 드릴 말씀은 그 판단이 우스꽝스러울 뿐 아니라, 지극히 잘못되었다는 것뿐입니다. 피고가 자신의 운명이 결정될 법정에 들어올 때 똑바로 앞만 바라본 것이 이상한 일이고, 그것이 지금 이 순간 피고의 비정상적인 정신 상태를 나타내는 징후가 될 수 있다는 데는 전적으로 동의합니다만, 저는 피고가 부인들이 있는 왼쪽이 아니라, 변호인을 찾기 위해 오른쪽을 보았어야 한다고 주장하는 바입니다. 변호인의 도움이 피고의 모든 희망이고, 이젠 변호인의 변론에 자신의 운명이 송두리째 달려 있으니까요." 의사는 단호하고도 고집스러운 태도로 자신의 주장을 펼쳤다. 그런데 마지막으로 심문을 받은 의사 바르빈스키의 예상치 못한 결론이 학식이 뛰어난 두 전문가의 견해차에 특별한 해학성을 부여했다. 바르빈스키의 견해에 따르면, 피고는 과거에나 지금이나 지극히 정상이었다. 체포되기 전에는 초조감과 심한 흥분을 느꼈을 것이 분명하지만, 거기에는 질투, 분노, 지속된 취기 등 여러 가지 명백한 이유가 있을 수 있다. 하지만 이 흥분 상태는 지금 언급된 특별한 '정신 장애'와는 관련이 없다. 피고가 법정에 들어오면서 어느 쪽을 보아야 했는지에 대해서는, '그의 조심스러운 의견에 따르자면', 피고는 실제로도 그랬듯이 정면을 보는 것이 당연하다. 그의 운명을 좌우할 재판장과 재판관들이 정면에 앉아 있기 때문이다. "따라서, 정면을 본 것은 현재 피고의 정신 상태가 지극히 정상이라는 것을 입증합니다." 젊은 의사는 약간 열띤 어조로 자신의 '조심스러운' 진술을 마쳤다.

"브라보, 의사 선생!" 미탸가 자기 자리에서 외쳤다. "다 저 사람 말대로입니다!"

물론 미탸는 제지당했지만, 젊은 의사의 의견은 판사단에게도 방청객에게도 가장 결정적인 영향을 주었다. 나중에 밝혀졌다시피, 모두가 그의 의견에 수긍했기 때문이다. 그런데 증인 자격으로 다시 심문을 받은 게르첸쉬투베가 전혀 뜻밖에도 미탸에게 유리한 진술을 했다. 오랫동안 이 고장에 살면서 오래전부터 카라마조프 집안을 잘 알고 있던 그는 '검사 측'에 무척 흥미로울 법한 몇 가지 진술을 한 후에, 갑자기 무언가 떠오른 듯이 이런 말을 덧붙였다.

"하지만 가엾은 젊은이는 비교할 수 없이 좋은 운명을 살아갈 수도 있었습니다. 어렸을 때도, 또 그 이후로도 줄곧 마음씨가 착했거든요. 제가 잘 압니다. 그런데 러시아 속담에 이런 말이 있지요. '누군가 지혜로운 사람이 있으면 좋다, 하지만 또 다른 지혜로운 손님이 찾아오면 더 좋다, 왜냐하면 지혜가 하나가 아니라 둘이 되기 때문이다….'"

"지혜는 하나일 때도 좋지만, 둘이면 더 좋다는 속담이지요." 검사가 참지 못하고 귀띔해주었다.

노인이 다른 사람이 무슨 생각을 하든, 기다리든 말든 개의치 않고 오히려 감자처럼 투박하고 자기만족이 가득한 자신의 독일식 유머에 자부심을 느끼며 느릿느릿 장황하게 말하는 습관이 있음을 검사는 진작부터 알고 있었다. 노인은 정말로 유머를 좋아했다.

"오, 그—렇지, 제 말이 그겁니다." 노인은 우기듯이 말을 받았다. "지혜는 하나일 때도 좋지만, 둘이면 훨씬 좋습니다. 그런데 저 사람에게는 지혜로운 손님이 찾아오지도 않았고, 자기가 가지고 있던 지혜마저도 잃어버리고 말았습니다…. 가만, 어디다 잃어버렸더라? 어디다 지혜를 잃어버렸는지, 그 말을 잊어버렸군요." 그는 눈앞에 손을 휘저으며 말했다. "아, 그렇지, 슈파치렌."

"산책 말입니까?"

"그렇지, 산책, 제 말이 그겁니다. 저 사람의 지혜는 산책을 나갔다가 너무 으슥한 곳에 들어가버린 나머지 길을 잃어버리고 말았습니다. 하지만 원래는 감사할 줄 아는 감수성이 풍부한 청년이었지요. 오, 피고가 이렇게 조그마한 아이였을 때의 일이 생생히 기억납니다. 아버지 집 뒷마당에 버려져서 단추 하나 달린 바지를 입고 맨발로 흙바닥을 뛰어다녔지요."

정직한 노인의 목소리에 가슴속 깊은 곳에서 우러나오는 감성적인 음조가 배어 있었다. 페튜코비치는 무언가를 예감한 듯 부르르 몸을 떨고선 얼른 이야기에 주의를 기울였다.

"오, 그렇습니다, 저도 아직 젊었을 때였지요…. 저는… 그렇지, 저는 그때 마흔다섯 살이었습니다. 이곳에 온 지 얼마 안 됐을 때였지요. 저는 꼬마가 불쌍해져서, 1푼트쯤 사주지 않을 이유가 없지 않은가, 하고 생각했지요…. 그런데, 뭐가 1푼트였더라? 그걸 뭐라고 하는지 잊어버렸군요…. 아이들이 무척 좋아하는 건데, 거참, 뭐였더라…." 의사는 또다시 손을 흔들었다. "나무에 열리면 따다가 모두에게 나눠주곤 하는 것인데…."

"사과 말입니까?"

"오 아—아—닙니다! 푼트로 센다니까요, 푼트로! 사과는 푼트가 아니라 열 개 단위로 세지요…. 개수가 많고 모두 조그마한데, 입에 넣고 와—그작 깨부수는…!"

"호두 말입니까?"

"그렇지, 호두, 그 말을 하려고 했습니다." 의사는 단어를 떠올리려 애쓴 적이 없다는 듯 태연하게 맞장구를 쳤다. "저는 호두 1푼트를 그 아이에게 갖다주었습니다. 그 아이는 한 번도 누구에게서 호두 1푼트를 받아본 적이 없었거든요. 저는 손가락을 치켜들고 아이한테 '꼬마야, Gott der Vater(성부)'라고 했습니다. 아이는 웃으면서 'Gott der Vater' 하고 따라 하더군요. 제가 'Gott der Sohn(성자)'이라고 말했더니, 아이는 또 웃으면서 'Gott der Sohn' 하고 종알거렸습니다. 이번엔 'Gott der heilige Geist(성령)'라고 말했더니, 아이는 또 웃으면서 'Gott der heilige Geist'라고 할 수 있는 만큼 계속 되풀이하더군요. 저는 그 자리를 떠났습니다. 이틀 후 그 주변을 지나가는데, 아이가 '아저씨, Gott der Vater, Gott der Sohn'이라고 소리치지 뭡니까. Gott der heilige Geist라는 말만 잊어버렸기에 다시 가르쳐주었습니다. 저는 또다시 그 아이가 너무 가여워졌습니다. 하지만 아이가 다른 곳으로 가버리는 바람에 더는 볼 수가 없었지요. 그런데 23년이 지난 어느 날 아침, 이젠 백발이 되어버린 제가 서재에 앉아 있는데, 별안간 꽃처럼 활짝 피어나는 청년 한 사람이 들어오는 게 아니겠습니까. 도통 그 청년을 알아보지 못하고 있는데, 청년은 손가락을 치켜들고 웃으며 이렇게 말하더군요. 'Gott der Vater, Gott der Sohn, Gott der heilige Geist! 이 도시에 오자마자 호두 1푼트에 대해 감사드리려고 찾아왔습니다. 아무도 제게 호두 1푼트를 사주지 않았지만, 오직 선생님만이 호두 1푼트를 사주셨거든요.' 그 말을 듣자 제 행복했던 청춘과 신발도 신지 않고 마당을 뛰어다니던 가엾은 소년이 떠오르지 뭡니까. 저는 가슴이 뭉클해져서 이렇게 말했습니다. '어릴 때 사준 호두 1푼트를 평생 기억하다니, 자네는 은혜를 아는 청년이로군.' 저는 청년을 껴안고 축복해주었습니다. 그러곤 눈물을 흘렸지요. 청년은 웃었지만, 그러면서 자기도 울고 있더군요…. 러시아인은 울어야 할 때 웃는 경우가 많지 않습니까. 청년은 울고 있었습니다. 제가 그걸 봤지요. 그런데 지금은, 아아…!"

"지금도 울고 있습니다, 독일인 선생님, 하느님의 사람이신 분!" 미탸가 갑자기 자기 자리에서 외쳤다.

아무튼 이 에피소드는 방청객에게 좋은 인상을 심어주었다. 그러나 미탸에게 가장 유리한 효과를 불러온 것은 이제 곧 소개할 카테리나 이바노브나의 증언이었다. 비단 카테리나뿐 아니라, à décharge, 즉 변호사 측 증인 심문이 시작된 순간 마치 운명이 미탸에게 진심으로 미소를 짓는 듯했다. 그것은 변호사로서도 전혀 예상치 못한 일이었다. 하지만 카테리나에 앞서 알료샤가 심문을 받았다. 알료샤는 문득 미탸의 가장 중대한 혐의에 반증이 되는 한 가지 사실을 기억해냈다.

4. 행운이 미탸에게 미소 짓다

그것은 알료샤로서도 전혀 생각지 않게 벌어진 일이었다. 알료샤는 선서를 하지 않고 증인석에 올랐다. 검사와 변호사가 심문의 첫 마디를 건넬 때부터 깊은 동정이 어린 상냥한 태도로 그를 대했던 것을 기억한다. 전부터 알료샤의 평판이 좋았다는 것을 알 수 있었다. 알료샤는 겸손하고 조심스러운 태도로 진술했으나, 그 진술에는 불행한 형에 대한 뜨거운 연민이 역력히 느껴졌다. 어느 질문에 답변하면서, 알료샤는 미탸의 성격에 대해 그가 열정에 사로잡힌 난폭한 사람일지는 몰라도, 동시에 고결하고 자긍심이 넘치며 누가 요구한다면 자기희생까지도 감수할 관대한 사람이라고 설명했다. 최근 형이 그루셴카에 대한 열정과 아버지와의 경쟁 때문에 견딜 수 없는 지경에 와 있었다는 것은 그도 인정했다. 그러나 그 3000루블이 형의 머릿속에서 하나의 광적인 집착의 대상이 되었고, 형이 그 돈을 아버지가 가로챈 자신의 유산이라고 생각했으며, 전혀 돈 욕심이 없는 형이지만 그 3000루블 얘기만 나오면 광분을 금치 못했다는 사실은 인정했지만, 형이 돈을 강탈할 목적으로 살인을 저질렀으리라는 가정은 분개하며 부정했다. 검사가 두 '여성'이라고 표현한 그루셴카와 카탸의 경쟁에 대해서는 대답을 꺼렸고, 한두 질문에 대해서는 아예 답변을 거부했다.

"그렇다면 최소한 피고가 증인에게 아버지를 죽이겠다는 말을 한 적은 있습니까?" 검사가 물었다. "필요하다고 생각한다면 답변하지 않으셔도 좋습니다." 검사는 이렇게 덧붙였다.

"직접적으로 말하지는 않았습니다." 알료샤가 대답했다.

"그렇다면요? 간접적으로 말했습니까?"

"아버지에게 개인적인 증오를 느낀다고 말한 적은 한 번 있습니다…. 극단적인 순간에… 극도의 혐오가 치미는 순간에… 아버지를 죽이게 될까봐 두렵다고 했습니다."

"증인은 그 말을 믿었습니까?"

"믿었다고 할 수는 없습니다. 하지만 저는 어떤 고귀한 감정이 운명적인 순간에 형을 구해줄 거라고 언제나 믿고 있었고, 실제로도 그렇게 되었습니다. 아버지를 죽인 것은 형이 아니니까요." 알료샤는 온 법정에 울리도록 커다랗고 단호한 목소리로 이렇게 말을 맺었다. 검사는 나팔 소리를 들은 군마처럼 전율했다.

"증인의 확신이 진심이라는 것을 믿고, 불행한 형제에 대한 사랑이 그러한 확신의 조건이 되었다거나 그와 동일한 것이라고는 생각지 않습니다. 증인의 가정에서 벌어진 비극적인 사건 전반에 대한 증인의 독특한 견해는 우리도 이미 예심을 통해 알고 있습니다. 솔직히 말씀드리면, 증인의 견해는 매우 특수하며 검찰이 확보한 다른 모든 증언에 배치됩니다. 따라서 어떤 근거로 증인이 예심에서 공개적으로 지목한 다른 인물이 범인이고, 증인의 형은 무죄라고 단정하게 되었는지 증인에게서 꼭 들어야 할 필요가 있습니다."

"예심에서는 그저 질문에 답했을 뿐입니다." 알료샤는 작은 목소리로 침착하게 말했다. "제가 스스로 스메르댜코프를 고발한 것은 아닙니다."

"아무튼 그 사람을 지목하지 않았습니까?"

"드미트리 형의 말을 듣고 지목한 겁니다. 심문을 받기 전에 형이 체포될 때의 상황과 그때 형이 스메르댜코프를 범인으로 지목했다는 얘기를 들었습니다. 저는 형이 범인이 아니라고 확신합니다. 그러니 형이 살해한 게 아니라면…."

"그럼 스메르댜코프가 범인이라는 말씀이군요. 그렇지만 왜 하필 스메르댜코프가 범인일까요? 그리고 어째서 피고가 범인이 아니라고 그렇게 절대적으로 확신하는 겁니까?"

"형을 믿지 않을 수가 없었습니다. 저는 형이 제게 거짓말을 하지 않는다는 걸 알고 있습니다. 또 형의 얼굴은 거짓말을 하는 얼굴이 아니었습니다."

"얼굴만 보고서 판단한 겁니까? 그게 증거의 전부입니까?"

"그것 말고는 증거가 없습니다."

"스메르댜코프가 유죄라는 데 대해서도 피고의 말과 표정 외에는 증거가 전무합니까?"

"네, 다른 증거는 없습니다."

검사는 여기서 심문을 마쳤다. 알료샤의 답변에 방청객들은 커다란 실망을 느꼈다. 이 고장에서는 누가 무슨 얘기를 들었다느니 누가 무슨 증거를 댔다느니 하며 공판 전부터 스메르댜코프에 대해 여러 가지 이야기가 떠돌고 있었고, 알료샤에 대해서도 미탸의 무죄와 하인의 유죄를 입증할 결정적인 증거를 모아두었다는 소문이 있었다. 그런데 알료샤에게는 피고의 친형제로서 지극히 당연한 심증 외에 아무런 증거도 없었던 것이다.

그러나 페튜코비치도 심문을 시작했다. 피고가 알료샤에게 아버지에 대한 증오와 아버지를 살해할지도 모른다는 말을 한 때가 언제인지, 그 말을 들은 것이, 이를테면 참극이 일어나기 전 마지막으로 만났을 때인지를 묻는 질문에 대답하다가 알료샤는 갑자기 무슨 생각이 떠올랐는지 몸을 흠칫 떨었다.

"저도 까맣게 잊을 뻔했던 한 가지 사실이 지금 생각났습니다. 그때는 분명하지가 않았는데, 이제 보니…."

알료샤는 지금 막 그 생각에 사로잡혔는지, 저녁에 수도원으로 돌아가는 길에 나무 앞에서 마지막으로 미탸와 만났을 때 그가 가슴을, '가슴 윗부분을 치면서' 명예를 회복할 방법이 그곳, 자신의 가슴에 있다고 말했다는 사실을 열을 올리며 이야기했다. "저는 그때 형이 가슴을 친 것이 심장을 뜻하는 줄 알았습니다." 알료샤는 말을 이었다. "형의 목전에 놓인, 제게도 털어놓을 수 없는 끔찍한 치욕에서 벗어날 수 있는 힘을 자신의 심장에서 찾아낼 수 있다는 말이라고 생각했습니다. 사실 저는 형이 아버지 얘기를 하는 줄 알았습니다. 아버지를 찾아가 폭행하게 되리라는 생각에 수치심을 느껴 전율하고 있다고 생각했지요. 하지만 형은 그때 자신의 가슴에 있는 무언가를 가리킨 것이었습니다. 심장은 그 부근이 아니라 더 아래쪽에 있는데, 형은 훨씬 윗부분, 목 바로 아래를 치며 계속 그곳을 가리키고 있다는 생각이 얼핏 들었던 기억이 납니다. 그때는 그걸 어리석은 생각으로 치부했는데, 어쩌면 형은 그때 1500루블을 꿰매 넣은 향갑을 가리킨 것인지도 모르겠습니다…!"

"맞아!" 별안간 미탸가 자리에서 외쳤다. "바로 그거야, 알료샤, 나는 그때 주먹으로 그걸 두드린 거야!"

페튜코비치는 얼른 미탸에게 진정하라고 부탁한 다음, 곧바로 알료샤에게 여러 가지 질문을 던졌다. 알료샤는 기억이 떠오른 데 흥분해서, 미탸가 말한 수치란 필시 카테리나 이바노브나에게 진 빚의 절반을 갚을 수 있는 1500루블을 가지고 있으면서도, 그것을 돌려주지 않고 그루셴카가 응하기만 하면 그녀를 데리고 떠나는 데 쓰겠다고 마음먹은 것을 의미했으리라는 가정을 열을 올리며 이야기했다.

"그랬습니다. 바로 그랬던 겁니다." 알료샤는 갑작스러운 흥분에 휩싸여 소리쳤다. "그때 형은 제게 치욕의 절반(형은 몇 번 씩이나 절반이라는 말을 했습니다!)은 지금 벗을 수 있지만, 불행하게도 나약한 성격 탓에 그럴 수 없다고 했습니다…. 그럴 수 없음을, 그럴 힘이 없음을 알고 있다고 했습니다!"

"그럼 증인은 피고가 가슴의 이 부분을 쳤다는 것을 명확히 기억하는 겁니까?" 페튜코비치는 탐욕스럽게 되물었다.

"명확히 기억합니다. 심장은 더 아래쪽에 있는데 왜 저렇게 윗부분을 칠까, 하는 의문이 들었고, 곧 그런 의문이 어리석다는 생각을 했습니다…. 그런 생각이 들었던 것을 똑똑히 기억합니다…. 그 생각은 언뜻 떠올랐다가 사라졌습니다. 그래서 이제야 기억난 겁니다. 어떻게 지금까지 그걸 잊고 있을 수 있었을까요! 형은 치욕을 씻을 수단이 있지만, 1500루블을 돌려주지는 않을 거라는 뜻으로 그 향갑을 가리킨 겁니다. 모크로예에서 체포되면서는, 자기 인생을 통틀어 가장 치욕적인 일은 카테리나 이바노브나에게 진 빚의 절반(분명히 절반이라고 말했습니다!)을 갚아 그분 앞에 도둑으로 전락하지 않을 수단이 있었으면서도 결국 돌려줄 결심을 하지 못하고, 돈을 돌려주느니 그분의 눈앞에 도둑으로 남겠다고 마음먹은 것이라고 외쳤습니다! 저도 전해 들어서 알고 있습니다. 형은 얼마나 괴로웠을까요! 그 빚 때문에 얼마나 괴로웠을까요!" 알료샤는 이런 외침으로 말을 끝냈다.

물론 검사도 나섰다. 그는 알료샤에게 다시 한번 그 상황을 설명해달라고 요청했으며, 피고가 무언가를 가리키듯이 가슴을 때린 것이 확실한지, 단순히 주먹으로 가슴을 친 것은 아닌지 여러 차례 집요하게 물어보았다.

"주먹으로가 아니었습니다!" 알료샤가 외쳤다. "손가락으로 여기, 아주 위쪽을 가리켰습니다…. 어떻게 그걸 지금까지 까맣게 잊고 있었을까요!"

재판장은 미탸에게 이 증언에 대해 할 말이 있는지 물었다. 미탸는 모든 것이 사실이고, 자기가 목 바로 아래 가슴에 걸고 있던 1500루블을 가리킨 것이 맞으며 물론 그것은 수치스러운 일이었다고 말했다. "부정할 수 없는 치욕입니다. 제 인생을 통틀어 가장 치욕스러운 행위였습니다!" 미탸는 외쳤다. "갚을 수 있었지만 그러지 않았습니다. 돈을 갚지 않고, 그 여자 앞에 도둑이 되는 쪽을 택했습니다. 무엇보다 치욕적인 사실은 제가 갚지 않으리란 것을 저 스스로 미리 알고 있었다는 겁니다. 알료샤 말이 맞습니다! 고맙다, 알료샤!"

알료샤의 심문은 그것으로 끝났다. 너무나 사소한 증거이고, 어쩌면 증거에 대한 암시에 지나지 않을지도 모르지만, 그래도 향갑이 실제로 존재했고, 그 안에 1500루블이 들어 있었으며, 1500루블이 '자기 돈이었다'는 예심에서의 피고의 주장이 거짓이 아니라는 것을 조금이나마 입증하는 사실이 하나라도 밝혀졌다는 것이 중요하고도 특징적인 점이었다. 알료샤는 기뻤다. 그는 발갛게 상기된 얼굴로 지정된 자리에 가서 앉았다. 그리고 오랫동안 속으로 '그걸 잊어버리다니! 어떻게 그걸 잊고 있었을까! 이제야 갑자기 떠오르다니!' 하고 되뇌었다.

카테리나 이바노브나의 심문이 시작되었다. 그녀가 등장한 순간, 법정 안에는 범상치 않은 소란이 일었다. 여자들은 로니에트와 쌍안경을 집어 들었고, 남자들은 몸을 들썩였으며, 좀 더 자세히 보려고 자리에서 일어나는 사람도 있었다. 나중에 사람들은 카테리나가 입정한 순간 미탸의 얼굴이 '백지장처럼' 하얗게 질렸다고 말했다. 온통 검게 차려입은 카테리나는 다소곳하고 조심스러운 태도로 지정석을 향해 다가갔다. 얼굴만 보면 긴장했는지 여부는 알 수 없었으나, 짙게 가라앉은 두 눈에는 결연한 빛이 빛나고 있었다. 여기서 언급해둘 것은, 이후에 많은 사람들이 그 순간 그녀가 놀라울 정도로 아름다웠다고 말했다는 점이다. 카테리나는 나직하지만 온 법정에 울리는 또렷한 목소리로 입을 열었다.

말투는 무척 침착했다. 적어도 침착하려고 애쓰고 있었다. 재판장은 증인이 겪은 커다란 불행을 존중하며, '틀린 현'을 건드릴까봐 두려운 듯 조심스럽고도 정중한 태도로 질문을 시작했다. 그러나 카테리나는 질문 가운데 하나에 답변하면서 스스로 처음부터 분명히 선언했다. "저는 피고의 약혼녀였습니다. 저이가 나를 버리기 전까지는…." 그녀는 작은 목소리로 이렇게 덧붙였다. 친척에게 부쳐달라고 미탸에게 맡긴 3000루블에 대한 질문에는 이렇게 대답했다. "당장 우체국에 가서 부치라고 준 건 아닙니다. 저는… 그때… 저이가 돈이 몹시 급하다는 걸 느끼고 있었습니다…. 그 3000루블은 한 달 내에 마음이 내키면 부치라는 조건으로 준 겁니다. 그 빚 때문에 그렇게 괴로워한 건 괜한 일이었습니다…."

나는 카테리나의 답변을 하나하나 자세하게 옮기지는 않고, 진술의 요지만 전하도록 하겠다.

"저는 저이가 아버님에게서 돈을 받기만 하면 언제든지 그 3000루블을 부칠 수 있을 거라고 굳게 믿고 있었습니다." 그녀는 답변을 계속했다. "돈 문제에 있어서 저이가 욕심이 없고 정직하다는 것을… 무척 정직하다는 것을 언제나 믿었습니다. 저이는 아버님에게서 3000루블을 받을 것이라고 확신하고 있었고, 여러 번 제게 그 얘기를 하기도 했습니다. 저는 저이와 아버님 사이에 갈등이 있다는 것을 알고 있었고, 아버님이 저이에게 잘못했다고 언제나 믿었으며 지금도 믿고 있습니다. 저이가 아버님을 위협했던 일은 떠오르지 않습니다. 적어도 제 앞에서는 아무 말도, 아무 위협의 말도 하지 않았습니다. 만약 그때 저이가 저를 찾아왔더라면, 저는 제게 빚진 그 3000루블 때문에 걱정하지 말라고 안심시켜주었을 겁니다. 하지만 저이는 더 이상 저를 찾아오지 않았습니다…. 그리고 저도… 저이를 초대할 수는 없는 처지였고요…. 그리고 사실 제게는 그 빚을 갚으라고 요구할 권리가 전혀 없습니다." 카테리나는 별안간 이 말을 덧붙였다. 그 목소리에는 결연한 의지가 느껴졌다. "언젠가 저이에게서 3000루블이 넘는 돈을 빌린 적이 있으니까요. 언젠가 갚을 수 있으리라는 확신도 없으면서 빌린 돈이었습니다…."

카테리나의 목소리에는 도전적인 느낌이 묻어났다. 그때 페튜코비치가 심문할 차례가 되었다.

"이 고장에서가 아니라, 증인과 피고가 처음 만났을 무렵에 있었던 일입니까?" 대번에 좋은 예감을 느낀 페튜코비치가 신중하게 질문을 던졌다. (참고로 말해두자면, 페튜코비치를 모스크바에서 불러오는 데 힘을 쓴 것은 다름 아닌 카테리나 이바노브나였으나, 그는 미탸가 다른 도시에서 5000루블을 주었던 일이나 '큰절'에 대해서는 전혀 모르고 있었다. 카탸가 그 사실을 숨기고 말하지 않은 것이다! 이것은 놀라운 일이었다. 카탸 자신도 마지막 순간까지 법정에서 그 일을 이야기할지 말지 결정하지 못한 채 어떤 영감을 기다리고 있었다고 짐작할 수 있겠다.)

그렇다, 나는 그 순간을 절대로 잊을 수 없다! 카테리나는 이야기하기 시작했다. '머리가 땅에 닿도록 절한 일'과 그 이유, 자기 아버지에 관한 것, 미탸를 찾아갔던 일 등 미탸가 알료샤에게 들려주었던 에피소드를 남김없이 이야기했다.

그러나 미탸가 언니를 통해 '돈을 받고 싶으면 카테리나 이바노브나를 보내라'고 제안한 것에 대해서는 일언반구도 하지 않았다. 그녀는 관대하게 그 사실을 숨기고, 스스로 충동적인 마음에 사로잡혀 무언가를 기대하면서… 돈을 빌릴 수 있기를 바라면서 젊은 장교에게 달려갔다고 당당하게 이야기했다. 그것은 충격적인 일이었다. 나는 그 이야기를 들으면서 가슴이 서늘해지고 몸이 떨렸다. 한마디도 놓치지 않으려는 듯 법정 안은 쥐 죽은 듯이 고요해졌다. 그것은 전례가 없는 일이었다. 카테리나처럼 독재적이고 오만불손한 아가씨가 그런 적나라한 증언을 통해 자기 자신을 희생하리라고는 예상할 수가 없었다. 그것도 무엇을, 누구를 위해서인가? 자신을 배반하고 모욕한 사람을 구하기 위해서, 그에게 유리하게 작용할 좋은 인상을 심어줌으로써 그를 구하는 데 작은 보탬이라도 되기 위해서가 아닌가! 실제로 자신의 전 재산인 5000루블을 선뜻 내주고 순결한 처녀 앞에 정중히 허리를 숙이는 장교의 모습은 무척 호감이 가고 매력적이었다. 그러나… 내 가슴은 고통스럽게 죄어들었다! 나중에 악담이 떠돌 것이라는 예감이 들었기 때문이다(실제로 그렇게 되었다)! 이후에 도시 사람들 모두가 악의적인 웃음을 지으며, 장교가 '정중하게 허리만 숙이고' 처녀를 보내주었다는 카테리나의 이야기가 전부 사실은 아닐 것이라고 수군거렸다. 사람들은 그 부분에 무언가 '생략된 것'이 있으리라는 말을 넌지시 주고받았다. "설령 생략된 것이 없고 모든 이야기가 사실이라 하더라도," 심지어 이곳의 가장 점잖은 부인들까지도 이렇게 말했다. "아무리 아버지를 구하기 위해서라지만 처녀가 그렇게 행동하는 것이 과연 옳은 일일까요?" 그토록 영리하고 병적일 만큼 통찰력이 예리한 카테리나가 그런 말이 나올 줄 예상하지 못했겠는가? 틀림없이 예상하고도 모든 것을 말하기로 결심했을 것이다! 물론 이야기의 진위에 대한 지저분한 의혹은 나중에 일어난 것이고, 처음에는 모두가 충격을 받았을 뿐이었다. 재판관들은 겸연쩍은 마음에 입을 다문 채 숙연하게 카테리나의 이야기를 경청했다. 검사는 그 문제에 대해 더 이상 아무 질문도 하지 않았다. 페튜코비치는 카테리나에게 깊이 허리를 숙였다. 오, 그는 거의 승리감을 느끼고 있었다. 얻은 것이 많았다. 고귀한 충동을 느껴 자신의 전 재산인 5000루블을 내놓은 사람이 야밤에 3000루블을 강탈하기 위해 아버지를 죽였다는 것은 어딘가 앞뒤가 맞지 않았다. 적어도 페튜코비치는 돈을 강탈했다는 혐의만큼은 배제할 수 있게 되었다. '사건'은 별안간 새로운 빛을 받았다. 사람들은 미탸에게 호감을 느꼈다. 그는… 그는 카테리나 이바노브나가 증언하는 동안 한두 번 자리를 박차고 일어났다가 다시 의자에 털썩 주저앉아 두 손으로 얼굴을 감쌌다고 사람들은 이야기했다. 그러나 카테리나가 증언을 마치자, 미탸는 그녀를 향해 두 팔을 뻗으며 울부짖듯이 외쳤다.

"카탸, 어째서 나를 파멸시키는 거요!"

그러더니 온 법정이 떠나가도록 큰 소리로 오열하기 시작했다. 그러나 이내 진정하고는 다시 이렇게 외쳤다.

"전 이미 선고를 받았습니다!"

그런 다음 이를 악물고 두 팔을 교차해 가슴에 붙인 채 자리에서 꿈쩍도 않고 앉아 있었다. 카테리나 이바노브나는 법정에 남아 지정된 자리에 가서 앉았다. 그녀는 창백한 얼굴로 시선을 내리깐 채 앉아 있었다. 카테리나와 가까운 곳에 있던 사람들은 그녀가 열병에라도 걸린 것처럼 한참 동안 온몸을 떨더라고 이야기했다. 이윽고 심문을 받기 위해 그루셴카가 나타났다.

나는 돌연히 발생해 실제로 미탸를 파멸시켰다고 할 수 있는 파국에 다가가고 있다. 그 에피소드만 아니었다면 범인에게 최소한 관용이라도 베풀어주었으리라고 나는 확신한다. 다른 사람들과 법률가들도 모두 그렇게 말했다. 그 이야기는 곧 시작하도록 하겠다. 하지만 그전에 그루셴카에 대해 두어 마디만 해두려고 한다.

그루셴카 역시 온통 까맣게 입고 아름다운 검은 숄을 어깨에 두른 채 법정에 나타났다. 풍만한 여성들이 종종 그러듯 살짝 몸을 흔들면서, 좌우로 한 번도 시선을 돌리지 않고 물끄러미 재판장을 바라보며 특유의 소리 없는 우아한 발걸음으로 증언대를 향해 다가갔다. 내가 보기에 그 순간 그루셴카는 무척 아름다웠고, 나중에 부인들이 주장한 것처럼 전혀 창백해 보이거나 하지도 않았다. 사람들은 그녀가 잔뜩 힘이 들어간 표독스러운 얼굴을 하고 있었다고 하기도 했지만, 나는 그저 그녀가 스캔들에 목마른 방청객이 자신에게 던지는 경멸과 호기심으로 가득한 시선이 버거워 신경이 곤두서 있었을 뿐이라고 생각한다. 그루셴카는 경멸을 견디지 못하는 자존심 강한 성격이었다. 누가 자신을 경멸한다는 의심만 일어도 즉시 분노와 반발심에 불타오르는 사람 가운데 하나였다. 물론 동시에 겁도 많았고, 자신이 겁이 많다는 데 내심 수치심을 느끼고 있었으므로, 그녀의 진술에 일관성이 없는 것은 어찌 보면 당연한 일이었다. 분노에 휩싸이거나 경멸조로 거칠게 내뱉어대는가 하면, 별안간 진심 어린 어조로 자기 자신을 비판하고 책망하기도 했다. 때로는 '나는 내 할 말을 할 테니, 될 대로 되라'는 식으로 절벽 아래로 뛰어내린 사람처럼 말하기도 했다. 표도르 파블로비치와의 친분에 대해서는 "다 쓸데없는 일이에요. 그 사람이 제가 좋다고 매달린 게 제 책임은 아니잖아요?"라고 딱 잘라 말했다. 그런가 하면 잠시 후에는 "모두 제 잘못이에요. 그 노인과 저이, 두 사람을 다 희롱해 이 지경으로 만들어놓았어요. 모두 저 때문에 일어난 일이에요"라고 말하는 것이었다. 어쩌다가 삼소노프에 대한 이야기가 나왔을 때는 뻔뻔스럽고 도전적인 태도로 대뜸 대들었다. "그분이 무슨 상관이에요? 그분은 제 은인이에요. 친부모한테서 오두막에서 쫓겨났을 때 맨발인 저를 거두어주신 분이에요." 재판장은 무척 정중한 태도로 불필요한 이야기는 자제하고 묻는 말에만 대답하라고 주의를 주었다. 그루셴카는 얼굴을 붉히고 눈을 빛냈다.

그녀는 돈 봉투를 직접 본 적은 없고, 표도르가 3000루블이 든 웬 봉투를 가지고 있다는 말만 '악당'한테서 들었다고 말했다. "다 한심한 짓이었어요. 코웃음만 나더군요. 절대로 거길 찾아가는 일은 없었을 거예요…."

"지금 '악당'이라고 한 건 누굴 말하는 겁니까?" 검사가 물었다.

"그 하인, 자기 주인을 죽이고 어제 목을 맨 스메르댜코프요."

물론 그루셴카는 즉각 그렇게 단정한 근거가 무엇이냐는 질문을 받았으나, 역시 아무런 근거도 없었다.

"드미트리 표도로비치가 제게 그렇게 말했어요. 그러니 저이 말을 믿어주세요. 저 이간질쟁이 여자가 저이를 파멸시킨 거예요. 모두 저 여자가 원인이라고요." 그루셴카는 증오로 몸을 떨면서 이렇게 말했다. 목소리에는 독기가 서려 있었다.

다시 누구를 말하는 것이냐는 질문이 들어왔다.

"저 아가씨, 저 카테리나 이바노브나 말이에요. 그때 저를 불러서, 초콜릿을 주며 현혹하려 했어요. 진심 어린 수치심이라곤 희박한 사람이에요…."

재판장은 이번에는 엄하게 그녀를 제지하며 말을 삼가라고 주의를 주었다. 그러나 질투심 강한 여인의 마음은 이미 활활 타오르고 있었다. 그녀는 나락에라도 떨어질 각오가 되어 있었다….

"모크로예 마을에서 피고가 체포되었을 때," 검사가 기억을 떠올리면서 물었다. "증인이 다른 방에서 뛰어나와 '다 제 잘못입니다, 저도 함께 유형지에 가겠습니다!'라고 외친 것을 거기 있던 모든 사람들이 보고 들었습니다. 그때 이미 증인에게는 피고가 아버지를 살해했다는 확신이 있었던 겁니까?"

"그때 제 마음이 어땠는지는 생각나지 않습니다." 그루센카는 대답했다. "모두가 저이가 아버지를 죽였다고 소리치니까 내 잘못이다, 나 때문에 저이가 살인을 저질렀구나, 싶었던 거예요. 하지만 저이가 자기는 죄가 없다고 말한 순간 저는 저이의 말을 믿었어요. 지금도 믿고 있고, 앞으로도 영원히 믿을 거예요. 저이는 거짓말을 할 사람이 아니니까요."

페튜코비치가 심문할 차례가 되었다. 나는 그가 라키틴에 관한 것과 '알렉세이 표도로비치 카라마조프를 증인에게 데려온 대가로' 25루블을 준 일에 대해 물었던 것을 기억한다.

"그 사람이 돈을 받은 게 뭐 대수로운 일이라고요." 그루센카는 경멸스럽다는 듯 악의에 찬 미소를 지었다. "안 그래도 돈을 뜯어내려고 끊임없이 저를 찾아왔는걸요. 한 달에 30루블은 될 거예요. 대부분 허영심을 채우는 데 나가죠. 제가 아니더라도 먹고 마실 돈은 있으니까요."

"증인은 왜 그렇게 라키틴 씨에게 관대한 겁니까?" 재판장이 몸을 크게 움직였으나, 페튜코비치가 곧바로 되물었다.

"제 사촌이니까요. 우리 어머니와 그 사람 어머니는 친자매지간이에요. 하지만 라키틴은 아무한테도 이걸 말하지 말아달라고 늘 제게 애원하죠. 저를 무척 창피하게 생각하거든요."

이것은 모두에게 전혀 뜻밖의 사실이었다. 그때까지 우리 고장에서 그 사실을 알고 있던 사람은 단 한 사람도 없었다. 수도원에서도 몰랐고, 미탸조차도 몰랐다. 사람들의 이야기에 의하면, 자기 자리에 앉아 있던 라키틴은 수치심에 얼굴이 검붉게 달아올랐다고 한다. 그루셴카는 법정에 들어오기 전에 어쩌다가 라키틴이 미탸에게 불리한 증언을 했다는 것을 알고 화가 나 있었다. 라키틴 씨가 조금 전에 펼친 연설, 그 고상함, 농노제와 러시아의 미흡한 사회제도에 대한 파격적인 발언, 이 모든 것은 이제 모든 방청객의 머릿속에서 철저히 지워졌다. 페튜코비치는 흡족했다. 다시금 신이 뜻하지 않은 행운을 선사한 것이다. 그루셴카의 심문은 그리 길지 않았고, 그녀도 딱히 새로운 사실을 진술하지는 못했다. 그녀는 방청객에게 무척 불쾌한 인상을 주었다. 진술을 마치고 카테리나 이바노브나에게서 멀리 떨어진 곳에 앉자, 수백 개의 경멸 섞인 시선이 그녀에게 와서 꽂혔다. 그루셴카가 심문을 받는 동안 미탸는 시선을 바닥에 떨구고 입을 다문 채 돌처럼 굳어 있었다.

이윽고 이반 표도로비치가 증인으로 나왔다.

5. 예기치 못한 파국

사실 이반은 알료샤보다 먼저 호명될 예정이었다. 그러나 정리는 재판장에게 증인이 갑작스러운 건강 악화 때문인지 무슨 발작 때문인지 아무튼 지금은 출정할 수가 없으며, 몸이 회복되는 대로 증언할 것이라고 보고했다. 그때는 아무도 그 말을 듣지 못했다가 나중에 가서야 알게 되었다. 그의 등장은 처음에는 거의 주목받지 못했다. 중요한 증인들, 특히 연적 관계에 있는 두 여인의 심문이 끝났으므로 방청객의 호기심은 일단 충족된 상태였다. 그들의 얼굴에는 피곤한 기색마저 엿보였다. 아직 증인이 몇 사람 더 남아 있었으나, 이미 이루어진 진술을 생각하면 딱히 특별한 내용이 나올 것 같지는 않았다. 시간은 계속 흘러갔다. 이반 표도로비치는 아무도 쳐다보지 않고 고개를 푹 떨군 채 의아할 만큼 천천히 증인석으로 다가왔다. 인상 쓴 얼굴로 무언가를 생각하고 있는 듯했다. 옷차림은 문제 될 것이 없었으나, 얼굴은 적어도 내게는 병적인 느낌을 주었다. 마치 다 죽어가는 사람처럼 흙빛이 되어 있었다. 두 눈은 멍했다. 이반은 그 눈을 들어 천천히 법정을 둘러보았다. 알료샤는 별안간 자리에서 벌떡 일어나 '아아!' 하고 신음했다. 나는 그것을 기억한다. 하지만 그것을 본 사람은 거의 없었다.

재판장은 먼저 이반이 선서를 하지 않아도 되는 증인이며, 진술을 해도 되고 묵비권을 행사해도 되지만, 모든 증언은 양심에 따라 이루어져야 한다는 것 따위를 고시했다. 이반 표도로비치는 멍한 눈으로 재판장을 바라보며 듣고 있었다. 그런데 갑자기 그의 얼굴에 느릿하게 미소가 번지기 시작했다. 재판장이 놀란 얼굴로 그를 쳐다보며 말을 마친 순간 그는 별안간 폭소를 터뜨렸다.

"다른 건 없습니까?" 이반은 커다란 목소리로 물었다.

다들 무언가를 느꼈는지 법정 안은 쥐 죽은 듯 조용해졌다. 재판장은 걱정이 되었다.

"증인… 혹시 아직 몸이 안 좋습니까?" 그는 눈으로 정리를 찾으며 이렇게 말했다.

"걱정 마십시오, 재판장님. 저는 충분히 건강하니 재판장님께 이런저런 흥미로운 이야기를 해드릴 수 있습니다." 별안간 침착하고 공손한 태도로 이반이 대답했다.

"특별히 진술할 것이 있다는 말입니까?" 여전히 의혹스럽다는 듯 재판장이 물었다.

이반 표도로비치는 고개를 숙이고 잠시 동안 망설이다가 다시 고개를 들고 더듬거리면서 말했다.

"아뇨… 없습니다. 특별한 것은 아무것도 없습니다."

그에게 질문을 하기 시작했다. 그는 영 내키지 않는다는 듯 짤막짤막하게 대답했다. 답변은 논리적이었으나, 속으로는 자꾸만 혐오감이 커져가는 모양이었다. 모른다는 말로 회피해버리는 질문이 많았다. 아버지와 드미트리 표도로비치의 재산 문제에 대해서는 전혀 아는 바가 없었다. "전 그 일에 관여하지 않았습니다." 그는 말했다. 피고에게서 아버지를 죽이겠다는 말을 들은 적은 있었다. 돈 봉투에 대해서는 스메르댜코프에게서 들었다….

"다 똑같은 이야기입니다." 그는 지친 얼굴로 갑자기 말을 끊었다. "특별히 말씀드릴 수 있는 것은 아무것도 없습니다."

"증인은 몸이 좋지 않은 듯하군요. 증인의 마음을 이해합니다…." 재판장이 말했다.

그는 검사와 변호사에게 필요하다면 심문하라고 말했다. 그때 이반이 갑자기 기진맥진한 목소리로 부탁했다.

"재판장님, 그만 보내주십시오. 몸이 너무 안 좋습니다."

그러더니 허락이 떨어지기도 전에 홱 몸을 돌려 법정을 나가려고 했다. 그러나 네 발짝쯤 걸어가다가 갑자기 무슨 생각이 들었는지 멈춰 서서 조용히 미소 짓고는 다시 제자리로 돌아왔다.

"재판장님, 저는 그 시골 처녀하고 똑같습니다…. 왜, '내키면 가고, 안 내키면 안 가!' 하고 고집을 부리는 처녀 말입니다. 사람들은 사라판이나 치마 따위를 들고 그 뒤를 좇아다닙니다. 처녀가 가겠다고만 하면 둘둘 감아다 결혼식에 데려갈 생각으로요. 하지만 처녀는 계속 '내키면 가고, 안 내키면 안 가!'라고 외쳐댑니다…. 그건 러시아의 민족성이지요…."

"무슨 말을 하려는 겁니까?" 재판장은 엄한 목소리로 물었다.

"자," 이반은 갑자기 돈다발을 꺼냈다. "여기 돈이 있습니다…. 그 봉투에 들어 있던 돈입니다." 그는 증거물이 놓인 탁자를 향해 고갯짓을 했다. "아버지가 살해된 원인이지요. 어디에 놓을까요? 정리님, 이걸 전달해주십시오."

정리는 돈다발을 받아 재판장에게 전해주었다.

"이게 정말 그 돈이라면… 어째서 증인의 수중에 있는 겁니까?" 재판장은 놀라며 물었다.

"살인자 스메르댜코프에게서 어제 받았습니다. 그놈이

목을 매기 전에 그놈을 찾아갔었지요. 아버지를 죽인 건 그놈이지, 형이 아닙니다. 그놈이 죽였고, 제가 그놈을 죽이도록 가르쳤습니다. 아버지의 죽음을 바라지 않는 사람이 누가 있었단 말입니까?"

"증인은 지금 제정신입니까?" 재판장은 저도 모르게 그렇게 외쳤다.

"물론 제정신입니다…. 추악한 정신을 똑똑히 차리고 있지요. 당신들처럼, 이 모든… 낯—짝들처럼 말입니다!" 그는 별안간 방청객을 돌아보았다. "아버지를 죽여놓고도 놀란 척을 하고 있군요!" 그는 맹렬한 분노와 경멸을 드러내며 빠드득 이를 갈았다. "서로 위선을 떨고 있어요. 거짓말쟁이들! 다들 아버지의 죽음을 바라고 있습니다. 한 마리의 독사가 다른 독사를 집어삼키는 거지요…. 형이 아버지를 죽이지 않았다면, 다들 분통을 터뜨리고 씩씩거리며 집으로 돌아갔을 겁니다…. 볼거리! '빵과 볼거리를 달라!' 하긴, 나도 썩 훌륭한 놈은 아니지만요! 혹시 물 좀 없습니까? 제발 물 좀 주십시오!" 그는 와락 머리를 움켜쥐었다.

정리가 얼른 이반에게 다가갔다. 알료샤가 자리를 박차고 일어나 외쳤다. "형은 병에 걸렸습니다, 형 말을 믿지 마십시오, 형은 섬망증을 앓고 있습니다!" 카테리나도 자리에서 벌떡 일어나 겁에 질려 꼼짝도 하지 못하고 이반을 바라보았다. 미탸도 일어서서 기묘하게 일그러진 미소로 뚫어질 듯이 동생을 쳐다보며 이야기를 들었다.

"진정하십시오, 저는 미친놈이 아니라 살인자일 뿐이니

까요!" 이반이 다시 말을 시작했다. "살인자에게 화려한 언변을 요구할 수는 없잖습니까…." 그는 무슨 생각에서인지 이런 말을 덧붙이고는 일그러진 웃음을 터뜨렸다.

검사는 당혹감이 역력한 얼굴로 재판장 쪽으로 몸을 굽혔다. 재판관들은 분주하게 낮은 목소리로 서로 말을 주고받았다. 페튜코비치는 무슨 말을 하는지 들으려고 귀를 기울였다. 방청객은 다음에 이어질 상황을 기다리며 숨을 죽였다. 재판장이 문득 정신을 차린 듯했다.

"증인, 증인은 법정에서 해선 안 될 이해할 수 없는 말을 하고 있습니다. 부디 진정하고… 정말로 할 말이 있다면 말씀하십시오. 증인의 말이 착란 상태에서 한 말이 아니라면, 무엇으로 그 자백을 입증할 수 있습니까?"

"아닌 게 아니라 증인이 없는 게 문제입니다. 개자식 스메르댜코프가 저승에서 증언을 부쳐줄 수는 없으니까요…. 봉투에 담아서 말이지요. 당신들은 봉투에 목을 매지만, 봉투는 하나만 있으면 충분합니다. 제게는 증인이 없습니다…. 딱 한 놈 말고는." 그는 생각에 잠긴 얼굴로 피식 웃었다.

"그 증인이 누굽니까?"

"재판장님, 그놈은 꼬리가 달려 있어서, 재판의 모양새가 영 아니게 될 겁니다! Le diable n'existe point(악마는 이제 존재하지 않습니다)! 신경 쓰지 마십시오. 시시하고 하찮은 악마니까요." 이반은 웃음을 뚝 그치더니 비밀을 털어놓듯 은밀한 목소리로 덧붙여 말했다. "아마 여기 어디에, 저 증거물 탁자 밑에 있을 겁니다. 저기 말고 달리 어디에 있겠습니까? 글쎄, 그놈한테 입을 다물고 있지는 않을 거라고 했더니 지질학적 변동을 들먹이지 뭡니까… 한심하게도! 자, 악당을 풀어주십시오…. 형은 찬가를 부르기 시작했습니다. 마음이 가벼워졌거든요! 술 취한 불한당이 '반카는 피테르로 갔네' 하고 고함치는 거나 마찬가집니다. 그렇지만 저는 2초의 기쁨을 위해서라면 1000조의 1000조 배라도 내주겠습니다. 당신들은 저를 모릅니다! 아아, 이게 다 얼마나 한심한 일입니까! 자, 형 대신 나를 잡아가십시오. 제가 온 데는 뭐든 이유가 있을 것 아닙니까…. 어째서, 어째서 죄다 이렇게 어리석은 일들 뿐인지…!"

그는 다시 한번 생각에 잠긴 얼굴로 천천히 법정을 둘러보았다. 사람들은 이미 불안을 느끼고 있었다. 알료샤가 이반을 향해 달려갔으나, 정리가 먼저 이반의 팔을 붙들었다.

"이건 또 뭐야?" 이반은 정리의 얼굴을 노려보며 소리치더니 별안간 상대의 어깨를 붙잡아 거칠게 바닥에 내팽개쳤다. 그 사이 수위들이 달려와 이반을 제지했다. 이반은 광분하며 고함을 질렀다. 끌려 나가는 순간까지 계속 고래고래 소리를 지르며 알아들을 수 없는 말을 외쳐댔다.

한바탕 소동이 벌어졌다. 나는 모든 것을 순서대로 기억해낼 수는 없다. 나 자신도 흥분하여 경황이 없었기 때문이다. 내가 아는 것은, 나중에 사람들이 평정을 되찾고 사태를 파악했을 때 정리가 질책을 들었다는 것뿐이다. 정리는 증인이 지금까지는 멀쩡했으며, 1시간쯤 전 약간 몸이 좋지 않아 의사의 진찰을 받기는 했지만 입정하기 전에는 이상한 말을 하지 않았으므로 이런 일이 생길 줄은 꿈에도 몰랐고, 오히려 증인이 나서서 꼭 증언을 하겠다고 고집을 부렸다며 충분히 납득이 갈 만한 설명을 했지만 소용없었다. 그러나 사람들이 어느 정도 진정하고 제정신을 차리기 전에, 그 소동에 이어 또 다른 소동이 벌어졌다. 카테리나 이바노브나가 히스테리 발작을 일으킨 것이다. 카테리나는 찢어질 듯한 비명과 함께 울음을 터뜨렸다. 그러나 법정을 나가려 하지 않고, 자기를 끌어내지 말라고 애원하며 사람들의 팔을 뿌리치더니 갑자기 재판장을 향해 소리쳤다.

"한 가지 더 말씀드릴 게 있습니다, 당장… 지금 당장요…! 여기 서류, 편지가 있으니… 어서, 어서 받아서 읽어보세요! 이 편지는 저 악당이 쓴 거예요. 저 사람, 바로 저 사람이요!" 카테리나는 미탸를 가리켰다. "저 사람이 아버지를 죽인 거예요. 이제 곧 확인하시게 될 거예요. 저 사람이 아버지를 죽이겠다고 제게 편지를 썼어요! 아까 그 사람은 환자예요, 환자라고요, 그 사람은 섬망증을 앓고 있어요! 벌써 사흘째 섬망증을 앓고 있다는 걸 제가 똑똑히 알고 있어요!"

카테리나는 미친 사람처럼 소리를 질렀다. 재판장을 향해 내민 종이를 정리가 가져가자, 그녀는 제자리에 털썩 주저앉아 얼굴을 감싸고 경련하듯 몸을 떨며 숨죽여 울기 시작했다. 온몸이 부들부들 떨렸지만, 법정 밖으로 쫓겨날까봐 두려웠는지 작은 신음마저 억누르고 있었다. 카테리나가 제출한 문서는 이반이 '수학적' 의미를 지녔다고 말한, 미탸가 술집 '수도'에서 쓴 편지였다. 아아! 재판관들도 그 편지의 수학적 의미를 인정하고 말았다. 그 편지만 아니었어도 미탸는 파멸하지 않았을 것이다. 적어도 그렇게 끔찍하게 파멸하지는 않았을 것이다! 다시 한번 말하지만, 나는 사소한 부분까지 기억해둘 수는 없었다. 지금도 모든 일이 뒤죽박죽이 된 채 떠오른다. 아마 재판장이 새 문서를 재판관, 검사, 변호사, 배심원에게 보여주었던 것 같다. 내가 기억하는 것은, 카테리나에 대한 심문이 재개되었다는 것뿐이다. 진정이 되었느냐는 재판장의 상냥한 물음에 카테리나는 맹렬한 기세로 외쳤다.

"저는 준비됐습니다, 준비됐어요! 얼마든지 답변할 수 있습니다." 그녀는 혹시라도 자기 말을 들어주지 않을까봐 여전히 몹시 불안한 듯 덧붙여 말했다. 그녀는 그 편지가 어떤 편지이며 어떤 상황에서 그것을 받게 되었는지 좀 더 자세히 설명해달라는 요청을 받았다.

"저는 범행 전날 밤에 그 편지를 받았고, 저 사람은 그보다 하루 전에, 즉 범행 이틀 전에 술집에서 그걸 썼습니다. 보세요, 무슨 계산서 같은 데 쓰여 있어요!" 카테리나는 숨을 헐떡이며 외쳤다. "그때 저 사람은 저를 증오하고 있었습니다. 자기가 비열한 짓을 저지르고 저년을 따라갔기 때문이었지요…. 제게 그 3000루블을 빚지고 있기 때문이기도 했고요…. 아아, 저 사람이 3000루블 때문에 괴로워한 건 바로 자기 자신의 저열함 때문이었어요! 그 3000루블이 어떻게 된 건지 말씀드리겠습니다. 부탁이니, 제발 부탁이니 제 말을 끝까지 들어주세요. 저 사람은 아버지를 죽이기 3주 전 아침에 저를 찾아왔어요. 저는 저 사람에게 돈이 필요하다는 걸 알고 있었고, 무엇 때문에 필요한지도 알고 있었어요. 바로, 바로 저년을 꾀어서 같이 떠나버리기 위해서였지요. 저는 그때 저 사람이 변심해 저를 버리려 한다는 걸 알고 있었어요. 그래서 제가, 제가 스스로 저 사람에게 그 돈을 내밀었어요. 모스크바에 있는 언니에게 부쳐달라는 식으로 스스로 그 돈을 제안한 거예요. 돈을 주면서 저 사람의 얼굴을 보며 '한 달 후라도 좋으니' 원할 때 부치라고 했어요. 저 사람을 똑바로 바라보며 '당신에게 돈이 필요한 건 나를 배신하고 그년한테 가기 위해서지요. 자, 여기 그 돈이에요. 제 손으로 당신에게 드릴 테니, 이걸 가져갈 만큼 몰염치한 인간이라면 어디 가져가보세요…!'라고 말했다는 걸 어떻게, 대체 어떻게 저 사람이 모를 수 있었겠어요? 저는 저 사람의 본성을 파헤치려고 했어요. 그런데 어떻게 되었을까요? 저 사람은 돈을 받더군요. 그걸 가지고 가서 저기 저년하고 하룻밤 만에 탕진해 버렸어요…. 하지만 저 사람은 알고 있었어요. 제가 다 짐작하고 있다는 것을 알고 있었어요. 장담하건대, 제가 돈을 준 이유가 오직 제게서 돈을 받을 만큼 파렴치한 인간인지 아닌지를 시험하기 위해서라는 것도 알고 있었을 거예요. 저는 저 사람의 눈을 바라보았고, 저 사람도 제 눈을 보며 모든 것을 눈치챘어요. 그러고도, 그러고도 제 돈을 받아 가져간 거예요!"

"맞소, 카탸!" 별안간 미탸가 외쳤다. "나는 당신 눈을 보고 나를 파렴치한 인간으로 만들려고 한다는 걸 알았지만,

그러면서도 돈을 받았소! 여러분, 이 비열한 놈을 경멸하십시오, 모두 저를 경멸해주십시오, 이 몸은 그런 꼴을 당해야 마땅합니다!"

"피고!" 재판장이 소리쳤다. "한마디만 더 하면 퇴정시키겠습니다!"

"저 사람은 그 돈 때문에 괴로워했어요." 카탸는 경련을 일으키듯 조급하게 말을 이었다. "내게 돈을 돌려주려고 했어요. 그러려고 했던 건 사실이에요. 하지만 저년을 꾀어내기 위해서도 돈이 필요했지요. 그래서 아버지를 죽인 거예요. 그래놓고도 제 돈은 갚지 않고 저 여자와 그 마을로 가서 체포되고 말았지요. 그 마을에서 저 사람은 아버지를 죽이고 훔친 돈을 또다시 탕진해버렸어요. 아버지를 죽이기 하루 전에는 술에 취해 제게 이 편지를 썼어요. 저는 그 편지를 본 순간 그것이 증오심에 사로잡혀 쓴 것이며, 자신이 만약 살인을 저지른다고 해도 제가 그것을 아무에게도 보여주지 않을 것임을 확신하고 썼다는 걸 대번에 알아차렸어요. 그게 아니라면 그런 편지를 쓰지 않았겠지요. 저 사람은 제가 자기한테 복수를 하거나 파멸시키지 않으리란 걸 알고 있었어요! 하지만 그걸 읽어보세요, 자세히, 자세히 읽어보시면 저 사람이 아버지를 어떻게 죽일 것이고 돈이 있는 장소는 어디라는 것을 그 편지에 죄다 미리 써놓았다는 걸 아시게 될 거예요. 빠트리지 마시고 잘 보세요, 거기에 '이반이 떠나는 대로 죽이겠다'는 말이 있어요. 저 사람은 사전에 살인을 계획하고 있었던 거예요." 카테리나는 악의를 품은 표독스러운 태도로 재판관들에게 일러주었다. 아아, 그녀는 그 운명적인 편지를 세밀하게 정독하며 한 문장 한 문장을 연구한 모양이었다.

"취하지 않고서야 제게 그런 편지를 썼을 리 없겠지만, 보세요. 그 편지에 모든 것이 예고되어 있어요. 나중에 저지른 살인이, 그 구상 전부가 그대로 적혀 있어요!"

그녀는 자신이 어떤 결과를 맞게 되든 상관없다는 듯 미친 듯이 소리쳤다. 물론 그녀는 한 달 전부터 그 결과를 예상해보았을 것이다. 그때 이미 분노에 전율하면서 '이걸 법정에서 읽어버릴까?' 하고 생각했을지도 모르기 때문이다. 이제는 절벽에서 뛰어내린 것이나 다름없었다. 서기가 그 자리에서 편지를 낭독하자 사람들이 엄청난 충격을 받았던 것을 기억한다. 미탸는 그 편지를 인정하느냐는 질문을 받았다.

"제가 쓴 겁니다, 제가 쓴 겁니다!" 미탸는 외쳤다. "취하지 않았더라면 쓰지 않았겠지요…! 카탸, 우리는 수많은 이유로 서로를 미워했지만, 맹세코, 정말 맹세코 나는 당신을 미워하면서도 사랑했소! 하지만 당신은 그렇지 않았지!"

그는 지독한 절망감에 사로잡혀 털썩 자리에 주저앉았다. 검사와 변호사는 번갈아가며 카테리나에게 질문을 던졌다. 주로 '어째서 지금까지 그런 문서를 숨겨왔으며, 조금 전 전혀 다른 식으로 진술한 이유는 무엇인가?' 하는 내용이었다.

"그래요, 그래요, 저는 아까 거짓말을 했어요. 모두 명예와 양심을 저버린 거짓말이었어요. 그렇지만 아까는 저 사람을 구하려고 했어요. 저 사람이 저를 그토록 증오하고 경멸했으니까요!" 카타는 미친 사람처럼 외쳐댔다. "아아, 저 사람은 지독하게 저를 경멸했어요. 언제나 경멸했지요. 그것도, 그것도 제가 돈 때문에 저 사람의 발치에 절을 한 순간부터 경멸했어요. 전 그걸 알고 있었어요…. 그때 대번에 그것을 느꼈지만, 오랫동안 제 자신을 믿을 수가 없었어요. 저 사람 눈에서 '아무튼 당신은 그때 제 발로 날 찾아온 거야'라는 생각을 얼마나 수없이 읽었는지 몰라요. 아아, 저 사람은 모르고 있었어요. 제가 그때 왜 자기한테 달려갔는지 아무것도 모르고 있었어요! 추잡한 것밖에 생각하지 못하는 사람이니까요! 자기를 기준 삼아 남을 판단하고, 다른 사람도 다 자기 같은 줄 알았던 거예요!" 카타는 완전히 광분한 채 바득바득 이를 갈았다. "저 사람이 저와 결혼하려고 한 건 오직 제가 유산을 받았기 때문이었어요. 그 때문이었어요, 그 때문! 전 언제나 그 때문인 줄 짐작하고 있었어요! 아아, 저 사람은 짐승이에요! 저 사람은 제가 그때 자기를 찾아간 것이 수치스러워서 평생 자기한테 쩔쩔 맬 것이고, 영원히 그 일을 가지고 저를 경멸하며 저를 휘어잡을 수 있을 것이라고 평생 확신하고 있었어요! 그래서 저와 결혼하려고 한 거예요! 저는 제 사랑으로, 끝없는 사랑으로 저 사람을 굴복시켜보려고 했어요. 저 사람의 배신까지도 감내하려고 했지만, 저 사람은 아무것도 깨닫지 못했어요. 하긴, 애초에 뭘 깨달을 수 있는 사람인가요! 저 사람은 악당이에요! 저는 다음 날 저녁에 술집에서 보내온 편지를 받았어요. 아침까지만 해도, 그날 아침까지만 해도 저는 모든 것을, 정말 모든 것을, 심지어 저 사람의 배신까지도 용서해주려고 했어요!"

물론 재판장과 검사는 그녀를 진정시키려 했다. 그녀의 발작을 이용해 그런 고백을 듣는 것은 그들로서도 아마 수치스러웠을 것이라고 나는 생각한다. 그들이 그녀에게 '얼마나 괴로우실지 이해합니다, 믿어주십시오, 우리도 다 느낄 수 있습니다' 따위의 말을 했던 것을 기억한다. 그러면서도 히스테리 때문에 제정신이 아닌 여인에게서 필요한 진술은 이끌어냈다. 마침내 그녀는 그토록 긴장된 상태에서도 순간적이기는 하나 드물지 않게 반짝 나타나곤 하는 분별력을 보이며 이반이 지난 두 달간 '악당이자 살인자'인 자기 형을 구하려는 생각에 거의 실성해 있었다고 아주 명확하게 진술했다.

"그이는 괴로워했어요." 그녀는 외쳤다. "자기도 아버지를 사랑하지 않았다, 어쩌면 자기도 아버지의 죽음을 바라고 있었는지도 모른다고 고백하며 줄곧 형의 죄를 덜어주려고 했어요. 아아, 그이는 너무나 깊은 양심을 지닌 사람이에요! 양심 때문에 괴로워했지요! 그이는 제게 모든 것을 털어놓았어요. 매일 유일한 친구인 저를 찾아와 이야기를 나누었어요. 저는 그이의 유일한 친구라는 영광을 누리고 있답니다!" 그녀는 도전적인 기세로 눈을 빛내며 갑자기 외쳤다. "그이는 두 번 스메르댜코프를 찾아갔어요. 한번은 저를 찾아와 만약 형이 아니고 스메르댜코프가 범인이라면(이곳 사람들 모두가 스메르댜코프가 죽였다는 엉뚱한 소문을 퍼뜨리고 있었으니까요) 자기도 죄가 있을지 모른다, 스메르댜코프는 자기가 아버지를 사랑하지 않는다는 것을 알고 있었으니 어쩌면 자기가 아버지의 죽음을 원하고 있다고 생각했을지도 모르기 때문이다, 라고 하더군요. 그때 저는 이 편지를 꺼내 보여주었어요. 그이는 형이 범인이라는 것을 확신하고 엄청난 충격을 받았어요. 친형이 아버지를 살해했다는 사실을 감당할 수 없었던 거예요! 저는 일주일 전에 그이가 그것 때문에 병이 났다는 것을 깨달았어요. 지난 며칠 동안은 우리 집에서 헛소리를 하더군요. 저는 그이가 미쳐가고 있다는 걸 알았어요. 길을 걸으면서도 헛소리를 해서, 거리에서 그런 모습을 본 사람도 있었어요. 모스크바에서 오신 의사 선생님께 엊그제 그이를 보였더니, 섬망증에 가깝다고 하셨어요. 다 저 사람, 저 악당 때문이에요! 어제 그이는 스메르댜코프가 죽었다는 걸 알고 너무나 충격을 받은 나머지 그만 실성해버리고 말았어요…. 다 저 악당 때문이에요, 저 악당을 구하려는 마음에 그렇게 된 거예요!"

아아, 물론 그런 말과 고백은 일생에 한 번, 이를테면 단두대에 오르는 임종의 순간에나 할까 말까 한 것이었다. 그러나 그것이 카탸의 성격이었고, 그것이 카탸가 보내고 있는 순간이었다. 그것은 그때 아버지를 구하기 위해 방탕한 젊은이에게 몸을 던진 치열한 카타였다. 조금 전 온 방청객이 보는 앞에서 미탸를 기다리고 있는 운명의 짐을 조금이나마 덜어주기 위해 '미탸의 훌륭한 행동'을 이야기함으로써 자기 자신과 처녀의 수치를 희생한 자긍심 높고 순결한 카탸였다. 그리고 지금 그녀는 다른 사람을 위해 똑같이 자신을 희생했다. 지금, 이 순간에야 비로소 그 다른 사람이 자신에게 얼마나 소중한지 진정으로 느끼고 깨달은 것이다! 그 사람이 살인자는 형이 아니라 자기라고 진술해 자멸해버렸다는 생각이 들자 공포에 휩싸여 자기를 희생했다. 그와 그의 명예와 평판을 구하기 위해 희생한 것이다. 그러나 언뜻 무서운 생각도 스쳤다. 미탸와의 옛 관계에 대해 말할 때, 미탸에 대해 거짓말을 한 것은 아닐까 하는 의문이었다. 카탸는 이마가 땅에 닿도록 절한 자신을 미탸가 경멸했다고 외쳤지만, 의도적으로 그를 비방하려던 것은 아니었다. 그녀는 그렇게 절을 한 순간부터, 그때까지만 해도 자신을 숭배하던 순박한 미탸가 자기를 비웃고 경멸하게 되었다고 굳게 믿고 있었다. 그래서 오직 자존심 때문에, 상처 입은 자존심 때문에 억지스럽고 히스테릭한 사랑으로 그에게 매달린 것이다. 그 사랑은 사랑이라기보다는 복수에 가까웠다. 아아, 그 억지스러운 사랑은 진정한 사랑으로 자라날 수도 있었고, 어쩌면 카탸도 그것만큼 바라는 것이 없었는지도 모른다. 그러나 미탸는 그녀를 배신함으로써 가슴속 깊숙이 모욕을 준 탓에 가슴이 그를 용서하려 하지 않았다. 복수의 순간은 뜻하지 않게 찾아왔고, 모욕당한 여인의 가슴속에 그토록 오랜 시간 아프게 쌓여 있던 모든 감정 역시 뜻하지 않게 일시에 터져 나왔다. 카탸는 미탸를 배반했지만, 자기 자신을 배반한 것이기도 했다! 물론 할 말을 끝내자마자 긴장이 탁 풀리면서 수치심이 엄습해왔다. 카테리나는 또다시 히스테리를 일으켜 울고 소리를 지르면서 바닥에 쓰러졌고, 결국 밖으로 끌려 나갔다. 카테리나가 끌려 나가던 그때, 별안간 그루셴카가 비명을 지르며 제자리에서 미탸에게로 달려갔다. 아무도 그녀를 제지하지 못했다.

"미탸!" 그녀는 외쳤다. "당신의 뱀이 당신을 망쳐버리고 말았어요! 저 여자가 본색을 드러낸 거예요!" 그녀는 분노로 파들파들 몸을 떨며 재판관들을 향해 외쳤다. 재판장이 손짓을 하자, 사람들은 그녀를 붙들어 법정 밖으로 끌어내려 했다. 그녀는 저항하며 다시 미탸에게 돌아가려고 몸부림쳤다. 미탸도 고함을 지르며 그녀에게 달려가려고 했으나, 두 사람은 제압당하고 말았다.

그렇다, 우리의 여성 관객들은 만족했으리라 생각한다. 그런 진풍경이 벌어졌으니 말이다. 뒤이어 모스크바에서 온 의사가 등장했던 것이 기억난다. 재판장이 그전에 정리를 보내 이반에게 도움을 주라고 한 모양이었다. 의사는 환자가 매우 위험한 섬망증 발작을 일으켰으며 지체 없이 병원에 데리고 가야 한다고 보고했다. 검사와 변호사의 질문에는 환자가 이틀 전에 직접 자신을 찾아왔으며, 조만간 섬망증이 발병할 거라고 예고했으나 환자가 치료를 원치 않았다고 증언했다. "환자의 정신 상태는 분명히 정상이 아니었습니다. 깨어 있을 때도 환상을 보고, 길에서 이미 죽은 사람들을 만나며, 밤마다 사탄이 찾아온다고 고백했습니다." 그는 말했다. 저명한 의사는 증언을 마친 후 물러났다. 카테리나 이바노브나가 제시한 편지는 증거물에 추가되었다. 판사부는 의논 끝에 심리를 계속하고, 예기치 않게 나온 두 증언(카테리나 이바노브나와 이반 표도로비치의 증언)은 조서에 기입하기로 결정했다.

하지만 이어진 심리에 대해서는 쓰지 않겠다. 나머지 증인의 진술은 제각기 특성이 있기는 했지만 이미 나온 진술의 반복이거나 그 뒷받침일 뿐이었다. 다시 말하지만, 모든 것은 지금 소개할 검사의 논고에서 하나의 점으로 축약된다. 사람들은 조금 전 일어난 파국에 잔뜩 흥분한 채 어서 결말이 나기를, 검사와 변호사가 논고와 변론을 펼치고 선고가 내려지기를 애타게 기다렸다. 페튜코비치는 카테리나의 진술에 충격을 받은 듯했다. 반면 검사는 득의만만해 보였다. 심리가 끝나자 1시간 정도 휴정이 선언되었다. 마침내 재판장이 재판을 재개했다. 우리 고장의 검사 이폴리트 키릴로비치가 논고를 시작한 시각은 밤 8시 정각이었던 것으로 기억한다.

6. 검사의 논고. 특징 묘사

이폴리트 키릴로비치가 논고를 시작했다. 그는 초조함에 몸을 떨었고 이마와 관자놀이에 병적일 만큼 식은땀을 흘렸으며 전신에 오한과 열을 번갈아 느끼고 있었다. 이것은 나중에 그가 직접 한 말이다. 그는 이 논고를 자신의 chef d'oeuvre(걸작), 일평생의 chef d'oeuvre이자 백조의 노래로 생각했다. 이폴리트는 아홉 달 후에 악성 폐렴으로 목숨을 잃었으니, 그가 자신의 최후를 예감하고 있었다면 실제로 자신을 마지막 노래를 부르는 백조에 비유할 권리가 있었는지도 모른다. 그는 이 논고에 온 지성과 마음을 쏟아 부음으로써 뜻밖에도 자기 내면에 시민적 감정과 '저주스러운' 의문이 적어도 자기가 수용할 수 있는 만큼은 깃들어 있었음을 증명해 보였다. 그의 말이 효과를 발휘한 것은 그것이 진실했기 때문이었다. 그는 진심으로 피고의 유죄를 믿었다. 그저 자신에게 주어진 요구나 책무 때문에 피고의 혐의를 주장한 것이 아니라, '복수'를 촉구하며 진정으로 '사회를 구하려는' 염원에 전율했던 것이다. 심지어 마지막까지 이폴리트에게 반감을 품고 있던 여성 방청객들까지도 대단히 감명받았다고 고백할 정도였다. 그는 갈라지고 끊어지는 목소리로 말을 시작했으나, 이내 목소리에 힘이 실려 논고가 끝날 때까지 온 법정에 울렸다. 그러나 논고를 마친 직후 그는 거의 정신을 잃고 쓰러질 뻔했다.

"배심원 여러분." 검사는 말문을 열었다. "이 사건은 온 러시아를 뒤흔들었습니다. 하지만 그토록 놀라거나 경악할 만한 이유가 있을까요? 특히 우리가 말입니다. 우리는 이런 사건에 이미 익숙할 대로 익숙해져 있지 않습니까? 우리의 공포는, 이런 암울한 사건이 더 이상 우리에게 공포를 주지 않는다는 데 있습니다. 한 개인의 악행이 아닌, 우리의 습관에 공포를 느껴야 하는 것입니다. 이런 사건에, 씁쓸한 미래를 예고하는 시대적 상징에 우리가 무심하고 미적지근한 태도를 보이는 원인은 무엇입니까? 우리의 냉소주의 때문입니까? 아직 젊지만 너무나 일찍 늙어버린 우리 사회의 지성과 상상력이 말라버렸기 때문입니까? 우리의 도덕적 뿌리가 근본까지 뒤흔들렸기 때문입니까? 그것도 아니면, 도덕적 뿌리 자체가 없기 때문입니까? 제가 해결할 수는 없지만, 실로 고통스러운 의문들입니다. 모든 시민은 이러한 의문에 고통받아야 하며, 그래야 할 의무가 있습니다. 우리의 언론은 이제 막 첫발을 떼놓아 아직 조심스럽기만 하지만, 그래도 이미 사회에 일정한 기여를 했습니다. 현 황제 폐하의 통치의 선물인 공개 재판의 방청객뿐 아니라, 모든 사람들에게 방종과 타락으로 인한 공포를 끊임없이 보도하는 언론이 아니었다면, 그 공포를 조금이나마 제대로 알 수 없었을 것이기 때문입니다. 그래서 우리는 매일같이 무엇을 읽게 됩니까? 아아, 이번 사건마저 무색해지고 평범한 것처럼 느껴지는 엄청난 소식을 시시때때로 읽게 됩니다. 그러나 무엇보다 중요한 것은 우리 러시아의 민족적인 형사 사건들이 대부분 어떤 보편성을, 우리 사회에 하나의 보편악으로 자리 잡아 맞서 싸우기 어려워진 어떤 보편적인 불행을 증거하고 있다는 사실입니다. 이제 막 인생과 출세의 길에 발을 내디딘 상류층 출신의 훌륭한 젊은 장교가 있었습니다. 그는 비열하게 조용한 때를 노려 아무런 양심의 가책도 없이 자신의 은인이기도 했던 말단 관리와 그 하녀를 칼로 찔러 죽였습니다. 자신의 차용 증서와 관리가 가진 돈을 훔치기 위해서였지요. 장교는 '사교계에서의 즐거움과 앞으로의 출세를 위해 필요할 것'이라고 생각했습니다. 두 사람을 살해한 뒤 머리 밑에 베개를 받쳐주고 떠나갔습니다. 또 용맹한 기질로 가슴팍이 꽉 찰 만큼 십자훈장을 받은 어떤 젊은 영웅이 대로변에서 강도

나 다름없이 은혜를 입은 장군의 어머니를 살해한 일도 있었습니다. 그는 동료들을 부추기면서, '부인은 자기를 친아들처럼 아끼니, 아무런 경계심 없이 자기 말대로 따를 것'이라고 했습니다. 그는 악당이지만, 지금 우리 시대에 그가 유일한 악당이라고는 감히 말할 수 없습니다. 어떤 이는 칼로 찌르지는 않더라도, 그 청년과 똑같이 생각하고 느끼며, 똑같이 파렴치한 마음을 품고 있기 때문입니다. 그런 사람은 조용한 곳에서 자신의 양심을 독대한 채 '명예가 대체 뭔가? 피라는 것도 사실 편견이 아닌가?' 하고 자문할지도 모릅니다. 누군가는 큰 소리로 제 의견을 반박하며 제가 끔찍한 중상모략과 헛소리와 과장을 늘어놓는 병적이고 히스테릭한 사람이라고 말할지도 모르겠습니다. 얼마든지 그래도 상관없습니다. 오히려 그렇게 해준다면 제가 가장 먼저 기뻐할 겁니다! 아아, 저를 믿지 않고, 미친 사람이라고 생각해도 좋지만, 제 말만은 기억해주십시오. 만약 제 말의 10분의 1, 아니 20분의 1만 사실이어도 그건 무서운 일이기 때문입니다! 여러분, 우리나라 청년들이 어떻게 자살하는지 보십시오. '이다음엔 무엇이 있을까?' 하는 햄릿식 의문은 티끌만큼도, 그 기미조차도 품지 않습니다. 영혼과 무덤 뒤에서 우리를 기다리는 모든 것에 대한 문제는 오래전에 본성에서 말살되고 매장되어 모래까지 끼얹어진 듯합니다. 끝으로 우리나라의 방탕과 음탕한 자들을 한번 보십시오. 이 소송의 불행한 희생자인 표도르 파블로비치도 그들 중 어떤 자에 비하면 순진한 어린아이나 다름없을 정도입니다. 우리 모두 '우리와 섞여 살았던' 희생자를 잘 알고 있었지요. 언젠가는 러시아와 유럽의 최고의 두뇌들이 러시아 범죄 심리를 연구하게 될지도 모릅니다. 그럴 만한 가치가 있는 주제니까요. 하지만 그 연구는 나중에 좀 더 여유로워질 때, 지금의 비극적인 혼돈이 사그라들어 저 같은 사람이 할 수 있는 것보다 좀 더 현명하고 공정한 관찰이 가능해질 때 이루어지게 될 겁니다. 지금 우리는 겁을 먹고 있거나, 겁을 먹은 척하면서 냉소적이고 게으른 무료함을 자극하는 강렬하고 독특한 감각에 애착을 느끼며 그런 볼거리를 음미하고 있습니다. 아니면 무서운 유령을 손으로 쫓고 끔찍한 환영이 사라질 때까지 베개에 얼굴을 파묻고 있다가 금방 모두 잊어버리고 희희낙락하는 어린아이와 마찬가지입니다. 그러나 언젠가는 우리도 맑은 정신으로 깊이 고민하며 우리의 삶을 시작하고, 하나의 사회로써 자신을 바라보며, 사회 문제에 대해 무엇이라도 이해하거나 이해하려는 노력이라도 시작해야 할 겁니다. 이전 시대의 위대한 작가는 자신의 걸작(고골의《죽은 혼》—옮긴이)의 결말에서 온 러시아를 머나먼 미지의 목표를 향해 질주하는 트로이카로 표현하며 이렇게 외쳤습니다. '아아, 트로이카여, 새 같은 트로이카여, 누가 너를 고안했는가!' 그러면서 맹렬하게 질주하는 트로이카 앞에 모든 민족이 공손하게 길을 비킨다고 자부심과 환희에 벅차 덧붙였습니다. 정말로 모든 민족이 공손하게든 불손하게든 길을 비킨다고 할지라도, 제 죄 많은 견해로는 천재적인 예술가가 그렇게 결말을 맺은 것은 어린아이 같은 순진한 낙관에 사로잡혔거나, 그저 당시의 검열이 두려웠기 때문인 것 같습니다. 소바케비치, 노즈드료프, 치치코프 같은 그의 주인공들이 그 트로이카를 끈다면, 누구를 마부로 앉히든 그런 말들로는 절대로 목적지에 다다를 수 없을 것이기 때문입니다! 요즘 말에는 한참 못 미치는 옛날 말이어도 그렇습니다. 요즘 말들은 훨씬 청렴하지요…."

여기서 박수가 터져 나와 이폴리트 키릴로비치의 논고는 잠시 중단되었다. 사람들은 러시아 트로이카에 대한 자유주의적 표현이 마음에 들었다. 하긴, 두어 곳에서만 박수가 나왔을 뿐이었으므로, 재판장은 '퇴정하라'고 위협할 필요까지는 못 느끼고 그저 엄한 얼굴로 박수 소리가 난 쪽을 쳐다보았다. 그러나 이폴리트는 힘이 솟았다. 지금껏 누구에게서도 박수를 받아본 적이 없었다. 오랜 세월 동안 아무도 자기 말을 들어주려 하지 않았는데, 갑자기 온 러시아를 향해 마음껏 말할 기회가 찾아온 것이다!

"실제로," 그는 말을 이었다. "별안간 러시아 전역에서 이런 슬픈 명성을 떨치게 된 카라마조프가는 어떤 집안입니까? 제가 너무 과장하는 것인지도 모르겠지만, 저는 이 일가의 모습에 우리 현대 지식인 사회의 어떤 보편적이고 근본적인 요소가 담겨 있다고 봅니다. 오, 물론 모든 요소는 아니고, 현미경으로 보아야 할 만큼 미세하고 '작은 물방울에 비친 태양'처럼 반짝 빛났다가 사라지는 것이기는 하나, 그래도 무언가가 반영되고 드러나 있는 겁니다. 그토록 비통하게 생을 마감한 방종하고 음탕한 불행한 노인, 이 '집안의 가장'을 보십시오. 귀족 출신이지만 가난한 식객으로 경력을 시작해 뜻밖의 결혼을 통해 지참금으로 약간의 자금을 손에 쥐었습니다. 상당한 지력을 발휘할 잠재력을 품고 있었으나, 처음에는 하찮은 사기꾼이자 남의 비위를 맞추는 광대일 뿐이었고, 무엇보다 고리대금업자였습니다. 세월이 흐르면서, 즉 재산이 불어나면서 그는 의기양양해지기 시작합니다. 남에게 아첨하던 비굴한 태도는 사라지고, 냉소적이고 심술궂은 호색한으로 변했습니다. 정신적인 면은 말살되었으나, 삶에 대한 욕망은 엄청났습니다. 결국 인생에서 육체적 쾌락 외에는 아무것도 볼 수 없게 되었고, 자식들도 그렇게 가르쳤습니다. 아버지로서의 정신적 의무 같은 것은 전혀 느끼지 못했습니다. 그런 것에는 코웃음을 치고 어린 자식들을 뒷마당에서 키웠으며, 자식들이 손에서 떨어져나가자 오히려 기뻐했습니다. 심지어 자식의 존재를 아예 잊어버리기까지 했습니다. 노인의 모든 정신적 원칙은 après moi le déluge(내가 죽은 뒤라면 대홍수가 나도 괜찮다)였습니다. 시민이라는 개념과 정반대되고 사회로부터 완전히, 심지어 적대적으로 분리된 모든 것, '온 세상이 불타든 말든 나만 좋으면 된다'는 생각이 그의 원칙이었던 겁니다. 노인은 행복했고 충분히 만족스러웠습니다. 그렇게 20년, 30년 더 살기를 갈망했습니다. 노인은 친아들의 돈을 가로채 그 돈으로, 어머니가 아들에게 물려준 유산으로 아들의 연인을 빼앗았습니다. 아니, 저는 페테르부르크에서 오신 뛰어난 변호사에게 피고의 변호를 양보하지 않겠습니다. 저도 진실을 말하겠습니다. 저도 노인이 아들의 마음속에 얼마만큼의 분노를 쌓아놓았는지 이해합니다. 하지만

이 불행한 노인에 대해서는 그만해두는 게 좋겠습니다. 노인은 이미 대가를 치렀으니까요. 하지만 그 노인이 아버지라는 것을, 현대의 아버지 중 하나라는 사실을 상기합시다. 노인이 현대의 수많은 아버지 중 하나라고 한다면 사회에 대한 모욕일까요? 안타깝게도, 현대의 많은 아버지들은 좀 더 나은 교육을 받았기 때문에 그렇게 냉소적인 언행을 하지는 않지만, 사실상 그 노인과 거의 똑같은 철학을 가지고 있습니다. 저를 염세주의자라고 하셔도 좋습니다. 여러분은 이미 저를 용서해주기로 하셨지요. 미리 약속해둡시다. 제가 뭐라고 하든지 간에 여러분은 제 말을 믿지 않으셔도 좋습니다. 그래도 제 말을 끝까지 들어주시고, 그중 몇 마디라도 기억해주십시오. 자, 그 노인, 가장의 자식들을 봅시다. 그중 한 사람은 우리 앞 피고석에 앉아 있습니다. 피고에 대해서는 앞으로 할 이야기가 많으니, 우선 나머지 두 형제에 대해 간략하게 이야기하겠습니다. 그중 형은 현대 청년의 한 사람입니다. 대단한 교육을 받고 뛰어난 지성을 갖추었지만, 그 무엇도 믿지 않으며 부친과 마찬가지로 인생의 너무 많은 것을 부정하고 말살했습니다. 우리는 모두 그 사람의 이야기를 들어본 적이 있습니다. 우리 도시 사교계에서도 환영받는 사람이었지요. 그 사람은 자신의 견해를 전혀 숨기지 않았고, 오히려 그 반대였으므로, 저도 그 사람에 대해 어느 정도 솔직하게 말할 수 있는 용기가 생깁니다. 물론 개인으로서가 아니라 카라마조프 일가의 일원으로서 말입니다. 어제 이곳, 도시의 변두리에서 본 사건과 밀접한 관련이 있는 병적인 백치, 표도르 파블로비치의 옛 하인이자 어쩌면 사생아일지도 모를 스메르쟈코프가 자살했습니다. 그는 예심에서 히스테릭하게 눈물을 흘리며 제게 젊은 카라마조프, 즉 이반 표도로비치의 정신적인 방종에 경악했다고 말했습니다. '그분 생각에 따르면 세상만사가 허용되고, 앞으로는 그 무엇도 금지되지 않게 됩니다. 그분은 저를 그렇게 가르치셨습니다.' 물론 간질병과 그 집안에서 벌어진 무서운 참극도 영향을 주었겠지만, 스메르쟈코프는 자신이 들은 그 논리 때문에 실성한 것 같습니다. 그런데 그는 지나가는 말로 그보다 더 명석한 관찰자가 할 법한 한 가지 굉장히 흥미로운 발언을 했습니다. 제가 이 얘기를 꺼낸 것도 그 때문입니다. 스메르쟈코프는 제게 이렇게 말했습니다. '세 도련님 가운데 주인어른과 가장 성격이 비슷한 분은 바로 이반 도련님입니다!' 더 이상 말하는 것은 점잖지 못한 일일 듯하니 여기서 차남의 특징에 대한 이야기를 멈추겠습니다. 아아, 저는 이 이상의 결론을 도출해 까마귀처럼 젊은이의 운명 앞에 놓인 것은 파멸뿐이라고 외치고 싶지 않습니다. 우리는 오늘 여기, 이 법정에서 차남의 젊은 가슴속에 아직 진리의 힘이 분명히 살아 있으며, 진정한 고뇌에서 나왔다기보다는 부친에게서 물려받았다고 할 수 있는 불신과 냉소주의가 가족에 대한 애착을 완전히 잠식해버리지는 않았다는 것을 확인했습니다. 그럼 또 다른 아들을 봅시다. 어둡고 퇴폐적인 세계관을 가진 형과는 달리 경건하고 온화한 청년으로서, 우리나라 지식인의 일부 이론가들이 난해한 말로 표현하는, 소위 '민중의 근원'이라는 것에 합류하려 하고 있습니다. 그는 수도원에 들어가 직접 수도사가 될 뻔하기도 했습니다. 그 내면에는 일찍부터 무의식중에 조심스러운 절망이 나타난 것 같습니다. 오늘날 비참한 우리 사회에는 그런 절망에 빠져 사회의 냉소주의와 방탕에 겁을 먹고 모든 악이 유럽 문물에서 비롯되었다고 오해한 채, 귀신을 보고 놀란 어린아이처럼 그들이 말하는 '고향 땅', 어머니 같은 고향 땅의 품으로 달려가 쇠약해진 어머니의 바싹 말라버린 가슴에 안겨 편안히 잠들기를, 평생 잠만 자도 좋으니 무서운 환영만은 보지 않게 되기를 바라는 자가 허다합니다. 저는 선량하고 재능 있는 이 청년에게 최선만을 기원하며, 그 앳된 이상주의와 민중의 근원에 대한 갈망이 흔히 그러듯 정신적으로는 우울한 신비주의로, 정치적으로는 맹목적인 배타주의로 변하지 않기를 바랍니다. 이 두 가지는 그의 형을 괴롭히는, 아무런 수고 없이 얻은 유럽 문물에 대한 오해에서 생긴 때 이른 정신의 퇴폐보다 민족에게 더 큰 해악이 될지도 모르기 때문입니다."

배타주의와 신비주의에 대해 또다시 두어 곳에서 박수가 터져 나왔다. 물론 이폴리트는 자기 연설에 너무 심취해 있었다. 그의 연설은 모호할 뿐 아니라 사건에도 어울리지 않았지만, 독기 오른 폐렴 환자는 일생에 단 한 번이라도 하고 싶은 말을 제대로 쏟아놓아야 직성이 풀릴 것 같았다. 나중에 이곳 사람들은 이폴리트가 이반과 전에 논쟁을 벌이다가 한두 번 공개 망신을 당한 데 앙심을 품고, 점잖지 못한 감정에 휩쓸려 이반의 특징을 규정했다고 말했다. 하지만 과연 그런 생각이 타당한지는 모르겠다. 아무튼 이것은 서론일 뿐이었고, 이어진 논고는 사건에 보다 밀접해졌다.

"여기 현대 가족의 아버지의 또 다른 아들이 있습니다." 이폴리트가 말을 이었다. "그는 우리 앞에, 피고석에 앉아 있습니다. 우리는 지금 피고의 위업과 생애와 사건을 목도하고 있습니다. 때가 되어 모든 것이 드러나고 밝혀진 것입니다. 두 동생이 '유럽주의'와 '민중의 근원'을 추구한다면, 피고는 직접적으로 러시아를 대표합니다. 오, 하지만 러시아 전체를 대표하지는 않습니다. 그건 있어선 안 될 일이지요! 하지만 여기엔 우리 소중한 어머니 러시아가 있어, 그 체취가 나고 음성이 들립니다. 오, 그는 단순하기도 하고, 선악의 놀라운 혼합체이기도 합니다. 계몽과 실러를 사랑하면서도 이 술집 저 술집에서 난동을 피우며 술동무의 턱수염을 잡아 뜯습니다. 오, 그도 멋지고 좋은 사람이 될 때가 있지만, 자기 기분이 멋지고 좋아야만 그렇습니다. 숭고한 이상에 감명받기도 하지만, 그 이상이 하늘에서 식탁으로 뚝 떨어지듯 저절로, 무엇보다 아무 대가 없이 공짜로 주어진다는 조건이 붙어야 합니다. 값을 치르는 것은 질색하지만, 받는 것은 굉장히 좋아합니다. 무슨 일에서나 다 그렇습니다. 오, 삶에서 있을 수 있는 모든 부귀를 안겨주고(반드시 모든 부귀라야 합니다. 그 아래로는 타협하지 않습니다), 어떤 일에서도 그의 심기를 거스르지 않는다면, 그도 자신이 멋지고 좋은 사람이 될 수 있다는 것을 보여줄 겁니다. 그는 탐욕스럽지 않습니다. 하지만 그에게 돈을 줘보십시오. 많이, 더 많이, 가능한 많이 준다면, 그가 그 경멸스러운 금속을 경멸하며 흥청망청 하룻밤 만에 그것을 후하게 탕진하는 모습을 보게 될 겁니다. 만약 돈을 주지 않는다면, 그는 돈이 무척 필요할 때 어떻게 그것을 손에 넣는지 보여드릴 겁니다. 하지만 이런 이야기는 나중에 하고, 순서에 따라 말씀드리도록 하겠습니다. 우선 우리 앞에는, 조금 전 외국 출신이기는 하지만 존경하는 우리의 시민이 말씀하셨듯이 '신발도 없이 뒷마당에' 버려진 가엾은 소년이 있습니다. 다시 말씀드리지만, 저는 누구에게도 피고의 변호를 양보하지 않을 겁니다. 저는 고발자인 동시에 변호인입니다. 그렇습니다, 우리도 사람이고, 우리도 인간이기 때문에 어린 시절 받은 인상과 친부모의 보금자리가 사람의 성격에 어떤 영향을 미치는지 가늠할 수 있습니다. 자, 이 소년이 자라나 어느덧 청년이 되고 장교가 됩니다. 난봉을 피우고 결투를 일삼아 풍요로운 우리 러시아의 머나먼 접경도시로 보내집니다. 그곳에서 복무하면서도 방탕한 생활을 계속합니다. 물론 큰 배는 규모가 큰 항해를 하게 마련이지요. 피고는 돈이, 그 무엇보다도 돈이 필요했습니다. 부친과 오랜 언쟁을 벌인 끝에 마지막으로 6000루블을 받기로 타협했고, 부친은 돈을 부쳐왔습니다. 피고가 부친에게 증서를 써주었다는 점, 즉 이 6000루블로 아버지와의 유산 시비를 종결 짓고 더는 요구하지 않겠다고 쓴 편지가 있다는 점에 주목해주십시오. 그 무렵 피고는 고결한 품성과 지성을 갖춘 젊은 아가씨를 만나게 됩니다. 오, 자세한 이야기를 되풀이하지는 않겠습니다. 여러분도 조금 전 들으셨다시피, 명예와 자기희생에 관한 이야기였지요. 경솔하고 방탕하지만, 진정한 고결함과 드높은 이념 앞에 허리를 숙이는 청년의 모습은 우리에게 깊은 감동을 주었습니다. 그런데 뒤이어 별안간 같은 법정 안에서 생각지도 못한 동전의 뒷면이 드러납니다. 이번에도 추측은 삼가고, 왜 그런 일이 벌어졌는지 분석하지 않겠습니다. 그러나 그 일이 벌어진 데는 분명 이유가 있었습니다. 이 여성은 오랫동안 숨겨온 분노의 눈물을 쏟으며, 부주의하고 무절제하다고도 할 수 있으나 그럼에도 역시 숭고하고 관대한 마음에서 이루어진 자신의 돌발 행동을 두고 피고가 자기를 먼저 경멸했다고 말했습니다. 이 아가씨의 약혼자인 그가 먼저, 그에게서만큼은 참을 수 없었던 냉소를 지은 겁니다. 이 아가씨는 약혼자가 이미 자기를 배반했다는 것을 알면서(피고는 앞으로 자신이 무슨 짓을 하더라도, 심지어 자신의 변심까지도 그녀가 감내해야 한다고 확신하며 배반했습니다), 그걸 알면서도 일부러 그에게 3000루블을 주겠다고 했습니다. 그러면서 그것이 약혼자의 배신을 위해 주는 돈이라는 뜻을 분명히 했습니다. '어때요, 받으시겠어요? 그렇게까지 뻔뻔한 인간이 될 수 있어요?' 그녀는 비판과 시험의 눈으로 말없이 질문을 던졌습니다. 그는 약혼녀를 보고 그 생각을 분명히 깨달았으면서도(여러분 앞에서 자기가 다 알고 있었다고 인정했지요) 무작정 그 3000루블을 착복해 이틀 만에 새 애인과 함께 탕진해버렸습니다! 우리는 무엇을 믿어야 할까요? 첫 번째 이야기, 자기 전 재산을 내놓고 선행을 베푼 숭고한 충동을 믿어야 할까요, 아니면 그토록 혐오스러운 동전의 뒷면을 믿어야 할까요? 인생에서는 보통 두 극단이 대립하면 그 중간에서 진리를 찾아야 하게 마련입니다만, 이 경우는 전혀 그렇지 않습니다. 피고는 첫 번째 경우에는 진정으로 고결했고, 두 번째 경우에는 진정으로 저열했다는 것이 가장 옳을 겁니다. 어째서일까요? 그는 광범위한 카라마조프적 본성을 품고 있기 때문입니다. 제가 하고 싶은 말은 바로 이겁니다. 그는 온갖 극단을 혼합하고, 두 심연을, 머리 위에 있는 숭고한 이상의 심연과 발아래에 있는 지극히 저열하고 악취 나는 타락의 심연을 동시에 관조할 수 있습니다. 카라마조프 일가를 가까이에서 심도 있게 지켜본 젊은 관찰자 라키틴 씨가 말씀하신 훌륭한 생각을 상기해봅시다. '고삐 풀린 방종한 천성을 지닌 그들에게는 드높은 고결함의 감각만큼이나 저열한 타락의 감각도 필요하다'고 했지요. 사실입니다. 그들에게는 바로 이 부자연스러운 혼합이 끊임없이 필요한 것입니다. 여러분, 두 개의 심연, 동시에 두 개의 심연을 관조하지 않으면 그는 불행과 불만족을 느끼며, 그의 존재는 완전해질 수 없습니다. 그는 광활합니다. 우리 어머니 러시아처럼 광활하여, 모든 것을 수용하고 모든 것과 타협합니다! 배심원 여러분, 3000루블 이야기가 나온 김에 조금 앞질러 가려고 합니다. 생각해보십시오, 이런 성격의 피고가 당시 그런 수치와 치욕과 극도의 굴욕을 느끼며 돈을 받아서는, 그날 바로 절반을 떼어내 향갑에 꿰매 넣고, 온갖 유혹과 강렬한 필요에도 불구하고 꼬박 한 달 동안이나 목에 걸고 다니는 의지를 발휘했다고 합니다. 여러 술집을 오가며 술판을 벌일 때도, 연적인 아버지의 유혹으로부터 애인을 멀리 데려가기 위해 무작정 돈을 빌리러 급하게 시내를 떠났을 때도 그 향갑에는 손을 대지 않았습니다. 사랑하는 여자가 자신이 그토록 질투하던 늙은 아버지의 유혹을 받도록 내버려 두지 않기 위해서라도, 피고는 향갑을 끄르고 집에 남아 한시도 자리를 비우지 않고 연인을 지켜야 했습니다. 여자가 마침내 '나는 당신 거예요'라고 말해, 함께 그 절망적인 상황으로부터 되도록 멀리 달아날 수 있는 순간이 오기를 기다리면서 말입니다. 그러나 피고는 향갑에 손을 대지 않았습니다. 그 이유가 무엇이었습니까? 우리가 논한 첫 번째 이유는, 여자가 '난 당신 것이니, 어디로든 데려가주세요'라고 말했을 때 그 경비가 있어야 하기 때문이라는 것이었습니다. 그러나 이 첫 번째 이유는 피고 본인의 진술에 의해 두 번째 이유 앞에 퇴색되어버리고 맙니다. 피고는 이렇게 말했습니다. '내가 돈을 가지고 있는 한, '나는 비열한 인간일지언정, 도둑은 아니다', 언제든 내가 모욕한 약혼녀를 찾아가 가로챈 돈의 절반을 내놓고 '보시오, 나는 당신 돈의 절반을 탕진해 내가 의지가 약하고 부도덕한 인간이라는 것을 증명했고, 비열한 놈(저는 피고의 말을 그대로 옮기고 있습니다)이라는 말을 들어도 할 말이 없지만, 비열한 놈일지는 몰라도 도둑은 아니오. 도둑이었다면 남은 절반의 돈도 가져오지 않고 다른 절반처럼 가로채버렸을 테니까'라고 말할 수 있기 때문이다.' 참으로 놀라운 설명이 아닙니까! 이렇듯 광폭하면서도, 동시에 그런 치욕을 감수하면서까지 3000루블의 유혹을 뿌리치지 못했던 나약한 사람이, 별안간 굳은 의지를 느껴 수천 루블을 손도 대지 않고 목에 걸고 다녔다니요! 우리가 분석하고 있는 피고의 성격에 조금이라도 부합합니까? 아닙니다. 진짜 드미트리 카라마조프라면, 만약 정말로 향갑에 돈을 꿰매 넣을 마음을 먹었다고 하더라도 이런 경우 어떻게 행동했을지 말씀드리지요. 진짜 피고라면 처음 유혹을 느꼈을 때, 이를테면 이미 함께 돈의 절반을 흥청망청 써버린 자신의 새 연인을 기쁘게 해줄 필요가 생겼다거나 할 때 향갑을 열어 급한 대로 100루블만이라도 꺼냈을 겁니다. 굳이 절반인 1500루블을 돌려줄 필요는 없습니다. 1400루블만 있어도 어차피 '나는 비열한 놈이기는 하지만 도둑은 아니다, 1400루블이라도 다시 가지고 오지 않았느냐, 도둑이라면 죄다 꿀꺽하고 하나도 돌려주지 않았을 것이다'라고 말할 수 있는 건 마찬가지니까요. 그러다가 시간이 흐르면 다시 향갑을 풀어 또 100루블을 꺼내고, 그다음 또 100루블, 또 100루블, 이런 식으로 해서 한 달이 지날 무렵에는 마지막 남은 200루블 중에 100루블을 꺼내 들며 이렇게 생각했을 겁니다. '100루블이라도 돌려주면 된다, '비열한 놈이기는 해도 도둑은 아니다. 2900루블은 써버렸지만 100루블은 돌려주었잖은가. 도둑이라면 그것도 돌려주지 않는다'라고 할 수 있는 건 마찬가지다.' 그러다가 마침내 그 100루블마저 써버리고는 마지막 100루블을 보며 혼잣말을 할 겁니다. '100루블을 갚아봐야 무슨 소용이람, 그냥 이것도 써버려야겠다!' 우리가 아는 진짜 드미트리 카라마조프라면 분명 그랬을 겁니다! 향갑 이야기는 상상도 못할 만큼 현실에 배치됩니다. 가정이야 무엇이든 할 수 있는 법이라지만, 그래도 이건 아닙니다. 하지만 이 문제는 나중에 다시 논하도록 합시다." 이폴리트는 두 부자의 재산 다툼과 가족 관계에 대해 이미 재판부가 알고 있던 내용을 전부 차례대로 언급하고, 유산 문제에 있어서 누가 누구를 속였는지 밝혀낼 수 있는 여지는 전혀 없다고 재차 결론을 낸 뒤, 미탸의 머릿속에 고착된 3000루블과 관련한 의학 감정에 대한 이야기를 꺼냈다.

7. 경위

"의사들은 감정을 통해 피고가 제정신이 아니며 조증이라는 것을 증명하려고 했습니다. 저는 피고가 분명히 제정신이며, 바로 그것이 최악의 사실이라고 주장하는 바입니다. 제정신이 아닌 것이 훨씬 현명한 일인지도 모르기 때문입니다. 피고가 조증이라는 주장에는 저도 동의합니다만, 딱 한 가지 사실에서만 그렇습니다. 의학 감정에서도 지적되었듯이, 피고가 그 3000루블을 부친에게서 못 받은 돈으로 생각했다는 점입니다. 하지만 피고가 3000루블에 보인 지속적인 광기를 설명하는 데는 피고의 조증 경향보다 훨씬 밀접한 견해를 찾을 수 있을 것 같습니다. 저는 피고의 지적 능력이 지극히 정상이었고, 지금도 정상적이며, 그저 초조와 분노에 휩싸여 있었을 뿐이라는 젊은 의사 바르빈스키 씨 의견에 전적으로 동의합니다. 바로 그렇습니다. 피고가 끊임없이 광기 어린 분노를 보인 원인은 3000루블이라는 돈에 있지 않았습니다. 피고에게 분노를 불러일으킨 특별한 원인이 있었던 겁니다. 그 원인은 바로 질투였습니다!"

여기서 이폴리트는 그루셴카에 대한 피고의 파멸적인 열정의 전모를 장황하게 펼쳐놓았다. 피고가 '젊은 여성'을 '흠씬 패주려고' 찾아갔던 부분부터 시작하여 피고의 말을 그대로 옮겨가며 이렇게 설명했다. "그러나 피고는 흠씬 패주는 대신, 그 여자의 발치에 머물게 됩니다. 그것이 그 사랑의 시작이었습니다. 그런데 동시에 피고의 늙은 아버지도 그 여자에게 눈독을 들이게 됩니다. 그것은 놀랍고도 치명적인 우연의 일치였습니다. 전부터 알고 있었고 만난 적도 있는 여자를 두고 별안간 두 사람의 가슴이 동시에 지극히 카라마조프적인 주체할 수 없는 열정으로 타오른 겁니다. 우리는 그 여자의 이런 고백을 들었습니다. '저는 두 사람을 놀려주었어요.' 그렇습니다, 여자는 갑자기 부자를 놀려주고 싶다는 생각이 들었습니다. 전에는 그런 마음이 없었는데, 갑자기 머릿속에 그런 생각이 떠오른 겁니다. 결국 두 사람은 여자 앞에 굴복하여 무릎을 꿇었습니다. 돈을 하느님처럼 떠받들던 노인은 여자가 자기 집에 찾아오기만 하면 당장 3000루블을 주겠다며 돈을 준비했고, 얼마 지나지 않아 여자가 정식 부인이 되어주기만 한다면 자기 이름과 전 재산이라도 기꺼이 여자의 발치에 갖다놓을 만큼 빠져버렸습니다. 여기에는 확실한 증거가 있습니다. 피고에 대해 말할 것 같으면, 우리가 목도하고 있듯 피고의 비극은 명백합니다. 그러나 그것은 젊은 여자의 '장난'이었습니다. 교태로운 여인은 불행한 젊은이에게 희망조차도 주지 않았습니다. 희망은, 진정한 희망은 자신을 괴롭힌 여자 앞에 무릎을 꿇고 연적인 부친의 피로 시뻘겋게 물든 손을 뻗은 최후의 순간에야 주어졌습니다. 그리고 피고는 바로 그 상황에서 체포되었습니다. '저도, 저도 저 사람과 함께 유형을 보내주세요. 제가 그이를 저 지경으로 만들었어요. 제 죄가 가장 커요!' 피고가 체포되는 순간, 여자는 그제야 진심으로 후회하며 이렇게 외쳤습니다. 앞서 말씀드린, 본 사건에 대해 진술한 재능 있는 청년 라키틴 씨는 이 여주인공의 성격을 압축되고 특징적인 몇 마디 말로 이렇게 규정했습니다. '일찍이 좌절과 기만과 타락, 자기를 유혹하고 버린 약혼자의 배신을 경험하고, 이어 가난에 시달리고 명예를 중시하는 가족의 저주를 받다가 마지막으로 지금도 은인으로 여기는 어느 부유한 노인의 보호를 받게 되었습니다. 어쩌면 선한 기질도 많았을 어린 가슴에는 너무 일찍부터 분노가 깃들게 되었습니다. 재물을 모으는 계산적인 성격이 형성되고, 사회에 대한 냉소와 복수심이 형성되었습니다.' 이 설명을 들어보면, 여자가 그저 장난삼아, 짓궂은 장난삼아 두 사람을 가지고 놀았다는 것이 이해가 됩니다. 피고는 한 달 동안 희망 없는 사랑으로 괴로워하며 도덕적으로 타락하고, 약혼자를 배신해 그의 명예를 믿고 맡긴 타인의 돈을 착복했을 뿐 아니라, 그 누구도 아닌 자기 아버지에 대한 끊임없는 질투로 인해 거의 이성을 잃고 광기를 일으키는 지경에 이르렸습니다! 중요한 건 그 실성한 노인이 자기 돈, 어머니의 유산으로 생각해 아버지를 책망하고 있던 그 3000루블로 피고의 열정의 대상을 유혹했다는 겁니다. 그렇습니다, 견디기 힘든 일이었으리라는 점에는 저도 동의합니다! 조증이 나타나도 이상할 것이 없는 상황이었습니다. 문제는 돈이 아니라, 그 돈 때문에 그토록 끔찍하고 파렴치한 방식으로 피고의 행복이 산산조각 났다는 데 있었습니다!"

이어서 이폴리트는 어떻게 피고의 마음속에 아버지를 죽이겠다는 생각이 싹트게 되었는가 하는 주제로 넘어가 사실에 근거해 그 내용을 고찰했다.

"처음 피고는 여러 술집을 오가며 그저 떠벌려대기만 했습니다. 꼬박 한 달을 그랬지요. 오, 피고는 사람들과 어울리면서 가장 악마적이고 위험한 생각에 이르기까지 모든 것을 사람들에게 즉시 이야기하고 알려주기를 좋아했으며, 무슨 이유에서인지 그들이 당장 깊이 공감해주고, 자신의 걱정과 불안에 동화되어 맞장구를 쳐주고 심기를 거스르지 않기를 요구했습니다. 그러지 않으면 격분하며 온 술집을 뒤집어 놓았습니다. (스네기료프 대위의 일화가 뒤따랐다.) 마침내 지난 한 달간 피고의 광기 어린 모습을 보고 들은 사람들은 피고가 아버지에 대해 단순히 큰소리를 치거나 위협을 하는 데서 그치지 않고, 그 위협을 실행에 옮길지도 모른다는 생각을 하게 되었습니다. (여기서 검사는 수도원에서 있었던 가족 회동과 피고가 알료샤와 나눈 대화, 피고가 식사를 끝낸 부친의 집에 들이닥쳐 폭행을 저지르며 벌인 추태에 대해 이야기했다.) 그런 추태가 벌어지기 전까지 피고가 살인으로 아버지와의 인연을 끊으려고 미리 주도면밀하게 계획을 세우고 있었다고는 확언하지 않겠습니다. 그러나 그 생각은 여러 번 피고의 마음속에 떠올랐고, 피고는 신중하게 그것을 관조했습니다. 여러 사실과 증인, 피고 본인의 고백이 그것을 뒷받침합니다. 배심원 여러분, 사실 저는 오늘까지도 피고가 완전하고 의식적인 범행 의지를 가지고 있었다고 인정하기를 망설여왔습니다. 저는 피고가 마음속으로 수없이 그 운명적인 순간을 관조했으나, 그저 관조만 하고 가능성의 차원에서 생각했을 뿐, 실행 시기도 여건도 정해놓지 않았으리라고 확신했습니다. 하지만 그런 망설임은 오늘 베르홉체바 양이 법정에 그 운명적인 문서를 제출하는 순간 사라졌습니다. 여러분, 베르홉체바 양이 '이것은 계획서입니다, 살인 구상입니다!'라고 외친 것을 여러분도 들으셨을 겁니다. 불운한 피고의 불운한 '취중' 편지를 그렇게 정의한 것입니다. 실제로 그 편지에는 살해 구상과 계획의 뜻이 담겨 있었습니다. 그 편지는 범행이 일어나기 이틀 전에 쓴 것이니, 이제 우리는 피고가 무서운 계획을 실행에 옮기기 이틀 전에, 다음 날 돈을 구하지 못할 경우 '이반이 떠나기만 하면' 아버지를 살해하고 베개 밑에서 '붉은 리본으로 동여맨 봉투' 속에 든 돈을 손에 넣겠다고 맹세했음을 똑똑히 알게 되었습니다. '이반이 떠나기만 하면'이라고 했다는 건, 이미 모든 부분을 따져보고 상황을 가늠해 보았다는 겁니다. 그리고 전부 편지에 쓰인 대로 실행되었습니다! 미리 계획하고 숙고했다는 것은 의심의 여지가 없으며, 범행은 강탈을 목적으로 이루어졌음이 분명합니다. 이것은 똑똑히 선언되고, 문서로 쓰여 서명되었습니다. 피고도 서명이 자기 것임을 부인하지 않았습니다. 누군가는 술김에 쓴 것이 아니냐는 의문을 제기할지도 모르겠습니다. 그러나 술김에 썼다고 해서 혐의가 줄어들지는 않으며, 오히려 술김에 썼다는 점이 더 중요합니다. 피고는 맨 정신에 생각한 것을 술김에 쓴 겁니다. 맨 정신에 생각하지 않았더라면, 술김에 쓰지도 않았겠지요. '그는 왜 자기 계획을 술집마다 떠벌리고 다녔는가? 미리 그런 일을 계획한 사람은 그 생각을 숨기고 입을 다물기 마련이다'라고 하시는 분도 있겠습니다. 맞습니다. 하지만 피고가 그런 말을 떠벌린 것은 아직 계획이나 의도가 없고, 그저 바람과 욕망만 자라나고 있던 때였습니다. 나중에 가서는 피고도 그 얘기를 별로 떠벌리지 않았습니다. 그날 밤 '수도'에서 얼큰하게 취해 그 편지를 썼을 때, 피고는 평소와는 달리 과묵했습니다. 당구도 치지 않고 한구석에 앉아 누구와도 말을 섞지 않았습니다. 이 고장에 사는 점원을 쫓아내기는 했지만, 그건 술집에 들어온 이상 피해갈 수 없었던 싸움을 벌이는 버릇 때문에 무의식적으로 한 행동이었습니다. 물론 피고는 완전히 결심이 서자, 그동안 온 동네에 떠들고 다닌 수많은 얘기가 계획을 실행했을 때 자신이 범인이라는 증거와 혐의가 되지는 않을까 하는 걱정이 들었을 겁니다. 그러나 어쩌겠습니까? 이미 떠벌린 것은 떠벌린 것이고, 되돌릴 수는 없습니다. 예전에도 행운이 따라주었으니, 이번에도 그럴 수 있었지요. 여러분, 피고는 자신의 수호성을 믿었던 겁니다! 더불어 피고가 숙명의 순간을 피하기 위해 많은 것을 했다는 점, 피의 결말을 피하기 위해 안간힘을 썼다는 점은 저도 인정합니다. '내일 모든 사람들에게 3000루블을 부탁해보겠소.' 피고는 자신만의 독특한 어투로 이렇게 썼습니다. '만약 사람들이 주지 않으면, 피가 흐르게 될 거요.' 다시 말씀드리지만, 피고는 취중에 써서 맨 정신에 그대로 실행했습니다!"

여기서 이폴리트 키릴로비치는 미탸가 범행을 저지르지 않기 위해 돈을 구하려고 어떤 노력을 했는지 낱낱이 설명하기 시작했다. 삼소노프를 찾아간 일과 멀리 랴가비에게 다녀온 일을 서류에 근거하여 설명했다. "이 여행을 위해 시계를 팔아버린 피고는(1500루블을 가지고 있었으면서도 말입니다. 정말 그럴 수 있었을까요?) 도시에 남겨둔 사랑의 대상이 자기가 없는 사이에 표도르에게 가버리지는 않을까 하는 의심과 질투에 괴로워하며, 잔뜩 조롱을 받은 채 피곤과 굶주림을 느끼며 마침내 도시로 돌아옵니다. 천만다행으로 여자는 표도르의 집에 가지 않았습니다. 피고는 손수 여자를 보호자인 삼소노프에게로 데려다주었습니다. (이상하게도 그는 삼소노프에게 질투를 느끼지 않았습니다. 이것은 이 사건에서 매우 독특한 심리적 특성입니다!) 그런 다음 '뒷마당'에 있는 초소로 달려가 거기서 스메르댜코프가 간질 발작을 일으키고, 또 다른 하인은 앓아누웠다는 것을 알게 됩니다. 전장엔 아무도 없고, '신호'도 알고 있으니 얼마나 유혹적입니까! 그래도 피고는 저항했습니다. 그는 잠시 이곳에 머물면서 우리 모두의 존경을 받고 있는 호흘라코바 부인을 찾아갑니다. 오래전부터 피고의 운명에 연민을 느낀 그 부인은 방탕한 생활과 추한 사랑을 그만두고, 한량처럼 술집을 전전하며 젊은 힘을 허비하지 말고 금광을 찾아 시베리아로 가라는 지극히 현명한 조언을 해줍니다. '그곳에 당신의 들끓는 힘과 모험을 갈구하는 낭만적인 성격의 돌파구가 있어요.'" 이폴리트는 그 대화의 결말과 피고가 뜻밖에 그루셴카가 삼소노프의 집에 없다는 것을 알게 된 순간을 이야기하고, 질투에 시달릴 대로 시달린 불행한 피고가 여자가 자기를 속이고 표도르의 집에 가 있을 거라는 생각에 즉각 광분에 휩싸였다고 이야기한 뒤, '만약 하녀가 피고의 연인이 '틀림없는' '옛 애인'과 함께 모크로예에 있다는 사실만 제때 알려줬어도 아무 일도 일어나지 않았을 것'이라며 그 일의 숙명적인 의미를 강조했다. "하지만 하녀는 혼비백산한 나머지 자기는 모른다는 맹세만 되풀이했습니다. 피고가 그 자리에서 하녀를 죽이지 않은 건 자기를 배신한 여자를 쫓아 달려가느라 정신이 없었기 때문입니다. 그러나 피고가 그토록 경황이 없는 와중에도 놋쇠 절굿공이를 집어 들었다는 점에 주목해주십시오. 왜 하필 다른 흉기가 아닌 절굿공이를 집었을까요? 만약 피고가 한 달 전부터 줄곧 그 순간을 상상하며 준비해왔다면, 흉기 같은 것이 눈에 들어온 순간 바로 그것을 집어 들 겁니다. 피고는 무언가 놋쇠공이 모양의 물건이 흉기가 될 수 있겠다고 한 달 전부터 생각해왔습니다. 그래서 조금도 망설이지 않고 순간적으로 그것을 흉기로 인식할 수 있었던 겁니다! 따라서 그 운명의 절굿공이를 집어

든 건 무의식적으로 자기도 모르게 한 일이 아니었습니다. 이윽고 피고는 아버지의 정원에 나타났습니다. 전장은 이상이 없었습니다. 볼 사람은 아무도 없었고, 밤이 깊어 주위는 칠흑처럼 어두웠으며, 가슴속에서는 질투가 일었습니다. 그 여자가 자신의 연적인 아버지와 함께 이곳에 있으며, 그 품에 안겨 어쩌면 지금 자기를 비웃고 있을지도 모른다는 의혹에 숨이 막혀왔습니다. 그것은 그저 의혹이 아니었습니다. 의혹은커녕, 속은 것이 확실했습니다. 피고는 여자가 저기 불 켜진 방에, 아버지 방 병풍 뒤에 있다고 생각했습니다. 불행한 피고는 살금살금 창문으로 다가가 점잖게 방 안을 들여다보고 고상하게 체념한 뒤 무언가 위험하고 부도덕한 일이 벌어지지 않도록 현명하게 불행을 피해 떠나갑니다. 우리에게, 피고의 성격을 알고 여러 사실을 근거로 그의 심리 상태가 어땠는지 알고 있는 우리에게 그걸 믿으라는 겁니다. 무엇보다도 피고는 당장 문을 열고 들어갈 수 있는 신호를 알고 있었습니다!" 여기서 이폴리트는 '신호'와 관련하여, 이번 사건의 부록과도 같은 스메르다코프에 대한 살인 혐의를 완전히 파헤치고 그런 생각을 확실히 뿌리뽑기 위해, 논고를 잠시 멈추고 스메르댜코프에 대한 자세한 설명을 시작할 필요를 느꼈다. 그 설명은 상당히 장황했으므로, 사람들은 그가 그 가정에 강한 경멸을 드러내면서도 한편으로는 그것을 몹시 중요하게 생각하고 있었음을 깨달았다.

8. 스메르댜코프에 대한 진술

"첫째, 어디서 그런 혐의가 시작되었을까요?" 이폴리트는 이런 질문으로 말문을 열었다. "스메르댜코프가 범인이라고 가장 먼저 외친 사람은 체포 당시의 피고였습니다. 그러나 피고는 처음 그렇게 외쳤을 때부터 공판이 열리고 있는 이 순간까지 그 혐의를 뒷받침할 만한 사실을 하나도 제시하지 못했습니다. 그런 사실은커녕, 조금이라도 납득할 만한 사실의 암시마저 제시하지 못했지요. 피고 외에 스메르댜코프의 혐의를 주장하는 사람은 피고의 두 동생과 스베틀로바 양, 이렇게 세 사람뿐입니다. 그러나 피고의 두 동생 중 형은 병으로, 명백한 섬망증과 열병으로 인한 발작 상태에서 오늘 처음 그런 의혹을 제기했으며, 우리도 잘 알다시피 지난 두 달 동안에는 형이 범인임을 확신하고 있었고, 그 생각을 부정하려고도 하지 않았습니다. 하지만 그 문제는 나중에 따로 논하기로 합시다. 피고의 막냇동생은 조금 전 스스로 우리에게 스메르댜코프가 범인이라는 생각을 입증할 만한 사실은 조금도 없으며, 그저 피고의 말과 '표정'만 가지고 그런 결론을 내렸다고 했습니다. 네, 이 엄청난 증거가 두 번 피고의 동생의 입을 통해 나왔습니다. 스베틀로바 양은 그보다 더 엄청날지도 모를 말을 했습니다. '피고가 하는 말을 믿어주세요. 거짓말을 할 사람이 아니에요.' 피고의 운명에 깊은 관심을 가진 세 사람이 제시한 스메르댜코프가 범인이라는 실질적인 증거는 이것이 전부입니다. 그런데도 스메르댜코프의 혐의론이 나돌며 지지를 얻었고, 지금도 얻고 있으니 믿을 수 있는 일입니까? 상상할 수 있는 일입니까?"

여기서 이폴리트는 '병적인 섬망과 정신이상의 발작을 일으켜 자기 목숨을 끊은' 스메르댜코프의 성격을 간단히 설명할 필요를 느꼈다. 그는 스메르댜코프를 모호한 지식의 싹이 튼 저능한 사람으로 소개했다. 자기 지성으로 감당할 수 없는 철학적 사상 때문에 혼란에 빠지고, 책임과 의무에 관한 현대의 학설에 겁을 먹었다는 것이다. 그런 학설은 실제적으로는 죽은 그의 주인이자 아버지일지도 모르는 표도르 파블로비치의 방탕한 생활에서 배웠고, 이론적으로는 주인의 차남인 이반 표도로비치와 나눈 여러 가지 기묘한 철학적 대화에서 배웠다. 이반은 무료했기 때문인지 냉소를 쏟아낼 마땅한 곳을 찾지 못해서인지 기꺼이 그 유희를 즐겼다. "스메르댜코프는 주인집에 머물렀던 마지막 며칠 동안 자신의 정신 상태가 어땠는지 직접 이야기해주었습니다." 이폴리트는 설명했다. "피고 자신과 그 동생, 하인 그리고리까지 그를 가까이에서 알고 있던 다른 사람들도 모두 같은 증언을 했습니다. 뿐만 아니라 간질병에 시달린 스메르댜코프는 마치 '닭처럼 겁을 먹고 있었습니다' '그놈은 내 발치에 엎드려 내 발에 입을 맞췄다'고 피고는 말했지요. 그런 진술이 자기에게 불리할 수도 있다는 것을 아직 몰랐을 때였습니다. '그놈은 간질에 걸린 닭입니다' 피고는 그 특유의 말투로 스메르댜코프를 이렇게 표현했습니다. 피고는 그런 스메르댜코프를 자기 수하로 택하고(피고 자신도 그렇게 증언했습니다) 잔뜩 겁을 주어 결국 첩자와 밀고자 노릇을 하겠다는 승낙을 받아냅니다. 스메르댜코프는 그 집안의 첩자로서 주인어른을 배신하고 피고에게 돈 봉투의 존재와 주인어른의 방에 들어갈 수 있는 신호를 알려줍니다. 어떻게 알려주지 않을 수가 있었겠습니까? '저를 죽이려 들었습니다. 정말로 죽이리라는 게 눈에 보였습니다.' 이미 자기를 겁주던 박해자는 체포되어 보복하러 올 수 없었는데도, 스메르댜코프는 우리 앞에서조차 벌벌 떨며 예심에서 이렇게 말했습니다. '시시때때로 저를 의심하시니, 저는 공포에 떨면서 그분의 분노를 가라앉히려고 허둥지둥 온갖 비밀을 고해바쳤습니다. 제가 그분에게 정직하다는 것을 알고 산 채로 풀어주시기를 바라면서요.' 이건 스메르댜코프가 직접 한 말입니다. 저는 이 말을 기록하고 기억해두었습니다. '그분이 호통이라도 치면, 저는 그 앞에 꿇어앉았습니다.' 천성이 정직한 젊은이여서 주인이 잃어버린 돈을 돌려준 일로 주인에게 정직성을 인정받고 깊은 신뢰를 얻었던 스메르댜코프는 은인처럼 사랑하던 주인을 배신한다는 자책감에 무척 괴로웠을 겁니다. 최고의 정신과 의사들이 증언한 바에 따르면, 심한 간질을 앓고 있는 사람은 누구나 지속적이고 병적인 자책감을 느끼는 경향이 있다고 합니다. 자기가 누군가에게 무슨 일로 '죄를 지었다'며 종종 아무런 근거도 없는 양심의 가책 때문에 괴로워하고, 자신이 여러 가지 죄와 범죄를 저질렀다는 과대망상에 빠지기도 합니다. 그런 사람은 공포와 두려움에 사로잡혀 실제로 죄인이나 범죄자가 되기도 합니다. 뿐만 아니라 스메르댜코프는 눈앞에 전개되는 상황이 무언가 좋지 않은 일로 이어지리라는 강한 예감을 느꼈습니다. 표도르 파블로비치의 차남 이반 표도로비치가 참극이 벌어지기 직전 모스크바로 떠날 때, 스메르댜코프는 그에게 남아달라고 애원했지만, 평소의 겁 많은 성격 탓에 자신이 느끼던 우려를 분명하게 구체적으로 얘기하지는 못했습니다. 그저 암시를 주는 데서 그쳤고, 이반은 그 암시를 알아채지 못했습니다. 스메르댜코프가 이반을 자신의 보호자로 생각했으며, 그가 집에 있는 동안에는 재앙이 일어나지 않으리라고 생각했다는 점에 주목해야 합니다. 드미트리 카라마조프의 '취중' 편지에 '이반이 떠나는 대로 노인을 죽이겠다'는 문구가 있었던 것을 떠올려 봅시다. 그것은 모두가 이반 표도로비치의 존재를 집안의 평안과 질서의 보장으로 생각했다는 뜻입니다. 그런 이반이 떠나버리자, 스메르댜코프는 곧바로, 젊은 주인이 떠난 지 거의 1시간 만에 간질 발작을 일으켰습니다. 그것은 지극히 당연한 일이었습니다. 여기서 지적해둘 것은, 공포와 일종의 절망에 시달려 오던 스메르댜코프가 며칠 전부터, 정신적으로 긴장하거나 충격을 받을 때면 어김없이 찾아오곤 했던 간질 발작이 일어날 것 같다는 강한 직감을 느끼고 있었다는 점입니다. 물론 발작 일시를 예측할 수는 없지만, 그 징조는 간질 환자라면 누구나 미리 느낄 수 있습니다. 의학계에서도 그렇게 말하고 있습니다. 이반 표도로비치가 집을 떠난 직후, 스메르댜코프는 말하자면 고아가 된 듯한 불안을 느끼며 집안일 때문에 지하실에 갔습니다. 그는 계단을 내려가면서 생각했습니다. ‘발작이 일어나지는 않을까? 혹시 지금 일어나기라도 하면 어쩌지?’ 바로 그런 기분과 의혹과 의문 때문에 간질 발작에 선행하는 목 경련에 의식을 잃고 바닥으로 사정없이 굴러 떨어진 겁니다. 이 지극히 자연스러운 우연을 두고 스메르댜코프가 일부러 발작이 난 척 연기했다는 의혹이나 증거나 암시를 찾아내려는 사람들이 있습니다! 만약 그가 일부러 그랬다면, 곧장 ‘왜?’라는 의문이 떠오릅니다. 어떤 계산, 어떤 목적을 가지고 그랬을까요? 의학을 들먹이지는 않겠습니다. 과학이 거짓말을 하고 있다느니, 실수를 하고 있다느니, 의사들이 진실과 꾀병을 구분하지 못했다느니 하는 말이 다 옳다고 합시다. 하지만 대답해보십시오. ‘그는 왜 꾀병을 부려야 했을까요?’ 살인을 저지르기로 작정해놓고 발작을 일으켜 미리 집안사람들의 이목을 끌려 했을까요? 배심원 여러분, 범행이 있었던 날 밤 표도르 파블로비치의 집에 있었거나 다녀간 사람은 모두 다섯 명입니다. 첫째, 표도르 파블로비치 본인입니다만, 그가 자신을 살해하지 않았으리라는 것은 명백한 일입니다. 둘째, 하인 그리고리인데, 그는 그 자신이 하마터면 살해당할 뻔했습니다. 셋째는 그리고리의 아내 마르파 이그나티예브나이지만, 이 하녀가 주인을 살해했다고 생각하는 것은 창피한 일일 따름입니다. 그렇다면 피고와 스메르댜코프, 이렇게 두 사람만 남게 됩니다. 그런데 피고는 자기가 아니라고 주장하니, 스메르댜코프가 죽인 것 외에는 다른 결론이 있을 수 없게 됩니다. 다른 누구를 찾아내거나 다른 범인을 들먹일 수는 없기 때문이지요. 여기서 어제 스스로 목숨을 끊은 불행한 백치에 대한 엄청나고도 '교활한' 혐의가 시작된 겁니다! 달리 지목할 사람이 없다는 한 가지 이유로 말입니다! 누구든 제6의 인물에게 하다못해 의혹의 그림자라도 있었더라면, 피고도 스메르댜코프를 지목하기가 부끄러워 제6의 인물을 지목했을 것이라고 저는 확신합니다. 스메르댜코프에게 이 살인죄의 혐의를 두는 것은 그야말로 황당무계한 일이기 때문입니다.

여러분, 심리학이나 의학, 논리마저도 접어두고 사실만, 오직 사실에만 주목하면서 사실이 우리에게 무엇을 말해주는지 살펴봅시다. 만약 스메르댜코프가 죽였다면, 어떻게 죽였을까요? 혼자서 죽였을까요, 아니면 피고와 공모했을까요? 우선 첫 번째 경우, 즉 스메르댜코프가 혼자서 죽였을 경우를 살펴봅시다. 살인을 저지른 데는 당연히 어떤 목적이나 이익이 있었을 겁니다. 하지만 피고가 가지고 있던 증오나 질투 같은 살인 동기가 스메르댜코프에게는 전혀 없었으니, 돈 때문에, 주인이 3000루블을 봉투에 넣는 것을 보고 그 돈을 차지하려 살인을 저질렀다고밖에 생각할 수가 없습니다. 그런데 그는 살인을 결심하고서는 미리 다른 사람에게, 그것도 그 일에 밀접한 연관을 가진 피고에게 돈과 신호에 관한 정보, 즉 봉투가 어디 있고 뭐라고 쓰여 있으며 무엇으로 묶어놓았는지 알려주고, 게다가 주인어른의 방에 들어갈 수 있는 '신호'에 대해 가르쳐줍니다. 무엇 때문에 그런 짓을 했을까요? 자기 정체를 알려주기 위해서였을까요? 아니면 주인어른의 방으로 들어가 봉투를 차지하려는 또 다른 경쟁자를 만들기 위해서였을까요? 피고가 무서워서 알려준 것이 아니냐는 분도 있을 겁니다. 하지만 어떻게 그럴 수가 있을까요? 눈 하나 깜짝 않고 그런 대담하고 잔혹한 일을 계획하고 실행한 자가 세상에서 자기만 알고 있는, 자기만 입을 다물면 세상 그 누구도 짐작하지 못할 정보를 털어놓았습니다. 아무리 겁이 많은 사람이라고 해도 그런 일을 꾸몄다면 돈 봉투와 신호에 관한 얘기만큼은 그 누구에게도 절대 발설하지 않았을 겁니다. 미리 자기 정체를 폭로하는 꼴이 되니까요. 만약 정보를 털어놓으라고 강요를 받는다면 어떻게든 둘러대거나 거짓말을 하지, 그 얘기를 발설하지는 않았을 겁니다! 다시 말씀드리지만, 스메르댜코프가 돈 얘기만 안 했다면, 나중에 살인을 저지르고 돈을 가져가더라도 세상 그 누구도 돈을 훔치려고 살인을 저질렀다는 혐의를 씌우지 못했을 겁니다. 스메르댜코프 말고는 그 돈을 본 사람이 없고, 그 돈이 집에 있었다는 사실을 아는 사람도 없었기 때문입니다. 만약 혐의를 받는다고 해도, 사람들은 틀림없이 뭔가 다른 동기에서 살인을 저질렀다고 생각했을 겁니다. 하지만 누구도 전에 스메르댜코프에게서 그런 동기를 눈치채지 못했고, 오히려 그가 주인의 사랑과 신뢰를 받고 있다는 것을 모두가 알고 있었으니, 당연히 그는 가장 맨 나중에 의심을 받았을 테고, 그런 동기가 있을 법한 사람, 그런 동기가 있다고 자기 입으로 외쳤던 사람, 그런 동기를 숨기지 않고 공공연하게 드러냈던 사람, 즉 피해자의 아들인 드미트리 표도로비치가 가장 먼저 의심을 받았을 겁니다. 스메르댜코프로서는 살인을 저지르고 돈을 훔친 건 자기인데 아들이 범인으로 몰린다면 물론 득이 아니겠습니까? 그런 스메르댜코프가 살인을 계획하고 나서 드미트리에게 미리 돈과 봉투와 신호에 대해 알려준다니, 참으로 논리적이고 명백한 일입니다!

스메르댜코프는 예정한 날이 되자, 간질 발작이 일어난 척 계단에서 굴러 떨어졌습니다. 왜 그랬을까요? 물론 첫째, 등을 치료하려고 생각하고 있던 그리고리가 집을 지킬 사람이 아무도 없는 것을 알고 치료를 미루고 경비를 섰으면 해서였겠지요. 둘째, 주인 역시 아무도 자기를 지켜주지 않는다는 것을 알고, 평소에도 숨기지 않았던 아들의 침입에 대한 강렬한 불안을 느껴 불신과 경계를 한층 강화하길 바랐기 때문에 그랬을 겁니다. 끝으로 가장 중요한 이유는, 발작을 일으킨 자신을, 혼자 잠을 자고 따로 출입구가 있던 부엌에서 당장 별채의 반대 쪽 끝에 있는 그리고리의 방, 부부의 침대에서 세 발짝 떨어진 칸막이 뒤로 데려올 것이기 때문입니다. 그가 발작을 일으키면 주인과 동정심 많은 마르파가 항상 그래왔듯이 말입니다. 칸막이 뒤에 누워 있으면 진짜 환자처럼 보이도록 신음을 해야 하고, 따라서 밤새 그들을 깨워놓아야 합니다(그리고리 부부는 실제로 그랬다고 증언했습니다). 이 모든 게 불시에 자리에서 일어나 주인을 살해하기 쉽도록 꾸민 일이라니요!

어쩌면 누군가는 스메르댜코프가 의심을 받지 않으려고 환자인 척을 한 것이며, 피고에게 돈과 신호에 대해 알려준 것은 피고가 유혹을 느껴 제 발로 찾아가 아버지를 죽이도록 하기 위해서라고 말할지도 모릅니다. 피고가 살인을 저지르고 돈을 가지고 떠나면 큰 소리가 나 소동이 벌어지고 증인들이 모두 깨어날 텐데, 그때 스메르댜코프도 자리에서 일어나 나가보는 겁니다. 무엇을 하겠다고 나가는 걸까요? 다시 한번 주인을 죽이고 이미 훔쳐간 돈을 훔치기 위해섭니다. 여러분, 우스우십니까? 저도 이런 가정을 한다는 것이 부끄럽습니다. 하지만 생각해보십시오, 바로 이것이 피고의 주장입니다. 자기가 다녀간 뒤에, 그리고리를 쓰러뜨려 소동을 일으키고 집을 나온 후에 스메르댜코프가 자리에서 일어나 걸어 나와서 살인을 저지르고 돈을 훔쳤다는 겁니다. 광분한 아들이 점잖게 창문만 들여다보려고 찾아와 신호를 알면서도 수확물을 고스란히 스메르댜코프에게 남겨주고 물러날 거라고 스메르댜코프가 어떻게 미리 계산하고 분명히 알고 있었을지에 대해서는 말도 하지 않겠습니다! 여러분, 저는 진지하게 의문을 제기합니다. 스메르댜코프가 범행을 저지른 때가 언제입니까? 그때를 가르쳐주십시오. 그렇지 않으면 혐의를 둘 수 없습니다.

'어쩌면 진짜로 발작을 일으켰는지도 모릅니다. 환자는 문득 정신이 들어 비명 소리를 듣고 밖으로 나갔을 겁니다.' 그럼 어떻게 되는 걸까요? 주위를 한번 둘러보고는, 주인어른이나 죽이러 가볼까, 혼잣말을 했을까요? 지금까지 의식을 잃고 쓰러져 있었는데, 그동안 무슨 일이 있었는지, 무슨 일이 벌어졌는지 무슨 수로 알았을까요? 여러분, 공상에도 한계라는 것이 있습니다.

예리한 사람들은 이렇게 말할지도 모릅니다. '두 사람이 짰다면요? 두 사람이 같이 죽이고 돈을 나눠 가졌다면 어떻게 되는 겁니까?' 그렇습니다, 참으로 그럴듯한 의혹입니다. 첫째, 그 의혹을 뒷받침하는 증거가 굉장합니다. 한 사람은 살인을 저지르며 온갖 수고를 도맡아 하고, 다른 공범은 사람들에게 의혹을 불러일으키고 주인과 그리고리에게 불안감을 심어주려고 발작을 일으킨 척 옆으로 누워 있습니다. 두 공모자가 어떤 동기로 그런 정신 나간 계획을 생각해냈을지 궁금하군요. 어쩌면 스메르댜코프는 적극적으로 가담한 것이 아니라, 수동적으로 마지못해 가담한 것인지도 모릅니다. 겁먹은 나머지 살인을 막지 않겠다는 승낙만 한 것인데, 고함을 지르지도 않고 막아서지도 않은 채 주인을 죽이도록 내버려 두었다가는 혐의를 쓰게 될까봐 피고가 범행을 저지르는 동안 자기는 발작을 일으킨 척 누워 있겠다고 미리 허락을 받아냈는지도 모르지요. '나는 신경 쓰지 않을 테니, 마음대로 죽이세요'라는 식으로 말입니다. 하지만 그렇다고 해도, 스메르댜코프가 간질 발작을 일으키면 집 안에 난리가 날 텐데, 이를 예상했을 피고가 그런 제안에 동의했을 리는 만무합니다. 백 번 양보해서 피고가 동의했다고 해도, 어차피 살인자이자 주범이자 주동자는 드미트리 카라마조프이고, 스메르댜코프는 그저 수동적인 가담자, 아니, 가담자도 아니라 겁에 질려 마지못해 묵인한 사람에 지나지 않으며, 재판에서도 그 사실이 틀림없이 밝혀졌을 겁니다. 그런데 우리는 무엇을 보고 있습니까? 피고는 체포되기가 무섭게 스메르댜코프에게 모든 죄를 돌리고, 그 한 사람에게만 혐의를 뒤집어 씌우고 있습니다. 공범자라고 주장하는 게 아니라, '스메르댜코프 혼자 했다, 그가 죽이고 돈을 훔쳤다, 그가 한 짓이다!' 라며 그가 단독범이라고 주장하는 겁니다! 세상에 대뜸 서로를 범인으로 지목하는 공모자가 어디 있습니까? 그런 공모자는 없습니다. 게다가 피고에게 어떤 위험이 따를지 생각해보십시오. 주범은 자신이고, 상대는 그저 묵인하기로 하고 칸막이 뒤에 누워 있었을 뿐입니다. 그런 피고가 누워 있던 사람에게 혐의를 뒤집어씌웁니다. 상대는 화가 나서 자기방어의 차원에서라도 '둘 다 가담하긴 했지만, 자기는 죽이지 않았고 그저 겁이 나서 묵과했을 뿐'이라고 서둘러 진실을 털어놓을 겁니다. 스메르댜코프는 법원에서 금방 자신의 죄의 정도를 알아줄 테니, 설사 벌을 받게 되더라도 자기에게 모든 죄를 뒤집어씌우려 하는 주범보다는 훨씬 가벼운 형을 받게 될 것이라고 예상했을 겁니다. 그러므로 그는 당연히 사실을 털어놓아야 했습니다. 그러나 그러지 않았지요. 그는 살인범이 꿋꿋하게 자신에게 혐의를 씌우며 계속해서 자기를 단독범으로 지목하는데도 공모에 대해서는 입도 벙끗하지 않았습니다. 더구나 스메르댜코프는 예심에서 돈 봉투와 신호에 대해 피고에게 알려준 사람이 자신이고, 자신이 아니었으면 피고는 아무것도 몰랐을 것이라고 말했습니다. 만약 그가 정말로 공범이고 죄가 있다면, 예심에서 선뜻 자기가 그 사실을 피고에게 알려주었다고 말했을까요? 오히려 어떻게든 숨기려고 사실을 왜곡하고 축소하려 했을 게 틀림없습니다. 하지만 그는 사실을 왜곡하지도, 축소하지도 않았습니다. 그건 공범으로 몰릴 우려를 하지 않는 떳떳한 사람만이 할 수 있는 행동입니다. 스메르댜코프는 간질병과 참극으로 인한 병적인 우울증의 발작으로 어제 목을 맸습니다. 죽기 전 '누구에게도 죄를 돌리지 않기 위해 나 자신의 의지로 기꺼이 목숨을 끊는 바이다'라고 쓴 독특한 표현의 유서를 남겼습니다 '살인자는 카라마조프가 아닌 나다'라고 덧붙일 수도 있었지만, 그러지 않았습니다. 어떤 일에는 양심의 가책을 받았으면서, 어떤 일에는 아니었던 걸까요?

그리고 조금 전 법정에 '증거품 탁자에 놓인 봉투에 들어 있던 돈이다, 어제 스메르댜코프에게서 받았다'는 말과 함께 3000루블의 돈이 제출되었습니다. 하지만 배심원 여러분, 여러분도 조금 전 그 우울한 광경을 기억하고 계실 겁니다. 저는 자세한 내용을 되풀이하지는 않고, 가장 사소한 생각 가운데 두어 가지만 말씀드리겠습니다. 사소하기 때문에 그런 생각을 떠올리지 못한 분도 있겠고, 금방 잊으신 분도 있을 테니까요. 첫째, 스메르댜코프는 양심의 가책을 못 이겨 돈을 내놓고 목을 맸습니다. (가책을 느끼지 않았더라면 돈을 내놓지 않았겠지요.) 그는 이반 카라마조프가 증언했듯, 어제저녁에 처음으로 그에게 범행 사실을 고백했습니다. 그렇지 않았으면, 이반 카라마조프가 지금까지 입을 다물고 있었을 이유가 없었겠지요. 자, 이렇게 스메르댜코프는 자백을 합니다. 그런데 다시 묻습니다만, 어째서 그는 내일 무고한 피고에게 무서운 공판이 기다리고 있다는 사실을 알면서도 유서를 통해 우리에게 모든 진실을 밝히지 않았을까요? 돈만으로는 증거가 되지 않습니다. 이를테면, 저를 비롯해 이 법정에 있는 두 사람은 일주일 전 아주 우연한 기회에 이반 표도로비치 카라마조프가 5푼 이자짜리 5000루블 채권 두 장, 즉 10000루블어치 채권을 환금하려고 현청 소재지에 보냈다는 사실을 알게 되었습니다. 제가 하고 싶은 말은 그저, 이때쯤이면 누구든 돈을 마련할 수 있기 때문에, 3000루블을 가져온다고 해서 그것이 꼭 그 돈, 상자나 봉투에 있던 돈이라고 증명할 수는 없다는 것뿐입니다. 마지막으로, 이반 카라마조프는 어제 진범에게서 그런 중대한 사실을 듣고서도 가만히 있었습니다. 어째서 즉시 그 사실을 알리지 않았을까요? 어째서 아침까지 미룬 것일까요? 제게는 그 이유를 추측해볼 권리가 있다고 생각합니다. 일주일 전부터 건강이 악화돼 의사와 가까운 지인에게 환영이 보이고 망자를 만난다고 고백했으며, 오늘 갑자기 자신을 강타한 섬망증이 발병하기 직전의 상태에 와 있던 이반 표도로비치는 별안간 스메르댜코프의 사망 소식을 듣고 이런 생각을 합니다. '놈은 죽었으니, 놈에게 혐의를 돌리고 형을 구하자. 내게는 돈이 있다. 돈다발을 들고 가 스메르댜코프가 죽기 전에 주더라고 하자.' 여러분, 그건 비겁한 일이다, 아무리 죽은 사람이고 형을 구하기 위해서라지만, 거짓말을 하는 건 비겁하다, 라고 말씀하시겠습니까? 맞는 말입니다. 하지만 만약 그가 무의식적으로 거짓말을 했다면, 갑작스러운 하인의 사망 소식에 완전히 실성해 정말로 그랬다고 상상했다면 어떨까요? 여러분은 조금 전 그 광경을 목격하셨습니다. 그가 어떤 상태였는지 목격하셨지요. 두 다리로 서서 말을 하기는 했으나, 이성은 대체 어디에 있더란 말입니까? 열에 들뜬 증인의 증언에 이어서 문서가 제출되었습니다. 범행이 일어나기 이틀 전 피고가 베르홉체바 양에게 보낸, 앞으로의 범행 구상이 상세히 적힌 편지였지요. 그런데도 왜 우리는 구상과 그 구상자를 찾고 있는 것일까요? 범행은 그 구상 그대로 구상자에 의해 실행되었습니다. 그렇습니다, 배심원 여러분, '쓰인 그대로 실행된' 겁니다! 피고는 결코 아버지의 창문에서 겁을 먹고 조용히 달아나지 않았습니다. 더군다나 피고는 그 안에 지금 자신의 애인이 있다고 굳게 믿고 있었습니다. 아뇨, 그건 말도 안 되는, 있을 수 없는 일입니다. 피고는 안으로 들어가서 일을 처리했습니다. 아마 증오하는 연적을 본 순간 분노의 불길에 휩싸여 흥분한 채 죽였을 겁니다. 절굿공이를 든 손을 내리쳐 일격에 해치웠겠지요. 피고는 그 후 방 안을 샅샅이 뒤져 애인이 그곳에 없다는 것을 확인했지만, 베개 밑으로 손을 넣어 돈 봉투를 꺼내는 것은 잊지 않았습니다. 그 찢긴 봉투는 지금 증거물 탁자 위에 놓여 있습니다. 이런 말씀을 드리는 이유는 여러분께서, 제 생각엔 매우 특징적인 한 가지 사실에 주목해주셨으면 해서입니다. 돈만을 노린 노련한 살인자라면, 봉투를 시체 옆에 그냥 내버려 두었을까요? 만약 스메르다코프가 돈을 노리고 살인을 저질렀다면, 굳이 피해자의 시체 위에서 봉투를 뜯어볼 것 없이 그냥 봉투째 들고 갔을 겁니다. 봉투에 돈을 넣고 봉하는 것을 자기 눈으로 보았으니, 그 안에 돈이 있는 줄 똑똑히 알고 있었을 테지요. 게다가 봉투를 아예 가져가버리면, 강도 행위가 있었다는 사실은 아무도 모르지 않겠습니까? 배심원 여러분, 여러분께 묻고 싶습니다. 스메르댜코프라면 그렇게 했을까요? 봉투를 바닥에 버려 두었을까요? 그렇지 않습니다, 그런 짓을 하는 사람은 광분한 나머지 이성을 잃은 살인자, 그때까지 뭘 훔쳐본 적이 없고, 베개 밑에서 돈을 꺼낼 때도 자기가 훔치는 것이 아니라 도둑한테서 자기 것을 되찾는다고 생각할 그런 사람입니다. 편집증에 가까운, 3000루블에 대한 드미트리 카라마조프의 생각이 바로 그랬습니다. 한 번도 본 적 없는 봉투를 집어 든 피고는 봉투를 뜯어 돈이 있는지 확인한 후, 찢겨진 봉투라는 엄청난 증거를 바닥에 내버려 둔 것도 잊고 돈을 주머니에 넣고 달아납니다. 모두 스메르댜코프가 아닌 카라마조프였기 때문에 미처 생각지 못하고 판단하지 못한 겁니다. 그럴 경황이 어디 있었겠습니까! 피고는 달아나면서 자기를 쫓아오는 하인의 고함 소리를 듣습니다. 하인은 피고를 붙들고 저지하다가 절굿공이에 맞아 쓰러집니다. 그러자 피고는 연민을 느껴서 하인 옆으로 뛰어 내려옵니다. 생각해보십시오, 피고는 갑자기, 연민과 동정을 느껴 뭔가 도울 것이 없을까 하고 뛰어내렸다고 주장합니다. 그러나 그때가 과연 그런 동정심을 발휘할 만한 순간이었습니까? 아뇨, 피고가 뛰어내린 것은 자신이 저지른 악행의 유일한 증인이 살아 있는지 확인하기 위해서였습니다. 다른 감정, 다른 동기는 전부 부자연스럽습니다! 피고가 그리고리의 머리를 손수건으로 닦아주려고 애를 쓰다가, 하인이 죽었다고 확신하자 넋 나간 사람처럼 피투성이가 된 채 다시 애인의 집으로 달려갔다는 점에 주목해주십시오. 어째서 온몸이 피투성이니 당장 들통이 날 것이라는 생각을 하지 못했을까요? 피고는 자기 몸이 피투성이인 줄은 깨닫지도 못했다고 합니다. 그럴 수 있습니다. 충분히 있을 수 있는 일입니다. 그것은 그런 순간 범죄자들에게 늘 있는 일입니다. 어떤 면으로는 지옥 같은 치밀함을 발휘하지만, 다른 면으로는 생각이 미치지 못하는 겁니다. 피고는 그 순간 오직 여자가 있을 곳만을 생각했습니다. 당장 여자가 어디 있는지 알아내야 했던 피고는 여자의 집으로 뛰어 들어갔다가, 여자가 자신의 '틀림없는' '옛 애인'과 함께 모크로에로 떠났다는, 생각지도 못한 엄청난 소식을 듣게 됩니다!"

9. 전속력의 심리 분석. 질주하는 트로이카. 논고의 결말

이 대목에 이르자, 지금껏 성급한 열중을 자제하기 위해 엄격한 틀을 추구하는 신경질적인 연사가 즐겨 쓰는 시간적 순서에 따른 서술법을 택했던 것이 분명한 이폴리트는 '틀림없는 옛 애인'에 대해 유난히 장황한 설명을 늘어놓으며 이 주제에 대해 상당히 흥미로운 의견을 피력했다. "상대를 불문하고 미칠 듯한 질투를 느껴온 카라마조프는 '틀림없는 옛 애인' 앞에 별안간 대번에 무너지고 사그라져버립니다. 더욱 이상한 점은, 피고가 예상치 못한 연적이라는, 자기 앞에 닥친 새로운 위협에 대해 그전까지는 거의 신경을 쓰지 않았다는 것입니다. 피고는 계속 그것이 먼 미래의 일이라고만 생각했습니다. 반면 카라마조프는 언제나 현재만을 살아가지요. 어쩌면 상대를 가공의 인물이라고까지 생각했을지도 모릅니다. 그러나 여자가 새로운 경쟁자를 숨기고 지금까지 자신을 속여온 이유가, 다시 나타난 이 경쟁자가 여자에게 있어서 환상이나 가상의 인물은커녕 오히려 여자의 전부이고 삶의 모든 희망일지도 모른다는 사실을 고통스러운 심정으로 깨달은 순간, 피고는 그 사실을 받아들였습니다. 배심원 여러분, 저는 피고로서는 절대 발휘할 수 없을 것 같지만 그 내면에 깃들어 있던 이 뜻밖의 성정에 대해 그냥 넘어갈 수가 없습니다. 피고는 별안간 진실을 추구하고 여자를 존중하고 그 마음의 권리를 인정하려는 억제할 수 없는 욕구를 느꼈습니다. 더구나 여자 때문에 아버지의 피로 두 손을 물들인 바로 그 순간에 말입니다! 그러나 그렇게 흐른 피가 그 순간 이미 복수를 외치기 시작한 것도 사실입니다. 자신의 영혼과 지상에서의 운명을 송두리째 망쳐버린 순간, 피고는 저절로 이렇게 느끼고 자문했을 것이기 때문입니다. '언젠가 자신이 망쳐놓은 여인에 대한 참회의 마음으로 새로운 사랑과 신실한 제의와 행복한 삶을 되돌리겠다는 맹세를 품고 돌아온 그 '틀림없는 옛 애인'과 비교할 때, 내 영혼보다 사랑하는 존재에게 나는 어떤 의미이고 이제 어떤 의미가 될 수 있는가? 불행한 나는 이제 이 여자에게 무엇을 줄 수 있는가? 무엇을 제안할 수 있단 말인가?' 카라마조프는 이 모든 것을 깨달았습니다. 자신의 범죄가 모든 길을 막아버려, 이제 자신은 삶을 살아갈 인간이 아닌 사형 선고를 받은 죄인일 뿐임을 깨달았습니다! 그 생각은 피고를 짓뭉개고 파멸시켜버렸습니다. 그는 즉시 한 가지 광기 어린 계획을 떠올리게 됩니다. 카라마조프적 성격을 가진 피고는 그 계획이 무서운 처지에서 벗어나는 단 하나의 숙명적 결말이라고 생각하지 않을 수 없었을 겁니다. 그 결말은 바로 자살이었습니다. 피고는 관리 페르호틴에게 맡긴 권총을 찾으러 뛰어가면서, 두 손에 아버지의 핏방울을 튀기며 빼앗은 돈을 주머니에서 전부 꺼내 들었습니다. 오, 그 순간 피고에게는 그 무엇보다 돈이 필요했습니다! 카라마조프는 죽는다, 카라마조프는 권총으로 자살한다, 사람들은 그것을 기억할 것이다! 피고는 정말 시인이었습니다. 피고는 양쪽에서 타들어가는 양초처럼 자신의 삶을 불살라버렸습니다. '그 여자한테 가자, 그 여자한테 가자, 거기서, 아아, 거기서 오랫동안 기억되고 회자되도록 온 세상을 뒤흔드는 전대미문의 연회를 열자. 난폭한 고성이 오가고 집시들이 광란의 가무를 펼치는 가운데 축배의 잔을 들어 숭배하는 여자의 새로운 행복을 축하해준 다음, 그 자리에서, 그 여자의 발치에서, 그 여자 앞에서 두개골을 박살 내어 내 인생을 처벌하는 거다! 그 여자도 언젠가 미탸 카라마조프를 떠올리며 미탸가 자기를 얼마나 사랑했는지를 깨닫고 미탸를 가엾이 여겨주겠지!' 그림 같은 아름다움, 낭만적인 광분, 카라마조프 특유의 야성적인 무절제와 감성이 들끓었습니다. 그러나 배심원 여러분, 무언가 다른 것이 피고의 가슴속에서 소리치고 끊임없이 이성을 두드리며 그의 심장을 죽도록 괴롭혔습니다. 그 무언가는 바로 양심이었습니다. 양심의 심판, 무시무시한 양심의 가책이었던 것입니다! 그러나 권총은 모든 것을 잠재워줄 것입니다. 권총만이 유일한 출구이고 다른 것은 없습니다. 저세상에 가면… 그 순간 카라마조프가 '저세상에 무엇이 있을까' 생각했을지, 카라마조프가 햄릿처럼 저세상에 무엇이 있는지 생각할 수 있는지는 모르겠습니다. 아뇨, 배심원 여러분, 저쪽에는 햄릿이 있지만 이쪽에 있는 건 아직 카라마조프입니다!"

여기서 이폴리트는 미탸의 준비 장면, 페르호틴의 집과 상점에서 있었던 일, 마부들과의 흥정 모습을 자세하게 펼쳐 놓았다. 그는 증인들의 확인을 받은 수많은 언행을 인용했다. 이 묘사는 청중의 확신에 엄청난 영향을 주었다. 무엇보다 큰 영향을 준 것은 사실들의 총체였다. 광적인 혼란에 휩싸여 자기 안위도 살피지 않는 인물의 유죄는 반박할 여지가 없어 보였다. "피고에게는 이미 자신의 안위를 염려할 이유가 없었습니다." 이폴리트는 말했다. "두세 번은 거의 자백할 뻔하기도 했습니다. 끝까지 말하지 않았을 뿐이지 거의 암시를 준 것이나 다름없습니다(여기서 증인들의 증언이 이어졌다). 심지어 도중에 마부에게 '지금 살인자를 태우고 가고 있다는 것을 알고 있나!'라고 외치기도 했습니다. 그러나 역시 끝까지 말할 수는 없었습니다. 먼저 모크로예 마을에 들어가 그곳에서 서사시를 끝내야 했기 때문입니다. 그러나 불행한 피고를 기다리고 있던 것은 무엇이었습니까? 피고는 모크로예에 온 지 얼마 되지 않아 '틀림없는' 연적이 어쩌면 그렇게 틀림없는 존재가 아닐 수도 있으며, 자신이 새 행복을 축하하고 축배를 드는 것은 바라지도 않고, 받아주지도 않으리라는 것을 보게 되었고, 이윽고 철저히 깨닫게 되었습니다. 배심원 여러분, 여러분도 예심을 통해 이미 사실을 알고 계실 겁니다. 카라마조프의 연적에 대한 승리는 명백했습니다. 아아, 여기서 피고의 영혼은 완전히 새로운 국면을 맞게 되었습니다. 그것은 피고의 영혼이 지금껏 겪어보았고 앞으로 겪게 될 모든 국면 가운데 가장 무서운 것이었습니다! 배심원 여러분, 단언하건대," 이폴리트는 외쳤다. "모욕받은 본성과 죄로 물든 가슴은 지상의 그 어떤 재판보다 완벽한 복수자입니다. 그뿐 아니라 재판과 지상의 형벌은 본성의 형벌을 감량해주며, 그 순간 죄인의 영혼을 절망에서 구원해주는 불가결한 것이기도 합니다. 왜냐하면 여자가 자신을 사랑하고, 자신을 위해 '틀림없는 옛 애인'을 거부하고 '미탸'에게 함께 새로운 삶을 시작하자며 행복을 약속하고 있다는 사실을 알았을 때 카라마조프가 느꼈을 공포와 정신적 고통을 저로서는 상상할 수가 없기 때문입니다. 게다가 그것이 언제였습니까? 모든 것이 끝장나고 모든 것이 불가능해졌을 때가 아니었습니까! 여기서 피고가 처해 있던 상황의 진정한 본질을 규명하기 위해서 무척 중요한 한 가지 사항을 간단히 말씀드리고자 합니다. 피고가 사랑하는 그 여인은 피고가 체포되는 마지막 순간까지 피고에게 닿을 수 없는 존재, 간절히 원하지만 가질 수 없는 존재였습니다. 그런데 왜, 왜 피고는 그때 자살하지 않고, 이미 내린 결심을 접고 권총이 있던 곳마저 잊어버렸을까요? 그것은 사랑에 대한 뜨거운 갈망과, 당장 그 갈망을 해소할 수 있다는 희망이 피고를 제지했기 때문입니다. 피고는 주연의 혼잡함에 취해 자신과 함께 주연을 즐기는 그 어느 때보다 아름답고 매혹적인 연인의 곁에 꼭 붙어 있었습니다. 연인의 곁을 떠나지 않고 그 모습을 감상하며 그 앞에서 사라져가고 있었습니다. 그 열렬한 갈망이 체포의 공포는 물론 양심의 가책까지 한순간이나마 압도해버린 겁니다! 그러나 그것은 그저 한순간일 뿐이었습니다. 저는 당시 범인의 마음이 세 가지 요인에 압도되어 노예와 같은 복종 상태에 있었으리라고 생각합니다. 첫째, 취기, 혼잡함과 웅성거림, 춤추는 발소리, 째질 듯한 노랫소리, 그리고 술에 취해 빨갛게 물든 얼굴로 노래하고 춤추고 그를 보며 웃는 그 여자였습니다. 둘째는 운명의 결말은 아직 먼 일이다, 적어도 가깝지는 않다, 다음 날 아침은 되어야 잡으러 올 거다, 라는 희망적인 막연한 꿈이었습니다. 그렇다면 아직 몇 시간은 있다, 그 정도면 많다, 엄청나게 많다, 몇 시간이면 생각할 시간은 충분하다, 싶었던 것이지요. 저는 그때 피고가 처형을 받으러 교수대로 끌려가는 죄인과 비슷한 심경이었을 거라고 생각합니다. 기나긴 길을, 그것도 걸어서 수천 명의 군중 앞을 지나갑니다. 그런 다음 다른 길로 꺾어들어 그 길 끝까지 가야만 비로소 무서운 광장이 나오는 것입니다! 제 생각에 사형수는 치욕의 달구지를 타고 행진을 시작할 때, 자기 앞에 아직 끝없는 삶이 놓여 있다고 느낄 것 같습니다. 가

옥들이 멀어져가고, 달구지는 계속 앞으로 나아가지만 괜찮습니다. 두 번째 길이 나오는 모퉁이까지는 아직 한참 멀었으니까요. 죄수는 여전히 씩씩한 얼굴로 좌우를 살피며 자기에게 시선을 고정한 무심하고 호기심에 찬 사람들을 바라봅니다. 여전히 자신이 그들과 똑같은 사람이라는 생각이 듭니다. 어느새 다른 길로 꺾는 모퉁이가 나타나지만, 그래도 괜찮습니다. 아직 길 하나가 온전히 남았으니까요. 아무리 수많은 집이 멀어져가도 죄수는 '아직 남은 집은 많다'고 생각할 겁니다. 광장에 도착하는 마지막 순간까지 계속 그렇게 생각하겠지요. 그 당시의 카라마조프도 아마 그랬을 겁니다. '그쪽도 아직은 경황이 없겠지.' 피고는 생각합니다. '아직은 방법을 찾을 수 있다. 아아, 아직 나 자신을 지킬 계획을 세우고 반격할 방법을 생각할 시간은 있다. 하지만 지금은, 지금은, 이 여자가 이토록 아름답지 않은가!' 피고는 불안과 혼란을 느끼면서도, 돈의 절반을 떼어 어딘가에 숨겼습니다. 그렇지 않았다면 금방 아버지 베개 밑에서 꺼낸 3000루블의 절반이 어디로 사라졌는지 설명이 되지 않습니다. 피고는 모크로예에 초행이 아니었습니다. 전에도 이틀간 술판을 벌인 적이 있었습니다. 낡고 커다란 목조 건물은 헛간 하나, 복도 하나까지 샅샅이 꿰고 있었습니다. 저는 피고가 체포되기 직전 돈의 일부를 그 건물의 금이나 틈새, 마룻바닥 밑이나 지붕 아래에 숨겼을 거라고 생각합니다. 어째서 그랬을까요? 어째서겠습니까? 당장 파국이 닥치려 하는데, 피고는 그 파국을 어떻게 맞을지 미처 생각지 못했고, 그럴 겨를도 없었습니다. 머릿속은 지끈거리고 마음은 여자에게로 향하고 있습니다. 그런데 돈은? 돈은 어떤 상황에서든 필요합니다! 돈이 있는 사람은 어딜 가나 사람대접을 받습니다. 그런 순간에 그런 계산을 했다는 것이 부자연스러워 보이십니까? 하지만 피고도 한 달 전 절박한 순간에 3000루블에서 절반을 떼어 향갑에 꿰매 넣었다고 주장하지 않습니까? 물론 그 주장은 거짓임이 곧 밝혀지겠지만, 그래도 카라마조프에게는 그 생각이 전에 해본 적 있는 친숙한 생각이었던 것입니다. 나중에 예심판사에게 1500루블을 향갑(결코 존재하지 않았던)에 떼어놓았다고 한 것도, 2시간 전 만약을 대비해 돈을 지니고 있지 않으려고 모크로예의 어딘가에 돈의 절반을 떼어놓았기 때문에 순간적인 영감에 이끌려 그 향갑 얘기를 생각해낸 건지도 모릅니다. 두 개의 심연입니다, 배심원 여러분, 카라마조프가 두 개의 심연을 동시에 관조할 수 있다는 사실을 상기해주십시오! 그 건물을 수색했지만 돈은 나오지 않았습니다. 아직까지 그곳에 있을 수도 있고, 다음 날 사라져 피고의 수중에 있을 수도 있습니다. 아무튼 피고는 여자의 곁에 있다가 체포되었습니다. 침대에 누운 여자 옆에서 두 팔을 뻗은 피고는 모든 것을 망각한 나머지 심문관이 접근하는 소리조차 듣지 못했습니다. 피고는 대답할 말을 전혀 생각해놓지 못했습니다. 피고도, 피고의 이성도 불시에 붙잡혀버린 겁니다.

이리하여 피고는 자신의 운명을 결정할 재판관들 앞에 서게 되었습니다. 배심원 여러분, 직무를 수행하다 보면, 우리도 사람 앞에 공포를 느끼고, 사람에 대한 걱정에 공포를 느낄 때가 있습니다! 그것은 범인이 다 끝났다는 것을 알면서도 여전히 싸움을 멈추지 않고, 앞으로도 계속 싸우려 하는 동물적인 공포를 목격하게 되는 순간입니다. 자기방어의 모든 본능이 일시에 깨어나, 자기 자신을 구하기 위해 의구심과 고통이 담긴 꿰뚫는 듯한 시선으로 상대를 바라보며 표정과 생각을 간파하려고 합니다. 상대가 어느 쪽 옆구리를 칠지 기다리면서 머릿속으로 수천 가지 계획을 세우지만, 그러면서도 입을 열기를 두려워합니다. 말실수를 저지를까봐 두려운 것입니다! 인간의 영혼이 당하는 그 굴욕의 순간, 고통의 편력, 자기 구원을 위한 동물적 갈망은 실로 처절하여, 때로는 심문관에게조차도 전율과 범인에 대한 연민을 불러일으킵니다! 우리는 그때 그 모든 것을 실제로 목격했습니다. 처음에 피고는 당황하고 경악한 나머지 몹시 불리한 말을 몇 마디 내뱉었습니다. '피다! 마땅한 일이다!' 그러나 얼른 자신을 억제했습니다. 무슨 말을 하고, 무슨 대답을 할지는 준비되어 있지 않았습니다. 준비된 것은 그저 '아버지의 죽음에는 죄가 없다!'는 근거 없는 부정의 말뿐이었습니다. 그것이 일단 내세운 울타리였고, 그 너머에서는 바리케이드 같은 것을 세우고 있을지도 몰랐습니다. 피고는 우리가 묻기도 전에, 자신은 하인 그리고리의 죽음에만 죄가 있다며 처음 외쳤던 불리한 말을 부랴부랴 해명했습니다. '그 피에는 죄가 있습니다만, 아버지는 누가 죽였을까요, 여러분, 누가요? 내가 아니면 대체 누가 아버지를 죽였을까요?' 들으셨습니까? 피고는 그것을 물으러 간 우리에게 외려 질문을 던졌습니다! '내가 아니면'이라고 선수를 치는 것을, 그 동물적 인 교활함과 순진함, 카라마조프적 조급함을 들으셨습니까? 내가 죽인 게 아니다, 나라고는 생각도 하지 말아라, 이겁니다. '죽이고 싶기는 했습니다, 여러분, 죽이고 싶기는 했습니다.' 피고는 얼른 고백했습니다(피고는 다급해했습니다, 정말이지 끔찍하게 다급해했습니다!). '그렇지만 나는 무죄입니다. 내가 죽인 게 아닙니다!' 피고는 한 발 양보해서 죽이고 싶은 마음은 있었다고 말했습니다. 자신은 이토록 정직한 사람이니 자신이 죽이지 않았다는 사실을 어서 믿어달라는 의도였지요. 오, 이런 경우 범인은 간혹 믿을 수 없이 경솔해지고 남의 말에 쉽게 휘둘릴 때가 있습니다. 우리는 아무 뜻 없다는 듯 '혹시 스메르댜코프가 죽인 게 아닐까요?'라는 순진한 질문을 던져보았습니다. 그러자 예상했던 일이 벌어졌습니다. 피고는 스메르댜코프를 내세울 절호의 순간을 정하지도 포착하지도 못하고 제대로 준비가 안 되어 있다가 우리가 선수를 쳐 허를 찌르자 격분했습니다. 그 성미대로 당장 극단에 치우쳐 스메르댜코프가 죽였을 리 없다, 그는 그럴 위인이 못 된다고 열심히 주장했습니다. 하지만 믿지 마십시오. 그것은 피고의 약은 수법일 뿐입니다. 피고는 결코 스메르댜코프를 포기하지 않았으며, 달리 들먹일 사람이 없으니만큼 다시 한 번 스메르댜코프를 들먹일 겁니다. 그러나 일단은 일이 글렀으니, 다른 때를 노릴 겁니다. 아마 내일이나 며칠이 지난 후에 기회를 노려 이렇게 외칠 겁니다. '스메르댜코프는 범인이 아니라고 제가 여러분보다 더 강력하게 주장했다는 것을 여러분도 기억하시겠지요. 그런데 이제는 나도 그놈이 죽인 거라고 확신하게 되었습니다. 그놈이 아니면 누구겠습니까!' 일단은 우리의 질문에 우울하고 짜증 섞인 부정으로 일관했으나, 초조와 분노에 휩쓸린 나머지 창문 너머로 아버지를 쳐다보고 정중히 물러났다는 어쭙잖고 얼토당토않은 해명을 해버렸습니다. 중요한 점은, 피고가 아직 상황을 모르고 있었다는 겁니다. 피고는 의식을 차린 그리고리가 어떤 진술을 했는지 모르고 있었습니다. 우리는 피고의 몸수색을 시작했습니다. 피고는 몸수색에 분노했지만, 힘을 얻기도 했습니다. 3000루블이 전액 발견되지 않고 1500루블만 발견되었기 때문입니다. 물론, 피고는 분노에 차서 침묵과 부정으로 일관하던 그 순간 머릿속에 난생 처음 향갑에 대한 발상을 떠올렸습니다. 분명히 피고는 급조한 이야기의 허구성을 느끼고 어떻게 해야 그 이야기가 더 그럴싸하게 보일지, 어떻게 해야 진짜 같은 한 편의 소설이 나올지 무척 고심했을 겁니다. 이런 경우 심문자의 최우선적이고 가장 중요한 과제는 범인에게 준비할 틈을 주지 말고 허를 찔러 순진함과 부자연스러움과 모순성이 고스란히 드러나는 속에 품은 말을 하도록 만드는 겁니다. 엄청난 의미를 지니면서도 범인으로서는 지금껏 전혀 생각도 못 했을 새로운 사실이나 상황을 무심한 듯 불시에 흘려야만 범인의 입을 열 수 있는 것입니다. 그러한 사실은 준비되어 있었습니다. 오, 진작부터 준비되어 있었지요. 바로 문이 열려 있었고, 피고가 그 문을 통해 빠져 나왔다는 의식을 차린 그리고리의 증언이었습니다. 피고는 그 문에 대해서는 까맣게 잊고 있었고, 그리고리가 그 문을 봤을 거라고는 생각지도 못하고 있었습니다. 효과는 엄청났습니다. 피고는 자리를 박차고 일어나 우리에게 대뜸 '스메르댜코프가 죽였습니다, 스메르댜코프가!' 하고 외쳤습니다. 그렇게 가장 얼토당토않은 형태로 속에 품고 있던 비장의 무기를 꺼내고 만 겁니다. 왜냐하면 스메르댜코프는 피고가 그리고리를 때려눕히고 자리를 뜬 후에야 살인을 저지를 수 있었기 때문입니다. 그리고리가 쓰러지기 전 문이 열려있는 것을 보았고, 침실에서 나올 때 칸막이 뒤에서 스메르댜코프가 내는 신음소리를 들었다고 말해주자, 카라마조프는 완전히 무너지고 말았습니다. 존경하는 제 동료이자 예리한 통찰력을 지닌 니콜라이 파르표노비치는 그 순간 피고가 눈물이 날 만큼 불쌍했다고 나중에 제게 말하더군요. 피고가 사태를 만회하려고 황급히 '그건 그렇고 이 이야기나 한번 들어보십시오!'라는 식으로 그 유명한 향갑 이야기를 꺼내놓은 건 바로 그때였습니다. 배심원 여러분, 저는 어째서 한 달 전 돈을 향갑에 꿰매 넣었다는 얘기를 단순한 엉터리가 아니라 이 경우 들먹일 수 있는 가장 비현실적인 허구라고 생각하는지 이미 여러분께 제 의견을 말씀드린 바 있습니다. 그보다 더 비현실적이고 얼토당토않은 얘기는 돈을 걸고 찾는다고 해도 꾸며내지 못할 정도입니다. 이때 득의만만한 소설가를 포위해 꼼짝 못 하게 할 수 있는 것은 바로 세부적인 사실입니다. 현실에서는 언제나 세부적인 사실이 풍부하지만, 불행하고 무심한 작자는 그것을 의미 없고 하찮은 무용지물로 경시해 결코 떠올리지 못합니다. 오, 그들은 그 순간 세부적인 사실을 생각할 겨를이 없습니다. 그들의 머리는 거대한 전체만을 만들어낼 뿐입니다. 그런 사람에게 세부적인 사실을 들먹이다니요! 하지만 바로 그걸 가지고 범인을 붙잡는 겁니다! 피고에게 이렇게 묻습니다. '향갑 재료는 어디서 구했고, 누가 꿰매줬습니까?' '제가 직접 꿰맸습니다.' '그럼 천은 어디서 났습니까?' 피고는 슬슬 언짢아지기 시작합니다. 그런 건 모욕적일 만큼 하찮은 질문이라고 생각하기 때문이지요. 믿으실지 모르겠지만, 그것은 정말 진심입니다! 그들 모두가 그렇습니다. '루바시카에서 찢어냈습니다.' '좋습니다. 그럼 내일 당신 옷가지에서 찢겨진 루바시카가 있는지 찾아봐야겠군요.' 배심원 여러분, 만약 우리가 정말로 그 루바시카를 찾아냈다면(그런 루바시카가 실제로 존재했다면, 트렁크나 옷장에서 나오지 않을 리가 있겠습니까?), 그것은 피고의 진술을 입증하는 중대한 사실이 됐을 겁니다. 하지만 피고는 그런 것을 미처 생각하지 못합니다. '잘 생각은 안 나지만, 루바시카가 아니고 주인아주머니의 보닛이었던 것 같기도 합니다.' '어떤 보닛 말입니까?' '아주머니 방에 굴러다니던 것을 가져왔습니다. 옥양목으로 된 낡은 넝마쪽입니다.' '확실히 기억하시는 겁니까?' '아뇨, 확실히 기억하는 건 아닙니다….' 그러면서 피고는 끊임없이 화를 냅니다. 하지만 생각해보십시오. 어떻게 기억을 못 할 수가 있겠습니까? 처형장에 끌려갈 때처럼 인간에게 있어 가장 공포스러운 순간에는 다름 아닌 그런 사소한 사실이 기억에 남는 법입니다. 다른 것은 다 잊어도, 도중에 언뜻 본 초록색 지붕이라든가 십자가 위에 앉아 있던 갈가마귀는 기억에 남는 겁니다. 집안사람들의 눈을 피해 향갑을 꿰맸을 피고는 손에 바늘을 쥔 채 누가 들어오지는 않을까, 누군가에게 발각되지는 않을까 두려워하며 노크 소리만 들렸다 하면 부리나케 칸막이(피고의 집에는 칸막이가 있었습니다) 뒤로 도망가는 굴욕의 고통을 기억해야 마땅했습니다…. 그런데 배심원 여러분, 제가 왜 이런 세세하고 자질구레한 이야기를 늘어놓고 있을까요!" 이폴리트는 갑자기 소리를 높였다. "그것은 피고가 지금 이 순간까지도 그 엉터리 같은 주장을 고집하고 있기 때문입니다! 피고는 운명의 밤 이후 지난 두 달 동안 아무것도 해명하지 않았습니다. 기존의 그 황당무계한 진술을 설명하는 현실적 정황은 하나도 보태지 않은 채, '그런 건 다 하찮은 일이다, 내 명예를 봐서 믿어달라!'고 말합니다. 오, 우리도 기꺼이 믿고 싶습니다. 명예를 봐서라도 믿고 싶은 마음이 굴뚝같습니다! 우리가 인간의 피에 굶주린 승냥이입니까? 피고에게 유리한 사실을 하나라도 일러주십시오. 그러면 우리는 너무나 기쁠 것입니다. 그러나 친동생이 피고의 표정을 보고 내린 판단이라든지 피고가 어둠 속에서 가슴을 때린 것은 향갑을 가리킨 것이 분명하다는 지적이 아닌, 명명백백하고 현실적인 사실이라야 합니다. 우리는 새로운 사실을 반기며 누구보다 먼저 서둘러 기소를 취하할 겁니다. 그러나 지금은 정의가 울부짖고 있기에 주장을 굽힐 수 없습니다. 그 무엇도 취하할 수가 없습니다." 이폴리트는 여기서 논고의 결말로 넘어갔다. 그는 열병에 걸린 사람처럼 흘려진 피를 위해, '강탈이라는 저열한 목적으로' 아들에게 살해된 아버지의 피를 위해 부르짖었다. 그는 비명을 지르고 있는 비극적인 사실의 총체를 결연하게 지적했다. "여러분, 뛰어난 기량으로 명성이 자자한 피고의 변호인으로부터 무슨 말을 들으시더라도," 이폴리트는 스스로를 억제하지 못했다. "여러분의 감성을 두드리는 그 어떤 감동적인 달변이 울려 퍼지더라도, 이 순간 여러분이 신성한 법정에 계시다는 사실을 기억하십시오. 여러분은 우리의 진리의 수호자이며, 성스러운 우리 러시아와 그 기반과 가족과 모든 신성한 것의 수호자라는 사실을 기억하십시오! 그렇습니다, 여러분은 지금 이곳에서 러시아를 대표하고 계시며, 여러분의 판결은 이 법정은 물론 러시아 전역에 울려 퍼질 것입니다. 온 러시아는 자신의 수호자이며 심판자인 여러분의 말에 귀를 기울여 그 판결에 힘을 얻기도 하고 낙심하기도 할 것입니다. 러시아와 러시아의 기대를 괴롭히지 마십시오. 우리의 운명의 트로이카는 어쩌면 파멸을 향해 질주하고 있는지도 모릅니다. 이미 오래전부터 온 러시아 사람들은 두 팔을 뻗은 채 막무가내의 광기 어린 질주를 제지하자고 호소하고 있습니다. 만약 다른 민족들이 맹렬히 질주하는 트로이카 앞에 길을 비킨다면, 그것은 시인의 바람처럼 존경심 때문이 아니라, 그저 공포 때문인지도 모릅니다. 그 점을 기억해주십시오. 공포 때문에, 아니, 어쩌면 혐오감 때문인지도 모릅니다. 길을 비켜준다면 그래도 다행이지만, 어느 날 더 이상 길을 비켜주지 않기로 작정하고 자기 구원과 계몽과 문명을 위해 질주하는 환영 앞에 견고한 장벽이 되어 방종한 광란의 질주를 막아설지도 모릅니다! 유럽에서는 이미 그 불안의 목소리가 들려오고 있습니다. 그 소리는 이미 울려 퍼지기 시작했습니다. 친부 살해 사건에 무죄 판결을 내림으로써 그 목소리를 현혹하고 커져만 가는 증오를 선동하지 마십시오…!"

한마디로, 이폴리트는 몹시 심취해 있기는 했으나 그래도 강렬한 감동을 주며 논고를 끝마쳤다. 실제로 그가 불러일으킨 인상은 엄청났다. 그는 논고를 마치자 서둘러 법정을 나가 앞서 말했다시피 다른 방에서 거의 실신할 뻔했다. 법정에서는 박수갈채가 쏟아져 나오지는 않았지만, 진지한 이들은 만족감을 느꼈다. 부인들만은 그다지 만족스러워하지 않았으나, 그 달변은 마음에 들어했다. 달변의 결과는 전혀 염려하지 않고, 페튜코비치가 마침내 입을 열어 모두를 굴복시키기만을 기다리고 있었기에 더욱 그랬다. 모두 미탸를 바라보았다. 검사의 논고가 계속되는 동안 미탸는 두 주먹을 움켜쥐고 이를 악문 채 고개를 떨구고 말없이 앉아 있었다. 어쩌다 한 번씩 고개를 들어 귀를 기울일 뿐이었다. 그루셴카가 언급될 때면 특히 그랬다. 검사가 그루셴카에 대한 라키틴의 의견을 전했을 때 미탸는 경멸과 분노가 섞인 미소를 떠올리며 충분히 들릴 만한 목소리로 "베르나르 같은 놈!"이라고 내뱉었다. 이폴리트가 모크로예에서 미탸를 심문하며 괴롭힌 일을 이야기하자 미탸는 고개를 들고 강렬한 호기심을 보이며 귀를 기울였다. 어떤 대목에서는 자리에서 벌떡 일어나 무언가 외치려다가 간신히 자제하고 경멸스럽다는 듯 어깨만 으쓱하기도 했다. 논고의 결말, 특히 모크로예에서 검사가 범인을 심문할 때 펼친 활약은 나중에 이곳 사교계에서 구설수에 올랐고 이폴리트는 조롱거리가 되었다. "결국 못 참고 제 자랑을 하더군." 고작해야 15~20분 정도의 짧은 휴정이 선언되었다. 방청객들이 대화를 나누고 고함치는 소리가 들려왔다. 나는 그중 어떤 것을 기억해두었다.

"심오한 논고요!" 어떤 무리에서 신사 한 사람이 인상 쓴 얼굴로 말했다.

"심리 분석이 좀 과하기는 했어요." 다른 목소리가 들렸다.

"하지만 모두 사실이잖습니까. 반박할 수 없는 진실입니다!"

"그래요, 그쪽으로 대가인 건 맞아요."

"결론을 내려주었지요."

"우리에게도, 우리에게도 결론을 내려주었어요." 또 다른 목소리가 동참했다. "논고를 시작할 때, 우리도 모두 표도르 파블로비치와 똑같다고 했던 것 기억해요?"

"끝부분에서도 그랬지요. 하지만 그건 거짓말입니다."

"애매한 부분도 있었어요."

"자기 연설에 좀 지나치게 심취하긴 했지요."

"정당치 않게 말입니다."

"아니, 그래도 능란한 솜씨긴 했어요. 오랫동안 벼르고 벼르다가 드디어 할 말을 한 겁니다. 하하!"

"변호사는 뭐라고 할까요?"

다른 무리의 대화는 이랬다.

"아까 페테르부르크 변호사를 건드린 건 괜한 짓이었어. 감성을 두드린다느니 어쩌니 한 것 기억하나?"

"그래, 그건 경솔했어."

"너무 성급했지."

"신경이 예민한 사람이니까."

"우린 이렇게 웃고 있지만, 피고는 어떤 심정일까?"

"그러게 말이야. 미텐카는 어떤 심정일까?"

"변호사는 뭐라고 하려나?"

또 다른 무리에서는 이런 말이 오갔다.

"저 끝에 로니에트를 들고 앉아 있는 통통한 부인은 누구죠?"

"어느 장군 부인인데 이혼했어요. 아는 부인이죠."

"그래서 로니에트를 들고 있었군."

"퇴물이나 다름없는 여자죠."

"아니, 꽤 매력적인데요."

"두 자리 옆에 있는 금발머리가 더 나아요."

"아무튼 모크로예에서 피고를 붙잡은 솜씨는 꽤나 교묘했죠?"

"교묘한 건 그렇다 치고 그 얘기를 또 지껄이다니. 안 그래도 집집마다 돌아다니며 수없이 떠벌리고 다녔잖아요."

"이번에도 가만히 있을 수가 없었던 모양이죠. 하여간 대단한 자부심이에요."

"울분이 쌓인 사람이잖아요. 하하!"

"툭하면 울분을 느끼는 사람이기도 하죠. 그 사람 말은 미사여구도 많고 문장도 너무 길어요."

"게다가 겁을 주던걸요. 계속 겁을 줬잖아요. 트로이카 얘기 기억하시죠? '저쪽에는 햄릿이 있지만 이쪽에 있는 건 아직 카라마조프입니다!'라니. 그 말 한번 절묘했어요."

"자유주의를 비방한 거예요. 겁이 나니까!"

"변호사한테도 겁을 내고 있죠."

"페튜코비치 씨는 뭐라고 할까요?"

"뭐라고 하건 우리네 농부들한테는 씨알도 안 먹힐걸요!"

"그렇게 생각하세요?"

또 다른 무리는 이랬다.

"하지만 트로이카 얘기는 좋았어. 민족들 얘기 말이야."

"다른 민족들이 기다리지 않을 거라고 했는데, 맞는 말이야."

"왜?"

"지난주에 영국 의회에서 한 의원이 허무주의자 문제를 놓고 이제는 야만족인 우리 러시아를 교화하기 위해 개입해야 할 때가 아니냐고 질문을 던졌거든. 이폴리트는 그 의원을 두고 말한 거야. 그 의원 얘기가 확실해. 지난주에도 그 얘기를 했거든."

"영국 도요새들한테는 무리한 일이지."

"도요새라니? 어째서 무리라는 건가?"

"우리가 크론시타트 항을 폐쇄하고 곡물을 끊어봐. 어디서 그걸 구하겠어?"

"미국이 있잖아? 요샌 미국에서 들여온다고."

"쓸데없는 소리."

종이 울리자 모두 서둘러 제자리로 돌아갔다. 이윽고 페튜코비치가 연단에 올랐다.

10. 변호사의 변론. 양날의 칼

고명한 연사의 첫마디가 울리자 법정은 쥐죽은 듯 조용해졌다. 법정 안의 모든 시선이 그에게 집중되었다. 그는 솔직 간단하고 확신이 넘치되, 조금도 오만하지 않은 태도로 변론을 시작했다. 미사여구나 비장한 어조, 감정을 울리는 말은 조금도 쓰지 않았다. 마치 서로 공감대를 이룬 친밀한 사람들 앞에서 말을 시작하는 사람 같았다. 목소리는 아름답고 힘차고 매력적이었으며, 그 목소리 자체에서 이미 어떤 진실성과 솔직함이 배어나는 듯했다. 그러나 연사가 불시에 감격의 진수에 치달아 '불가사의한 힘으로 심장을 두드릴지도' 모른다는 사실을 모두가 대번에 깨달았다. 그의 말은 이폴리트처럼 조리 있지 않았을지는 모르나, 장황한 문장이 없어 오히려 더 명확했다. 한 가지 부인들의 마음에 들지 않은 것은, 변호사가 특히 변론 초반에 허리를 굽히고 있었다는 점이었다. 그것은 절하는 듯한 모습이 아니라, 청중에게 맹렬히 날아가려는 듯한 자세였는데, 길고 가느다란 등의 중간에 경첩이라도 달린 듯 등 중간을 거의 직각으로 꺾고 있었다. 그는 처음에는 아무런 체계 없이 되는대로 사실을 갖다 대면서 산만하게 말하고 있는 듯했으나, 결국에는 하나의 통일성이 드러났다. 그의 변론은 두 부분으로 나눌 수 있었다. 전반은 짓궂은 풍자가 섞인 비판과 혐의에 대한 반박이었다. 그러나 후반에는 별안간 어조와 화법이 바뀌며 감정이 일시에 고조되었고, 방청객들은 이를 기다려왔다는 듯 감격에 전율했다. 그는 곧장 본론으로 들어가 비록 자신의 활동 무대가 페테르부르크이기는 하나, 무죄라는 확신이나 예감이 드는 피고를 변호하기 위해 러시아의 여러 도시를 찾은 것은 이번이 처음이 아니라고 말했다. "이번 사건도 마찬가지였습니다." 그는 설명했다. "처음 나온 신문 기사를 보았을 때부터, 저는 피고가 무죄라는 강렬한 느낌을 받았습니다. 한마디로 말하면, 제가 무엇보다 흥미를 느낀 것은 재판에서 자주 나타나기는 하나, 이번 사건에서처럼 완전성과 개성을 갖춘 경우는 보기 힘든 어떤 법률적인 사실이었습니다. 그 사실은 변론의 결말에, 말씀을 마칠 때 말씀드리는 것이 좋겠지만, 저는 효과를 감추거나 인상을 아껴두지 않고 곧장 본론으로 들어가버리는 약점을 가지고 있으므로 가장 처음에 말씀드리려고 합니다. 이것은 저로서는 타산에 안 맞는 행동일지는 모르나, 대신 진실한 행동이라고 자부합니다. 제 생각은 이렇습니다. 피고에게 불리한 사실은 압도적일 만큼 쌓여 있지만, 그 사실들을 하나하나 검토해보면 비판을 견뎌낼 만한 것은 하나도 없습니다! 저는 소문을 듣고 신문을 보면서 그 생각에 대한 확신을 키워가던 중, 뜻밖에 피고의 친척으로부터 변호 의뢰를 받았습니다. 저는 서둘러 이곳으로 달려왔고, 최종적인 확신을 얻었습니다. 저는 사실의 총체를 깨부수고, 기소의 근거가 된 사실들이 따로 떼놓고 보면 근거 없고 공상적이라는 것을 증명하기 위해 이 사건의 변론을 맡았습니다."

이렇게 변론을 시작한 변호사는 별안간 목소리를 높였다.

"배심원 여러분, 저는 이 고장에 처음 왔습니다. 그래서 제가 받은 인상에는 선입견이 섞여 있지 않습니다. 저는 난폭하고 방종한 피고에게 모욕을 받은 적이 없습니다. 하지만 이 고장에 사는 수많은 사람들은 피고에게서 모욕을 받은 적이 있어서 처음부터 피고에게 편견을 가지고 있습니다. 물론 이곳 사람들의 도덕적 분노가 지당하다는 것은 저도 인정합니다. 피고는 난폭하고 방종합니다. 하지만 피고가 이곳 사교계에서 받아들여지고 있던 것도 사실입니다. 뛰어난 재능을 지니신 검사의 가정에서는 심지어 사랑을 받기도 했지요. (이 말에 방청석 두어 곳에서 웃음소리가 터져 나왔다. 웃음소리는 금방 수그러들었지만, 모두가 그 소리를 들었다. 검사가 마지못해 미탸의 출입을 허용하고 있는 것은 온 고장 사람들이 아는 사실이었다. 그것은 검사의 부인이 어째서인지 미탸에게 호기심을 느끼고 있었기 때문이었다. 그녀는 매우 선량하고 훌륭한 부인이었으나, 공상적이고 제멋대로인 데가 있어 주로 사소한 일을 가지고 가끔 남편에게 대들곤 했다. 사실 미탸가 그렇게 수시로 그 집에 드나드는 것은 아니었다.) 그럼에도 감히 저는 이런 가정을 해보려고 합니다." 변호사는 말을 이었다. "그것은 제 논적인 검사처럼 얽매이지 않은 지성과 공정한 성품을 지닌 분도 제 불행한 의뢰인에 대해 그릇된 편견을 가질 수 있다는 것입니다. 오, 그것은 너무나 자연스러운 일입니다. 가엾은 피고는 충분히 편견을 살 만한 행동을 했습니다. 모욕받은 도덕적 감정, 특히 미학적 감정은 때로는 그 어떤 타협도 용납하지 않는 법입니다. 물론 우리는 훌륭한 논고를 통해 피고의 성격과 행동에 관한 철저한 분석을 들었고 사건에 대한 엄격한 비판의 태도를 보았습니다. 무엇보다 사건의 본질을 설명하기 위해 제시해주신 심오한 심리 분석은, 피고의 인격에 대해 조금이라도 악의적인 편견을 가지고 있다면 도저히 불가능했을 만큼 깊이 있는 통찰이 엿보였습니다. 그러나 이런 경우 사건에 대한 악의와 편견이 섞인 태도보다 더욱 나쁘고 치명적인 것이 있습니다. 그것은 소위 어떤 예술적인 유희, 예술적 창작욕, 즉 소설을 창작하려는 욕구에 사로잡히는 것입니다. 특히 신에게서 풍부한 심리학적 재능을 부여받은 사람의 경우는 더욱 그렇습니다. 저는 페테르부르크에서 이리로 올 준비를 할 때부터 미리 주의를 들었습니다. 아니, 굳이 그런 말이 아니더라도, 이곳에서 만나게 될 제 논적이 깊고 섬세한 심리 분석의 대가로서, 아직 젊기만 한 우리 법조계에서 오래전부터 특별한 명성을 누리고 계시다는 사실을 알고 있었습니다. 하지만 여러분, 심리 분석은 심오한 것이기는 하나 역시 양날의 칼과 마찬가지입니다(방청석에서 웃음소리가 새어나왔다). 오, 여러분께서 이런 진부한 표현을 용서해주시리라 믿습니다. 저는 능변에는 소질이 없으니까요. 그럼에도 검사의 논고

중에서 한 가지 예를 들어보겠습니다. 피고는 밤에 정원에서 담장을 넘어 도망치려다가 다리에 매달린 하인을 놋쇠공이로 내리쳤습니다. 그다음 곧바로 다시 정원으로 뛰어내려 꼬박 5분간 피해자를 보살펴주었습니다. 피해자가 죽었는지 살았는지 알아보기 위해서였습니다. 검사는 연민을 느껴 그리 고리 노인에게 뛰어내렸다는 피고의 진술을 절대 믿으려 하지 않습니다. '아니다, 과연 그런 순간에 그런 감정이 생겨날 수 있는가, 그건 부자연스러운 일이다, 피고가 뛰어내린 것은 범행의 유일한 목격자의 생사를 확인하기 위해서이다, 다른 동기나 충동이나 감정에 이끌려 정원으로 뛰어내렸을 리는 없으니, 이는 피고가 범행을 저질렀다는 방증이기도 하다' 라고 검사는 말합니다. 심리학에 근거한 설명이지요. 그런데 똑같은 심리 분석을 이번엔 다른 측면에서 사건에 적용시켜 보면, 검사의 주장 못지않게 그럴듯한 결과가 나오게 됩니다. 살인범은 담장 아래로 뛰어내려 목격자의 생사를 확인하는 조심성은 발휘하면서도, 검사가 증언했다시피 3000루블이 들어 있다고 적힌 찢어진 봉투라는 엄청난 증거물은 자기가 죽인 아버지의 서재에 그냥 내버려 두었습니다. '만약 피고가 봉투를 가져갔다면, 이 세상 그 누구도 그런 봉투의 존재와 그 안에 돈이 들어 있었다는 사실을 몰랐을 테니, 피고가 돈을 훔쳤다는 사실 또한 몰랐을 것이다.' 이것은 검사가 직접 한 말입니다. 조심성이라곤 하나 없이 당황하고 겁이 나서 바닥에 증거를 내버려 두고 달아난 피고가, 2분 후 다른 사람을 죽였을 때는 별안간 냉혹하고 타산적인 기질을 발휘한 겁니다. 하지만 그럴 수 있었다고 칩시다. 어떤 상황에서는 캅카스의 독수리처럼 잔혹하고 냉철하던 사람이 다음 순간 하찮은 두더지 같은 눈먼 겁쟁이가 될 수 있다는 것이 심리학의 묘미니까요. 그러나 살인을 저지른 뒤 증인의 생사 하나만 확인하려고 뛰어내릴 만큼 잔혹하고 계산적인 사람이 어째서 새로운 피해자를 놓고 5분 동안이나 수선을 피우며 또 다른 목격자를 만드는 짓을 했을까요? 어째서 피해자의 머리에서 흘러나오는 피를 손수건으로 닦아줘서 훗날 자신에게 불리하게 작용할 증거를 만들었을까요? 피고가 그토록 계산적이고 잔혹하다면, 담장에서 뛰어내려 그 절굿공이로 쓰러진 하인의 머리를 연거푸 내리쳐 숨통을 완전히 끊어놓음으로써 목격자를 제거하여 마음속 불안을 떨쳐버렸어야 하지 않았을까요? 게다가 피고는 목격자가 살아 있는지 확인하려고 뛰어내렸을 때 길바닥에 또 다른 증거인 절굿공이를 남겨두었습니다. 그것은 두 여자한테서 가져온 물건이라 언제든 그들이 자기들 것이라 인정하고 그들 집에서 가져갔다고 증언할 수 있었습니다. 더욱이 피고는 그 공이를 길에서 잃어버리거나 당황한 나머지 무심코 흘린 것이 아니었습니다. 피고는 그 흉기를 내던졌습니다. 그 물건은 그리고리가 쓰러진 자리에서 열다섯 걸음쯤 떨어진 곳에서 발견되었기 때문입니다. 어째서 그랬을까, 하는 의문이 듭니다. 피고는 자신이 한 사람을, 오랜 하인을 죽였다는 비통한 생각에 저주의 말과 함께 흉기인 절굿공이를 내던진 것입니다. 그게 아니고서야 그렇게 힘껏 내던질 이유가 없지 않겠습니까? 피고가 한 사람을 죽인 데 대해 고통과 연민을 느낄 수 있었던 것은, 아버지를 죽이지 않았기 때문입니다. 만약 아버지를 죽였다면 다른 희생자에게 연민을 느껴 담장에서 뛰어내리거나 하지는 않았을 것입니다. 그때는 분명 다른 감정을 느꼈을 겁니다. 피해자에 대한 연민이 아니라 자기 안위에 대한 걱정을 느꼈을 겁니다. 그것은 당연한 일입니다. 아까도 말씀드렸다시피, 피고는 하인을 붙들고 5분이나 시간을 낭비하지 않고 그 두개골을 완전히 박살 내버려야 했습니다. 연민과 선량한 감정을 느낄 여지가 있었다는 건 그 전에 양심이 깨끗했다는 뜻입니다. 이렇듯 제 심리 분석은 전혀 다릅니다. 배심원 여러분, 제가 지금 일부러 심리 분석을 시도한 이유는 심리라는 것이 해석하기 나름이라는 사실을 분명하게 보여드리기 위해서입니다. 문제는 심리 분석을 하는 사람이 누구냐 하는 것입니다. 심리학은 가장 진중한 사람들조차 의지와 무관하게 소설을 쓰도록 만들 수 있습니다. 배심원 여러분, 저는 심리 분석의 남용과 악용을 말씀드리는 겁니다."

이때 다시 방청석에서 동조의 웃음이 나왔다. 모두 검사를 향한 웃음이었다. 나는 변호사의 변론을 전부 다 상세히 전하지는 않고, 그중에서 특히 중요한 부분만 전하도록 하겠다.

11. 돈은 없었다. 강도 행각도 없었다.

변호사의 변론에서 모두를 충격에 빠뜨린 것은 운명의 3000루블의 존재와 그 강탈 가능성을 완전히 부인했다는 점이었다.

"배심원 여러분," 변호사는 주장을 펼치기 시작했다. "이 사건에는 그 내용을 처음 접하는 선입견 없는 사람을 충격에 빠트리는 한 가지 특징이 있습니다. 그것은 바로 피고에게 강도 혐의를 씌우면서도 무엇을 빼앗겼는지는 전혀 지적하지 못한다는 사실입니다. 3000루블이라는 돈이 강탈당했다고는 하지만, 그 돈이 정말 있었는지 아는 사람은 아무도 없습니다. 생각해보십시오. 첫째, 3000루블이 있었다는 것을 우리가 어떻게 알게 되었고, 누가 그 돈을 보았습니까? 그 돈을 보고 글귀가 적힌 봉투 속에 들어 있었다고 말한 사람은 하인 스메르댜코프뿐입니다. 스메르댜코프가 사건이 일어나기 전 피고와 그 동생인 이반 표도로비치에게 그 얘기를 해주었습니다. 스베틀로바 양도 그 얘기를 알고 있었습니다. 그러나 세 사람은 돈을 직접 본 적은 없었고, 본 사람은 역시 스메르댜코프뿐이었습니다. 여기서 저절로 이런 의문이 생깁니다. 정말로 그 돈이 있었고 스메르댜코프가 그것을 본 것이 사실이라면, 그가 그 돈을 마지막으로 본 것은 언제냐 하는 것입니다. 주인이 이불 밑에서 돈을 꺼내 스메르댜코프에게 말하지 않고 다시 함에 넣었다면 어떻게 될까요? 스메르댜코프의 말에 따르면 그 돈은 침구 밑에, 이불 밑에 있었다고 합니다. 그렇다면 피고는 그것을 이불 밑에서 꺼냈다는 말인데, 침구는 전혀 구겨져 있지 않았습니다. 이것은 조서에도 자세하게 기록되어 있습니다. 피고는 어떻게 침구를 조금도 구기지 않을 수 있었을까요? 게다가 어떻게 그 피투성이 손으로 그날을 위해 일부러 새로 깐 얇은 침대보를 더럽히지 않을 수 있었을까요? 바닥에 있던 봉투는 어떻게 된 거냐고 묻는 분도 있을 겁니다. 그 봉투에 대해서도 논할 필요가 있습니다. 아까 저는 뛰어난 재능을 지니신 검사가 이 봉투에 대해 직접 하신 말씀을 듣고 조금 놀랐습니다. 여러분도 들으셨다시피, 검사는 본인 입으로 논고 중에 스메르댜코프가 범인이라는 가정의 불합리성을 지적하면서 '만약 그 봉투가 없었더라면, 강도가 봉투를 가져가 바닥에 증거가 남지 않았더라면, 이 세상 그 누구도 그 봉투의 존재와 그 안에 돈이 있었다는 사실을 몰랐을 것이고, 따라서 피고가 돈을 훔쳤다는 사실도 몰랐을 것이다'라고 하셨습니다. 즉 글귀가 적힌 찢어진 종잇조각이 강탈 혐의의 유일한 증거이며 '그것이 없었더라면 누구도 강도짓은 물론 돈이 있었다는 사실도 몰랐으리라는 것'을 검사조차 인정한 겁니다. 그러나 과연 그 종잇조각이 바닥에 떨어져 있었다는 사실 하나가 그 안에 돈이 있었고 그 돈은 강탈당했다는 증거가 될 수 있을까요? '봉투 안에 돈이 있는 것을 스메르댜코프가 보지 않았느냐'고 대답하실지도 모르겠습니다만, 그렇다면 그가 그 돈을 마지막으로 본 것은 언제일까요? 제가 묻는 건 바로 이겁니다. 스메르댜코프와 얘기를 나눠보니, 그는 그 돈을 사건이 일어나기 이틀 전에 보았다고 했습니다! 그렇다면, 이런 상황을 가정하지 못할 이유가 있을까요? 이를테면, 집 안에 틀어박혀 히스테릭하고 초조한 마음으로 애인이 오기를 기다리던 표도르 파블로비치 노인이 달리 할 일이 없어서 봉투를 꺼내 뜯어본 겁니다. '봉투만 보면 믿지 않을지도 몰라. 30장짜리 지폐 다발을 보여주는 게 효과가 더 좋겠지. 아마 군침을 꿀꺽 삼킬걸.' 노인은 이렇게 생각하며 봉투를 뜯고 돈을 꺼냈습니다. 봉투는 증거 따위는 염려하지 않는 주인의 손에 버려졌지요. 배심원 여러분, 이보다 그럴듯한 가정이나 사실이 있습니까? 왜 그것이 불가능하단 말입니까? 만약 이와 비슷한 일이 있었다면, 강탈 혐의는 저절로 사라지게 됩니다. 돈이 없었다면 강탈도 없었을 것이기 때문입니다. 만약 바닥에 있던 봉투가 그 안에 돈이 들어 있었다는 증거가 될 수 있다면, 반대로 봉투가 바닥에 굴러다니고 있던 것은 주인이 먼저 돈을 꺼내 그 안에 돈이 없었기 때문이라고 주장하지 못할 이유는 뭐란 말입니까? '하지만 만약 표도르 파블로비치가 직접 봉투를 뜯었다면 그 돈은 어디로 갔는가? 집을 수색했을 때는 발견되지 않았잖은가?' 이런 의문이 들 수도 있겠습니다만, 첫째, 표도르 노인의 함에서 돈의 일부가 발견되었습니다. 둘째, 그가 아침이나 전날 밤에 누군가에게 맡기거나 부치는 등 다른 방식으로 돈을 처리했을 수도 있습니다. 어쩌면 더 나아가 자신의 생각과 행동 계획을 근본부터 바꾸었으나, 스메르댜코프에게는 전혀 알릴 필요가 없다고 생각했는지도 모릅니다. 그런 가정을 내릴 수 있는 가능성이 조금이나마 존재할진대, 어떻게 피고가 돈을 강탈하기 위해 살인을 저질렀고 강탈 행위가 실제로 있었다고 완강하게 피고의 혐의를 주장할 수 있겠습니까? 이것은 소설의 영역에 들어가는 일입니다. 어떤 물건을 도둑맞았다고 주장하려면, 그 물건을 가리켜 보여주거나 적어도 그것이 존재했다는 확실한 증거를 내놓아야 합니다. 그런데 그 물건을 본 사람조차 없는 것입니다. 얼마 전 페테르부르크에서 열여덟 살밖에 안 된 소년이나 다름없는 가난한 행상인이 대낮에 도끼를 들고 환전상에 들어가 이례적이면서도 전형적인 대담한 방식으로 주인을 살해하고 1500루블의 돈을 들고 달아난 일이 있었습니다. 그는 5시간 후에 체포되었는데, 15루블만 써버렸을 뿐, 나머지 돈은 고스란히 가지고 있었습니다. 뿐만 아니라 범행이 일어난 후에 상점에 돌아온 점원은 도난당한 액수뿐 아니라 그 돈이 어떻게 구성되어 있었는지, 즉 무지갯빛 지폐가 몇 장, 푸른 지폐가 몇 장, 붉은 지폐가 몇 장, 금화가 몇 닢이라는 것까지 자세히 신고했고, 체포된 범인에게서는 신고된 것과 같은 지폐와 금화가 발견되었습니다. 게다가 범인도 자기가 살인을 저지르고 돈을 훔쳤다고 솔직하게 모두 자백했습니다. 배심원 여러분, 이것이 제가 말하는 증거입니다! 이 경우에는 돈을 눈으로 보고 손으로 만질 수 있으므로 돈이 없다거나 없었다고 할 수 없습니다. 과연 이번 사건에서도 그렇습니까? 더군다나 이 일은 한 사람의 생사와 운명이 걸린 일입니다. '그렇다고 해도, 피고는 그날 밤 술판을 벌여 흥청망청 돈을 써버렸고, 1500루블이라는 돈을 가지고 있었다. 그 돈은 어디서 났단 말인가?' 이렇게 말씀하시는 분도 있을 겁니다. 그러나 1500루블만 발견되고 나머지 절반은 아무리 찾아도 나오지 않았다는 사실은 그 돈이 봉투 같은 데 있던 게 아닌 전혀 다른 돈임을 증명하는 것입니다. 시간상으로 보더라도(아주 철저하게) 피고는 하녀들에게서 자기 집을 비롯해 어디도 들르지 않고 곧장 관리 페르호틴의 집으로 달려갔고, 그 후로는 계속 사람들과 함께 있었으니, 3000루블에서 절반을 떼어 시내 어딘가에 숨길 수는 없었다는 것이 예심에서 확인되고 증명되었습니다. 그래서 검사는 돈이 모크로예 마을의 건물 틈새에 숨겨져 있을 거라고 가정한 겁니다. 혹시 우돌포 성(래드클리프의 소설에 등장하는 성의 이름—옮긴이)의 지하실에 감춘 건 아닐까요, 여러분? 너무 환상적이고 소설 같은 가정이 아니냐는 말입니다. 그 단 하나의 가정, 즉 모크로예에 숨겨두었다는 가정만 무너지면 강탈 혐의는 공중분해되고 만다는 사실에 주목하십시오. 모크로예에 숨긴 게 아니라면, 1500루블이 사라질 곳이 없잖습니까? 피고가 아무 데도 들르지 않았다는 것이 증명된 이상, 대체 무슨 기적으로 그 돈이 사라졌단 말입니까? 우리는 그런 소설로 한 사람의 인생을 망쳐놓으려 하고 있습니다! 어쩌면 이렇게 말씀하실지도 모릅니다. '하지만 피고는 자기가 가지고 있던 1500루블의 출처를 설명하지 못했다. 더구나 그날 밤까지 그에게 돈이 없었다는 것은 모두가 다 아는 사실이다.' 대체 누가 그걸 알고 있더란 말입니까? 피고는 돈의 출처에 대해 명확하게 진술했습니다. 배심원 여러분, 사실 그보다 신빙성 있고 피고의 성격과 영혼에 부합하는 진술은 있을 수 없습니다. 그러나 검사는 자신의 소설이 더 마음에 들었습니다. '피고는 의지가 약한 데다 약혼녀가 내민 치욕의 3000루블을 받는 위인이니 돈의 절반을 떼어 향갑에 꿰맸을 리가 없다, 설령 꿰매 넣었다 하더라도 이틀에 한 번씩 실밥을 뜯어 100루블씩 꺼내 한 달 만에 죄다 써버렸을 것이다'라고 하셨지요. 그 어떤 반박도 용납하지 않는 단호한 어조로 말씀하셨습니다. 그런데 만약 그 소설과 전혀 다른 일이 벌어졌고, 그 인물도 전혀 달랐다면 어떻게 될까요? 문제는 바로 여러분이 전혀 다른 인물을 창조해냈다는 데 있습니다! 어쩌면 이렇게 반박하시는 분이 있을지도 모릅니다. '피고가 사건이 일어나기 한 달 전 모크로예 마을에서 베르홉체바 양에게서 받은 3000루블을 1코페이카 쓰듯 죄다 한꺼번에 써버렸다고 주장하는 증인들이 있다. 따라서 피고는 그 돈에서 절반을 떼어놓을 수 없었다.' 그런데 그 증인이란 자들은 대체 어떤 사람들입니까? 그들의 신뢰성은 법정에서 이미 폭로되었습니다. 더욱이 남의 손에 들린 빵 조각은 언제나 더 커 보이게 마련입니다. 더 나아가 증인들 가운데 돈을 직접 세어본 사람은 아무도 없었고, 그저 눈짐작으로 판단한 것뿐이었습니다. 증인 막시모프는 피고의 손에 2만 루블이 들려 있더라고 증언하지 않았습니까. 배심원 여러분, 심리 분석은 두 개의 날을 가지고 있으니, 여기서도 다른 쪽 날을 갖다 대어서 어떤 결과가 나오는지 살펴보고자 합니다.

사건이 있기 한 달 전, 피고는 베르홉체바 양으로부터 3000루블을 송금해달라는 부탁을 받았습니다. 그런데 이런 의문이 생깁니다. 베르홉체바 양은 정말 그런 치욕과 모멸감을 느끼며 돈을 맡겼을까요? 첫 증언 때 같은 문제에 대한 베르홉체바 양의 진술은 전혀 달랐습니다. 그러나 두 번째 증언에서 우리가 들은 것은 분노와 복수와 오랜 시간 감춰온 증오의 외침뿐이었습니다. 증인이 처음 그릇된 진술을 한 이상, 두 번째 증언 역시 그릇될지도 모른다고 생각해볼 수 있습니다. 검사는 두 사람의 로맨스를 거론하기는 '원하지 않고, 감히 그럴 수도 없다'고 하셨습니다. 좋습니다, 저도 그 문제는 거론하지 않겠습니다. 다만 한 가지 말씀드리고 싶은 것은, 존경해 마지않는 베르홉체바 양처럼 고결하고 도덕적인 여성이 피고를 파멸시킬 목적으로 별안간 첫 진술을 번복했다면, 분명히 그것은 공정하거나 냉정하게 이루어진 증언은 아니리라는 점입니다. 복수심에 사로잡힌 여인이 많은 것을 과장했을 수 있다고 판단할 권리가 없는 것은 아니잖습니까? 베르홉체바 양은 돈을 내밀었을 때의 수치와 굴욕을 과장한 겁니다. 실은 그와 반대로 돈을 받아들일 수 있게끔, 특히 피고처럼 경솔한 사람이라면 충분히 받을 수 있게끔 제안한 것이 분명합니다. 여러분, 피고는 당시 부친으로부터 계산상 아직 받지 못한 3000루블을 곧 받을 수 있을 것이라고 생각하고 있었습니다. 경솔한 생각이지만, 바로 그 경솔함 때문에 부친이 돈을 내줄 것이고, 그 돈을 받아 언제든 베르홉체바 양이 부탁한 돈을 부쳐 빚을 갚을 수 있으리라고 굳게 믿고 있었던 겁니다. 그러나 검사는 '그럴 성격이 아니다, 그런 감정을 가졌을 리 없다'며 피고가 그날 받은 돈의 절반을 향갑에 꿰매 넣었을 가능성을 절대 인정하려 하지 않습니다. 그러나 검사는 당신 입으로 카라마조프가 광활하다고 외치지 않으셨습니까? 카라마조프가 양극단의 심연을 관조할 수 있다고 외치지 않으셨습니까? 카라마조프의 천성에는 실제로 두 개의 면, 두 개의 심연이 있기 때문에 흥청망청 유흥을 즐기고자 하는 억누를 수 없는 충동을 느끼는 와중에도 다른 면에서 충격을 받으면 멈춰 설 수 있습니다. 다른 면은 바로 사랑, 그때 화약처럼 불타오른 새로운 사랑입니다. 그런데 그 사랑에는 돈이 필요했습니다. 오, 애인과의 유흥비보다 훨씬 더 필요했습니다. 애인이 '나는 당신 거예요. 표도르 파블로비치는 싫어요'라고 말하면, 피고는 애인을 데리고 떠나야 합니다. 그러려면 데리고 갈 돈이 있어야 합니다. 그것은 유흥보다 중요했습니다. 카라마조프가 그걸 몰랐겠습니까? 피고는 그것 때문에, 그 걱정 때문에 괴로워했습니다. 그런 피고가 돈을 나눠 만약을 위해 절반을 숨겨둔 것이 왜 믿을 수 없는 일입니까? 시간이 지나도 표도르 파블로비치는 피고에게 3000루블을 주지 않았고, 오히려 그 돈으로 자신의 애인을 유혹하려 한다는 소문이 들려왔습니다. '아버지가 그 돈을 주지 않으면 나는 카테리나 이바노브나 앞에 도둑이 되고 만다.' 피고는 생각했습니다. 그때 향갑에 넣어 지니고 다니던 1500루블을 베르홉체바 양 앞에 내놓고 '나는 비열한 놈이지만 도둑은 아니다'라고 말할 생각이 든 겁니다. 따라서 향갑을 끌러 100루블씩 써버리는 대신 그 1500루블을 보물처럼 간직할 이중의 이유가 생긴 것입니다. 어째서 피고에게 명예심이 없다고 생각하십니까? 그렇지 않습니다. 피고에게는 명예심이 있습니다. 잘못 발현될 때가 많은 그릇된 것이기는 하나, 분명히 명예심이, 열정에 가까운 명예심이 있습니다. 피고는 그것을 증명해 보였습니다. 그러나 사태가 악화되고 질투의 고통이 극에 달하자 기존의 두 문제가 격정에 휩싸인 피고의 머릿속에서 더욱 고통스럽게 떠올랐습니다. '카테리나 이바노브나에게 돈을 갚으면, 그루셴카는 무슨 돈으로 데려가지?' 피고가 지난 한 달 동안 술집마다 난동을 피우며 미친 듯이 폭음을 일삼은 것은 괴로움을 견딜 수 없었기 때문인지도 모릅니다. 이 두 문제가 첨예해질 대로 첨예해지자 결국 피고는 절망에 빠지고 말았습니다. 피고는 마지막으로 3000루블을 청하기 위해 동생을 아버지에게 보냈으나, 대답을 듣기도 전에 집으로 들이닥쳐 사람들이 보는 앞에서 노인을 구타하고 말았습니다. 이제는 누구에게서도 돈을 구할 수가 없었습니다. 구타당한 아버지가 돈을 줄 리는 없었으니까요. 그날 밤 피고는 향갑이 걸려 있는 가슴 윗부분을 치며, 자기한테는 비열한 인간이 되지 않을 수단이 있지만, 결국 비열한 인간으로 남게 될 것이다, 그 수단을 사용할 정신력도 의지도 부족하다는 것을 알고 있기 때문이다, 라고 동생에게 말했습니다. 어째서 검사는 알렉세이 카라마조프의 미리 준비되지 않은 정직하고 진실된 신빙성 있는 진술을 믿지 않으시는 겁니까? 어째서 그와 반대로 어디 틈새 같은 곳에, 우돌포 성의 지하실에 돈이 숨겨져 있다고 믿으라고 하십니까? 그날 밤 동생과 이야기를 나눈 뒤 피고는 그 숙명의 편지를 썼습니다. 그 편지는 피고의 강도죄를 입증하는 가장 중요한, 가장 엄청난 증거가 되었습니다! '모든 사람에게 부탁해보겠지만, 아무도 돈을 주지 않으면 이반이 떠나는 대로 아버지를 죽이고 이불 밑에서 분홍 리본으로 묶인 봉투 속 돈을 가져가겠다.' 완벽한 살인 구상이다, 피고가 아니면 누구겠는가? '쓰인 대로 실행되었다!'고 검사는 외쳤습니다. 그러나 첫째, 이 편지는 취한 상태에서 지독한 흥분에 휩싸여 쓴 것입니다. 둘째, 피고는 봉투를 본 적이 없으므로 봉투 얘기는 역시 스메르댜코프의 말을 바탕으로 쓴 것입니다. 셋째, 그렇게 써놓기야 했지만, 정말로 쓰인 대로 실행되었는지는 어떻게 증명할 수 있습니까? 실제로 베개 밑에서 봉투를 꺼냈을까요? 실제로 돈을 발견했을까요? 실제로 돈이 존재하기는 했을까요? 피고는 돈 때문에 달려간 게 아닙니다. 잘 생각해보십시오! 피고가 정신없이 달려간 것은 돈을 빼앗기 위해서가 아니라 자신을 괴롭히는 그 여인이 어디 있는지 알아내기 위해서였습니다. 즉, 구상대로, 써놓은 대로, 다시 말해 미리 계획해둔 강도짓을 하기 위해서가 아니라 갑자기 미칠 듯한 질투에 휩싸여 무의식중에 달려간 겁니다! 여러분은 '어쨌든 그렇게 달려가서 아버지를 살해한 후에 돈도 챙겼을 것이다'라고 말씀하실지 모르겠습니다. 그런데 정말 피고가 살해한 것이 사실일까요? 저는 강탈 혐의를 분노를 느끼며 부정하는 바입니다. 강탈된 물건을 정확히 지목하지 못하는 이상, 강탈 혐의를 씌울 수는 없습니다. 그것은 공리입니다! 그렇다면, 피고가 살해한 것은 사실일까요? 강탈은 그만두고서라도, 살인을 저지른 건 사실일까요? 그것은 입증된 일입니까? 그것도 역시 소설은 아닙니까?"

"배심원 여러분, 한 사람의 인생이 걸려 있는 만큼 보다 신중해질 필요가 있습니다. 우리는 마지막 날까지, 즉 오늘 공판에서 운명의 '취중' 편지가 제시될 때까지 피고가 철저히 계획적으로 살인을 저질렀다고 단정할 수 없었다는 검사 본인의 진술을 들었습니다. '쓰인 대로 실행되었다!'고 검사는 말씀하셨지요. 그러나 되풀이하건대, 피고는 여자에게, 여자를 찾기 위해, 오직 여자의 행방을 알아내기 위해 달려간 것입니다. 이것은 부정할 수 없는 사실입니다. 여자가 집에 있었다면, 피고는 어디에도 달려가지 않고 그 곁에 남았을 테고, 편지에 하기로 한 것을 실행하지 않았을 겁니다. 피고는 불시에 달려 나갔으니, '취중' 편지에 대해서는 아예 잊고 있었는지도 모릅니다. '공이를 들고 가지 않았느냐'고 하실지도 모르겠습니다. 검사는 그 공이 하나를 두고 왜 피고가 그 공이를 흉기로 인식했고 왜 그것을 집어 들었는지 한 편의 심리 분석을 내놓으셨습니다. 그때 제 머릿속에는 아주 평범한 생각 하나가 떠올랐습니다. 만약 그때 그 공이가 피고가 집어 들었던 선반 위처럼 눈에 띄는 곳이 아니라 찬장에 들어 있었다면 어떻게 됐을까요? 그러면 공이가 피고의 눈에 띄는 일은 없었을 것이고, 피고는 흉기 없이 빈손으로 달려 나갔을 테니 아무도 죽이지 않았을지도 모릅니다. 어째서 공이가 계획성과 무장의 증거라고 단정할 수 있습니까? '하지만 피고는 술집마다 아버지를 죽이겠다고 큰소리를 치고 다니더니, 술에 취해 편지를 쓴 이틀 전 밤에는 잠잠했으며 '카라마조프는 다투지 않고는 못 배기는 사람'이라 어떤 점원하고만 다투었다.' 이런 의문을 갖는 분도 있을 겁니다. 저는 이에 대해 이렇게 대답하겠습니다. 만약 피고가 계획대로, 편지에 쓴 대로 살인을 저지를 생각이었다면, 아마 점원과도 싸우지 않았을 것이고, 아예 술집 자체에 가지 않았을 겁니다. 그런 일을 작심한 사람은 남의 이목을 끌지 않도록 조용한 곳으로 슬그머니 사라지려고 하기 때문입니다. '가능하면 자기를 잊어달라'는 것이지요. 그것은 계산이라기보다는 본능입니다. 배심원 여러분, 심리 분석은 양날의 칼과 같고, 우리도 심리 분석을 이해할 수 있습니다. 지난 한 달간 피고가 여러 술집에서 아버지를 죽이겠노라고 떠벌리고 다니긴 했지만, 아이들이나 술집에서 나오는 주정꾼들이 다투면서 '죽여버리겠다'고 소리치는 일이 어디 한둘입니까? 그렇다고 정말로 죽이는 건 아닙니다. 그 운명의 편지 역시 취기 오른 분노가 아닐까요? 주정꾼이 술집을 나서며 '죽여버릴테다, 다 죽여버릴테다!' 외치는 것이 아닐까요? 어째서 그렇지 않습니까? 어째서 그럴 수 없습니까? 어째서 그 편지는 운명적인 것이고, 반대로 장난스러운 것은 될 수 없습니까? 그것은 살해된 부친의 시신이 발견되었고, 정원에서 흉기를 든 채 달아나는 피고를 본 증인이 있으며, 그 증인도 피고에게 구타를 당했기 때문이지요. 그래서 모든 것이 편지에 쓰인 대로 실행되었고, 편지는 장난스러운 편지가 아닌 운명적인 편지가 된 것입니다. 다행스럽게도 우리는 '정원에 있었다는 것은 곧 그가 죽였다는 것을 의미한다'고 생각하기에 이르렀습니다. 있었다는 것은 곧 의미한다, 이 두 마디 말이 혐의 근거의 전부인 것입니다. '있었다는 것은 곧 의미한다'는 것이죠. 그러나 있었다는 것이 곧 의미하는 것은 아니라면 어떻게 될까요? 오, 사실의 총체와 사실의 공교로운 일치가 실제로 꽤 설득력 있다는 점에는 저도 동의합니다. 하지만 사실의 총체에 얽매이지 말고 각각의 사실을 개별적으로 살펴보십시오. 이를테면, 검사는 어째서 아버지 방 창문 앞에서 달아났다는 피고의 진술이 진실일 가능성을 전혀 용납하려 하지 않으십니까? 별안간 범인을 사로잡은 경의와 '경건한' 감정을 검사께서 뭐라고 빈정거렸는지 생각해보십시오. 그런데 만약 실제로 피고가 그와 비슷한 감정을 느꼈다면, 경의까지는 아니더라도 경건한 감정을 느꼈다면 어떻게 되는 겁니까? 피고는 예심에서 '그 순간 어머니가 나를 위해 기도해주신 것이 분명하다'고 했습니다. 그래서 피고는 아버지 집에 스베틀로바양이 없다는 것을 확인하자 곧 자리를 뜬 것입니다. '창문 너머로는 그런 것을 확인할 수 없었을 것이다'라고 검사께서는 반박하시겠지요. 하지만 확인하지 못할 이유가 뭡니까? 창문은 피고의 신호로 열려 있지 않았습니까? 어쩌면 표도르 파블로비치가 내뱉은 어떤 말이나 외침에 피고가 스베틀로바양이 그곳에 없다는 사실을 깨달았을 수도 있습니다. 어째서 우리는 우리가 상상하는 대로, 상상하고 싶은 대로만 가정하는 겁니까? 현실에서는 가장 섬세한 소설가조차도 놓치고 마는 수많은 사실이 한순간 반짝였다가 사라질 수도 있습니다.

'그건 그렇다. 하지만 그리고리가 문이 열린 것을 보지 않았는가. 그러니 피고는 집 안에 있었고, 살인을 저지른 것이 틀림없다.' 배심원 여러분, 그 문이… 그 문이 열려 있다고 증언한 사람은 단 한 사람뿐입니다. 하지만 그때 그 사람의 상태는… 뭐 좋습니다. 문이 열려 있었다고 합시다. 피고가 문을 열어놓고 피고의 처지라면 충분히 이해가 되는 자기변호의 심리에서 거짓말을 했다고 합시다. 피고가 집 안으로 들어가 그 안에 있었다고 합시다. 그래서 어쨌다는 겁니까? 어째서 거기 있었으면 반드시 죽인 게 되는 겁니까? 피고는 안으로 침입해 이 방 저 방 휘젓고 다니며 아버지를 밀치거나 심지어 때렸을 수도 있겠지만, 스베틀로바 양이 그곳에 없다는 것을 확인하고는 여인이 없다는 사실과 아버지를 죽이지 않았다는 사실에 기뻐하며 달려 나갔을지도 모릅니다. 그렇기 때문에, 고결한 감정과 동정과 연민을 느끼고 있었고 아버지를 죽이려는 유혹을 뿌리치고 달려 나왔기 때문에, 내면에 고결한 마음과 아버지를 죽이지 않았다는 기쁨을 느끼고 있었기 때문에 잠시 후 홧김에 때려눕힌 그리고리 노인 옆으로 뛰어내린 건지도 모릅니다. 검사께서는, 눈앞에 다시금 사랑이 펼쳐져 새로운 삶을 향해 나아가자고 부르고 있지만, 등 뒤에는 피투성이가 된 아버지의 시체가, 또 그 뒤에는 형벌이 버티고 있기에 사랑을 할 수 없는, 모크로예에서 피고가 처했던 끔찍한 상황을 무서우리만큼 화려한 언변으로 묘사해주셨습니다. 하지만 검사께서는 역시 피고의 사랑을 인정하셨고, 술에 취한 상태라느니, 범인은 형장에 끌려가면서도 아직 한참 남았다고 생각한다느니 하시며 그 사랑을 예의 그 심리학에 근거해 설명하셨지요. 그러나 다시 묻겠습니다만 검사께서는 하나의 별개의 인물을 창조해내신 게 아닙니까? 정말로 아버지의 피를 묻히고서도 그 순간 사랑과 재판에서 둘러댈 말을 생각할 만큼 피고가 거칠고 비정한 인간일까요? 아뇨, 절대 그렇지 않습니다! 장담하건대, 만약 등 뒤에 아버지의 시체가 놓여 있었다면, 피고는 여인이 자신을 사랑하고 있고, 새로운 행복을 약속하며 부르고 있다는 것을 안 순간 두 배, 세 배의 자살 충동을 느끼고 틀림없이 자살해버렸을 겁니다! 오, 피고는 절대 권총이 놓인 곳을 잊지 않았을 겁니다! 저는 피고가 어떤 사람인지 압니다. 검사가 말하는 야만적이고 경직된 비정함은 피고의 성격과 양립할 수 없습니다. 피고는 자살했을 겁니다. 확실합니다. 피고가 자살하지 않은 건 '어머니가 기도해주셨고', 부친의 피에 죄가 없었기 때문입니다. 피고는 그날 밤 모크로예에서 오직 자기가 때려눕힌 그리고리 노인 때문에 괴로워하고 가슴을 태우며, 노인이 의식을 차리고 일어나기를, 자신이 가한 타격이 치명타가 아니어서 형벌이 비껴가기를 마음속으로 하느님께 기도했습니다. 어째서 사건을 이렇게 해석하면 안 되는 겁니까? 피고가 거짓말을 하고 있다는 확실한 증거가 뭐란 말입니까? 아마 곧바로 이런 지적이 나올 테지요. 하지만 아버지의 시체는? 도망쳐나간 피고가 죽인 게 아니라면, 대체 누가 노인을 죽였단 말인가?

되풀이하거니와, 그것이 검사 측 논리의 전부입니다. '피고가 아니라면 누가 죽였단 말인가?' 피고 말고는 달리 용의자가 없다는 겁니다. 하지만 배심원 여러분, 정말 그렇습니까? 정말 용의자가 단 한 사람도 없습니까? 검사께서는 그날 밤 그 집에 있었거나 다녀간 사람을 일일이 열거해주셨습니다. 모두 다섯 사람이 나왔지요. 그중 세 사람, 즉 피살자 본인과 그리고리 노인, 그 아내에게 혐의가 없다는 점은 저도 동의합니다. 그러면 피고와 스메르댜코프가 남게 됩니다. 검사께서는 피고가 스메르댜코프를 지목하는 것은 달리 지목할 사람이 없기 때문이다, 만약 제6의 인물이 있었다면, 그 인물의 유령이라도 있었다면 피고는 스메르댜코프를 들먹이기 창피해 그 여섯 번째 인물을 지목했을 것이라고 열변을 토하셨지요. 하지만 배심원 여러분, 어째서 그 반대가 될 수는 없습니까? 피고와 스메르댜코프 두 사람이 있다고 할 때, 여러분께서 달리 용의자가 없다는 이유로 제 의뢰인을 범인으로 몰고 있다고 말하지 못할 근거가 무엇입니까? 다른 용의자가 없는 이유는 전적으로 선입견에 근거해 스메르댜코프를 아예 용의선상에서 제외해버렸기 때문이 아닙니까? 물론 스메르댜코프를 지목하는 사람이 피고와 피고의 두 동생과 스베틀로바 양, 이 세 사람이 전부입니다. 하지만 그 외에도 스메르댜코프를 거론하는 사람은 있습니다. 그것은 모호하기는 하나 어떤 의문과 의혹이 세간에서 부풀어가고 있다는 것을 의미합니다. 무언가 불확실한 소문이 들리고, 어떤 기대가 존재한다는 것이 느껴집니다. 끝으로, 불분명하기는 하지만 상당히 특징적인 몇몇 사실의 대조를 통해서도 그것을 입증할 수 있습니다. 첫째, 사건 당일 일어난 간질 발작입니다. 검사께서는 무슨 영문인지 그 진실성을 변호하고 주장하기 위해 그토록 애를 쓰셔야 했습니다. 또한 공판 전날 있었던 스메르댜코프의 갑작스러운 자살입니다. 그리고 그에 못지않게 갑작스러웠던 피고의 큰동생의 증언입니다. 지금까지 형이 유죄라고 믿다가, 오늘 느닷없이 법정에 돈을 가져와 스메르댜코프가 범인이라고 선언한 것입니다! 오, 저도 재판관 여러분과 검사와 마찬가지로, 이반 카라마조프가 섬망증 환자이며 그 증언은 제정신이 아닌 상태에서 생각해낸, 죽은 이에게 죄를 뒤집어씌워 형을 구하려는 절망적인 시도일 수 있다고 생각합니다. 그럼에도 스메르댜코프의 이름이 거론되니 또다시 어떤 수수께끼 같은 것이 들리는 듯합니다. 배심원 여러분, 여기엔 아직 전부 밝혀지지 않은, 아직 종결되지 않은 무언가가 있는 듯합니다. 어쩌면 앞으로 그것이 밝혀질 수도 있겠지요. 하지만 그 문제는 일단 미루고, 나중에 다시 논하기로 하겠습니다. 재판장님께서는 조금 전 심리를 계속하기로 결정하셨는데, 그동안 저는 검사께서 무척 섬세하고 훌륭하게 규정하신 죽은 스메르댜코프의 특징에 대해 몇 가지 얘기하고자 합니다. 저는 검사의 뛰어난 재능에는 감탄하는 바이지만, 그 특징론의 핵심에 완전히 동의할 수는 없습니다. 저도 스메르댜코프를 찾아가봤고, 그와 만나 대화를 나눠보았지만, 제가 받은 인상은 전혀 달랐습니다. 몸이 약해진 것은 사실이었지만, 성격이나 마음은 검사께서 단정한 것처럼 절대로 그렇게 약한 사람이 아니었습니다. 특히 소심한 기질은, 검사께서 그토록 특징적으로 묘사하신 소심한 기질은 전혀 발견할 수 없었습니다. 순수한 면이라고는 찾아볼 수 없었고, 오히려 순진함을 가장한 지독한 불신과 수많은 것을 간파할 수 있는 지력을 발견했습니다. 오! 검사께서 스메르댜코프를 저능아로 간주하신 건 너무 순진한 처사였습니다. 제가 그에게서 받은 인상은 극명합니다. 저는 그가 악독하고 헤아릴 수 없는 공명심을 품고 있으며 복수심이 강하고 뜨거운 질투심에 사로잡힌 인간이라는 확신을 가지고 그 자리를 떴습니다. 몇 가지 정보를 모아보니, 그는 자신의 출생을 증오하고 수치스러워했으며 '스메르댜샤야에게서 태어났다'는 사실을 떠올릴 때마다 이를 갈았다고 합니다. 어릴 적 은인인 그리고리 내외에게도 불손했습니다. 러시아를 저주하고 비웃었으며, 프랑스로 떠나 프랑스인이 되기를 꿈꿨습니다. 그럴 돈이 모자란다는 말을 전부터 입에 달고 살았습니다. 그는 자기 말고는 아무도 사랑하지 않았고, 이상하리만큼 자부심이 강했던 것 같습니다. 좋은 옷과 깨끗한 셔츠와 광이 나도록 닦인 구두를 교양의 상징으로 여겼습니다. 자신이 표도르 파블로비치의 사생아라고 생각하고 있었으니(이를 뒷받침하는 여러 가지 사실이 있습니다) 주인어른의 정식 자식들과 비교해 자신의 처지를 증오했을 겁니다. 저들은 다 가졌는데 자기한테는 아무것도 없다, 저들은 권리 일체와 유산을 상속받는데 자신은 한낱 요리사일 뿐이다, 라고 생각했겠지요. 그는 표도르 파블로비치가 봉투에 돈을 넣을 때 자기도 함께 있었다고 제게 말했습니다. 아마 자신의 출

셋길을 마련하기에 충분한 그 돈의 용도에 혐오를 느꼈을 겁니다. 더욱이 그는 3000루블이나 되는 반질반질한 무지갯빛 지폐 다발을 보았습니다(저는 일부러 그 점을 물어보았습니다). 오, 질투가 심하고 자존심이 강한 사람에게 큰돈을 보여주는 건 금물입니다. 그런데 스메르댜코프는 태어나 처음으로 그런 금액이 한 손에 들린 것을 본 것입니다. 무지갯빛 지폐 다발에서 받은 인상은 곧바로 무슨 결과를 낳지는 않았지만 필시 그의 상상 속에 병적인 잔상을 남겼을 겁니다. 재능이 뛰어나신 검사께서는 스메르댜코프의 살인 혐의설에 대한 모든 근거와 맹점을 조목조목 설명하시고, 스메르댜코프가 무엇 때문에 간질 환자 흉내를 냈겠느냐고 질문을 던지셨습니다. 맞습니다, 어쩌면 흉내가 아니었는지도 모릅니다. 발작은 순전히 자연스럽게 찾아온 것일 수도 있습니다. 그러나 그와 마찬가지로 순전히 자연스럽게 발작이 멎어, 환자가 의식을 차렸을 가능성도 있습니다. 병의 기운이 완전히 가시지는 않더라도 간질 환자들이 흔히 그렇듯 의식이 돌아와 깨어났을 수도 있는 겁니다. 검사께서는 스메르댜코프가 살인을 저지른 시각이 언제냐고 물으셨습니다. 그 시각을 지적하기는 매우 쉽습니다. 스메르댜코프는 그리고리 노인이 담장을 넘어 도망가는 피고의 다리를 붙잡고 온 동네에 '아비 죽인 놈!' 하고 외친 순간 깊은 잠(스메르댜코프는 그저 잠들어 있었을 겁니다. 간질 발작이 일어난 후엔 으레 깊은 잠이 몰려오는 법이지요)에서 깨어났을 겁니다. 고요한 어둠 속 그 범상치 않은 고함 소리는 스메르댜코프를 깨워놓기에 충분했을 겁니다. 더욱이 스메르댜코프는 그때 그렇게 깊이 잠들어 있지 않았을 수도 있습니다. 틀림없이 1시간 전부터 조금씩 잠이 깼을 테니까요. 침대에서 몸을 일으킨 스메르댜코프는 무슨 일이 일어났는가 하고 거의 무의식적으로 아무 생각 없이 소리가 난 곳으로 향합니다. 머릿속은 병 때문에 몽롱하고 사고력은 아직 꿈속을 헤매고 있지만, 그는 정원으로 들어가 불 켜진 창문 쪽으로 다가갑니다. 주인은 물론 그를 보고 기뻐하며 무서운 소식을 알려주었습니다. 스메르댜코프의 사고력에 대번에 불이 지펴집니다. 그는 겁에 질린 주인에게서 자세한 사정을 알게 되었습니다. 병의 기운에 혼란스러운 그의 두뇌 속에 차츰 한 가지 생각이 구체화됩니다. 그것은 무시무시하나 유혹적이고 반박의 여지가 없을 만큼 논리적인 생각이었습니다. 주인을 죽이고 3000루블을 챙긴 뒤 장남에게 모든 걸 덮어씌우자는 것이었지요. 이렇게 된 이상 장남이 아니면 누가 의심을 받겠는가? 장남이 아니면 누구에게 혐의가 돌아가겠는가? 장남은 이곳에 다녀갔고, 증거도 있지 않은가? 그는 이렇게 생각했습니다. 돈이라는 수확물에 대한 무서운 갈망과 처벌을 피할 수 있으리라는 생각에 숨이 막히는 기분이었을 겁니다. 오, 그런 돌발적이고 억누를 수 없는 충동은 기회만 되면, 그것도 1분 전까지만 해도 사람을 죽일 줄은 꿈에도 모르던 살인자들에게 수시로 찾아오는 법입니다! 스메르댜코프는 주인어른의 방으로 들어가 자신의 계획을 실행했을 겁니다. 무기는 무엇이었을까요? 아마 정원에서 처음 집어 든 돌이었을 겁니다. 하지만 어째서, 무슨 목적으로 그랬을까요? 3000루블 때문이 아니겠습니까? 그 돈은 곧 출세를 의미했습니다. 오! 저는 자기모순에 빠지고 있는 게 아닙니다. 돈은 있었을 수도, 존재했을 수도 있습니다. 어쩌면 정말로 스메르댜코프만이 어디서 돈을 찾을지, 주인의 방 어디에 돈이 어디 놓여 있는지 알고 있었을지도 모릅니다. '그럼 돈을 감쌌던 봉투는, 바닥에 있던 찢겨진 봉투는 어떻게 된 것인가?' 아까 검사께서는 이 봉투에 대해 말씀하시면서, 봉투를 바닥에 버려 두고 갈 만한 사람은 카라마조프처럼 서툰 도둑이지, 절대로 그런 증거를 남기지 않을 스메르댜코프가 아니라는 지극히 예리한 견해를 피력하셨습니다. 배심원 여러분, 저는 아까 그 말을 듣다가 문득 무척 친숙한 내용을 듣고 있는 듯한 느낌을 받았습니다. 카라마조프라면 봉투를 어떻게 했을지, 검사께서 말씀하신 것과 같은 의견과 추측을 정확히 이틀 전 스메르댜코프의 입에서 들었다면 상상이 되십니까? 더욱이 저는, 스메르댜코프가 순진한 척을 하면서 선수를 쳐, 제가 스스로 그런 생각을 하도록 암시를 주면서 제게 그 생각을 불어넣으려 한다는 느낌에 놀라지 않을 수 없었습니다. 혹시 스메르댜코프가 예심 때도 그런 생각을 넌지시 흘린 게 아닐까요? 재능이 뛰어나신 검사께도 그런 생각을 불어넣은 게 아닐까요? '그럼 노파, 그리고리의 아내는 어떻게 된 것인가? 자기 옆에서 환자가 밤새 신음하는 것을 들었다지 않는가?' 이런 의견도 있을 수 있습니다. 그러나 만약 들었다고 해도, 그 인지는 지극히 불확실할 수 있습니다. 제가 아는 어떤 부인은 마당에서 개가 밤새도록 짖어서 한숨도 못 잤다고 하소연을 했습니다. 하지만 알고 보니 가엾은 개는 밤새도록 고작 두어 번 컹컹거렸을 뿐이었습니다. 이는 자연스러운 일입니다. 누군가 자다가 갑자기 신음 소리를 들었다고 합시다. 언짢은 기분으로 잠이 깼다가 금방 다시 잠이 듭니다. 2시간쯤 있다가 다시 신음 소리가 나서, 다시 깼다가 잠이 듭니다. 마지막으로 2시간 뒤에 한 번 더 신음 소리가 나서, 밤새 모두 세 번 잠이 깼습니다. 아침이 되면 그 사람은 누가 밤새도록 신음을 해대서 한숨도 못 잤다고 투덜거릴 겁니다. 하지만 그 사람은 그렇게 느끼는 게 당연합니다. 2시간씩 잠을 잤지만, 잠들어 있던 순간은 기억하지 못하고 깨어 있던 순간만 기억하기 때문에 밤새 잠을 설쳤다고 생각하는 겁니다. 검사께서는 또 이렇게 외치셨습니다. 스메르댜코프는 어째서 유서에 자백하지 않았는가? '어떤 일에는 양심의 가책을 받고, 어떤 일에는 받지 않았다는 것인가?' 그러나 양심의 가책이란 곧 뉘우침을 의미하는데, 어쩌면 자살자는 뉘우치지 않고 절망만을 느꼈을지도 모릅니다. 절망과 뉘우침은 전혀 별개의 개념입니다. 절망은 때로는 증오로 가득 차 일체의 타협을 거부하는 법이니, 자살자는 목숨을 끊는 순간 평생 시기해온 모든 사람을 2배로 증오했을지도 모릅니다. 배심원 여러분, 오심을 저지르지 않도록 주의해주십시오! 지금 제가 한 모든 말들이 어째서 있을 수 없는 일입니까? 제 진술 가운데 잘못되거나 불가능하거나 부조리한 부분이 있다면 말씀해주십시오. 그러나 만약 제 추측에 가능성의 그림자만이라도, 진실성의 그림자만이라도 엿보인다면 부디 선고를 유보

해주시기 바랍니다. 그러나 제 추측이 과연 그림자에 지나지 않습니까? 모든 성스러운 것에 맹세하건대, 저는 지금 여러분께 말씀드린 살인에 대한 제 설명을 굳게 믿고 있습니다. 무엇보다 당혹스럽고 화가 나는 것은 검사가 피고 위에 쌓아 놓은 어마어마한 양의 사실들 가운데 조금이나마 확실하거나 반박의 여지가 없는 것은 하나도 없는데도 오직 그 사실의 총체 때문에 불행한 피고가 파멸할지도 모른다는 것입니다. 그렇습니다, 사실의 총체는 끔찍합니다. 그 피, 손가락 사이로 흘러내리는 피, 피투성이가 된 셔츠, '아비 죽인 놈'이라는 노호성이 울려 퍼진 캄캄한 밤, 머리가 깨져 쓰러지는 그 노호성의 장본인, 그리고 수많은 발언과 증언과 몸짓과 외침, 아아, 이 모든 것은 신념을 매수할 만큼 영향력이 강합니다. 하지만 배심원 여러분, 그것이 여러분의 신념까지도 매수할 수 있습니까? 여러분께는 무한한 권력이, 매고 풀 수 있는 권력이 주어졌다는 것을 기억하십시오. 그러나 권력이 강하면 강할수록 그 적용은 더욱 무서운 것이 되는 법입니다! 저는 제가 지금 드린 말을 한마디도 양보할 생각이 없지만, 잠깐 동안만 제 불행한 의뢰인이 아버지의 피로 손을 물들였다는 혐의를 인정한다고 해봅시다. 이것은 그저 가정일 뿐이고, 재차 말씀드리거니와 저는 피고의 무죄를 추호도 의심하지 않습니다. 그래도 피고가 아버지를 살해했다고 가정해보겠습니다. 그러나 제가 그런 가정을 허용한다고 해도, 여러분께서는 제 말을 끝까지 잘 들어주시기 바랍니다. 제 가슴속에는 여러분께 꼭 해야 할 말이 있습니다. 왜냐하면 여러분의 가슴과 머리에서 커다란 싸움이 벌어지리라는 예감이 들기 때문입니다…. 배심원 여러분, 여러분의 가슴과 머리를 운운하는 저를 용서해주십시오. 그러나 저는 마지막까지 올바르고 진실한 사람이고 싶습니다. 다 같이 진실해집시다…!"

이 대목에서 꽤 힘찬 박수가 터져 나와 변호사의 말이 끊겼다. 실제로 마지막 말을 하는 그의 어조는 너무나 진실해서, 모두들 변호사에게 정말로 뭔가 할 말이 있으며 지금부터 하려는 말이 가장 중요한 것이리라는 느낌을 받았다. 그러나 박수 소리를 들은 재판장은 또다시 '같은 일'이 되풀이되면 '퇴정 명령을 내리겠다'고 큰소리로 경고했다. 법정 안이 조용해지자, 페튜코비치는 지금까지와는 전혀 다른 진정성이 울리는 목소리로 변론을 재개했다.

13. 사상의 간통자

"배심원 여러분, 제 의뢰인을 파멸시키는 것은 사실의 총체만이 아닙니다." 그는 소리 높여 말했다. "그렇지 않습니다, 정말로 제 의뢰인을 파멸시키는 것은 단 한 가지 사실입니다. 그것은 바로 늙은 아버지의 시신입니다! 만약 단순한 살인 사건이었다면 여러분은 여러 사실을 전체로써가 아니라 개별적으로 검토하고 그것들이 무의미하고 입증되지 않았으며 공상적이라는 것을 확인해 기소를 기각했을 겁니다. 비록 피고는 안타깝게도 선입견을 사 마땅한 인물이기는 했으나, 적어도 선입견 하나만으로 한 인간의 운명을 파멸시키기는 주저하셨을 겁니다. 그러나 이 사건은 단순한 살인 사건이 아닌 부친 살해 사건입니다! 너무나 기가 막힌 일이라, 가장 하찮고 근거 없는 사실조차 제법 의미 있고 근거 있는 사실로 바뀌어버리는 겁니다. 심지어 그것은 아무런 편견이 없는 사람에게도 마찬가지입니다. 그런 피고의 무죄를 어떻게 입증할 수 있겠습니까? 어떻게 살인을 저질러놓고 처벌을 피하려 하는가, 누구나 내심 자기도 모르게 본능적으로 이렇게 느끼고 있을 것입니다. 그렇습니다, 아버지의 피를 흘린다는 것은 무서운 일입니다. 나를 낳아준 사람의 피, 나를 사랑해준 사람의 피, 나를 위해 목숨도 아끼지 않는 사람의 피, 어린 시절부터 내가 아프면 같이 아파하고 평생 내 행복을 위해 고통받으며 오직 내 기쁨과 성공만을 보고 살아온 사람의 피가 아닙니까! 오, 그런 아버지를 죽인다는 것은 생각도 할 수 없는 일입니다! 배심원 여러분, 아버지란, 참된 아버지란 무엇입니까? 아버지란 얼마나 위대한 단어이며, 얼마나 위대한 이상이 그 호칭에 담겨 있습니까? 저는 지금 부분적으로나마 참된 아버지란 무엇이며, 어떠해야 하는가를 말씀드렸습니다. 그러나 우리 모두가 촉각을 곤두세우고 있는 가슴아픈 이번 사건에서 죽은 표도르 파블로비치 카라마조프는 지금 말한 아버지의 개념에 전혀 어울리지 않는 사람입니다. 그것은 불행한 일입니다. 실제로 어떤 아버지는 불행과 비슷합니다. 그 불행을 좀 더 가까이서 살펴봅시다. 배심원 여러분, 앞으로 내리게 될 결정의 중요성을 고려할 때, 우리는 그 무엇도 두려워해서는 안 됩니다. 특히 지금 이 순간 두려워해서는 안 되며, 재능이 뛰어나신 검사께서 절묘하게 표현해주셨듯이, 어린아이들이나 겁 많은 여자들처럼 두 팔을 휘저어 어떤 생각을 물리치려 해서는 안 됩니다. 존경하는 제 상대자(제가 변론의 첫마디를 내뱉기 전부터 이미 제 상대자였지요)께서는 열정적인 논고를 펼치면서 몇 번이나 이렇게 외쳤습니다. '아니, 나는 누구에게도 피고의 변호를 맡기지 않겠습니다, 페테르부르크에서 온 변호인에게 피고의 변호를 양보하지 않을 것입니다, 나는 고발자인 동시에 변호인입니다.' 몇 번이고 이렇게 외치셨지만, 무서운 피고가 어린 시절 부친의 집에 있을 때 자기를 귀여워해준 유일한 사람에게 고작 호두 1푼트를 받은 은혜를 23년 동안이나 잊지 않았던 사람이라면, 그와 반대로, 인정 많으신 게르첸쉬투베 선생께서 표현하셨듯 부친의 집 '뒷마당에서 신발도 없이 단추 하나 달린 바지를 입고' 뛰어다닌 일도 23년 동안 기억하지 않을 수 없으리라는 점은 빠뜨리셨습니다. 오, 배심원 여러분, 왜 우리는 이 '불행'을 가까이서 살펴보며 이미 다 아는 내용을 되풀이해야 할까요? 이 고장으로 아버지를 찾아온 제 의뢰인이 마주하게 된 것은 무엇이었습니까? 어째서 제 의뢰인을 무정하고 이기적인 괴물로 묘사해야 하는 것입니까? 피고는 방종하고 거칠고 난폭한 사람이라 지금 우리의 심판을 받고 있지만, 피고의 운명이 그리 된 것은 누구 책임입니까? 선량한 기질과 다감한 심성을 지닌 피고가 그런 엉터리 교육을 받은 건 누구 잘못입니까? 피고에게 이성과 지혜를 가르쳐준 사람이 있었습니까? 학문을 일깨워준 사람이 있었습니까? 어린 시절 조금이라도 피고를 사랑해준 사람이 있었습니까? 제 의뢰인은 신의 가호 하나만으로, 즉 야생동물이나 다름없이 자랐습니다. 어쩌면 오랫동안 헤어져 있던 아버지와의 만남을 갈망했을지도 모릅니다. 전부터 꿈속 같은 어린 시절을 떠올리며 그 시절 보았던 혐오스러운 환영을 수없이 쫓아내고 진심으로 아버지를 이해하고 부둥켜안기를 갈망했는지도 모릅니다! 그런데 어떻게 되었습니까? 피고를 맞이한 것은 차가운 냉소와 돈 문제로 인한 의심과 속임수뿐이었습니다. 피고가 매일 들었던 것은 '코냑을 마시면서' 늘어놓는 역겨운 잡담과 처세술뿐이었고, 마침내는 자식의 돈으로 자식이 사랑하는 여자를 빼앗으려는 아버지를 보게 되었습니다. 오, 배심원 여러분, 이 얼마나 혐오스럽고 잔인한 일입니까! 그렇게 해놓고도 아들이 버르장머리가 없고 잔인하다며 사교계에서 피고의 평판에 먹칠을 하고, 피해를 주고, 비방을 하고, 감옥에 처넣을 생각으로 피고의 차용증서를 사 모았습니다! 배심원 여러분, 제 의뢰인처럼 겉보기에 잔혹하고 난폭하고 방종해 보이는 사람들은 지극히 부드러운 심성을 지닌 경우가 대부분입니다. 비웃지 마십시오, 부디 제 생각을 비웃지 말아주십시오! 재능이 뛰어나신 검사께서는 아까 피고가 실러와 '아름답고 고결한 것'을 사랑한다며 무자비하게 조롱하셨습니다. 제가 만약 검사였다면 절대로 그 마음을 조롱하지 않았을 겁니다! 오, 거의 이해받지 못하고, 오해받기도 일쑤인 그 마음을 변호하도록 해주십시오. 그 마음은 부드럽고 아름답고 공정한 것을 갈망할 때가 아주 많습니다. 무의식적으로 자신의 난폭하고 잔인한 성정과 대비되는 것을 갈망하는 것입니다. 그것은 말 그대로 갈망입니다. 그들은 겉으로는 정열적이고 잔인해 보이지만, 고통스러울 만큼 무엇인가에, 이를테면 여성에게 영적이고 고결한 사랑을 느낄 수 있습니다. 다시 한번 부탁드립니다만, 웃지 말아주십시오. 그런 본성을 지닌 사람들에게는 무엇보다 자주 있는 일입니다! 그들은 그저 자신의 열정을, 때로는 몹시 거친 열정을 숨기지 못할 뿐입니다. 사람들은 그런 면만 발견하고 충격을 느낀 나머지 그 사람의 내면은 보지 못하는 것입니다. 그러나 그런 열정은 금방 수그러들게 마련입니다. 거칠고 잔인해 보이는 그들은 고결하고 아름다운 존재 곁에서 자기쇄신의 가능성을 찾습니다. 지난 생활을 청산하고 더 훌륭하고 고결하고 정직한 사람, 그토록 조롱받았던 '고결하고 훌륭한 사람'이 될 가능성을 찾는 것입니다. 아까 저는 제 피고와 베르홉체바 양의 로맨스를 거론하지 않겠다고 말씀드렸습니다. 하지만 한마디 정도는 할 수 있으리라고 생각합니다. 아까 우리가 들은 것은 증언이 아니라, 복수심과 광기에 휩싸인 여인의 절규에 불과합니다. 베르홉체바 양에게는, 오, 베르홉체바 양에게는 피고의 배신을 비난할 권리가 없습니다. 그 자신이 먼저 피고를 배신했으니까요! 조금이라도 생각해볼 틈이 있었더라면, 베르홉체바 양은 그런 증언을 하지 않았을 겁니다! 오, 베르홉체바 양의 말을 믿지 마십시오. 제 의뢰인은 결코 베르홉체바 양이 말한 그런 '악당'이 아닙니다. 십자가에 못 박히신 위대한 박애자는 십자가에 달리기 전 이렇게 말씀하셨습니다. '나는 착한 목자다. 착한 목자는 양들을 위하여 자신의 영혼을 바치니, 이는 한 마리의 양도 죽게 하지 않기 위함이다….' 우리 또한 한 인간의 영혼을 파멸시키지 말아야 할 것입니다! 저는 조금 전 아버지란 무엇이냐고 물으며, 그것이 위대한 단어요 고귀한 호칭이라고 부르짖었습니다. 배심원 여러분, 말이란 정직하게 사용해야 하는 법이니, 저는 대상을 그 본연의 단어로, 본연의 명칭으로 부르고자 합니다. 살해된 카라마조프 노인 같은 아버지는 아버지라고 불릴 수 없고, 그럴 자격도 없습니다. 사랑받을 자격이 없는 아버지에 대한 사랑은 터무니없고 불가능한 것입니다. 무에서 사랑을 창조할 수는 없습니다. 무에서 창조할 수 있는 것은 하느님뿐입니다. '아버지여, 자기 자식을 슬프게 하지 마십시오.' 사랑에 불타오르는 가슴으로 어느 사도는 이렇게 썼습니다. 저는 지금 제 의뢰인을 위해 이 거룩한 말씀을 인용한 것이 아닙니다. 이 말씀을 상기한 것은 모든 아버지를 위해섭니다. 누가 제게 아버지들을 가르칠 권한을 주었습니까? 그런 권한을 준 사람은 아무도 없습니다. 그러나 저는 한 사람의 인간이자 시민으로서 호소합니다. Vivos voco(살아 있는 모든 자에게 호소합니다)! 우리는 지상에 머무는 짧은 시간 동안 수많은 몹쓸 짓을 저지르고 몹쓸 말을 내뱉습니다. 그렇기 때문에 서로에게 좋은 말을 할 소통의 호기를 끊임없이 찾게 됩니다. 저도 그렇습니다. 저는 이 자리에 있는 동안 제게 주어진 순간을 이용하려고 합니다. 신께서는 아무 뜻 없이 우리에게 이 연단을 주신 것이 아닙니다. 온 러시아가 이 연단에서 울려 퍼지는 우리의 말을 듣고 있습니다. '아버지여, 자기 자식을 슬프게 하지 마십시오!'란 말은, 이 자리에 계신 아버지들에게만 말하는 것이 아니라, 모든 아버지들을 향해 외치는 것입니다. 그렇습니다, 우리는 먼저 그리스도의 가르침을 실천하고 난 다음에야 자식에게 그 도리를 물을 수 있습니다. 그렇지 않으면 우리는 아버지가 아닌 자식의 적이 되고, 자식은 자식이 아닌 우리의 적이 됩니다. 우리 스스로 자식을 적으로 만드는 것입니다! '너희가 헤아리는 그 헤아림으로 너희가 헤아림을 받을 것이니라.' 이것은 제가 한 말이 아니라 성경에 나오는 구절로, 당신이 남을 헤아리는 대로 남도 당신을 헤아릴 것이라는 말입니다. 우리가 헤아린 대로 자식이 우리를 헤아린다고 해서 어떻게 자식을 탓할 수 있겠습니까? 얼마 전 핀란드에서 어떤 하녀가 몰래 아이를 낳았다고 의심받게 되었습니다. 그 여자에 대한 조사가 시작되었고, 다락방 한구석 벽돌 뒤에서 그 여자의 트렁크가 발견되었습니다. 그 트렁크의 존재를 아는 사람은 아무도 없었습니다. 그것을 열자 하녀가 죽인 갓난아이의 시체가 나왔습니다. 그 안에는 두 아이의 해골도 들어 있었는데, 하녀는 그 아이들을 낳자마자 죽였다고 자백했습니다. 배심원 여러분, 그 여자를 아이들의 어머니라고 할 수 있습니까? 그 아이들을 낳기는 했지만, 과연 어머니라고 할 수 있습니까? 우리 가운데 그 여자를 어머니라는 거룩한 이름으로 부를 수 있는 사람이 과연 있습니까? 배심원 여러분, 용감하고 대담해집시다. 우리에게는 지금 그래야 할 의무가 있습니다. '금속'과 '유황'이라는 말을 두려워했던 모스크바의 상인의 아내(오스트롭스키의 희곡 중—옮긴이)처럼 어떤 말이나 생각을 두려워하지 맙시다. 오히려 그 반대로 '자식을 낳았다고 해서 아버지인 것은 아니다, 자식을 낳고 아버지의 도리를 다해야 아버지이다'라고 솔직하게 말함으로써 최근의 진보가 우리의 발전에도 영향을 주었다는 것을 증명합시다. 오, 물론 '아버지'라는 말에는, 아무리 자식에게 악당이고 불한당일지라도 나를 낳은 이상 그래도 내 아버지라는 다른 의미와 해석도 있습니다. 그러나 그런 의미는 이성이 아닌 믿음으로만 받아들일 수 있는, 혹은 이해할 수 없지만 종교가 믿으라고 명령하는 다른 많은 것들과 마찬가지로 믿기 위해 받아들이는 이른바 미신적 의미입니다. 그것은 실생활의 영역 밖에 있습니다. 고유의 권리를 지닐 뿐 아니라 그 자체가 거대한 의무를 지우기도 하는 실생활의 영역 안에서 인도주의자, 더 나아가 그리스도교도가 되려면 오직 이성과 경험으로 확인되고 분석의 용광로를 거친 신념을 실천해야 할 책임과 의무가 있습니다. 한마디로, 꿈을 꾸거나 헛것을 볼 때처럼 비이성적으로 행동하지 말고 이성적으로 행동함으로써 인간에게 해를 끼치지 말고, 인간에게 고통을 주고 파멸시키지 말아야 하는 것입니다. 그것이야말로 진정한 그리스도교적 행동이 될 수 있습니다. 그저 신비주의적이기만 한 것이 아니라 이성적이며 진정한 인간애가 넘치는 행동이 되는 것입니다…."

이 대목에서 법정 곳곳에서 힘찬 박수가 터졌지만, 페튜코비치는 변론을 중단시키지 말고 끝까지 들어달라는 듯 손을 내저었다. 장내는 바로 조용해졌다. 연사는 말을 계속했다.

"배심원 여러분, 이런 문제가 우리 아이들을, 이를테면 이미 성장해 머리가 굵어진 우리 아이들을 그냥 지나쳐 가리라고 생각하십니까? 아닙니다, 그럴 수 없습니다. 자식들에게 불가능한 자제심을 요구해선 안 됩니다! 아버지답지 않은 아버지의 모습은, 특히 동갑내기인 친구들의 훌륭한 아버지와 대조되면서 아이의 가슴속에 절로 고통스러운 의문을 불러일으킵니다. 소년은 그런 의문에 틀에 박힌 대답을 듣습니다. '너는 아버지의 소생이고 혈육이니 아버지를 사랑해야 한다.' 소년은 저도 모르게 이런 생각에 잠깁니다. '아버지는 과연 사랑해서 나를 낳았을까?' 소년은 더욱 더 큰 의혹을 느끼며 묻습니다. '아버지는 과연 나를 위해 나를 낳았을까? 아버지는 그 순간, 아마 술기운에 달아올랐을 그 욕망의 순간에 나도, 내 성별도 모르고 있었다. 아버지는 내게 주벽을 물려주었을 뿐이고, 그것이 아버지가 베풀어준 은혜의 전부다…. 나를 낳기만 했을 뿐 평생 사랑해주지 않은 아버지를 내가 왜 사랑해야 한단 말인가?' 오, 어쩌면 여러분께는 이런 의문이 불손하고 잔인하게 느껴질지도 모릅니다. 그러나 어린 지성에게 불가능한 자제심을 요구해선 안 됩니다. '천성은 문으로 쫓아내면 창문으로 날아 들어오기 마련이다'라는 말이 있잖습니까. 무엇보다 우리는 '금속'과 '유황'을 두려워하지 말고, 신비주의적 개념이 아닌 이성과 인간애가 이끄는 대로 문제를 해결해야 합니다. 그럼 어떻게 해결해야 할까요? 이렇게 해야 합니다. 아들이 아버지 앞에 서서 아버지에게 직접 깊은 고민이 담긴 질문을 던집니다. '아버지, 제가 왜 아버지를 사랑해야 하는지 말씀해주세요. 제가 아버지를 사랑해야 한다는 당위성을 증명해주세요.' 그랬을 때 아버지가 아들에게 대답해주고 증명해줄 수 있다면, 그 가정은 신비주의적 편견이 아닌 이성과 자각과 철저한 인도주의의 기반 위에 세워진 정상적인 참된 가정입니다. 그러나 반대로 아버지가 증명할 수 없다면, 그 가정은 즉시 종말을 맞게 됩니다. 아버지는 아들에게 더 이상 아버지가 아니며, 아들은 이후 아버지를 타인으로, 심지어 원수로 생각할 수 있는 자유와 권리를 얻습니다. 배심원 여러분, 우리의 연단은 진실과 상식의 학교가 되어야 합니다!"

이때 주체할 수 없는, 열광에 가까운 박수갈채가 일어나 연설이 중단되었다. 물론 방청객 전체는 아니었지만, 방청객의 절반은 박수를 쳤다. 특히 아버지들과 어머니들이 박수를 보냈다. 위쪽에 마련된 부인석에서는 날카로운 외침이 들렸다. 손수건을 흔들기도 했다. 재판장은 힘껏 종을 쳤다. 방청객의 행동에 화가 난 듯했으나 아까 으름장을 놓았던 것처럼 결코 '퇴정' 명령을 내릴 수는 없었다. 특별석에 앉아 있던 고위급 인사들과 연미복에 훈장을 단 노인들까지 연사에게 박수를 치고 손수건을 흔들어댔기 때문에 재판장은 소란이 잦아들자 아까처럼 '퇴정' 명령을 하겠다고 엄숙히 경고하는 것으로 만족해야 했다. 페튜코비치는 고양감과 흥분을 느끼며 변론을 재개했다.

"배심원 여러분, 여러분은 오늘 그토록 많이 거론된, 아들이 담장을 넘어 아버지의 집으로 침입해 자신을 낳아준 적이자 원수와 대면한 그 무서운 밤을 기억하고 계십니다. 온 힘을 다해 주장하건대, 피고가 그때 달려온 것은 돈 때문이 아니었습니다. 이미 말씀드렸듯이 피고에게 강도 혐의를 두는 것은 말도 안 되는 일입니다. 아버지를 죽이려고 들이닥친 것도 아니었습니다. 만약 피고가 미리 그럴 마음을 먹고 있었더라면, 흉기쯤은 미리 마련해놓았을 겁니다. 놋쇠공이를 집어 든 건 자기도 이유를 모른 채 본능적으로 한 행동입니다. 설령 피고가 신호로 아버지를 속여 안으로 들어갔다고 합시다. 저는 그런 전설 같은 이야기를 추호도 믿지 않는다고 이미 말씀드렸지만, 딱 한 순간만 실제로 그랬다고 가정해봅시다! 배심원 여러분, 모든 성스러운 것을 걸고 여러분께 맹세하지만, 만약 표도르 파블로비치가 아버지가 아니라 자기를 괴롭힌 타인일 뿐이었다면, 피고는 방방마다 뛰어다니며 여자가 그 집에 없다는 것을 확인하고 나서 자신의 경쟁자에게 아무런 해도 끼치지 않고 황급히 달려 나갔을 것입니다. 아버지를 때리거나 밀쳤을 수는 있지만, 그뿐이었을 겁니다. 피고는 여자가 있는 곳을 알아내야 했기에 그럴 틈이 없었으니까요. 그러나 그자는 아버지였습니다. 아아, 모든 일의 화근은 어릴 적부터 미워한 자신의 적이요 원수요 지금은 괴물 같은 경쟁자가 되어버린 아버지의 모습이었습니다. 피고는 자기도 모르게 주체할 수 없는 증오의 감정에 휩싸여 판단력을 잃었습니다. 모든 감정이 일시에 솟구친 것입니다! 그것은 광기와 착란의 격정이었으나, 자연의 모든 것이 그러하듯 영원한 법칙을 위해 무의식적이고 제어할 수 없는 복수를 행하는 자연의 격정이기도 했습니다. 그러나 살인자는 그 순간에도 살인을 저지르지 않았습니다. 저는 그것을 주장하고 소리 높여 외칩니다. 피고는 그저 끔찍한 분노에 휩싸여 절굿공이를 휘둘렀을 뿐입니다. 살해할 마음은 없었고, 살해할 줄도 몰랐습니다. 피고의 손에 절굿공이가 들려 있지 않았더라면, 피고는 아버지를 구타했을 뿐, 살해하지는 않았을 겁니다. 달아난 피고는 자기가 때린 노인의 생사도 몰랐습니다. 그런 살인은 살인이 아닙니다. 부친 살해 또한 아닙니다. 그런 아버지를 죽인 것은 부친 살해라고 할 수 없습니다. 그런 살인을 부친 살해로 보는 것은 오로지 편견 때문입니다! 그러나 그 살인이 과연 실제로 있었을까요? 저는 마음속 깊은 곳으로부터 거듭 여러분께 호소합니다! 배심원 여러분, 우리가 피고를 심판한다면, 피고는 자기 자신에게 이렇게 말할 것입니다. '이 사람들은 내 운명과 양육과 교육을 위해, 나를 더 나은 사람으로 만들기 위해, 나를 사람답게 만들기 위해 아무것도 해준 게 없다. 내게 먹을 것과 마실 것을 주지 않았고, 벌거벗은 채 갇혀 있던 나를 찾아오지도 않았다. 그런 그들이 나를 유형지로 보낸다. 나는 빚을 다 갚았다. 이제는 저들에게 빚이 없다. 영원히 그 누구에게도 빚이 없다. 저들은 악독하니, 나도 악독해질 것이다. 저들은 잔혹하니, 나도 잔혹해질 것이다.' 배심원 여러분, 피고는 이렇게 말할 것입니다! 장담컨대 여러분이 내리는 유죄 선고는 그저 피고의 마음과 영혼을 가볍게 해줄 것입니다. 피고는 자기가 흘린 피를 저주할 뿐, 후회하지는 않을 것입니다. 동시에 여러분은 아직 피고의 내면에 잠재해 있는 한 인간을 파멸시키는 것입니다. 왜냐하면 피고는 앞으로 평생 독을 품은 맹인처럼 살아갈 것이기 때문입니다. 여러분이 상상할 수 있는 가장 끔찍한 형벌로 피고를 엄중하게 벌하려는 것은 피고의 영혼을 영원히 구원하고 부활시키기 위해서가 아닙니까? 만약 그렇다면, 여러분의 자비로 피고를 압도하십시오! 여러분은 피고의 영혼이 두려움에 몸서리치는 것을 보고 듣게 될 것입니다. '내가 이런 자비를 감당할 수 있는가? 내가 이만한 사랑을 받을 만한 사람인가? 과연 내게 그럴 자격이 있는가?' 피고는 이렇게 외칠 것입니다! 오, 배심원 여러분, 저는 알고 있습니다. 피고가 과격하기는 하지만 고결한 마음을 지니고 있다는 것을 잘 알고 있습니다. 그 마음은 여러분의 용단 앞에 허리를 굽힐 것입니다. 그 마음은 위대한 사랑의 행위를 갈망하며 불타올라 영원히 부활할 것입니다. 세상에는 자신의 한계에 갇혀 온 세상을 원망하는 영혼들이 있습니다. 그러나 그 영혼을 자비로 압도하고 사랑을 베푼다면, 선한 싹을 수없이 품고 있는 그 영혼은 곧 자신의 행동을 저주할 것입니다. 그 영혼은 드넓게 뻗어나가 하느님이 얼마나 자비로운지, 사람들이 얼마나 훌륭하고 공정한지 깨닫게 될 것입니다. 그는 회한과 자기 앞에 놓인 수없는 의무에 두려움을 느끼고 압도될 것입니다. 그땐 '빚을 다 갚았다'는 말 대신, '나는 만인 앞에 죄가 있으며 누구보다도 부족한 사람이다'라고 말할 것입니다. 후회와 불타는 듯한 감명의 고통에 눈물 흘리며 '사람들은 나보다 훌륭하다, 나를 파멸시키지 않고, 구원하고자 했기 때문이다!'라고 외칠 것입니다. 오, 여러분은 너무나 쉽게 그 자비를 행하실 수 있습니다. 조금이라도 진실해 보이는 증거가 하나도 없는 상황에서 '그렇다, 유죄이다'라고 선고하는 것은 여러분에게 너무 힘든 일이기 때문입니다. 한 명의 죄 없는 사람을 벌하느니 열 명의 죄 있는 사람을 풀어 주어라, 우리나라의 영광스러운 역사 가운데 지난 세기에 천명된 이 위대한 목소리가 들리십니까? 아무것도 아닌 제가, 러시아의 재판이 단순한 형벌이 아니라 파멸한 인간의 구원이기도 하다는 사실을 여러분께 말씀드려야 하겠습니까! 다른 민족에게는 법률과 형벌이 있을지 몰라도, 우리에게는 정신과 의미와 파멸한 인간의 구원과 부활이 있습니다. 만약 그렇다면, 정말로 러시아와 러시아의 재판이 그렇다면 러시아는 전진할 것입니다. 모든 민족이 억지로 길을 비키는 광란의 트로이카로 우리를 겁주지 마십시오! 광란의 트로이카가 아닌 위대한 러시아의 전차가 위풍당당하게 목적지에 다다를 것입니다. 제 의뢰인의 운명은 여러분의 손에 달려 있습니다. 러시아의 진실의 운명 역시 여러분의 손에 달려 있습니다. 여러분은 진실을 구하고, 진실을 지킬 것이며, 진실을 따르는 사람이 있다는 것을, 진리가 선한 사람의 손에 있다는 것을 증명하실 것입니다!"

페튜코비치는 이렇게 변론을 마쳤다. 이번에 터져 나온 청중의 감격은 마치 폭풍처럼 억누를 수가 없었다. 그것을 진정시킨다는 것은 생각할 수도 없는 일이었다. 여자들은 울었고, 남자들 중에서도 우는 사람이 많았으며, 심지어 고관들 가운데서도 두 명이나 눈물을 흘리고 있었다. 재판장도 기세에 눌렸는지 종치기를 주저했다. "그런 열광을 모독하는 것은 신성 모독이나 마찬가지예요." 이곳 부인들은 훗날 이렇게 외쳤다. 연사도 진심으로 감격해 있었다. 우리의 이폴리트 키릴로비치가 '반론 제기를 위해' 다시 자리에서 일어선 것은 바로 그때였다. 사람들은 증오 어린 눈으로 검사를 바라보았다. "아니? 뭐죠? 저 사람이 또 반론을 펼치려는 거예요?" 부인들은 쑥덕거렸다. 그러나 검사 부인, 이폴리트의 아내를 필두로 이 세상 모든 여자들이 쑥덕거렸더라도 그 순간 검사를 막을 수는 없었을 것이다. 검사는 창백하게 질린 얼굴로 초조하게 떨고 있었다. 그가 내뱉은 첫 마디, 첫 문장은 알아들을 수 없을 정도였다. 검사는 숨을 헐떡이며 불분명한 발음으로 두서없이 지껄여댔다. 그러나 곧 평정을 되찾았다. 하지만 이 두 번째 논고에서는 몇 문장만 옮겨두기로 하겠다.

"…나는 소설을 써댔다고 비난받았습니다. 그러나 변호사야말로 소설 위에 소설을 쓴 것이 아니면 무엇입니까? 그저 시(詩)가 없었을 뿐입니다. 변호사께서는 표도르 파블로비치가 애인을 기다리다가 봉투를 찢어 바닥에 내던졌을 거라고 하셨습니다. 그런 기막힌 상황에서 무슨 말을 했을지조차 인용하셨습니다. 이것이 서사시가 아니면 무엇입니까? 표도르 파블로비치가 돈을 꺼냈다는 증거가 어디 있습니까? 무슨 말을 했는지 누가 들었단 말입니까? 지능이 낮은 스메르댜코프는 사생아로 태어난 데 대해 사회에 앙갚음을 하려는 바이런의 주인공으로 변해버렸습니다. 이것이 바이런 취향의 서사시가 아니면 대체 무엇입니까? 아들이 아버지의 집에 들이닥쳐 아버지를 살해했지만, 살해하지 않은 것이기도 하다니, 이건 소설도 시도 아닌, 자기도 풀 수 없는 문제를 내는 스핑크스나 마찬가지입니다. 죽였으면 죽인 것이지, 죽였지만 죽이지 않았다니, 그걸 누가 이해하겠습니까? 그런 다음 우리의 연단이 진리와 상식의 연단이라고 선언하셨는데, 이 '상식'의 연단에서 맹세와 함께 울려 퍼진 공리는, 아버지를 죽인 것을 부친 살해라고 부르는 것은 편견에 불과하다는 말이었습니다! 그러나 부친 살해가 편견이고 모든 자식이 아버지에게 '아버지, 제가 왜 아버지를 사랑해야 하나요?'라고 추궁하게 된다면 우리는 어떻게 되겠습니까? 사회의 기초는 어떻게 되고, 가정은 어디로 사라지겠습니까? 부친 살해가 그저 모스크바 상인 아내가 두려워한 '유황'일 뿐이라고 하셨습니다. 러시아 법정의 사명과 미래에 대한 가장 귀하고 거룩한 약속이 그저 목적을 달성하려는, 정당화하면 안 될 것을 정당화하려는 경망한 것으로 변질되고 말았습니다. '오, 피고를 자비로 압도하십시오.' 변호사께서는 이렇게 외치셨지요. 범인이 원하는 것은 바로 그것입니다. 아마 여러분은 내일이라도 당장 범인이 얼마나 압도되었는지 보게 될 것입니다! 피고의 무죄 판결만을 요구하시다니, 변호사께서는 너무 겸손하신 것 아닙니까? 부친 살해범의 위업을 후대와 젊은 세대가 영원히 기릴 수 있도록 부친 살해 장학금이라도 제정하자고 하지 그러십니까? 성서와 종교도 수정해서, 그런 것은 모두 신비주의일 뿐이고, 이성의 분석과 상식으로 검증된 참된 그리스도교는 오직 우리에게만 있을 수 있다고 말씀하셨지요. 그렇게 우리 앞에 사이비 그리스도의 형상을 세워놓았습니다! 변호사께서는 '너희가 헤아리는 그 헤아림으로 너희가 헤아림을 받을 것이다'라고 외치시면서 동시에 그리스도가 자기가 헤아림을 받는 만큼 남도 헤아리라 가르쳤다는 결론을 내놓았습니다. 이것이 진리와 상식의 연단에서 나온 말입니다! 우리는 변론 직전에만 성서를 잠깐 들춰봅니다. 상당히 독창적인 이 작품에 대한 지식을 과시함으로써 필요에 따라 일종의 효과를 거두기 위해서지요. 그것은 그저 필요에 따른 행동일 뿐입니다! 그러나 그리스도는 그렇게 하지 말라고, 그런 행동을 삼가라고 명령하셨습니다. 그것은 악한 세상에서 하는 행동이기 때문입니다. 우리는 원수가 우리를 헤아리는 대로 똑같이 헤아리려 하지 말고, 상대를 용서하고 다른 쪽 뺨을 내밀어야 합니다. 하느님은 우리에게 이렇게 가르치셨지, 자식에게 아버지를 죽이지 말라고 하는 것이 편견이라고 가르치지는 않으셨습니다. 우리는 진리와 상식의 연단에서 하느님의 성서를 수정하지 말아야 합니다. 그런데 변호사께서는 그 하느님을 그저 '십자가에 못 박힌 박애주의자'

라고만 부르셨습니다. 그리스도를 '당신은 우리의 하느님입니다'라고 부르는 온 러시아 정교에 배치되는 부분입니다."

여기서 재판장이 나서서 열이 오른 검사에게 너무 과장하지 말고 적정선을 지키라는 등 이런 경우 흔히 재판장이 하는 말로 주의를 주었다. 장내도 동요했다. 방청객들은 술렁였고, 불만 섞인 고함소리가 들려오기도 했다. 페튜코비치는 반박도 하지 않았다. 그저 연단에 올라 한 손을 가슴에 대고 화난 목소리로 당당하게 몇 마디 했을 뿐이었다. 그는 '소설'과 '심리 분석'을 살짝 비꼰 다음, 어느 대목에서 '주피터여, 화를 내는 것을 보니 그대가 틀린 모양이구나'라는 말을 인용해 많은 사람들에게서 동조의 웃음을 자아냈다. 이폴리트는 주피터와는 조금도 닮지 않았기 때문이다. 젊은 세대에게 아버지를 죽이도록 허락했다는 비난에 대해서는 반박할 것도 없다고 몹시 근엄하게 말했다. '사이비 그리스도'와, 그리스도를 하느님이라고 부르지 않고 '십자가에 못 박히신 박애주의자'라고만 불러 '진리와 상식의 연단에서는 나올 수 없는 정교에 배치되는 말을 했다'는 비난에 대해서는 그것이 '비방'이며, 이리로 올 때 적어도 이 연단에서 '충실한 시민으로서의 자신의 인격'에 대한 비난을 들을 줄은 몰랐다고 은근히 빈정거렸다. 그 부분에서 재판장은 그에게도 역시 주의를 주었다. 페튜코비치는 온 법정에 동조의 웅성임이 이는 가운데 허리를 숙이고 답변을 마쳤다. 이폴리트 키릴로비치는 이곳 부인들의 의견에 따르면, '영원히 뭉개져버리고 말았다'.

이어서 피고에게 발언권이 주어졌다. 미탸는 일어서기

는 했지만 몇 마디 하지는 않았다. 그는 육체적으로도 정신적으로도 녹초가 되어 있었다. 아침에 법정에 등장할 때의 그 당당하고 힘찬 모습은 거의 사라지고 없었다. 그날 하루 동안 평생 안고 갈, 전에는 몰랐던 아주 중요한 것을 가르치고 일깨운 무언가를 경험한 것 같았다. 목소리에도 힘이 빠져 이제는 아까처럼 고함을 지르지 않았다. 그 목소리에는 지금까지와는 다른 체념과 굴종이 느껴졌다.

"배심원 여러분, 제가 무슨 할 말이 있겠습니까! 심판의 날은 왔고, 제 위에 놓인 하느님의 오른손을 느낍니다. 방탕한 인간에게 종말이 왔습니다! 그러나 하느님 앞에서 고백하는 심정으로 여러분께 말씀드리니, '아버지의 피에 대해서는 결코 죄가 없습니다!' 마지막으로 다시 한번 말씀드리지만, '제가 죽이지 않았습니다.' 저는 방탕한 인간이었지만, 선을 사랑했습니다. 매 순간 새 생활을 갈망하면서도 짐승처럼 살아왔습니다. 검사님, 감사합니다. 저에 대해 저도 모르고 있던 많은 말씀을 해주셨습니다. 그러나 제가 아버지를 죽였다는 것은 사실이 아닙니다. 검사님이 실수하신 겁니다! 변호사님께도 감사드립니다. 저는 변호사님의 말씀에 울었습니다. 그러나 제가 아버지를 죽였다는 건 사실이 아니니, 가정도 할 필요가 없었습니다! 의사들의 말은 믿지 마십시오. 저는 제정신입니다. 다만 가슴이 괴로울 뿐입니다. 만일 저를 용서해주신다면, 저를 풀어주신다면, 저는 여러분을 위해 기도하겠습니다. 더 나은 사람이 되겠습니다. 맹세합니다, 하느님 앞에 맹세합니다. 그러나 만약 저를 심판하신다 해도 제

머리 위의 검을 부러뜨리고 그 조각에 입을 맞추겠습니다! 하지만 용서해주십시오. 제게 제 하느님을 빼앗지 말아주십시오. 저는 제 자신을 잘 압니다. 분명 하느님을 원망하게 될 겁니다! 여러분, 저는 너무나 가슴이 괴롭습니다… .용서해주십시오!“

미탸는 쓰러지듯이 자리에 앉았다. 목소리가 갈라져 끝말은 간신히 내뱉었다. 뒤이어 재판부는 질문을 정리하고 양측에 결론을 물었다. 그러나 자세한 내용을 옮기지는 않겠다. 마침내 배심원들이 논의를 하기 위해 퇴정하려고 일어났다. 재판장은 몹시 지쳐서 아주 미약한 목소리로 당부의 말을 했다. “부디 공정하게 논의해주십시오. 변호인의 화려한 변론에 얽매이지 말고, 여러분이 막중한 책임을 지고 있음을 기억하십시오.” 배심원들이 물러나자 휴정이 시작되었다. 방청객들은 자리에서 일어나 거닐거나, 지금까지 받은 인상을 서로 주고받거나, 식당에서 간단하게 요기를 할 수 있었다. 시간은 매우 늦어서 새벽 1시가 다 되어가고 있었지만, 아무도 집에 돌아가려 하지 않았다. 모두 쉬고 싶다는 생각을 못 할 만큼 긴장하고 흥분해 있었다. 모두가 가슴을 졸이며 판결을 기다렸다. 하긴, 누구나 다 가슴을 졸인 것은 아니었다. 부인들은 히스테리를 일으킬 만큼 조바심을 느꼈지만, 그래도 ‘무죄 판결이 틀림없다’는 생각에 마음을 놓고 있었다. 부인들은 모두가 함께 열광에 빠질 극적인 순간에 대비하고 있었다. 고백하자면, 남자들 중에서도 무죄 판결을 확신하는 사람이 아주 많았다. 어떤 사람은 기뻐했고, 어떤 사람은 인상을 찌푸렸으며, 어떤 사람은 그저 침울해했다. 그들은 무죄 판결이 나기를 원치 않았던 것이다! 페튜코비치는 성공을 확신했다. 그는 사람들에게 둘러싸여 축하를 받았다. 사람들은 그의 환심을 사느라 여념이 없었다.

나중에 전해 들은 바로는, 페튜코비치는 어느 무리에서 이렇게 말했다고 한다. "변호사와 배심원들은 보이지 않는 실로 연결되어 있습니다. 그 실은 변론을 할 때부터 연결되어 미리 느낄 수가 있습니다. 저는 그 실을 느꼈습니다. 실은 분명히 존재합니다. 승리는 우리 것이니, 마음 놓으십시오."

"그런데 농부들이 과연 뭐라고 할까요?" 이 근방의 지주인 뚱뚱한 곰보 신사가 이야기를 나누고 있던 한 무리의 신사들에게 인상 쓴 얼굴로 다가서면서 이렇게 말했다.

"농부들만 있는 건 아니잖습니까. 관리도 네 사람 끼어 있어요."

"그렇습니다, 관리도 있지요." 지방의회의원이 다가오면서 말했다.

"혹시 프로호르 이바노비치 나자리예프라는 사람 아십니까? 왜 배심원 중에 메달을 걸고 있던 상인 있잖습니까."

"그 사람이 왜요?"

"머리가 아주 비상한 사람이지요."

"계속 입을 다물고 있던데요?"

"입을 다물고 있긴 했지만, 차라리 그게 더 나아요. 그 사람이라면 페테르부르크에서 온 사람한테 가르침을 받기는커녕, 오히려 자기가 온 페테르부르크를 가르칠 테니까요. 자식이 열둘이나 된답니다, 글쎄!"

"설마요, 그런데 정말 무죄 판결이 날까요?" 다른 무리에서 이 고장 젊은 관리 중 한 사람이 외쳤다.

"틀림없이 무죄 판결이 날 겁니다." 단호한 목소리가 들렸다.

"무죄 판결을 내리지 않는 건 수치스럽고 치욕스러운 일입니다!" 관리는 외쳤다. "만약 피고가 죽였다고 해도, 그 아버지가 어떤 사람이었습니까! 게다가 피고는 격정에 휩싸여 있었고… 정말로 절굿공이를 한번 휘둘렀을 뿐인데, 아버지가 나가떨어진 건지도 모릅니다. 다만 거기서 하인을 걸고 넘어지지는 말았어야 했어요. 그건 그저 우스꽝스러운 일화일 뿐이었지요. 제가 만약 변호사였다면, 대놓고 이렇게 말했을 겁니다. 죽이긴 했지만 무죄다, 전부 엿이나 먹으라지!"

"엿이나 먹으라는 말만 안 했다 뿐이지, 사실 변호사 말이 그 말이에요."

"아뇨, 미하일 세묘니치, 엿 먹으라는 말도 거의 한 거나 다름없어요." 다른 목소리가 말을 받았다.

"여러분, 생각해보세요. 이 고장에서는 정부의 본처의 목을 벤 여배우에게도 사순절에 무죄 선고를 내렸지요."

"하지만 아주 베어버리지는 않았잖습니까."

"똑같아요, 똑같아요, 어쨌든 베긴 했으니까요!"

"그런데 자식들 대목은 어땠습니까? 훌륭하던데요!"

"정말 훌륭했어요."

"그럼 신비주의 대목은 어땠습니까? 신비주의 대목은

요?"

"신비주의 얘기는 접어두시고," 또 다른 누군가가 소리쳤다. "이폴리트의 처지나 한번 생각해보십시오. 그 사람의 운명이 이제 어떻게 될지 생각해보세요! 검사 부인은 내일 당장 미텐카에 대한 복수라며 눈을 할퀴려 들걸요."

"그 부인도 여기 와 있나요?"

"와 있긴요? 여기 있었다면 이 자리에서 당장 할퀴어버렸을걸요. 이가 아파서 집에 붙어 있답니다. 하하하!"

"하하하!"

또 다른 무리에서는 이런 이야기가 오갔다.

"그래도 미텐카는 역시 무죄 판결을 받을 거예요."

"잘못하면 내일 '수도'가 한바탕 뒤집어지겠는걸요. 열흘쯤은 퍼마시겠지요."

"에잇, 빌어먹을!"

"분명 빌어먹을 일이기는 하지만, 그 친구가 거기 아니면 어딜 가겠습니까?"

"여러분, 변론이 훌륭했다는 건 인정합니다. 그래도 아버지 머리를 손저울로 박살 내서는 안 될 일이지요. 그냥 놔뒀다간 세상이 어떻게 되겠습니까?"

"전차 얘기는 기억하십니까? 전차 얘기는요?"

"달구지를 전차로 만들었더군요."

"내일이면 '필요에 따라, 오로지 필요에 따라' 전차를 달구지로 만들 겁니다."

"약삭빠른 사람들이 많아졌어요. 여러분, 우리 러시아에는 진리란 것이 있을까요, 아니면 아예 없을까요?"

그때 종이 울렸다. 배심원들은 더도 덜도 아닌 꼭 1시간 동안 논의를 했다. 방청객들이 다시 착석하자 곧 깊은 침묵이 엄습했다. 나는 배심원들이 입정하던 모습을 기억한다. 드디어! 질문을 일일이 옮기지는 않겠다. 사실 전부 기억하지도 못한다. 내가 기억하는 것은, '강탈을 목적으로 계획적으로 살인을 저질렀는가?'(어떤 표현을 썼는지는 기억나지 않는다)라는 재판장의 중요한 첫 질문에 대한 대답뿐이다. 모두 숨을 죽였다. 수석 배심원은 배심원 중에 가장 젊은 관리였는데, 죽음 같은 정적을 가르며 크고 분명한 목소리로 선언했다.

"그렇습니다, 유죄입니다!"

다른 모든 물음에 대해서도 마찬가지로 유죄라는 대답이 이어졌다. 정상참작은 전혀 이루어지지 않았다! 거의 모두가 정상참작만큼은 확신했던 만큼, 그것은 누구도 예상치 못한 일이었다. 죽음 같은 정적은 깨질 줄 몰랐다. 유죄 판결을 바라던 사람도 무죄 판결을 바라던 사람도 말 그대로 돌덩이가 되어버린 듯했다. 그러나 그것도 잠시였다. 뒤이어 무서운 혼돈이 일어났다. 남자 방청객 중에서는 아주 만족해하는 사람이 수두룩했다. 어떤 이는 기쁨을 감추지 않고 두 손을 싹싹 비벼대기도 했다. 불만스러운 사람들은 낙심한 얼굴로 아직도 뭐가 어떻게 된 건지 모르겠다는 듯 어깨를 으쓱하고 귓속말을 주고받았다. 그러나, 맙소사, 부인들은 어떠했던가! 나는 부인들이 폭동이라도 일으킬 것 같았다. 그들은 처음엔 자신의 귀를 믿지 못하는 듯싶었다. 그러더니 별안간 온 법정에서 이런 고함 소리가 난무했다. "이게 무슨 일이에요? 도대체 무슨 일이에요?" 부인들은 자리에서 벌떡 일어났다. 지금 당장 판결을 뒤집고 바꿀 수 있다고 생각한 모양이었다. 그때 미탸가 벌떡 일어나 두 팔을 앞으로 뻗으면서 갈라지는 목소리로 절규했다.

"하느님과 그 무서운 심판에 맹세하건대, 나는 아버지의 피에 죄가 없습니다! 카탸, 당신을 용서하겠소! 형제여, 친구여, 또 다른 여인을 용서해주십시오!"

그는 말을 맺지 못하고 온 법정에 울리도록 목 놓아 울었다. 그것은 평소와는 다른, 갑자기 어디서 나왔는지 모를 전혀 뜻밖의 새로운 목소리였다. 그때 위층 맨 뒤쪽 구석에서 날카로운 여자의 절규가 들려왔다. 그루셴카였다. 아까 누군가에게 애원해서 공방이 시작되기 전 법정에 들어와 있었던 것이다. 미탸는 끌려 나갔다. 판결문 낭독은 내일로 연기되었다. 온 법정이 대혼란에 휩싸였지만, 나는 이미 아무것도 기다리지 않았고, 듣고 있지도 않았다. 법정을 나가는 길에 현관에서 들었던 몇 마디 외침만 기억했을 뿐이다.

"20년은 광산 냄새를 맡겠군."

"그 이하는 아닌 거야."

"농부들이 고집을 관철한 거지."

"우리의 미텐카를 끝장낸 거야!"

에필로그

에필로그

1. 미탸 구출 작전

미탸의 공판이 있고 닷새째 되던 날, 아직 9시가 안 된 이른 아침에 알료샤는 카테리나를 찾아왔다. 두 사람 모두에게 중요한 문제를 마지막으로 협의하고, 부탁받은 일을 전달하기 위해서였다. 카테리나는 언젠가 그루셴카를 맞이했던 방에서 알료샤와 얘기를 나눴다. 바로 옆방에는 섬망증을 앓는 이반 표도로비치가 의식을 잃은 채 누워 있었다. 카테리나 이바노브나는 그때 법정에서 소동이 있은 직후, 앞으로 피할 수 없을 세간의 입방아와 비난을 깡그리 무시하고 의식을 잃은 환자인 이반을 자기 집으로 데려왔다. 카테리나와 함께 살고 있던 두 친척 가운데 한 사람은 공판이 끝나자 곧 모스크바로 떠났고, 한 사람은 남아 있었다. 그러나 만약 두 사람 모두 떠나버렸다고 해도, 카테리나는 결심을 바꾸지 않고 환자를 돌봐주기 위해 집에 남아 밤낮으로 그 옆에 붙어 있었을 것이다. 이반은 바르빈스키와 게르첸쉬투베의 치료를 받았다. 모스크바의 의사는 병이 어떻게 진행될지 소견을 밝히기를 거부하고 모스크바로 돌아갔다. 남은 두 의사는 카테리나와 알료샤를 격려하긴 했지만, 아직 확실한 희망을 줄 수는 없는 듯싶었다. 알료샤는 하루에 두 번 아픈 형을 찾아왔다. 그러나 이번에 찾아온 것은 몹시 신경 쓰이는 특별한 용건이 있어서였다. 알료샤는 그 이야기를 꺼내기가 무척 난감할 것을 예감했으나, 그래도 마음이 몹시 급했다. 오전 중으로 다른 곳에서도 꼭 처리해야 할 일이 있었기 때문에 서둘러야 했다. 두 사람은 벌써 15분 정도 대화를 나누고 있었다. 카테리나는 얼굴에 핏기가 없고 기진맥진해 있었으나 동시에 병적인 흥분에 휩싸여 있었다. 알료샤가 지금 무슨 용건으로 자기를 찾아왔는지 짐작한 것이다.

"그 사람의 결정에 대해서라면 염려 마세요." 카테리나는 완강하게 말했다. "어차피 그 결론을 내리게 되어 있어요. 그 사람은 도망가는 수밖에 없어요! 그 불행한 사람, 명예와 양심의 영웅인 사람, 아니, 드미트리 표도로비치가 아니라 이 문 너머에 누워 있는, 형을 위해 자기를 희생한 그이는," 카탸는 눈을 번뜩이며 덧붙여 말했다. "그이는 이미 오래전에 제게 이 탈출 계획을 전부 알려줬어요. 이미 연락까지 취해놓았답니다…. 당신한테도 이미 조금 귀띔해드렸었죠…. 아마 유형수들이 시베리아로 호송될 때 여기서 세 번째 숙영 시설에서 일을 추진하게 될 거예요. 오, 아직은 먼 일이에요. 이반은 벌써 세 번째 숙영시설의 책임자를 만나고 왔답니다. 하지만 호송대장이 누가 될지는 아직 미지수예요. 미리 알아낼 수도 없고요. 내일쯤 이반이 공판 전날 만일을 대비해 제게 두고 간 자세한 계획서를 보여드리죠…. 우리가 싸우고 있을 때 당신이 찾아왔던 그날 저녁에 주고 간 건데, 기억나요? 제가 당신이 온 걸 보고, 계단을 내려가던 그이를 다시 불렀잖아요? 그때 우리가 무엇 때문에 싸웠는지 알아요?"

"아뇨, 모르겠어요." 알료샤는 말했다.

"물론 그랬을 거예요. 그이는 그때 당신에게 숨기고 있었으니까요. 다름 아니라 이 탈주 계획 때문이었어요. 그 일이 있기 사흘 전 그이가 계획의 골자를 전부 말해주었는데, 그때부터 싸우기 시작해 사흘 내내 싸워댔지요. 만약 드미트리가 유죄 판결을 받으면 그 계집과 함께 외국으로 도망가 버릴 거라고 그이가 말하자 내가 버럭 화를 냈기 때문이었어요. 왜 그랬는지는 말할 수 없어요. 나 자신도 모르겠으니까요…. 오, 물론 그 계집 때문에, 그 계집 때문에 화가 난 거겠지요. 그 계집이 드미트리와 함께 외국으로 달아난다는 말에 화가 났던 거예요!" 카테리나는 분노로 입술을 떨며 별안간 소리를 질렀다. "이반은 그때 내가 그 계집 때문에 화를 내자, 곧바로 내가 드미트리 때문에 그 여자를 질투하고 있다, 즉 아직 드미트리를 사랑하고 있다고 생각했어요. 그래서 처음으로 싸우게 됐어요. 나는 변명하고 싶지 않았고, 사과할 수도 없었어요. 이반 같은 사람이 내가 아직도 그런 사람에게 미련이 있다고 의심하다니, 너무나 괴로웠어요…. 그 일이 있기 훨씬 전에, 나는 드미트리를 사랑하지 않는다, 내가 사랑하는 건 당신 한 사람뿐이다, 똑바로 얘기까지 했는데! 그저 그 여자가 미워서 화를 낸 것뿐이었어요! 사흘 뒤, 당신이 온 그날 저녁에 그이는 내게 봉인한 봉투를 가져와서는 혹시 자기한테 무슨 일이 있거든 곧바로 그걸 뜯어보라고 하더군요. 아아, 그이는 병이 날 줄 알고 있었던 거예요! 그이는 봉투에 자세한 탈주 계획이 들어 있으니 자기가 죽거나 중병에 걸리면 나 혼자서라도 미탸를 탈주시키라고 했어요. 그러면서 만 루블 정도를 놓고 가더군요. 검사가 논고 때 말한 돈은 바로 그 돈이에요. 그이가 환전하러 돈을 부쳤다는 얘기를 누구한테서 들었던 거죠. 저는 큰 충격을 받았어요. 그이는 여전히 제가 미탸를 사랑하는 줄 알고 끊임없이 질투하면서도 형을 구하려는 생각을 버리지 않고 제게 탈주를 부탁한 거예요. 아아, 그건 희생이에요! 알렉세이 표도로비치, 당신은 그런 자기희생을 절대 완전히 이해할 수 없을 거예요! 저는 경외감이 들어 그이 발밑에 몸을 던지려 했지만, 문득 그이가 미탸를 구하는 것이 기뻐서 그러는 줄 알 거라는 생각이 들더군요(그이는 분명히 그렇게 생각했을 거예요!). 저는 그이가 그런 오해를 할 수 있다는 한 가지 사실에 너무나 화가 나서 그이의 발에 입을 맞추는 대신 또 싸움을 벌이고 말았어요! 아아, 나는 불행해요! 이게 내 성격이에요. 이 끔찍하고 불행한 성격이! 아아, 나는 결국 그이도 드미트리처럼 나를 버리고 더 나은 여자에게 가도록 만들 거예요…. 하지만 그러면… 그러면 도저히 견디지 못하고 자살해버릴 거예요!

그때, 당신이 와서 내가 당신을 부르고, 그이에게도 돌아오라고 했을 때, 그이는 당신과 함께 들어오면서 증오와 혐오가 가득한 눈으로 나를 보았어요. 나는 그 눈빛에 격분해서 '드미트리가 살인자라고 한 건 그이다, 그이뿐이었다'고 외쳤던 거예요. 또다시 그이 화를 돋우려고 그런 터무니없는 말을 했어요. 그이는 한 번도 형이 범인이라고 주장한 적이 없었어요. 그렇게 말한 건 바로 나였죠. 아아, 모두, 모두 제 미친 듯한 분노가 원인이에요! 법정에서의 그 저주스러운 소동을 준비한 것도 바로 나예요! 그이는 자신이 고결한 사람이라는 것과 내가 자기 형을 사랑할지라도 복수심과 질투심 때문에 형을 파멸시키지 않는다는 것을 내게 증명하려던 거예요. 그래서 법정에 나간 거예요…. 다 제가 원인이에요, 나 혼자만의 잘못이에요!"

카탸는 지금껏 한 번도 알료샤에게 이런 고백을 한 적이 없었다. 알료샤는 그녀가 지금 그 오만한 마음이 자신의 오만함을 아프게 부숴버리고 비탄에 굴복해 쓰러지는, 견딜 수 없는 고통을 겪고 있음을 느꼈다. 오, 카탸는 미탸가 선고를 받은 이후 지금까지 숨기려고 무진 애를 썼지만, 알료샤는 그녀가 지금 느끼는 고통의 또 한 가지 끔찍한 이유를 알고 있었다. 그러나 만약 카탸가 스스로 지금 그 이유에 대해 입을 열 만큼 무너져 내린다면, 알료샤는 무슨 이유에서인지 너무나 가슴이 아팠을 것이 틀림없었다. 카탸는 법정에서의 자신의 '배신' 때문에 고통스러워하고 있었다. 그녀의 양심이 알료샤 앞에서 눈물을 흘리고 고함을 지르며 미친 듯이 바닥을 치면서 사죄하라고 시키고 있다는 것을 알료샤는 느꼈다. 그러나 알료샤는 그 순간이 두려웠고, 고통받는 여인을 용서해주고 싶었다. 그래서 방문한 용건을 말하기는 더욱 어렵게 느껴졌다. 그는 다시 미타 얘기를 꺼냈다.

"괜찮아요, 괜찮아요, 그 사람은 걱정 말아요!" 카탸는 고집스럽고 단호한 어조로 다시 입을 열었다. "잠깐 그러다 말 거예요. 난 그 사람을 알아요. 그 사람 마음을 너무 잘 알아요. 그 사람은 분명히 탈주하는 데 동의할 거예요. 게다가 지금 당장 일을 진행할 것도 아니니까, 마음을 정할 시간은 충분히 있어요. 그때쯤이면 이반이 회복돼 직접 일을 추진할 테니, 난 가만히 있어도 될 거예요. 걱정 말아요, 그 사람은 탈주하겠다고 할 테니. 이미 그러겠다고 한 거나 다름없어요. 그 사람이 그 여자를 내버려 두고 갈 사람인가요? 유형지에서 그 여자를 받아줄 리는 없으니, 탈주하지 않으면 어쩌겠어요? 중요한 건 그 사람이 당신을 두려워하고 있다는 거예요. 당신이 도덕적인 견지에서 탈주에 찬성하지 않을까봐 두려워하고 있어요. 하지만 당신은 관대하게 그 사람에게 허락을 내려줘야 할 거예요. 이 일에 그토록 당신의 승인이 필요하다면 말이에요." 카탸는 독기 어린 어조로 덧붙였다. 그러고는 잠깐 말이 없다가 피식 웃었다.

"그 사람은 저기서," 그녀는 다시 입을 열었다. "찬가며, 자기가 짊어져야 할 십자가며, 무슨 의무에 대해 떠들고 있어요. 기억해요. 이반이 그때 자주 그 얘기를 해줬거든요. 이반이 뭐라고 했는지 당신이 알아야 하는데!" 카탸는 별안간 감정이 북받치는 것을 느끼며 외쳤다. "이반이 그 얘기를 할 때 불행한 미탸를 얼마나 사랑하고 있었는지, 또 얼마나 미워하고 있었는지 당신이 알아야 하는데! 나는, 아아, 나는 그때 그 눈물의 이야기를 들으며 오만하게 비웃었어요! 아아, 못된 년! 나야말로 정말 못된 년이에요! 나 때문에 그이가 섬망증에 걸린 거예요! 그런데 선고를 받은 그 사람은 과연 고통을 받을 각오가 되어 있을까요?" 카탸는 신경질적인 목소리로 말을 맺었다. "그런 사람이 고통을 느낄 수 있을까요? 그런 사람은 절대로 고통을 느끼지 않아요!"

그 말에는 일종의 증오와 혐오 섞인 경멸의 감정이 담겨 있었다. 그러나 미탸를 배반한 것은 그녀 자신이었다. '어쩌면 형에게 죄책감이 들어서 이따금 형이 미워지는 건지도 몰라.' 알료샤는 속으로 생각했다. 알료샤는 그것이 그저 '이따금'이기를 바랐다. 그는 카탸의 마지막 말에 도전이 담긴 것을 느꼈지만 그것을 들춰내지는 않았다.

"내가 오늘 당신을 부른 건, 그 사람을 설득해주겠다는 약속을 받기 위해서였어요. 아니면 당신도 탈주가 비겁하고 졸렬하고, 뭐랄까… 그리스도교적이지 못한 일이라고 생각하나요?" 카탸는 더욱 도전적인 어조로 끝말을 덧붙였다.

"아뇨, 그렇지 않아요. 형에게 전부 얘기할게요…." 알료샤는 중얼거렸다. "형은 오늘 당신이 와주기를 바라고 있어요." 알료샤는 카탸의 눈을 똑바로 바라보며 불쑥 이렇게 말했다. 카탸는 몸서리를 치고는 소파에 앉은 채 알료샤에게서 조금 물러났다.

"나를… 어떻게 그럴 수 있죠?" 카탸는 창백해진 얼굴로 중얼거렸다.

"그럴 수 있는 일이고, 마땅한 일이기도 해요!" 알료샤는 완전히 활기를 띤 채 힘주어 말했다. "형에게는 당신이 너무나 필요해요. 바로 지금요. 굳이 필요가 없었더라면, 이런 얘기를 꺼내 미리부터 당신을 괴롭히지는 않았을 거예요. 하지만 형은 병에 걸렸어요. 꼭 실성한 사람 같아요. 계속 당신을 불러달라고 하고 있어요. 형은 화해하려고 와달라는 게 아니에요. 가셔서 문턱에서 얼굴만 잠깐 보여주시면 돼요. 그날 이후 형은 많이 변했어요. 당신 앞에 한없는 죄인이라는 것을 알고 있어요. 당신의 용서를 바라는 것도 아니에요. 형도 '나는 용서받아선 안 된다'고 말하고 있어요. 문턱에서 잠깐 얼굴만 보여주시면 돼요…."

"갑자기 나를…." 카탸는 중얼거렸다. "하긴, 난 며칠 전부터 당신이 그 말을 하러 올 줄 알고 있었어요…. 그 사람이 나를 부를 줄 알았다고요…! 하지만 그럴 순 없어요!"

"그럴 수 없더라도 가주셔야 해요. 생각해보세요, 형은 처음으로, 태어나 처음으로 당신에게 얼마나 모욕을 주었는지 깨닫고 충격을 받았어요. 지금껏 그렇게 처절하게 깨달은 적은 한 번도 없었어요! 당신이 와주지 않으면 평생 불행할 거래요. 20년 형을 받은 유형수가 그래도 행복해지려고 하잖아요. 불쌍하지도 않으세요? 생각해보세요. 당신은 죄 없이 파멸한 인간을 찾아가는 거예요." 알료샤의 입에서 이런 도전적인 말이 튀어나왔다. "형의 손은 깨끗해요. 그 손엔 피가 묻어 있지 않아요! 앞으로 형이 겪어야 할 수없는 고통을 생각해 지금 형을 찾아가주세요! 가셔서, 암흑으로 형을 배웅해주세요…. 문턱에만 서 계시면 돼요…. 당신은 그렇게 해주셔야 하잖아요!" 알료샤는 '해줘야 한다'는 말을 강력히 힘주어 강조하면서 말했다.

"그래야 하지만… 할 수 없어요." 카탸는 신음하듯 말했다. "그 사람이 나를 바라볼 텐데… 난 못해요."

"두 분은 시선을 마주쳐야 해요. 지금 결단을 내리지 않았다가 평생 어떻게 살아가려고요?"

"차라리 평생 고통받는 게 나아요."

"가주셔야 해요. 꼭 가주셔야 해요." 알료샤는 다시 완고하게 힘주어 말했다.

"왜 하필 오늘이에요? 왜 지금이어야 하죠…? 환자를 혼자 두고 갈 수는 없어요…."

"잠깐은 괜찮아요. 잠깐이면 다녀올 수 있잖아요. 당신이 와주지 않으면, 형은 저녁 무렵엔 열병에 걸리고 말아요. 거짓말이 아니에요. 제발 형을 불쌍히 여겨주세요!"

"불쌍한 건 바로 나예요." 카탸는 괴로운 목소리로 책망하고 흐느끼기 시작했다.

"그럼, 가신다는 거죠!" 알료샤는 카탸의 눈물을 보고 단호하게 말했다. "지금 형한테 가서 곧 당신이 올 거라고 말해둘게요."

"아니, 절대 말하지 말아요!" 카탸는 깜짝 놀라 외쳤다. "갈 테니 그 사람한테 미리 말하지는 말아요. 가더라도, 들어

가지 않을지도 모르니까요…. 아직 모르겠어요….”

카탸의 목소리가 끊어졌다. 힘겹게 숨을 몰아쉬고 있었다. 알료샤는 가려고 일어섰다.

“누굴 마주치기라도 하면 어쩌지?” 카탸는 다시 창백하게 질려 나직이 내뱉었다.

“아무도 마주치지 않을 수 있도록 지금 가야 한다는 거예요. 아무도 없을 거예요. 장담해요. 그럼 기다릴게요.” 알료샤는 못을 박아두고는 방을 나갔다.

2. 한순간 거짓이 진실이 되다

알료샤는 미탸가 입원해 있는 병원으로 걸음을 재촉했다. 판결이 있고 이틀째 되던 날 미탸는 신경성 열병에 걸려 이곳 시립병원의 죄수 병동으로 옮겨졌다. 그러나 의사 바르빈스키는 알료샤를 비롯한 많은 사람들(호흘라코바, 리자 등)의 청에 따라 미탸를 다른 죄수들과 함께 방을 쓰도록 하지 않고, 전에 스메르댜코프가 썼던 병실에 따로 배치했다. 사실 복도 끝에는 보초가 서 있었고, 창문에는 창살이 있었으니, 바르빈스키는 적법하다고는 할 수 없는 이런 관용을 베푼 데 대해 염려할 필요는 없었다. 바르빈스키는 선량하고 동정심 많은 젊은이였다. 그는 미탸 같은 사람에게는 별안간 살인자와 사기꾼의 무리에 떨어지는 것이 무척 괴롭다는 사실과 먼저 적응할 시간이 필요하다는 사실을 잘 알고 있었다. 친지와 지인의 면회는 의사도, 간수도, 심지어 경찰서장까지도 묵과해 주고 있었다. 그러나 요즘 미탸를 찾아오는 사람은 알료샤와 그루셴카뿐이었다. 라키틴도 두 번 미탸를 만나려고 애를 썼으나, 미탸는 그를 들여보내지 말라고 바르빈스키에게 강청해놓았다.

알료샤가 들어갔을 때 미탸는 환자복 차림으로 침대에 앉아 있었다. 열이 조금 나는 모양인지 식초 물로 적신 수건을 이마에 동여매고 있었다. 그는 흐리멍텅한 눈으로 들어오는 알료샤를 바라보았으나, 그 눈빛에는 두려움 같은 것이 언뜻 스쳤다.

그는 공판 이후 지독하게 사색적으로 변했다. 때로는 고통스럽게 꼬리를 무는 생각에 골몰해 앞에 사람이 있는 것도 잊고 반 시간씩 입을 다물기도 했다. 사색에서 벗어나 불쑥 입을 열 때면 정작 해야 할 말이 아닌 뜬금없는 말을 하곤 했다. 때로는 고통의 눈으로 동생을 쳐다보았다. 알료샤와 있는 것보다는 그루셴카와 있는 것이 편한 듯싶었다. 사실 그루셴카와도 거의 대화를 나누지는 않았지만, 그래도 그녀가 들어오기만 하면 얼굴 가득 화색이 돌았다. 알료샤는 말없이 형 옆자리에 앉았다. 미탸는 초조하게 알료샤를 기다리고 있었지만, 질문을 던질 엄두는 내지 못했다. 그는 카탸의 방문 승낙이 생각할 수 없는 일이라고 여기면서도, 동시에 카탸가 오지 않는 것은 절대 불가능한 일이라고 느꼈다. 알료샤는 형의 마음을 잘 알고 있었다.

"트리폰이," 미탸는 부산스럽게 말을 꺼냈다. "트리폰 보리시치가 자기 여관을 온통 들쑤셔놓았다더구나. 마룻바닥을 들어내고, 널판을 뜯어내고, '화랑'을 뒤집어놓았다지. 아직도 보물을, 검사가 내가 숨겼다고 한 그 1500루블을 찾고 있는 거야. 가자마자 그 난리를 피웠다더군. 사기꾼 놈, 자업자득이야! 이곳 경비가 어제 말해주더구나. 거기서 왔거든."

"형," 알료샤는 말했다. "온대. 하지만 언제가 될지는 모르겠어. 오늘 올지, 며칠 있다 올지는 모르겠지만, 오긴 할 거야. 그건 확실해."

미탸는 부르르 몸을 떨고는 뭐라고 말을 하려다가 입을 다물었다. 이 소식에 커다란 충격을 받은 모양이었다. 어떤 대화가 오갔는지 자세히 알고 싶어 괴로울 지경이었으나 이번에도 지금 그것을 묻기는 두려워 보였다. 이 순간 카탸의 입에서 나온 잔인하고 경멸에 찬 말을 듣는 것은 그에게는 칼에 꽂히는 것이나 다름없었다.

"형이 탈주에 양심의 가책을 받지 않도록 나보고 꼭 설득해 달라는 말도 했어. 만약 그때까지 이반 형의 병이 낫지 않으면, 직접 일을 맡겠대."

"그 얘긴 벌써 했어." 미탸는 생각에 잠긴 얼굴로 말했다.

"그루셴카한테는 벌써 애기했어?"

"그래." 미탸는 시인했다. "그루셴카는 오늘 아침엔 안 올 거야." 그는 조심스럽게 동생을 바라보았다. "저녁쯤에나 올 거다. 어제 카탸가 손을 써주고 있다고 했더니, 입을 다물고 입술을 삐죽거리더구나. '마음대로 하라죠!' 하고 속삭였을 뿐이야. 중요한 일이라는 걸 아는 거지. 그 이상은 그 사람을 시험할 용기가 안 났어. 그래도 카탸가 사랑하는 사람이 내가 아니라 이반이라는 건 아는 것 같지?"

"그럴까?" 알료샤는 무심코 이렇게 물었다.

"그래, 모를 수도 있겠지. 아무튼 오늘 아침엔 안 올 거야." 그는 다시 한번 얼른 확인해두었다. "내가 부탁을 하나 해놨거든…. 알료샤, 이반은 누구보다 특출한 사람이 될 거야. 우리는 몰라도 그 앤 살아야 돼. 그 앤 반드시 완쾌될 거다."

"카테리나 씨는 이반 형을 몹시 걱정하고 있지만, 이반 형의 완쾌는 의심하지 않아." 알료샤는 말했다.

"그 애가 죽을 거라고 확신하는 모양이군. 너무 무서워서 오히려 완쾌될 거라고 믿으려는 거야."

"이반 형은 체력이 좋잖아. 나도 형이 낫기를 간절히 바라고 있어." 알료샤는 불안한 목소리로 말했다.

"그래, 이반은 완쾌될 거야. 하지만 카탸는 이반이 죽을 거라고 믿고 있어. 괴로움이 많은 여자야…."

침묵이 찾아왔다. 미탸는 무언가 무척 중요한 일로 괴로워하고 있었다.

"알료샤, 나는 그루샤를 지독하게 사랑한다." 울먹임이 가득한 떨리는 목소리로 미탸가 불쑥 말했다.

"거기에 그루셴카를 데리고 갈 수는 없어." 알료샤는 곧바로 말을 받았다.

"네게 또 하고 싶은 말이 있어." 미탸는 별안간 흥분한 목소리로 말을 계속했다.

"만약 도중이나 거기서 나를 때린다면, 나는 순순히 맞고 있지만은 못할 거다. 때린 놈을 죽이고 총살을 당하겠지. 게다가 20년이라니! 여기서도 벌써 나를 너라고 부르기 시작했어. 간수가 나를 너라고 부르지. 어젯밤에도 밤새도록 누워서 나 자신에 대해 생각해보았지만, 난 각오가 되어 있지 않아! 받아들일 수가 없단 말이다! '찬가'를 부르려고 했지만, 간수가 너라고 부르는 것조차 참을 수가 없어! 그루샤를 위해서라면 무엇이든지 참을 수 있어, 무엇이든…. 하지만 맞는 것은 못 참아…. 물론 거기서 그루샤를 받아주지도 않겠지만."

알료샤는 조용히 미소를 지었다.

"형, 잘 들어." 그는 말했다. "거기에 대한 내 생각은 이래. 내가 형에게 거짓말하지 않는다는 건 형도 알지. 형, 형은 각오가 되어 있지 않아. 그런 십자가는 형의 몫이 아니야. 더구나 각오가 안 된 형에게 그런 위대한 수난의 십자가는 필요 없어. 만약 형이 아버지를 죽였다면, 나는 십자가를 외면하는 형이 안타까웠을 거야. 하지만 죄 없는 형에게 그런 십자가는 너무 커. 형은 고통을 통해 내면에 있는 또 하나의 인간을 소생시키려 했어. 하지만 난 형이 어디로 도망가든 평생 그 또 하나의 인간을 기억한다면 그것으로 충분하다고 생각해. 커다란 십자가의 고통을 받아들이지 않으면 형은 내면에 더 큰 의무를 느끼게 될 거야. 앞으로 평생 안고 갈 그 의무감이 어쩌면 그곳에 가는 것보다 새로운 인간의 소생에 훨씬 도움이 될지도 몰라. 그곳에 가면 형은 견디지 못하고 원망을 품고, 끝내는 '나는 빚을 다 갚았다'고 하게 될 테니까. 그 점에 대해서는 변호사가 한 말이 맞아. 누구나 무거운 짐을 질 수 있는 건 아니야. 그런 짐을 지는 게 불가능한 사람도 있어…. 정 알고 싶다면, 내 생각은 이래. 만약 형의 탈주 때문에 장교나 병사 같은 다른 사람이 책임을 져야 한다면, 나는 형한테 탈주를 '허락하지 않았을' 거야." 알료샤는 미소를 지었다. "하지만 잘만 하면 별 탈 없이 시시한 처벌로 끝날 거래(숙영 시설 책임자가 이반 형에게 직접 한 말이야). 물론 이런 경우라도 뇌물을 쓰는 건 비겁한 일이지만, 난 절대 잘잘못을 따지지 않을 거야. 만약 이반 형과 카테리나 씨가 형을 위해 손을 써달라고 부탁했다면, 나라도 가서 매수했을 테니까. 사실을 있는 그대로 말해야지. 그러니 난 형이 어떻게 행동하든 형의 심판관이 될 수 없어. 내가 결코 형을 심판하지 않으리라는 것도 알아줘. 이 일에서 내가 어떻게 형의 심판관이 될 수 있겠어? 자, 이만하면 모든 문제를 다 살펴본 것 같군."

"대신 내가 나를 심판할 거다!" 미탸는 외쳤다. "난 도망갈 거야. 네가 아니더라도 그럴 생각이었어. 미티카 카라마조프가 어떻게 도망가지 않을 수 있겠니? 대신 나는 나 자신을 심판하고 거기서 영원히 내 죄에 대한 용서를 구하며 기도하겠다! 이건 예수회 교도들이 하는 말 아니냐? 지금 우리가 한 얘기는?"

"맞아." 알료샤는 조용히 미소 지었다.

"난 네가 아무것도 숨기지 않고 언제나 사실을 말해서

좋다!" 미탸는 즐겁게 웃으며 외쳤다. "내가 예수회 교도인 우리 알료시카의 덜미를 붙잡았구나! 벌로 네게 키스를 퍼부어주어야겠다! 자, 그럼 마저 들어봐라. 내 마음의 나머지 절반도 펼쳐 보일 테니. 내가 내린 판단과 결정은 이렇단다. 만일 내가 돈과 여권을 챙겨서 미국으로 도망간다고 해도, 기쁨과 행복을 누리려고 도망가는 게 아니라 원래 가려던 곳에 못지않은 또 다른 유형지로 가는 거라고 생각하면 기운이 난다! 절대 그보다 못하진 않을 거야, 알렉세이, 정말이지 그보다 못할 리는 없어! 나는 그 빌어먹을 미국이 벌써부터 증오스러워. 그루샤와 함께 가기는 하겠지만, 그루샤를 한번 봐. 그루샤가 미국 여자니? 그루샤는 러시아 여자야. 뼛속까지 러시아 여자란 말이야. 그루샤는 어머니 고향을 그리워할 테고, 나는 매 순간 그루샤가 나 때문에 쓸쓸해하고 나 때문에 그런 십자가를 짊어지는 모습을 지켜봐야 할 거야. 그루샤가 대체 무슨 죄니? 그리고 나라고 그곳의 천박한 인간들을 참아줄 수 있을까? 물론 그들이 하나부터 열까지 나보다 나은 사람들이기는 하겠지만. 나는 그놈의 미국이 벌써부터 증오스럽다! 그 사람들이 하나같이 대단한 기술자든 뭐든, 꺼져버리라지. 그들은 내 사람들이 아니야. 내 영혼의 사람들이 아니야! 알렉세이, 나는 러시아를 사랑한다. 비록 내가 비열한 놈이기는 하지만, 러시아의 하느님을 사랑한다! 난 거기서 숨통이 끊어지고 말 거야!" 그는 눈을 번득이며 외쳤다. 눈물에 목소리가 떨리고 있었다.

"알렉세이, 내가 무슨 결심을 했는지 들어보렴!" 그는 흥분을 억누르고 말을 이었다. "그루샤와 함께 그곳에 가면, 당장 어디든 멀고 외진 곳으로 가서 야생 곰들과 함께 밭을 일구고 일을 할 생각이야. 거기엔 아직 외진 곳이 남아 있겠지! 거기엔 어느 지평선 끝자락에 아직 살색이 붉은 인디언들이 산다더구나. 그 끝자락까지, 최후의 모히칸족이 사는 곳까지 가는 거야. 나와 그루샤는 당장 문법 공부를 시작할 거야. 3년간 일과 문법 공부를 병행하는 거지. 그 3년간 진짜 영국인처럼 영어를 익힐 거야. 영어를 다 익히는 순간 미국 생활은 끝이야! 미국인이 되어서 이곳 러시아로 달려올 테니까. 걱정 마, 이 도시에는 오지 않을게. 북쪽이든 남쪽이든 어디 먼 곳에 숨어 살 거야. 그때쯤이면 나도, 그루샤도 변해 있겠지. 미국에서 의사한테 사마귀 같은 거나 붙여 달라지 뭐. 기술자들 덕을 봐야 하지 않겠어? 아니, 차라리 내가 한쪽 눈을 뽑아버리고, 허연 수염(러시아가 그리워 허옇게 세겠지)을 1아르신쯤 기르는 게 낫겠어. 그럼 아무도 못 알아볼 테니까. 혹시 알아봐서 유형을 가게 된대도 상관없어. 팔자로구나 해야지 뭐! 여기 돌아와서도 어디 외진 곳에서 땅을 일구며 평생 미국인 행세를 할 생각이야. 대신 고향에서 숨을 거두는 거지. 이게 확고부동한 내 계획이야. 찬성해주겠어?"

"찬성이야." 알료샤는 반대하고 싶지 않아 이렇게 말했다.

미탸는 잠시 말이 없다가 불쑥 말을 꺼냈다.

"공판 때는 어떻게 그렇게 날 몰아갈 수가 있지? 어떻게 그럴 수가 있을까!"

"몰아가지 않았어도 똑같이 유죄 판결을 받았을 거야." 알료샤는 한숨을 내쉬고 말했다.

"그래, 이곳 사람들은 내가 지긋지긋했던 거야! 마음대로들 하라지, 나도 힘들다!" 미탸는 고통스럽게 신음했다.

두 사람은 다시 잠깐 말이 없었다.

"알료샤, 지금 날 죽여다오!" 미탸가 버럭 외쳤다. "그 여자가 지금 올까, 안 올까? 말해봐라! 뭐라고 하던? 어떻게 말하던?"

"온다고는 했지만, 오늘 올지는 모르겠어. 그분도 힘들겠지!" 알료샤는 조심스럽게 형을 바라보았다.

"물론 그렇겠지, 힘들지 않을 리가 있겠니! 알료샤, 나는 그 일 때문에 미칠 것만 같다. 그루샤는 늘 나를 보고 있어. 다 알고 있지. 하느님, 주여, 제 마음을 진정시켜주십시오. 무엇을 요구하느냐고요? 카탸를 요구합니다! 나는 내가 무엇을 요구하는지 알고는 있는 걸까? 카라마조프다운 죄악적인 무절제다! 그래, 나는 고통을 받아들일 수 없는 놈이야! 비열한 놈, 그게 전부다!"

"그분이 왔어!" 알료샤가 외쳤다.

그 순간 문간에 불쑥 카탸가 나타났다. 그녀는 잠시 멈춰 서서 당황한 눈으로 미탸를 바라보았다. 미탸는 자리를 박차고 일어났다. 얼굴에는 공포가 떠오르고 핏기가 가셨으나, 곧 조심스러운 애원의 미소가 입술에 스쳤다. 별안간 미탸는 억제할 수 없는 힘에 이끌려 카탸에게 두 손을 뻗었다. 그것을 본 카탸는 정신없이 그에게 달려갔다. 카탸는 그의 두 손을 잡고 힘껏 침대에 앉힌 다음 자기도 그 옆에 앉았다. 손은 여전히 놓지 않고 바들바들 떨면서 꽉 잡고 있었다. 두 사람은 몇 번이고 무슨 말을 하려다 그만두고 말없이 이상한 미소를 지은 채 뚫어지게 서로를 바라보았다. 그렇게 2분 정도가 흘렀다.

"용서했소?" 마침내 미탸는 이렇게 중얼거리고는, 곧바로 알료샤를 돌아보고 기쁨에 일그러진 얼굴로 외쳤다.

"들었니? 내가 무슨 말을 물었는지, 들었니!"

"난 그래서 당신을 사랑했어요. 당신이 마음이 넓은 사람이라서!" 카탸의 입에서 절로 이런 말이 나왔다. "용서를 구해야 하는 건 당신이 아니라 나예요. 당신이 용서하건 용서하지 않건, 당신은 평생 내 가슴속에 곪은 상처로 남아 있을 거예요. 나도 당신의 가슴속에 그렇게 남겠지요. 그래야만 해요…." 카탸는 숨을 고르려고 말을 멈췄다.

"내가 왜 온 줄 아세요?" 카탸는 지독한 흥분에 휩싸여 다시 서둘러 말했다. "당신 발을 감싸 안고, 이렇게 아프도록 당신의 손을 꽉 잡으려고 왔어요. 기억하세요? 모스크바에서도 이렇게 당신 손을 잡았잖아요. 당신이 내 하느님이고, 내 기쁨이라고 다시 한번 말해주고, 내가 미치도록 당신을 사랑한다고 말해주려고 왔어요." 그녀는 괴로움에 신음하듯 이렇게 말하고 별안간 미탸의 손에 열정적으로 입술을 갖다 댔다. 눈에서는 눈물이 뚝뚝 흘러내렸다.

알료샤는 당혹스러운 듯 말없이 서 있었다. 이런 광경을 보게 될 줄은 생각지도 못했다.

"사랑은 지나갔어요, 미탸!" 카탸가 다시 입을 열었다. "하지만 지나간 그 사랑이 내겐 아프도록 소중해요. 그걸 영원히 기억하세요. 하지만 지금, 한순간만이라도 우리 두 사람 사이에 있을 수 있었던 일이 일어나도록 해봐요." 그녀는 일그러진 미소를 지은 채 다시금 기쁜 얼굴로 미탸의 눈을 바라보며 중얼거렸다. "당신도 지금은 다른 여자를 사랑하고, 나도 다른 남자를 사랑하지만, 그래도 나는 당신을 영원히 사랑할 거고, 당신도 역시 그럴 거예요. 그걸 알고 있어요? 나를 사랑해줘요, 평생토록 사랑해줘요!" 거의 협박조에 가까운 떨리는 목소리로 그녀가 외쳤다.

"사랑하겠소. 그리고… 알고 있소, 카탸?" 한 마디 한 마디 할 때마다 숨을 가쁘게 내쉬면서 미탸도 입을 열었다. "나는 닷새 전 그 밤에도 당신을 사랑했소…. 당신이 쓰러져서 끌려 나가던 그 순간에도…. 평생 사랑하리다! 그러겠소, 영원히 그러겠소…."

두 사람은 그렇게 무의미하고 미친 듯한, 어쩌면 진실이 아닐지도 모를 말을 서로에게 속삭였다. 그러나 이 순간만큼은 모든 것이 진실이었다. 두 사람도 자신들의 말을 진심으로 믿고 있었다.

"카탸," 별안간 미탸가 외쳤다. "당신은 내가 죽였다고 믿소? 지금은 아닌 줄 알지만, 그때… 증언을 할 때는… 설마 정말 그렇게 믿었던 거요?"

"그때도 믿지 않았어요! 결코 믿은 적 없어요! 당신이 미운 나머지 한순간 억지로 그렇게 믿으려 했던 거예요. 그 순간에는… 증언하는 동안에는… 믿으려고 했고 또 믿었지만… 증언이 끝나자 곧 믿지 않게 되었어요. 그걸 알아줘요. 아아, 난 나 자신을 벌하러 왔다는 걸 잊고 있었군요!" 그녀는 별안간 조금 전 사랑을 속삭일 때와는 전혀 다른 새로운 태도로 말했다.

"여자인 당신은 얼마나 힘들까!" 미탸의 입에서 절로 이런 말이 튀어나왔다.

"그만 가볼게요." 그녀는 속삭였다. "다음에 다시 올게요. 지금은 너무 괴로워요…!"

그녀는 자리에서 일어섰으나, 갑자기 큰 소리로 비명을 지르더니 주춤거리며 뒤로 물러섰다. 별안간 그루센카가 조용히 방에 들어온 것이다. 아무도 그녀가 올 줄은 생각지 못하고 있었다. 카탸는 성큼성큼 문 쪽으로 걸어갔으나, 그루센카 옆을 지나치다 말고 우뚝 멈춰서더니, 백지장처럼 하얗게 질린 얼굴로 속삭이듯 조용히 신음을 토하는 것처럼 말했다.

"나를 용서해주세요!"

그루센카는 카탸를 노려보며 잠시 뜸을 들였다가 증오로 가득한 독기 어린 목소리로 대답했다.

"당신도 나도 못된 여자들이에요. 둘 다 못돼먹었다고요! 그런 처지에 누가 누굴 용서하겠어요? 그러지 말고 저이나 구해주세요. 그럼 평생 당신을 위해 기도할 테니."

"용서하지 못하겠다는 거군!" 미탸는 책망을 담아 미친 듯이 그루센카에게 외쳤다.

"걱정 마요. 당신을 위해 저 사람을 구해낼 테니!" 카탸는 빠르게 속삭이고는 방에서 뛰어나갔다.

"저 여자가 먼저 용서해달라는데도 용서하지 못하겠소?" 미탸는 다시 비통하게 외쳤다.

"형, 이분을 비난하지 마. 형은 그럴 권리가 없어!" 알료샤는 열을 올리며 형에게 외쳤다.

"그건 그 여자의 오만한 입이 한 말이지, 마음이 한 말이 아니에요." 그루셴카는 치가 떨린다는 듯 이렇게 말했다. "당신만 구해주면 다 용서할 거예요…."

그녀는 가슴속에서 무언가를 억누르려는 듯 입을 다물었다. 아직도 진정할 수가 없는 모양이었다. 나중에 알고 보니, 그녀는 이런 상황을 마주하게 되리라고는 전혀 생각지 않고 무심코 들어온 것이었다.

"알료샤, 저 사람을 쫓아가다오!" 미탸는 맹렬한 기세로 동생을 돌아보며 말했다. "그 사람한테 말해줘… 뭐라고 해야 할지는 모르겠지만… 아무튼 저대로 보내선 안 돼!"

"어두워지기 전에 다시 올게!" 알료샤는 이렇게 외치고 카탸의 뒤를 쫓아 달려갔다. 그는 병원 담장 밖에서 카테리나를 따라잡았다. 카테리나는 서둘러 걸음을 옮기고 있었지만, 알료샤가 오자마자 빠른 어조로 이렇게 말했다.

"못 해요, 그 여자 앞에서 나를 벌할 수는 없어요! 저 여자한테 용서해달라고 한 건 나 자신을 끝까지 벌주고 싶어서였어요. 그 여자는 용서해주지 않았죠…. 난 그래서 그 여자가 좋아요!" 카탸는 일그러진 목소리로 덧붙여 말했다. 눈은 거친 증오로 번득이고 있었다.

"형은 생각지도 못하고 있었어요." 알료샤는 중얼거렸다. "그분이 안 올 줄 확신하고 있었는데…."

"물론 그랬겠지요. 그 얘긴 됐어요." 카테리나는 잘라 말했다. "저기, 난 장례식에 같이 못 갈 것 같아요. 조화는 보내놓았어요. 아마 돈은 아직 있을 거예요. 혹시 필요하다면, 내가 앞으로 그 사람들을 절대 내버려 두지 않을 거라고 전해주세요…. 자, 그럼 이만 혼자 있게 해주세요. 당신도 늦었어요. 오후 미사 종이 울리는군요…. 빨리 가보세요!"

3. 일류셰치카의 장례식. 바위 옆에서의 조사

정말로 그는 늦어버렸다. 모두들 그를 기다리다 말고 꽃으로 꾸민 작은 관을 성당으로 가져가려던 참이었다. 그것은 가엾은 소년 일류셰치카의 관이었다. 그는 미탸의 선고가 있고 이틀 후에 세상을 떠났다. 알료샤는 대문 밖에서부터 일류샤의 어린 친구들의 열렬한 환영을 받았다. 다들 애타게 그를 기다리던 터라 마침내 그가 오자 기뻐 어쩔 줄 몰랐다. 소년들은 열두 명쯤 모여 있었는데, 다들 책가방이나 한쪽 어깨에 걸치는 가방을 메고 있었다. '아빠가 많이 우실 거야. 아빠 옆에 있어줘.' 알료샤가 죽어가면서 남긴 말을 소년들은 기억하고 있었던 것이다. 소년들의 우두머리는 콜랴 크라솟킨이었다.

"카라마조프 씨, 와주셔서 얼마나 기쁜지 모릅니다!" 콜라는 알료샤에게 손을 내밀며 외쳤다. "여긴 끔찍해요. 정말이지 보고 있기 괴로울 정도예요. 스네기료프 씨는 취하지도 않았는데, 오늘 하루 종일 술을 입에 대지 않은 걸 우리도 다 아는데, 꼭 취한 사람 같아요…. 전 언제나 담대한 편이지만, 이건 정말 끔찍하군요. 카라마조프 씨, 혹시 괜찮으시다면, 들어가시기 전에 한 가지 물어봐도 될까요?"

"뭐지, 콜랴?" 알료샤는 멈춰 섰다.

"당신 형님은 무죄인가요, 유죄인가요? 아버지를 살해한 건 형님인가요, 아니면 하인인가요? 당신이 말하는 대로 믿을게요. 저는 그 생각에 나흘 동안이나 잠을 못 잤어요."

"하인이 범인이야. 형은 무죄야." 알료샤는 대답했다.

"내가 뭐랬어!" 스무로프가 불쑥 소리쳤다.

"그럼 형님은 진리를 위해 무고하게 희생되어 파멸하는 거로군요!" 콜랴가 외쳤다. "비록 파멸한다고 해도, 그분은 행복할 겁니다! 전 그분이 부러워요!"

"그게 무슨 말이지? 어째서 그렇다는 거야? 왜?" 알료샤는 놀라 외쳤다.

"아아, 저도 언젠가 진리를 위해 제 자신을 희생할 수 있다면 얼마나 좋을까요." 콜랴는 열광적으로 말했다.

"이런 일로, 이렇게 치욕스럽고 참혹하게 희생하겠다고?" 알료샤는 말했다.

"물론… 전 인류를 위해 죽을 수 있다면 좋겠죠. 치욕은 상관없어요. 어차피 우리의 이름은 사라질 테니까요. 전 그분이 존경스러워요!"

"저도요!" 뜻밖에 무리 중에서 한 소년이 불쑥 외쳤다. 전에 트로이의 창건자를 안다고 했던 그 소년이었다. 이번에도 그때처럼 그렇게 소리치더니 작약꽃처럼 귀까지 새빨개졌다.

알료샤는 방으로 들어갔다. 하얀 프릴로 장식한 파란 관 속에 일류샤가 두 손을 포갠 채 눈을 감고 누워 있었다. 바싹 여윈 얼굴은 별로 변한 것이 없었다. 이상하게도 시신에서는 거의 냄새가 나지 않았다. 표정은 마치 생각에 잠긴 듯 심각해 보였다. 교차로 포갠, 대리석으로 만든 것 같은 두 팔이 특히 고왔다. 손에는 꽃이 들려 있었고, 관도 안팎이 모두 리자가 꼭두새벽부터 보낸 꽃으로 꾸며져 있었다. 거기다 카테리나가 보낸 꽃도 왔기 때문에, 알료샤가 문을 열었을 때 대위는 떨리는 손으로 꽃다발을 들고 소중한 아들의 시신 위에 다시 꽃을 뿌려주고 있었다. 대위는 방에 들어온 알료샤에게 눈길도 주지 않았다. 알료샤뿐 아니라 누구도 보고 싶지가 않았다. 흐느껴 울면서 아픈 다리로 일어서서 죽은 아들을 가까이에서 들여다보려고 애쓰는 실성한 아내조차도 보려 하지 않았다. 니노치카는 아이들이 의자 채로 들어서 관 가까이 옮겨다주었다. 그녀는 일류샤 쪽으로 머리를 기댄 채 역시 숨죽여 울고 있는 듯했다. 스네기료프는 짐짓 생기 있는 얼굴을 하고 있었으나, 어딘가 망연자실해 보였고, 악에 받친 것처럼 보이기도 했다. 그 몸짓과 툭툭 내뱉는 말을 보면 반쯤 실성한 사람 같았다. "아가, 귀여운 우리 아가!" 그는 일류샤를 바라보며 끊임없이 이렇게 외쳐댔다. 일류샤가 살아 있을 때부터 "아가, 귀여운 우리 아가!" 하고 어르는 버릇이 있었다.

"여보, 나도 꽃을 줘. 그 애가 들고 있는 그 하얀 꽃을 줘!" 실성한 '엄마'가 흐느끼면서 청했다. 일류샤의 손에 들린 작은 백장미가 마음에 든 건지, 아니면 기념으로 아이가 든 꽃을 가지고 싶었던 건지, 그녀는 꽃 쪽으로 팔을 뻗으면서 몸부림쳤다.

"아무도 안 줘, 아무것도 안 줘!" 스네기료프가 매정하게 외쳤다. "이건 일류샤 꽃이지, 당신 게 아니야. 다 일류샤 거야, 당신 건 하나도 없어!"

"아빠, 엄마한테 꽃을 주세요!" 니노치카가 눈물범벅이 된 얼굴을 번쩍 들고 말했다.

"아무것도 안 줘. 엄마한테는 더 못 줘. 엄마는 일류샤를 예뻐하지 않았어. 그때 일류샤한테서 대포도 빼앗아갔잖아. 일류샤가 엄마한테 선—물—해줬지." 대위는 일류샤가 엄마에게 대포를 양보했던 일을 떠올리고는 별안간 목 놓아 울기 시작했다. 제정신이 아닌 가엾은 여인도 두 손으로 얼굴을 감싸고 조용히 울었다. 소년들은 관을 옮길 시간이 되었는데도 아버지가 관에서 떨어지려 하지 않자 서로 바짝 붙어 관을 에워싸고 들어올리기 시작했다.

"울타리 안에다가는 묻기 싫다!" 별안간 스네기료프가 목청껏 외쳤다. "바위 옆에 묻어야겠다, 우리 바위 옆에! 일류샤가 그러라고 했어. 안 그러겠다면 못 가져간다!"

그는 사흘 전부터 계속 바위 옆에 묻겠다고 우기고 있었다. 그러나 알료샤, 크라숏킨, 집주인 노파, 노파의 누이, 소년들까지 모두 나서서 말렸다.

"목매 죽은 사람도 아니고 부정하게 바위 옆에 묻겠다니!" 집주인 노파가 엄하게 말했다. "거기 울타리 안 묘지에는 십자가가 세워져 있잖아. 사람들이 그 앨 위해서 기도해줄 거야. 교회에서 부르는 찬송가 소리도 들릴 테고, 보제의 낭랑한 독경 소리도 꼭 무덤 앞에서 읽어주는 것처럼 일류샤한테도 들리지 않겠어."

대위는 결국 아무 데나 원하는 곳으로 가져가라며 손을 내저었다.

아이들은 관을 들어 올려 가지고 나가다가, 어머니 옆에서 잠시 멈춰 서서 그녀가 일류샤와 작별 인사를 할 수 있도록 관을 내려놓았다. 엄마는 지난 사흘간 언제나 조금 떨어진 곳에서만 보았던 소중한 아들의 얼굴을 가까이에서 보게 되자 별안간 하얗게 센 머리를 관 위에서 히스테릭하게 앞뒤로 흔들어대기 시작했다.

"엄마, 일류샤에게 성호를 그어주세요. 축복하고 입을 맞춰주세요." 니노치카가 외쳤다. 그러나 엄마는 쓰라린 슬픔에 얼굴을 일그러뜨린 채 말없이 무슨 기계처럼 머리를 흔들어대다가, 갑자기 주먹으로 가슴을 치기 시작했다. 다시 관이 옮겨졌다. 니노치카는 자기 옆으로 관이 지나갈 때 마지막으로 죽은 동생의 입에 입맞춤을 했다. 알료샤는 집을 나오면서 집주인 노파에게 남은 사람들을 잘 돌봐달라고 부탁하려 했으나, 노파는 말을 가로막았다.

"알고 있어요. 잘 돌봐줄게요. 우리도 그리스도교 신자예요." 이렇게 말하는 노파는 울고 있었다.

교회는 삼백 걸음이 채 안 되는 멀지 않은 곳에 있었다. 맑고 고요한 날이었다. 춥기는 했지만 심한 정도는 아니었다. 미사를 알리는 종소리가 아직도 뎅그렁뎅그렁 울리고 있었다. 스네기료프는 여름용에 가까운 짤따란 낡은 외투를 입고 챙이 넓은 부드러운 헌 모자를 손에 든 채 맨머리로 허둥지둥 관을 좇아갔다. 해결할 수 없는 걱정거리를 품고 있는 듯, 관의 머리부분을 받치겠다고 불쑥 손을 뻗어 들고 가던 사람들에게 방해가 되기도 하고, 관 옆으로 달려가 어디 끼어들 자리가 없나 살피기도 했다. 꽃 한 송이가 눈 위에 떨어지자, 그는 그 꽃을 잃으면 큰일이라도 난다는 듯 후다닥 달려가 그것을 주워들었다.

"빵 껍질, 빵 껍질을 안 가져왔구나!" 별안간 그가 기겁하며 외쳤다. 소년들은 그 즉시, 그가 아까 빵 껍질을 챙겨 주머니 속에 넣었다고 말해주었다. 그는 냉큼 주머니에서 빵 껍질을 꺼내 확인하고서야 마음을 놓았다.

"일류셰치카가 부탁했어요, 일류셰치카가." 그는 곧 알료샤에게 설명했다. "어느 날 밤 그 애 침대 옆에 앉아 있자니, 갑자기 제게 이러지 뭡니까. '아빠, 제 무덤에 흙을 뿌릴 때 참새들이 날아오도록 빵가루를 같이 뿌려주세요. 참새들이 와서 지저귀는 소리를 들으면, 혼자가 아니라는 생각에 즐거울 거예요!'"

"그것 참 좋은 생각이군요." 알료샤가 말했다. "자주 가져와야겠어요."

"매일 가져올 겁니다, 매일!" 대위는 활기 띤 얼굴로 이렇게 중얼거렸다.

이윽고 그들은 교회에 이르러 성당 한가운데에 관을 내려놓았다. 소년들은 관 옆에 빙 둘러서서 미사가 끝날 때까지 숙연한 자세로 서 있었다. 교회는 오래되고 가난해 성화도 금박이 다 벗겨진 것이 많았다. 그러나 그런 교회가 어쩐지 기도하기에는 더 좋은 법이다. 미사가 진행되는 동안에는 스네기료프도 조금 잠잠해진 듯했으나 여전히 이따금 무의식중에 엉뚱한 방식으로 시름을 표출하곤 했다. 관 앞으로 가서 덮개며 화환을 바로잡는가 하면, 초 한 자루가 촛대에서 떨어지자 후다닥 달려가서 그것을 꽂으려고 한참을 씨름하기도 했다. 그런 다음에야 진정이 되었는지, 모호한 불안과 의혹이 어린 얼굴로 얌전히 관 머리 부근에 서 있었다. 사도행전 낭송이 끝나자 옆에 있던 알료샤에게 사도행전은 저렇게 읽는 게 아니라고 속삭였으나, 왜 그렇게 생각하는지는 설명하지 않았다. 지천사 찬미가가 시작되자 따라 부르는 듯싶었으나, 끝까지 부르지 못하고 털썩 꿇어앉더니 성당 돌바닥에 이마를 갖다 댄 채 오랫동안 엎드려 있었다. 이윽고 장례 의식이 시작되어 사람들은 촛불을 나누어 받았다. 제정신이 아닌 아버지는 또다시 부산을 떨기 시작했으나, 감동적이고 장엄한 장송곡이 그의 가슴을 뒤흔들고 전율하게 했다. 그는 몸을 잔뜩 웅크리고 히끅히끅 울기 시작했다. 처음에는 소리를 죽였으나 나중에는 큰 소리로 흐느껴 울었다. 사람들이 작별 인사를 하고 관을 덮으려 하자, 그는 일류셰치카를 가리지 못하게 하려는 듯 관을 부둥켜안고 죽은 자식의 입술에 하염없이 입을 맞췄다. 사람들이 겨우 그를 타일러 계단 아래로 데리고 가려고 할 때, 그는 대뜸 손을 뻗어 관 속에서 꽃 몇 송이를 낚아챘다. 그러고는 꽃을 가만히 바라보았다. 무슨 새로운 생각에 사로잡혔는지, 중요한 일은 잠시 잊은 듯한 모습이었다. 그는 차츰 생각에 빠져들어 사람들이 관을 들어 올려 묘지로 옮길 때도 저항하지 않았다. 묘지는 교회 바로 옆 울타리 안에 있었다. 비싼 자리였으나, 값은 카테리나가 대주었다. 관례에 따른 의식이 끝나자 매장꾼들이 구덩이 속에 관을 내려놓았다. 스네기료프는 손에 꽃을 쥐고 구덩이 위로 위태롭게 몸을 숙였다. 소년들이 깜짝 놀라 그의 외투 자락을 잡아당겼다. 그러나 그는 이미 무슨 일이 일어나고 있는지 제대로 모르는 듯했다. 구덩이에 흙이 덮이기 시작하자, 그는 걱정스러운 얼굴로 떨어지는 흙을 가리키며 뭐라고 지껄였다. 그러나 그 말을 알아들을 수 있는 사람은 아무도 없었고, 그도 갑자기 입을 다물어버렸다. 사람들이 그에게 빵 껍질을 뿌려주어야 하지 않겠느냐고 말해주자, 그는 몹시 흥분하면서 부랴부랴 빵 껍질을 꺼내더니 그것을 뜯어 조각들을 무덤 위에 뿌리기 시작했다. "자, 새들아, 날아오렴, 자, 참새들아, 날아오렴!" 그는 걱정스러운 듯 중얼거렸다. 소년들 중 하나가 손에 꽃을 들고 있으면 빵 껍질을 뜯기 불편할 테니 잠깐 누구한테 맡겨놓으면 어떻겠느냐고 말했다. 그러나 그는 꽃을 내주기는커녕, 누가 꽃을 빼앗아가기라도 한다는 듯 잔뜩 겁을 집어먹었다. 그는 무덤을 한번 쳐다보고 일이 다 끝나고 빵조각도 다 뿌려진 것을 확인하자 느닷없이, 그것도 아주 평온하게 돌아서서 집으로 걷기 시작했다. 그러나 걸음은 점점 빠르고 급해져, 나중에는 거의 뛰다시피 다급해졌다. 소년들과 알료샤가 그 뒤를 쫓아갔다.

"엄마한테 꽃을 갖다줘야 해, 엄마한테 꽃을 갖다줘야 해! 엄마를 서운하게 해버렸어." 그는 별안간 이렇게 외쳐댔다. 누가 추우니 모자를 쓰라고 소리치자 그는 화가 난 듯 모자를 눈밭에 내동댕이치면서 말했다. "모자는 쓰기 싫다, 모자는 쓰기 싫어!" 스무로프가 모자를 주워들고 뒤따라갔다. 소년들은 모두 울고 있었다. 그중에서도 콜랴와 트로이 창건자를 말한 소년이 특히 심하게 울었었다. 대위의 모자를 든 스무로프도 펑펑 울고 있었지만, 그 와중에도 거의 뛰다시피 하면서 눈길 위에 빨갛게 보이는 벽돌 조각을 집어 들어 빠르게 날아가는 참새 떼를 향해 집어던졌다. 물론 그것은 맞지 않았고, 소년은 울면서 계속 달려갔다. 절반쯤 왔을 때 스네기료프는 갑자기 멈춰서더니, 무언가 충격을 받은 사람처럼 30초 정도 서 있다가 교회 쪽으로 홱 몸을 틀어 떠나온 무덤을 향해 뛰어가기 시작했다. 그러나 소년들이 얼른 따라가 사방에서 그에게 매달렸다. 대위는 한 대 얻어맞은 사람처럼 힘없이 눈 위로 쓰러져 몸부림치고 울부짖으며 "아가, 일류셰치카, 귀여운 우리 아가!" 하고 외치기 시작했다. 알료샤와 콜랴는 그를 일으켜 세우며 달래고 설득했다.

"대위님, 이제 그만하세요. 용감한 사람은 참고 견딜 줄 알아야 해요." 콜랴가 중얼거렸다.

"꽃이 망가지겠어요." 알료샤도 말했다. "'엄마'가 꽃을 기다리고 계시잖아요. 아까 대위님이 일류샤의 꽃을 주지 않아서 울고 계실 거예요. 저기엔 일류샤의 침대도 아직 그대로 있을 테고…."

"맞다, 맞아, 엄마한테 가야지!" 스네기료프는 퍼뜩 기억해냈다. "침대를 치워버릴지도 몰라, 치워버릴 거야!" 그는 정말로 침대를 치워버릴까봐 두려운 듯 덧붙여 말하고는 벌떡 일어나 다시 집으로 달려갔다. 이미 집이 멀지 않았던 터라 다 같이 도착했다. 스네기료프는 벌컥 문을 열어젖히고 아까 그렇게 매정하게 굴었던 아내에게 소리쳤다.

"엄마, 여보, 일류셰치카가 당신한테 꽃을 보냈어, 당신 다리가 아프다면서!" 대위는 이렇게 외치며 조금 전 눈밭에서 뒹구느라고 망가지고 얼어버린 꽃다발을 내밀었다. 그런데 바로 그 순간 일류샤의 침대 앞 구석에, 집주인 노파가 방금 가지런하게 정리해놓은 일류샤의 투박하고 불그레한 낡은 신발이 눈에 띄었다. 그러자 그는 두 손을 쳐들고 그리로 달려가 풀썩 무릎을 꿇고 한 짝을 집어 들어 입술에 갖다 대더니 격렬히 입을 맞추면서 외쳤다. "아가, 일류셰치카, 우리 귀여운 아가, 네 발은 어디 있니?"

"당신 그 앨 어디로 데려갔어? 당신 그 앨 어디로 데려갔어?" 실성한 여인이 찢어지는 듯한 목소리로 울부짖었다. 그러자 니노치카도 울음을 터뜨렸다. 콜랴는 방을 뛰쳐나갔다. 소년들도 뒤따라 나왔다. 마지막으로 알료샤도 밖으로 나왔다. "실컷 울도록 내버려 두자." 알료샤는 콜랴에게 말했다. "지금은 위로해봐야 소용없어. 잠깐 있다가 다시 가보자."

"맞아요, 소용없어요. 정말이지 끔찍한 일이에요." 콜랴는 맞장구를 쳤다. "있잖아요, 카라마조프 씨." 그는 아무도 못 듣도록 갑자기 목소리를 낮췄다. "전 너무 슬퍼요. 일류샤를 다시 살릴 수만 있다면, 세상 그 무엇이라도 다 내줄 텐데!"

"아아, 나도 마찬가지야." 알료샤가 말했다.

"카라마조프 씨, 오늘 저녁에 다시 오는 게 어떨까요? 대위님이 또 거나하게 마셔버릴지도 몰라요."

"그러게. 그럼 우리 둘만 오면 될 거야. 와서 저분들 옆에, 어머니와 니노치카 옆에 1시간 정도 있어주자. 다 같이 몰려오면 또 일류샤 생각이 날 테니까." 알료샤가 충고했다.

"지금 저기선 집주인 할머니가 식사를 차리고 있대요. 추도식인가 뭔가를 한다나봐요. 신부님도 오신대요. 카라마조프 씨, 우리도 지금 거기에 가봐야 할까요?"

"물론 가봐야지." 알료샤가 말했다.

"카라마조프 씨, 참 이상해요, 이런 슬픈 상황에 블린(얇은 팬케이크와 비슷한 러시아 전통 요리—옮긴이)이라니. 종교적으로도 얼마나 부자연스러워요!"

"연어도 나올 거래요." 트로이의 창건자를 말했던 소년이 불쑥 큰 소리로 일러주었다.

"카르타쇼프, 제발 부탁이니 그런 멍청한 소릴 하면서 대화에 끼어들지 마. 너와 말하는 것도 아니고 네가 이 세상에 있는지 없는지 관심도 없으니 말이야!"

콜랴는 소년에게 짜증스럽게 잘라 말했다. 소년은 얼굴이 새빨개졌지만, 대꾸할 엄두는 내지 못했다. 그러는 동안에도 그들은 조용히 오솔길을 따라 걷고 있었다. 갑자기 스무로프가 소리쳤다.

"이게 일류샤의 바위예요! 아까 이 밑에 묻고 싶다고 한 거예요!"

모두 커다란 바위 앞에 말없이 멈춰 섰다. 알료샤는 바위를 보자 언젠가 스네기료프가 해줬던 일류샤의 이야기, 일류샤가 울면서 아버지를 부둥켜안고 '아빠, 아빠, 어떻게 아빠를 그렇게 비참하게 만들 수 있죠!' 하고 외쳤다던 그 장면이 일순간에 기억 속에 되살아났다. 가슴이 울컥했다. 그는 진지하고 엄숙한 얼굴로 일류샤의 친구인 학생들의 사랑스럽고 밝은 얼굴을 하나하나 둘러보다가 말을 꺼냈다.

"여러분, 여기, 바로 이 자리에서 여러분에게 한마디 하고 싶은 말이 있습니다."

소년들은 알료샤를 에워싸고 기대에 찬 눈으로 열심히 알료샤를 바라보았다.

"여러분, 우리는 곧 헤어져야 합니다. 나는 두 형님과 얼마 남지 않은 시간을 함께 보내고 있습니다. 한 분은 유형을 가셔야 하고, 한 분은 사경을 헤매고 계시지요. 하지만 나는 곧 이 도시를 떠날 것이고, 어쩌면 오랫동안 돌아오지 않을지도 모릅니다. 그러니 우리는 헤어져야 되겠지요. 하지만 여기 일류샤의 바위 앞에서, 첫째, 일류샤를, 둘째, 서로를 잊지 않기로 약속합시다. 앞으로 살아가면서 무슨 일이 있더라도, 설령 20년 동안 서로를 못 보게 될지라도 우리가 가엾은 소년을 땅에 묻었다는 것을 기억합시다. 여러분은 전에 다리 밑에서 일류샤에게 돌을 던졌던 일을 기억하지요? 하지만 나중에는 모두가 일류샤를 사랑하게 되었습니다. 일류샤는 훌륭한 소년이었고, 선량하고 용감한 소년이었습니다. 아버지의 명예와 아버지가 당한 쓰라린 모욕을 느껴 맞서 일어났습니다. 그러니 여러분, 첫째, 일류샤를 평생 기억합시다. 아무리 중요한 일을 하고 있더라도, 어떤 명예를 누리거나 커다란 불행에 빠지더라도, 우리가 선하고 좋은 감정으로 하나 되어 이곳에서 행복한 시간을 보냈다는 것, 또 그런 감정을 가지고 가엾은 소년을 사랑하는 동안 실제보다 더 나은 사람이 되었다는 것을 결코 잊지 맙시다. 우리 비둘기들, 여러분을 비둘기라고 부르겠습니다. 여러분의 선하고 사랑스러운 얼굴을 바라보고 있자니 저 아름다운 회청빛 새와 무척 닮았다는 생각이 듭니다. 사랑스러운 여러분, 여러분은 내 말이 무슨 말인지 잘 모를 수도 있습니다. 나는 이해하기 어려운 말을 할 때가 자주 있으니까요. 그래도 내 말을 기억해두면, 언젠가는 공감하게 되는 순간이 있을 겁니다. 여러분, 살면서 좋은 추억, 특히 어린 시절 부모님의 집에서 가져온 추억보다 높고 강하고 건강하고 유익한 것은 없다는 것을 기억하세요. 여러분은 여러분의 교육에 대해 이런저런 얘기를 많이 듣겠지만, 어린 시절부터 간직한 그런 아름답고 성스러운 추억이 어쩌면 가장 좋은 교육이 될 수도 있습니다. 살면서 그런 추억을 많이 쌓아온 사람은 평생 구원을 받은 거나 다름없습니다. 설령 좋은 추억이 단 하나만 가슴속에 남아 있더라도, 언젠가 그것이 우리를 구해줄지도 모릅니다. 어쩌면 우리는 악한 사람이 될지도 모릅니다. 나쁜 짓의 유혹을 뿌리치지 못하고, 다른 사람의 눈물을 비웃고, 콜랴 군처럼 '온 인류를 위해 고통받고 싶다'는 사람들에게 악의적인 조롱을 퍼부을지도 모릅니다. 그럴 일은 없어야 하겠지만, 만약 우리가 그런 악한 사람이 될지라도, 일류샤를 묻어준 일, 지난 며칠 동안 일류샤를 사랑했던 일, 이렇게 정답게 바위 옆에서 얘기를 나눴던 일을 떠올린다면, 우리 가운데 아무리 잔인하고 냉소적인 사람이 나오더라도 지금 이 순간 자신이 선하고 좋은 사람이었다는 것을 마음속으로 비웃지는 못 할 겁니다! 더 나아가 어쩌면 이 하나의 추억이 커다란 악행을 막아줘서, 생각을 바꾸고 '그래, 그때 나는 선하고 용감하고 정직한 사람이었다' 하고 말하게 될지도 모르지요. 속으로 비웃는다고 해도 상관없습니다. 사람은 선하고 좋은 것을 비웃을 때가 많으니까요. 그건 그저 경솔함에서 비롯되는 행동입니다. 하지만 여러분, 장담하고 말하지만, 여러분이 비웃음을 짓는 순간 가슴은 곧장 '아니, 비웃음을 짓다니 내가 나빴구나, 이건 비웃어서는 안 되는 일이야!' 하고 속삭일 겁니다."

"카라마조프 씨, 분명히 그럴 겁니다. 카라마조프 씨, 무슨 말인지 알겠습니다!"

콜랴가 눈을 번뜩이며 외쳤다. 다른 소년들도 흥분하여 무언가 외치려다가 말고 그저 감동에 젖은 눈으로 열심히 연사를 바라보았다.

“내가 이런 말을 하는 건 우리가 나쁜 사람이 될까봐 두렵기 때문입니다.” 알료샤는 말을 이었다. “하기야 우리가 왜 나쁜 사람이 되겠습니까? 안 그런가요, 여러분? 우리는 첫째, 무엇보다 먼저 선량해야 하고, 다음으로는 정직해야 하고, 그 다음으로는 절대 서로를 잊지 말아야 합니다. 다시 한번 말합니다. 맹세코 나는 여러분을 한 사람도 잊지 않을 겁니다. 지금 나를 바라보는 여러분의 얼굴 하나하나를 30년이 지나도 기억할 겁니다. 아까 콜랴는 카르타쇼프에게, 우리는 카르타쇼프가 ‘세상에 있는지 없는지’ 관심도 없다고 했습니다. 하지만 카르타쇼프가 이 세상에 있다는 것을, 그리고 트로이 이야기를 했을 때처럼 얼굴을 붉히지 않고 아름답고 선량하고 명랑한 눈으로 나를 바라보는 것을 내가 어떻게 잊을 수가 있겠습니까? 여러분, 소중한 나의 여러분, 우리 모두 일류샤처럼 관대하고 용감한 사람이 됩시다. 콜랴처럼 영리하고 용감하면서도 관대한 사람이 됩시다(콜랴 군은 나이를 먹을수록 훨씬 더 영리해질 겁니다). 그리고 카르타쇼프처럼 수줍음은 많아도 영특하고 사랑스러운 사람이 됩시다. 두 사람에 대해서만 말하는 것이 아닙니다! 여러분, 여러분 모두는 이제부터 내게 사랑스러운 사람들로 남아 있을 겁니다. 나는 여러분 모두를 내 가슴속에 간직할 겁니다. 여러분도 나를 여러분의 마음에 간직해주세요! 우리가 앞으로 평생토록 기억할 선량한 감정으로 하나 되게 해준 사람은 누구입니까? 바로 일류셰치카입니다. 선량한 소년, 사랑스러운 소년, 우리에게 영원히 소중하게 남을 바로 그 소년입니다. 우리는 결코 일류셰치카를 잊지 않을 겁니다. 일류셰치카에 대한 아름다운 추억을 영원토록 가슴속에 간직할 겁니다!"

"맞아요, 맞아요, 영원토록 간직할 거예요, 영원토록!" 소년들은 감동의 빛을 띤 채 일제히 낭랑한 목소리로 외쳤다.

"일류셰치카의 얼굴, 옷, 너덜너덜한 신발, 관, 그 죄 많은 불행한 아버지, 그리고 그 아이가 아버지를 위해 혼자서 용감하게 반 전체와 맞섰던 것을 기억할 겁니다!"

"기억할게요, 기억할게요!" 소년들이 다시 따라 외쳤다. "정말 용감한 아이였어요, 정말 착한 아이였어요!"

"아아, 난 그 애를 정말 좋아했는데!" 콜랴가 외쳤다.

"아아, 여러분, 사랑스러운 여러분, 삶을 두려워하지 마십시오! 의롭고 좋은 일을 하고 있을 때의 인생은 너무나 좋은 것입니다!"

"맞아요, 맞아요!" 소년들은 감격한 얼굴로 거듭 외쳤다.

"카라마조프 형, 우린 형이 너무 좋아요!" 참지 못하고 한 아이가 외쳤다. 카르타쇼프인 듯했다.

"우린 형이 좋아요, 너무 좋아요!" 다른 아이들도 따라 외쳤다. 많은 아이들의 눈에 눈물이 반짝이고 있었다.

"카라마조프 만세!" 콜랴가 환희에 차서 소리 높여 외쳤다.

"세상을 떠난 그 소년을 영원히 기억하기를!" 알료샤는 뜨거운 감정을 담아 말했다.

"영원히 기억하기를" 소년들이 다시 따라 외쳤다.

"카라마조프 씨!" 콜랴가 외쳤다. "우리가 죽은 자 가운데서 살아나 서로를, 모두를, 일류샤도 다시 볼 수 있을 거라는 종교의 가르침이 사실일까요?"

"틀림없이 부활해서 틀림없이 서로를 만나 즐겁고 기쁘게 지난 일을 얘기하게 될 거야." 알료샤는 반은 웃고 반은 환희에 차서 대답했다.

"아아, 그렇게 되면 얼마나 좋을까요!" 콜랴의 입에서 절로 이런 말이 나왔다.

"자, 이야기는 여기서 마치고, 일류샤의 추도식에 가자. 블린을 먹는다고 거북해할 필요는 없어. 그건 앞으로도 영원히 이어질 오랜 전통이고, 분명히 좋은 점이 있으니까." 알료샤는 웃었다. "자, 가자! 지금부터 손을 잡고 가는 거야!"

"영원히 평생토록 손을 잡고 가는 거예요! 카라마조프 만세!" 콜랴가 감격에 겨워 또다시 외쳤고, 소년들도 또다시 모두 함께 따라 외쳤다.

작품 해설

최행규(경희대학교 러시아어학과 교수)

고전하는 연습

작품 해설을 하기에 앞서 여기까지 힘겹게 고전해가며 우리 시대의 위대한 '고-전'을 읽어낸 독자 여러분께 무한한 존경과 사랑의 마음을 전한다.

문법적으로 변화가 많은 러시아어처럼 변화무쌍한 등장인물들의 이름을 입에 익혀 식별하고 마침내 동일인임을 파악하는 것이 작품을 읽으며 겪게 되는 첫 번째 고전이다. 또한 언제 끝날지도 모르게 하염없이 이어지는 주요 인물들의 철학적 장광설은 우리에게 닥치는 두 번째 고전이 된다. 꼭꼭 씹으면 약이 되지만 언제나 재미를 초월하는 진지한 '거대 서사'는 일시적으로 맛보는 고전이 아닌 마치 영원히 계속될 것 같은 고난을 떠올리게 한다. 이제 읽고 있던 책을 사정없이 던져버려야 할 시간이 온 것이다.

하지만 이런 재미없는 책이 어떻게 그 오랜 세월 동안 살아남았는지가 궁금해진다. '고-전'의 영어식 표현인 클래식이라는 단어의 의미가 새삼 묵직하게 다가온다. 영화로는 상영 시간이 세 시간이 훌쩍 넘고 연극은 전편을 상연하는 데 거의 하루가 걸린다는《카라마조프가의 형제들》. 자신이 그 긴 대사들을 외워야 하는 배우가 아니라는 안도감이 다시 책장을 넘기게 한다. 이름, 부칭, 성을 선택적으로 조합해 사용하는 긴 성명은 길어서 어렵고, 공식 명칭, 애칭, 지소형까지 사용하는 이름은 짧아서 어렵다. 익숙해지는 데는 시간이 필요하다. 때로는 옮긴이의 설명이 도움이 되지만, 모든 곳에 이름과 관련한 해설을 붙일 수는 없는 노릇이다. 사실 애칭은 부르는 사람과의 관계를 이해하는 데 많은 도움이 된다. 참고로 둘째 이반의 애칭은 바냐인데 작품 전체를 통틀어 딱 한 번 그것도 전혀 다정스럽지 않은 아버지에 의해 호명된다. 이반은 자신을 애칭으로 정답게 불러줄 사람이 없는 외롭고 고독한 존재임을 반증하는 것이다. 이렇듯 러시아인의 이름은 체계를 알면 흥미가 생기는 재미난 문화 요소이다.

오늘날 젊은 세대가 언제든 쉽게 유튜브를 하는 것과는 달리 '고-전'하는 일에는 많은 어려움이 따른다. 그래서 '고-전'하는 데는 고전하는 연습이 필요하다고 생각한다. '고-전'이 주는 온갖 장점을 일일이 나열하지는 않겠다. 지금 독자 여러분이 느끼는 그 뿌듯함이 바로 오늘날 이 난독의 시대에 '고-전'이 주는 최고의 선물이기 때문이다.

도스토옙스키가의 형제들:
그들을 통해 인간을 이야기하다

표도르 미하일로비치 도스토옙스키(1821-1881)는 모스크바 빈민 구제 병원의 의사 가정에서 태어났다. 도스토옙스키의 부모는 가정 형편이 그다지 좋지 않았음에도 불구하고 자식들의 교육에 정성을 쏟아 작가는 기숙학교에서 수학하면서 일찍부터 문학작품을 가까이할 수 있었다. 어머니가 사망한 이듬해인 1838년에 그는 수도 페테르부르크로 가서 공병학교에 입학한다. 이 시기 대부분의 자유 시간을 독서를 하며 보내는데 프랑스와 독일 작가들의 작품들, 특히 러시아 작가 푸시킨, 고골의 작품들은 그를 매혹하기에 충분했다. 1839년에 아버지가 자기 영지의 농노에게 살해당하는 일이 발생하는데 이 사건은 나중에 소설《카라마조프가의 형제들》(1881)의 중요한 모티프가 되었다.

1846년 최초의 작품이자 출세작인《가난한 사람들》이 발표되어 호평을 받고 본격적인 작가의 길로 접어들게 된다. 도스토옙스키는 당시 유행하던 유토피아 사회주의 철학에도 관심을 갖게 되는데 이로 인해 비교적 순탄하게 흘러가던 삶이 급격한 변화를 맞이하게 될 줄은 아마 그 자신도 결코 상상하지 못했을 것이다.

도스토옙스키의 삶의 기록에서 가장 주목해야 할 사실 가운데 하나가 바로 변화의 시기를 보내며 그에게 일어난 극적인 사상적 반전이 아닐까 한다. 젊은 시절 그는 혁명가이자 사회주의자 그리고 무신론자에 가까웠다. 1849년 혁명 서클의 참가자로 체포되어 총살형에 처해진다. 황제의 명령에 따라 총살형은 4년의 징역형으로 바뀌게 되는데 이 유형 생활과 이후 6년간의 군 복무를 통해 그의 세계관에 커다란 변화가 일어나게 된다. 이미 징역형을 결정하고도 총살형을 선고하고 처형 바로 직전에 판결을 변경하는 극적 퍼포먼스를 계획한 황제의 짓궂은 장난과 시베리아의 힘겨운 강제 노동이 그에게 평생 겪게 될 질병인 간질병과 말할 수 없는 육체적·정신적 고통을 안겨주기도 했지만, 러시아 민중으로 대표되는 인간 자체와 인간 본성에 대한 많은 경험과 이해를 쌓는 계기가 되기도 했다. 그는 마치 종교적 수난에 버금가는 이런 고된 과정을 통해 과거의 무신론자, 사회주의자, 사해동포주의자(코즈모폴리턴)에서 정교 신자, 군주제주의자, 러시아 민족주의자로 변모하게 되었다. 이제 그는 당시의 젊은 혁명가들이 견지한 사상적 경향인 허무주의, 무신론과 싸우는 투사가 되었다. 《죄와 벌》(1866)에서 시작해서 《카라마조프가의 형제들》에 이르는 그의 위대한 장편소설들은 무신론과 허무주의에 경도된 젊은 세대와의 투쟁의 기록과 다름없다.

도스토옙스키의 말년 작품으로 그의 작품 세계의 중요한 테마들을 망라하는 거의 완전한 백과사전이라고 불리는 《우스운 사람의 꿈》(1877)에는 삶의 의미를 찾지 못해 자살을 결심한 한 사람이 과거 원시시대의 낙원과도 같은 지구를 여행하는 신비로운 꿈을 통해, 세상을 타락하게 만든 원인이 자기 자신이며 그런 세상을 구해야 할 사람도 바로 자신임을 깨닫는 장면이 나온다. 도스토옙스키가 무엇보다 경계한 것은 허무주의로 대표되는 세상에 대한 무관심과 무책임, 그리고 혁명, 무신론 등과 관련한 온갖 거짓 이론들의 위험성이었다. '우스운 사람'이 발견한 진리, "네 이웃을 내 몸과 같이 사랑하라"는 온갖 복잡한 사상과는 차별화되는 의외로 단순 명료한 것이었다.

도스토옙스키에게 있어 사람은 항상 가장 중요한 연구의 목적이 되었다. 그에게 인간은 일종의 비밀이었으며 평생을 바쳐 탐구할 가치가 있는 신비한 대상이었다.《죄와 벌》의 라스콜리니코프를 비롯해《백치》(1867),《악령》(1872),《미성년》(1875)과 같이 공교롭게도 사람의 특성을 입힌 제목을 지니는 작품들은 다름 아닌 인간 이해를 위한 노력의 기나긴 여정이었으며 그 길의 끝에《카라마조프가의 형제들》이 있다고 할 수 있다. 그런 의미에서 도스토옙스키의 마지막 장편소설인《카라마조프가의 형제들》은 그의 인간 탐구의 결정판이자《우스운 사람의 꿈》을 통해 구체화된 깨달음의 실행 기록이라고 하겠다. 이 소설은 인간 존재에 대한 중대한 철학적 물음, 즉 종교적 믿음과 의심 사이의 갈등, 자유 의지의 문제, 도덕적 책임의 문제 등에 대한 가장 심오하고 복잡한 고찰을 담고 있다. 그런 까닭에 이 작품은 오늘날까지도 19세기의 가장 위대한 소설 가운데 하나이자 도스토옙스키 문학의 정수로 남아 있다.

이 소설의 중심이 되는 사건은 부친 살해라고 할 수 있는

데, 여기서 자식에 의한 아버지의 살해는 좀 더 고차원적 의미에서는 신에 대한 살해를 뜻하며 거의 한결같이 자신의 논리로 무장한 자식들의 부친 살해 욕구는 카라마조프가家가 단순한 하나의 가정이 아니라 온갖 문제와 모순을 간직한, 인간이 사는 세상의 상징적 축소판이자 작은 우주임을 보여준다. 이런 의미에서 카라마조프가를 대표하는 인물들은 바로 그 소우주를 구성하는 상징으로서의 모습을 띤다.

우선 아버지 표도르는 육욕과 물욕, 비도덕성과 무신앙으로 뭉쳐진 존재로 모든 개인주의적 악덕과 사악함의 상징이다. 아버지에게서 육체적 욕망을 물려받았으며 능동적이고 정열적이기도 한 큰아들 드미트리는 인간이 지닌 감성을 상징한다. 한편 드미트리는 종종 인간 그 자체의 입장을 나타내기도 하는데, 인간이 항상 동물적 욕망과 종교적 속죄의식 사이의 어느 지점을 걸어가고 있음을 보여준다. 아버지에게서 무신론과 냉소적이고 비도덕적인 태도 등의 정신적 유산을 물려받았다고 할 수 있는 무신론적 회의론자이자 냉혹한 유물론자인 둘째 아들 이반은 인간의 이성을 상징한다. 셋째 아들 알료샤는 아버지와 두 형들 사이의 갈등을 완화시키는 중재자 역할을 한다. 비록 어리지만 신심 깊은 선량한 박애주의자인 그는 작가가 생각하는 올바른 삶의 모델로서 인간이 지닌 사랑 또는 죄에 빠진 인간이 나아갈 구원의 길을 상징한다. 그밖에도 표도르, 드미트리, 그리고 특히 이반이 신에 대한 인간의 불신을 상징한다면 알료샤는 믿음을 상징한다고 할 수 있다.

가문의 성姓인 카라마조프는 타타르어 '검다kara'와 '바르다mazat'라는 러시아어에서 나온 것으로서 전체적으로 '검은 칠을 하다'라는 의미이며 이는 이 가문의 부정적인 정신적·육체적 기질과 일치한다. 좀 더 구체적인 측면에서 보면 상징적 면에서 카라마조프가와 아버지는 위기에 빠진 모순덩어리의 러시아의 과거가 축적된 모습을, 고뇌하고 저항하고 속죄하는 아들들의 형상은 러시아의 현재와 미래의 모습을 보여준다고 할 수 있다. 도스토옙스키는 이 작품을 통해 당대 러시아 사회의 도덕적 위기를 극적으로 드러내면서 적극적인 구원의 방법을 모색한다. 자신이 비록 아버지를 죽이지는 않았지만 아버지의 죽음과 세상의 고통에 대한 근원적인 죄악을 인정하며 속죄를 통해 도덕적 부활을 꿈꾸는 드미트리의 회개와, 오로지 이성의 힘으로 진리를 파악하고 인간 세상을 이해하려는 파괴적 열정(그의 신에 대한 불신은 영혼 불멸에 대한 불신으로, 급기야는 선악의 존재에 대한 불신으로 치닫는다)으로 결국 모든 사고와 감정이 분열되어버리는 이반의 추락은 작가가 의심과 회의론을 거부하고 믿음과 사랑으로 나아가고 있음을 의미한다. 또한 도스토옙스키는 조시마 장로와 알료샤 그리고 서사시 〈대심문관〉에서의 침묵하는 그리스도를 통해 그 방법론적 이상을 제시한다. 고통을 수반하는 자기 인식이 타인을 이해하고 사랑할 수 있는 출발점이 되며 인간은 인간을 결코 심판해서는 안 되며 오로지 용서해야 한다는 메시지가 그의 작품 전체를 통해 울려 퍼진다.

작품을 쓰기 시작하면서 톨스토이의 대하 역사소설《전

쟁과 평화》와 버금가는 분량을 쓸 계획이라고 했던 그의 말처럼 이 작품은 상당히 방대한 분량의 작품이다. 하지만 중요한 사건은 오직 사흘에 걸쳐 진행된다. 따라서 작품에 등장하는 모든 크고 작은 이야기들이 사흘간에 진행되기란 물리적으로 완전히 불가능하다. 도스토옙스키는 자신이 이 작품에서 제기한 인간 세상의 가장 중요한 문제들을 해결하기 전까지는 시간 개념조차도 초월해버리겠다는 결연한 의지로 작품을 쓰고 있는 듯하다.

이 작품에 포함된 〈대심문관〉은 이반이 썼다는 서사시의 형식을 취하고 있기는 하지만 실제로는 종교관과 인간의 자유 의지의 문제에 대한 도스토옙스키 자신의 해법을 제시한 글이며 러시아 역사의 미래를 예견한 일종의 예언서로 주의 깊게 읽힐 필요가 있다. 〈대심문관〉은 이반이 자신의 무신론적 합리주의를 정당화하기 위해 알료샤에게 들려주는 이야기로 여기서 대심문관은 그리스도가 기적과 신비를 거부하고 인간에게 빵 대신 자유를 부여함으로써 영원히 고통과 불행에 빠지게 했다고 그리스도를 비난한다. 이반의 논리처럼 대심문관의 논리는 인간은 자신의 내적 자유를 감당하기엔 너무나 연약한 존재이며, 그 자유는 인간에게 곧 저주라는 것이다. 따라서 인간은 자신의 자유를 위탁함으로써 빵과 행복을 보장받아야 한다는 것이다. 이런 유형의 지상 천국의 아이디어가 작가 사후 바로 자신의 조국에서 사회주의의 형태로 실현되리라는 것을 그는 정녕 알고 있었을까? 그리고 그의 우려가 현실이 되었으며 종래에는 그 실험이 실패로 돌아가게 되었음을 알게 된다면 어떤 표정을 지을까? 대심문관의 매력적인 논리 앞에서 그리스도의 침묵과 마지막 입맞춤은 이후 세상에 다양한 해석 가능성을 남겨놓았지만, 그것이 다름 아닌 인간에 대한 사랑과 용서의 메시지이며 인간의 자유 의지의 영원한 확인임을 느낄 수 있다. 그리스도의 입맞춤은 아름다움, 즉 예술이 세상을 구할 수 있다는 작가의 신념의 다른 모습이라는 생각이 든다.

알료샤의 꿈속에서 갈릴리의 가나 혼례식에 초대받은 (구원과 영생의 약속에 대한 비유라고 할 수 있는) 위대한 스승 조시마 장로는 자신이 단지 자그마한 양파 한 뿌리를 줌으로써 그 자리에 있게 되었다고 말한다. 스승은 알료샤도 양파 한 뿌리를 나눠주어 그 자리에 오게 되었음을 일깨워준다. 이 꿈을 통해 알료샤의 모든 의문은 해소되었다. 꿈에서 깨어난 알료샤는 조시마 장로의 시신을 뒤로하고 밖으로 나가 땅 위로 몸을 던져서 대지에 입을 맞춘다. 대지에 대한 입맞춤은 곧 모든 인간에 대한 사랑의 실천을 의미하며 이는 그리스도, 조시마 장로의 거룩한 입맞춤과 맥락을 같이 한다.

에필로그에서 알료샤는 아이들에게 선행의 아름다운 기억이 자신들을 결속시킬 수 있을 것이라고 말한다. 그런 기억이 곧 사랑이며 인간이 영원히 사는 방법이라고 이야기한다. 환희에 가득 찬 아이들이 향하는 일류샤의 추도식은 의미적 측면에서는 꿈속에서 본 가나의 혼례식과 유사하며 다소 역설적이기는 하지만 현실에 구현된 천국의 모습을 띠게 될 것이라 믿는다.

도스토옙스키의 인간에 대한 철학적 탐구는 남겨진 사람들에게 스스로의 이해에 대한 과제를 안겨주었다. 우리의 마음이 보잘것없어 보이는 '양파 한 뿌리'에 의지해 이 세상 어느 곳에 안식의 닻을 내릴 수 있을지 어떨지는 스스로가 결정해야 할 몫이 아닐까.